Hans Tönjes Redenius

Jakobs Leiter

Roman

BRUNNEN
VERLAG GIESSEN · BASEL

2. Auflage 2004

Lektorat: Eva-Maria Busch
Umschlagsmotiv: Popperfoto/Bilderberg, Hamburg
Umschlaggestaltung: Ralf Simon
Satz: Brunnen DTP
Druck und Bindung: Ebner und Spiegel, Ulm
ISBN 3-7655-1830-1

*Ich widme dieses Buch meinem Sohn Ansgar
und seiner Familie sowie der Freundin
Barbara Teubner, Dr. Josef Krasenbrink,
den Freunden Dr. Cord Scamira, Thorsten Nolting,
Dirk Lölke, Wolfgang Albers und Kirk Johnsen,
die mir auch in schwerster Lebenskrise
nicht den Rücken gekehrt haben*

Ich möchte mit diesem Roman der Freundschaft ein schönes und dem Holocaust ein nachdenkliches Denkmal setzen. Die Figuren sind zwar authentisch, die Namen jedoch verändert. Orte und Plätze habe ich willkürlich gewählt oder retuschiert, um sie der Selbstorientierung des Lesers zu überlassen. Die Ereignisse hätten sich in jeder anderen Stadt ebenso zutragen können.

Mein besonderer Dank gilt Herrn Helge Adolphsen, Hamburg, für die wohlwollende Begleitung bei der Entstehung dieses Buches sowie Frau Ulla Lenuck-Heiing, Schwarzenbek, und Herrn Jochen Schütt, Schwarzenbek, für geduldiges Korrekturlesen.

Hans Tönjes Redenius

1. Kapitel

Zusammengekauert, den Mantelkragen hochgeschlagen, den Kopf in den Rollkragen meines marineblauen Pullovers gezogen – so siehst du mich auf *meinem* braunen Eisenpoller sitzen. Böiger Wind spritzt mir kalte Gischt über den Övelgönner Kai ins Gesicht. Dennoch fühle ich mich hier im Hafen wohl und warm – ja, wirklich warm! Und dann noch dieser intensive Geruch von Salz, Teer und Fisch – mit Genuss atme ich ihn tief in mich hinein, mein Freund!

Es wird gesagt, das sei das typische Hamburger Schmuddelwetter. Ob es das ist, ob es typisches Wetter überhaupt gibt, weiß ich zwar nicht, aber das *Hamburger Schmuddelwetter* hat etwas Besonderes, Unverwechselbares, das es so nirgendwo gibt. Es überträgt innere Ruhe und macht für kurze Augenblicke zufrieden – denn dauernde Zufriedenheit gibt es nicht, jedenfalls nicht in dieser merkwürdigen Welt! Um das zu verstehen, muss man dem Leben schon hin und wieder die Stirn geboten und nachhaltige Erfahrungen gesammelt haben.

Bei diesem Wetter werden Erinnerungen wach – gute und schlechte. Gerade die schlechten werden durch das typische Hamburger Schmuddelwetter erst erträglich. Mir jedenfalls!

Es stört mich schon, dass sich in den vergangenen – ungefähr fünfzig – Jahren im und am Hafen so viel verändert hat. Wenn ich den Hals aus dem schützenden Pullover recke und von diesem Poller aus nach links blicke, sehe ich eine große Zahl miteinander vertäut schippernder Wohncontainer. Da leben – oder besser überleben – so genannte Asylsuchende und Aussiedler. Rechts von mir heißt es heute *Museumshafen*. Schrien mich nach dem Krieg vom gegenüberliegenden Ufer der Elbe noch der blaue Neonschriftzug der Schliekerwerft, links davon der weiße der Stülkenwerft an, heißt es heute über den öden Industrieflächen nur noch Blohm und Voss. Vor dem Krieg sah es hier anders aus. Mir sind zwei sehr unterschiedliche Bilder in Erinnerung geblieben ...

An das eine denke ich besonders gern zurück. Als ich ein kleiner rotznäsiger Junge war, schien alles größer und mächtiger, nicht nur die Häuser, die Schiffe, die Bäume, die Sträucher und die Menschen, sondern auch dieser Poller, auf dem ich noch heute so gern sitze. Ich hatte gerade das Laufen gelernt. Vater, der in der kleinen Fischfabrik – da hinter mir – in Lohn und Brot stand, hatte neben der schweren Arbeit oft zusätzlich die Pflicht, auf mich Obacht zu geben. Seine größte Sorge war, dass ich diesem Poller zu nahe kommen und in den Elbstrom stürzen könnte.

Nie habe ich das merkwürdige Bild vergessen, wenn Vater dampfend in seiner stramm gebundenen, von Fischblut rot strotzenden Gummischürze aus der dunklen Halle gestürmt kam und mit lauter rauchiger Stimme über den Platz schrie: „Herbert, komm sofort zurück!"

Dann schien es für Augenblicke, als zerrten gegensätzliche Kräfte an mir: der einschüchternde Vater an der einen und der faszinierend rostige Poller an der anderen Seite. Anfangs hatte Vater die Kraftproben immer gewonnen. Erst nachdem Joachim mein Freund geworden war, trug der Poller die meisten Siege davon. Bis Vater endlich den Kampf aufgab, weil ich wieder gewachsen und deshalb kein Unglück zu befürchten war.

Diese Erinnerung des kleinen Herberts bedeutet mir bis heute unbeschwertes Kindsein, obwohl es für Mutter und Vater nicht leicht war, die fünfköpfige Familie durch die schweren Zeiten zu bringen. Wir Kinder haben das nie mitbekommen, waren immer zufrieden und vielleicht auch glücklich.

Mit dem anderen Bild verhält es sich nicht so einfach. – Siehst du, der Blick in die Vergangenheit lässt mich schon bei den ersten Gedanken an jene schlimme Zeit frösteln. Sicher, die Bäume, die Menschen und dieser Poller erschienen mir nicht mehr so mächtig. Joachim und ich waren eben herangewachsen. Das eigentlich Bedrückende dieser Perspektive war etwas anderes, denn größer und älter sind wir alle geworden.

Schlimm war, dass Joachim nicht mehr Joachim war – es nicht mehr sein durfte! Damit bin ich bis zum heutigen Tag nicht fertig geworden, wirklich nicht! – Kuck mal, bei diesen Erinnerungen überzieht mich sofort eine Gänsehaut! Joachim war nicht mehr Joachim! Er war von einem Augenblick zum anderen ein Jud' geworden. Ich weiß nicht, ob du das verstehen kannst, dass dein bester Freund plötzlich nicht mehr dein Freund sein darf, also kein richtiger Mensch mehr ist, kein Deutscher mehr. Natürlich war Joachim das immer gewesen – oder ein *halber Jude,* wie er sich selbst zu nennen pflegte –, aber es hatte für uns nie eine Rolle gespielt. Wirklich nicht!

Ach, du kannst das nicht glauben? Siehst du, deswegen muss ich dir meine Geschichte mit Joachim ausführlich erzählen. Ich konnte das, was damals unvorbereitet über uns hereinbrach, nicht akzeptieren! Hör mir ruhig zu! Ich will dir die Geschichte über Joachim ja nicht an einem einzigen Tag erzählen. Wir machen das ganz sutje und treffen uns regelmäßig hier am Poller. Ab und zu werde ich heißen Fliederbeerengrog und ne lütte Buddel Rum mitbringen. Den haben Vater und Mutter gern getrunken, wenn es draußen kalt war und nieselte. Manchmal war es Joachim und mir gelungen, die stehen gebliebenen Trinkgefäße zu ergattern und heimlich auszuschlecken, bevor sie in dem Abwasch landeten. War das ein herrliches Vergnügen! Aber zuerst muss ich dir erzählen, wie ich Joachim kennen gelernt habe und wie wir Freunde geworden sind.

Wie jeden Tag versuchte ich wieder einmal, meinen Poller zu erobern. Dreimal hatte Vater mich schon ermahnt, *vor* dem Eingang der Fischfabrik zu bleiben und dort zu spielen. Dabei rollte er – Gehorsam fordernd – böse mit den Augen. Irgendwann aber hüpfte ein ebenso großer – oder besser gesagt kleiner – Junge wie ich an mir vorüber direkt auf *meinen* rostig-braunen Poller zu. Er hatte einen pechschwarzen Lockenkopf und ebenso dunkle Augen. Gerade hatte ich kleine Kreise in dem nach faulem Fisch stinkenden Schlamm vor der Hallentür gezogen, doch sofort hielt ich inne und beobachtete den abwechselnd hüpfenden und hinkenden Konkurrenten, der sich eindeutig in Richtung *meines* Pollers bewegte.

Als er ihn erreicht hatte, blieb er einen Augenblick gebannt vor dem Eisenklotz stehen, hob die Hand über seinen Lockenkopf und berührte – als sei *er* der wahre Besitzer – die obere Rundung des eisernen Ungetüms.

Das war der Moment, in dem ich alles um mich herum vergaß, den Vater samt seinen drohend rollenden Augen, meine so schön in den Schlamm gemalten Kreise und all die vorbeihastenden Menschen, ja sogar den torkelnden Seemann, der eine kreischende Frau an den Haaren zerrte und ihr ins Gesicht spuckte.

Wie von einer geheimnisvollen Kraft gezogen, eilte ich – immer schneller werdend – über den Platz, bis ich vor blindem Zorn das Gleichgewicht verlor und kopfüber in einer schmutzigen Pfütze landete. Eine vorbeihastende Marktfrau half mir auf, wollte mich trösten, aber ich wehrte unwirsch ab und stürzte, nachdem ich wieder sicher auf meinen ramponierten Beinen stand, auf den Poller zu, um – koste es, was es wolle – *mein* Eigentum zu verteidigen.

Wutentbrannt griff ich in die wuscheligen Locken des Räubers, der gerade den Versuch wagte, meinen Poller zu erklettern, was ihm freilich misslang, denn er war viel zu klein. Ich riss und zerrte ihn mit aller Kraft von meinem Heiligtum weg, während er wie am Spieß kreischte und krampfhaft versuchte, den dicken Poller fest zu umklammern. Da gab es plötzlich einen befreienden Ruck, und beide stürzten wir auf das aus dunkelblauem Basalt geschlagene Kopfsteinpflaster – ausgerechnet in Richtung auf die Kante der Kaimauer zu.

Ob du mir das nun glaubst oder nicht, ich flog wie ein Vogel. Der Himmel und das Wasser der Elbe drehten sich ganz langsam um mich. Ich weiß das noch, als wäre es heute gewesen. Dann klatschte es und wurde dunkel, nein, schwarz vor meinen Augen. Und kalt, ganz schrecklich kalt! Ich wollte schreien, aber es gelang nicht.

Von dem, was weiter geschah, weiß ich nur noch, dass meine Zähne aufeinander schlugen, obwohl mir wieder angenehm warm geworden war. Die Augen, die ich bis dahin geschlossen gehalten hatte, wagte ich jetzt zu öffnen, schloss sie jedoch wieder, weil ich an meinem Körper zarte Menschenhaut spürte, die nicht meine war. Angenehm, nein, eher wunderbar fühlte sie sich an, sodass ich versuchte, mich näher anzuschmiegen. Ich spürte, dass sie ebenso zitterte wie meine.

Endlich riss ich doch die Augen auf und blickte neben mich. Die angenehme Haut gehörte dem Jungen mit den dichten Locken, der mit mir zusammen in eine graue Filzdecke gewickelt war. Er schaute mich an, und ich merkte, dass er Mühe hatte, mir den Kopf zuzuwenden. So stramm hatte man uns eingepackt. In seinen dunklen Augen sah ich Tränen, in denen sich der trübe Glanz der nackten Glühbirne spiegelte, die unter der verräucherten Decke an einer von Spinnweben bedeckten brüchigen Leitung baumelte.

Ich weiß nicht mehr, was ich in jenem Augenblick empfunden habe. Ich muss es raten. Es ist schon lange her, und wir waren doch so klein. Jedenfalls war ich weder zornig noch wütend. Nichts hatte ich mehr an dem Besetzer meines Pollers auszusetzen, gar nichts! Ich vermute, dass er ebenso empfand und es ihm ähnlich schlecht war wie mir.

„Das darfst du nie wieder tun, nie wieder! Hörst du?"

Da quollen auch mir Tränen aus den Augen. Unter erbärmlichem Schluchzen versuchte ich, ihm wieder und wieder zu versichern: „Nein, das werde ich auch nicht!"

„Wilhelm, die Lausejungs sind wieder an Deck ... beide, dein Spross auch! Bring noch mal ne Kelle mit die heiße Fischbrühe her. Ick glöv, dat het goot holpen."

Das war ein Arbeitskumpel meines Vaters, der hin und wieder zu uns nach Hause kam und meiner Mutter weißen, dicken Speck brachte. Deshalb erkannte ich ihn an seiner Stimme. Ich glaube, August Hamann hieß er. Und Wilhelm, das war mein Vater.

Von irgendwoher kam Vater angeschlurft und balancierte auf seiner großen Hand eine noch größere grau emaillierte Suppenkelle, beugte sich nieder und hauchte mir mit rauchig heiserer Stimme zu: „Oh, Junge, mien Jung, warum musstest du mir das auch noch antun? Du büst doch mien Leevster! – Nu komm, mok dat Mul op!"

Das tat ich gehorsam und fühlte mich Vater gegenüber irgendwie schuldig. Er goss mir die heiße Fischbrühe viel zu schnell in den Mund; der fettige Sud rann mir den Hals entlang und schob sich unangenehm unter die graue Decke, die uns gefesselt hielt, über meinen nackten bebenden Körper bis hinunter zum Po.

Auch der Schwarzlockige an meiner Seite musste seinen Mund auftun. Ihm widerfuhr Vaters Fischsudbehandlung mit gleicher Härte, nur mit dem Unterschied, dass er erbärmlich aufstöhnte. Ich dachte zunächst, das habe an Vaters ungelenker Art gelegen, Kinder zu behandeln. Aber Joachim erklärte mir ein paar Tage später, dass ihm die Brühe widerlich geschmeckt habe. Mir dagegen war der Geschmack vertraut, denn bei uns gab es mehrmals in der Woche Fischsuppe.

Wir lagen immer noch fest eingewickelt in der klebrig fetten Flanelldecke. Bloß glitschig war es darin geworden, aber trotzdem mollig und gemütlich. Der Junge mit der angenehmen Haut wandte sich mir zu, versuchte durch Druck seines Ellbogens in meine Rippen Aufmerksamkeit zu gewinnen und fragte: „Wie heißt *du*? Ich heiße Joachim Waigel und wohne mit Mama, Papa und Oma an der Elbchaussee!“

Obwohl ich noch sehr klein war, habe ich in Erinnerung behalten, dass seine Stimme – immerhin nur eine Knabenstimme – schon damals nachhaltigen Eindruck auf mich gemacht hatte.

„Und ich bin der Herbert Spalding. Und das da – der große Mann – ist mein Vater, und wohnen tun wir da oben in der Antonistraße bei der Kirche mit dem grünen Turm! Ich darf immer auf Vaters Schottschen-Karren sitzen und ihm bei der Arbeit helfen.“

Eigentlich wollte ich Joachim noch viel mehr erzählen, aber Vater rief mit heiserer Stimme dazwischen: „August, wickel die Bengels man wedder ut. De Plünnens sünd nu drög!“

Normalerweise bemühten Vater und Mutter sich, mit uns Kindern Hochdeutsch zu sprechen. „Damit ihr in die Schule auch mitkommen tut“, hieß die Erklärung. Aber früher sprachen in unserem Quartier St. Paulis alle Platt. Ich glaube, so’n Mottenburger Dialekt war das – vermischt mit Missingsch und sonst noch was.

August packte uns, hob uns von den Salzsäcken, auf die man uns gelagert hatte, und schälte uns, ehe wir uns versahen, mit drei, vier Drehungen, die mich fast schwindelig gemacht hatten, frei. Nachdem wir die Balance wieder gefunden hatten, stand ich Joachim Auge in Auge gegenüber.

Joachim ließ den Blick seiner schwarzen Augen, als wollte er mich durchdringen, nicht von mir. Na, jedenfalls erinnere ich mich noch, dass mir die Tränen aus den Augen sprudelten.

Es dauerte, bis ich mich einigermaßen gefasst hatte und meinen Blick aus dem seinen befreien konnte. Jetzt wanderten meine Augen an Joachim hinunter. Irgendetwas irritierte mich, und bald wusste ich, was es war. Joachim hatte an seinem Pillermann ein kleines blaues Kügelchen. Ich guckte an mir hinunter. Ich hatte so etwas nicht.

Dieses Hin- und Herschauen geschah wortlos, bis Joachim meine Verwunderung bemerkte und erkannte, wohin mein Blick ging. Mit einer scheuen Handbewegung deckte er seine kleine blaue Kugel verschämt zu. Still lächelte er mich an.

Endlich wurden wir erlöst. August Hamann riss die schweren, schwarzen Türen des mächtigen Räucherschranks auf. Dichter blauweißer Qualm und eine starke Hitzewelle quoll in die Halle. Der Rauch tat unseren Augen weh, deshalb begannen wir im selben Moment mit den Fingern gegen das Beißen anzureiben, bis uns Vater packte, ins gegenüberliegende Eck der Halle trug und auf dem kalten Zementboden absetzte.

„So, nu man rin in die Büxen! Ich brauch' nu ja wohl nix mehr zu sagen. Diese Lehre werdet ihr hoffentlich nie vergessen."

Vater drückte jedem von uns ein Häuflein Kleidungsstücke, die mehr als unappetitlich rochen, weil sie im Räucherschrank getrocknet worden waren, in die Hände, strich uns mit seinen schweren Händen über die zerzausten Haare und ließ uns stehen. Während er wegtrat, befahl er kurz: „Setzt euch, wenn ihr angezogen seid, in die Schottsche-Karre. Gegen Mittag bring ick euch na Hus."

Du kannst mir glauben, wir gehorchten aufs Wort, denn der Schreck saß Joachim und mir tief in den Gliedern. Man musste uns das wohl angesehen haben, denn eine vorbeihastende Marktfrau schenkte jedem von uns zum Trost eine süße Birne.

Vielleicht wundert dich das, aber Joachim und ich haben kaum noch ein Wort miteinander geredet. Er hat mich nur gefragt, ob ich ihn einmal besuchen würde. Wir könnten in seinem Zimmer spielen, wenn es draußen regnet.

So, nun nehmen wir noch 'n lütten Schluck zum Aufwärmen und treffen uns beim nächsten Nieselregen wieder. Ach so, du wolltest noch wissen, wann sich das mit dem Sturz in die Elbe abgespielt hat. Du bist also historisch interessiert ... Ich weiß das selbst nicht mehr so genau. Es wird wohl irgendwann in den Zwanzigern gewesen sein.

2. Kapitel

Zwei Tage nach unserem nassen Abenteuer durfte ich Joachim besuchen. Vater hat mich in der Mittagspause mit der *Schottschen-Karre* hingebracht. Das war eine aufregende Fahrt. Er hat ganz schön gepustet, denn zuerst musste er mich die Pallmaille hochschieben, dann durch die Klopstockstraße und zuletzt noch eine längere Strecke auf der Elbchaussee, bis wir endlich vor dem großen weißen Haus angelangt waren, in dem Joachim, seine Mama, der Papa und die Oma wohnten.

Genau genommen standen wir noch gar nicht vor dem Haus, sondern vor einer hohen Mauer, die man nur durch ein großes schmiedeeisernes Tor passieren konnte, um zunächst in den Vorgarten zu gelangen. Doch was sag ich da? Ein Vorgarten war das gar nicht, sondern ein wohlgestalteter grüner Park, in dem uralte Lindenbäume und mächtige Rotbuchen Schatten warfen und unzählige violett blühende Rhododendren den schönsten Duft verbreiteten.

Vater zog mehrmals an einem eisernen Griff. Das muss die Hausglocke gewesen sein, denn ein paar Minuten später öffnete sich unter dem Säulenvorbau der weit zurückliegenden Villa ein Flügel des Portals, und ein weiß geschürztes Mädchen mit einem ebenso weißen Häubchen auf dem Haarschopf trat heraus. Zuerst versuchte sie zu erkennen, wer vor dem Tor wartete, dann entschloss sie sich zu öffnen und lief so eilig, wie es ihr enger schwarzer Rock gerade erlaubte, über die Zufahrt auf uns zu.

„Aha, da bist du ja – der Herbert Spalding aus der Antonistraße. Joachim wartet schon sehnsüchtig auf dich. Denn komm man rein!“

Zu Vater gewandt und ihn von oben bis unten musternd – denn der steckte natürlich noch in seiner blauen, streng nach Fisch riechenden Arbeitskleidung – meinte sie: „Sie brauchen Ihren Sohn nicht abzuholen. Wir werden ihn heute Abend gegen sechs Uhr zurückbringen."

Ohne ein Grußwort drehte sie sich abrupt um, nahm mich an die Hand und zog mich wie ein unwilliges Hündchen hinter sich her auf das Haus zu. Unter den hohen Säulen der Vorhalle angekommen, musste ich mich erst einmal verpusten, dann staunen und wundern. Hier war alles so riesenhaft und unermesslich hoch! Vor dem Eingangsportal umherschauend, dachte ich, es müssten mindestens vier Männer übereinander stehend in das Haus gehen können. Aber auch die Fenster waren nicht viel niedriger. Wenn ich mich bei uns in der Antonistraße auf die Fensterbank stellte, füllte ich die Laibung von Kopf bis Fuß schon in ganzer Höhe aus.

Rechts und links der mächtigen Flügeltüren standen hölzerne Blumenkübel, die so gewaltig waren, dass ich mich darin hätte verstecken können. Doch am meisten haben mich die Türbeschläge beeindruckt. Ich war fest davon überzeugt, dass sie aus purem Gold gefertigt sein mussten, denn sie waren so blank poliert, dass ich mich nie getraut hätte, sie auch nur mit den Fingerkuppen zu berühren. Ebenfalls aus Gold, so schien es mir, waren die beiden Löwenköpfe getrieben, die mittig die beiden Türfüllungen zierten und je einen goldenen Reifen im Maul hielten.

Den rechten, das hat mir Joachim später vorgeführt, konnte man anheben und wieder gegen die Tür fallen lassen. Im Haus hallte das wider, als sei ein Gong angeschlagen worden. Die Bewohner wussten sofort, dass jemand vor der Tür steht und Einlass begehrte. Warum das nötig war, habe ich nie so recht verstanden, denn niemand konnte, ohne zunächst durch das Gartentor eingelassen worden zu sein, bis vor das Eingangsportal des Hauses vordringen.

Jetzt zog das Hausmädchen den linken Flügel des Portals auf. Ich hatte vermutet, dass sie dabei viel Kraft aufwenden müsse, aber weit gefehlt, sie tat nichts anderes als den goldenen Knauf hinunterzudrücken, ein wenig zu ziehen, und schon schwang das gewaltige Türmonstrum geräuschlos wie von selbst auf. Mir ist es nie gelungen, das Rätsel dieses Portals zu lösen, obwohl ich es oft versucht habe. Joachim interessierte das alles nicht. Er hat über meine Neugier nur gelacht.

Während ich noch staunte, zog mich Theresa – so hieß das Mädchen – in eine große Eingangshalle. Also – wenn ich die mit unserem kleinen Flur vergleiche, nee, das geht überhaupt nicht! Vater und Mutter kamen darin kaum aneinander vorbei; wenn Mutter zum Beispiel aus der Besenkammer trat und Vater im selben Moment – meistens in Eile – zur Küche herausstürzte, um noch rechtzeitig das Klo zu erreichen, das außerhalb unserer Wohnung eine halbe Treppe tiefer gelegen war, ging das nie ohne Rempelei und einen leisen Fluch ab.

Ein dicker roter Teppich verschluckte jedes Geräusch. Ich hatte Holzsandalen an den Füßen, die sonst immer laut klapperten. Aber auf diesem Boden war wirklich nichts zu hören.

Ich wusste bald nicht mehr, wo ich zuerst hinschauen oder worüber ich am meisten staunen sollte: über die breite Marmortreppe, die an der gegenüberliegenden Seite der Halle nach oben führte und sich auf halber Strecke nach links und rechts teilte, oder über die zahlreichen goldgerahmten Gemälde, die die mit Seide bezogenen Wände schmückten.

Glücklicherweise wurde ich durch ein fröhliches Pfeifen erlöst. Joachim kam, auf dem breiten mamornen Handlauf der Treppe – die eher einer Stein gewordenen Kaskade glich – mit atemberaubender Geschwindigkeit heruntergerutscht und sprang mir direkt vor die Füße.

„Joachim", sagte das Mädchen ärgerlich, „du weißt doch, dass deine Mama diese Rutscherei nicht mag. Du könntest dich dabei arg verletzen. Also lass das in Zukunft."

Joachim hörte nicht auf sie, sondern nahm mich an die Hand und meinte: „Komm, Herbert, ich zeig' dir mein Zimmer und die Spielsachen." Er zog mich – wie eben Theresa durch den Park – die Treppe hoch.

Oben gelangten wir auf einen langen Flur. Ich wollte mich nach rechts wenden, aber Joachim drückte mich in die andere Richtung. „Nein, hier entlang! Auf der Seite wohnt meine Oma, und mein halber Vater hat dort sein Arbeitszimmer."

„Wieso halber Vater? Was ist das denn?"

„Genau weiß ich das auch nicht. Mama sagt das manchmal – aber nur so zum Spaß", erwiderte Joachim und führte mich über den langen Flur weiter, wieder an vielen Ehrfurcht gebietenden Porträtgemälden vorbei, bis wir vor einem lichtdurchfluteten Raum stehen blieben, dessen Tür weit geöffnet war. Joachim ließ mich los und stürzte, Purzelbäume schlagend, in das Zimmer.

„Nun komm schon, deine Holzlatschen kannst du auf dem Flur lassen."

Nur zögernd wagte ich einzutreten. Das war also Joachims Zimmer. Damals war ich noch davon überzeugt, dass man mindestens der Sohn eines Königs sein müsse, um ein eigenes Zimmer besitzen zu dürfen. Demnach müsste Joachim wenigstens ein Prinz sein.

Manchmal hatte ich geglaubt, mir etwas auf das eigene Schubfach einbilden zu können, das Mutter für mich in unserer Küchenkommode frei gemacht hatte, damit ich dort mein Spielzeug unterbringen konnte. Aber was heißt Spielzeug? Mit dem, was Joachim besaß, konnte ich bei weitem nicht konkurrieren. Ich hatte ein paar Autos, die ich mir aus Draht und Pappe gebastelt hatte, und einige rundgewaschene Steine vom Elbstrand. Damit ließ sich nämlich vortrefflich Murmeln spielen. Daneben nannte ich noch andere Kostbarkeiten mein Eigen: Nägel, blanke Schrauben, einen getrockneten Frosch und zwei richtige Tennisbälle, denen lediglich die Luft entwichen war.

Ich habe mich oft darüber gewundert, dass Joachim viel lieber mit meinen Sachen spielte als mit seinen eigenen. Dabei hatte er eine richtige Eisenbahn mit Schienen, Kreuzungen und Weichen. Manchmal haben wir sein ganzes Zimmer in ein riesiges Stellwerk und den langen Flur in die Bahntrasse nach Berlin verwandelt. Auf der Strecke in die Reichshauptstadt gab es sogar den Haltebahnhof Friedrichsruh. Dahin hatten wir einmal mit Joachims Mama einen lustigen Sonntagsausflug gemacht.

Freilich spielte ich lieber im Haus an der Elbchaussee. Alles was Joachims Zimmer zu bieten hatte, grenzte für mich an Wunder. Ihm gehörte eine rote Feuerwehr, die „Tatüü – Tataa" machte ... Du kannst dir gar nicht vorstellen, wie tief mich das anfangs alles beeindruckte. Ich wusste partout nicht, wohin ich blicken oder was ich zuerst berühren sollte.

Da riss Joachim mich aus dem Staunen und der stillen Bewunderung: „Wenn du willst, können wir einen großen Turm bauen. Hast du Lust? Mama hat mir gezeigt, wie man es anstellen muss, damit er nicht gleich wieder umfällt. Wie die Maurer muss man es machen! Erst eine Reihe von den Klötzen kreisförmig aneinander legen und dann die nächste Schicht so, dass die Steine immer über den Fugen der unteren Schicht liegen. Guck mal, so!" Und schon begann er, mitten im Zimmer die bunten Klötze zu einem Kreis aneinander zu fügen.

Es dauerte eine Weile, bis ich mich vorbehaltlos am Bau des Turmes beteiligen konnte. Aber nachdem ich meine Scheu überwunden hatte, vergaß ich alles um mich herum. Besonders freute mich, dass ich Joachim die Geschichte vom Turmbau zu Babel erzählen konnte. Die hatte ihm seine Oma noch nicht erzählt, außerdem ging er nicht in den Kindergottesdienst.

„Und das ist wirklich wahr, Herbert, dass der Turm zu Babel bis an den Himmel reichte?"

„Ja, das ist ganz wirklich wahr, bis an die Füße vom lieben Gott. Nur gut gehalten hat er nicht. Gott war nämlich sehr ärgerlich, weil die Menschen ihn vorher nicht gefragt hatten. Deshalb hat er den Turm mit seinen Füßen umgeschubst."

„Und die Maurer? Waren die alle unter den Steinen begraben und tot?"

„Nee, ich glaube nicht. Davon hat die Kindergottesdiensttante nichts erzählt. Nur, dass Gott gemacht hat, dass die Menschen auf der Erde plötzlich kein Deutsch, nur noch Ausländisch glaub' ich, gesprochen haben. Sie haben von da an nicht mehr miteinander reden können."

„Ist das aber eine komische Geschichte, Herbert! Hoffentlich macht Gott unseren Turm nicht auch kaputt."

„Macht er bestimmt nicht. Wir bauen ihn ja nur bis an die Decke."

Vor lauter Eifer hatten wir nicht gemerkt, wie die Zeit dahinrann. Der Turm, nicht ganz kreisförmig und auch nicht im Lot, wuchs beachtlich in die Höhe. Joachim baute von innen und ich von außen. Als plötzlich seine Mutter im Zimmer stand, waren seine Beine schon nicht mehr zu sehen.

Begeistert schrie Joachim los: „Mama, Mama, sieh mal, was Herbert und ich gebaut haben. Hast du schon einmal so einen hohen Turm gesehen?"

„Nein, mein Schatz, niemals. Selbst der Michel wird am Ende niedriger sein als euer Turm!"

Mir stockte der Atem, als ich Joachims Mutter zum ersten Mal sah. Dass sie eine sehr schöne Frau war, ist mir erst später aufgefallen. Das musst du mir schon glauben. Was mich in diesem Augenblick der ersten Begegnung beeindruckte, war ihr Äußeres. Sie trug ein schwarzes Kleid, dessen aufgenähte Pailletten im Glanz der Sonnenstrahlen, die durch das Fenster in den Raum fielen, in den buntesten Farben glitzerten und funkelten. Über ihre Schultern floss in sanften Wellen kastanienbraunes Haar, und aus ihrem schmalen, blassen Gesicht blickten mich verwirrend große Augen an.

Endlich trat sie auf mich zu, streckte mir ihre Hand entgegen und sagte: „Guten Tag, Herbert. Wie schön, dass du Joachim Gesellschaft leistest! Er hat mir schon viel von dir erzählt, auch dass du so stark bist. Aber jetzt wollt ihr ja nicht mehr miteinander raufen. Das beruhigt mich sehr." Wie verzaubert blieb ich stehen und rührte mich nicht.

„Du kannst Mama die Hand geben, sie tut dir nichts, Herbert. Sie ist uns auch nicht mehr böse wegen der riechenden Hosen."

Zögernd reichte ich seiner Mutter die Hand. Während sie ungewöhnlich kräftig zudrückte, meinte sie: „Solange ihr beide euch vertragt, könnt ihr so oft miteinander spielen, wie ihr wollt. Und ich hoffe, dass ich deine Mama und deinen Papa auch einmal kennen lernen werde."

Hat sie aber nicht, mein Freund. Ich weiß nicht, warum. Einmal war ein Besuch bei meinen Eltern geplant. Mutter hatte, was nur vorkam, wenn bei uns Geburtstag gefeiert wurde, einen ihrer köstlichen Rosinenklöben gebacken. Aber dann wurde nichts daraus, weil meine Schwester Martha Blinddarmreizungen bekam und ins Hafenkrankenhaus gebracht werden musste.

„Ich habe euch beiden feinen Erdbeerkuchen mitgebracht. Kommt bitte hinunter in die Halle. Theresa wird euch helfen und Sahne über den Kuchen geben. Aber, Joachim, ich sehe ja jetzt erst, dass du dich schon völlig zugebaut hast. Wie willst du denn aus eurem Turm wieder herauskommen, ohne ihn zu zerstören?"

Joachim zog ein langes, weinerliches Gesicht und streckte seiner Mutter die Arme entgegen. Einen Augenblick lang schien sie zu überlegen, aber dann beugte sie sich hinab, packte Joachim unter die Achseln und sagte, als spräche sie mit sich selbst: „Oje, der Junge wird ja immer schwerer."

Dabei lachte sie und zog ihn mit einem kraftvollen Schwung auf ihre Schultern, sodass Joachim vor Freude juchzte und ich – ein wenig neidisch – hinter den beiden die Treppe hinuntertrabte.

Während wir uns, in der Halle stehend, über den Erdbeerkuchen und die Schlagsahne hermachten, öffnete sich schwungvoll, aber lautlos der Eingangsflügel des Portals. Mit leichten, federnden Schritten trat ein fast weißhaariger, hagerer Mann mittleren Alters ein. Seine Augen, die sehr dunkel wirkten, strahlten Wärme und Güte aus. Er steuerte auf Joachim zu, streichelte seinen Kopf und sagte, indem er mir freundlich auf die Schulter klopfte: „Na, schmeckt es euch? Oh, die Erdbeeren sehen gut aus. Ist Madame schon im Hause, Joachim?"

„Sie ist eben nach oben gegangen, Papa. Herbert und ich bauen einen Turm. Zwar nicht so hoch wie der Turm zu Babel, aber viel höher als der Michel. Das hat Mama gesagt. Du musst ihn dir unbedingt ansehen, wenn er fertig ist."

„Aber sicher, Joachim, sag mir Bescheid, sobald euer Turm an die Zimmerdecke stößt."

Dann drehte er sich hastig um und sprang gewandt – immer zwei Stufen auf einmal nehmend – die Treppe hinauf. Darüber wunderte ich mich sehr, denn Joachims Papa hatte wirklich schon so weiße Haare, dass ich annahm, er müsse ein alter Mann sein. Aber ein alter Mann kann eine Treppe nicht so leichtfüßig hinaufspringen. Doch es gab für mich noch mehr Seltsames, das ich nicht verstand. Ich fragte Joachim danach.

„Sag mal, warum nennt dein Vater deine Mutter Madame?"

„Hm, Herbert, das weiß ich nicht. Mein Papa macht wohl nur Spaß, aber die Leute vom Theater sagen immer Madame."

„Was meinst du mit Theater, Joachim? Ich war nämlich auch schon einmal im Theater und zweimal im Kino, wo die Bilder sich bewegen."

„Meine Mama ist Schauspielerin. Sie tanzt und singt auf der Bühne. Wenn du möchtest, können wir einmal mitgehen.

Ich werde nachher fragen, wann es geht. Am meisten Spaß macht es, wenn sie nur üben. Die richtigen Vorstellungen sind schrecklich lang. Da schlafe ich immer ein. Außerdem sind so viel Leute da, und man muss ganz leise sein."

„O ja, dahin möchte ich einmal mitkommen. Meine Eltern erlauben es bestimmt."

„Du musst ihnen sagen, dass sie sich keine Sorgen zu machen brauchen. Wir werden mit dem Auto hingefahren und auch wieder zurückgebracht."

„Was? Mit einem richtigen Auto? Habt ihr eins?"

„O ja, natürlich, Herbert, sogar zwei! Aber das eine ist so klein, dass nur Mama und Papa zusammen darin sitzen können. Dafür kann man aber das ganze Dach öffnen, wenn die Sonne scheint. Wir gucken nachher in die Garage. Wenn ein Auto darin steht, spielen wir Autorennen. Hast du Lust?"

„Aber was soll dann aus unserem Turm werden?"

„Den müssen wir natürlich erst zu Ende bauen. Papa will ihn sich doch noch angucken. Na, der wird staunen! Komm, lass uns wieder hinaufgehen."

Weil ich nicht recht wusste, was ich in diesem Augenblick lieber getan hätte, folgte ich Joachim nur zögerlich. Er war die Treppe bereits hochgestürmt und nicht mehr zu sehen.

Als ich den oberen Treppenabsatz erreicht hatte und in Richtung auf Joachims Zimmer schleichen wollte, hörte ich, dass sich Joachims Eltern unterhielten. Jedes ihrer Worte konnte ich verstehen. Vorsichtig ging ich bis unter den Türrahmen, sodass ich den größten Teil des Raumes durch die halb offene Tür überblicken konnte. Da stockte mir wirklich der Atem. Zuerst dachte ich, die Zimmerwände seien mit purem Silber beschlagen, denn die hohen Wände waren bis unter die Decke mit geschliffenen Kristallspiegeln dekoriert. In der Mitte des Raumes stand ein weißer Flügel, genau auf einem in die Holzdielen eingearbeiteten Stern, dessen Zacken ineinander verschlungen schienen.

Später hat Joachim mir erklärt, dass in diesem Zimmer seine Mama arbeiten und sich auf das Theater vorbereiten würde und dass der große Stern, der in das Parkett des Fußbodens wie eine Intarsie eingelassen war, der Stern des Judenkönigs David sei. Sein Papa sei Jude, und Juden seien das Volk Israel, und das Volk Israel sei das Volk Gottes. Als wir älter geworden waren, haben Joachim und ich uns oft darüber unterhalten, manchmal sogar gestritten. Natürlich nur so, wie man sich unter Freunden streitet – eben um sich besser zu verstehen.

Während ich vor der halb offenen Tür stand, hörte ich Joachims Vater sagen: „... skandierten diese Bengel, die Juden seien schuld, dass Deutschland wirtschaftlich von den Siegermächten geknebelt sei, und hinter den Mauern der Arensbank würde gerade das Geld gezählt, das man dem kleinen Mann gestohlen habe. Ich verabschiedete vor der Bank just die beiden Senatoren. Mir war das ausgesprochen peinlich. Aber die Herren haben sich nichts anmerken lassen."

„Ach, Gabriel, ich glaube nicht, dass das etwas zu bedeuten haben muss. Die jungen Leute wissen im Augenblick nichts Besseres mit sich und ihrer Zeit anzufangen. Deshalb fallen sie auf alle möglichen und unmöglichen Parolen herein. Du musst dir keine Sorgen machen."

„Doch, Helene, ich habe kein gutes Gefühl im Hinblick auf die nächsten Jahre. Wenn die verantwortlichen Politiker sich nicht bald zusammenraufen, wird das alles kein gutes Ende nehmen. Es war ja nicht das erste Mal, dass sich die Burschen ausgerechnet vor unserem Geschäft zusammengerottet haben. Aber lassen wir das jetzt. Habt ihr nicht heute – oder ist das erst morgen – Premiere?"

„Ja, morgen, Lieber. Deswegen musst du mich jetzt auch allein lassen. Ich muss noch einiges dafür tun. Du, Liebling, ich habe heute Morgen noch einmal mit deiner Mutter über die Hochzeit gesprochen. Sie beharrt nach wie vor auf dem jüdischen Ritus. Andernfalls verweigert sie weiterhin ihre Zustimmung.“

„Hab’ ich mir gedacht, Helenchen. Dann muss ich wohl oder übel Joachims halber Vater bleiben, bis Mutter mal nicht mehr ist. Ihre Haltung tut mir Leid, aber irgendwann wirst du doch Helene Arens heißen.“

„Ich habe mich schon acht Jahre daran gewöhnen müssen ... Warum sollte es nicht länger gehen? Oder? Deine Mutter hat sich – wenn auch schweren Herzens – mit den Gegebenheiten abgefunden. Manchmal macht sie sogar in meiner Gegenwart schon ein freundliches Gesicht, und sie liebt Joachim über alles. Ist schon gut so, wie es ist, Lieber. Oh, der Gong, das muss der Pianist sein. Wir müssen arbeiten. Es hilft nichts.“

Während sie das sagte, war sie in die Mitte des Zimmers getreten, sodass ich sie sehen konnte. Statt des glitzernden Kleides trug sie jetzt einen hellblauen, hautengen Turnanzug, aus dem die Oberschenkel völlig nackt hervorguckten. An den Füßen trug sie seidene Schuhe, die mit weißen Bändern bis über die Waden geschnürt waren.

Ich war wirklich sehr irritiert, weil ich noch nie eine erwachsene Frau mit nackten Beinen gesehen hatte, nicht einmal meine Mutter. Die hatte immer ein graues oder dunkelblaues Kleid oder ein Nachthemd an. Kleid oder Nachthemd, das war egal, reichten bei Mutter stets bis unter die Knöchel. Meistens waren nicht einmal ihre Holzschuhe zu sehen, in denen sie, so lange ich zurückdenken kann, ihre Füße versteckt hielt.

Ich wollte mich sofort von der Tür zurückziehen, blieb aber wie angewurzelt stehen und beobachtete, wie Joachims Mutter an die Spiegelwand trat, sich an einer umlaufenden Messingstange festhielt und abwechselnd das rechte und das linke Bein hoch über den Kopf schwang.

„Ich werde in die Börse gehen. Wartet nicht mit dem Essen auf mich. Es wird heute bestimmt spät ...“

Federnde Schritte näherten sich der Tür. Deshalb wandte ich mich blitzschnell um und lief in Joachims Zimmer.

„Wo bleibst du denn, Herbert? Wir müssen noch viel schaffen, wenn der Turm heute fertig werden soll“, sagte Joachim ungeduldig.

Von jetzt an spielten wir fast jeden Tag miteinander. Bald durfte ich allein vom Övelgönner Hafen aus zu Joachim gehen. Manchmal spielten wir auch bei uns in der Antonistraße oder vor der Kirche. Joachim hatte daran ebenso viel Spaß wie ich im Hause seiner Eltern oben an der Elbchaussee.

Wenn es nicht gerade Bindfäden regnete und es nicht zu kalt war, spielten wir unten am Hafen an unserem eisernen Poller. Der war die Kommandobrücke unseres Piratenschiffs. Wer zuerst oben stand, durfte Kapitän Klaus Störtebeker sein, der andere dessen Bootsmann. Jeder von uns spielte beide Rollen gleich gut, und ich versichere dir, dass wir uns so bald nicht wieder gezankt haben und auch nicht wieder in die Elbe gefallen sind.

3. Kapitel

Ja, ich weiß, du hast lange auf mich warten müssen, aber so ist das im Leben; einer wartet, obwohl der andere ihn nicht warten lassen möchte. Leider kann er es nicht verhindern, weil es im Leben Zwänge gibt, denen er sich fügen muss. Dich ließ ich warten, weil ich mich am Bruch operieren lassen musste, um auf diesem Poller überhaupt wieder hocken zu können. Ich leide schon seit Jahren an diesen Beschwerden. Bisher hat das Bruchband ausgereicht, aber zuletzt wurden die Schmerzen so schlimm, dass der Doktor ganz offen aussprach, ich sei selbst schuld an diesem Ungemach. Ich hätte auf ihn hören und meine Else in ein Heim geben sollen. Nun hätte ich mir die Schmerzen eben selbst zuzuschreiben.

Es stimmt, dass er mit Menschen- und Engelszungen auf mich eingeredet hatte, damals, als meine Else – ach so, du kennst sie ja gar nicht: Else war meine langjährige Lebensgefährtin und durch einen Schlaganfall von heute auf morgen an das Bett gefesselt. Ich sollte sie in das Siechenheim nach Bahrenfeld geben. Aber das konnte ich nicht. In der tiefsten Verzweiflung meines Lebens war sie mir der einzige Trost gewesen, und jetzt sollte ich sie im Stich lassen?

Ich werde nie vergessen, als '43 der erste große Feuersturm über Hamburg hereinbrach. Das Datum hat sich wie mit einem Brandeisen in mein Gedächtnis geprägt. Es war in der Nacht zum 25. Juli. Ich hatte *stand by* auf der „Wilhelm Zwo", so'n mittelgroßer Schlepper, unten vorm Altonaer Anleger. Eine Warnung hatte es nicht gegeben, und wir warteten auf einen Versorgungsdampfer der Marine, der nachts einlaufen sollte. Es war sehr warm in dieser Nacht. Ich weiß das noch wie heute. Ich saß mit der Crew an Deck, weil es unten nicht auszuhalten war. Ein junger Pole, der uns als Decksmann zugewiesen worden war, musste schon zum dritten Mal mit der Milchkanne los zur „Trine“ – so ’ne Eckkneipe am Fischmarkt –, um Bier vom Fass zu holen, als es vom gegenüberliegenden Elbufer wieder einmal brummte.

Wir kannten dieses Brummen. Das war ein Geräusch, das nur bei einer bestimmten Wetterlage zu hören war, wenn sich Flugzeuge von Süden und Westen in großer Höhe Hamburg näherten. Wir fragten uns, warum es keine Warnung gegeben hatte. Hinnerk Polmeyer, der Maschinist, drehte wie ein Besessener an den Knöpfen des Empfängers, der an die Rückwand des Ruderhauses geschraubt war. Außer Marschmusik war nichts zu hören. Mir wurde Angst und Bange. Ich dachte an Hildegard, meine Frau, und unsere beiden Mädchen Reni und Monika. Würden sie noch rechtzeitig zum Bunker kommen oder wenigstens in den Keller?

In dieser Nacht war alles anders. Die feindlichen Flugzeuge flogen höher als sonst – als wollten sie sich den weißen Strahlen der Scheinwerfer und der Flakmunition entziehen. Plötzlich dröhnte das dumpfe Brummen von der anderen Seite der Elbe erneut herüber. In Wellenbewegungen rollten sie aus dem Dunkel des nächtlichen Horizonts über uns und Hamburg hinweg. Die Explosionen, das krachende Schlagen und dumpfe Einstürzen von Mauern, das schmerzende Sirenengeheul und nahe Geschrei von Menschen – schlimmer noch, wimmerndes Weinen von Kindern – vermengten sich mit grellen Blitzen und glutroten Feuerwalzen.

Dann war mir alles egal. Ich sprang an Land und rannte wie ein Einzelkämpfer durch ein umkämpftes Großstadtgeviert in das brennende Altona. Als ich endlich den Ort erreichte, wo das Mietshaus stehen musste, in dem wir unsere Wohnung hatten, erstarrte ich vor dem brennenden Feuerloch – bis mich irgendwann Leute mit kräftigen Armen zurückzerrten und eimerweise kaltes Wasser über meine lodernde Kleidung gossen. –

Ach so, du hörst mir ja immer noch zu. Ich hatte dich vergessen. Die Erinnerung ist noch zu stark. Ich will dich mit meiner persönlichen Geschichte auch nicht mehr belästigen. Von Joachim will ich dir erzählen! Aber dies sollst du nun doch noch wissen: Hildegard und die Mädchen habe ich nie wieder gesehen. Damals glaubte ich, nicht weiterleben zu können. Ich wollte Schluss machen, wie man so sagt. Dass ich noch da bin, verdanke ich der guten Else. Im Krieg war sie als Lazaretthelferin verpflichtet worden, hat meine Brandwunden versorgt und meine Seele geheilt. Sollte ich sie nun in ein Siechenheim abschieben? Nee! Dazu hat mich der Doktor nicht überreden können.

Nu kiek mol, wat ick mitbrocht hev – 'n Fliederbeergrog, noch ganz heiß! Herrlich, was? Aber nun zurück zu Joachim!

Einmal wollten Joachim und ich selbst Fliederbeergrog sieden. Er wusste, wo viele Holunderbüsche stehen, nämlich bei dem großen Wasserturm im Stadtpark. Das sei zwar weit weg, aber er habe gehört, dass sein Vater ohnehin zum Park hinauffahren wolle. Wir könnten doch mitfahren.

Tatsächlich, es klappte. Sein Papa und andere vornehm aussehende Damen und Herren trafen sich, um vor einem Denkmal Reden anzuhören. Dass das etwas mit dem Dichter Heinrich Heine zu tun hatte und der metallene Mann auf dem Sockel eben dieser Autor jüdischer Abstammung war, wussten wir nicht, interessierte uns auch nicht.

Wir sollten in der Nähe bleiben, ermahnte Joachims Papa. Aber wir wollten ja Fliederbeeren suchen. Die mussten wir finden! Das war das einzig Wichtige.

Ganz vorsichtig, uns bei den Händen haltend, lösten wir uns aus dem Kreis der ernst dreinblickenden Zuhörer. Die standen kerzengerade und erhobenen Hauptes vor dem Redner, der in seinem schwarzen Frack und mit dem ebenso schwarzen Hut aussah wie die leibhaftige Autorität.

Niemand bemerkte, dass wir uns davonschlichen. Wir fühlten uns den Großen gegenüber erhaben wie Indianerhäuptlinge und blinzelten einander verschmitzt zu.

Erst noch gebückt, aber als von der gewichtigen Rede am Denkmal nur noch Gemurmel zu hören war, richteten wir uns auf und liefen geradewegs auf den Wasserturm zu. Plötzlich aber wurden wir unfreiwillig gebremst. Wenige Meter vor uns schwenkte ein Zug zackig marschierender junger Männer auf unseren Weg ein.

Obwohl ihre Hemden nicht einheitlich braun getönt waren, schienen sie doch irgendwie uniformiert zu sein, denn alle trugen eine dunkle Krawatte und schwarze Knickerbocker – über den Hüften zusammengehalten durch ein imposantes Koppelschloss – und schwarze Stiefel, die bis ans Knie geschnürt waren. Mützen hatten sie auch auf, aber die mussten unterschiedlicher Herkunft sein. Zwar waren alle aus Stoff gefertigt, hatten aber entweder einen schmalen oder breiten Schirm, waren grün bis beige und auf einigen Köpfen braun oder schwarz.

Angeführt wurde der Zug von zwei grimmig dreinschauenden Männern, deren Oberlippen dunkle Schnauzbärte zierten. Sie trugen ein Transparent vor sich her, auf dem zu lesen war: „Wider den undeutschen Geist".

Wir blickten ihnen eine Weile nach, konnten sie jedoch nicht einordnen und beschlossen, dass sie für uns nicht interessant genug seien, um uns von unserem eigentlichen Vorhaben abzuhalten.

„Was mögen das für Leute sein, Joachim?"

„Weiß nicht, Herbert, ich hab' neulich schon einmal welche gesehen. Vor unserem Geschäftshaus. Mama meinte, das seien Dummköpfe. Komm, lass sie laufen. Wir müssen jetzt hier rechts über die Wiese und dann da drüben in die hohen Büsche. Dort finden wir bestimmt Fliederbeeren."

Joachim nahm meine Hand und zog mich mit sich. Nach wenigen Schritten mussten wir laut lachen – über die

Dummköpfe, die da marschierten. Wir versuchten, sie erst nachzuäffen, aber dann schien es uns doch mehr Spaß zu machen, über das Gras, den gelben Rainfarn, die zarten Gänseblümchen und die weißen flatternden Falter hinwegzuhüpfen.

Bald hatten wir das Unterholz und die Büsche, die höher waren als wir groß, erreicht.

„Hast du Angst, Herbert?“

„Nee, wie kommst du denn darauf? Ist doch gar nicht dunkel!“

„Das nicht, aber wenn ich allein wäre, würde ich da nicht reingehen. Vielleicht gibt es da Füchse oder Wölfe.“

„Ich denke, du warst schon einmal dort und hast die Fliederbeeren gesehen?“

„Ja, war ich auch, aber mit Theresa.“

„Und was wolltet ihr da?“

„Ich wollte gar nichts, aber Theresa wollte unbedingt hineingehen. Sie meinte, man könne da Eichhörnchen beobachten. Sie hatte sogar Recht. Ich habe mehrere gesehen – Theresa hat dort einen Bekannten getroffen.“

„Einen Bekannten? Wie das denn? Wohnen etwa Menschen in so dichtem Gebüsch?“

„Nein, Herbert, das glaube ich nicht. Der wollte vielleicht auch Fliederbeeren suchen.“

Nachdem wir wie Indianer auf dem Kriegspfad in das Unterholz eingedrungen waren und ich schon fürchtete, dass Joachim die Richtung verfehlen könnte, blieb er plötzlich stehen und raunte mir zu: „Pst, Herbert, ich glaub’, da vorn in den Büschen sind Leute. Wir müssen uns ganz leise anschleichen.“ Dann bückte er sich und kroch weiter.

Was blieb mir anderes übrig? Joachim war mir schnell einige Meter voraus. Also robbte ich ebenfalls auf Händen und Füßen hinter ihm drein.

Wir krochen über kleine Sandhügel, abgebrochene morsche Zweige und über das eben unter der Erdkrume sich hinschlängelnde Wurzelwerk riesiger Robinien. Jedes Mal, wenn es unter mir knackte, durchfuhr mich ein gehöriger Schrecken. Joachim wandte sich unwillig um und machte mit unmissverständlicher Geste deutlich, dass ich mich gefälligst ruhiger bewegen sollte. Die Spannung in mir stieg ins Unermessliche. Was würden wir gleich entdecken? War da etwas, vor dem wir uns fürchten mussten?

Joachim hielt inne. Wie zu Stein verwandelt, verharrte er schweigend und bewegungslos. Ich wartete, bis er mir mit der Hand signalisierte, dass ich vorsichtig nachrücken sollte. So gut ich es vermochte, tat ich das. Diesmal so leise, dass kaum ein Knacken zu hören war.

Joachim lächelte. Auf die Ellbogen gestemmt, legte er einen Finger auf seine Lippen und bedeutete mir zum wiederholten Male, dass wir unhörbar bleiben müssten. Mit der anderen Hand knickte er vorsichtig einen Zweig, der die Sicht noch versperrt hielt, zur Seite. Das so entstandene Fenster im Laub der Hainbuche, die uns verbarg, gab den Blick auf eine kleine sonnige Lichtung von nur wenigen Quadratmetern Größe frei. Hier blühten ebenfalls stark duftende Schafgarben und Habichtskraut. Schmetterlinge flatterten und Insekten summten dazu. Aber das Überraschende war, dass in der Mitte der Wiese zwei Menschen hockten, die sich eng umschlungen hielten und heftig küssten.

So etwas hatte ich noch nie gesehen. Vater und Mutter küssten sich nur dann, wenn einer von beiden Geburtstag hatte. Es war immer die gleiche Zeremonie, die sich stets morgens abspielte, bevor wir Kinder in die Schule gingen. Hatte Mutter Geburtstag, mussten wir Kinder uns auf dem Flur versammeln und meine Schwester wurde aufgefordert, auf ihrer Blockflöte „Lobet den Herren“ zu spielen.

Mutter war gerührt. „Oh, wie freue ich mich, dass ihr daran gedacht habt!“

Dann bot sie Vater die Wange dar, ließ sich einen Schmatz geben und wickelte gespannt das kleine Päckchen aus, das Vater ihr feierlich überreicht hatte. Der Inhalt war Jahr für Jahr der gleiche: Strümpfe, manchmal graue, aber meistens schwarze.

Hatte Vater Geburtstag, vollzog sich die Zeremonie ganz ähnlich. Nur dass nicht geflötet wurde, sondern von meiner jüngeren Schwester der dreiundzwanzigste Psalm hergesagt werden musste. Auch Mutter holte ein in der Besenkammer deponiertes Päckchen hervor, um es Vater zu überreichen, der es ebenso gerührt auspackte, nur umständlicher, und sich wie ein Schneekönig über die dicken Wollstrümpfe freute, die dabei zum Vorschein kamen. Alle Jahre wieder, manchmal schwarz, viel öfter grau.

Er sagte dann: „Hätte doch wirklich noch nicht nötig getan." Anschließend nahm er Mutters Kopf in seine schwieligen großen Hände und drückte ihr, obwohl man es merkte, dass sie ihm eigentlich nur die Wange genehmigen wollte, einen dicken Kuss auf ihre sich sträubenden Lippen.

„Aber Wilhelm, denk doch an die Kinners!"

Anders hatte ich küssende Menschen nie erlebt. Deshalb war ich so erstaunt über das Schauspiel, das sich uns darbot.

„Verhalte dich ganz ruhig, Herbert. Wir werden sie beobachten und sehen, was noch passiert."

Joachim zog den geknickten Zweig, den er noch immer in der Hand hielt, unter die Achsel und klemmte ihn fest. Jetzt war das Fenster im Laub größer geworden, sodass wir – die Köpfe dicht beieinander – die kleine Lichtung ganz überblicken konnten.

Die Küssenden redeten kein Wort miteinander, nur schnaufen taten sie. Der junge Mann versuchte beim Küssen des Mädchens, ihren rotbunten Rock hochzustreifen. Aber das Mädchen zog seine Hand immer wieder hoch auf ihre Schulter. Schließlich streichelte er ihren Hals und drückte auf ihren Busen. Dabei öffnete er jeweils blitzschnell mindestens einen der Blusenknöpfe. Auch das schien dem Mädchen nicht zu gefallen. Jedes Mal, wenn er etwas mehr von ihrer weißen Haut freigelegt hatte, griff sie seine Hand und zog sie zurück auf die Schulter. Aber die Knöpfe ließ sie offen. Dieses Spiel wiederholte sich viele Male, ohne dass sie vom Küssen abließen.

Sah das komisch aus! Ich hatte damals den Eindruck, als hätten sie sich mit den Lippen aneinander festgesaugt und versuchten nun mit Mühe, sich wieder zu befreien.

„Findest du schön, was die da machen?"

„Igitt, nee, das würde ich nie mit einem Mädchen machen. Du etwa?"

„Natürlich nicht, Herbert, ich bin doch kein Ferkel!"

Nun, was soll ich sagen, das merkwürdige Benehmen des Paares gestaltete sich immer hektischer. Schließlich war der Oberkörper des Mädchens so weit entblößt, dass man ihre Brüste sah. Ihr knielanger linnener Schlüpfer war bis auf die Schuhe gerutscht. So etwas hatte ich noch nie gesehen. Dann war auch der Mann entkleidet und tobte auf dem Mädchen herum, dass es nur so seine Art hatte. Dabei gluckste er dauernd, und das Mädchen stöhnte, als habe es Schmerzen.

„Joachim, wir müssen Hilfe holen. Da passiert etwas Schreckliches."

„Pst, nein, da passiert gar nichts Schreckliches. Weißt du wirklich nicht, was die da machen?", fragte er flüsternd.

„Nein! Was denn?"

„Die machen Liebe, und es kann passieren, dass ein Baby dabei herauskommt."

„Meinst du das ernst ... ein Baby? Die bringt doch der Klapperstorch! Und der holt sie aus einem Teich im Himmel!" So hatte Mutter es uns erst vor einigen Tagen wieder einmal erklärt. Außerdem seien wir noch viel zu klein für solche Fragen, hatte sie gesagt.

„Ja, ich weiß, dass manche Eltern ihren Kindern solche Märchen erzählen, aber Mama hat mir die Wahrheit gesagt und genau erklärt, wie's geht – das mit dem Kinderkriegen." Joachim hat es mir gleich an Ort und Stelle erklärt, dabei wurde mir richtig Angst und Bange. Zum Schluss hat er gar nicht mehr geflüstert, sondern normal laut gesprochen, ohne dass die beiden auf der Wiese uns bemerkten.

„Du, Herbert?"

„Joachim?"

„Ich finde, langsam wird's unbequem und kalt auf dem Boden. Weißt du, was wir jetzt machen?"

„Was denn?"

„Wir verscheuchen die da! Dann können wir endlich Fliederbeeren sammeln."

„Und wie willst du das machen?"

„Wir werden ein schreckliches Indianergebrüll veranstalten. Mal sehen, was dann geschieht. Pass auf, Herbert, ich zähle leise bis drei, und dann geht's los, so laut wie wir können, eins – zwei – drei ..."

Bei „Drei" richteten wir uns auf, als sei das abgesprochen, und stießen mit all unseren Kräften ein lang anhaltendes, schrilles Geheul aus.

Was soll ich dir sagen? Die Liebenden flogen auseinander, als sei zwischen ihnen eine Bombe detoniert. Das Mädchen schrie noch lauter als wir und wollte sich, ohne ihre Kleider zu richten, in die Büsche schlagen. Aber der Schlüpfer hielt ihre Füße gefesselt, und so schlug sie, als sie zum ersten Schritt ansetzen wollte, der Länge nach hin. Doch sofort rappelte sie sich wieder auf, riss den störenden Schlüpfer über die Schnürschuhe und jagte hysterisch aufschreiend davon. Der junge Mann war nicht so schnell auf den Beinen. Aber nach kurzer Besinnung und einem Orientierungsversuch raffte er seine Sachen zusammen und stürmte dem Mädchen hinterher.

Wir waren bis dahin unsichtbar geblieben, und Joachim meinte nach einer kleinen Weile des Durchatmens und Entspannens: „Siehst du, Herbert, so macht man das! Jetzt können wir endlich Fliederbeeren pflücken."

Bald hatten wir eine Unzahl von Holundersträuchern gefunden. Mit Mühe und Geschick gelang es uns, trotz mangelnder Körpergröße, in kurzer Zeit mehrere Pfund dieser kleinen, blauschwarzen Beeren aus den Büschen zu rupfen. Aber nun lagen sie da im grauen Moos. Wie sollten wir die große Ernte nur transportieren? Dass man dafür ein Gefäß oder einen Korb benötigte, hatten wir natürlich übersehen.

„Wir drücken die Beeren zusammen und knoten sie ins Taschentuch. Hast du auch eins dabei, Herbert?"

„Ja, sicher, aber es ist nicht mehr sauber. Sieh hier, Joachim!"

Ich zog das große, graukarierte Taschentuch, das eigentlich Vater gehörte, aus geheimnisvollen Tiefen der Hosentasche hervor.

„Macht nichts, zu Hause werden wir die Beeren waschen, bevor wir Saft daraus pressen. Dein Taschentuch ist viel größer als meins. Pass auf, so werden wir es machen."

Joachim formte die Hände wie Greifschaufeln. Was er dadurch zwischen den Handtellern hielt, drückte er rigoros zusammen, sodass ihm der dunkelrote Saft wie Blut aus einer klaffenden Wunde über Hände, Hemd und Hose rann. Dann verknotete er die Taschentücher über Kreuz, ließ das seine in der Hosentasche verschwinden und nötigte mich, mit dem meinen ebenso zu verfahren. Ich gehorchte. Zwar musste ich ein wenig nachdrücken, um die Maische vollends in der Hose zu versenken, aber es ging, nur dass der Saft mir jetzt auch an den Beinen hinuntersuppte.

Ohne Eile schlenderten wir gemächlich zum Heine-Denkmal zurück.

„Du, Joachim, wir sind doch richtige Freunde, oder?"

„Sicher, Herbert, die besten Freunde, die es je gab und niemals mehr geben wird!“

„Auf ewig und immer?“

„Auf ewig und immer!“

„Ehrenwort, Joachim?“

„Ehrenwort, Herbert!“

„Du würdest also auf unsere ewige Freundschaft schwören?“

„Ja, obwohl ich es nicht gern tue. Oma sagt immer, Jahwe – so heißt bei uns Gott – will nicht, dass die Menschen schwören. Wer die Wahrheit sagt, braucht nicht zu schwören. Hier, meine drei Finger – du musst sie jetzt aber auch erheben.“

„Ja, Joachim, ich schwöre dir ewige Freundschaft!“

„Ich dir auch, Herbert!“

„Dann bin ich beruhigt. Jetzt haben wir es nicht mehr nötig, mit den Mädchen ...“

Wir stutzten. Beim Denkmal herrschte ungewöhnlicher Krawall. Einige der Uniformierten, die uns vorhin entgegenmarschiert waren, rauften mit den Zuhörern; andere schrien: „Stoppt den Untergang Deutschlands, nieder mit dem jüdischen Ungeziefer, stürzt den Jud' vom Sockel.“ Wieder andere warfen Steine und Unrat in die Menge.

„Wo ist Papa? Papa, wo bist du?“

„Vielleicht schon beim Auto. Lass uns gehen und nachsehen!“

Ich zog Joachim von dem Tumult fort. Mir war die Angst in die Glieder gefahren, obwohl keiner der Erwachsenen – ob sie nun Zuschauer oder Beteiligte waren – uns Kinder eines Blickes würdigte.

Das Auto stand da, wo wir es verlassen hatten, aber Joachims Papa war nirgends zu sehen. Verängstigt und verzweifelt standen wir auf der Straße und schauten mal in die eine, mal in die andere Richtung.

Du magst es glauben oder nicht, das war die erste tiefere Erschütterung in meinem Leben. Da war niemand, den wir hätten ansprechen können. Die einen schlugen, die anderen wehrten sich, die nächsten grölten aus Leibeskräften Parolen und die letzten delektierten sich an allem, was sie hörten und sahen.

Mir war zumute, als gehörten wir Kinder nicht zu dieser Welt, der Welt der Erwachsenen. Natürlich war es mir nicht möglich, das, was ich empfand, zu begreifen oder gar zu artikulieren. Aber erkennen zu müssen, dass die Kleinen in der Welt der Großen in bestimmten Situationen nichts bedeuten, hat sich damals als bittere Erfahrung für die folgende Zeit meines Lebens im Herzen festgesetzt.

Joachim hielt meine Hand gefasst. Er schien Ähnliches zu empfinden wie ich. Uns beiden hatte sich ein Tränenschleier über die Augen gelegt. Wir konnten fast nichts mehr sehen, und das machte alles noch schlimmer. Doch dann kam endlich die Erlösung. Plötzlich, wie durch einen Zauber, stand Joachims Vater vor uns und sagte vorwurfsvoll: „Kinder, Joachim, wo seid ihr nur gewesen? Ich habe im Stadtpark nach euch gesucht. Jetzt aber schnell ins Auto und dann nichts wie heim!“

Er packte uns bei den Händen und führte uns zum Auto. Bevor wir einsteigen durften, wischte er uns liebevoll die Tränen aus den Augen. Da erst sah ich, dass sein Mantel zerrissen war und dass sich über seine rechte Wange ein blutiger Kratzer zog. Auch Joachim hatte das entdeckt.

„Papa, oje, wer hat dir das angetan?“

„Ist nicht weiter schlimm, mein Junge. So, nun rein mit euch.“

Er drückte uns in die weichen Fondsitze und fuhr los. Mich setzte er auf dem Weg nach Hause vor unserer Wohnung in der Antonistraße ab.

„Aber, Papa, wir müssen doch Fliederbeersaft machen. Du darfst Herbert nicht wegschicken!“

„Joachim, ich schicke deinen Freund nicht weg. Ich habe ihn heimgebracht. Ihr könnt morgen wieder miteinander spielen. Heute ist es schon zu spät. Also, bitte, keine Widerrede."

Die Entschiedenheit, mit der er sprach, verfehlte ihre Wirkung auf uns nicht. Joachim sagte nichts mehr, und ich stieg gehorsam aus.

Über das Gezeter, das Mutter über mein Aussehen veranstaltete, will ich lieber schweigen. Nur so viel: Ich musste sofort das Hemd und die Hose, sogar die ganze Unterwäsche ausziehen. Als sie das Tuch mit der Fliederbeermaische aus meiner Hosentasche zog, schien sie um ihren Verstand kommen zu wollen, und sie drohte mir einen „gehörigen Hinternvoll" an.

4. Kapitel

Es war sehr heiß in den letzten Tagen. Die Temperaturen hielten sich konstant über dreißig Grad Celsius im Schatten. Vor allem in den Straßenschluchten der Innenstadt brütete es wie in einem Schmelztiegel. Auszuhalten war dies tagsüber nur hier am Hafen. Heute hat sich die Wetterlage endlich gewendet. Musst den Menschen mal ins Gesicht schauen, und du wirst feststellen, dass sie wieder ganz erlöst aussehen.

Nur mir gefällt heute nicht alles. Man hat meinen Poller eingesperrt! Ein Arbeitstrupp des Hafenbauamtes hat den Övelgönner Kai wegen überfälliger Reparaturen an den Kaimauern abgeriegelt. Obwohl ich dem Schachtmeister gut zugeredet habe, ließ er sich nicht erweichen, mich durchzulassen. Vor dem Bauzaun musste ich umkehren. Es sei zu gefährlich, vor allem für alte Leute, meinte er. So habe ich mich also entschlossen, heute bis zu den Landungsbrücken hinunterzugehen.

Wenn es nicht nur schmuddelt, sondern stärker regnet, sitzt man auf dem westlichen Ponton unter der Aussichtspromenade trocken, hat den Blick frei auf den Strom, die Dockanlagen von Blohm und Voss am gegenüberliegenden Ufer und kann sich obendrein bedienen lassen. – Nur so'n richtigen Fliederbeergrog, den gibt es hier nicht.

Während ich noch mit dem Kellner verhandele, verdunkelt sich der Himmel immer mehr, und im nächsten Moment öffnen sich alle Schleusen des Himmels. Ich versichere dir, das ist eine Lust zu sehen: Gerade wollen die von der Regenböe aufgepeitschten kurzen Wellen des Elbwassers sich kräuseln und einen Kamm bilden, da werden sie auch schon von oben durch den Prall des mächtigen Schauers daran gehindert. Du spürst geradezu, wie sich das olivgrüne Wasser von unten nach oben aufbäumen will.

Mitten auf der Fahrrinne lassen sich weiße Möwen – die Schnäbel in Windrichtung – nieder, als ob sie das niederklatschende, kühlere Wasser aus dem Grau der ihnen sonst zugewiesenen Lüfte genießen wie kleine Kinder den Schokoladenpudding. Selbst ein herannahender Schleppzug kann sie nicht bewegen, aufzufliegen. Diese grau dunstenden, hör- und fühlbaren Minuten des Regenschauers sind so energiegeladen und mitreißend, dass ich meinen Grog beinahe vergesse.

Joachim und ich waren oft an den Landungsbrücken. Manchmal hat es uns mit der ganzen Gruppe hierher getrieben. Das war, als wir unser Weltbild – insbesondere im Hinblick auf die Mädchen – langsam zu korrigieren begannen. Die ersten Jahre nach dem inzwischen zur Legende gewordenen Sturz in die Elbe haben Joachim und ich hier oft zusammen gespielt oder mit kindlichen Abenteuern verbracht, die immer sehr aufregend waren. Leider habe ich die meisten längst vergessen. Die Standpauke, die ich zu Hause regelmäßig nach solchen Unternehmungen von meinem Vater erhielt, wurde von Mutter stereotyp mit dem Satz eingeleitet: „Wilhelm, jetzt musst du was tun, de Bengel het all wedder dumm Tüch mokt."

Schon rollte Vater zornig mit den Augen, zog mächtig viel Luft in die Lunge, sodass er erkennbar größer wurde – wie eben ein Truthahn sich aufplustert –, hob seine Hand und drohte gefährlich mit dem kräftigen Zeigefinger, um dann endlich doch nur zu sagen: „Dat du mir das aber nicht noch mal machen tust, Herbert. Sonst gibt es wirklich mal Haue, die du so schnell nich' wieder vergessen tust."

Er hat uns nie körperlich gezüchtigt. Mutter rutschte die Hand schon eher mal aus. Davor mussten wir uns in Acht nehmen. Aber das hatten wir schnell begriffen. Wir nahmen's Mutter nicht übel, und sie hatte bis zum anderen Morgen ohnehin alles vergessen.

Die Landungsbrücken und ihr näheres Umfeld waren ursprünglich gar nicht unser Revier. Joachim und ich hielten uns meistens am Övelgönner Hafen, am Fischmarkt und in der Elbchaussee rund um das Arens'sche Anwesen auf. In diesem Abschnitt zwischen Elbchaussee und Elbe kannten wir bald jeden Weg und Steg. Längst hatten wir Schleichpfade entdeckt, über die wir schnell von dem einen zum anderen Ende unseres Revieres gelangen konnten. Wir wussten, an welchen Bäumen die wohlschmeckendsten Äpfel, Kirschen, Pflaumen und sogar Pfirsiche zu finden waren. Wir waren auf fremden Böden unter hohen Dächern genauso zu Hause wie in dunklen Kellern. Wir kannten die Brutstätten des Steinkauzes ebenso wie die modernden Verliese und Keller, die bei Tageslicht den Fledermäusen Zuflucht gewährten. – Du schüttelst den Kopf? Doch, doch, das alles gab es wirklich noch in unseren Kindertagen!

Ich werde nie vergessen, wie ich einmal die Mädchen unserer Klasse – ohne böse Absicht – in Angst und Schrecken versetzt habe. Wir hatten Naturkundeunterricht. Unser Lehrer, Herr Behnke, dozierte wieder einmal über sein Lieblingsthema, die Flattertiere: „Adolf Stünkel, du hast zwar deine Hausaufgaben wie stets nicht gemacht, aber vielleicht kannst du dich doch erinnern, zu welcher Gattung die Flattertiere – auch Fledermäuse genannt – zählen. Na, Adolf, du hast doch wohl nicht auch noch im Unterricht geschlafen? Also, wie war das mit den Flattertieren? In welche Familie gehören sie? Du guckst nicht gerade intelligent, Adolf! Mach wenigstens den Mund zu, solange du dich nicht entschieden hast, mir zu antworten! – Adolf, ich warte! – Aha, also wieder mal Fehlanzeige! Ja, ja, ich beginne langsam zu begreifen, dass du einen ausgeprägten Hang zur Mittelmäßigkeit pflegst. Wir sprechen uns noch,

Adolf! – Äh, wo war ich stehen geblieben? Ach so, ja, bei den Flattertieren. Es sind Säugetiere, ja, Kinder, Säugetiere, obwohl sie fliegen. Was sag' ich da – fliegen? Das ist nicht richtig. Flattern tun sie, jawoll, sie flattern. Weshalb man diese Gattung auch Flattertiere nennt.

Und in dieser – und das sollt ihr euch *heute* merken, auch du, Adolf – wo bist du denn dauernd mit deinen Gedanken? Warum stierst du deine Mitschülerin so an? (Gemeint war Erna Heydenreich.) War dir bisher etwa entgangen, dass es zwei Gattungen Mensch gibt, weibliche *und* männliche? Hier, Adolf, *hier* hast du dich ausschließlich für das zu interessieren, was *ich* sage. Ist das klar, Adolf? Das gilt auch für euch! Meint ihr vielleicht, ich rede mir im Unterricht den Mund nur so zum Spaß fusselig? – Herbert Spalding, unterlass dein unverschämtes Grienen! Oder willst du dich über deinen Lehrer lustig machen? Von dir hatte ich tatsächlich mehr erwartet, Herbert! Enttäusche mich nicht! Ihr lernt doch schließlich nicht für mich. Es ist *euer* Leben, das ihr möglicherweise hier vergeudet. – Ach, warum rege ich mich überhaupt auf? Irgendwann werdet ihr tief bereuen, dass ihr mir, der ich es nur gut mit euch meinte, nicht zugehört habt. – Übrigens, Irmgard, du riechst! Sorge dafür, dass du morgen gewaschen in die Schule kommst. – Äh, wo war ich gerade stehen geblieben? – Ach so, ja, bei den Flattertieren, und die – jetzt hört gut zu – und die gehören wiederum zu den so genannten Glattnasen! Jawoll, zu den Glattnasen. – Was gibt es da zu lachen, Herbert? Zu den Glattnasen! Merkt euch das!"

Herr Behnke hätte so weitergeredet, geschimpft, ermahnt und informiert, wäre nicht mein Part jetzt endlich dran gewesen. Wir hatten das vorbereitet, mein Freund Joachim und ich. Adolf Stünkel und Gustav Janke waren irgendwie dazugekommen und später auch noch Erna Heydenreich. Ich weiß gar nicht mehr, wieso die drei plötzlich auch da waren. Es war eben so. Wir haben auch nicht protestiert, und von da an gehörte das Mädchen dazu, war akzeptiert. Also, die Idee mit den Fledermäusen hatte Joachim, obwohl er unsere Schule gar nicht besuchte. Adolf imitierte wieder mal den Behnke. Er konnte das hervorragend, und wir haben dazu gelacht, dass unsere Tränen nur so kullerten.

„Mensch, warum nehmt ihr nicht 'n paar Fledermäuse mit in die Schule? Das wäre doch mal was anderes."

Joachim meinte es so, wie er es sagte. Er versprach sich davon wirklich interessanteren Naturkundeunterricht. Wir würden sicher bei Herrn Behnke Eindruck machen und unsere Zeugnisse verbessern. Bei uns aber stand eher der Überraschungseffekt, den wir damit erzeugen konnten, im Vordergrund. Deshalb steigerten wir uns richtig hinein in das zu erwartende Spektakel.

Zwei Fledermäuse waren schnell herbeigeschafft. Ich entwendete den kleinen dunkelblauen Leinensack, den einst meine Tangstedter Oma genäht hatte. Normalerweise sollten damit Rundstücke und Zwieback vom Bäcker heimgetragen werden. Diesmal aber mussten darin die Flattertiere über Nacht unter der Treppe des Hausflures auf ihren Einsatz warten.

Du kannst dir sicher denken, dass es am anderen Morgen unmöglich war, uns zu konzentrieren. Bevor Herrn Behnkes Unterricht begann, mussten wir auch noch eine Stunde Rechnen über uns ergehen lassen.

Die Spannung stieg von Minute zu Minute, bis der arme Herr Behnke endlich bei den Glattnasen angekommen war. Ich fummelte den Sack mit den Flattertieren ganz vorsichtig unter meinem Pullover hervor und beugte mich dabei tief über die schräge, aufklappbare Schultischplatte, damit Herr Behnke ja nichts merkte. Deshalb machten seine Ermahnungen auch nicht den von ihm erhofften Eindruck auf mich. Genauso erging es Adolf und Erna. Scharf beobachteten sie jede meiner Bewegungen, und dann hatte ich die beiden Tiere in den Händen. Eines biss mir in den Finger, was zwar unangenehm war, aber nichts ausmachte, weil es nicht gefährlich und nicht das erste Mal war, dass ich mit dieser Gattung von Tieren Spielchen trieb.

Herr Behnke holte tief Luft. Selbst wir Kinder hatten erkannt, wie stolz er auf sein Wissen war. Er schaute uns wieder freundlicher an. Von dem drohenden Zeigefinger war keine Spur mehr. Er badete in seinem Großmut, der ihn befähigt hatte, uns mit der *Weisheit letzten Schluss* zu beschenken, und sog die tiefe Bewunderung seiner Schüler, die nur er selbst wahrgenommen hatte, in sich ein. Glattnasen, das war es. Welch tiefes Geheimnis hatte er uns offenbart! Gerade machte er Miene, zur Vertiefung des eben Preisgegebenen anzusetzen, da stieß mich Erna über den schmalen Gang hinweg in die Seite und zischte mir zu: „Los, Herbert, jetzt!"

Da öffnete ich meine Hände, selbstverständlich unter der Tischplatte, wo unsere Hefte und der Griffelkasten normalerweise ihren Platz hatten. Ich erschreckte mich selbst. So schnell flatterten die Glattnasen auf, warfen für Sekunden einen Schatten über die Augen Herrn Behnkes und kreisten nervös unter der Decke des Klassenzimmers.

Die nicht eingeweihten Jungen sprangen entsetzt auf, und die Mädchen schrien spitz wie Ferkel, die nach den Zitzen ihrer Muttersau verlangten. Herr Behnke taumelte rückwärts und stolperte beinahe über sein erhöhtes Katheder. Auch die Mädchen sprangen von ihren Sitzen auf und flüchteten – sich gegenseitig behindernd – zum Ausgang. Die abwehrenden Hände des Naturkundelehrers änderten daran nichts. Sogar einige der Jungen waren geflohen. Dann wurde es – einem Spuk gleich – urplötzlich still, atemberaubend still. Herr Behnke wollte etwas sagen, aber er brachte kein Wort heraus. Einen Augenblick stand er wie erstarrt da. Dann verließ er kopfschüttelnd mit hochrotem Gesicht, aber stolz das Klassenzimmer.

Oje, dieses Abenteuer hatte unangenehme Folgen. Ich

musste dem Rektor Rede und Antwort stehen und weil ich die Hintermänner nicht nennen wollte, wurde ich besonders schwer bestraft. Zehn kräftige Stockhiebe sollten mir den Mund öffnen und mich bewegen, die bösen Mittäter preiszugeben, und als auch das nicht half, musste ich eine ganze Woche lang in den Schulgarten gehen, der am Volkspark Bahrenfeld lag, um dort Unkraut zu jäten. Erna und Joachim haben mich dabei kräftig unterstützt. Verraten habe ich beide nicht.

Der Streich mit den Fledermäusen war eine Zäsur in unserer Entwicklung von Kindern zu Jungen, die sich als solche im Gegenüber zu den Mädchen zu entdecken begannen. Immer öfter spielten und tobten wir von nun an in einer größeren Gruppe durch das allerdings auch größer gewordene Revier. Adolf Stünkel und Erna Heydenreich gehörten zum innersten Freundeskreis. Später gesellten sich auch Wilfried Drube und Marlene Stöver dazu. Gustav Janke, der vom Hein-Köllisch-Platz, war auch meistens dabei, obwohl wir ihm nicht sonderlich trauten, aber er drängte sich einfach auf.

Wir befanden uns jetzt in der Trotzphase – so sagte man damals jedenfalls –, heute nennt man diese Reifungszeit wohl Pubertät. Rückblickend war diese Phase nicht nur schön. Langeweile kannten wir nicht, auch nicht die heute üblichen Verpassungsängste, aber oft empfanden wir das Leben schon als außerordentlich mühselig. Joachim und ich haben viele, viele Male darüber gesprochen und waren uns darin einig, dass es im Leben ungerecht zugehe, dass es stets irgendwelche Grenzen gebe, die nicht überschritten werden dürften, dass es viel besser sei, klein zu bleiben, statt erwachsen zu werden – und dass vor allem die Mädchen so schwierig seien und meistens eingebildet.

Hin und wieder kam es auch vor, dass wir uns über uns selbst ärgerten, weil wir gestern noch für etwas begeistert waren, das heute zum Anöden langweilte. Manchmal gingen wir uns gegenseitig auf den Wecker, und eben deshalb auch aus dem Weg und blieben stundenlang jeder für sich allein. Ein anderes Mal wollten wir gemeinsam Mauern einreißen, ein Schiff bauen, um damit nach Amerika zu segeln, aber dann waren wir wieder stinkefaul und hatten zu nichts Lust. Unseren Eltern gegenüber benahmen wir uns schnippisch und frech, und das war mit Ärger verbunden, weil sowohl Joachim als auch ich dafür in der Regel mit Stubenarrest bestraft wurden.

Schade, dass wir unsere schwierigen Phasen selten zur selben Zeit durchmachten. Manches wäre dann sicher leichter gewesen. Ich weiß noch genau, wie unglücklich ich war, wenn Joachim gerade nicht ansprechbar war, mich aber unendliche Sehnsucht trieb, mich ihm, meinem Freund, anzuvertrauen, weil nur er mich verstehen würde. Mit Vater und Mutter konnte ich keine Probleme erörtern, geschweige denn, sie bei ihnen abladen. Ich war fest davon überzeugt, dass sie mich nicht verstanden hätten. Ich verstand mich ja oft selbst nicht. Aber hatten Joachim und ich uns endlich wieder gefunden, so erlebten wir die schönsten und aufregendsten Augenblicke unserer jungen Leben miteinander.

Meistens ging solchen Aussprachen ein langes gemeinsames Schweigen voraus. Wir trabten irgendwohin, ohne ein bestimmtes Ziel. Der Himmel war grau und verhangen, oft nieselte es, und unsere Füße strebten wie von selbst hinunter zum Hafen. Dann dauerte es nicht lange, bis wir eng aneinander unsere Rücken gegen den rostigen Poller lehnten und die Füße über die Kaimauer baumeln ließen – was anfangs nicht gelang, weil unsere Körper noch zu kurz waren.

Unsere Blicke folgten den Elbewern, die schwer beladen aus dem Hafen in Richtung Elbmündung den friesischen Inseln zustrebten. Oder sie ruhten verzückt auf großen Dampfschiffen, die in unserer Phantasie stets von weit her kamen – aus Amerika, Afrika oder Asien. Dann gaben wir uns dem Traum hin, dass wir unsere kindlichen Grenzen bald endgültig abschütteln würden.

„Du, Joachim, wie gefällt dir Marlene Stöver?"

„Wie kommst du jetzt auf die?"

„Weiß nicht. Sie will immer bei uns mitmachen. Ist dir das noch nicht aufgefallen?"

„Doch, natürlich, Herbert! Mit Erna Heydenreich ist's ähnlich. Hat heute gefragt, ob ich ihr bei den Rechenaufgaben helfe. Ich müsste es doch besser können, schließlich besuchte ich ja die Höhere Schule! Hatte aber keine Lust heute mit der! Hab' eigentlich nichts gegen die Mädchen. Von mir aus können sie gerne mitmachen. Marlene hat ja auch schon einen richtigen Busen."

„Sieht aber sonst doch auch ganz nett aus. Oder nicht?"

„Klar, schon! Aber auch mit Erna kann man sich sehen lassen."

„Hast du schon einmal bei einem der Mädchen *an oder ab* gefragt?"

„Nee, du schon?"

„Ich wollte, Joachim, heute in der Schule. Hat aber nicht geklappt. Hab' immer unter Beobachtung gestanden. Gustav Janke hat aufgepasst wie 'n Luchs. Ich glaub', der mag Marlene auch. Hab' gehört, dass er sie gefragt hat, ob sie Lust hätte, mit ihm einen Tanzkursus zu besuchen. Stell dir das bloß vor, Joachim! Der mit seinen X-Beinen und dann noch 'n Walzer aufs Parkett! – Weißt du eigentlich schon, dass wir uns heute Abend unter der Schlagbaumtwiete in Schröders Elbpark treffen sollen? Adolf will versuchen, seine Gitarre mitzubringen. Weiß zwar nicht, was sie vorhaben, aber die Mädchen kommen auch. Dann könnten wir Marlene und Erna ja fragen, ob sie *richtig* mit uns gehen wollen."

„So machen wir es, Herbert. Mama ist heute Abend im Theater. Wenn ich es geschickt anstelle, wird Oma mich laufen lassen. Soll ich meine Mundharmonika auch noch einstecken? Was meinst du?"

„Aber klar. Erna wird sicher begeistert sein und dir aufmerksam zuhören.“

Also, diesen Abend werde ich nie vergessen. Er war gleichermaßen aufregend und unheimlich. Damals lag unterhalb der Schlagbaumtwiete noch ein herrliches Stück beigefarbenen Elbstrandes. Der Sand war fein und schmierte nicht. Ich habe manche Abendstunde da unten gesessen und nichts anderes getan, als mir den Sand durch die Finger rieseln lassen. Das ist ein wunderbares Gefühl, so als ob du etwas streichelst und zugleich gestreichelt wirst.

Es muss ein sehr heißer Sommertag gewesen sein. Ich spüre jetzt noch die warme Luft des beginnenden Abends über meine Haut hinwegziehen. Der rot flimmernde Sonnenball senkte sich langsam auf das träge dahinfließende Wasser des Elbstromes.

Ich war, wie so oft, viel zu früh am verabredeten Ort. Das mag an der quälenden Enge unserer kleinen Wohnung in der Antonistraße gelegen haben. Doch dieser Drang ins Freie hat mich oft mit zauberhaft schönen Bildern belohnt. Sie liegen immer noch auf dem Grund meiner Seele und feiern hin und wieder wundersamste Auferstehungen.

Inzwischen hatte ich mich breitbeinig in den Sand gesetzt und meine langen, dürren Beine zum Wasser gestreckt. Ich freute mich über die Wärme, die der Boden abstrahlte und mir so angenehm in die Kniekehlen zog. Meine Hände spielten mit dem Sand, häufelten die nackten Beine ein oder versuchten, Gräben von den Knien bis hinter meinen Rücken zu baggern. Die Füße und Zehen schienen ein eigenes Spiel zu veranstalten. Mal neigten sie einander zu, berührten und kitzelten sich, um dann wieder voneinander abzulassen. Manchmal spreizten sich meine Beine, ohne dass ich das bewusst beschlossen hätte, und zogen mit den Hacken bogenförmige Riefen in den warmen Sand.

Längst hatte ich alles um mich herum vergessen – sogar den Grund meines Hierseins. Dass ich außer mit Joachim ebenfalls mit Adolf Stünkel, Wilfried Drube und dem grässlichen Gustav Janke verabredet war, hatte sich so weit verflüchtigt, dass ich erschrak, als von oben her Mädchenstimmen zu hören waren. Ihr Kichern und albernes Glucksen drang wie aus einer anderen Welt an meine Ohren. Ich wandte mich um und wusste im selben Moment, dass es sich nur um Marlene und Erna handeln konnte. Meine zuerst feindselige Unwilligkeit wegen der Störung meiner Kreise war im Nu verflogen. Alles in mir nahm wie auf einen Befehl hin eine stramme Haltung an. Wie von einer Tarantel gestochen schoss ich hoch und winkte den Mädchen zu, als sei ich auf den Bahnsteig bestellt und müsse mich stadtfremden Menschen gegenüber erst bemerkbar machen.

Ich kam mir linkisch vor, konnte es jedoch nicht ändern. Unzählige Fragen wanderten durch meinen Kopf und verstärkten die Unsicherheit, die ich verspürte. Ich schämte mich wegen meiner dünnen Beine, aber auch wegen der unmöglichen Frisur, die mir Mutter wieder einmal verpasst hatte. – Sollte ich den Mädchen artig die Hand reichen, oder musste ich jetzt mit einem gekonnten Schlagwort aufwarten? Ich wusste das alles noch nicht.

Marlene und Erna waren schon beängstigend nah herangeschlendert und machten überhaupt keine Anstalten, voneinander abzulassen. Sie hielten sich, wie Freundinnen es eben tun, fröhlich umschlungen an den Schultern. Ich roch die beiden Mädchen förmlich. Wo, zum Kuckuck, blieb bloß Joachim? Der hätte mit Sicherheit gewusst, wie man sich in solchen Augenblicken verhalten muss.

Nicht wissend, wie ich es anzustellen hatte, begann ich komische Laute aus mir herauszuwürgen und vermutlich Unverständliches zu stammeln, als Gustav Janke unter den Bäumen hervortrat und die Mädchen verblüffend einfach begrüßte. Er sagte nur: „Na ihr, seid ihr auch schon da? Na, Marlene, hast ja ’ne toffe Bluse an! Na, Herbert, warum hast du noch kein Holz gesammelt? Wir wollten doch ein Feuer machen, nä?“

Mich packten Zorn und Wut über Gustavs Unverfrorenheit, aber auch über meine eigene Unsicherheit. Die Mädchen sagten gar nichts. Sie schienen belustigt zu sein und kicherten weiter. Mir kam das vor, als hätte ich eine Niederlage erlitten, ausgerechnet von Gustav Janke und dann auch noch vor den Augen Marlenes!

Glücklicherweise eilten jetzt Wilfried und Adolf herbei. Sie lachten laut, winkten und zogen ein mächtig großes, aber morsches Geäst hinter sich her. Dabei taten sie, als ritten sie unter riesigem Zuschauerapplaus auf rassigen Pferden in eine Arena hinein. Da war das Eis gebrochen. Plötzlich ging alles wie von selbst. Wir zerkleinerten einen Ast und hatten sehr schnell Feuer entfacht. Leider hatte Adolf seine Gitarre nicht mitbringen dürfen, aber er sorgte wie immer schnell dafür, dass keine Langeweile aufkommen konnte. Er ahmte wieder einmal Herrn Behnke nach, und wir lachten.

Nur Joachim ließ auf sich warten. Warum kam er nicht? Hatte seine Oma ihm doch nicht erlaubt, das Haus nach dem Abendessen zu verlassen? Schade, wenn er nicht mehr käme, dann würde leider auch unser großes Vorhaben mit den Mädchen ins Wasser fallen. Denn allein hatte ich nicht den Schneid, mit Marlene anzubandeln.

Bald war Adolf mit seinen Imitationen unserer Lehrer ans Ende gekommen. Gustav versuchte immer mal wieder, einen Witz zu reißen und so die Aufmerksamkeit auf sich zu ziehen, aber das misslang jedes Mal kläglich, und mich freute es, dass er die Mädchen so nicht beeindrucken konnte.

Es wurde stiller und das Gespräch stockender. Schließlich erzählte Wilfried Drube, dass er nachmittags, als er von der Övelgönner Fischfabrik alte Fischkisten abholen musste – die wurden bei ihm zu Hause als Brennholz verfeuert –, einen großen Lastwagen gesehen hätte, der rundum mit beschrifteten Tüchern behangen war. Darauf sei zu lesen gewesen: „Juden und Jesuiten sind die Verräter Deutschlands." Auf der Ladefläche hätten viele Männer in braunen Hemden gestanden und Zettel heruntergeworfen.

Wilfried erhob sich, zog ein zerknülltes Papier aus der Tasche und sagte: „Seht her, ich habe noch einen!"

„Was steht denn drauf? Lies doch mal vor", forderte Erna Heydenreich.

Ich weiß noch, dass es um den Bergedorfer Kommunistenführer Ernst Henning ging. Dir sagt der Name sicher nichts. Aber Vater hat bei Tisch oft über ihn gesprochen. Der sei politisch zwar ein wenig zu weit nach links abgedriftet, aber er habe völlig Recht mit der Behauptung, dass die Werktätigen von den Bankern und Mächtigen regelrecht ausgeplündert würden, und wenn das so weiterginge, müssten auch wir bald am Hungertuche nagen. – Na, jedenfalls war der Ernst Henning ein paar Tage zuvor in einem Omnibus zwischen Kirchwerder und Bergedorf erschossen worden. Überall wurde darüber gesprochen, sogar in der Schule. Uns Kindern ging das damals nicht sonderlich unter die Haut. Wir zeigten lediglich Interesse, weil wir erwachsener wirken wollten, als wir es tatsächlich waren.

„Wir haben ihn hingerichtet. Er war ein Feind Deutschlands. Er hat es verdient. Wir Nationalsozialisten werden das deutsche Vaterland retten." So las Wilfried und schien sich dabei zu amüsieren.

„Na, wieso machst du dich über die Nationalsozialisten lustig, Wilfried?" Gustav Janke – er setzte immer ein undefinierbares *Na* ein, wenn er zu sprechen begann – sprang auf, schaute Wilfried hasserfüllt an und schrie mit sich überschlagender Stimme: „Na, ihr seid doch alle miteinander nichts anderes als dreckige Sozi- und Kommunistensäue. Du, Herbert, bist die dreckigste Sau von allen, denn du gibst dich ja täglich mit den Judenläusen ab. Ihr werdet bald erfahren, was passieren wird. Mein Vater hat's mir gesagt. Der ist Polizist! Der muss es wissen! Na, morgen werde ich in der Schule weitersagen, was ihr für welche seid. Na, von euch lasse ich mich nicht beschmutzen. Ich gehe!“

Gustav drehte auf den Hacken und machte sich eiligst davon. Schweigend und betroffen schauten wir ihm nach. Marlene hatte als Erste ihre Fassung wieder gefunden. Schnippisch fragte sie: „Was sollte das denn? Hat der sie nicht mehr alle? Oder was?“

„Sein Vater gehört zu den Nazis und spekuliert auf eine bedeutendere Aufgabe in deren Partei, als er sie jetzt bei der Polizei innehat, meinte kürzlich meine Mutter. Sie hat das von den Schmidts, die bei uns auf der Etage wohnen und mit den Jankes verkehren“, sagte Adolf.

Wilfried Drube, der sich noch nicht wieder niedergehockt, sich aber von seinem ersten Schrecken erholt hatte, meinte nach einer Weile: „Gustav war schon immer 'ne blöde Krähe, und sein Vater gehört seit langem zu diesen Politidioten, denen der Draht aus der Mütze gesprungen zu sein scheint. Lasst den Gustav bloß laufen. – Herbert, schieb die Äste von deiner Seite aus weiter ins Feuer, sonst haben wir gleich nur noch 'ne mickerige Glut. Oder müsst ihr schon nach Hause? – Oh, da kommt Joachim ja doch noch!“

Tatsächlich kam Joachim mit nachdenklicher Miene unter den hohen Buchen hervor. Die Sonne, deren Rund inzwischen am Horizont fast ganz in das Wasser der Elbe getaucht war, verlieh der abendlichen Szenerie einen merkwürdig rotgoldenen Glanz. Joachim erschien darin, als habe eine andere Welt ihn erst in diesem Augenblick aus geheimnisvoller Tiefe hervorgebracht. Auch die Freunde und die Mädchen schienen diesen Eindruck zu haben; denn alle schauten ihm gebannt entgegen.

Ich kannte meinen Freund gut genug, um zu wissen, dass er etwas auf dem Herzen hatte oder dass etwas Besonderes geschehen sein musste, wenn er so seltsam ernst dreinblickte.

Aber je näher er dem Lagerfeuer kam, desto mehr entspannten sich seine Züge.

Er setzte sich zu uns und sagte nach einem spannungsvollen Augenblick: „Tut mir Leid, dass ich mich verspätet habe. Es war nicht möglich, eher hier zu sein." Er blickte uns nacheinander durchdringend an, fuhr dann aber scheinbar erleichtert fort: „Aha, ich bin also noch nicht der Letzte. Gustav Janke wollte doch auch kommen. Warum ist er nicht hier?"

Irgendwie hatte ich Angst, dass einer ihm mit der Wahrheit wehtun könnte. Deswegen sagte ich: „Ach, der, der war hier, hat uns aber – Gott sei es gedankt – wieder verlassen. Es lohnt wirklich nicht, Joachim, ihm nachzutrauern. Hast du deine Mundharmonika dabei?"

„Ja, Herbert, hab' ich. Aber was war denn los? Habt ihr mit Gustav gestritten? Los, erzählt!"

Eine merkwürdig unangenehme Stimmung machte sich breit. Wir sahen uns gegenseitig an. Keiner traute sich zu sagen, was wirklich geschehen war. Erna versuchte die Situation zu retten, indem sie Joachim aufforderte, endlich die Mundharmonika zu nehmen und ein fröhliches Lied zu spielen. Ich wusste, dass Erna meinen Freund Joachim leiden mochte. Sie hatte des Öfteren versucht, bei mir in Erfahrung zu bringen, was Joachim über dies oder jenes dachte, was er trieb und womit er sich gerade beschäftigte.

Er zog die Mundharmonika umständlich aus seiner Hosentasche, forderte uns aber weiter hartnäckig auf, ihm zu berichten, was zwischen Gustav und uns vorgefallen sei.

„Herbert, bitte erzähl'! Ich habe da so 'ne Vermutung. Ja, ich ahne fast, was los war. Wenn ihr mir sagt, weshalb Gustav diese Runde schon verlassen hat, werde ich euch erzählen, warum ich jetzt erst hier sein konnte." Joachim blickte mich bittend und auffordernd an.

So gerne ich auch geschwiegen hätte, ich musste jetzt Farbe bekennen. Also gab ich stotternd Bericht. Immer wieder hoffte ich, dass Adolf oder Wilfried mich unterstützen würden, aber sie blieben still und hörten auch nur zu. Mit jedem Wort, das aus meinem Mund kam, verstärkte sich das Gefühl, meinen Freund zu verletzen, aber Joachim ließ mir einfach keine Chance, aufzuhören oder abzuschweifen.

Als ich alles bis ins Detail wiedergegeben hatte – auch die bösen, widerlichen Worte über die Judenläuse –, blickte er noch einmal in die Runde. Er schaute jedem in die Augen – besonders lange währte es, als er Erna Heydenreich ansah –, dann erhob er sich und bellte mit flammend zornigem Blick: „So, nun wisst ihr es. Ich bin auch so eine Judenlaus! Wollt ihr jetzt wirklich immer noch, dass ich euch auf der Mundharmonika vorspiele?"

Seine Augen begannen, feucht zu schimmern, und die bebenden Nasenflügel entlang zogen Tränen ihre Spuren. Joachim schien sehnsüchtig und schwermütig mit dem golden dahineilenden Fluss zu entrücken. So hatte ich ihn noch nie erlebt, so unsagbar anders.

Nicht nur mit ihm musste in diesem Moment etwas Besonderes vorgegangen sein, auch mit uns. Ohne es zu wollen und ohne dazu aufgefordert zu sein, hatten wir uns für Joachim entschieden. Obwohl wir weder ahnten noch wussten, gegen wen sich unsere Entscheidung richtete. Nur eines war jedem von uns in diesem heiligen Augenblick bewusst: Wir waren von nun an Freunde und Kameraden, verbunden durch einen geheimnisvollen Schwur.

Joachim setzte sich wieder in den Sand. Genüsslich zog er seine Mundharmonika von links nach rechts und von rechts nach links über die Lippen, ohne dass auch nur ein einziger Ton zu hören gewesen wäre. Doch dann wandte er seinen Körper den letzten roten Strahlen der über der Elbe fast ganz untergegangenen Sonne zu und spielte – eigentümlich selbstvergessen – zarte, melancholisch klingende Melodien, die keiner von uns je gehört hatte. Alle lauschten wir regungslos, bis Joachim zu sprechen begann.

„Wer hat das Flugblatt? Bitte, Wilfried, gib es mir!"

Wilfried buddelte das Papier, das unter den feinen Elbsand geraten war, wieder heraus, versuchte es zu glätten und reichte es Joachim. Der faltete das Papier sorgfältig zusammen und steckte es in seine Hemdtasche.

„So, nun werde ich euch erzählen, warum ich erst so spät zu euch stoßen konnte: Gerade hatte ich mich von meiner Oma verabschiedet, ihr ausführlich erklärt, wohin ich gehen wollte, wen alles ich treffen und dass ich bestimmt rechtzeitig wieder zu Hause sein würde, da gab es ein großes Geschrei vor dem Tor zu unserer Auffahrt. Ich stürzte nach draußen und sah eben noch, wie eine brennende Strohpuppe von einem Lastwagen aus über das Tor in unseren Garten geworfen wurde. Ihr könnt euch denken, dass ich mich furchtbar erschreckt habe. Oma kam auch in den Garten. Sie drückte mir den Wasserschlauch, mit dem sonst der Rasen gesprengt wird, in die Hand und forderte mich auf, das Feuer zu löschen. Als ich den schweren Schlauch hinter mir her zog und auf die flammende Puppe zueilte, sah ich, dass sich unter den vielen Männern auf der Ladefläche des Lastwagens auch Gustavs Vater befand. Er war zwar ebenso braun uniformiert wie die anderen, aber ich habe ihn ganz sicher erkannt."

„Aber was ist mit der Puppe geschehen? Ist sie total verbrannt?"

„Nein, Oma und ich haben sie noch löschen können, aber es wäre besser gewesen, sie wäre ganz verbrannt!"

„Wieso?", fragte ich.

„Weil sie uns zu Tode erschrecken sollte, Herbert."

„Das musst du genauer erklären."

„Ich wollte es zuerst auch nicht glauben, aber Oma sagte, dass mit der angezündeten Strohpuppe die Juden gemeint sind. Denn an das Kleid, das ihr übergezogen worden war, hatte man einen gelben Judenstern geheftet. Die Puppe sollte also eine Morddrohung gegen unsere Familie sein. Oma hat es gesagt und die Polizisten, die hernach kamen und alles genau wissen wollten, auch. So, jetzt wisst ihr, warum ich erst so spät kommen konnte."

Wir schwiegen. Erna hatte ihren Platz gewechselt und saß jetzt an Joachims Seite. Unbemerkt von uns hatte sie seine Hand ergriffen und hielt sie auch noch fest, als sie das Schweigen brach und aussprach, was wir alle dachten: „Joachim, wir halten zu dir! Ich jedenfalls. Ich schwöre es dir. Wir können nichts dafür, dass wir Deutsche sind, und du kannst nichts dafür, dass du Jude bist."

Joachim schluckte. „Wenn ich es nur wäre. Leider ist nur mein Papa ein richtiger Jude und Oma natürlich. – Lasst uns jetzt bitte von etwas anderem sprechen. Die Nazis sind bei uns *das* Gesprächsthema, zumindest seit sie die zweitstärkste Partei in Hamburgs Bürgerschaft geworden sind. Papa regt sich darüber schon genug auf."

Natürlich war uns dieser Vorschlag recht. Wir wussten alle, dass seit Monaten etwas in der Luft lag. Über die allgemeine Wirtschaftskrise, die Nazis und Kommunisten wurde in jeder Familie ständig gesprochen, nur wir Jugendlichen waren eben noch nicht richtig betroffen, und es gab Dinge, die uns weit mehr interessierten und beschäftigten als all der politische Kram, der um uns herum diskutiert wurde.

Joachim spielte wieder auf der Mundharmonika. Jetzt waren es bekannte Lieder, die wir zunächst schüchtern, aber dann immer lauter mitsangen. Am lautesten und fröhlichsten schmetterte Adolf Stünkel. Vielleicht war er neben Joachim ja auch der musikalischste von uns. Der olle Musik-Bublitz hatte ihm – obwohl Adolf oft vorlaut war – immer eine Eins für Musik ins Zeugnis geschrieben.

„Schade, dass wir keine Limonade haben. Hier am Feuer ist's doch ganz schön heiß. Und ich habe mächtigen Durst", warf Wilfried ein.

Sofort erhob sich Adolf, jauchzte, klatschte in die Hände und rief frohlockend: „Limonade haben wir zwar nicht, aber erfrischen können wir uns trotzdem. Warum gehen wir nicht ins Wasser und baden uns frisch? Nu man los, keine Ausflüchte!“

Marlene und Erna fuhren irritiert hoch und schlugen verschämt die Hände vor ihre Gesichter. Erna fasste sich als Erste und zwitscherte hochstimmig: „Ich hab keinen Badeanzug mitgebracht. Ihr hättet sagen müssen, dass wir baden wollen!“

„Mensch, Kinners, habt euch nicht so. Nichts ist lustiger, als nackt zu baden. Passt mal auf, wie das geht!“

Adolf riss sich die Plünnen vom Leib, lachte, schrie und veranstaltete Veitstänze vor uns. Die Mädchen waren so verblüfft, dass sie vergaßen, sich züchtig abzuwenden, während Wilfried begann, die Knöpfe seines blau gestreiften Hemdes zu öffnen. Auch er lachte. Ich wusste nicht, ob ich mich freuen und mitmachen oder weglaufen sollte.

„Warum eigentlich nicht nackend baden? In der Wanne zu Hause macht's doch auch Spaß. Also los, Herbert, runter die Büxen!“

Bei Joachim dauerte das Auskleiden nur Sekunden. Ehe die Mädchen und ich uns versahen, waren Wilfried und er im Wasser und wurden von Adolf mit lautem Gebrüll und hochspritzenden Fontänen empfangen.

„Marlene, los, wir machen auch mit. Die ‚Neun B‘ hat neulich sogar während des Klassenausflugs am Lauenburger Deich geschlossen nackend gebadet.“

Unverzüglich begann nun auch Erna, ihr Kleid und die weiße Wäsche darunter abzustreifen. Marlene tat es ihr – etwas zögerlich – gleich.

Durch meinen Körper zog ein wundersames Vibrieren, mir wurde angst und bange. Eine merkwürdige Hitze bemächtigte sich meiner. Dazu kam, dass der den Mädchen ausströmende Körpergeruch, den ich anfangs schon wahrgenommen hatte, so intensiv wurde, dass ich mich wie gelähmt fühlte. Plötzlich standen beide Mädchen unbekleidet vor mir und strahlten mich an. Ich konnte kein Wort herausbringen.

Alles an mir zitterte. Meine Augen waren weit aufgerissen und starrten gebannt auf die jungen Mädchenbrüste, die bei Erna noch nicht so weit, bei Marlene aber bereits recht üppig ausgebildet waren.

Und dann geschah etwas Unglaubliches: Die Mädchen – völlig befreit – knöpften mir kichernd Hemd und Hose auf, entkleideten meinen Oberkörper und zogen mir die Büxen frech unter die Knie. Marlene lachte übermütig und meinte: „Den Rest schaffst du wohl allein, Herbert.“ Dann wandten sich beide dem Elbwasser zu und sprangen den anderen hinterdrein.

Wie ich meine Erstarrung überwunden habe und tatsächlich ins Wasser geraten bin, weiß ich nicht mehr. Es war wie im Traum. Scham und Zurückhaltung hatten wir alle aufgegeben. War das ein Tollen, Toben, Lachen und Jauchzen. Schnell hatten wir vergessen, dass wir nackt waren. Das samtene violette Licht, das der Nachthimmel auf uns, den Strand und den träge fließenden Fluss ausgeschüttet hatte, erweckte in mir den Eindruck, dass wir in diesem Augenblick Kinder des Paradieses waren.

Als das Feuer nur noch glimmte und die Sichel des Mondes ein nebelhaft fahles Licht über den Strand ausstreute, machten wir uns auf den Weg nach Hause. Jeder ging schweigend, glücklich und verändert seine Straße. Dieses wundersame Erleben von Betroffenheit und Seligkeit konnte durch nichts und niemanden getrübt werden; nicht durch Vaters Vorwürfe und auch nicht durch Mutters Gezeter.

5. Kapitel

Ich habe das Datum nicht vergessen, weil meine Schwester an jenem Tag Geburtstag hatte. Es war der 17. Juli. Wegen der Feier des Geburtstags in unserer kleinen Wohnung in der Antonistraße war ich geflüchtet. All die lütten Deerns, die über Mutters Napfkuchen herfielen, nervten mich.

Es war ein Sonntag. Also suchte ich Joachim auf. Der war glücklich und fühlte sich, als ich auftauchte, wie erlöst, denn jetzt musste er seiner Oma nicht mehr aus der Zeitung vorlesen. Sie ließ ihn mit mir ziehen und ermahnte ihren Enkel, nur ja pünktlich zum Abendessen wieder im Haus zu sein.

Ein Ziel hatten wir nicht. Wie fast immer lenkten uns unsere Füße erst einmal zum Hafen, bis Joachim vorschlug, bei Marlene oder Erna vorbeizugucken. Das gefiel mir natürlich, zumal ich Grund hatte anzunehmen, dass Marlene mich wirklich gern hatte.

Ach so, du möchtest wissen, warum ich das annahm? Also das ist eine wirklich nette Geschichte, der ich mich damals zwar schämte, heute jedoch gern erzähle.

Marlene und ich hatten uns am Sonntag zuvor in der St.-Pauli-Kirche getroffen. Sie leitete dort eine Kindergruppe, die auch von meiner kleineren Schwester regelmäßig besucht wurde. Danach begleitete sie mich zu meinen Eltern in die Antonistraße und durfte sogar mit uns zu Mittag essen. Und stell dir vor, Vater drückte mir ein paar Groschen in die Hand und meinte, ich könne der Marlene doch einmal das Bismarckdenkmal bei Aumühle zeigen. Ich weiß noch, dass ich mich vor Freude beinahe verschluckt hätte.

Die Fahrt mit der S-Bahn kam mir vor wie ein ganz großes Reiseerlebnis. Ich war so aufgeregt, als ginge es bis München oder gar nach Wien. Marlene saß mir auf den lackierten hochglänzenden Holzbänken gegenüber. Immer wenn ich sie anschaute, hatte ich den Wunsch, sie zu berühren und ihre Lippen zu küssen. Natürlich traute ich mich nicht, und wenn sie meinen Blick bemerkte und mich auffordernd anlächelte, wandte ich mich ab und wieder den Bildern zu, die wie Fetzen an unserem Abteilfenster vorbeiflogen.

Ab und zu entdeckte Marlene etwas, das ihre Aufmerksamkeit erregte: eine Kuh auf der Wiese oder einen Hund, der hechelnd neben dem Zug herlief und den Eindruck erweckte, als könnte er die ganze Bahn von den Schienen bellen. Sofort packte sie dann entweder meine Schulter, um mich ebenfalls zum Hinblicken zu zwingen, oder krallte sich vor Entzücken an meinen Knien fest.

Je öfter sie das tat, umso fester wurde mein Entschluss, Marlene an diesem Sonntag noch in den Arm zu nehmen und sie – komme, was da wolle – zu küssen. Selbst als wir wenig später auf kaum erkennbaren Wegen durch Kiefernanpflanzungen spazierten oder endlich oben auf dem Ausblick des Bismarckturms standen, wurde mein Denken unentwegt von diesem Vorhaben bestimmt.

Nach vielen Stunden des Schäkerns und Lachens befanden wir uns gegen Abend wieder in der Hafenstraße vor dem grauen Toreingang, der zum Hinterhaus in die Wohnung ihrer Familie führte, und ich hatte mich noch nicht dazu durchringen können, mein Vorhaben auszuführen. Immer und immer wieder fasste ich Marlenes Hand und drückte sie zum Abschied.

In meinem Innern drängte eine Stimme: „Los, jetzt, jetzt!“

Du, es war seltsam: im allerletzten Moment lösten sich unsere Hände, und zärtlich, aber nur flüchtig, berührte ich ihre Wangen. Dann rannte ich davon, als hätte mich eine Tarantel gestochen.

Marlene war übrigens gleich bereit, sich uns anzuschließen. Nur Erna war zu Hause nicht anzutreffen. Ein kleines Mädchen spielte in dem düsteren Hausflur mit einem für sie viel zu großen rostigen Reifen. Als sie unsere Enttäuschung bemerkte, weil sich trotz mehrfachen Schellens hinter der Wohnungstür der Heydenreichs immer noch nichts rührte, kam sie auf uns zugesprungen und sagte: „Die sind alle weggegangen, mein Papi auch. Sie haben gesagt, dass sie heute demo... demon... demonlieren, nein, demonstrahieren müssen. Nur ich durfte nicht mitgehen, wie immer, wenn es spannend wird. – Was machen die, wenn sie demonstrahieren?“

„Alles Mögliche“, erwiderte Joachim, „manche singen, manche schreien und wieder andere raufen sich. Dein Papi hat schon recht entschieden, wenn er dich nicht mitgenommen hat. Das ist nichts für kleine Mädchen.“

Das Mädchen zog einen Flunsch und meinte ärgerlich: „Gebt man bloß nicht so an. So groß seid ihr ja auch noch nicht. Alle Großen sind sowieso doof!“ Sie wandte sich ab und beschäftigte sich, die Gekränkte spielend, wieder mit ihrem Reifen. Auch als wir das Treppenhaus verließen, würdigte sie uns keines Blickes.

Von der Balduinstraße aus, wo die Heydenreichs wohnten, zogen wir, immer noch ziellos, über die Reeperbahn hinweg die Talstraße hoch. Jetzt endlich bemerkten wir, dass dieser Sonntag anders zu sein schien als ein normaler Ruhetag. An fast jeder Straßenecke sammelten sich kleinere oder größere Menschengruppen und diskutierten aufgeregt, bis sie sich entschlossen in Richtung Innenstadt bewegten.

„Was ist heute bloß los, Joachim? Es ist doch Sonntag. So viele Menschen habe ich feiertags noch nie in der Stadt herumlaufen sehen. Und guckt doch mal! Da sind auch überall Polizisten.“

„Du hast Recht, Herbert, aber seht mal, da hinten auf der Budapester ...“

Marlene unterbrach Joachim erschreckt: „Menschenkinners, da sind ja lauter Soldaten. Ob wohl Krieg ist?"

Joachim lachte überlegen und korrigierte: „Nee, nee, Marlene, das sind keine Soldaten. Das ist die Sturmabteilung der Nationalsozialistischen Partei von dem Judenhasser Adolf Hitler. Das kannst du an ihren braunen Hemden und den ledernen Hals- und Brustriemen erkennen. Außerdem tragen die meisten von ihnen eine Armbinde mit so 'nem blöden Zeichen drauf. – Jetzt fällt mir wieder ein, dass Papa heute Morgen zu Oma sagte, es könne heute ein schwarzer Tag für Altona werden."

„Und warum, Joachim?"

„Weiß ich auch nicht so genau. Ich glaube, die Kommunisten wollen nicht, dass die Sturmabteilungen der Nationalsozialisten Propagandamärsche durch die Altonaer Altstadt veranstalten."

„Natürlich, Joachim, jetzt erinnere ich mich auch. Vater und Mutter haben sich beim Frühstück gestritten. Mutter meinte, Vater müsse schon wegen der Geburtstagsfeier im Hause bleiben. Er hat aber protestiert, er sei noch nie wegen eines Kindergeburtstags im Hause geblieben. Wer an solchen Tagen denn wohl die Familie ernähren sollte, wenn er, statt zu arbeiten, Napfkuchen mit seinen Kindern essen würde. Wieso, schimpfte Mutter, heute sei ja schließlich Sonntag und was ihn die Kommunisten eigentlich angingen. Die würden überhaupt keine Feiertage mehr heiligen wollen. Das sei alles Unsinn, wischte Vater Mutters Argumente vom Tisch. Er sei zwar kein Kommunist, sondern Sozialist, das ändere aber nichts an der Tatsache, dass die Kommunisten in diesem Fall das Recht auf ihrer Seite hätten. Die Nazis kämen nur, um die Arbeiter um den Finger zu wickeln oder um sie massiv unter Druck zu setzen. Endlich schimpfte er: ‚*Nu hol dat Mul und kümmer di um de Kinners.*' Mehr hab' ich nicht mitbekommen."

Dazu musst du wissen, dass Mutter Vaters Reaktionen kannte. Sie ahnte, dass es keinen Zweck haben würde, das Gespräch fortzuführen, denn wenn Vater ärgerlich sagte: ‚*Hol dat Mul*', dann war seine Bereitschaft nachzugeben grundsätzlich beendet.

„Die marschieren in unsere Altstadt. Lasst uns hinterhergehen und sehen, was die wollen", forderte Marlene uns auf.

Viele Straßennamen, Gänge und manche Einzelheiten sind mir nach den vielen Jahren entfallen, aber die überreizte, heiße Atmosphäre, die in den engen Straßen waberte und die Menschen zu bestimmen schien, spüre ich noch heute.

Immer mehr Leute liefen zusammen und folgten den Braunhemden, die in südwestliche Richtung einschwenkten. Zwischen den marschierenden Gruppen fuhren Pritschenwagen, auf deren Ladeflächen Fahnen schwenkende, schreiende, braun behemdete SA-Leute standen. Die Klappen der Ladeflächen waren außen mit den schon bekannten judenfeindlichen Parolen beschriftet.

Zuerst hielten sich die Menschen, meist Arbeiter und Hausfrauen aus unserer Gegend, noch in gebührendem Abstand zu den Marschkolonnen. Aber immer öfter rannte einer los, stürmte auf eine SA-Gruppe zu und versuchte, dem einen oder anderen die Fahne aus den Händen zu reißen. Wenn das gelungen war, machten sich gleich mehrere wütende Männer darüber her, zerrissen das Tuch, zerbrachen die Tragstange und entfachten damit ein Feuer.

Joachim stellte als Erster fest: „Die Polizisten schreiten ja gar nicht ein. Die gucken bloß zu! Ist ja sehr merkwürdig."

Er hatte Recht. Mir fiel das jetzt auch auf. Zwar hielten sich die Polizisten immer in der Nähe der Geschehnisse auf, folgten den SA-Leuten und den Menschenansammlungen, aber sie ließen alles geschehen. Auch als drei jüngere Frauen sich direkt vor eine Kolonne von etwa zwanzig zackig Marschierenden aufstellten, diese stoppen wollten, aber sofort von den Braunhemden mit harten Boxhieben und Fußtritten zur Seite und auf das Straßenpflaster geschleudert wurden, sah keiner der Uniformierten sich genötigt, einzugreifen. Nur ein paar beherzte Männer in blauen Leinenhemden und Latzhosen wagten sich zu den Geschlagenen vor und zogen weinende Frauen in einen Hauseingang.

Inzwischen befanden wir uns irgendwo in den engen Straßen und Gässchen zwischen St. Pauli und dem Altonaer Bahnhof. Von dort zogen ganze Regimenter SA-Kolonnen auf. Sie schienen kein Ziel zu haben. Hin und wieder lösten sich zwei oder drei von ihnen und versuchten, den aufgeregten Passanten Traktate und Flugblätter in die Hände zu drücken. Viele verweigerten sich und spuckten den Nazis ins Gesicht, die sich ihrerseits mit Schlagstöcken rächten und brutal auf alles einschlugen, was sich bewegte, egal ob es alte Männer, Frauen oder Kinder waren. Meistens bewarfen sie die zu Boden Gestürzten noch mit Flugblättern und lachten.

Auf einem Platz irgendwo im Stadtteil Mottenburg waren wir unerwartet von einer großen Menschenansammlung eingekeilt, als sich auch noch eine schwarze Limousine mitten unter die aufgeregten Leute drängte. Auf den Trittbrettern, aber auch hinten, wo ein mächtiges Ersatzrad befestigt war, standen, sich an Dachgriffen festkrallend, eng gedrängt junge Männer. Alle waren blond, korrekt gescheitelt und hatten Kindergesichter. Auffällig war, dass dieses Auto zusätzlich von Tschako tragenden Polizisten eskortiert wurde. Sie sicherten es nach allen Seiten hin ab, drängten die erregten Menschen beiseite und jagten sie – wenn sie sich nicht rührten – auch mit Hieben davon.

Auf dem Platz stoppte das Fahrzeug, die Polizisten bildeten einen Kreis und mussten von den Menschen, die natürlich zurückschubsten, selbst allerlei Püffe hinnehmen.

Joachim, Marlene und ich hatten das Glück, dass wir uns auf einen Balkon hochziehen konnten, auf dem zwar schon ein paar schimpfende Frauen postiert waren, aber der Platz reichte auch noch für uns. Eine der Frauen half uns sogar beim Hochklettern. So hatten wir trotz der Enge einen guten Überblick.

Joachim zupfte mich am Ärmel und raunte mir etwas zu, als habe er Angst davor, dass ein Feind mithören könnte. Dabei war der Lärm, den die tobenden und zornig schreienden Menschen auf dem Platz und in den Gassen veranstalteten, schon beinahe unerträglich.

„Ich habe nichts verstanden, Joachim“, schrie ich zurück. Er kam ganz nah an mein Ohr, und ich spürte seinen aufgeregten Atem, als er immer noch kaum verstehbar rief: „Sieh nach oben – in die Fenster. Da verstecken sich Männer mit Gewehren!“

Ich schaute hinauf. Tatsächlich, Joachim hatte richtig beobachtet. Hinter mehreren Fenstern der ersten und zweiten Stockwerkreihe waren ganz deutlich Männer zu erkennen, die kaum bemüht waren, sich und ihre Gewehre zu verbergen. Außer uns beiden schien niemand etwas Gefährliches hinter den grauen Fassaden zu vermuten, denn niemand sonst blickte hinüber. Marlene war unseren Blicken gefolgt und sah die Bewaffneten jetzt auch.

„Oje!“

Mehr sagte sie nicht, suchte jedoch meine Hand und krallte sich zitternd so fest, dass es wehtat.

„Wir kommen jetzt nicht weg, Joachim. Hoffentlich passiert nicht etwas ganz Schlimmes.“

„Ich weiß es nicht. Gut sieht das jedenfalls nicht aus. Wir müssen abwarten und Ruhe bewahren, sagt mein Papa immer. Vielleicht wird’s ja gar nicht so böse.“ Joachim musste mir wieder ins Ohr schreien, damit ich überhaupt etwas verstand.

Auf dem Platz war der Tumult inzwischen noch größer geworden. Die Polizisten stemmten sich mit den Rücken gegen die drückende Menschenmenge, die ein Meer von roten Fahnen ausgerollt hatte und sie drohend gegen die

SA-Leute inmitten des Platzes schwenkten. Das Rufen und Schreien der Menschen wurde lauter und schriller. Zu verstehen war nichts.

Ein Mann mit Schiffermütze stand hinter einem geöffneten Fenster im Erdgeschoss des Hauses uns gegenüber. Hinter ihm standen andere, die ein Spruchband über seinem Kopf hielten. Darauf war zu lesen: „Brot und Freiheit und Macht für die Arbeiter".

Der Mann wollte anscheinend Anweisungen in die Menge rufen. Selbst als ihm aus dem Hintergrund des Zimmers, in dem er stand, jemand eine Flüstertüte reichte, waren seine Worte nicht zu hören. Den Polizisten gelang es tatsächlich, die rasenden Menschen so weit zurückzudrängen, dass um die Limousine ein freier Platz entstanden war.

Die blonden Knaben der nationalsozialistischen Sturmabteilung hielten den Zeitpunkt für gekommen, die Insassen des Wagens herauszubitten. Sie sprangen von den Trittbrettern, und einer öffnete die Fondtür mit der Geste eines Hotelportiers. Als Erster stieg fast feierlich – mein Herz schien nicht mehr weiterschlagen zu wollen und Joachim kniff mir vor Schreck so kräftig in die Seite, dass ich aufschreien musste, während Marlene nervös auf meinen Füßen herumstampfte – Gustav Jankes Vater aus. Er machte sich genüsslich gerade und zog die diagonal über sein braunes Hemd gespannte und imposant aussehende Lederkordel in die vorgesehene Position. Dann wandte er sich wieder dem Wageninneren zu und half einem weiteren Mann in Uniform aus dem Auto. Der hatte erhebliche Schwierigkeiten beim Aussteigen! Obwohl er, wie wir gleich bemerkten, recht kleinwüchsig war, schleppte er doch ein ungeheures Körpergewicht mit sich herum. Er sah einem üppigen Schneemann, geformt aus einer kleinen und einer großen Kugel, sehr ähnlich.

Janke packte den Dicken an der Brust, zog ihn aus dem dunklen Fond und stellte ihn, unterstützt von zwei Jungen der Sturmabteilung, langsam auf die Beine, die unter dem langen Uniformmantel fast nicht zu entdecken waren. Dann zupfte er ihm das phantasievoll dekorierte Jackett zurecht, bis der dicke Mann plötzlich eine Bewegung machte, als wolle er ein lästiges Insekt davonscheuchen.

Die jungen SA-Leute hatten von irgendwoher ein Podest herbeigeschafft, auf das der Glatzköpfige mit der Gewandtheit einer Gazelle, die ihm sicher niemand zugetraut hatte, hinaufsprang. Zu jeder Seite entrollten Hilfstruppen Spruchbänder: gegen die Juden und für ein gesundes Deutschtum. Andere hielten in feierlicher Schräghaltung Hakenkreuzfahnen, als stünde ein liturgischer Akt bevor.

Dann geschah es! Aus der Menge der zurückgedrängten Demonstranten flogen Eier, Tomaten, ja sogar Steine über die Polizisten hinweg auf den dicken Mann zu, der wie ein Denkmal auf dem Podest stand und ausschaute, als wollte er den aufgebrachten Massen gerade etwas sehr Wichtiges zurufen. Ehe er auch nur den Versuch einer Abwehr machen konnte, war seine schöne Uniform von oben bis unten besudelt. Wir sahen noch, wie er den Handlautsprecher fallen ließ, sich an die Schulter fasste, vom Podest herabrutschte und dann – wie eine fette Ratte in der Sielröhre – im dunklen Fond der Limousine verschwand.

Die Jungen ließen ihre Fahnen fallen und hatten plötzlich Pistolen in den Händen, auch Janke. Der schaute noch schnell in die kochende Runde und über die tobende Menge hinweg und verkroch sich, geschwind wie sein Meister, im Wagen, der ohne Rücksicht auf die vielen Menschen mit aufheulendem Motor in eine der Seitenstraßen schoss.

Jetzt hatten auch die Polizisten Waffen in den Händen, aber die ersten Schüsse fielen aus den Häusern uns gegenüber. Es knallte, pfiff und heulte, wie ich es noch nie erlebt hatte. Vor den Fassaden und Giebeln standen blauweiße Wölkchen, und auf dem Platz zuckten gelbe Feuerstöße auf. Neben dem Balkon drängten sich Frauen und ältere Männer eng aneinander.

In meine Nase kroch beißender Geruch, und ein seltsam warmer Windhauch streifte mein Gesicht, als im selben Augenblick zwischen den Leuten etwas mit ohrenbetäubendem Knall detonierte. Als sei ihnen der Boden unter den Füßen weggezogen worden, brachen die Frauen und Männer schreiend übereinander zusammen. Uns bot sich ein grauenhaftes Bild. Die Leute wälzten sich in ihrem Blut. Eine der Frauen versuchte, ein Zeichen zu geben, und bemerkte nicht, dass ihr der Arm oberhalb des Ellenbogens von der Explosion weggerissen worden war.

Auch die Polizisten schossen, einige mit Pistolen, andere mit schweren Gewehren. Aber sie zielten nicht auf die Heckenschützen hinter den Fenstern und Hauseingängen, sondern feuerten wahllos in die Menge der demonstrierenden Menschen.

Die Frauen, die sich mit uns auf den Balkon gedrängt hatten, drückten gewaltsam das Fenster zu der dahinter liegenden Wohnung ein und suchten dort Schutz.

„Wir müssen den Leuten helfen, Herbert! Steigen wir über die Brüstung und lassen uns einfach hinunter! – Marlene, versteck dich lieber bei den Frauen in der Wohnung."

Joachim musste schreien. Damit wir überhaupt etwas verstanden, hatte er die Hände vor dem Mund wie einen Trichter geformt. Marlene schüttelte unwillig und verneinend den Kopf, zeigte demonstrativ nach unten und machte sich als Erste daran, über die eiserne Brüstung des Balkons zu steigen. Wir folgten ihrem Beispiel. Ich selbst rutschte dabei so unglücklich ab, dass ich mich nicht mehr festhalten konnte und mitten zwischen die Verletzten fiel. Zwar hatte ich mir nicht wehgetan, war aber von oben bis unten mit Blut beschmiert. Marlene stürzte auf mich zu, um mir zu helfen. Als ich ihr erklärte, dass das nicht nötig sei, blickte sie mich sichtlich enttäuscht an.

Joachim schaute verzweifelt auf das uns umgebende Chaos. Ich sah, dass Tränen über seine blutverschmierten Wangen rannen. Die Menschen hetzten rufend, schreiend und Knüppel schwingend hin und her, scheinbar ohne Ziel. Inmitten der wogenden Menge beobachtete ich, wie kleine Gruppen von Braunhemden sich wahllos aus den hin- und herhastenden Demonstranten den einen oder anderen herausfischten und so schlugen, dass sie manchmal blutüberströmt liegen blieben. Einmal gesellten sich blitzschnell Polizisten an die Seite der Braunen und halfen bei der Knüppelei.

Im Nachhinein muss ich gestehen, dass die wutverzerrten Grimassen der Schlagenden mich so tief erschüttert haben, dass sie noch heute meine Erinnerung verwirren können. Die Gesichter der Braunhemden hatten teuflische Züge angenommen. Lust und Brutalität spiegelten sich in ihnen wider.

Joachim hatte sein Hemd in Streifen zerlegt und damit begonnen, der Frau den Oberarmstumpf abzubinden. Inzwischen war sie bewusstlos. Der Gedanke, dass sie möglicherweise längst tot sein könnte, kam uns nicht. Irgendwo hatte Joachim einen längeren rostigen Nagel gefunden. Den benutzte er als Knebel und versuchte, den Blutstrom aus dem Stumpf zu stoppen. Dabei rannen unentwegt Tränen über sein schmutzig verkrustetes Gesicht. Einmal schaute er auf, erkannte, dass ich vor Schrecken in die Runde blickte, und schrie mich heulend an: „Herbert, du Arsch, tu endlich was! Die sterben sonst alle!“

Das muss mich aufgerüttelt haben, zumal auch Marlene mit Eifer einem älteren Mann weiße Stoffbahnen um die Wade wickelte. Wahrscheinlich hatte sie ihren Unterrock geopfert. Beim Verbinden der Wunde mühte sie sich erheblich ab. Mit der einen Hand musste sie das Bein des alten Mannes anheben und mit der anderen die Streifen um die klaffende Verletzung legen. Das war allein nicht zu schaffen. Deshalb packte ich jetzt auch zu und hielt das blutende Bein hoch. Marlene blickte mich dankbar an, und ich sah, dass auch sie weinte. Da erst spürte ich, dass selbst mir das salzige Nass unentwegt über die Lippen in den Mund rann.

Nachdem wir den alten Mann und Joachim die Frau notdürftig verbunden hatten, versuchten wir zu dritt, das Knäuel von Menschen zu entwirren. Wir wollten die Verletzten an die Hausmauer ziehen und dort anlehnen. Du, ich hätte nie gedacht, dass ein Mensch, selbst ein kleiner, so unsagbar schwer ist, wenn er seinen Transport selbst nicht unterstützen kann. Dabei hatten wir uns beim Spiel doch schon viele Male gegenseitig Huckepack genommen und ein Stück getragen. Aber dies war kein Spiel!

Als wir einige von den Verletzten in den Schutz der Hauswand gezogen hatten, kümmerten wir uns um ein kleines Mädchen, das aus der Nase blutete und entsetzlich röchelte. Joachim hob den Kopf des rothaarigen Mädchens ein wenig an, ich packte es unter den Schultern und Marlene reinigte vorsichtig das bleiche Gesicht von den Blutspritzern. Beruhigend redete sie auf das Mädchen ein und fragte, ob es Schmerzen habe und wo es denn wehtue. Aber außer keuchendem Geröchel brachte es nichts hervor. Marlene schaute sich verzweifelt um und rief den vorbeihastenden Menschen zu: „Hilfe! Hilfe! So helft doch endlich!“

Ihre Stimme gellte, aber niemand nahm Notiz von uns. Aber als ein Polizist hastig über uns wegspringen wollte, packte Marlene geistesgegenwärtig seinen blanken Stiefelschaft, sodass er zu Boden stürzte, der Riemen seines steifen Tschakos beim Aufprall riss und der Schlagstock aus seinen Händen glitt und in die Gosse rollte. Er versuchte zunächst, sein Bein aus der Umklammerung zu befreien. Als das misslang, trat er mit dem anderen Fuß gegen Marlenes Schulter, so hart, dass wir das Krachen ihres Schlüsselbeins hören konnten.

Sie ließ den schwarzen Stiefelschaft los und setzte zu einem Schrei an. Zu hören war aber nichts. Der Stoß hatte ihr den Atem genommen. Den Mund hielt sie wie im Krampf geöffnet, und ihre Augen waren weit aus den Höhlen getreten.

Joachim und ich blieben erstarrt hocken – jeglicher Bewegung unfähig. Das kleine rothaarige Mädchen hielten wir noch in den Armen, während sich der Polizist aufrappelte und seinen Revolver auf Marlenes Kopf gerichtet hielt. Heiser klingend, aber wutentbrannt würgte er hervor: „Du miese, dreckige Ratte, du schmutziges Ungeziefer, dich bringe ich dahin, wo du hergekrochen gekommen bist."

Seine blauen Augen verengten sich zu einem schmalen Spalt. Ehe wir uns versahen, schlug er die stählerne Waffe mit aller Wucht in Marlenes Gesicht, nicht nur einmal, nein zweimal. Sie kippte nach hinten weg. Aus ihren Augen, der Nase und den Ohren quoll Blut.

Was weiter geschah, weiß ich nicht. Selbst Joachim hatte es vergessen. Wir waren ins Hafenkrankenhaus eingeliefert worden, und als ich aus der Ohnmacht erwachte, saß Vater schweigend an meinem Bett. Mich überkam schon Angst, aber er nahm – so zart er es nur vermochte – meine Hand und sagte leise: „Ward allens got, min lütten, tapfern Jung."

Insgesamt blieb ich mehrere Tage im Krankenhaus – wohl wegen des Schocks –, denn Verletzungen wurden bei mir nicht gefunden. Vater und Mutter besuchten mich jeden Tag, aber wenn ich nach Marlene fragte, zuckten sie die Schultern. Ich hoffte inbrünstig, dass ihr nichts Schlimmes passiert sei, doch ich hatte bei meinen Gedanken an sie immer sofort wieder dieses Krachen im Ohr, das zu hören gewesen war, als der Polizist zugeschlagen hatte.

Es kam mir schon merkwürdig vor, dass Vater nichts von Marlenes Ergehen gehört hatte, obwohl sie ja in unserer Nähe wohnte. Da kannte jeder jeden. Wenn jemandem ernsthaft etwas passiert oder einer gar schwer krank war, wusste das in Windeseile das ganze Viertel. Das war sogar uns Kindern klar. Aber Vater zuckte nur mit den Schultern und schwieg.

Ich gebe es zu. Ich war zum ersten Mal *richtig* verliebt: in Marlene! Ich habe stundenlang an sie gedacht. Jeden

Morgen, jeden Abend und wann immer es möglich war, versuchte ich mir vorzustellen, wie Marlene ausgesehen hatte, als wir in jener warmen Nacht nackt in der Elbe schwammen. Dann währte es meist nicht mehr lange, bis ich sogar den Duft ihrer weißen Haut einzuatmen meinte.

Dass Marlene längst beerdigt war, erfuhr ich erst durch die Abkündigungen für die Gemeinde in der St.-Pauli-Kirche. Mutter hatte mich überredet, sie in den Gottesdienst zu begleiten, und ich war mitgegangen, weil ich hoffte, Marlene in der Kirche zu treffen.

Du merkst mir sicher an, wie schwer es mir immer noch fällt, gerade über diesen Sonntag zu sprechen, der später unter der Bezeichnung „Altonaer Blutsonntag“ in die Annalen der Stadt eingegangen ist. Es gibt Erfahrungen und Geschehnisse, die bleiben unerklärlich. Man muss sich ihnen fügen. Es wird nie gelingen, sie irgendwann im Leben zu verdrängen, obwohl wir glauben, darin Weltmeister zu sein.

Mich haben der weiße Sand unterhalb der Schlagbaumtwiete, der träge Elbstrom und Joachims Freundschaft getröstet. Vor allem Joachims Freundschaft. Wir wurden noch unzertrennlicher.

Marlenes Eltern, die Schadensersatzanzeige gegen die Stadt Altona gestellt hatten, mussten später der Stadt eine hohe Geldbuße zahlen – wegen Vernachlässigung ihrer Aufsichtspflicht! Selbstverständlich waren sie dazu nicht in der Lage, aber wenn ich das damals richtig verstanden habe, hat Joachims Papa die Schuld beglichen.

6. Kapitel

Sieh dir mal aufmerksam die gewaltigen Wolken über der Elbe an. Denn kann ick inzwischen nokieken, ob de Fleiderbeerngrog all so wiet afkölt is, dat wi dorvon drinken könt – Wat is nu all wedder? Ach so, Hochdeutsch soll ich sprechen. Tu ich, tu ich doch! Man keine Opregung!

Hast du dir denn nu die Wolken betrachtet? – Nee, und nochmal nee! Die sehen eben nicht immer so aus. Das da oben sind typische Aprilwolken. Du kennst doch die uralte Weisheit: „Im April macht das Wetter, was es will!" Da müssen sich Krokusse und Osterglocken noch einmal verstecken, bis sie den Frühling endlich schmücken dürfen. So beeindruckend die Wolkenberge auch aussehen mögen – so jungfräulich weiß vor der tiefblauen Kulisse der Himmelskuppel –, sie spielen uns nur Theater vor! Sie wollen uns täuschen! Wie der Wolf im Schafspelz kommen sie daher. Und dann schlagen sie los. Das sind Aprilwolken, mein Freund, Aprilwolken über Hamburg!

Ich will dich nun nicht mehr schulmeistern. Warum, weiß ich nicht, aber dieses Aprilwetter mit seinen unvorhersehbaren Überraschungen erinnert mich an das Jahr 1933, das voll von unerwarteten Ereignissen war. Das Schicksalsjahr für Deutschland ist übrigens auch für Joachim und mich ein Schicksalsjahr geworden.

Unsere Zuneigung zueinander entwickelte sich zur Unzertrennlichkeit. Selbst Erna Heydenreich wollte einmal bestätigt haben, dass Joachim und ich wirklich nicht schwul seien. Obwohl ihre Eltern hartgesottene Sozialisten waren, hatten inzwischen auch sie sich – ebenso wie ein großer Teil der Arbeiterschaft – von den rassistischen Facetten nationalsozialistischer Ideologie vereinnahmen lassen. Das war übrigens auch einer der Gründe, warum sich die frühe Jugendliebe zwischen Joachim und Erna nicht weiterentwickeln konnte.

Ich selbst hatte in jenem Jahr die Lehre vor mir, und Joachim musste die Schule wechseln. An mangelnden Leistungen lag das bei ihm bestimmt nicht, wohl eher daran, dass der Schulleiter sich zum Epigonen der Nazis gemausert hatte.

Wir gingen unterschiedliche Wege, aber wir hatten *ein* gemeinsames Problem: Unsere Eltern machten uns zu schaffen, möglicherweise wir ihnen ebenfalls. Denn Joachim wollte nicht einsehen, warum er Jude sein musste, und mir ging das – aus meiner Sicht – bürgerliche Moralisieren zu Hause bei allem, was ich sagte oder tat, auf die Nerven. Ich hatte Vater und Mutter lieb, war sogar stolz auf sie, aber ich konnte mit ihnen über bestimmte Dinge und Fragen nicht reden. Ähnlich erging es Joachim an der Elbchaussee. So hatten wir Grund genug, einander zu trösten.

Nur wenn wir das Bedürfnis nach reiferen Streicheleinheiten hatten, holten wir uns die von unseren Großmüttern. Joachim hatte die seine im Haus. Ich musste entweder warten, bis Oma-Tangstedt – wie wir sie nannten – einen Besuch in der Antonistraße machte, oder versuchen, auf umständliche Weise mit der Bahn und zu Fuß nach Tangstedt zu gelangen.

Oma war übrigens der Meinung, dass ich unbedingt die Oberschule besuchen müsste. Oft hatte sie versucht, auf Vater und Mutter entsprechend einzuwirken, aber es scheiterte immer am Geld. Oma war zwar bereit, etwas dazuzugeben, aber es reichte trotzdem nicht. Zu gern hätte ich Seite an Seite mit Joachim in *einer* Klasse gesessen. Aber daraus wurde nichts. Ich musste nach Abschluss der Volksschule zu Menck und Hambrock mit dem Ziel, Schlosser zu werden. Als Alternative hätte es nur die Fischfabrik in Övelgönne gegeben. Doch dort wollte ich auf gar keinen

Fall arbeiten. Erstens hätte ich keinen Beruf erlernt und zweitens hätte ich unter Vaters Knute gestanden und mich von ihm herumkommandieren lassen müssen. Dazu kam, dass ich den Gestank faulenden Fischfleisches und den ätzenden Geruch der Räucheröfen nicht mehr ausstehen konnte. Ich hasste den Gestank, weil er die letzten und geheimsten Winkel meiner Lebensbereiche beherrschte. Er wehte durch das enge Treppenhaus der Antonistraße, stand zum Zerschneiden dick in unserer kleinen Wohnung und hatte sich wie ein unsichtbarer Parasit längst in Kopfkissen und Unterhosen eingenistet. Wohin ich auch ging, immer hatte ich das Gefühl, dass dieser fürchterliche Geruch mich nicht losließ. Es war mir peinlich zu wissen, dass jeder roch, woher ich kam oder wer und was ich sein müsste. Am schlimmsten war es, wenn ich zu Joachim in die Elbchaussee ging. Für diesen Fall – jedenfalls, wenn ich das vorhersehen konnte – hatte ich inzwischen eine meiner Hosen vor das geöffnete Fenster unten im Keller deponiert. Dort zog ich mich geschwind um, bevor ich losmaschierte.

In jenem verflixten Jahr zog noch ein ausgesprochen penetranter Geruch zu uns in die Enge von Küche und Schlafraum, der Duft angegorener Eintopfspeisen. Mutter hatte sich der „Erwerbslosen-Selbsthilfe“ angeschlossen, die in Einsbüttel eine Garküche unterhielt. Dorthin ging sie täglich, um uneigennützig zu helfen. Als Dank erhielt sie jedes Mal mindestens zwei Liter abgestandenen Eintopf, der – oft angegoren – meistens unseren häuslichen Speiseplan dominierte.

Einmal war ich so verzweifelt, dass ich meinte, nicht weiterleben zu können. Nachdem ich Marlenes Tod einigermaßen überwunden hatte, versuchte ich auf dem Schulhof mit einem Mädel anzubändeln, das neu zugezogen war und mir gut gefiel, weil sie schon so erwachsen wirkte und statt der üblichen Tolle und der geflochtenen Zöpfe ihre langen blonden Haare offen trug und elegant über den Nacken fließen ließ.

Schüchtern hatte ich mich ihr genähert, mich vorgestellt und nach ihrem Namen gefragt. Da sah sie mich einen Moment lang an, verzog ihr Gesicht und zischte mir verächtlich zu: „Hau ab, du stinkst!"

Du, das ist mir so in die Glieder gefahren, dass mir bis heute unerklärlich geblieben ist, wie ich diesen Augenblick lebend überstehen konnte. Am Unterricht habe ich an jenem Tag nicht mehr teilgenommen. Ich lief ziellos durch Altonas Gassen, bis ich mich endlich hier auf dem Poller sitzend vorfand und Rotz und Schnodder heulte. Wie lange ich da gesessen und geflennt habe, weiß ich nicht mehr. Ich hatte beschlossen, mein Leben dem Elbstrom anzuvertrauen, zögerte nur deshalb noch, weil ich unsicher war, ob ich die kalte Nässe des Flusswassers aushalten würde.

Da spürte ich, wie jemand seinen Arm um mich legte. Erschrocken war ich nicht, eher erlöst. Es war Joachim! Er schwieg lange und ließ mich heulen, bis ich mich einigermaßen beruhigt hatte.

„Was ist los, Herbert? Komm, sag es mir!"

Ich schüttelte erst heftig verneinend den Kopf, aber dann gestand ich stotternd: „Joachim, ich will nicht mehr leben."

„Herbert, du bist bekloppt! Jetzt aber raus mit der Sprache. Wer hat dir etwas angetan? Welche Laus ist dir über die Leber gelaufen? In unserer Religion, die ja wohl auch die Hälfte der euren ist, darf sich niemand selbst das Leben nehmen. Jahwe hat es gegeben, und Jahwe nimmt es wieder – zu seiner Zeit. Außerdem hatten wir uns doch unverbrüchliche Freundschaft geschworen! Dazu gehört auch das Versprechen, dass man den Freund nicht allein lässt. Stehst du nicht mehr zu deinem Wort?"

Damit hatte er mich bei meiner Ehre gepackt. Den in seiner Frage aufklingenden Vorwurf konnte ich nicht auf mir sitzen lassen.

„Natürlich stehe ich zu meinem Wort! Aber was hat das mit dem Sterben zu tun. Wenn man tot ist, ist auch die Freundschaft zu Ende. Das begreift doch jeder."

„Nein, Herbert, ich nicht! Erstens bist du nicht tot und zweitens handelt es sich bei dir nicht ums Sterben, sondern um Selbstmord. Das sind zwei ganz verschiedene Paar Socken. Wenn du das nicht verstehst, bist du entweder blöd – dafür kannst du natürlich nichts –, oder dein Freundesschwur war gelogen. – Spring ins Wasser! Los, lass dich nicht aufhalten!"

Joachim nahm seinen Arm von meiner Schulter und rückte von mir ab. Sofort wurde mir kalt, und die Tränen begannen wieder zu fließen. Er hatte meinen Stolz angekratzt, deshalb brach es plötzlich so aus mir heraus: „Du Arsch, ich will ja gar nicht sterben. Außerdem ist das Wasser viel zu kalt, aber ich bin unglücklich."

„Warum?"

„Na, Mensch, riechst du Hornochse denn nichts? Ich stinke! Das hat die blöde Kuh auf dem Schulhof jedenfalls behauptet! ‚Hau ab', hat sie gesagt, ‚du stinkst'. Damit hat sie die Wahrheit gesagt! Das ist ja das Schlimme. Alle Leute merken, dass ich stinke. – Ich halte das nicht aus! Ich will nicht mehr stinken!"

„Ach Mensch, Herbert, wenn das alles ist? Du stinkst doch gar nicht. Wenn irgendwas stinkt, können das nur deine Klamotten sein ..."

Jetzt war es an mir, empört zu sein. Heftig unterbrach ich ihn: „Siehst du, siehst du! Du hast es schon lange gerochen und hast mir nichts gesagt. Was vorgespielt hast du mir! Also hast *du* unsere Freundschaft verraten! Ich hasse dich!"

Joachim erhob sich, baute sich vor mir auf und schrie: „Ein Dreckskerl bist du, ein Miststück! Oh, ich schlage dir die Fresse ein."

Er holte aus und ehe ich mich versah, spürte ich schmerzvoll seinen Faustschlag in meinem Gesicht. Ich war nur noch ein Bündel Wut, schmeckte warmes Blut auf meinen Lippen und fiel zornerfüllt über Joachim her. Wir droschen und schlugen aufeinander ein, wälzten und rollten über das Pflaster mit dem festen Vorsatz, einander umzubringen.

Einen kurzen Augenblick lang konnte ich mich aus Joachims Umklammerung befreien. Vor mir im Straßenschmutz lag eine dicke Latte. Ich ergriff sie und wollte damit auf Joachim losschlagen. Der jedoch wich zurück, stolperte rücklings über den Poller und stürzte mit lautem Hilfeschrei über die Kaimauer. Da hielt ich erstarrt inne, denn ich sah, wie zwei Hände sich an der Kante des Kais festzukrallen versuchten, aber Millimeter um Millimeter wegrutschten.

Du, in Sekundenbruchteilen fielen Zorn, Wut und Hass von mir ab. Ich hatte nur noch die erbärmliche Angst, meinen Freund zu verlieren. Irgendwie muss ich ihn wohl hochgezogen haben. Ich weiß nur noch, dass wir uns danach minutenlang heulend in den Armen gelegen haben, bis Joachim endlich sagte: „Weißt du was, Herbert?"

„Nee!"

„Wir sind beide Riesenarschlöcher!"

„Ja, du hast Recht, Joachim. Sind wir!"

Dann saßen wir friedlich vereint, aber dreckig und nass wieder auf dem Poller. Da erst bekam ich dann meine richtige Lektion. Nach aufregender Erneuerung und Besiegelung unserer Freundschaft sagte Joachim: „Es mag ja sein, dass du manchmal ein bisschen nach Fisch riechst. Das ist aber doch nur deine Kleidung. Irgendwann wirst auch du über Kleidung verfügen, die reinlich duftet. Dass das jetzt nicht sein kann, ist nicht deine Schuld. Aber nie und nimmer ist das Grund genug, dein Leben wegzuwerfen und deinen besten Freund allein zu lassen, den Freund, der wirklich und schwer darunter leidet, dass er einen Geruch hinter sich herzieht, den er *nicht* abwaschen kann und selbst dann nicht los wird, wenn er seine Kleider wechselt. Nicht du stinkst, *ich* stinke!"

„Was? Was redest du nur für einen Unsinn, Joachim?“

„Nein, Herbert, das ist kein Unsinn. Ich bin ein Jud’! Und der stinkt so mies, dass es den Deutschen ihre übersensiblen Nasen ätzt. Heute sollte ich mich auf die hinterste Bank der Klasse setzen. Der Geruch des Juden sei eine Beleidigung für die gesamte arische Schülerschaft. Das jedenfalls war die Meinung des Herrn Klein, Assessor für Deutsch und Geschichte. Was sagst du nun?“

„Gar nichts, Joachim, ich glaube, ich schäme mich. – Und was hast du gemacht? Hast du dich in die letzte Bank gesetzt?“

„Nein, ich bin aufgestanden, rausgegangen, hab’ die Tür hinter mir zugeknallt und bin mit Wut im Bauch durch Altona geirrt. Dann wollte ich dich von der Schule abholen. Da warst du aber nicht. Auch zu Hause konnte ich dich nicht finden. Ich musste mit dir reden. Deshalb suchte ich hier nach dir. Den Rest kennst du.“

Nun weißt du, wie es im Leben manchmal zugehen kann. An diesem Tag hatte ich mehr vom Leben begriffen, als ich je in der Schule gelernt hatte und noch lernen sollte. – Nanu, du schüttelst dich ja. Magst wohl keinen Fliederbeergrog, oder? Zu viel Rum drin? Nee, das kann nicht sein. – Pass auf! Wir müssen nun wohl unsere Kragen hochziehen. Die ersten Hagelkörner fallen schon vom Himmel! Aber bliev sitten! Wi könt hier luern, dat duert nämlich nich lang.

Joachim hatte tatsächlich bald die Schule gewechselt. Erst versuchte sein Papa noch, sich bei der Schulbehörde über die Vorkommnisse am Gymnasium zu beschweren. Dort war man aber nicht einmal willens, ein Protokoll aufzunehmen. Jetzt würde alles anders werden, wurde ihm unverblümt beschieden. Nur deutscher Geist hätte an deutschen Schulen das Recht, sich zu entfalten. Für Juden und Ausländer gebe es bald nicht nur keine Schulplätze mehr, auch die Luft zum

Atmen würde solchem Gesindel alsbald vorenthalten werden.

Ich wollte es anfangs immer nicht glauben, wenn Joachim von Schikanen erzählte, die ihm oder seinen Eltern widerfahren waren. Auch bei mir zu Hause wollte niemand so recht glauben, was wirklich los war. „So können Menschen nicht sein", meinte Mutter fest überzeugt, und schon hatten wir wieder Krach miteinander.

„Meinst du etwa, dass Joachim sich das aus den Fingern saugt?"

„Weiß ich nicht, Herbert. Aber Spinners seid ihr beide all jümmers gewesen. Ihr habt euch gesucht und gefunden. Joachim mag ja ein fein' Bengel sein, aber mit anzufassen hat er genauso wenig gelernt wie du. Eure Eltern wörn man to goot, und das tut sich nu auszahlen."

„Heute hat Joachim aber die Schule gewechselt. Er besucht jetzt das Evangelische Gymnasium am Hafen. Das wird ja wohl seinen Grund haben."

„Natürlich hat das sein' Grund. Auffe kirchliche Schule wird das Ler'n wohl leichter sein. Nehm' du dir daran man kein Beispiel."

„Mutter, du redest dumm' Tüch!"

„Was sachst du da zu deine Mutter? Raus mit dich, du Nichtsnutz!"

So war das immer. Es gab niemand, mit dem wir reden konnten, auch Vater war nie ansprechbar. Er hatte seine eignen Sorgen um Deutschland und die Fischfabrik: Seine Sozis seien dumm und hätten nichts Besseres zu tun, als sich gegenseitig fertig zu machen. Dabei hätten sie nicht mal gemerkt, dass ihnen die Naziverbrecher längst die Butter vom Brot genommen hatten. Man müsse sich ja schämen, sich noch Sozialist zu nennen. Wenn es nicht gelänge, den Spekulanten endlich das Handwerk zu legen, gäbe es in der Fischfabrik bald keine Arbeit mehr. Was uns allen dann noch bliebe, sei letztlich wohl der Strick.

Ich mochte das nicht mehr hören und suchte, wenn es irgendwie möglich war, mit Joachim zusammen zu sein. Leider war das inzwischen schwieriger und seltener geworden, weil ich eine Schlosserlehre bei Menck und Hambrock begonnen hatte.

War das eine Umstellung! Morgens schon um fünf Uhr aus den Federn, und wenn ich Glück hatte, war ich abends gegen sieben zu Hause. Meistens wurde es sogar später, weil die Lehrjungen noch die Halle fegen mussten. Joachim und mir blieben nur die kurzen Wochenenden ab Samstagnachmittag.

Das Schlimmste war, dass wir bald nicht mehr dieselbe Wellenlänge hatten. Joachim lebte weiter in der Welt der Schüler, und ich war jetzt ein Arbeiter. Das war uns damals natürlich nicht bewusst, aber es führte dazu, dass wir uns, wenn wir uns trafen, erst wieder finden mussten. Das war nicht leicht. Joachims Schulprobleme waren für mich Kinkerlitzchen und die Herausforderungen meiner Arbeitswelt so schnell für ihn nicht nachvollziehbar. Nur in politischen Fragen fanden wir nach wie vor zueinander.

Er hatte genau wie ich fast täglich unter politischen Nadelstichen zu leiden. Ich, weil ich – geprägt von meinem Vater – die Nationalsozialisten nicht mochte und Joachim, weil er und seine Familie ständig von den Braunen bedroht waren. Am 20. März 1933 – Gauleiter Karl Kaufmann regierte inzwischen in Hamburg – wurde zur Verfolgung von Gegnern der nationalsozialistischen Ideologie eine Spezialeinheit aus Mitgliedern der Sturmabteilung, der SS und des Stahlhelms gegründet. Wenn ich mich recht erinnere, war es von da an mit dem ruhigen, gediegenen Leben der Familie Arens an der Elbchaussee endgültig vorbei.

Oma-Tangstedt hatte uns in jenen Tagen besucht und reich beschenkt. Reich hieß, dass es ein paar Tage lang keinen Eintopf und damit keine langen Gesichter am Tisch gab.

Oma hatte nämlich ein geschlachtetes Kaninchen, Möhren aus der Miete, eingekochten Grünkohl und eine lange schwere Mettwurst aus eigener Schlachtung mitgebracht.

Unbemerkt von Mutter hatte ich davon ein paar Zentimeter abgeschnitten, um Joachim damit noch am selben Abend eine Freude zu bereiten. Es gab zwar meinem Geschmack nach bei den Arens viel leckereres Essen als bei uns, aber er behauptete immer, es gäbe nichts Köstlicheres als die geräucherte Mettwurst meiner Oma.

Theresa – du erinnerst dich, sie war Hausmädchen bei den Arens – hatte mich wie immer gleich in den Salon geführt. Normalerweise mussten Besucher unten in der Halle warten, bis sie angemeldet waren und eine Begegnung Zustimmung gefunden hatte. Aber ich durfte mich längst zur Familie rechnen, nicht nur als Freund Joachims geduldet, sondern als jemand, der geachtet wurde und eben immer willkommen war. Das war ja das Merkwürdige, dass ich bei den vornehmen Arens wie eine wichtige Persönlichkeit behandelt wurde, bei uns zu Hause jedoch immer noch der dumme Junge war.

Theresa hatte mir die Salontür geöffnet, in den Raum gerufen: „Herbert ist da!“, sich umgewandt und die Tür hinter mir wieder geschlossen.

Obwohl ich nun seit Jahren diesen riesigen Salon kannte, mich darin schon viele Male bewegt und mit Joachim darin gespielt hatte, nahm er mir jedes Mal, wenn ich eintrat, den Atem. Du musst das verstehen, dieser Salon war viele, viele Male größer als unsere ganze Wohnung in der Antonistraße. Der Fußboden war aus weißem, poliertem Marmor. Darauf schwebten kostbare Seidenteppiche, die weicher waren als die Strohmatratze, auf der ich zu Hause schlief. Die Wände waren symmetrisch durch kannelierte Halbsäulen unterteilt und von Gobelins geschmückt, die mit aufregenden Jagdszenen die Phantasie anregten. Aber erst die Decke! Sie imponierte mit einem ovalen Fresko, das zwischen einem vergoldeten Stuckrahmen den olympischen Göttern Raum und Landschaft für schlüpfrige Liebesspiele bot. In der Mitte des Treibens thronte Göttervater Zeus und hielt eine fein ziselierte silberne Schale in den Händen, aus der ambrosische Düfte aufzusteigen schienen, und nach unten – in den Raum hinein – ergoss sich eine Kaskade honigleuchtenden Nektars. Erst bei genauem Hinsehen erkannte man, dass das der kristallene Lüster war, der den Raum bei Dunkelheit mit Licht zu versorgen hatte.

Du kannst dir denken, wie mir hier zumute war. Heute stand ich nun da mit meiner katengeräucherten Mettwurst, deren Buchenholzgeruch – weiß Gott – nicht zu den lieblichen Genüssen der Götter passte. Ich merkte plötzlich, dass – abgesehen von dem Tangstedter Landhausduft, der meiner Hand entwich – noch etwas anderes, schwerer Lastendes in der Luft lag.

„Tritt ruhig näher, Herbert", hörte ich nach einem Augenblick der Stille Joachims Mama sagen. Aber ihre Stimme klang heute nicht so musikalisch fröhlich wie sonst immer. Sie hörte sich belegt an, wie bei jemandem, der unter einer chronischen Halsentzündung litt. Erst da erkannte ich, dass die ganze Familie – Herr Arens, Oma Arens, Frau Waigel und Joachim – beieinander saß, nein, es wirkte eher so, als hockte sie. Ja, sie hockten um den runden, reich mit Intarsien verzierten Tisch auf der mir gegenüberliegenden Seite des Raumes im riesigen Halbrund des Erkers, der sich weit in den Park hineinwölbte. Mir schien, als störte ich bei einer lebenswichtigen Beratung.

Schon wollte ich mich umwenden, da rief Frau Waigel zum zweiten Mal: „Nein, nein, Herbert, du darfst gern eintreten. Wir wälzen zwar gerade Probleme, aber ..."

Herr Arens, Joachims Vater, unterbrach sie, als wolle er Missverständnissen vorbeugen: „Dir als bestem Freund Joachims" – er betonte das nachdrücklich – „wird das, was hier vorgeht und sich von Tag zu Tag verschärft, ohnehin nicht verborgen bleiben. Vielleicht wirst du schon bald überlegen müssen, ob du noch weiterhin mit uns befreundet sein willst, Herbert. Es könnte durch uns auch dein Leben in Schwierigkeiten geraten."

„Aber, Junge, verunsichere und erschrecke das Kind doch nicht unnötig." Oma Arens hatte sich energisch eingemischt und fuchtelte vorwurfsvoll mit ihren vielfach goldberingten Fingern vor den Augen ihres Sohnes herum. „Du siehst das alles viel zu schwarz. Und die Bitte des Herrn Kaufmann, dich nicht mehr als Mitglied des Hamburger Wirtschaftsdienstes betrachten zu sollen, ist sicher nur ein Missverständnis, das sich morgen schon aufklären wird. Du wirst es sehen. – Herbert, nun setz dich doch!"

„Nein, Oma", warf Joachim jetzt ein, „Herbert und ich gehen nach nebenan. Das Wichtigste war doch wohl angesprochen, oder?" Er sah, Zustimmung erwartend, in die Runde. Alle nickten.

Endlich musste ich wohl auch etwas sagen: „Ich möchte Ihnen einen guten Abend wünschen und herzliche Grüße von Vater und Mutter ausrichten und von meiner Oma natürlich. Ich habe Mettwurst mitgebracht, für Joachim – ähem, natürlich für Sie alle."

Ich hatte das Gefühl, dass jedes Wort, das ich herausbrachte, deplatziert war, und empfand Erleichterung, als Joachim aufstand und mich mit sich hinauszog.

Joachim, der sich bei früheren Gelegenheiten immer sofort über die Mettwurst hergemacht hatte, nahm sie mir diesmal zwar aus der Hand, rührte sie aber nicht an.

„Was ist passiert, Joachim? Ihr wirkt alle so bedrückt. Im Salon sah eure Runde aus, als tage dort ein Krisenstab."

„Was genau los ist, weiß ich nicht. Papa kam mit der Nachricht nach Hause, dass er aus dem Wirtschaftsdienst der Stadt gefeuert worden sei. Ich kenne mich da nicht so aus. Jedenfalls hat Papa dort immer viele Abende zugebracht. Ich finde den

Rausschmiss prima, weil ich abends dann nicht mehr so oft allein bin; denn Mama ist meistens im Theater. Aber Papa sieht das ganz anders. Er ist der Meinung, dass wir sofort ins Ausland umsiedeln müssen. Doch Oma weigert sich. Sie sagt, sie könne das, was unsere Familie durch Schwerstarbeit aufgebaut hat, nicht einfach verramschen und verlassen. Das würde sie nicht lebend überstehen. Außerdem sei sie zu alt, um noch einmal ganz von vorne anzufangen. Die Nazis wären ohnehin Wirrköpfe, die sich nicht lange an der Macht halten könnten."

„Und was meint deine Mama?"

„Sie sieht die Situation ähnlich wie Oma. Aber ich glaube, dass sie sich etwas vormachen. Papa hatte bis jetzt immer Recht, wenn es etwas einzuschätzen gab. Ich wollte das, als ich noch kleiner war, zwar auch nicht gerne wahrhaben, aber so war es nun mal. Jedenfalls sieht er sein und Omas Leben in Gefahr."

„Und was ist mit dir und deiner Mama?"

„Papa meint, uns würden die Machenschaften der Nazis so schnell noch nicht treffen, weil Mama arisch ist und ich nur Halbjude bin."

„Und was wird nun geschehen? Ihr zieht doch nicht etwa fort, Joachim?"

„Keine Ahnung, manchmal denke ich, es wird schon nicht so schlimm werden, aber dann sehe ich Marlene wieder blutüberströmt in der Gosse liegen, und überall wird auf die Juden geschimpft. Gestern zog sogar unser Geschichtslehrer über uns her. Der Weltkrieg wäre ‚Achtzehn' nie verloren worden, wenn die Juden sich nicht so passiv verhalten hätten. Dabei hat er mich zuerst merkwürdig angeguckt, dann aber nachdrücklich beteuert, dass er Christ sei und schon deshalb nichts gegen Juden hätte. – Aber warum sagt er so etwas? Herbert, ich befürchte, dass es an diesem Gymnasium bald genauso unerträglich wird wie in der vorigen Schule."

Bis in die Nacht hinein haben wir weitergeredet, ohne müde zu werden. Und als ich mich zu Hause ins Bett schlich, schliefen alle schon. Nicht, weil Vater so entsetzlich schnarchte, sondern weil die Sorge um Joachim mir nicht aus Kopf und Herz weichen wollte, lag ich noch verdammt lange wach!

7. Kapitel

Eines Abends klopfte es heftig und ungeduldig an unserer Wohnungstür in der Antonistraße. Wir hatten uns eben zum Abendbrot an den Tisch gesetzt. Wie immer, wenn in der Fischfabrik Räuchertag war – und der fand mindestens dreimal die Woche statt –, gab es ein kräftiges Stück Schwarzbrot und dazu Bücklinge. Mutter, meine Schwestern und ich tranken dazu Leitungswasser, nur Vater bekam ein Glas Bier mit 'ner richtigen Blume drauf. Würde ich später auch kriegen, versprach Mutter jedes Mal, wenn sie Vater das dickwandige Glas zuschob.

„Aber erst nach Abschluss deiner Lehre, wenn du denn endlich auch mal 'n paar Kröten anschleppen tust – nä, Willem."

Vater knurrte bestätigend und nahm genüsslich einen ersten Schluck aus dem Glas. Eben dieser Moment wurde durch das Pochen an der Tür unterbrochen.

„Wer kann das nur sein – noch um diese Zeit?"

Unwillig wischte Vater mit dem Handrücken über den Mund.

„Herbert, kiek to, man los, Jung!"

Das tat ich gern, denn ich war selbst neugierig genug, um wissen zu wollen, wer noch zur Abendzeit bei uns an die Tür klopfte. Hastig drehte ich den abgewetzten, viele Male gelöteten Schlüssel im Schloss, löste den schon ewig klemmenden Sperrriegel und zog die Tür auf.

Das Erste, was ich sah, war das glatt rasierte Gesicht von Gustav Jankes Vater, der in einem Uniformmantel steckte, wie ihn die SA-Leute nur im Winter trugen.

Als er mich sah, zuckten seine Mundwinkel. Ich war so erstaunt, dass ich den anderen Mann zunächst nicht wahrnahm. Erst als der den Janke mit einer kräftigen Armbewegung zur Seite schob, fiel mein Blick auf diesen Mann, der in einen dunklen Ledermantel gehüllt war. Auf dem Kopf trug er einen grauen Filzhut, den er jetzt abnahm. Er blickte mich kurz an, schien mich zu taxieren, lächelte unerwartet und fragte freundlich: „Na, bist du der Sohn von Herrn Spalding?"

„Ja, wieso? Was wollen Sie denn?"

„Wir müssen deinen Vater sprechen. Er ist doch da?"

„Ja, aber wir sitzen noch beim Abendbrot ..."

„So, dann lass uns mal rein."

Der Mann drückte Janke den Hut in die Hand und trat ungefragt über die Schwelle. Mir blieb nichts anderes übrig, als vor ihm zu weichen. Dabei stieß ich, ohne es zu wollen, die Tür zur Küche mit dem Po auf und ermöglichte den Eindringlingen den besten Überblick über das Szenario unserer abendlichen Mahlzeit. Ich fühlte mich in den Raum hineingeschubst, stolperte aber schnell zur Seite, während Vater und Mutter gleichzeitig von ihren Stühlen aufstürzten.

„Nanu, wer sind Sie?"

„Guten Abend, mein Name ist Meierbeer, das hier ist Herr Janke von der örtlichen Sicherheit. Ich selbst gehöre deren Spezialeinheit an. Unsere Aufgabe ist es, volksfeindliche Gesinnungen zu bekämpfen und zu eliminieren, wenn sie dem Willen des Deutschen Volkes, seinen nationalsozialistischen Anforderungen und Zielen entgegenstehen. – Wahrscheinlich müssen Sie uns begleiten."

„Willem", heulte Mutter dazwischen, „du hast doch wohl nichts Unrechtes getan?" Und zu dem Ledermantel Meierbeer: „Was tun Sie sich eig'ntlich denken? Wir sind zwar a'm, aber immer anstännige Menschen geblieben!"

„Nun beruhigen Sie sich schon. Setzen Sie sich wieder. Es geht nur um Ihren Mann."

„Wieso nur? Mein Mann geht nich mit Sie mit. – Wilhelm, das kommt mir nich in die Tüte!" Mutter fuchtelte wild mit den Armen, als habe sie Erstklässler in der Schule vor sich.

Herr Meierbeer lächelte immer noch freundlich und zog aus dem Inneren seines schweren Mantels ein Aktenstück hervor.

„Herr Spalding, Ihnen wird zur Last gelegt, Mitglied einer gesellschaftsfeindlichen, verbotenen Organisation – der so genannten Kommunistischen Partei Deutschlands – zu sein. Was haben Sie dazu zu sagen?"

Meine große Schwester wischte sich verschämt die Augen, während alle anderen gebannt auf Vater blickten, der sich kerzengerade aufrichtete, etwas vom Tisch abrückte, Herrn Meierbeer furchtlos fixierte und pathetisch erklärte: „Nie war ich in eine Pa'tei und werde auch nie in eine reingehn! Die Herren Marx und Lenin habe ich nie nich geschätzt. Ick bün jümmers bei mei'n Glauben geblieben, wie ick dat all von mien'n Vadder lernt hev. Un' dorbi will ick nu auch bleiben. Lot dor man kommen, wat will. Christ bin ick – un' für den Herrn Ebert hatte ich auch was über. Aber da is nu ja wohl ein annern boben dran ..."

Er holte einmal tief Luft.

„Für mein' Glauben un' meine Familie steh ich ein. Jümmers! So, dat dürfen Sie sich merken – Ihr Büttel da ebenso!"

Vater zeigte verächtlich auf Janke. Dem sah man an, dass er innerlich aufbegehrte und nach Worten rang, aber Meierbeer ließ Janke keine Chance.

„Herr Spalding", sagte er nach wie vor höflich, aber bestimmt, „Sie behaupten also, nie Mitglied der Kommunistischen Partei Deutschlands gewesen zu sein. Wie erklären Sie sich dann die Tatsache, dass Ihr Name auf der Mitgliederliste dieser Partei zu finden ist? – Bitte schön, hier steht es schwarz auf weiß: W. Spalding, geb. 1892 / St. Pauli! – Da – da, sehen Sie!"

Meierbeer hielt Vater die Liste unter die Augen und hämmerte mit dem Zeigefinger wie ein Specht da auf das

Papier, wo der Name „W. Spalding“ säuberlich hingemalt und gut zu lesen war.

„Dat bin ick nich. Dat muss ein anner'n sein! Da müssen Sie schon woanners suchen. Dann können wir nämlich endlich zu Ende essen. Kinners, setzt euch op'n Mors.“

Selbstbewusst, sichtlich erleichtert und geräuschvoll ließ Vater sich auf seinen Stuhl zurückplumpsen. Meierbeer aber blickte Janke auffordernd an. Der hatte inzwischen Schweißperlen auf der blassen Stirn und machte den Eindruck, als suche er einen Spalt im Boden, um darin zu versinken.

„Hauptwachtmeister Janke, Sie haben doch behauptet, Sie seien ganz sicher, dass es sich bei diesem Namen“ – der weiße Finger hämmerte erneut auf das Papier in seiner Hand – „um diesen Herrn Spalding, wohnhaft in der Antonistraße, handelt ...“

Janke unterbrach ihn fahrig: „Jawoll, Herr Hauptmann, das muss er sein. Auch mein Sohn hat ihn schon kommunistische Parolen verbreitend erlebt ...“

„Was sacht der Kerl da? Was hat sein Sohn von mi secht? Der soll sich in Acht nehmen, dat hei mi nich' mehr in die Quere laufen tut. Dann will ich ihn sein Gehör schon schärfen. De Kerl is doch so blöd, dat hei 'n Peerd nich von 'ne Gös unnerscheiden kann. Mensch, Janke, mach, dat du rauskommst!“

„Nun halten Sie sich aber zurück, Herr Spalding, und Ihre Zunge im Zaum! Herr Hauptwachtmeister Janke ist dienstlich hier. Wir werden die Angelegenheit in Kürze aufklären ...“

„Dat kann glieks passier'n. Lütte, hol' die Bibel aus die Kammer.“

Vater drückte meine verängstigte Schwester Anni hoch und schob sie hin zur Tür. „Haben wir gleich ... beeil di, Deern! Zeigen Sie die Liste man noch mal her.“

Vater streckte seine schwielige Hand aus, und wie ergeben legte Herr Meierbeer die Akte hinein. Inzwischen war Anni zurück. Mit Händen und Armen hielt sie unsere mächtige und ziemlich abgewetzte Familienbibel fest an sich gedrückt. Alle blickten gebannt auf Vater, weil keiner wusste, was er vorhatte. Er packte das große Buch, das selbst in seinen Händen noch gigantische Ausmaße hatte, schlug den hinteren Deckel auf, nestelte ein vergilbtes Dokument hervor, entfaltete es und hämmerte ebenso – wie vorhin der Hauptmann – mit seinem knorrigen Zeigefinger auf das Papier.

„Da, sehen Sie? Gucken Sie nur genau hin! Was tun Sie da lesen? – Was?"

Zwar nicht siegesbewusst, aber bestimmt und ungewöhnlich scharf nötigte Vater den Hauptmann, das Dokument zu lesen.

„Was meinen Sie denn? Was soll ich lesen?"

„Na, wann ik geboren bin, dor steit dat doch, 16. Oktober 1893! Und eben nich', wie es auf ihre' Liste steh'n tut: 1892."

„Tatsächlich, der Mann hat Recht, Janke. – Konnten Sie nicht verlässlicher recherchieren?"

Janke war in sich zusammengesunken und versuchte, sich zur Tür hin zu verdrücken. Gequält und trotzig meinte er: „Da steht aber doch W! – W. Spalding! Da musste ich doch denken, dass das nur dieser Mann hier sein kann. Oder?"

Vater erhob sich, stemmte seine Hände gegen die Hüften und stellte erleichtert fest: „Es wird wohl noch mehr Spaldings in diese' große Stadt geben – außerdem fängt *Werner* und *Walter* auch mit'n *W* an – oder etwa nich'?"

Zur Mutter gewandt, fuhr er verhaltener fort: „Die Jankes hatten bisher noch nie Glück mit ihr'n Denken. Die lassen sich dabei zu wenig Zeit" – und dann wieder lauter: „Also, dat langt nu wohl. Sie konnten sich davon überzeugen, dass wir eine gottesfürchtige, unbescholtene Familie sind. Lassen Sie uns nu weiteressen. Und du, Janke, geh mi in Zukunft aus'n Weg. Is besser so!"

„Bitte keine Drohungen gegen Staatsbeamte, Herr Spalding. Das Missverständnis tut mir Leid."

Meierbeers Lächeln nahm, als er weitersprach, zynische Züge an: „Ich habe aber nicht überhört, dass Sie und Ihre Familie mit den Sozialisten und Sozialdemokraten kokettieren. Überprüfen Sie Ihre politische Einstellung möglichst bald, guter Mann. Es könnte sein, dass die dazugehörende Partei demnächst auch auf dem Index zu finden ist. Aber nichts für ungut. Ich hoffe trotzdem, dass wir uns so schnell nicht wieder sehen werden. Guten Abend."

Der Hauptmann machte auf den Hacken kehrt und folgte Janke, der bereits wortlos im Flur entschwunden war. Die Mädchen saßen schon, aber Mutter und ich standen noch mit offenem Mund da und konnten nicht glauben, dass der Spuk vorüber war.

„Herbert, klapp dat Mul to un leg den Riegel wieder über. Un du', Gretchen, set di an 'n Disch. – Schenk man noch'n Bier nach, di ok. Das beruhigt uns beide."

Die Tür verschloss ich doppelt, und den Riegel habe ich mehrfach auf seinen Halt hin überprüft. So war mir dieser Besuch in die Glieder gefahren. Tröstlich aber war mir Vaters Blick, als ich in die Küche zurückkehrte. Noch nie hatte er mich so beruhigend und liebevoll angesehen. Das Wunderlichste freilich war, dass er Mutters Hände über dem Tisch festhielt und streichelte. Das hatten wir auch noch nie erlebt.

Ich glaube, da passierte irgendetwas in mir. Ich weiß nicht was. Aber ich fühlte mich jedenfalls reifer geworden, erwachsener. Dieses neue Gefühl hatte ich schon einmal gespürt – damals, als Joachim und seine Familie in ihrem großen Salon so bedrückt beieinander hockten. Da war *er* plötzlich anders geworden, irgendwie von mir weggerückt. Mit ihm war etwas geschehen, das ihn mir merkwürdig abgehoben erscheinen ließ. Doch jetzt war ich wieder an seiner Seite, nachgerückt sozusagen. Von jenem Abend an wusste ich – wie Joachim –, dass Angst ein ständiger Lebensbegleiter, ja, Teil unseres Lebens sein würde. Eine ständige

Herausforderung, mit der wir von nun an allein fertig werden mussten.

Dieser Reifungsschritt hatte sein Gutes. Wir waren allem und jedem gegenüber distanzierter, misstrauischer. Jeder auf seine Weise: Joachim durch den viel gefährlicheren Druck, der auf seiner Familie lastete, und ich, weil ich mein soziales Ghetto eben auch nicht beliebig abstreifen konnte.

Vater wurde zunächst in Ruhe gelassen. Das Thema Nationalsozialismus schien bei uns tabu zu sein. Niemand sprach darüber. Nicht, weil das verboten war, sondern weil die miese wirtschaftliche Lage Tribut verlangte. Brot war wieder teurer geworden, Butter konnte sich niemand mehr leisten – jedenfalls nicht in unseren Kreisen –, und immer und immer wieder war in Frage gestellt, ob Vater seinen Arbeitsplatz in der Fischfabrik behalten würde. *Der kleine Krauter* – so wurde Vaters Arbeitgeber oft auch genannt – hatte nur wenig größere Abnehmer für seine Produkte, und das waren bis auf Ausnahmen jüdische Kaufleute. Viele von ihnen mussten ihre Geschäfte schließen oder taten das freiwillig. Gar nicht auszudenken, was das für uns bedeutet hätte, wenn Vater arbeitslos geworden wäre.

Bemerkenswert – oder sollte ich lieber sagen bewundernswert – war Vaters politische Haltung in jener schweren Zeit. Je mehr die neuen Machthaber auf Juden und Ausländer Hatz machten, desto nachdrücklicher stellte er sich auf die Seite der Verfolgten. Dies nicht nur zu Hause, auch in der Fabrik oder an seinem geliebten sonntäglichen Stammtisch – der Kneipe am jetzigen Hein-Köllisch-Platz.

„Du brings' di noch um Kopp un' Kragen“, behauptete Mutter stets, wenn sie Vater nach dem Kirchgang aus der Wirtschaft zum Mittagessen abholte und die Auseinandersetzungen der Stammtischler in der Regel gerade ihren Höhepunkt erreicht hatten. Seitdem meine Beziehung zu Joachim und seiner Familie akzeptiert war, konnte Vater es nicht mehr ertragen, wenn jemand behauptete, nur die Juden seien an all dem Elend schuld.

Einmal – ich werde diesen Augenblick nie vergessen – saß ich wieder mal auf dem Poller am Övelgönner Elbkai und langweilte mich. Dort wartete ich Samstagmittag nach Feierabend auf Vater. Warum ich den Umweg gemacht hatte, weiß ich nicht mehr, Vater war jedenfalls tief gerührt.

„Dat hest du ja noch nie mokt, mi aftoholen, Herbert. Hast du etwa Sorgen?"

„Nee, Vadder, heb ik nich. Is mir nur so eingefallen. Ich dachte, du würdest dich freuen. Außerdem ist das Wetter zu schön, um schnurstracks nach Hause zu laufen."

„Da hast du wohl Recht. Man bloß inne Fischhalle haben wir immer dasselbe Klima. Un' din Fründ, Joachim?"

„Hat heute länger Schule. – Was hast du eigentlich manchmal gegen Joachim, Vadder?"

Wir waren gerade den Schopenhauerweg hinaufgeschlendert und bogen in den Donnerspark ein, da blieb Vater abrupt stehen. Einen – eine Ewigkeit dauernden – Moment sagte er nichts, bis er endlich mit dem Kopf auf eine nahe Parkbank wies und sich – mich mit sich ziehend – niedersetzte. Er schwieg weiter. Eine seltsame Stimmung bemächtigte sich unser. Mit den Augen überquerten wir den Elbstrom, aber wahrgenommen hatten wir nichts.

„Jung', ick wull di dat jümmers all verklickern, bloß ick hev de richtigen Worte noch nich funnen. – Schon as ick son lütten Klokschieter weer – da haben alle was gegen die Juden gehabt. Nich bösartig, wohl eher neidisch, weil es die eben durchweg besser ging as uns A'beiters. Un Witze wurden gemach', viele! As ick inne Schule kam, kannte ick mehr davon, als das Alphabet Buchstaben hat. – Wir hatten auch so'n bleichen Judenjungen inne Nachba'schaf', den mochte ich wohl ganz gern – hieß übrigens Nimrod Wiesenthaler –, aber wenn wir zusammen spielen wollten, musste er entweder seine vornehme Mutter begleiten oder er hatte Geigenstunde.

Dabei hat er immer wieder beteuert, dass er gern mit mi speel'n würde.

Weil das nie so recht inne Gänge kam, wurde ich natürlich muksch. Un nachher wer dat sowieso to lat. He krech wat anne Lung'. – Aber bei seine Beerdigung auf'n alten Judenfriedhof in Othmarschen bin ick noch gewesen. – Nur von weitem natürlich. – Warum bloß vertell ick di dat all'ns? Also noch ma', ick hev nix gegen dien Fründ. Aber das mit die Juden steckt da irgendwie drin."

Vater pochte mit der Faust gegen seine Brust, und es klang fast verzweifelt, als er beteuerte: „Ick will das ja nich'! Aber ich weiß auch nich', wie ich das da rutkriegen schall. Versteihs du mi, Herbert?"

Natürlich verstand ich ihn noch nicht, aber ich empfand so etwas wie Stolz auf Vater. Und das ist bis heute so geblieben.

Schweigend hatten wir die Palmaille erreicht. Da stürzte plötzlich aus einem dunklen Hauseingang ein junger Mann an uns vorbei. Beinahe hätte er mich umgerannt. Das allein aber war nicht bemerkenswert, sondern dass ich – ehe ich mich versah – ein bedrucktes Papier in der Hand hielt. Vater war schon weitergeschlurft, als ich noch dastand, den Zettel musterte und gleichzeitig nach dem jungen Mann ausschaute. Aber der schien wie vom Erdboden verschluckt.

Das Papier entpuppte sich als ein Flugblatt, das schon durch mehrere Hände gewandert sein musste. Es war zerknittert, und das Datum rührte vom Januar her, dabei waren wir bereits mitten im August.

Schnell hatte ich Vater eingeholt. Ich hielt ihm das Flugblatt hin und war erstaunt, dass er es mir – ohne ein Wort zu sagen – aus der Hand riss, zusammenknüllte und hastig in die Brusttasche seines Blaumanns stopfte. Dabei schaute er verkniffen um sich, als habe er Angst, beobachtet zu werden. So war es auch! Aber erst nachdem wir unsere Wohnung in der Antonistraße erreicht und in der engen Küche am Tisch saßen, gab er eine Erklärung für sein merkwürdiges Verhalten ab.

„Mein lieben Herbert, häs' di sicher wunnert eben auf'e Palmaille. Aber du muss' di dat bilütten merken, dat is de Fluch von diese schlimme Zeit: Die Wände haben Ohren und die Eckens Augen. Denk mal nach, Junge: As diesen Meierbeer mit den Janke bei uns war, hat der doch gesacht, dat die Sozialdemokraten auch bald auf'n Index kommen tun, nä? – Und nur Tage danach ha'm die den Walter Schmedemann nach Fuhlsbüttel in'n Knast geschmissen – nennen das heute vornehm *Konzentrationslager* –, und der Brauer, unser'n Oberbürgermeister, de' musste buchstäblich aus'n Rathaus raus flüchten. So – weißt du, was das hier nu is? Das is'n Flugblatt von den Schmedemann. Wurde schon in Januar heimlich unter die Leute gebracht. Bloß jetzt mokt de dat wedder, weil nächste Woche Adolf Hitler von Berlin nach Hamborch kommen tut. Die denken, dass se den Nazis damit Knüppels zwischen ihre Füße werfen können. Recht ham die Sozis, aber ward nix war'n. Wer mit son Papier erwischt wird, geit aff – no Fuhlsbüttel. Nee, lot de Fingers dorvon, Herbert."

„Ist das wirklich so schlimm in Hamburg, Vadder?"

„Was heißt hier Hamborch. Över dat ganze dütsche Land haben sie sich schon hergemacht. Und beter worn is dat nirgens nich!"

„Kann man denn nichts dagegen tun?"

„Wat wullt *du* denn schon don – oder *ick*? Nix können wir tun! Wenn die uns mit diesen Wisch inne Palmaille geseh'n hätten, wär'n deine Schwestern Martha und Anni längs' Waisenkinners."

Mutter war vom Markt zurück und hatte die letzten Sätze mitgehört. Während sie ihre schweren Netze, die mit Kartoffeln und Wurzeln gefüllt waren, abstellte, mischte sie sich in die Unterhaltung und meinte vorwurfsvoll: „Warum muss' du den a'm Bengel bloß so verunsichern. De traut sich doch nich mehr rut, wenn du so weitermachen tust. So schlimm wird dat all'ns schon nich sein, schließlich sind

Landesbischof Schöffel und die ganze Kirchenleitung in voll'n Ornat vorwegma'schiert, als die den neuen Senat in't Rothus brocht hebt. Un' letzten Sündag weer de Michel voll mit diese SA-Leute zu'n Gottesdienst."

„Ach, Gretchen, du un diene Kerk, ihr seid man zu naiv. Un dat glöv man: inne Kerk wa't man ok bloß mit Woter kokt. Die genießen das ganz gern, so nah bei die Macht zu sein. Ick hol dat lieber mit mei'n lieb'n Gott. De is verlässlicher. Paß man op, Deern! Oder hast du schon vergessen, wat der lütten Marlene widerfohrn is? Nee, nee, lat mi an Land mit all de Spitzbubens."

„Genau, Wilhelm, tu du dich da man bloß 'raushalten. Sons' kommen wir aus die Angst auch nich' mehr raus."

Selten war Vater mir gegenüber so aus sich herausgekommen. Was zwischen seinen Worten verstanden werden musste, habe ich nach und nach begriffen. Zum ersten Mal schon ein paar Tage später.

Bei Menck und Hambrock hieß es frühmorgens gleich am Tor auf einer schwarzen Tafel mit sorgfältig in Kreide gemalten Buchstaben: „Alle Lehrlinge sind heute von der Arbeit befreit und aufgefordert, an der Begrüßung des Führers teilzunehmen. Die Jubelroute des Führers durch Hamburg kann auf einer Karte in der Wache eingesehen werden."

Um mich her gab es bereits Jubelrufe. Einige schmissen vor Freude über den arbeitsfreien Tag – oder tatsächlich über den Besuch Adolf Hitlers – ihre Brottaschen und Mützen in die Luft. Mich durchfuhr es heiß. Sofort war mir das Gespräch mit Vater wieder gegenwärtig. Wie hatte ich mich jetzt zu verhalten? Zunächst war ich unsicher, marschierte dann aber frohgemut in Richtung Elbchaussee. Joachim würde schon wissen, was mit diesem Tag anzustellen war.

Aus den Fenstern vieler Häuser hingen Hakenkreuzfahnen. Hinter dem Altonaer Rathaus waren an den Straßenrändern Kübel mit geschlagenem Birkengeäst aufgestellt, und von

Laternenpfahl zu Laternenpfahl spannten sich Leinen, die mit Papierwimpeln bestückt waren. Zum Hafen hinunter nahmen uniformierte Posten und Polizisten bereits Aufstellung. Die Menschen, die mir auf dem Weg zu Joachim begegneten, schienen es eilig zu haben, aber sie waren fröhlich und lachten.

Besonders auffallend war, dass die Mädchen heute hübscher aussahen als an gewöhnlichen Tagen. Sie trugen bunte Sonntagskleider und hatten die Haare aufgesteckt oder zu Zöpfen geflochten. Knaben und so genannte Pimpfe strömten scharenweise in Richtung Hafen. Auch sie hatten sich auffallend hergerichtet. Entweder trugen sie hellbraune Hemden und Armbinden oder blaugraue Blusen mit farbig flatternden Halstüchern. Größere Jungs zierten sich schon mit breiten schwarzen Ledergürteln und bedrohlich aussehenden Koppelschlössern. Manche versuchten, mit gestelzten Beinen den dröhnenden Gang exerzierender Soldaten zu imitieren.

Wenn ich mich nicht auf dem Weg zu Joachim befunden und mich mein Vater vor Tagen mit seinem Kommentar zu dem Schmedemann-Flugblatt nicht so nachhaltig beeindruckt gehabt hätte, wäre ich sicher auf all die flott herausgeputzten jungen Leute, die sich aufgemacht hatten, den Führer zu feiern, neidisch geworden. Ehrlich, mein Freund, ich hatte doch so 'ne Art Verpassungsangst. Die war allerdings verflogen, als sich mir der riesige, messingbeschlagene Türflügel unter dem Säulenvorbau der Villa Arens öffnete und mich – statt der erwarteten Theresa – Joachims Oma anlächelte.

„Komm herein, Herbert. Ich hatte zwar Joachim erwartet, aber du bist auch willkommen."

Oma Arens wirkte gebrechlich. Sie war blass, und ihre Stimme klang ängstlich. Trotzdem bot sie mir Limonade an und berichtete von der Kündigung Theresas, deren Freund, den ich flüchtig kennen gelernt hatte, in die NSDAP eingetreten war und jetzt als Organisator im Altonaer Büro der Partei arbeitete.

„Siehst du, Herbert, so ist das. Nun ist es dem neugeborenen Nationalsozialisten und Freund Theresas natürlich unmöglich, mit einem Mädchen zu gehen, das ihr Geld bei den Volksfeinden verdient. Sie musste uns konsequenterweise verlassen. Ich habe beim Abschied Rührung in Theresas Gesicht gesucht, aber nur Peinlichkeit gefunden. Vielleicht tue ich ihr Unrecht; ich konnte sie nämlich gut leiden."

Ich wusste nichts zu sagen, nichts zu erklären und nichts hinzuzufügen. Aber Vaters Warnungen waren mir sofort wieder gegenwärtig.

Froh war ich, als Joachim endlich erschien. Er war erregt und wirkte wütend.

„Ich habe dich schon vor mehr als einer Stunde zurückerwartet", begrüßte Oma Arens Joachim vorwurfsvoll. „Ihr solltet doch nach der ersten Unterrichtsstunde schon schulfrei haben. – Hier, deine Mama hat's sogar auf einen Zettel geschrieben, damit ich Bescheid weiß. Wo warst du nur so lange? – Stell dir vor, Theresa hat uns ohne Vorankündigung *holterdiepolter* verlassen. Und ich musste mir ohne deinen Beistand sagen lassen, dass wir Volksfeinde sind. Aber den restlichen Lohn, den hat sie sich doch noch auszahlen lassen. Na ja, Geld scheint wirklich nicht schmutzig zu machen ... Entschuldige bitte, Joachim, ich tue dir Unrecht. Ich bin noch immer erregt. Aber nun erklär mir endlich, warum du erst so spät kommst?"

Joachim hatte seiner Oma aufmerksam zugehört. Traurig, aber rührend sanftmütig blickte er seine Oma und dann mich an.

„Es tut mir Leid, Oma, aber ich kann wirklich nichts dafür. Der Professor wollte mich nicht mit den anderen gehen lassen."

„Nicht gehen lassen? Warum denn nicht, Joachim?"

Joachims Lippen zitterten. Um nicht zu weinen, biss er die Zähne zusammen, dass es knirschte und seine Backenknochen hervortraten. Als er weitersprach, war ihm anzumerken, wie schwer es ihm wurde, das Schluchzen zu unterdrücken.

„Er sagte, der Führer besuche nur deutsche Hamburger. Folglich gebe es keinen Grund, mich vor Unterrichtsschluss zu entlassen. Außerdem könne er sich nicht vorstellen, dass ein Jud' angesichts deutschen Jubels Freude empfinden könne – an diesem erhabenen Tag müsse die deutsche arische Jugend unter sich bleiben ..."

Joachim konnte nicht weitersprechen. Alles an ihm bebte vor Zorn und maßloser Enttäuschung, aber Oma Arens zog ihn zu sich auf die barocke Wartebank in der Halle und legte ihren weichen Arm auf seine Schultern.

Nach längerem Schweigen erfuhren wir, dass Joachim die Schule demonstrativ und unerlaubt verlassen hatte, nachdem der Professor von ihm verlangt hatte, über das Thema „Das Wesen des Fremdvölkischen innerhalb des nationalen Deutschtums" schriftliche Erörterungen anzustellen.

„Morgen werden sie mich bestimmt von der Schule weisen!"

„Ach wo, Joachim, morgen wird alles wieder vergessen sein. Pass auf, es wird schon nicht so schlimm werden ..."

„Doch, Oma", unterbrach Joachim sie, „es wird schlimm werden, sehr schlimm sogar! Ich habe nämlich seine Augen gesehen – seine leblosen, gefährlichen Augen."

„Wessen Augen, Joachim?"

Bevor er weitersprach, blickte er in eine nur ihm zugängliche Ferne und sagte langsam, kaum noch hörbar: „In die kalten grauen Augen des Professors Dr. Anselm Klein!" Joachim löste sich aus den Armen seiner Großmutter. Dann krallte er sich an meinem Arm fest und schrie, als ob er sich von etwas Furchtbarem befreien wollte: „Und jetzt will ich *ihn* sehen – *ihn* – den Führer!"

Oma Arens und ich standen noch ganz im Bann des Augenblicks, als Joachim mich mit sich zog und – als sei nichts geschehen – sagte:

„Komm, Herbert. Wir gehen!"

8. Kapitel

Eben hat es noch kräftig geregnet. So stark, dass ich schon dachte, ich müsste den Ausgang heute abbrechen und in meine kleine Wohnung zurückkehren, was ich wirklich nur ungern getan hätte. Mich zieht es jeden Tag an die frische, würzige Hafenluft, ganz gleich, ob das Wetter mitspielt oder nicht. Du weißt – ich mag das Schmuddelwetter!

Heute haben wir aber kein Hamburger Schmuddelwetter. Heute ist es unstet, erst ein deftiger Niederschlag und dann wieder Sonnenschein, ein ständiges Wechselbad. Aber das soll ja auch gut sein – gut für die Seele! Erst ziehen dunkle Wolken auf und lasten auf dir, dann kommen die schweren Gedanken. Du siehst alles grau in grau, zweifelst an den Menschen und schließlich an dir selbst. Endlich ist es so weit, dass du dein ganzes Leben in Frage stellst. Dann kommt der Platzregen. Nichts bleibt trocken, an dir auch nicht. Alles weicht auf, auch an dir! Das kommt einer Auflösung gleich, die der Erlösung immer vorausgeht. So wie jetzt. Guck über den Fluss! Eben noch war der Himmel konturlos düster, doch nun strahlt er so stark, dass du die Augen zukneifen musst.

Sieh nur, wie die weißen Sonnenstrahlen auf dem Elbwasser glitzern und funkeln – jetzt sogar hier auf dem nassen Pflaster: all die vielen kleinen Pfützen, sie lachen, als trügen sie neues Leben in sich. Selbst der Basaltstein prunkt nach der Waschung, als hätte er nie die schmerzhaft schlurfenden Sohlen der Dienenden und nie die dröhnenden, schweren Stiefel der Marschierenden gespürt. Gesträuch und Häuser strecken sich wohlig in die warme Helle des Sonnenlichts, und das Herz schlägt befreit, leichter.

Ist dir das auch schon einmal so gegangen? Dass du dich unter der plötzlich vom schweren Wolkenvorhang befreiten

Sonne von innen her reckst, dass dein Gang zu federn beginnt, dein Kopf sich aufrichtet und alle Bedrückung von dir weicht?

Joachim und ich hatten uns von der Menge der Menschen einfach mitziehen lassen. Wir brauchten uns über die Richtung und den einzuschlagenden Weg nicht erst zu verständigen. So zog es uns gleich den Philosophenweg hinunter auf die Große Elbstraße und dann immer geradeaus über den Fischmarkt, die Hafenstraße, das Johannisbollwerk, fast bis zum Baumwall. Da war dann kein Weiterkommen mehr. Ohrenbetäubender Jubel und schrilles Geschrei umwogten uns. Dazwischen mischten sich Trillerpfeifen und barsche Kommandos. Polizisten versuchten Ordnung unter den freudig hin- und hertaumelnden Menschen herzustellen.

„Bewahren Sie bitte Disziplin" schrie es blechern – durch eine Flüstertüte verstärkt – von irgendwoher. „Alle werden Sie den Führer ..." Die restlichen Worte gingen im Kreischen der Hochbahn unter.

Alles, Groß und Klein, Alt und Jung, Mütter und Kinder drängten sich auf beiden Seiten der Straße. Obwohl es angesichts der Menschenmassen aberwitzig schien, gelang es den Ordnungshütern doch – manchmal allerdings mit heftigen Gummiknüppelhieben – die Menschenmenge in gebührendem Abstand von der feierlich postierten braunen Phalanx zu halten.

„Wir müssen sehen, dass wir auf die andere Straßenseite zur Elbe hin gelangen. Da stehen erheblich weniger Leute. Von hier aus werden wir nicht viel zu sehen bekommen", rief Joachim mir zu.

„Wie willst du das anstellen? Wir werden uns nicht einmal durch die Menschen näher zur Straße zwängen, geschweige denn die Fahrbahn überqueren können."

„Ach, komm schon, Herbert. Irgendwo wird's schon gehen. Ich *muss* diesen Menschen einmal richtig gesehen haben!"

Er zerrte mich mit ungestümer Gewalt – immer im Zickzack – durch bunte Gruppen lachender, jauchzender, schreiender Menschen und vorbei an umkränzten Haus- und Geschäftseingängen. Als aus einem schmalen Flur plötzlich eine an einem langen Rundholz befestigte Hakenkreuzfahne getragen wurde, gelang es uns beiden nicht mehr auszuweichen. Krachend stolperten wir über die Fahnenstange und schlugen der Länge nach auf den Gehsteig. Neben uns fluchte einer, aber Joachim war schon wieder auf den Beinen und riss mich rücksichtslos hoch, obwohl ich gern erst meine geschundenen, brennenden Knie betrachtet hätte.

„Könnt de Bengels nich oppassen?", schimpfte der Fahnenträger.

Nirgendwo tat sich eine Lücke auf, durch die wir hätten schlüpfen können. Etwa in der Mitte zwischen Baumwall und Johannisbollwerk hielt Joachim endlich mit dem Gezerre inne und musste selbst erst verschnaufen. Weil er mich hinter sich hergezogen hatte, war auch ihm die Luft weggeblieben.

Wir fanden uns direkt vor einer Ladentür wieder, hinter deren Glas eine Zeitungsseite geklebt war. Zuerst signalisierte sie aufdringlich, ja aggressiv, ihren Namen: „Der Stürmer". Dann stachen mir zwei Überschriften in die Augen: „Deutsche, kauft nicht in jüdischen Läden" und „Keine Volksgesundheit ohne eine radikale Rassenpolitik". Ich hoffte, dass Joachim das nicht sehen würde. Aber er hatte ebenso wie ich zur Kenntnis genommen, was gerade ihm wehtun musste. Es hatte auch nicht genützt, seinen Blick auf die Zeitung mit meinem Rücken zu verhindern.

„Lass man, Herbert, Papa und Mama verstecken die Zeitungen auch immer vor mir – schalten in meiner Gegenwart sogar das Radio aus. Sie meinen's gut, aber es hilft mir auch nicht weiter." Um Joachims Mundwinkel bildeten sich bittere Linien.

Wieder packte er mich und drängte weiter, als sich uns plötzlich eine Schar ernst dreinblickender Mädchen in den

Weg stellte. Wir konnten weder an ihnen vorbei noch durch sie hindurch, denn sie hielten ein weißes Tuch über die ganze Breite des Trottoirs fest gespannt. Darauf war in übergroßen hebräischen und lateinischen Lettern zu lesen: „Wie lieblich *wäre* es, wenn Brüder einträchtig beieinander wohnten. Die hamburgisch-jüdische Jugend grüßt ihre hamburgischen Freunde *Schalom – schalom!*"

Es gab nur die Möglichkeit, in das Spruchband hineinzulaufen oder irgendwie noch darüberzuspringen. Für einen Augenblick hatte es uns beiden die Sprache verschlagen. Wir standen nur da und sahen die Mädchen irritiert an.

Joachim hatte seine Fassung als Erster wiedergewonnen und brüllte mir ins Ohr: „Die sind von der Weiberpenne. Ich kenn' die! Aber – Mensch, Herbert, so blöd kann man doch gar nicht sein, nach allem, was bis jetzt passiert ist – die kommen doch ins Loch – o Gott, sind die blöd!"

Joachim blickte sich um, als wittere er Gefahr und suche einen Ausweg. Aber es war schon zu spät. Woher sie kamen? Ich weiß es nicht. Jedenfalls waren sie plötzlich und geisterhaft da in großer Zahl: Polizisten und SA-Leute. Ehe wir uns versahen, waren wir mit den Mädchen umstellt. Mal wurden wir da- und mal dorthin geschubst.

Die SA-Leute rissen den Mädchen das Transparent aus der Hand und schimpften „Judengesocks". Einer riss die Girlande von der Hauswand, sodass das ganze Schmuckgebinde herunterfiel. Weil es ihm sowohl vor die Füße als auch auf die Schultern geraten war und sich die Schnur an seinen Achselklappen verhakelt hatte, bemühte er sich unwirsch, alles an die Seite zu räumen. Nervös zog und zerrte er an dem blumengeschmückten Band, als wollte er ein Seil einholen. Aber es schien kein Ende zu haben. In der Hektik des Geschehens hatte er nicht nur sich selbst, sondern auch noch uns und zwei der Mädels damit ungewollt gefesselt, und es währte auch nicht lange, bis wir uns alle auf den Steinplatten wälzten.

Von dem, was außerhalb unseres Menschenknäuels geschah, konnten wir nichts sehen. Zuschauer mit fanatisch glänzenden Augen hatten uns rundum eingekeilt. Es war ein groteskes Spiel, das nur Minuten dauerte. Keiner hatte etwas gesagt. Das Schnaufen des SA-Mannes und das Jaulen der Mädchen mischten sich unter das um uns her tobende Hurrageschrei.

Endlich hatten wir uns irgendwie befreit. Der SA-Mann half den Mädchen sogar auf die Beine. Während der Rangelei musste er sich am Kinn verletzt haben. Es blutete. Ein rotes Rinnsal lief in seinen verschwitzten Hemdkragen. Wie selbstverständlich reichte ihm eins der Mädchen ihr Taschentuch. Dankbar und freundlich lächelnd, drückte der kleine, gedrungene Mann es gegen die Wunde; und als habe es einer befohlen, klopften wir uns den Staub von der Kleidung. Joachim zupfte dem unbeholfenen SA-Mann mit sichtlicher Genugtuung auch noch gelbe Papierblumen aus der Schnalle des Brustriemens.

„Oh, danke, es geht schon“, meinte der und suchte – sich orientierend – seinesgleichen. Aber in unmittelbarer Nähe war keine Uniform mehr zu sehen. Wir hörten Autotüren schlagen und einen Motor aufheulen. Damit schienen die sensationshungrigen Zuschauer ihr Interesse an uns, den Mädchen und dem SA-Mann verloren zu haben. Sie wandten ihre Aufmerksamkeit wieder dem Spektakel zu, das da jeden Moment an ihnen vorbeirollen sollte.

Die beiden Mädchen, die sich schon wieder um den Sitz ihrer Haartracht mühten, blieben stumm, ich auch. Joachim hielt nach einer Lücke in der Menschenmenge Ausschau, die es uns möglich machen sollte, die Straße zu überqueren. Endlich sprach der SA-Mann die Mädchen an: „Ihr seid wohl nur zufällig neben die jungen Leute mit dem verbotenen Transparent geraten. Das tut mir Leid. Ich hoffe, ihr habt euch nicht wehgetan.“

Dann wandte er sich Joachim und mir zu. – Mir stockte der

Atem. Ich erwartete doch etwas Schlimmes. Der Mann nestelte an seiner Pistolentasche herum, hob jedoch nur die Hand, blitzte uns aus grauen Schweinsäuglein an und meinte verschmitzt lächelnd: „Also, Jungs, das nächste Mal passt ihr besser auf eure lütten Liebsten auf. So welche Deerns gehören immer fest an der Hand gehalten. Und nun winkt dem Führer man schön zu ...“

Joachim unterbrach ihn bittend: „Aber wir werden ihn überhaupt nicht sehen können. Die Leute da sind doch nicht durchsichtig und fast alle viel größer als wir ...“

„Hast Recht, mein Junge, am besten könnt ihr den Führer von der Elbseite her sehen. Na, denn kommt man her. Ich bring’ euch eben rüber.“

Ich verstand die Welt in dieser wunderlichen Situation nicht mehr. Eben wollten wir noch das leibhaft Böse in Augenschein nehmen, und da entpuppt es sich im nächsten Augenblick in Gestalt dieses Uniformierten als ausgesprochen menschenfreundlich.

„Ich heiße übrigens Piepenbrink, Peter Piepenbrink. Hab’ auch so’n Bengel – so groß wie ihr ... is leider nur krank ... kann nich laufen ... nie mehr ...“ Laut, abgehackt, aber wohlwollend rief er uns die Lebensdaten seines Sohnes zu. Dann zog er seine Trillerpfeife, pfiff, was das Zeug hielt, stürmte in die Menschenmenge und herrschte zwischen den aggressiven Trillertönen die Leute an: „Treten Sie zur Seite! Los, los an die Seite, machen Sie Platz ... Nun geben Sie schon einen Durchgang frei ...“

Schritt auf Schritt folgten wir ihm. Auch die entlang der Straße aufgereihten Soldaten und SA-Leute traten wie selbstverständlich zur Seite und ließen uns durch. Ein Polizist eilte mit einem handlichen Stoppschild herbei, postierte sich auf der Straßenmitte und streckte seine Arme quer zur Fahrbahn aus, als gelte es, zahllose Fahrzeugkolonnen anzuhalten. Im Nu waren wir drüben.

Auch die Mädchen hatten sich uns angeschlossen. Sie

machten einen artigen Knicks, als Herr Piepenbrink sich verabschiedete und dabei die Hand zackig an seinen Mützenschirm legte.

Joachim zog sich sofort auf eine hohe Holzkiste, deren eigentlicher Sinn in der Lagerung von Streusalz und Sand bestand, und ließ die Beine baumeln. Während ich mich nach den beiden Mädchen umschaute, war der freundliche SA-ler Piepenbrink wie vom Erdboden verschluckt.

Die Mädchen schienen bedröppelt. Schuldbewusst und ernst sahen sie Joachim an. Die eine wischte sich die Augen.

„Tabea, was habt ihr da bloß angerichtet? Seid ihr denn total bekloppt? Was sollte das Theater? Ist euch eigentlich klar, wo eure Freundinnen jetzt hinkommen?"

Das angesprochene Mädchen schlug die Hände vor das Gesicht, wirkte entsetzt und begann plötzlich, bitterlich zu weinen.

„Aber wir wollten doch nur ..."

Joachim ließ das Mädchen nicht aussprechen. Zorn flammte aus seinen schwarzen Augen, als er es jetzt sogar anschrie: „Was wolltet ihr nur? – Eure Freundinnen habt ihr ins Gefängnis gebracht! Wer hat euch diesen Unsinn bloß eingeredet. Habt ihr gesehen, wie schnell die abtransportiert waren? Und wir können nichts mehr machen! Gar nichts!"

Joachim schüttelte verzweifelt den Kopf, und mir begann langsam zu dämmern, was sich da am Rande des großen politischen Ereignisses abgespielt hatte. Aber ich wusste auch keinen Rat. Aus lauter Verlegenheit zog ich mich ebenfalls auf den mit Teerpappe verklebten Deckel der Holzkiste und setzte mich neben Joachim. Wir schwiegen.

Von irgendwoher zog Jahrmarktsduft in meine Nase. Es roch nach einem Gemisch aus gebrannten Mandeln, Zuckerwatte, Bratäpfeln und Rollmöpsen, wie sonst nur auf dem Heiliggeistfeld, wenn dort das Hamburger Volk seine Lust und Träume zum Rummel trug. Der Geruch war mit dem sanften Westwind von den Landungsbrücken heraufgetragen worden. Dort erwartete man heute selbstverständlich größere Geschäfte.

Irgendwie wirkte der Kirmesduft besänftigend auf uns. Nach einer kleinen Pause fragte Joachim die Mädchen: „Gehörten die anderen auch zur jüdischen Gemeinde?"

Beide Mädchen versuchten wie erlöst gleichzeitig zu antworten, merkten aber, dass so erst recht nichts zu verstehen war. Tabea hielt inne und forderte das andere Mädchen auf, Joachim zu antworten.

„Ja, rede du, Ruth!"

Das Mädchen, das jetzt also auch einen Namen hatte, sagte mit klarer, warmer Stimme: „Nein, Joachim, soweit ich weiß, sind wir die einzigen jüdischen Schülerinnen an der Penne. Unsere Mutter wollte nämlich nicht, dass irgendjemand denken könne, wir seien etwas Besonderes. Es reiche schon, betont sie immer, dass wir Zwillinge sind. Kürzlich haben Tabea und ich in der Wochenschau, als wir mit Mutter im Kino waren, gesehen, wie die Farbigen in Amerika für ihre Rechte demonstrieren. So wollten wir das heute auch machen, nur fröhlicher! Die ganze Klasse war sofort dafür ..."

„Wenn's wirklich so ist, dass die anderen nichtjüdisch sind, könnten sie eine Chance haben, davonzukommen."

Glücklicherweise war's dann tatsächlich so. In der Verhandlung, von der wir später erfuhren, stellte sich heraus, dass alle Mädchen noch minderjährig waren, eine die Tochter eines hochrangigen Parteifunktionärs war und dass das *Corpus Delicti* – das textile Transparent – merkwürdigerweise unauffindbar blieb.

„Joachim, ihr scheint näher miteinander bekannt zu sein. Kannst du mich – bitte schön – endlich aufklären, wer die beiden *Damen* sind?"

Jetzt war es an mir, ungeduldig zu sein. Zwar bestand kein Grund zur Beunruhigung, aber die Mädchen Tabea und Ruth hatten, ohne dass es mir schon bewusst geworden wäre, bereits mehr als nur mein Interesse geweckt.

Joachim schien einen Moment lang nachzusinnen. Auch er sah die Mädchen jetzt interessierter an und sagte, als habe er meine Frage überhört: „Ach so, ja, das hier ist übrigens mein Freund Herbert, Herbert Spalding! Wir kennen uns, seit Gott die Welt erschuf. – Lach nicht, Tabea, es ist wahr. Als der Schöpfer endlich das Bett der Elbe formte, haben wir ihm zu neugierig auf die Finger geschaut. Herbert hat sich zu weit über das Ufer gebeugt, er fiel hinein und riss mich mit sich. Schließlich – ihr seht es ja – hat uns die Elbe in Hamburg gemeinsam an den Strand gespült."

Joachim lachte und meinte weiter: „Wenn ihr nicht ängstlich seid, dürft ihr zu uns auf die Kiste – ach so – Herbert, also, das sind Tabea und ihre Schwester Ruth. Beide hören auch auf den Nachnamen Warburg. Ihr Vater und mein Papa sind Geschäftsfreunde. Leider durften die beiden nie mit mir an den Hafen hinunter. So gab es keine unvergesslichen Erlebnisse und auch keinen Grund, dir von ihnen zu erzählen. Aber nu' ist das über Tag ja plötzlich ganz anders geworden, mein lieber Herbert."

Das schelmenhafte Lächeln verschwand aus seinem Gesicht, als er seinen Sermon zu Ende gebracht hatte und hintergründig sagte: „Nu' *haben* wir aber was erlebt – und zwar zu viert. Das Schicksal hat zugeschlagen!" In seiner Stimme klang trotz der rauen Worte etwas sehr Zartes mit.

In die Menschen kam Bewegung, jedenfalls in die auf der anderen Straßenseite. Joachim stand auf und blickte angestrengt in Richtung *Bahnhof Baumwall*. Auch ich bemühte mich, meinen schlaksigen Körper aus der Baumelposition in die Höhe zu drücken. Dabei machte es dann auch *Ratsch*, und schon zierte ein großes Dreieck meine schöne Sommerhose, sodass nun nicht mehr nur meine dünnen Beine unerwartet der Sonne ausgesetzt waren. Ich erschrak, aber Joachim meinte lächelnd: „So was passiert, wenn man auf Kisten steigt und Führer bewundern will! Kümmere dich jetzt nicht darum. Ich glaube, er kommt gleich. Tabea, Ruth, reicht Herbert und mir die Hände! Wir ziehen euch hoch!"

Die Ausführung war problematischer als das Versprechen Joachims, beide Mädchen hochzuhieven. Sie taten sich unglaublich schwer. Ihre größte Sorge war, dass ihre leichten Sommerröcke vom Wind, der sich eigenartigerweise vor der Kiste in aggressivste Wirbel wandelte, in die Höhe flattern könnten. Dabei bestand nicht die geringste Gefahr, dass irgendein Nichtbefugter die Mädchenbeine in Augenschein hätte nehmen können. Die zusammengeströmten Menschen hielten heute nach Größerem Ausschau, und wir hatten in unserer Blickrichtung – von oben nach unten – kaum eine Chance, zu pikanten Einblicken zu kommen.

Irgendwie war es dann doch gelungen, die beiden hochzuziehen. Tabea und Ruth standen nun neben uns, nur dass Joachim und ich noch eine Zeit lang schnaufen mussten.

Ja, jetzt tat sich etwas. Die vielen Menschen drängten sich, als sei es ihnen eben befohlen worden, immer dichter an die Absperrungen heran. Das ziellose Hurrarufen, das Juchzen und Heilgebrülle ebbten merklich ab, und eine spürbare Spannung brütete plötzlich über den Wartenden. Ich fühlte körperlich, dass die Atmosphäre zu vibrieren begann. Oder war es Joachim neben mir? Ich schaute ihn von der Seite her an und versuchte, in seinen Zügen zu lesen. Aber da war nichts, was auf seine innere Verfassung hätte schließen lassen. Nur die beiden scharfen Linien neben den Mundwinkeln, die ich seit Monaten manchmal in seinem Gesicht beobachtet hatte, waren wieder da. Dass er trotz der Regungslosigkeit in seinem Antlitz zum Reißen gespannt war, spürte ich an meinem Arm, den er so fest gepackt hielt, dass sich mir das Blut in den Adern staute.

Die Kolonne nahte. Vom Baumwall her rollten tosende Heilrufe – gleich den Wellen des Meeres – lauter werdend zu uns herüber. Zusammen mit dem Auf und Ab Fahnen und Blumen schwenkender Menschen entstand ein fast überirdisches Flair, dessen Sog auch ich mich in diesen Minuten kaum entziehen konnte.

Endlich rollte der Konvoi auch in unser Blickfeld: Er *schwebte* auf uns zu, getragen von Wogen der Begeisterung. Anders die dramaturgisch eindrucksvoll aufgereihten Soldaten und SA-Männer: Selbst ihre letzten Bewegungen erstarrten. Hinter ihrem Rücken durften Gefühl und Begeisterung explodieren, aber zwischen ihren braun behemdeten Brüsten schützten sie weihevoll die Straße der Götter.

Die Quadrigen römischer Gottkaiser konnten nicht imposanter gewirkt haben als die tiefschwarze, offene Limousine, die – kaum dass sich ihre Räder sichtbar drehten – drohend und strahlend auf uns zuschwebte. Sekundenlang bildete ich mir ein, dass nicht ein Auto, sondern ein stolzer Häuptling auf einem schwarzen Rappen aus fernflimmernder Aureole zu uns herniederfuhr. Aber dann waren es doch nicht die feurigen Augen eines rassigen Pferdes, sondern die chromleuchtenden Scheinwerfer des überdimensionierten Daimlers. Die weiß fletschenden Zähne des Rosses entpuppten sich als Registriernummer der dunklen Karosse. Ich schaute so gebannt und konzentriert, dass mir die Buchstaben und Ziffern bis heute im Gedächtnis geblieben sind: I Y (oder war es doch ein V?) B – 76590!

Joachims Gesicht ähnelte dem einer Statue. Nichts rührte sich darin, kein Zittern und nicht der Schlag seiner Lider. Nur seine warmen dunklen Augen spiegelten Ausschnitte der Szenerie vor uns wider. Erst als der Mann, der bis jetzt unbeweglich neben dem Fahrer monumental aufgereckt dastand, ganz unpassend mit seiner Schirmmütze vor der Windschutzscheibe herumzufuchteln begann, zuckte es durch Joachims Körper, aber nur einmal.

Später hat er mir berichtet, was in ihm vorgegangen sei und wie er sich tatsächlich da oben auf der Streugutkiste gefühlt habe. Hass gegen den Mann, der von den Tausenden als Messias gefeiert wurde, habe er nicht empfunden. Er habe nur gespürt, dass mit diesem Mann eine unabwendbare Gefahr auf ihn zugerollt kam, eine Gefahr, der er nicht ausweichen konnte. Wie in Trance habe er den Augenblick erlebt. Er habe Hilfe schreien wollen, aber seine Kehle sei zugeschnürt gewesen, und als er aufgewacht sei, war der Spuk bereits vorbeigezogen.

Mir war es ganz anders ergangen. Mir imponierte der aufrechte Mann im Auto, der seinen Kopf und seinen Oberkörper dem Volk so schutzlos hinhielt. Das erweckte in mir den Eindruck, als komme uns in diesem feierlichen Moment der endlich erwartete, unverwundbare Heilsbringer entgegen. Alles in und an mir begann zu fiebern. Mehrfach ertappte ich mich dabei, dass ich den Mund schon aufgerissen hatte, um den aufgestauten Jubelschreien freien Lauf zu lassen oder dass ich meine Arme hochreißen wollte, daran aber gehindert war, weil mein linker Arm immer noch von Joachim gepackt war, während meine rechte Hand Ruth festhielt, damit sie nicht stürzen konnte.

Erst als Joachim mich plötzlich anzischte: „Warum zuckst du so, Herbert?“, geriet ich wieder auf den nüchternen Boden meiner durch Vater und Joachim beeinflussten Abwehrhaltung gegen diesen Hitler.

Nachdem es nichts mehr zu sehen gab, kletterten wir wieder von der Kiste herunter. Ich fragte Joachim, ob er dem Führer denn in die Augen gesehen habe. Bevor er mir antwortete, dachte er lange nach.

Endlich sagte er: „Das hatte ich mir vorgenommen. Ja, ich wollte dem Menschen in die Augen sehen. – Aber ich habe es nicht getan!“

„Und warum nicht?“

„Nun – ich weiß nich’, vielleicht hatte der keine.“

„Also, ich fand ihn fesch, wirklich gut aussehend“, meldete sich Ruth zu Wort. „Aber warum der was gegen Juden hat, kann ich überhaupt nicht verstehen ...“

„Du schmeißt wieder einmal alles in einen Topf“, stellte ihre Schwester ärgerlich fest. „Politik wirst du nie begreifen. Das hat dir unser Papa schon tausendmal gesagt! – Eigentlich mag ich noch gar nicht nach Hause gehen. Und von den anderen werden wir jetzt auch kaum etwas in Erfahrung bringen. Joachim, was habt ihr denn noch vor?"

Erst machte er den Eindruck, als habe er Tabeas Frage nicht verstanden. Dann wandte er sich mir zu, grinste mich viel sagend an, als könnte er meine Gedanken lesen, und antwortete ihr: „Wir gehen hinunter auf die Landungsbrücken, trinken da eine Limonade und bummeln weiter – irgendwohin –, wenn ihr wollt, könnt ihr gern mitkommen."

Obwohl außer uns noch Hunderte fröhlich aufgelegter Menschen gleichfalls den Einfall hatten, Limonade oder Bier – je nach Alter und Geschlecht – auf den Landungsbrücken zu trinken, fanden wir ganz am westlichen Ende doch noch einen Tisch mit freien Stühlen. Als wir uns setzten und zuvor – wie es sich gehörte – Tabea und Ruth gebeten hatten, Platz zu nehmen, wobei wir artig die Stühle hervorzogen, eine höflich einladende Geste versuchten und „Bitte schön ...", sagten, hatte ich mir prompt und schmerzhaft meinen Finger eingeklemmt. Es waren nämlich Eisenstühle von der Sorte, die immer irgendwie klemmten und von deren hölzernen Latten auf Sitz und Lehne stets die weiße Farbe abblätterte.

Die rote Limonade funkelte herrlich in der Sonne, war aber reichlich fade und leider lauwarm. Das schien aber weder Joachim noch die Mädchen zu stören. Ich hatte meinen Spaß bei dem Spiel, auf dem Ponton flanierende Menschen durch das Rund des Glases in verzerrte Kreaturen zu verwandeln. Bald hatte ich das Limonadenglas so platziert, dass ich Ruths Hals ins Visier nehmen, ihn beliebig verlängern oder verkürzen konnte. Ähnliches gelang mir auch mit ihrem Dekolleté.

„Was machst du da eigentlich, Herbert?"

„Oh, nichts weiter. Wieso?"

„Tabea schlägt vor, dass wir uns am kommenden Samstag treffen sollten. Was hältst du davon? Ich glaube, ich könnte wohl."

Joachim zwinkerte mir zu, während er sprach. Es musste ihm sehr an diesem Treffen liegen. Ich blickte Ruth von der Seite an, sah ihr hübsches Profil im Gegenlicht der Sonne und wie sich ihr Busen hob und senkte. Das reichte, um nachdrücklich zuzustimmen.

Der Abschied von den Mädchen zog sich in die Länge, aber bald hockten Joachim und ich doch noch vor unserem Poller in Övelgönne und ließen die Beine baumeln.

Merkwürdigerweise waren die Tageserlebnisse kein Gesprächsthema, auch Tabea und Ruth nicht. Stattdessen erzählte Joachim von einer neuerlichen Schikane, die seinem Vater am Vortag widerfahren war. Die Last der Probleme, die sich über der Familie Arens/Waigel ohnehin schon angehäuft hatte, wurde dadurch noch größer. Sein Papa musste mit der Bank aus dem Reichsanleihekon-sortium ausscheiden. Natürlich wusste ich weder, was für ein Gremium das war, noch welche Bedeutung es hatte. Joachim musste es mir erst umständlich erklären. Auch danach war ich nicht viel schlauer. Nur so viel hatte ich begriffen: Sein Papa würde ab jetzt kein Geld mehr borgen können, um es weiterzuverleihen. – Wieso man sich Geld borgte, um es dann selbst wieder zu verleihen, blieb mir lange Zeit ein Rätsel.

„Papa sagt, er wird kurz über lang die Bank schließen müssen. Spätestens bis dahin müssten wir wissen, wohin unser Weg führen wird. – Wahrscheinlich ins Ausland. – Herbert, ich mag nicht daran denken!“

„Vielleicht ist das alles nur ein böser Traum, Joachim. Vielleicht weiß der Hitler nicht einmal, was seine Leute alles anstellen. Aufklären müsste ihn endlich einer ...“

„Mensch, Herbert, red doch kein’ dummes Zeug. Wir haben’s doch gemeinsam im Radio von ihm selbst gehört, dass er die Juden in Deutschland ausmerzen will. Und die Deutschen jubeln ihm zu. Wir haben’s heute doch erlebt! – Du, Herbert, was meinst du? Könntest du nicht mitkommen, wenn wir Deutschland verlassen müssen?“

Ich sah ihn erschrocken an. In meinem Hals bildete sich ein dicker Kloß. Antworten konnte ich nicht – denn vor meinem geistigen Auge sah ich mich mit Vater und Mutter in unserer kleinen Küche in der Antonistraße am Tisch sitzen.

9. Kapitel

Obwohl über Joachim und seinem Elternhaus schlimme, ja Furcht erregende Bedrohungen schwebten, gab es für uns eine aufregend schöne Zeit. Sie war kurz, die Zeit – sehr kurz! Heute weiß ich nicht mehr, ob es Tage oder Wochen waren. Ich habe nie wieder so komprimiert Glück und Verzweiflung erfahren. Nie wieder hat mich das Leben seine Fülle so sehr schmecken lassen, nie wieder habe ich in seligen Augenblicken so viel von der zarten unverfügbaren Schönheit des Lebens begriffen.

Du merkst es schon, mein Lieber, Joachim und ich waren verliebt, und wir wurden geliebt. Es war ein Rausch! Wir erfuhren Weiten und Grenzen der Leidenschaft. Erschrocken ertappten wir uns als Versucher und waren doch selbst versuchlich. Im Sog der leibhaften Liebe war uns das Leben trotz politischer Perversionen und Trivialitäten einen Augenblick lang ein Fest geworden.

Die emsigen Füße der Gestapo schritten Tag um Tag schwerer über das sommerliche Pflaster der Hamburger Straßen, während die unsrigen leichter wurden und unsere Seelen sich anschickten, vermeintlich ewigem Glück entgegenzuschweben. Eine kleine Weile lang wähnten wir uns jenseits aller rassischen Feindseligkeit und abseits des arischen Wahnsinns. Der Gedanke, dass unsere Träume zerstört und das Glück uns entrissen werden könnte, kam uns nicht. Weder die roten Fahnen noch die Parolen der Nazis fochten uns an. Sogar ein auf unserem Poller am Övelgönner Hafen mit weißer Farbe geschmiertes Hakenkreuz ließ uns kalt. Uns inspirierten die lachende Sonne des Spätsommers und der herbzarte Duft, der den kastanienfarbenen Haaren der Zwillinge Ruth und Tabea entströmte.

Joachim, Tabea und Ruth waren fast jeden Tag beieinander. Ihrer Schulpflicht sowie der täglichen Schularbeiten entledigten die drei sich durch Missachtung derselben. Merkwürdigerweise blieb die Konsequenz schulobrigkeitlicher Abmahnungen aus. Von ihren Schulen waren sie – als zu den Undeutschen gehörend – wohl bereits preisgegeben, und die Eltern hatten andere Sorgen.

Diese Umstände bedeuteten sowohl für Joachim als auch für die Zwillinge ein großes Maß an unkontrollierter Freiheit. Sie konnten in den Tag hineinleben, wie es ihnen gefiel. Nur Joachims Oma störte hin und wieder. Sie hatte immer noch nicht begriffen oder wollte nicht wahrhaben, dass sie längst ein Leben auf Abruf führten. Auf der einen Seite hatte sie das Bedürfnis, den Enkel und die Freundinnen – wenn sie miteinander die Parkterrasse an der Arens'schen Villa belagerten – mit Getränken und Leckereien zu verwöhnen, auf der anderen wiederholte sie stereotyp die Frage, ob denn schon alle Hausaufgaben erledigt seien.

„Wer in der Jugend nicht lernen will, wird später durch das Leben bestraft, Kinder!"

Die Kinder, die längst keine mehr waren, überhörten die Mahnungen, ließen es sich wohl sein und bedankten sich artig bei Oma Arens.

Ich wurde blass vor Neid, wenn ich daran dachte, wie Joachim und die Mädchen sich die Zeit vertrieben, während ich in der heißen, staubigen Montagehalle Menck und Hambrock vor dem Schraubstock stand und – aus meiner Sicht – unsinnige Feilarbeiten verrichten musste. In dem Fensterband, das in Augenhöhe rund um die Halle lief, waren meinem Arbeitsplatz gegenüber einige der schmutzig grauen Scheiben herausgebrochen und gaben den Blick auf ein mit Teerpappe belegtes Dach frei. Aus irgendeinem Grund war diese Fläche An- und Abflugrampe für eine Schar Möwen. Mit ihnen flog ich gedankenverloren in den Arens'schen Park und landete immer wieder auf der barocken Gartenbank neben der sich darauf unpassend lümmelnden Ruth.

Es gab keinen Zweifel, Ruth hatte es mir angetan, obwohl die beiden Mädchen auf den ersten Blick äußerlich kaum zu unterscheiden waren. Ihre langen kastanienbraunen Haare waren geringfügig heller als die Tabeas. Das fiel jedoch nur auf, wenn sie ihr Haar offen trug. Gleich unterhalb des Halsansatzes tummelten sich kleine Leberfleckchen, die wie das Kreuz des Südens angeordnet zu sein schienen. Selbst ihre Stimmen hatten denselben angenehm nasalen Ton. Meistens waren die Zwillinge gleich gekleidet, geschminkt und frisiert. Ihre Mutter hatte das seit Babytagen mit Stolz so inszeniert, und den Töchtern machte es heute diebischen Spaß, ihre Mitmenschen durch die verblüffende Ähnlichkeit in Verlegenheit zu bringen. Die Mädchen hatten die gleiche Statur und waren gleich groß. Es gehörte schon ein geschärfter Blick dazu, Tabea und Ruth auseinander zu halten. Nur für Joachim und mich war das kein Problem. Ich jedenfalls kann behaupten, dass ich durchaus in der Lage war, die beiden noch in der Dämmerung voneinander zu unterscheiden.

Tabea galt mir als ein nettes Mädchen, Ruth war begehrenswert. Tabeas Augen blinzelten interessiert, Ruths leuchteten wohltuend warm aus der Tiefe ihrer Seele. Tabea konnte mit wenigen Worten schwierige Zusammenhänge auf den Punkt bringen, Ruth sie verstehbar machen. Tabeas Gang war stolz, Ruths weich und federnd. Tabeas Busen lockte üppig und stolz, Ruths Brüste waren aufregend erotisch. Tabeas Bewegungen – ja, auch das Spiel ihrer Hände – waren elegant und sicher. Bewegte Ruth ihren Körper, wurde Harmonie anschaubar, und das Spiel ihrer Hände schien das Leben selbst zu liebkosen. Blieb Tabea allen Dingen und Ereignissen gegenüber distanziert, so lieferte sich Ruth mit Leib und Seele dem Augenblick aus.

Tabeas Gegenwart machte mich nicht unsicher, forderte mich nicht heraus und beschämte mich nicht. Bei Ruth war das anders. In ihrer Nähe fühlte ich mich in Frage gestellt und durchschaut. In mir aufgestaute Komplexe begannen zu rebellieren, aber nicht so, dass es mir Angst machte, sondern so, dass ich sofort verstand, wie ich mich befreien und zu mir selbst finden konnte. Ruths Gegenwart flößte mir Kraft und Zuversicht ein, machte mich stark und weckte gleichzeitig das Bedürfnis, sie zu beschützen.

So hatte ich Tabea und Ruth, nachdem sie in meinen Lebenskreis eingebrochen waren, wahrgenommen und in meine Welt eingeordnet. Ich bin sicher, dass Joachim das auf Tabea bezogen ähnlich sah, denn er war in sie verliebt. Übrigens haben wir die Zwillinge, wenn wir über sie sprachen – und das geschah häufig, wie du dir denken kannst –, nie gegeneinander ausgespielt. Dazu war unsere Liebe zu echt. Zudem hätte ja jeder seine intimsten Empfindungen verraten. Die gab es selbstverständlich auch in einer so engen Freundschaft wie der zwischen Joachim und mir – muss es auch geben! Heute weiß ich, dass die Wahrung solcher Geheimnisse auch zur Achtung der Menschenwürde gehört.

Heute ist Freitag, und an einem Freitag geschah damals mit mir eine große Verwandlung, eine Verwandlung, die der des Elbstroms an diesem Tag gleicht. Schien es am Morgen noch so, als wälze sich der Fluss schwerfällig im grauen lehmigen Kleid mühsam durch sein Bett, so zieht er jetzt – verzaubert von den goldenen Strahlen der Sonne – brokatgeschmückt und befreit, schwerelos dem offenen Meer entgegen. So widerfuhr es mir, hier an dieser Stätte! Auf diesem Poller geschah die Wandlung.

Zum *x-ten* Mal war ich nun schon mit den Möwen davongeflogen. Beim letzten Abflug hatte ich mir mit der Feile ausgerechnet meinen rechten Daumen so verletzt, dass ich Mühe hatte, den Blutfluss zu stoppen. Dies bedeutete jedoch nicht, dass ich endlich auf den Boden der Tatsachen zurückgekehrt wäre. Im Gegenteil, in meinem Kopf trieben nach wie vor die Geister des Arens'schen Parks ihr Gespött.

Ich stellte mir vor, dass Joachim den lieben langen Tag nichts anderes tat, als ausschließlich mit Ruth zu schäkern und zu flirten. Mir rann der Schweiß in Strömen. Klitschnass war ich. Daran war sicher nicht nur die fast unerträgliche Hitze in der Halle schuld. Mit jedem neuen Bild, das sich mir von dem Zeitvertreib der drei aufdrängte, wallte mit dem Zorn fiebrige Wärme in mir hoch. Joachim war daran mindestens mitschuldig, denn immer, wenn wir uns in den letzten Tagen noch zu später Stunde getroffen hatten, überhäufte er mich mit überschwänglichen Berichten über das Zusammensein mit den Mädchen. – Nicht, dass er Ruth dabei außerordentlich oft mit Namen genannt hätte, das hatte ich mir nur eingebildet. – Außerdem hatte ich mir selbst bis dahin noch nicht eingestanden, dass ich mich in Ruth verliebt hatte.

„Du glaubst gar nicht, Herbert, was wir heute für einen Spaß miteinander hatten. Stundenlang haben wir die unterschiedlichsten Varianten des *Schwarzen Peter* ausprobiert. Die lustigsten Einfälle hatte Tabea. Stell dir vor, beim letzten Spiel mussten die Gewinner dem Verlierer jedes Mal mit dem durch Kerzenruß geschwärzten Finger einen waagerechten Strich unterhalb des Kinns ziehen. Fast immer hieß die Verliererin Ruth. Zwar sahen Tabea und ich auch wie Indianer auf dem Kriegspfad aus, aber der Platz an Ruths Hals hinunter reichte schon nach wenigen Spielen nicht mehr aus. Zweimal musste ich einen Knopf ihrer Bluse öffnen, um Platz für weitere Bemalung zu schaffen. Zu gern hätte ich weitergespielt – kanns' dir schon denken, warum –, aber die Mädchen mussten zum Abendessen leider pünktlich zurück sein."

Joachim kicherte beim Erzählen. Mir aber schnürte sich der Brustkorb zusammen, und er bemerkte nicht einmal, dass ich schweigend und mit betretenem Gesicht neben ihm herschlurfte.

Wie kann Joachim, der mein bester Freund sein will, nur so boshaft sein? Merkt er denn nicht, wie sehr er mich verletzt? Warum tut er das nur? – Will er mich überhaupt verletzen? Warum sollte er? Im Grunde sagt er doch nichts, was meine Enttäuschung ihm gegenüber rechtfertigen würde. So und ähnlich ging es mir immer wieder kreuz und quer durch den Sinn.

Es gelang mir nie, die selbst konstruierten Widersprüche logisch aufzulösen. Sobald Joachim zu begeistert von den Mädchen schwärmte, regte sich Argwohn oder Missmut in mir. Ich empfand sein Verhalten als töricht. Aber ich schwieg, weil ich befürchten musste, dass er aufhören könnte, weiterzureden, wenn ich Widerspruch erhoben hätte. Das wollte ich auf keinen Fall riskieren. Im Gegenteil, ich lechzte nach seinen Worten.

So ging das Tag um Tag. Meistens hatte Joachim die Zwillinge nach Hause begleitet und war anschließend in die Antonistraße gekommen, um mich zu erwarten. Oft musste er lange ausharren, weil mein Lehrmeister, der ein glühender Nazi war, mich wegen meiner politischen Abstinenz gerne dadurch piesackte, dass er mir nach Feierabend noch die absonderlichsten Aufräumarbeiten antrug.

Obwohl Joachims häufige Anwesenheit sowohl Mutter als auch Vater, zwar aus unterschiedlichen Gründen, nicht ganz geheuer war – Mutter schämte sich der Ärmlichkeit unserer Behausung, und Vater fürchtete antijüdische Gehässigkeiten der Nachbarn –, hatten sie sich doch bald damit abgefunden. Natürlich empfanden sie auch elterlichen Stolz darüber, dass ihr Herbert einen so klugen und tapferen Freund hatte.

Vater begrüßte Joachim meistens, indem er sagte: „Na, dor is he ja, de stolze Jud', man rin mit di."

Meinem Freund gefiel Vaters Art. Kam ich endlich nach Hause, fand ich die beiden miteinander in angeregtem Gespräch über das politische Tagesgeschehen. So war das auch an dem besagten Freitag, als ich mit meinem verbundenen

Daumen zerknirscht, zornig über mich und nach stundenlangem, stumpfsinnigem Feilen von der Arbeit heimkehrte.

Mir fiel sofort auf, dass Joachim nicht recht bei der Sache war. Er wirkte aufgeregt und abwesend, hörte auch nicht so aufmerksam zu wie sonst, wenn Vater ihm seine Sicht der Dinge erläuterte. Er schien aber nicht bedrückt zu sein. Im Gegenteil, er wirkte heiter und gelassen.

Während ich meine Kleidung wechselte, blinzelte er mir viel sagend zu, sodass sich mein Inneres zu entspannen und aufzuheitern begann. Ich fühlte förmlich, dass Joachim eine sensationelle Mitteilung für mich hatte. Spannung machte mich deshalb sofort ungeduldig und ungerecht Mutter gegenüber, die sich mit Hingabe meinem Daumen widmete.

„Mutter, das reicht, es ist doch nichts gebrochen. Ein Pflaster genügt wirklich dicke!“

„Nein, Herbert, wenn du nu’ schon nich oppassen kannst, muss di schon mit’n o’ntlichen Verband affinnen. Dat ward sich sons’ en’zünn. Schließlich landest du noch in das Hafenkrankenhaus. Das tut uns grade noch fehlen.“

Wohl oder übel musste ich mir ihre Zuwendung gefallen lassen. Aber die Leberwurststulle würgte ich dafür so schnell hinunter, dass mir die Speiseröhre zu schmerzen begann.

Joachim blickte bestürzt auf die Wanduhr, als die sich mit sechs Schlägen meldete. „Oje, Herbert, jetzt wird’s wirklich Zeit. Los, komm, wir müssen uns verabschieden! Entschuldigen Sie bitte den eiligen Aufbruch, Herr Spalding, aber es ist wichtig für Herbert und mich.“

Joachim erhob sich, zog mich am Ärmel zur Küchentür hinaus und nickte meinen irritierten Eltern kurz, aber außerordentlich fröhlich zu.

Immer drei Treppenstufen auf einmal musste ich nehmen, um Joachim auf den Fersen zu bleiben; und meine ungeduldige Frage nach dem Ziel beantwortete er lediglich mit neuerlichem Ansporn zur Eile. Zunächst hastete er in Richtung Reeperbahn über das Nobistor und endlich die Große Bergstraße hinauf – und ich immer hinterher.

Als uns eine Straßenbahn kreischend überholen wollte, sprang er mit einem Riesensatz auf den hinteren Ponton und zog mich nach, als sei ich ein Leichtgewicht. Beide japsten wir heftig nach Luft, aber dann ließ er endlich die Katze aus dem Sack: „Jeden Moment kommen Tabea und Ruth mit der S-Bahn in Altona an. Ich habe fest versprochen, dass wir die beiden auf dem Bahnsteig erwarten. Die Warburgs mussten plötzlich verreisen. Kehren morgen erst zurück. Die Mädchen haben also den ganzen Abend Zeit. – Herbert, was sagst du nun?“

Was sollte ich sagen. Auf der einen Seite war ich sprachlos, auf der anderen hatte ich durchaus irgendetwas ähnlich Aufregendes erwartet. Mir schwoll die Brust. Zugleich empfand ich Unsicherheit. Ich war froh, dass die Straßenbahn im selben Augenblick zum Altonaer Bahnhof einbog und einen solchen Lärm verursachte, dass Joachim meine Antwort ohnehin nicht verstanden hätte. Er begnügte sich glücklicherweise mit meinem Lächeln und Kopfnicken.

Aber wie sollten wir den Abend verbringen? Wie hatte ich mich zu verhalten? Bisher hatte Joachim die Inhalte wichtiger Treffen oder Ereignisse bestimmt und meist gestaltet. Trotz aller gedanklichen Anstrengungen fiel mir in diesen Minuten nichts, aber auch gar nichts ein, was ich zu diesem Abend hätte beitragen können. Auf einmal hatte ich sogar Angst vor der Begegnung – vor allem mit Ruth –, und die rote Backsteinfront des Bahnhofs schwebte Sekunde um Sekunde bedrohlich näher. Am liebsten wäre ich im letzten Augenblick noch abgesprungen und weggelaufen.

Plötzlich gab es einen gewaltigen Ruck, der mich beinahe umgeworfen hätte. Dann stoppten die Waggons. Der Schaffner musste den unter der Decke des Waggons entlanglaufenden Lederstrang gezogen haben. Eine helle Glocke ertönte, und die

Tür, die vom Ponton in das Wageninnere führte, schob sich für einen Moment auf.

„Hauptbahnhof Altona, E-endstation, alle aussteigen bitte, aussteigen!“, rief eine gelangweilte Stimme.

„Los, mach schon, Herbert. Ich hoffe, wir sind noch nicht zu spät.“

Wieder zog er mich mit sich. Er sah weder nach links noch nach rechts. Auch das Hupen eines vollbremsenden Autos und die zornig erhobene Faust eines Kofferträgers änderten daran nichts.

Während ich Mühe hatte, mich zu orientieren – schließlich war ich bisher nur wenige Male in diesem Bahnhof gewesen –, steuerte Joachim schnurstracks auf einen der mittleren Bahnsteige zu. Da rollte auch schon – donnernd und quietschend – die S-Bahn ein. Für einen Augenblick schien die Erde unter mir zu beben. Dann zischte es, Türen schnappten auf und eine riesige Menschenmenge quoll der quer zu den Bahnsteigen liegenden Halle entgegen.

Wir hatten Mühe stehen zu bleiben. Fast hätten die zum Ausgang Hastenden uns mit sich gezogen. Aber Joachim stand wie verankert fest und blickte konzentriert nach vorn. Gleichzeitig musterte er die vorbeieilenden Frauen, versuchte, über die Köpfe hinwegzusehen, und entspannte sich erst, als er Tabea und Ruth lebhaft winkend am Ende des Zuges stehend entdeckt hatte. Sofort eilte er ihnen entgegen, und ich musste wieder einmal hinterherhasten.

Als ich noch damit beschäftigt war, mir die richtigen Worte für Ruth zurechtzulegen, hatte Joachim die Begrüßungszeremonie längst bewältigt und hakte – als sei das selbstverständlich – beide Mädchen unter und schob ausgelassen los.

Sie hatten gerade ein, zwei Schritte gemacht, da blickte sich Ruth um, löste sich von Joachim, kehrte zu mir zurück, packte mich am Arm und meinte fröhlich: „Na, du willst hier doch wohl keine Wurzeln schlagen, Herbert?“

Dass ich das am wenigsten wollte, war sicher meinem

Hilfe suchenden Blick zu entnehmen gewesen. Unbeholfen beteuerte ich: „Natürlich nicht, Ruth. Aber wo wollen wir denn überhaupt hin?“

Ruth lachte. „Das weiß ich nicht, Herbert, am besten einfach Joachim und Tabea hinterher!“

Ein paar Schritte rannten wir, um die beiden einzuholen. Aber genau diese Zeit benötigte ich auch, um mich von meiner ängstlichen Unsicherheit zu befreien. Ruths Unbefangenheit hatte dabei Wunder gewirkt. Ein herrliches Gefühl – hin zu diesem Mädchen – war plötzlich in mir. Alle Schwere und Zweifel lösten sich. Ich fühlte mich leicht wie ein Vogel und begann – Ruth natürlich mitreißend – in die Höhe zu hüpfen. Wie im Reigen tanzten wir an Tabea und Joachim vorbei, lachten und riefen uns lustige Bemerkungen zu.

„He, ihr beiden, was ist los mit euch? Hier geht's entlang. Zu mir! Die Oma hat etwas zum Essen bereitet.“

Wir schnalzten mit den Zungen, neigten kichernd die Köpfe und bogen federnd in die Elbchaussee ein. Immer noch hielten wir uns an den Händen. Nur wenn wir einen Laternenpfahl passierten, taten wir, als wollte jemand uns trennen. Wir liefen direkt auf den Pfahl zu, blieben ruckartig an ihm hängen, ließen gezwungenermaßen einander los, riefen dabei: „Oh, schade!“, um uns dann doch sofort wieder mit einem Aufeinanderklatschen der Handflächen und einem glücklichen Aufjauchzen festzuhalten. Jedem unbeteiligten Zuschauer musste das lächerlich erscheinen.

Die Luft hatte sich gegen Abend ein wenig abgekühlt. Es war aber unter dem blauen Himmel auf der Elbchaussee immer noch sehr warm. Ich hatte eines der weißen Leinenhemden, die ich von meinem verstorbenen Großvater geerbt hatte, angezogen. Weißt du, eines von denen, die nicht bis zum Saum durchgeknöpft werden konnten, an den Seiten noch Schlitze hatten und hinten länger waren als vorne. Die Ärmel trug ich hochgekrempelt und hatte auf den steifen Aufsteckkragen verzichtet. Die für mich etwas zu groß geratene Kniebundhose war ebenfalls ein Erbstück Großvaters. Auch Vater hatte schon einen Teil seiner Jugend darin zugebracht. Ich kam mir jedenfalls recht erwachsen vor.

Stolz wie ein Pfau nutzte ich jeden unbeobachteten Augenblick, um Ruth zu betrachten. Sie schritt mir zur Linken, und links von ihr stand die Sonne in einem langsam spitzer werdenden Winkel über dem Elbufer. Ihre Strahlen hatten eine rotgoldene Färbung angenommen und verwandelten in ihrem Gegenlicht das Antlitz Ruths in das samtweiche Profil einer Madonna. Ich war berauscht und glaubte, nie ein schöneres Gesicht gesehen zu haben. Auf dem Kopf trug sie – wie ihre Schwester Tabea – ein weißes geflochtenes Hütchen, das mit einem Strauß bunter Strohblumen geschmückt war. Darunter waren ihre langen Haare streng und doch sanft über den Kopf gelegt und in einem Knoten gebändigt. Zu einem mittellangen, dunkelblauen Seidenrock trug sie eine blütenweiße ärmellose Bluse.

Im Gegenlicht konnte ich bei jeder Bewegung und bei jedem ihrer Schritte erkennen, wie ihre Brüste unter dem dünnen Stoff hüpften und zitterten. Wenn es nicht auffiel, ließ ich mich um den Hauch eines Schrittes zurückfallen – nur um dieses Spiel zu genießen. Joachim und Tabea tänzelten vor uns her. Ich glaube, dass auch er ähnliche Entdeckungen machte und sie wie ich genoss. Auch seine Blicke ruhten verzückt und zart auf dem Mädchen an seiner Seite. Auch er hielt es fest an der Hand.

Tatsächlich hatte Oma Arens inzwischen ein üppiges Abendessen vorbereiten lassen. Serviert war auf der Terrasse. Aus der Zusammenstellung des Porzellans und des Bestecks hatte ich gleich erkannt, dass unter anderem eine der pikanten Vorsuppen, wie ich sie nur aus dem Hause Arens kannte, gereicht werden würde. Obwohl ich nun schon seit Kindertagen immer wieder einmal Gast am Tisch der Familie Arens gewesen war, löste allein schon der Anblick des gedeckten Tisches Entzücken in mir aus. Das zartweiße Porzellan, mit reichen reliefartigen Darstellungen versehen, war am Rand mit unaufdringlichen Streifen von Blattgold verziert. Das Besteck aus reinem Silber glänzte mit fein gravierten Blattwerken.

Es gab Hummersuppe und als Hauptgericht meine Lieblingsspeise – ganz unkoscher, wie manchmal in diesem Haus – Kartoffelsalat und Knackwurst. Das hatte sich Joachim gewiss so ausgedacht, denn für das Dessert stand schon eine Riesenschüssel grüner Götterspeise mit Waldmeistergeschmack auf dem Tisch. Das war Joachims Elixier, schon seit er in der Lage war, den Löffel selbst zu halten.

Ein Gourmet hätte die Hummersuppe gelten lassen, aber über Kartoffelsalat und Knackwurst zu so edlem Vorgericht und anschließendem Wackelpeter – alles in feinstem Porzellan und Kristall gereicht – wohl die Hände über dem Kopf zusammengeschlagen. Glücklicherweise waren wir keine Gourmets und anscheinend den Kinderschuhen doch noch nicht ganz entwachsen.

Wir ließen es uns schmecken. Die Mädchen hatten viel zu erzählen. Am meisten beschäftigte sie der Umstand, dass ihre Eltern ihnen zutrauten, annähernd zwei Tage allein zu sein und sich selbst zu versorgen. Natürlich hatten die Eltern für die Töchter vorgesorgt. Trotzdem schienen die sturmfreie Wohnung und das unkontrollierte Schalten und Walten darin den Mädchen aufregender zu sein als alles andere in der Welt.

Einem unbefangenen Zuhörer wäre schnell aufgefallen, dass Tabea und Ruth alles dareinlegten, uns zu imponieren. Vielleicht wäre ihm aber auch der Gedanke gekommen, dass die plötzliche Reise der Eltern und ihre Bereitschaft, die Zwillinge sich selbst zu überlassen, nichts mit der spontanen Umsetzung eines plötzlichen Einfalls und ebenso nichts mit einer pädagogischen Maßnahme, sondern eher mit dem Wissen um eine tödliche Bedrohung der Familie zu tun haben könnte. Mir drängten sich solche Ahnungen sehr wohl auf, und am Mienenspiel Joachims sah ich, dass auch er mehr von der wirklichen Situation begriffen hatte. Aber wir weigerten uns, diese Gedanken in uns einzulassen.

Ich beobachtete, dass Oma Arens am Rande unserer fröhlichen Runde Joachim davon in Kenntnis zu setzen versuchte, dass seine Mutter möglicherweise ihr Engagement am Theater werde aufgeben müssen. Er hörte ihr jedoch nur halbherzig zu und schäkerte stattdessen mit Ruth.

„Du siehst hinreißend aus, Ruth. Die hochgesteckte Frisur steht dir heute besonders gut."

Ruth fühlte sich sichtlich geschmeichelt, obwohl ihr angesichts des direkten Kompliments die Röte der Verlegenheit ins Gesicht stieg. Das machte sie für mich noch begehrenswerter, während gleichzeitig in mir der Zorn gegen Joachim wuchs.

Was sollte das? Hatte er nicht bemerkt, dass Ruth bis jetzt ganz offensichtlich *mir* ihre Zuneigung geschenkt hatte? Ich war bis zu diesem Augenblick fest überzeugt gewesen, dass die Zuordnung der Mädchen unter uns geklärt sei. Warum wollte Joachim mir wehtun? In Bruchteilen von Sekunden schossen mir tausend Gedanken durch den Kopf, die unsere Freundschaft in Frage stellten oder den Grund seines Flirtens mit Ruth darin suchten, dass er mir meine Unfähigkeit im Umgang mit Mädchen aus höherem Hause vor Augen führen wollte.

Aber dann verwarf ich alle diese unsinnigen, ungerechtfertigten Überlegungen sofort wieder, um der viel tieferen Angst um unsere Freundschaft Raum zu geben. Bedeutete die Liebe zu einem Mädchen nun automatisch das Ende unserer Jungenfreundschaft? Hob das neue Glück das der Freunde zueinander etwa auf?

Ich muss ziemlich verstört dreingeschaut haben, denn Oma Arens fragte mich plötzlich: „Herbert, was ist dir? Ist dir das Essen nicht bekommen? Joachim hat mir doch versichert, dass du gerne Knackwurst isst! Oder hast du mehr gegessen, als du vertragen kannst?"

„Um Himmels willen, Frau Arens, mir geht's ausgezeichnet.

Es hat alles ganz prima geschmeckt. Nein, mit mir ist wirklich alles in Ordnung."

„Kinder, ihr müsst nicht abräumen. Das machen Frau Kaminski und ich. Vergnügt euch nur schön. Aber komm bitte nicht zu spät nach Haus, Joachim. Deine Mama sollte dich wenigstens im Bett sehen, wenn sie um Mitternacht aus dem Theater heimkommt."

Auf einmal spürte ich, wie sich ein warmer Arm um meinen Nacken legte und eine zarte wohlriechende Wange mein Gesicht berührte. „Gehen wir spazieren, Herbert?" Es war Ruth, die mir diese Frage ins Ohr hauchte. Im selben Moment waren all die selbstzerfleischenden Fragen, der Argwohn und die beginnende Ernüchterung verflogen. Ein unbeschreibliches Glücksgefühl berauschte mich und trug mich zurück in die Welt jenes lieblichen Zaubers.

„Ja, geht nur, ich muss Tabea eine Physikaufgabe erklären. Lasst euch nur viel Zeit!" Joachim ergriff Tabeas Arm, zog sie von der weißen Gartenbank in die Höhe und verschwand, ehe ich etwas erwidern konnte, mit ihr im Haus.

Ich erhob mich und beteuerte Ruth, die ihren Arm immer noch um mich hielt: „Eine wunderbare Idee! – Gehen wir hinunter ans Elbufer, ja?" Ruth hakte sich bei mir unter und schmiegte sich dicht an mich. Da legte auch ich meinen Arm um sie, und verträumt schweigend ließen wir den sommerlich duftenden Park des Hauses Arens hinter uns.

Was ich sonst nie bewusst wahrgenommen hatte, wenn ich – zum wieviel hundertsten Mal weiß ich nicht – diese Wege durchschritten und überquert hatte, drängte sich mir jetzt geradezu auf: Ich hörte und sah eine neue Welt, eine Welt voll Leben, Farben und Musik. In den Hainbuchenbüschen und Blumenstauden der großen Gärten zwitscherten Vögel und zirpten erregte Grillen, um prallrote Geranien spannen langbeinige Spinnen ihr zartes Netzwerk, und vor den buntfarbenen Blüten der Rosensträucher tanzten nachtaktive Insekten bereits nervöse Reigen.

Alles war gut und in sich schön. Ich hörte zum ersten Mal die *eine,* alles umfassende Symphonie des Lebens und sein verborgenes Geschehen. Ich spürte, wie der dumpfe Schlag unserer Herzen mit in den mystischen Klang lautloser Wirklichkeit einstimmte, bis ich nichts mehr um uns her wahrnahm.

Vom Fluss tönte, tief vibrierend, der mächtige Ton einer Schiffssirene zu uns herauf. Ruth und ich blickten gleichzeitig – ein wenig verstört – auf und erkannten, dass wir unbewusst und träumend den Övelgönner Hohlweg hinuntergeschlendert waren. Eine innere Kraft lenkte meinen Schritt in Richtung unseres Pollers. Ruth ließ sich ohne Protest mitziehen. Wir waren immer noch eng umschlungen und blieben es auch, nachdem wir uns auf das kühle Eisen des Pollers niedergekauert hatten.

Inzwischen hatte sich die Dämmerung wie ein Schleier über den Elbstrom und das Ufer gelegt. In der Ferne schob sich ein nur noch als dunkle Silhouette auszumachender Dampfer mit langsam stampfender Maschinenkraft in den Hafen. Ein sanfter, warmer Hauch streichelte unsere verschlungenen Arme und die Wangen. Plötzlich hob Ruth ihren Kopf und blickte mir mit verschleiertem Blick geradewegs in die Augen. Alles, was ich sah, war Erwartung und selbstvergessene Hingabe. Still nahm ich ihr Gesicht in die Hände und legte meine Lippen ohne Scheu auf ihren weichen Mund. Ich spürte, wie sich unsere Zungen betasteten, wie der Druck unserer Leiber gegeneinander kräftiger und das Spiel unserer Hände zunehmend erregender wurde. Ich roch ihren Atem und schmeckte den süßen Saft ihres Mundes. In meinen Händen fühlte ich das zarte Fleisch ihrer Brüste und das heftiger werdende Pochen ihres Herzens, das mir – *nur mir* – entgegenschlug.

Dies war einer der wunderbarsten Tage meines Lebens. Er hat mich einen unendlichen Augenblick lang in das Geheimnis der Liebe getaucht, mich die Wahrheit des Lebens ahnen lassen und mich in einen neuen Menschen verwandelt.

Die nächsten Tage erlebten wir als einen einzigen Rausch. Dass sich unmittelbar neben uns die Ereignisse überstürzten, ignorierten wir. Wir spielten das abenteuerlichste Spiel, das die Welt zu bieten hat, und waren fest davon überzeugt, dass uns hierzu ewige Dauer verheißen sei.

Ich hatte mich bei meinem Altgesellen krank gemeldet, und Joachim besuchte die Schule nur noch sporadisch. Vormittags trafen wir uns, hockten im Park der Arens'schen Villa oder am Övelgönner Hafen und sprachen über Freundschaft und Liebe. Joachim trug meistens Eichendorffs *Taugenichts* bei sich. Eng beieinander hockten wir auf oder vor dem Poller, lasen uns abwechselnd vor und tauschten die dabei gewonnenen Inspirationen aus. Dabei störten uns weder ratternde Fuhrwerke, holpernde Handkarren noch erregt palavernde Schipper.

Des Taugenichts Landstraße war die zum Meer ziehende Elbe und seine Kutschen die stromabwärts stampfenden Lastenewer. Einerseits glaubten wir, der Erfüllung unserer Sehnsucht näher zu sein als des Müllers Sohn, andererseits waren wir uns darin einig, dass wir mindestens die Spanne unseres Lebens benötigen würden, um auch nur den Bruchteil der Fülle dessen zu erleben, was sich uns im Taumel erster Liebeserfahrungen versprach.

Schon deshalb hatten jene spätsommerlichen Tage für uns den Charakter des Immerwährenden. Unsere Gespräche miteinander waren abstraktes jugendliches Philosophieren. Wir vermieden es, konkret zu werden, wenn das eben erlebte Wunder des Eros zum Thema wurde. Obwohl uns immer noch der Geruch in Wollust erzittender Haut und heißer Duft aus der Ekstase hervorgestoßenen Atems in den Kleidern standen, blieb die Erschütterung des Berührens und Sichschenkens, des Scheiterns und Schämens, des Staunens und Hingebens bedeckt von der zarten Scheu jugendlichen Erwachens und der Angst vor der Ernüchterung.

Aber wir suchten diese Gespräche, ja sie waren unverzichtbar, um das aufgeregte Klopfen unserer Herzen zu beruhigen und uns gegenseitig zu beteuern, dass wir nicht schuldig geworden waren.

Wieder und wieder versicherten wir uns, dass nichts – aber auch absolut nichts und niemand – unsere Freundschaft je zerstören könne, auch meine Liebe zu Ruth und die seine zu Tabea nicht. Die Unverbrüchlichkeit unserer Freundschaft und das berauschende Verliebtsein schlossen sich unserer Lebenseinsicht nach nicht aus, sondern ein – jedenfalls bis die nur nach Tagen zu zählende Epoche überglücklichen Schwebens über der Realität in nie gekanntem Schmerz ihr Ende fand.

Verabredungsgemäß hatten Joachim und ich uns aufgemacht, Ruth und Tabea abzuholen. Es war an einem Sonntag, und wir hatten eine Ausflugsfahrt mit dem Elbdampfer nach Wittenberge geplant. Auf den Elbwiesen wollten wir mit den Zwillingen picknicken. Alles war vorbereitet. Warme Luft und strahlend blauer Himmel schienen unser Unternehmen begünstigen zu wollen. Ich war sehr aufgeregt, nicht nur der Erwartungen wegen, sondern auch, weil mich die Umgebung rund um die Isestraße, in der Ruth und Tabea zu Hause waren, beeindruckte und verunsicherte.

Dies war nicht meine Welt. Meine Welt war die enge Antonistraße mit ihren gedrückten Arbeiterwohnungen. Großzügigkeit und Weite konnten wir nur ahnen, wenn wir über die Elbe schauten. Hier war alles weitläufig und imposant: die Häuser mit ihren mächtigen Fenstern, die Hausportale im Stil der Gründerzeit, die Fußwege, das sorgfältig bereitete Pflaster der Straße und die vornehmen, farbig gekleideten Menschen, die auf ihnen flanierten. Alles zog mich an und stieß mich ab, denn ich spürte, dass ich hier ein Fremder war.

Joachim war mir immer einen Schritt voraus. Ich

bewunderte die Selbstverständlichkeit, mit der er sich hier bewegte, Portale aufzog, die Glocke riss, Treppen stieg und an die Türen pochte. An diesem Sonntagvormittag antwortete aber niemand auf den harten Schlag des Klopfers. Joachim versuchte es immer wieder, aber es regte sich nichts hinter der dunklen Wohnungstür.

„Nanu, verstehst du das, Herbert? Wir hatten uns doch verabredet! Da stimmt irgendetwas nicht. Wenn etwas dazwischengekommen wäre, hätte Tabea mich benachrichtigt. Oder siehst du das anders?"

„Nein, ich weiß es auch nicht. Hast du wirklich laut genug geklopft? Versuch's doch noch einmal!"

In mir kroch Angst hoch. Bevor Joachim den Messingklöppel greifen konnte, hatte ich ihn schon angehoben und knallte ihn mit aller mir zur Verfügung stehenden Kraft gegen die Tür, nicht nur einmal, sondern immer wieder. Enttäuschung und eine unerklärliche Wut hatten sich meiner bemächtigt.

Da schlug hinter uns eine Tür, und eine schrille, zornige Stimme rief: „He, was macht ihr da? Seid ihr von Sinnen, oder wollt ihr, dass das ganze Haus zusammenläuft? – Die Warburgs sind abgeholt! Ihr braucht es nicht weiter zu versuchen."

Erschrocken wandten Joachim und ich uns um und starrten entsetzt auf ein dickes, ungepflegtes Dienstmädchen, das einen noch tropfenden Feudel in der Hand hielt und gegebenenfalls wohl als Waffe gegen die Störenfriede zu benutzen gedachte.

„Wieso abgeholt? Wer hat die Warburgs abgeholt? Bitte, sagen Sie es uns!" Joachims Stimme klang flehentlich.

Das Mädchen musterte uns von oben bis unten. Endlich entschied sie sich, uns Auskunft zu geben. Hämisch, belehrend und unüberhörbar abfällig meinte sie: „Na, wer wohl? Die Gestapo natürlich. Das waren doch Juden."

10. Kapitel

Wie schön, dass du mir zuhören willst, obwohl uns heute ein scharfer Wind um die Nase bläst, besonders hier unten am Hafen. Findest du nicht auch, dass die Wolken heute Morgen ungewöhnlich tief hängen? Wenn du genauer hinsiehst, kannst du erkennen, dass es mindestens zwei Wolkenschichten sind, die miteinander im Wettstreit liegen. Beide jagen nach Westen, aber die untere dünnere Schicht, die dunkler und durchsichtiger ist, scheint ihrem Ziel viel schneller entgegenzueilen als die schwer hängende graue und kantige über ihr. Das mag – von hier aus gesehen – ein Trugschluss sein, aber mich macht das trotzdem ein bisschen bange.

Wolkentürme, Wolkenlaken, Wolkenfetzen – alle aus dem gleichen Material und doch im Kampf gegeneinander. Der Wind hat ihnen dasselbe Ziel befohlen, und doch trachten sie, sich auf dem Weg zu streiten. Wenn sich aber zwischen ihren Ebenen, ihren Leibern etwas Wesenhaftes und zugleich Wehrloses befindet? Wie kann es sich davor bewahren, zermalmt zu werden?

Warum so düster? Ich weiß es nicht. In meinem langen Leben ist mir vieles zum Gleichnis geworden, ganz besonders das Wettergeschehen. Vielleicht, weil es immer wichtig war, es stets richtig einzuschätzen. Manchmal hing mein Leben davon ab. Deswegen schaue ich wohl jeden Morgen zuerst in den Himmel, betrachte die Wolken und ihren Weg, rieche, was ihnen innewohnt, spüre die Last der Luft auf meiner Haut und schmecke, woher der Staub rührt, den sie mit sich trägt. Zuweilen stimmt es mich heiter, bisweilen düster, aber immer wird mir das tägliche Wettergeschehen zum Gleichnis für die Dinge des Lebens.

So wurde damals unsere zarte, eben wach gewordene Liebe zerrieben, zerstört, zermalmt. Sie hatte keine Chance, zwischen den uns bestimmenden Gewalten zu bestehen! Mein Gott, war das schmerzvoll – das sowohl zu erkennen als auch widerspruchslos hinnehmen zu müssen. Alles in uns bäumte sich auf, wütete, schrie und weinte. Alles um uns her, Schule und Lehre, Vergangenes und Zukünftiges, alles schien sinnlos geworden. Nirgendwo war Trost, und niemand vermochte uns zu trösten. Wir reagierten nervös oder gereizt und schwiegen, wo wir Antwort schuldig waren. Niemand verstand uns, und wir verstanden niemanden.

Ruth und Tabea – auch Mutter und Vater Warburg, die ich selbst nie kennen gelernt habe – blieben verschollen. Nach dem Krieg habe ich der Familie mit großem Eifer nachgespürt. Keine aufgefundene Liste von Deportierten, Verhafteten, Gefängnis- oder KZ-Insassen nannte ihre Namen. Selbst aus den Archiven der Meldebehörden waren sie gelöscht worden. *Unbekannt* – oder – *hier nie gemeldet gewesen* – hießen die behördlichen Antworten, stereotyp und gleich lautend.

Eines Abends – ich war wieder erst sehr spät nach Hause gekommen, weil der Altgeselle, dem ich zugeordnet war, mich mit dem Auffegen von Feilspänen schikaniert hatte – fand ich einen Zettel mit der Notiz Joachims, ich möchte ihn umgehend in der Elbchaussee aufsuchen. Schlimmes sei vorgefallen.

Sofort überfiel mich eine merkwürdige Unruhe. Auf den Wissensdurst von Vater und Mutter nach den Ereignissen des Tages bei Menck und Hambrock, antwortete ich – für beide unbefriedigend – nur im Telegrammstil. Meine Bewegungen beim Pellen der bereits kalt gewordenen Kartoffeln waren fahrig und unkonzentriert. Kaum hatte ich einige der zermusten Happen und einen halben Bismarckhering zu mir genommen, da stürzte ich auch schon – Vater und Mutter kopfschüttelnd zurücklassend – davon.

Ich brauchte nicht zu läuten. Das mit Blattgold verzierte Außentor stand weit offen. Einer der Flügel schien verbogen zu sein. Jedenfalls bemerkte ich im Vorbeihasten, dass er schief in den Angeln hing. In der Auffahrt stutzte ich. Durch die Rosenrabatte zog sich eine breite Spur der Zerstörung. Hier musste ein schweres Fahrzeug rücksichtslos hineingesteuert worden sein. Der größte Teil der sonst so stolzen Blütenpracht war traurig niedergewalzt.

Meine Schritte wurden schneller, meine Füße überwanden mit einem Satz die Stufen, die zu den majestätischen Rundsäulen hinaufführten. Erschrocken sah ich, dass die Blumenkübel, die die Vorhalle schmückten, umgestürzt waren. Überall lagen Tonscherben und schwarze Erde. Die riesigen, messingbeschlagenen Türflügel des Eingangsportals standen ebenso wie das Tor zum Park sperrangelweit offen. Das wirkte nicht einladend, sondern bedrohlich.

Ich näherte mich dem Hauseingang nur zögernd und überschritt die Schwelle zur Halle mit pochendem Herzen. Auch hier war gewütet worden. Nichts war mehr an seinem Platz. Sogar die mächtigen, goldgerahmten Porträts waren von den Wänden genommen. Erschüttert blieb mein Blick auf dem prächtigen, seidenbezogenen Sofa hängen. Es war vornüber gestürzt, wobei eins der barock modellierten Beine abgebrochen war.

Nichts erinnerte an die vornehme Stille und das dezent wohltuende Licht in der Halle, das bei Tage durch ein buntes, kunstvoll gestaltetes Bleifenster oberhalb des Portals in die Empfangshalle strömte.

Plötzlich fröstelte mich. Endlose Minuten verharrte ich wie erstarrt. Mir war, als müsse ich mich nach tiefster Ohnmacht neu orientieren und in eine andere Welt einordnen. Aber dann hörte ich von ferne, irgendwo über mir, Stimmen. Kopfschüttelnd sah ich mich noch einmal um und stieg unruhig Stufe um Stufe aufwärts, dem großzügigen Schwung der kaskadenartig versprungenen Treppen folgend. Die Stimmen wurden lauter und teilweise vernehmlich.

Auf dem oberen Absatz angelangt, stürzte Frau Kaminski an mir vorüber und entschwand – einen Stapel weißer Tücher im Arm – im Wohntrakt der Oma Arens. Einen Augenblick lang unschlüssig, folgte ich ihr vorsichtig, bis mir auf der Schwelle zum Schlafgemach der Oma das Herz stehen bleiben wollte. Die alte Dame lag schwer röchelnd mit aufgequollenem Gesicht und geschlossenen Augen in ihren seidenen Kissen. Blutige Schürf- und Platzwunden ließen ihr sonst so stolzes Aussehen fast nicht mehr erkennbar werden.

Am Kopfende des Bettes saßen ein mir unbekannter Mann – es war der Arzt – und Joachim. Frau Kaminski begann, mit den Tüchern die Wunden im Gesicht abzutupfen und zu reinigen.

Joachim sah auf, als er mich in der Tür erkannte, und sagte flüsternd, aber erleichtert: „Da bist du ja endlich, Herbert!"

Er erhob sich und bat mich, ihm nach unten zu folgen. Die verwüstete Halle würdigte er weder eines Blickes noch eines Wortes. Die Tür zum großen Salon war angelehnt. Was ich noch nie bei Joachim gesehen hatte, geschah: zornrot im Gesicht, trat er rücksichtslos mit dem Fuß gegen das mit reichen Intarsien belegte Türblatt.

„Da, Herbert, sieh dir an, was diese uniformierten Stinktiere und Judenhasser angerichtet haben! Nichts, aber auch gar nichts haben sie heil gelassen. Da ... die Schubladen haben sie gewaltsam geöffnet ... Sogar Stühle und Tische sind zerstört! Wozu das alles? Kannst du mir sagen, was das bedeutet?"

Tränen standen Joachim in den Augen, und seine Mundwinkel zitterten vor Wut. Ich war fassungslos, wusste nicht, was ich sagen sollte. Auch mir schnürte sich die Kehle zusammen. Auch in mir stieg heißer Zorn auf, und ich spürte, wie ich vor Hass zu beben begann.

Gerade dieser Salon! Für mich gab es keinen schöneren Raum auf der Welt. Die Tatsache, dass ich ihn betreten durfte, hatten mir so unendlich viel bedeutet. Hier war mir geschenkt worden, zu Joachims Familie dazuzugehören. Hier glaubte ich zum ersten Mal in meinem Leben, richtig ernst genommen worden zu sein. In diesem herrlichen Zimmer hatte ich das soziale Ghetto, in das die Geburt mich verdammt zu haben schien, durchbrochen, ohne dass ich mich dafür hätte schämen oder mein Geburtsquartier hätte hassen müssen.

„Mir – mir fehlen die Worte, Joachim. Aber sag mir zuerst, was mit deiner Oma geschehen ist."

„Komm, hilf mir!" Er schickte sich an, eines der repräsentativen Sitzmöbel wieder auf die Füße zu stellen. Erst nachdem wir das umgestürzte Mobiliar – soweit das noch möglich war – wieder aufgestellt und platziert hatten, begann Joachim stockend zu berichten. Dabei zog er mich in den hellen Erker und bedeutete mir, mich neben ihn zu setzen.

„Ich war nicht im Haus, als das hier passiert ist. Mir begegnete nur noch eine Fahrzeugkolonne, just als sie aus dem Tor in die Elbchaussee einbog. Es waren so viele Autos, dass ich sie vor Schrecken nicht einmal gezählt habe. Mir war nur klar, dass etwas Schlimmes passiert sein musste. – In der Halle lag Oma blutüberströmt auf dem Boden. Frau Kaminski hielt ihren Kopf und schrie um Hilfe. Da habe ich zuerst nach dem Arzt gerufen, der glüklicherweise auch sofort kam. – Er ist noch oben. Oma war bis jetzt nur einmal richtig bei Bewusstsein und hat strikt verboten, sie in ein Krankenhaus bringen zu lassen. Wenn sie sterben müsse, könnte sie das auch in ihren eigenen vier Wänden. – Na, du kennst Oma ja."

Joachim redete jetzt flüssiger. Er schien sich wieder ganz in der Gewalt zu haben. „So ganz genau weiß ich selber noch nicht, was und wie das alles geschehen ist. Frau

Kaminski ist so verstört, dass es nur mit gutem Zureden möglich war, sie zum Sprechen zu bewegen ..."

„Aber dein Vater – deine Mutter, wissen sie schon ..."

„Natürlich nicht, Herbert. Du weißt doch, dass Papa sich zur Zeit in der Schweiz aufhält und Mutter ein Gastspiel in Berlin hat. Im Augenblick weiß ich nicht einmal, wie ich sie erreichen kann. Das wüsste nur Oma. Ich hoffe, dass ich sie bald fragen kann."

„Und die Polizei, kannst du nicht ..."

„Herbert, wo lebst du bloß? Das waren doch alles Polizisten. Mindestens zwei voll besetzte Mannschaftswagen! Wir haben doch gestern schon darüber gesprochen und waren uns einig geworden, dass Juden in diesem Land Freiwild sind. Hast du das heute schon wieder vergessen?"

„Entschuldige, Joachim! Die Wahrheit will mir wohl immer noch nicht in den Kopf. Mir geht's da wie Mutter ..."

„Ja, ja, ist schon gut. Du musst dich nicht entschuldigen. Ich verlange wohl auch zu viel von dir. Das kann ein normaler Mensch eben nicht verstehen! Aber die Nationalsozialisten sind nun mal nicht normal – Unmenschen sind das! Verbrecher! Mörder! Säue!" Joachim erregte sich von neuem und stieß jedes Wort betont hasserfüllt aus.

„Was hat dir denn Frau Kaminski berichten können?"

Joachim blickte aus dem Fenster und schwieg eine Weile, bevor er weitersprach: „Im Grunde nur wenig. Es hat geläutet, und sie hat zwei Herren, die zunächst sehr freundlich waren, durch die Fußgängerpforte eingelassen und ins Haus gebeten. Dann hat sie die Männer aufgefordert, in der Halle Platz zu nehmen und einen Moment zu warten. Sie hat Oma informiert und ist dann nach oben gegangen, wo sie noch zu tun hatte. Zwar hat sie bald darauf Türen schlagen hören und Stimmen von mehr als nur zwei Männern, aber erst als tobender Lärm und das Bersten von zersplitterndem Glas zu ihr heraufdrang, ist sie nach unten geeilt. Da hat sie gesehen, wie eine ganze Meute uniformierter Männer Gläser und

Möbel umgeworfen haben. Einer von ihnen hat Oma die Faust ins Gesicht geschlagen. Dem Mann hat sie sich entgegengeworfen, ist von diesem aber weggestoßen worden und hingestürzt, direkt neben Oma. Die war da allerdings schon ohne Besinnung. Deshalb hat sie sich sofort aufgerappelt und aus der Küche ein feuchtes Tuch geholt, um Oma den Kopf zu kühlen. Die Männer haben nur gelacht und fortgefahren, alles umzuschmeißen. Irgendwann hat wohl einer von den beiden, die sie hereingelassen hatte, den Befehl zum Abzug gegeben. Er rief ihr noch zu, man würde sich wieder sehen. – Das war's, Herbert!"

Ich konnte nur den Kopf schütteln. Etwas Vernünftiges oder gar Tröstliches fiel mir nicht ein, deshalb rückte ich eng an Joachim und legte meinen Arm um seine Schultern.

So blieben wir lange schweigend beieinander, bis der Arzt plötzlich vor uns stand und sagte: „Ich habe deiner Oma eine Spritze gegeben. Sie wird wahrscheinlich die Nacht durchschlafen. Aber ich werde eine Nachtwache schicken und morgen spätestens um acht wieder nach ihr sehen. – Joachim, es tut mir unendlich Leid, was euch heute geschehen ist. Aber ich fürchte, mir wird es bald nicht anders gehen. – Ich hoffe, dass du einen Weg finden wirst, wenigstens deinen Vater zu benachrichtigen. Also, bis morgen, mein Junge!"

„Oh, ich denke schon. Auf Wiedersehen und herzlichen Dank, Herr Dr. Mendelsohn."

Joachim und ich überlegten noch lange, was jetzt in die Wege geleitet werden müsste, ob jemand sofort zu benachrichtigen sei und wer das wohl sein könnte. Den entscheidenden Hinweis gab Frau Kaminski, die sich auf Bitten Joachims zu uns gesellte, nachdem die Nachtschwester den Wachdienst am Bett der Oma übernommen hatte.

„Du solltest auf jeden Fall den Gemeindevorsteher oder einen der Ältesten informieren. Deiner Großmutter und letztlich auch deinem Vater hat die Gemeinde immer viel bedeutet.

Ich nehme an, dass man dort um Rat nicht verlegen sein wird, Joachim."

Frau Kaminski – übrigens auch Mitglied der jüdischen Gemeinde und seit geraumer Zeit Nachfolgerin von Theresa im häuslichen Dienst der Arens – hatte sicher Recht. Joachim handelte entsprechend, und ich machte mich auf den Heimweg.

Obwohl es schon sehr spät war, beeilte ich mich nicht. Mir schossen so viele Gedanken durch den Kopf, dass es mir unmöglich war, mich zu beruhigen. Irgendwie suchte ich nach einem Ausweg, denn ich hatte längst begriffen – lass es mich ruhig einmal militärisch ausdrücken –, dass die Einschläge nationalsozialistischer Politik von Mal zu Mal dichter an unseren Lebenskreis und unsere Freundschaft heranrückten. Diesmal so dicht, dass Seele und Leib verwundet waren.

Hoffentlich würde sich Joachims Oma bald wieder erholen! – Ich schäme mich nicht, dir zu bekennen, dass ich auf der Straße für sie gebetet habe.

Schon als ich vom Pinasberg hochkommend in die Antonistraße einbog, sah ich, dass in unserer Küche noch Licht brannte. Ich zog meine Taschenuhr – auch ein Erbstück vom Tangstedter Opa – aus der aufgenähten Uhrentasche meiner Hose hervor und versuchte im Licht des Mondes, die Zeit abzulesen. Oje, es war bereits Mitternacht vorbei. Warum war bei uns das Licht nicht gelöscht? So lange ich mich erinnern konnte, hatte es so etwas nicht gegeben. Grundsätzlich war es bei uns spätestens ab einundzwanzig Uhr fünfundvierzig zappenduster, selbst an hohen Feiertagen wie Weihnachten oder Silvester. Es musste also einen ganz außergewöhnlichen Grund geben. Soweit ich mich erinnern kann, hat es nur ein einziges Mal eine Ausnahme gegeben: als meine Schwester unter Blinddarmreizungen litt und nachts ins Krankenhaus gebracht werden musste.

Am Küchentisch saß Vater, den Kopf auf den Ellenbogen gelegt, und schnarchte. Er schlief so fest, dass ich ihn nur durch heftiges Schütteln aus seinen Träumen reißen konnte.

„Oh, büst du dor, Herbert. Na, denn kann ick mi ock glieks hinleggen. Paß op, mien Jung, irgendein'n von den Meierbeer siene Lüd weer alwedder hier. He secht, dat he mit di wat to besnacken het. Mo'gen solls' du di um neun Uhr pünk'lich in sein' Büro melden. Dor is de Adress un de Nummer von sien Zimmer."

Vater zog aus dem Latz seiner Hose umständlich einen Zettel hervor. Er hatte die Informationen für mich sorgfältig auf den Abriss einer Mehltüte geschrieben. Die Tatsache, dass er eigenhändig geschrieben, den Zettel an seiner Brust aufbewahrt und auf mich bis in die Nacht hinein gewartet hatte, sagte alles darüber aus, was in seinem Herzen vorgehen musste. Er machte sich Sorgen um mich. Er würde das zwar nie zugeben, aber sein Verhalten sagte genug. Er schätzte die gegenwärtige Situation für seinen Herbert als äußerst bedrohlich ein.

„Hättest die Nachricht doch einfach auf den Tisch legen und dich längst ins Bett begeben können, Vater. Aber danke, trotzdem."

Vater brummelte irgendetwas Unverständliches und erhob sich mühsam. Ich hörte seine von der harten Arbeit in der feuchten Fischfabrik verschlissenen Knochen knacken.

„Is man got, Herbert. Lot di dor man bloß nich ünnerkriegen. – Lech di man ock hen un slop got."

Ich konnte natürlich nicht einschlafen. Was wollte Meierbeer von mir? Es wurde eine unruhige Nacht. Mich plagten böse Träume, in denen immer wieder die blutigen Gesichter der alten Frau Arens, Marlenes und – seltsamerweise – auch das Bild Ruths auftauchten. Einmal standen sie alle drei über mir. Aus ihren Augen flossen Wasser und Blut und drohten, mich zu ertränken.

Als Mutter mich endlich weckte, war ich schweißgebadet und hatte das linnene Laken bis ans Fußende der Strohmatratze gestrampelt.

11. Kapitel

Es ist doch schade, dass man so selten im Leben was vorhersehen kann. Hätte ich alles vorher gewusst oder geahnt, hätte ich sicher so manches Mal geschwiegen oder mich zumindest klüger verhalten, als ich es meistens getan habe. Das gilt auch im Hinblick auf meine Vorladung bei Hauptmann Meierbeer.

Auf die Minute genau stand ich – nicht wenig verunsichert – vor einer schweren doppelflügeligen Tür im Rathaus Altona. Das Schild, das dem Besucher Hinweise über die Funktionen und Aufgaben hinter der verschlossenen Tür hätte geben sollen, war mit Packpapier verklebt. Dafür war direkt an das Blatt des rechten Türflügels ein weißer Zettel geheftet, auf dem mit ungelenker Hand – aber dick aufgetragen – geschrieben stand:

„*Sondereinsatzstelle – Eintritt nur nach Aufforderung*"

Ewigkeiten lang wusste ich nicht, ob ich an die Tür pochen oder abwarten sollte. Ich beschloss, mich bemerkbar zu machen, und klopfte so kräftig gegen die Tür, dass mir die Fingerknöchel schmerzten. Während ich noch auf ein „Herein!" wartete, wurde die Tür von innen geöffnet. Unbewusst war ich wohl darauf vorbeitet, dass mir Hauptwachtmeister Janke hier begegnen würde; denn als er mir gegenüberstand, fiel die anfängliche Unsicherheit sofort von mir ab.

„Ich soll mich hier melden. Um neun Uhr."

„Ach, du bist es, Herbert – äh, muss' schon en'schuldig'n, mein' natürlich, Herr Spalding!"

Er schien einen Augenblick zerstreut, nahm dann aber Haltung an, streckte sich und röhrte militärisch kurz: „Reinkomm'n!"

Weil ich mich nicht sofort bewegte, trat er zwei Schritte auf den Flur heraus, griff mit der linken Hand die Messingklinke und streckte den rechten Arm weit in den Flur hinein, als wollte er meine Flucht verhindern. Seine Hand versuchte, mich in die Amtsstube hineinzuziehen. Er sah aus wie ein strenger, aber genervter Wachtmeister, der inmitten einer verkehrsreichen Kreuzung für Ordnung sorgen sollte.

„Los, los, los! Nu aber rein mit Sie. Wir haben hier noch mehr zu tun, als ..."

„So, was denn?", entfuhr es mir.

Jankes Augen begannen zu rollen, sein Gesicht wurde weiß und sein Atem ging nur noch stoßweise. Er rang nach Worten. Es fiel ihm aber nichts ein.

„Sie – du – Sie Bengel, gleich werden wir Sie Ihre Unverschämtheiten schon austreiben ..."

„Ach, da sind Sie ja schon, Herr Spalding. Bitte, treten Sie doch ein."

Weder Hauptwachtmeister Janke noch ich hatten Hauptmann Meierbeer hören oder kommen sehen. Jedenfalls stand er plötzlich freundlich lächelnd vor mir.

„Folgen Sie mir gleich ins hintere Zimmer. – Nehmen Sie auch einen Kaffee? – Nein? – Schade! – Janke, schließen Sie die Tür und machen Sie mir einen Kaffee. Nur Milch, nicht zu viel! Und – verursachen Sie nicht schon wieder ein Fußbad!"

„Nein – ja – selbstverständlich, aber natürlich, Herr Hauptmann – jawoll, Herr Hauptmann!"

Zögernd folgte ich Meierbeer. Wenn er mich ansprach, blieb mir gerade so viel Zeit, den Kopf entweder verneinend zu schütteln oder bejahend zu nicken. Ehe ich mich versah, saß ich auf einem harten Besucherstuhl und blickte über einen mächtigen Kontorschreibtisch hinweg in seine kleinen, aber scharfen grauen Augen. Erst jetzt bemerkte ich, dass der Hauptmann in eine braune Uniform gekleidet war. Auf seiner linken Brustseite prangte eine Reihe blitzender Orden.

Das Auffälligste an dem Mann war allerdings der absolut kugelförmige Kopf. Haare konnte ich nur spärlich über den Schläfen entdecken. Bei genauem Hinsehen sah ich jedoch, dass ihm oberhalb der Stirnmitte auch ein schütteres Büschel Haare gewachsen war, das jedoch, mittig gescheitelt, so eng nach links und rechts über den Kopf gelegt war, dass es kaum auffiel. Außerdem schienen die Haare die blasse Farbe seiner Haut angenommen zu haben. Dabei wirkte Herr Meierbeer aber nicht unsympathisch. Er war nicht auffallend groß, auch nicht dick, aber sportlich trainiert.

Einen Augenblick lang musterte er mich schweigend, sodass mir die Röte ins Gesicht stieg und die gegenüber Gustav Janke gewonnene Gelassenheit im Nu wieder von mir gewichen war. Ich begann, unruhig auf dem Stuhl hin- und herzurutschen, bis Meierbeer überzeugt war, dass er sein Ziel – mich zunächst zu verunsichern – erreicht hatte. Heute glaube ich, dass das zu seiner Taktik gehörte.

„Ja, also", eröffnete er das Verhör, „Herr Spalding, ich habe persönlich nichts gegen Sie – auch nicht gegen Ihren Herrn Vater und die Familie. Bitte, verstehen Sie mich recht. Ich tue auch nur meine Pflicht, und zwar in dem gesetzlichen Rahmen, der mir vorgegeben ist. Es liegt leider wieder einmal eine – nein, sogar zwei – Anzeigen gegen Sie vor. Ich will Ihnen auch sagen, worum es sich jeweils handelt. Hier ist zunächst eine Anzeige von gestern. Darin wird Ihnen vorgeworfen, im Wohnhaus, das der Judenfamilie Arens gehört und an der Elbchaussee liegt, eine Untersuchung der Kriminalpolizei behindert und zweckdienliche Indizien zusammen mit Herrn Joachim Waigel beseitigt zu haben ..."

Während er sprach, kroch Wut in mir hoch. Ich spürte, wie Wangen und Hände zu zittern begannen. Ich sprang auf, krallte mich an den Schreibtisch, unterbrach ihn und sagte aufbegehrend: „Das ist doch Lüge. Lüge, sag' ich! Welches Schwein hat das behauptet? Los, sagen Sie es mir!"

„Na, na, Herr Spalding, regen Sie sich nicht auf. Mäßigen

Sie Ihren Ton. Andernfalls sehe ich mich gezwungen, über unser Gespräch Protokollnotizen anzufertigen zu lassen. – Nun setzen Sie sich schon wieder!“

Ohne lauter zu werden, hatte seine Stimme einen barscheren Klang angenommen. Sie wirkte dadurch besonders einschüchternd, sodass ich mich schnell wieder setzte.

„Aber es ist doch alles gelogen. Glauben Sie mir. Ich kann Ihnen genau schildern, wie es wirklich war.“

„Ist nicht nötig! Sie geben also zu, dass Sie in der fraglichen Zeit in dem bezeichneten Hause anwesend waren?“

„Natürlich, aber nicht in der – wie Sie es nennen – fraglichen Zeit.“

„Schon gut, mein Junge. – Du bist siebzehn Jahre alt? Also noch vier Jahre, bis du erwachsen sein wirst. Da darf ich dich doch noch duzen, oder?“

Selbstverständlich, wollte ich sagen, aber mein Mund blieb stumm. Meierbeer blickte jetzt freundlich, geradezu gewinnend, und seine Stimme klang sanfter, sodass ich mich plötzlich zu ihm hingezogen fühlte. Ich nickte zustimmend, aber verlegen.

„Wir können die Vorwürfe gleich im Einzelnen erörtern, Herbert. Selbst wenn sich dabei herausstellen sollte, dass du etwas Schlimmes getan hast, bist du ja noch nicht voll strafmündig. Außerdem könnte ich in dem Falle sogar etwas für dich tun. Zum Beispiel, wenn du mir glaubhaft versichern würdest, dass du recht bald Soldat werden möchtest, um Deutschlands Ehre wiederherzustellen und den Ruhm des Führers zu mehren. – Doch das hat Zeit. – So, dann habe ich hier noch eine Anzeige vorliegen. Die ist schon ein paar Tage älter ...“

„Aber wieso denn, ich *habe* nichts Unrechtes getan“, krächzte es heiser aus mir heraus. Ich wollte nichts sagen, aber ich konnte mich auch nicht zurückhalten. Angst und bange wurde mir, während der Hauptmann ruhig weitersprach.

„Wir werden schon seh’n, was dran ist. Also, du sollst

im Treppenhaus einer Wohnvilla in der Isestraße zusammen mit einem weiteren jungen Mann randaliert und dabei antinationalsozialistische Hetzparolen ausgerufen haben. – Nun, was sagst du dazu?"

Zuerst konnte ich nichts sagen. Glücklicherweise fiel das nicht auf, weil just in diesem Moment zackig an die Tür geklopft wurde und Hauptwachtmeister Janke mit klirrendem Kaffeegeschirr in den Raum trat.

„Ah, gut, Janke, stellen Sie es hierher. – Mensch, passen Sie doch auf, was Sie machen. Warum blicken Sie den Mann hier an? Konzentrieren Sie sich – zum Kuckuck noch mal – auf Ihre Aufgaben. Der Kaffee ist ja schon wieder übergeschwappt. – Nee, nee, lassen Sie ihn schon hier. Ich mach' das lieber selbst. – Gehen Sie bloß an Ihre Arbeit, Janke!"

Er machte genervt die Handbewegung, die ich schon in der Antonistraße bei ihm gesehen hatte: als wolle er Staub von seinem Ärmel schlagen. Gustav Janke wandte sich gehorsam zur Tür, würdigte mich aber noch eines wütenden Blickes.

Ich hatte mich inzwischen so weit gefangen, dass ich meiner Sprache wieder mächtig geworden war. Trotzdem fühlte ich mich zunehmend schlecht, richtig übel wurde mir. Aber ich riss mich zusammen, rang nach überzeugenden Antworten und erwiderte schließlich: „Herr Meierbeer, ich kann das alles nicht verstehen. Ja, ich *war* im Hause der Arens, aber erst sehr spät am Abend – und ich *war* zusammen mit meinem Freund Joachim in einem Haus in der Isestraße, aber doch nicht, um zu randalieren! – Was für'n Unsinn is' das bloß alles? – Woher wissen Sie das eigentlich, wo ...?"

„Egal, egal, Herbert. Wir haben so unsere Methoden. Du siehst, uns entgeht nichts! Erklär' mir lieber, warum du dich mit Leuten gemein machst, die sich als volksschädigend erwiesen haben. Der Führer hat im deutschen Interesse befohlen, alle Schmarotzer – und dazu gehören in erster Linie die Juden – mit Stumpf und Stiel auszurotten. Welcher

Teufel – zum Kuckuck – reitet dich, dass du immer wieder Kontakt zu solchen Volksschädlingen suchst?"

Einen Augenblick beschäftigte mich die Frage, was ihm am Kuckuck so zu gefallen schien, dass er diesen Vogel so oft bemühte, aber schnell versuchte ich, mich wieder zu konzentrieren. Ich merkte, dass ich dem Mann nicht gewachsen war, wusste aber auch nicht, wie ich mich wehren sollte oder mich ihm hätte entziehen können. Darum empfand ich es als Erlösung, dass Meierbeer anscheinend keine Antwort von mir erwartete, denn er fuhr, ohne abzuwarten, fort: „Wenn du nur willst, Herbert, könnten wir die beiden Anzeigen schnell vergessen. Aber das liegt allein an dir, ist deine ureigenste Entscheidung ..."

„Wie meinen Sie das? Ich habe doch nichts getan! Und das mit den Schmarotzern glaubt Ihnen doch kein anständiger Mensch. Joachim und ich haben schließlich schon als Kleinkinder zusammen gespielt", unterbrach ich ihn nun doch erregt und trotzig.

„Ich will deine Solidaritätsbekundung mit den jüdischen Volksfeinden überhören. Die Wände haben hier keine Ohren, und ich hoffe, dass du erkennst, *wie* gut ich es mit dir meine. Aber was deinen anständigen Menschen betrifft, ist es genau umgekehrt: Es ist die Pflicht – ja, die vaterländische Pflicht – eines jeden anständigen Deutschen, allen volkszersetzenden Erscheinungen mit ganzer Kraft entgegenzutreten."

Jetzt schien er sich zu erregen, denn er war lauter geworden, und der letzte Satz seiner Erläuterungen kippte fast in die Sopranlage: „Und Juden *sind* volkszersetzendes Gesocks, Herbert!"

Ich schwieg. Endlich hatte ich begriffen, dass es besser war, den Mund zu halten. Einerseits verstand ich die scharfzüngigen Phrasen des Hauptmanns ohnehin nicht, und andererseits ahnte ich, dass ich mich und Joachim samt seinen Eltern und der Oma mit jedem unüberlegten Wort zusätzlicher Gefahr aussetzte.

„Nur noch so viel, mein Junge" – seine Stimme schmeichelte plötzlich wieder samtweich –, „nur zum Überdenken. Es ist eine historische Tatsache, dass die Juden das deutsche Volk seit Generationen auf heimtückische Weise betrügen und ausbeuten. So gehen auch der verlorene Krieg und der verräterische Vertrag von Versailles samt ihren verheerenden Folgen für den kleinen Mann und die Arbeiterschaft auf das Konto der zionistischen Blutsauger. Wir Nationalsozialisten sind angetreten, diesen historischen Verrat rückgängig zu machen und dem deutschen Volk zurückzugeben, was ihm gestohlen wurde. Durch nichts und niemanden werden wir uns davon abbringen lassen! Wer uns daran hindern will oder seine Unterstützung versagt, wird wie alles Undeutsche aus dem Weg geräumt, ausgerottet und vernichtet. Ich kann mir nicht vorstellen, dass du dazugehören möchtest, Herbert Spalding. – Ich mache dir jetzt einen Vorschlag, einen sehr guten ... Du brauchst dich nicht gleich zu entscheiden. Die Anzeigen legen wir erst einmal beiseite, sodass du ein paar Tage – meinetwegen auch länger – darüber schlafen und nachdenken kannst. Wir werden in Kontakt bleiben, denn ich schätze dich als klugen Jungen ein ..."

Mir wurde schwindlig und schwarz vor Augen, doch Hauptmann Meierbeer sprach unbeirrt weiter auf mich ein. Wie aus weiter Ferne drang seine schmeichelnde Stimme an mein Ohr: „Wir wollen dich nicht von deinem Freund Joachim Waigel wegreißen. Du sollst durchaus weiterhin Kontakt zu ihm und seiner Familie halten. – Ohnehin muss genauer geprüft werden, ob er möglicherweise einer anderen rassischen Kategorie zugerechnet werden kann: Bastard? Mischling ersten Grades? Vielleicht können wir ihn sogar noch eindeutschen, säubern? – Nur ab und zu wirst du einem unserer Mitarbeiter wahrheitsgemäß ein paar Fragen beantworten. Übrigens würden wir dann auch übersehen, dass dein Vater Wilhelm einer verbotenen Partei angehört. – Keine Angst, Herbert, nun bist du dran!"

Meierbeers Worte hatten sanft und freundlich geklungen.

Trotzdem hatte ich mich bei der Erwähnung meines Freundes so erschrocken, als sei ein Blitz unmittelbar vor meinen Füßen in den Boden eingeschlagen. Als er gar meinen über alles geliebten Vater erwähnte, begann mein Herz zum Halse herauszuschlagen.

Inhaltlich hatte ich von des Hauptmanns Ausführungen so gut wie nichts verstanden. In meinem jugendlichen Gedankengebäude war seine Art zu argumentieren einfach nicht unterzubringen, aber ich ahnte, dass man mich korrumpieren wollte, dass ich zum Denunzianten gemacht werden sollte und dass ich in eine schier ausweglose Situation geraten war. Alles in mir war aufgebracht. Am liebsten hätte ich mich auf den Mann stürzen und ihn erwürgen mögen. Aber mir war speiübel.

Meierbeer stand mir plötzlich gegenüber, betatschte meine Schulter, schüttelte freundlich meine Hand und sagte, als er die Verbindungstür zum Vorzimmer öffnete: „Es war wirklich nett, Herbert, mit dir zu plaudern. Also, am besten ist, du erzählst niemandem von unserem Gedankenaustausch. Wir melden uns schon irgendwann auf irgendeine Weise bei dir. Du kannst ganz ruhig bleiben, dir wird bis auf weiteres nichts geschehen – ähem –, und du willst doch sicher auch nicht, dass es deiner Familie so gehen könnte wie den Warburgs, oder?“

Ich sagte nichts, konnte auch nicht, weil der Schreck mich lähmte. Nur den Kopf habe ich hastig geschüttelt und irgendetwas Unverständliches gestottert. Dann war ich draußen an der frischen Luft.

Es zog mich zum Hafen hinunter. Als ich – endlich ein wenig befreiter – auf diesem Poller saß, musste ich kotzen, einfach nur kotzen. Und danach, glaube ich, habe ich geheult wie ein hysterisches Mädchen. Irgendwann berührte jemand meine Schulter. Ganz zart, sodass ich keinen Grund hatte, mich zu erschrecken. Langsam hob ich den Kopf, wischte mir die Nässe aus dem Gesicht und blickte in Joachims Augen.

Ehe ich etwas sagen konnte, stöhnte er: „Oma lebt nicht mehr, Herbert – sie ist tot – ganz wirklich tot!“

Als ich mich aufgerichtet hatte, erkannte ich, dass er schreckensbleich war. Ich zog ihn, ohne ein Wort zu sagen, in meine Arme, und er legte seinen Kopf auf meine Schulter. Dann weinten wir beide, wie wir es schon oft ohne Scham voreinander getan hatten.

Über die Tage danach ist nur wenig in meiner Erinnerung haften geblieben. Es waren zu viele Ereignisse gewesen, zu viel Fremdes, zu viel Unbekanntes. Um Joachim in jenen schweren, hektischen Stunden nahe zu bleiben, ließ ich mich bei Menck und Hambrock krankmelden. Übrigens rührt mich noch heute der Gedanke, dass Mutter mir diesen unangenehmen Weg abnahm. Dabei gab es kaum etwas, das ihr mehr zuwider war als die Verweigerung der Pflicht.

Sogar Vater legte mir nahe, gerade jetzt an der Seite meines Freundes Joachim zu stehen: „Kanns' den Bengel doch jetz' nich' in 'n Regen steh'n loten!"

Gegen Abend hatte Joachim seine Eltern noch immer nicht erreicht. Wir saßen schweigend in der Küche und blickten verzweifelt in nicht auszumachende Fernen. Hin und wieder ballte Joachim die Hände und stöhnte leise. Er stand in einem schier unlösbaren Konflikt.

Frau Kaminski und ein Freund der Familie Arens, Herr Jehud – ich hatte diesen hageren Mann schon öfter bei Joachims Vater gesehen –, drängten ihn, seine Oma schnellstens und gemäß jüdischem Ritus bestatten zu lassen. Er aber hoffte immer noch, dass entweder sein Papa oder doch wenigstens seine Mama bald erscheinen würde.

„Es hat keinen Sinn, noch länger zu warten, Joachim", sagte Frau Kaminski eindringlich, „du musst an deine Großmutter denken. Du musst jetzt so handeln, als würde sie die Entscheidungen schon getroffen haben. Du weißt doch genau, wie sehr sie sich dem Volk der Thora zugehörig fühlte. So wie sie nicht zulassen wollte, dass deine

Eltern heiraten, ohne dass deine Mutter zum jüdischen Glauben übergetreten wäre, so hätte sie sich jetzt jeder Entscheidung, die die Vorschriften der Thora missachtet, nachdrücklich widersetzt. Auch wenn du das nicht verstehen kannst oder willst, es geht hier um Wichtigeres als um die Heimkehr deiner Eltern. Es geht für deine Großmutter um den Eintritt in das Paradies. Deswegen müssen die heiligen Gesetze gerade jetzt eingehalten werden."

Endlich blickte Joachim auf und schaute lange in das ängstliche Gesicht Frau Kaminskis. Dann erhob er sich, knallte beide Handflächen auf die große Arbeitsplatte, die die Mitte der geräumigen Arens'schen Küche beherrschte, und sagte: „Dann soll es also so sein, Herr Jehud! Organisieren Sie die Trauerfeier für morgen. – Komm, Herbert, wir gehen in mein Zimmer."

Es dauerte nicht lange, bis sich im Hause Hektik ausbreitete. Menschen stürzten die Treppen auf und ab, Türen schlugen, und aus dem Park dröhnte Motorengeräusch herauf. Wir nahmen das nur entfernt wahr. Wir saßen uns gegenüber, aber ein Gespräch wollte sich nicht entwickeln. Erst als es zaghaft an der Tür klopfte, Frau Kaminski ihren Kopf hereinsteckte und schüchtern fragte: „Möchtest du sie noch einmal sehen, Joachim?", schien der Bann gebrochen.

Joachim überlegte nicht lange: „Nein, lieber nicht. Aber danke!"

Ohne ein Wort zu erwidern, verschwand der Kopf von Frau Kaminski, aber nicht, ohne noch einmal gequält gelächelt zu haben.

„Glaubst du daran, dass die Toten bei Gott weiterleben, Herbert?"

„Ich habe darüber noch nicht oft nachgedacht. Mutter ist allerdings nie müde geworden, es uns bei jedem Osterfrühstück neu zu erklären. Ich hab' es eben so hingenommen."

12. Kapitel

Ich hatte eine unruhige Nacht hinter mir. Nicht, dass abstruse Träume mich immer wieder aufgeschreckt hätten, nein, es war eine Unruhe, die ich so noch nie erlebt hatte. Erstmals hatte ich Lebensangst. Zum ersten Mal war mir bewusst geworden, dass ja auch ich sterben würde. Die Frage, wie das sein, wann es sein und ob es nach dem Tod ein Leben in einem anderen Sein – zum Beispiel bei Gott, wie Mutter es immer behauptete – geben würde, ließ mich nicht los.

Aus den kurzen Schlafphasen rief mich wieder und wieder die Stimme Frau Kaminskis in den Wachzustand zurück: ‚Joachim, es geht für deine Großmutter um den Eintritt in das Paradies.'

Da fühlte ich plötzlich den hilflos ängstlichen Blick meines Freundes erwartend auf mir ruhen, ich sah, wie er trotzig mit den Händen auf die Tischplatte schlug und endlich ergeben sagte: ‚Dann soll es so sein.' Damit schien unabänderlich klargestellt, dass das Paradies für die Oma wichtiger war als die Heimkehr von Papa Arens und Mama Waigel.

Obwohl es draußen noch stockfinster war, erhob ich mich von meinem Lager, zog mich an, ohne störende Geräusche zu verursachen, und verließ unsere armselige Wohnung. Vater und Mutter schnarchten um die Wette, und eine meiner Schwestern stieß hohe Pfeiftöne aus. Schon als ich die Tür zum Treppenhaus hinter mir ins Schloss drückte, empfand ich so etwas wie Befreiung. Ich konnte plötzlich tief durchatmen. Obwohl es auch im Treppenhaus immer muffig und süßlich roch, schien der Sauerstoffanteil der Luft doch schon erheblich höher zu sein als in der Wohnung. Jedenfalls genoss ich den Fluss der Luft durch Mund, Nase und Lunge wie ein Verdurstender den kühlen Trunk in der Wüste.

Mutter und Vater würden annehmen, dass ich mich doch entschlossen hatte, vor der Beisetzung noch zu arbeiten. Sie hatten ja lange genug an mein Pflichtbewusstsein und meine Arbeitsmoral appelliert.

„Kanns' doch nich allwedder blaumoken, Jung. Wat denkt de denn, wo du herkommen deist!“, wiederholte Vater sich zum x-ten Mal, wobei Mutter bestätigend mit dem Kopf nickte und meinte: „Das fällt all'ns auf uns zurück.“

Es war Samstag, für Joachim Sabbat und für seine Oma der Eintritt in das Paradies. Ich wollte nicht nur dabei sein, sondern an Joachims Seite stehen, wenn er nach mir rufen würde.

Beim Bäcker Heinze, der seinen Laden gerade öffnete, als ich vorbeiging, kaufte ich zwei Rundstücke. „Von gestern bitte!“

Ich wollte bezahlen, aber Meister Heinze, der die schrumpeligen Brötchen in ein akkurat zugeschnittenes Stück Zeitungspapier rollte, lächelte mich mit seinem Backstubengesicht an und sagte: „Is man goot, Herbert, scheunen Tag ok.“

Meine Schritte lenkten mich direkt in die Elbchaussee und ehe ich mich versah, stand ich vor dem Tor zum Arens'schen Park. Das beschädigte Tor war notdürftig zugeschoben. Im Hause schien noch alles zu schlafen. Wie sollte es auch anders sein. Nach allem, was Joachim und Frau Kaminski in den letzten Tagen durchzustehen hatten, musste der Schlaf der Erschöpfung sie endlich besiegt haben. Aber ich irrte mich!

Langsam schlenderte ich hinunter zum Övelgönner Hafen. Im Osten, wo der Horizont den Elbstrom ausspeit, markierte ein erster Lichtstreif die Stelle, wo sich Himmel und Erde berühren. Links und rechts meines Weges wurden Konturen von Büschen, Mauern und Zäunen erkennbar. Als ich den Kai erreicht hatte, lag schon ein leichtes Funkeln über dem trägen Strom. Die feuchte Morgenluft roch intensiv nach Tang, Kalfater und Salz.

Sinnend blieb ich an der Kaimauer stehen und beobachtete, wie sich der Tag gegen die Nacht durchsetzte. Wo eben noch ein kaum erkennbarer Silberstreif über dem Wasser lag, kündigte nun ein sanftroter Schein den Auftritt der Königin Sonne an. Darüber bildete sich mit atemberaubender Geschwindigkeit starker Dunst, der bald den ganzen Himmel als Bühne und Kulisse der Sonne in Szene setzte. In großen geheimnisvollen Bewegungen entstanden riesige gelbe und silberne Spektren, die aus ihren Rändern farbige Lamellen in allen Farben des Regenbogens spielen ließen. Über mir verwandelte sich das tiefe Schwarz in das Blau der Aquamarine, und endlich entstieg der Sonnenball – orange, golden und weiß leuchtend – der unbekannten Welt hinter den Horizonten.

Mein Blick suchte unseren Poller und fand zu meiner Überraschung eine reglose Gestalt, die mit dem Eisen wie verwachsen schien. Schon nach wenigen Schritten erkannte ich Joachim. Als ich hinter ihm stand, merkte ich, dass er durchaus nicht unbeweglich hockte, sondern von Weinkrämpfen geschüttelt wurde. Dazwischen hörte ich ihn wimmern und immer wieder sprechen: „Ach, Oma, du kannst uns doch nicht einfach allein lassen! – Warum, Oma, warum, musste das so sein?“

Ich blieb schweigend hinter Joachim stehen. Als Joachim sich beruhigt hatte, machte ich mich durch Räuspern bemerkbar. Er blickte müde zu mir auf, erkannte mich und zog mich an seine Seite.

Während er sich die Tränen aus dem Gesicht wischte, sagte er: „Ich habe nur wenig geschlafen. Immer wieder träumte mir, das Haus bräche über uns zusammen. Da musste ich eben hinaus. Stunden sitze ich schon hier! Wie schön, dass du da bist, Herbert. Mama habe ich per Telefon erreichen können. Sie ist unterwegs nach Hamburg. Sie hat schrecklich weinen müssen, als ich ihr von Omas Tod erzählte. Heute ist ja die Beerdigung ..."

„Ich weiß, Joachim. Und ich werde bei dir sein!"

„Was meinst du, Herbert, gibt es das Paradies? Wird Oma ihr Ziel erreichen?"

Joachims Fragen überraschten mich nicht. Sie trafen mich da, wo ich selbst nicht weiterwusste. Eine neue Lebensdimension hatte sich unvermutet aufgedrängt. Wenn nur die Quintessenz von dem, was Frau Kaminski behauptet hatte, richtig war, bedeutete das ja, dass alles, was längst Geschichte geworden ist, was geschieht und noch geschehen wird, dass all die bösen und schrecklichen, die guten und die heilenden Taten, aber auch die reich machenden und liebevollen Worte in unserem Menschenleben Ewigkeitscharakter hätten.

„Darüber habe ich die halbe Nacht sinnieren müssen. Mutter glaubt fest an ein Paradies nach dem Tod. Vater hält sich, wenn wir über Gott sprechen, immer bedeckt, obwohl er sonst gern diskutiert und ebenso gern Recht behält. In diesen Fragen überlässt er das Feld Mutter. Nur einmal hat er ein Beinahe-Bekenntnis abgelegt: als meine Schwester Martha so krank war und Vater sie des Nachts noch mit der Schottschen Karre ins Hafenkrankenhaus bringen musste. Da hatte er gemeint, nachdem Mutter wiederholt den lieben Gott um Hilfe angefleht hatte, in diesen Dingen sollten wir gefälligst auf Mutter hören. Sie wisse davon mehr als er ...

Wie dem auch sei, Joachim, schließlich war deine Oma ebenfalls fest davon überzeugt, dass sie ins Paradies gehen würde. Darin scheint es zwischen unserer und eurer Religion keinen Unterschied zu geben. – Joachim, du, ich möchte eigentlich, dass es wahr ist – das mit dem Paradies."

„Oh ja, ich auch, Herbert! Dann gibt es ja auch einen Gott, oder? Das ist bloß so schwer zu glauben. Oma hat den Nazis doch nichts, gar nichts getan. Warum hat der Gott des Paradieses ihr schreckliches Ende zugelassen?"

„Vielleicht kann sich Gott nur im Paradies durchsetzen. Er hat in dieser Welt vielleicht keine Macht."

„Das wäre möglich, Herbert, aber es gibt so viele schöne Geheimnisse, die eigentlich nicht von dieser Welt sein können."

„Wie meinst du das, Joachim?"

„Kann ich nicht erklären! Fiel mir so ein. Aber nimm zum Beispiel die Liebe. Ist die Liebe zwischen dir und Ruth oder die zwischen Tabea und mir etwa von dieser beschissenen Naziwelt? Oder unsere Freundschaft, Herbert? Das eine ist Rassenschande und das andere ein Vergehen am deutschen Volkskörper. Also müssen doch wenigstens Liebe und Freundschaft aus einer anderen Welt stammen. Oder kannst du dir vorstellen, dass Nazis lieben können? – Natürlich, es gibt auch Gutes, auch gute Menschen. Meine Oma, deine Eltern, meine Mama und mein Papa und wohl noch einige ..."

„Und die stehen alle irgendwie mit dem Rücken zur Wand. Deine liebe Oma – Marlene übrigens auch – ist schon vom Bösen besiegt. Und – schau genau hin! Die anderen kämpfen gegen das Böse oder versuchen, sich davor zu schützen."

„Es sieht so aus, Herbert, als kämpfe im Deutschen Reich das Gute gegen das Böse. Ob das vielleicht die Bestimmung dieser Welt ist? Scheint sich ja alles irgendwie im Streit zu befinden. – Hm, ich kann mir nicht vorstellen, dass Gott da mitkämpft. Wenn der kämpfen müsste, kann er nicht Gott sein. Oder könntest du dir einen Gott denken, der es nötig hat, in dieser Welt für sich zu kämpfen?"

„Ist mir 'n büschen zu hoch, Joachim. Aber wenn du das so dahersagst, klingt das wie ein Beweis für das Paradies. – Ich, ich möchte so gern, dass es das Paradies gibt!"

„Ich doch auch, Herbert. Wenn wir beide hier so zusammensitzen, kann ich es mir leicht vorstellen. Aber nachher? – Ich weiß nicht."

Joachim hob sein Gesicht, und das goldene Licht des frühen Morgens ließ es fast durchsichtig erscheinen. Einen Augenblick war er unerreichbar fern. Doch plötzlich fühlte auch ich, wie die Sonne mein Gesicht streichelte und mir warm wurde. Wie ein hauchdünner Schleier hatte sich das Licht vom Strom her über uns, den Poller, unsere Trauer und unseren zart keimenden Glauben gelegt. Sekundenlang war ich überwältigt von einem Gefühl, als schwebten wir über das ziehende Wasser dem unendlichen Lichtpunkt entgegen, als trüge uns eine unwirkliche Leichtigkeit über all die Gegensätze hinweg in eine Welt, die darüber ist – höher, größer, wunderbarer.

Irgendwann – einige Stunden später – stand ich hinter einer Reihe trauernder Menschen auf dem jüdischen Friedhof. Was da am Grabe geschah, habe ich entweder nicht sehen können oder vergessen. Es hat mich nicht sonderlich beeindruckt. In Erinnerung sind mir nur die schwarz berockten Männer am Grabe geblieben, von denen einer etwas sang, was mir fremd war und was ich nicht verstand; die anderen verbeugten sich wiederholt.

Anders der Gottesdienst in der Synagoge. Der ist mir in vielen Teilen unvergesslich geblieben, auch wenn ich so gut wie nichts von allem begriffen habe. Einiges aber hat Joachim mir erklärt. Zum Beispiel, warum die Männer ein Käppi (Kippa) in der Synagoge tragen müssen. Auch mir hatte er beim Eintritt in das Gotteshaus noch hastig eines auf den Kopf gestülpt.

„Du musst wissen, dass der Tempel der Ort war, an dem Jahwe, unser Gott, seine gewaltige Macht proklamiert hat. Dabei kamen Schrecken und Zittern über die Menschen und über die Herrschenden. Sie durften sich dem Erhabenen nur kriechend und barhäuptig nähern. Allein dem freien Mann war es erlaubt, Gott Jahwe zu verehren. Frei war damals nur das auserwählte Volk. Das, Herbert, waren die Juden, und sie sind es heute noch! Deshalb dürfen wir – so hat es Oma mir erklärt – die Offenbarung Jahwes nur mit bedecktem Haupt, ja sogar bequem sitzend, vernehmen."

Trotz des traurigen Anlasses lachte Joachim, als er sagte: „Siehst du, heute bist du zum ersten Mal in deinem Leben unter der *Kippa* ein wirklich freier Mensch gewesen. In unserer Synagoge!"

Der Feierraum der Synagoge hatte mich fasziniert. Wahrscheinlich waren es die den Raum beherrschenden Blautöne, die auf mich wirkten, als sei ich in die metaphysische Weite himmlischer Herrlichkeit aufgehoben worden. Was tief im Raum geschah, was unter sphärischem Gesang hin- und herwogte und manchmal auch die Besucher mit einbezog, schien mir überirdisch schön. In dumpfen, bittenden Tönen klagten Stimmen um Vergebung, und dann wieder stieg im Klang liturgischer Gesänge die Herrlichkeit Gottes in das vom Opferrauch geschwängerte Licht empor.

In einer von ungeheurer Spannung geladenen Stille sah ich, wie Herr Jehud Joachim vor sich herschob, bis er vor den Stufen einer reich verzierten Tribüne, auf der ein weiß gewandeter Vorbeter saß, Halt machte. Der Vorbeter erhob sich und übergab Joachim ein schweres Buch, das auf einem tiefblauen, mit Gold bestickten Tuch lag, und lenkte meinen Freund bis vor die Stufen, die zu einem Schrein führten, über dem sich ein mächtiger Baldachin wölbte. Darunter schwebten Tauben, die Ölzweige im Schnabel trugen, und rechts wie links des Schreins lagerte je ein gewaltiger Löwe.

Von überallher kamen dunkel gekleidete Herren auf Joachim zu. Die Frauen – darunter Joachims Mama und Frau Kaminski – blieben in der zweiten Reihe. Nach Minuten des Schweigens erklang einen Augenblick zarte Musik, die sich plötzlich bis ins pianissimo zurücknahm, um Joachims klare, helle Stimme feierlich vor den Schrein und durch den Raum zu tragen. Dieser Moment fuhr mir durch Mark und Bein. Ich zitterte am ganzen Körper.

Von dem, was er sagte, verstand ich nichts. Ich wusste nur, dass es das Kaddisch war, ein Fürbittgebet für die Entschlafenen, das Joachim auf Wunsch seines Vaters gelernt hatte, weil es in jüdischen Familien den Kindern obliegt, für das Seelenheil ihrer Eltern zu beten. Vater Arens war nicht rechtzeitig erreicht worden, deshalb musste nun Joachim diesen Part der Trauerfeier übernehmen.

Wieder trat Stille ein, bis endlich der Vorbeter den Segen sprach und ein Wort aus dem Buch des Propheten Hesekiel zitierte, das ich nie wieder vergessen werde, weil es nicht nur trostvoll klang, sondern für Joachim und mich auch so manches Mal wahr geworden ist: „Ich will das Verlorene wieder suchen und das Verirrte zurückbringen und das Verwundete verbinden und das Schwache stärken!"

Im Vorraum der Synagoge wurde Joachim und seiner Mutter von vielen Menschen kondoliert. Obwohl ich noch nie in einer solchen Situation gewesen war und nie Ähnliches erlebt hatte, schien mir die Stimmung hier doch merkwürdig anders zu sein als nach einer normalen Trauerfeier. Man machte sich nur gedämpft bemerkbar, einige flüsterten und warfen, bevor sie Frau Waigel oder Joachim ansprachen, wie um sich zu versichern, dass niemand sie beobachten konnte, erst einen scheuen Blick durch das Portal nach draußen.

Ich begann mich zu langweilen, bis eine plötzliche Unruhe mich aufschreckte. Die vielen Menschen, die eben noch versuchten, mit Frau Waigel und Joachim ins Gespräch zu kommen, drängten plötzlich zurück in den Feierraum der Synagoge, und schließlich mahnte der immer noch weiß gekleidete Vorbeter Frau Waigel: „Bitte, kommen Sie! Nach hinten ist der Ausgang noch nicht versperrt."

Aber Joachims Mutter schüttelte energisch verneinend den Kopf, hakte Joachim unter und erwiderte laut und bestimmt: „Wir haben keinen Grund, uns durch Hinterausgänge davonzustehlen!"

Dann gewahrte sie mich und korrigierte schnell: „Aber du, Herbert, du musst hinten raus. Los, beeil dich! – Bitte!“

Ich weiß nicht mehr warum, aber ich blieb, störrisch wie ein Esel, und schlenderte demonstrativ zum Hauptportal. Zwar blendete mich die Sonne, aber dann sah ich den Grund für das Verhalten der Trauergäste. Der Vorplatz der Synagoge war durch Polizisten abgeriegelt. Auf dem Bürgersteig parkten drei Mannschaftswagen und sperrten gleichzeitig den Durchgang in die Seitenstraße ab. Sofort hatte ich begriffen, dass dieses Aufgebot Joachim und seiner Mutter gelten musste. Einen Ausweg gab es nicht. Hier jedenfalls nicht. Was war zu tun? Mir fiel nichts ein.

Da trat auch schon Frau Waigel mit Joachim an ihrer Seite stolz und erhobenen Hauptes auf die große Freitreppe nach draußen. Frau Kaminski, von den Kondolanten als Einzige übrig geblieben, trippelte schüchtern hinterdrein. Auch Frau Waigel war einen Augenblick von der Helle des Tages irritiert, hatte sich aber schnell orientiert und schritt wie eine Königin die Stufen zum Vorplatz hinunter.

Sie sah wirklich wie eine Königin aus. Auf dem Kopf trug sie einen großen schwarzen Hut, von dem ein ebenso schwarzer Schleier bis auf die Schultern herabfiel und ihr Gesicht geheimnisvoll verdeckte. Ein dunkler, mit braunem Pelz besetzter Mantel floss tief bis zu den Knöcheln hinab und ließ sie viel größer erscheinen, als sie es tatsächlich war. Auf die ihr entgegenstolzierenden Offiziere muss sie geradezu priesterlich gewirkt haben. Als die vor ihr standen und einer von ihnen ihr eröffnete, dass sie bis auf weiteres festgenommen sei, verhaspelte er sich wiederholt beim Sprechen: „Guten – äh, Heil Hitler, Frau – äh, gnädige – äh, Frau Waigel. Das – das sind Sie doch, oder? Wir müssen – sind angewiesen, Sie fest... festzu... entschuldigen Sie, mitzunehmen. Widerstand hat keinen Zweck. Ich meine, lohnt sich nicht ...“

Frau Waigel blickte den Mann so fest und eindringlich an, dass er vergaß weiterzusprechen. „Was haben Sie mir vorzuwerfen?“

Der Offizier sah verunsichert auf Joachim und dann wieder auf Frau Waigel. Mir fiel auf, dass er beim Sprechen versuchte, scharf an Joachims Mutter vorbeizublicken. So, als wollte er verhindern, ihr in die Augen schauen zu müssen.

„Nun los, nun antworten Sie schon. Weshalb wollen Sie mich festnehmen?“

Frau Waigels Stimme klang hart und ungeduldig. Doch bevor der Polizist antwortete, sah er noch einmal bedauernd auf Joachim, hob dann die Schultern und sagte: „Wenn Sie uns so nicht begleiten wollen, muss ich's eben sagen. Wir haben einen Ha... Haftbefehl, ja, Haftbefehl gegen Sie. Sie sollen sich gegen den – den äh, gegen das Gesetz zum Schutz des deutschen Blutes vergangen haben. Es wird Ihnen vor..., ja, vorgeworfen, sexu – äh, Verkehr mit – mit Nichtdeut...“

Wieder blickte er mitleidig auf Joachim, aber Frau Waigel riss der Geduldsfaden. Ärgerlich kauzte sie ihn an: „Nun reden Sie schon. Der Junge ist fast erwachsen.“

„Nun gut, wie Sie wollen. Ihnen wird aufgrund einer Anzeige vor... vorgeworfen, sexuelle Beziehungen zu einem Mann minderen Wesens, einem Ju... Juden, unterhalten zu haben.“

Ich spürte, wie der Mann sich innerlich zusammenreißen musste, ehe er weitersprechen konnte: „Es ist jedoch nicht unsere Aufgabe, Ihnen das hier nachzuweisen. Fol... folgen Sie mir jetzt bitte, andernfalls muss ich von unseren po... polizeilichen Mitteln Gebrauch machen. – Also, bitte!“

Ich konnte deutlich erkennen, wie Frau Waigel unter dem dunklen Schleier noch blasser wurde als sie es ohnehin war. Sie öffnete ihre Handtasche, zog ein paar Geldscheine und anderes Papier daraus hervor und reichte alles

Joachim mit der Bemerkung: „Lass dich von Herrn Robinsohn (das war der Fahrer vom Herrn Arens) nach Hause fahren und informiere bitte umgehend Rechtsanwalt Menachman."

Sie blickte sich um, übergab Frau Kaminski einen Schlüssel und sagte: „Bitte, nehmen Sie! Sie kennen seine Bedeutung ja. Im Übrigen würde ich es verstehen, wenn Sie nicht mehr bei uns sind, wenn ich zurückkehre."

Sie lächelte der alten Dame verständnisvoll und milde zu, blickte dann geradeaus, als könne sie durch die Offiziere hindurchsehen, und eilte zackigen Schrittes auf die an der Straße wartende Limousine zu. Die Polizisten hatten Mühe, ihr zu folgen.

Ich stand da wie ein begossener Pudel. Noch nie in meinem Leben – gut, es währte ja auch noch nicht sehr lange – habe ich mich so ausgeliefert, so ausgeschlossen gefühlt wie in diesen Minuten vor der Synagoge. Was hätte ich auch unternehmen können! Nichts! Oder wo hätte ich eingreifen sollen? Tiefe Traurigkeit überwältigte mich, und ehe ich es verhindern konnte, liefen mir Tränen über die Wangen.

Da fasste Joachim meine Hand, und ich spürte, dass er zitterte. Es war aber bei ihm freilich keine Angst, sondern Wut, blinde, ohnmächtige Wut. Auch seine Stimme bebte, als er mich ansprach und mich dadurch aus der Erstarrung löste: „Herbert, wenn es dir recht ist, fahren wir zu dir in die Antonistraße. Ich könnte es in unserem Haus einfach nicht aushalten. Ja?"

Ich nickte zustimmend, und irgendwie saß ich dann im Fond der schweren Arens'schen Limousine neben Frau Kaminski, die starr vor sich hinblickte und wie ich mit feuchten Augen zu kämpfen hatte.

Mutter und auch Vater, der gerade nach Hause gekommen war – er roch noch nach Fisch und schwelenden Buchenspänen –, begnügten sich mit einem Kurzreport über das Geschehen. Das war so wohltuend, dass ich meinen Eltern gegenüber sehr dankbar war.

Mutter schüttelte den Kopf und sagte zum wiederholten Mal: „Oh nee, nee, wat sünd dat bloß für Menschen? In wat für 'ne Zeit tun wir heute bloß leben?" Vater schwieg, drückte Joachim an sich und machte eine Geste, die nur besagen konnte, dass er bei uns willkommen war.

13. Kapitel

Der tiefblaue Himmel, der die Szenerie vor der Synagoge am Bornplatz überwölbt und scharf konturiert hatte, war der Vorbote einer sich zum Abend hin extrem verschlechternden Wetterlage. Zunächst hatten sich tief hängende Wolken gebildet, die sich in kürzester Zeit übereinander türmten und nur mäßig graues Licht in die Häuserschluchten Altonas hineinließen. Dann rangen warme und kalte Böen miteinander, ohne dass sich feststellen ließ, wo sie sich gebildet hatten und aus welcher Richtung sie herbeigestürmt waren. Sie wirbelten das wenige gelbe Laub, das sich die Straßenbäume schon hatten abringen lassen, in dunkle Flure und Torbögen, bis endlich – durch Donnerschläge angekündigt – nicht aufhören wollende sintflutartige Regenschauer niederprasselten.

Mutter musste Feudel und Tücher auf die Fensterbänke legen, anderenfalls hätten die undichten Fenster so viel Wasser hindurchgelassen, dass es in unserer kleinen Wohnung eine Überschwemmung gegeben hätte. Das minderwertige, teilweise schon morsche Holz der schmalen Fenster stöhnte und ächzte unter der drückenden Last des Wetters. Die bedrohlichen Geräusche übertönten sogar Vaters Schnarchorgien aus der elterlichen Schlafkammer.

„Sind wir hier auch sicher, Herbert? Das klingt ja, als würde gleich das Haus in sich zusammenstürzen."

„Keine Bange, du kannst dich beruhigen. Das Haus ist unverrückbar. Über die undichten Fenster bei Sturm und Regen hat schon meine Großmutter geklagt, und die lebt schon lange nicht mehr."

„Aber es macht mir trotzdem Angst."

„Deine Angst kommt nicht vom Wetter, Joachim. Es ist die Angst um deine Mama."

„Ja, ich glaube, du hast Recht! Was soll nur werden? Ich hoffe, dass wenigstens Papa Rat weiß, wenn er heimkommt."

„Kommt er denn bald?"

„Mama meinte, morgen. Er sei schon unterwegs."

„Aha."

„Ich hab' kalte Füße, Herbert."

„Paß auf, Joachim! Ich lege mich auf die rechte Seite. Dann kannst du dich in mich hineinschmiegen. So macht es meine Schwester Martha auch immer. Wenn ihr kalt ist, schleicht sie zu mir in die Kammer, um sich auf meinem Lager an mir zu wärmen."

Joachim kuschelte sich eng an mich. Sein Kopf lag auf meinem Arm. Ich spürte, dass er immer zitterte. Seine innere Erregung und die schreckliche Angst hatten ihn im Würgegriff. Ich fühlte mich hilflos, wie gern hätte ich ihm ein erlösendes Wort gesagt. Aber ich wusste keines. Dennoch fühlte ich Zufriedenheit in mir, denn hier war ich sein Beschützer.

„Sie werden Mama doch nichts tun können, Herbert, oder? Ich weiß nicht, was ich machen werde, wenn ihr etwas geschieht. Ich glaube, ich werde mich vergessen und sie alle umbringen. Erschlagen werde ich sie, wie sie Oma erschlagen haben! – Diese Teufel!"

Joachims Zähne knirschten, und ich spürte, wie sein Körper sich im Zorn zusammenzog. Ich streichelte sein Gesicht, suchte seine Hände und war über meine Unbeholfenheit gleichzeitig unglücklich, aber Joachim wurde wirklich ruhiger und begann sich zu entspannen. Nur das Schlagen des Regens gegen die Scheiben hörte nicht auf. Im Gegenteil, es stürmte noch heftiger, lauter und brutaler. Ob es sich so auch anhört, wenn es Krieg gibt?, schoss es mir durch den Sinn.

„Vielleicht war das mit deiner Oma ja nur ein tragischer Unfall, Joachim ..."

Er zuckte zusammen. Hätte ich ihn nicht festgehalten, wäre er sicher aufgesprungen. „Red doch keinen Unsinn, Herbert. Das war eiskalter Mord! Da Oma – wie Papa und ich – zu den

Untermenschen, zur Gattung Ungeziefer gehört, gab es keinen Grund, sie bei dieser Gelegenheit nicht zu erschlagen. Es war eine gute Tat der Polizei, denn sie hat das Deutsche Reich wieder von einem Parasiten befreit. – Oh, mein Gott, das kann doch alles nicht wahr sein! – Habe ich vielleicht nur geträumt, Herbert? Bald werde ich alle Deutschen hassen!"

„Aber, Joachim, dann musst du auch mich hassen. Dann ist's aus mit unserer Freundschaft ..."

„Was soll das denn nun wieder. Wie kannst du so etwas sagen?"

„Aber du hast doch eben gesagt, dass du bald alle Deutschen hassen wirst. Ich bin doch nun mal Deutscher."

„So habe ich das aber nicht gemeint. Du bist doch kein Nazi. Du drehst mir das Wort im Munde um, Herbert ..."

„Nein, Joachim, du *hast* es so gesagt!"

„Nie!"

„Ich bin doch nicht schwerhörig! Sprich bitte nicht so laut. Mutter wird sonst wach. Und leg dich wieder hin. Sonst wird mir auch noch kalt."

„Schon gut, Herbert, warum streiten wir eigentlich ...?"

„Weil du unsere Freundschaft aufkündigen willst!"

„Manchmal bist du ein Arschloch, Herbert. Mit deinem falschen Stolz wirst du dir selbst einmal ein Bein stellen. Du weißt genau, dass ich dein Freund bin und dass das immer so bleiben wird, was auch geschieht! Begreif endlich, dass ich nicht die Deutschen allgemein gemeint habe, sondern die Nazis. Das *sind* Mörder und Verbrecher! *Sie* hasse ich, nicht dich!"

„Im Grunde, Joachim, weiß ich ja, dass du mich nicht treffen wolltest. Aber so wie du es gesagt hast, sind auch Vater und Mutter eingeschlossen ... Meine blöde Reaktion war wohl auch nur Ausdruck von Angst, dass ich dich verlieren könnte. Was bleibt mir ohne dich? Wenn ich dich verliere, Joachim, habe ich keine Zukunft mehr. Wie soll ich in einem Land leben, in dem mir das Beste genommen wurde ..."

„Das Beste, Herbert, das Beste bin ich sicher nicht. Aber irgendwie hast du Recht. Von unseren Eltern einmal abgesehen, haben wir nichts außer uns und unserer Freundschaft, und die wird man uns nehmen wollen. Können wir uns dagegen überhaupt wehren? Mir wird schon wieder bange vor morgen. An das, was danach kommt, mag ich gar nicht denken."

„Vielleicht sollten wir die Nazis bekämpfen ..."

„Wie kannst du nur so naiv sein! Wo willst du den Kampf denn beginnen, mit welchen Mitteln, mit welchen Mitkämpfern? Oder willst du allein gegen die ins Feld ziehen? Ist dir eigentlich schon einmal aufgefallen, dass wir ganz auf uns allein gestellt sind? Von den anderen hat sich in der letzten Zeit keiner mehr blicken lassen. Weder bei mir – ist klar, warum – noch bei dir – ach, ist natürlich auch klar, warum."

„Aber Wilfried Drube hat neulich nach mir gefragt und Adolf Stünkel ..."

„... ist freiwillig zur Wehrmacht gegangen. Wilfried hat inzwischen auf einem dicken Dampfer angeheuert. Sein verstorbener Vater war bei den Sozialisten. Er musste aus dem Verkehr gezogen werden, hätten ihn sonst ins Loch gesteckt. Wilfried wollte sich nur verabschieden. Tabea und Ruth sind verschollen, Marlene ist tot, und die Verbleibenden reißen beide Arme für die Nazis in die Höhe. – Mach dir nichts vor, wir sind allein."

„Dann sind wir ja schon isoliert. Müssen wir unter diesen Umständen nicht erst recht kämpfen? Wir haben hier im Grunde kaum noch einen Lebensraum!"

„Ich fürchte, dass es so ist. Aber womit willst du kämpfen? Willst du die Nazis mit unserem Hass erschlagen? Das dürfte wohl zu wenig sein. Wenn du kämpfen willst, musst du zuerst ein politisches Ziel haben."

„Aber das haben wir doch, Joachim! Wir müssen für ein Deutschland kämpfen, in dem all das, was wir erlebt haben, nicht mehr möglich sein – ja, nicht einmal mehr gedacht werden darf."

„Ach, das sind Träume, Herbert! Zu schön, um wahr werden zu können."

„Lass es uns trotzdem versuchen, Joachim. Ja?"

Die Antwort ließ lange auf sich warten. Joachim stöhnte einige Male resigniert auf, bis er sich ein wenig aufrichtete und mir flüsternd antwortete: „Ja, Herbert, wir werden es versuchen."

„Heiliges Ehrenwort?"

„Ja, heiliges Ehrenwort!"

Das war das letzte Wort, das wir in dieser Nacht miteinander gesprochen hatten. Auf geheimnisvolle Weise hatte uns schließlich die milde Arglosigkeit des Schlafs übermannt.

Stockdunkel war es noch, als Vater mich am Montagmorgen aus wirren Träumen befreite und mir nachdrücklich bedeutete, dass mein Platz in der Montagehalle Menck und Hambrock auf mich wartete. Ohne Joachims tiefen Schlaf zu stören, streifte ich meinen Blaumann über und erfrischte mich, indem ich mein Gesicht mehrfach in die von Mutter bereitgestellte graue Emailleschüssel mit dem herrlich kalten Wasser tauchte.

Weil Joachim bei uns war, gab es heute frische Rundstücke. Mutter hatte sie bereits geholt und war eben dabei, sie aus dem von Meister Heinze zugeschnittenen Zeitungspapier zu befreien. Diesen Moment liebte ich besonders, weil die frischen Backwerke einen köstlichen Duft in unsere muffige Wohnküche brachten. Vater sagte einmal scherzhaft: „Die tun ja riechen wie die Jungfräuleins!"

Schon als ich klein war, lief mir, wenn ich Mutter beim Auswickeln der Köstlichkeiten zuschaute, das Wasser im Mund zusammen. Am liebsten hätte ich immer sofort zugelangt, aber das war natürlich nicht erlaubt, und nachdem ich einige Male gehörig was auf die Finger bekommen hatte, unterließ ich solche voreiligen Zugriffe. Trotzdem fiel mir das Warten immer ungemein schwer. Aber Mutter hatte eben ihr eigenes morgendliches Prozedere, wovon nichts und niemand sie abzubringen vermochte. Waren die Rundstücke ausgepackt, wurden sie zunächst sorgfältig auf einen Holzteller gelegt, in dessen Rund geschnitzt war: *„Unser täglich Brot gib uns heute!“*

Auch danach musste noch gewartet werden, denn sie glättete umständlichst das Einwickelpapier, indem sie es mehrfach über die Tischkante zog und es dann mit feierlicher Geste Vater reichte. Der wartete meistens auf den Zeitungsrest ebenso ungeduldig wie ich auf den ersten Biss in das frische, mit braunem Sirup verfeinerte Rundstück.

So war das auch an jenem Morgen, nur dass er mir, nachdem er die Zeilen überflogen hatte, den Ausriss wutschnaubend über den Tisch zuschob und dabei ausrief: „Nu sind de total übergeschnappt, Junge – Gretchen, kiek di dat ok an – nu döpt se de *Albert Ballin* in *Hanse* um. Wullt de denn de ganze Geschichte noch umdrein?“

Mutter unterbrach ihn hastig: „Wilhelm, schwieg still, wullt du denn de Nachborn all wachmoken un gegen uns opbringen? Dass die Wände hier Ohrens hebt, tust du ja wohl wissen. Du muss’ endlich mal an deine lütten Deerns denken. Die haben das nachher man all’ns uttoboden.“

„Is all goot, Modder, aber wenn das so weitergehen tut, muss man sich ja schämen, dass man as ‘n Dütschen gebor’n is. Wo schall dat denn noch henföhrn?“

Mutter zuckte die Schultern, und bei mir stellten sich das Gefühl der Aussichtslosigkeit und diese beklemmende Angst wieder ein.

Ich arbeitete unkonzentriert. Glücklicherweise fiel das nicht auf, weil ich ohnehin nur Nieten in die vorgebohrten Löcher eines riesigen Kesselgehäuses zu stecken hatte – dabei konnte ich trotz innerer Abwesenheit nichts falsch machen. Außerdem war mein Altgeselle, Herr Gevatterien, den ganzen Tag nicht in der Halle. Aber es war schon wichtig, dass ich keinen gar zu schlechten Eindruck hinterließ, weil ich doch in Kürze die Gesellenprüfung ablegen sollte.

Ungeduldig wartete ich auf die Feierabendsirene. Sogar auf das angenehme Duschbad, das den Arbeitern seit einigen Wochen neben dem Umkleideraum ermöglicht wurde, verzichtete ich, um möglichst schnell bei Joachim zu sein.

Das verbogene und fast aus der Verankerung gerissene Tor zur Straße war weit geöffnet. Vor der Auffahrt stand ein Kleinlaster, vorne und hinten durch Peterwagen so von der Polizei gesichert, als sollte jede Fluchtmöglichkeit abgeschnitten werden. Auf den Stufen zum Eingang lümmelten sich Polizisten, die nicht viel älter als ich sein konnten. Hastig wollte ich den Klopfer bedienen, aber ehe ich mein Einlassbegehren signalisieren konnte, hatte sich schon einer von den Uniformierten vor mir aufgebaut. Ich erschrak, als ich erkannte, dass das Gustav Janke junior – mein ehemaliger Schulkamerad – war.

Im ersten Augenblick war ich sprachlos, bis es mir stotternd entfuhr: „Mein Gott, Gustav, du auch schon?"

Gustav war mindestens ebenso überrascht. Für einige Sekunden flackerten seine Augen unsicher. Aber er hatte sich schnell unter Kontrolle. Ich war ihm lange nicht mehr begegnet, deshalb staunte ich über seine Entwicklung. In seiner Uniform machte er was her. Ein *ansehnliches Mannsbild* hätte meine Tangstedter Oma geschwärmt. Seine Sprache hatte sich mit dem Stimmbruch verändert. Seine Art zu sprechen war allerdings dieselbe geblieben – wie damals am Elbstrand.

„Herbert? – Na, Herr Spalding – ich darf Sie aber nicht einlassen!" Flüsternd fügte er hinzu: „Na, sprich mich bitte mit meinem Nachnamen an!"

Mir schwante nichts Gutes. Mir fielen die *Drecksau* und

ähnliche Beschimpfungen ein, mit denen Gustav als Junge nur so um sich geworfen hatte. Aber hier zwinkerte er überraschend versöhnlich mit den Augen und flüsterte erneut: „Na, ich kann auch nichts dafür. Na, die müssen eben raus da. – Na, räumen müssen die! – Also gut, geh schon rein. – Na, sag einfach, du durftest passieren."

Dann drehte er sich militärisch einwandfrei auf den Hacken und rief laut und vernehmlich seinen Kameraden zu: „Hat seine Richtigkeit. Na, kann rein!"

In der Halle lief Frau Kaminski mir in die Arme. Fast hätte ich die drahtige Frau nicht erkannt. Sie schleppte einen hohen Stapel weißer Wäsche so vor sich her, dass ein großer Teil ihres Gesichtes verdeckt war. Nur die Blicke aus ihren tiefschwarzen, hervorstehenden Augen wanderten ängstlich über dem sorgfältig gestapelten Damast hin und her.

Auf den marmornen Stufen und im Eingang zum Salon saßen weitere Polizisten, die mich aber nichts fragten. Einer hatte Frau Kaminski im Visier und machte Notizen auf einem amtlich ausschauenden Schreibblock.

„Sie sind in der Küche, Herbert", keuchte die Haushälterin mir zu und stolperte weiter in Richtung auf eine große Kiste, die vor dem Ausgang abgestellt war.

Mir war merkwürdig zumute. Nachdem ich die Schwelle der Halle überschritten hatte, wurde mir bewusst, dass ich dieses Haus wahrscheinlich zum letzten Mal betreten hatte. Unendlich viele Gedanken schossen mir durch den Kopf und ebenso viele bewegende Bilder. Wie versteinert muss ich längere Zeit dagestanden haben, und auch die angestrengten Versuche, mich zu konzentrieren, konnten nicht verhindern, dass sich in mir etwas verhärtete. Eine Kette war gerissen, und die sich lösenden Perlen versanken in der Vergangenheit.

Du ahnst es vielleicht schon, dies war der Augenblick, in dem ich erwachsen geworden war. Ich hatte in aller Nüchternheit begriffen, dass ich aus der Welt des Träumens entlassen war, dass ich von nun an eigenverantwortlich und –

was meine Lebensgestaltung anbelangte – für mich selbst entscheiden musste.

Joachim riss mich aus meinen Überlegungen: „Endlich, Herbert, da bist du ja. Komm mit in die Küche. Es hat sich heute viel ereignet.“ Er zog mich mit sich, wie ich es von ihm gewohnt war.

Staunend fiel mein Blick auf Joachims Mama, die am Anrichtetisch saß und nervös an einer Zigarette zog, die gar nicht in Brand gesteckt war. Angewurzelt blieb ich stehen und war kaum fähig, sie zu grüßen. Ihr Anblick war ebenso unerwartet wie überwältigend. Ich erinnerte mich an den Augenblick, an dem ich sie zum ersten Mal gesehen hatte. Da war ich ähnlich fassungslos, aber ein ganz kleiner Junge. Wenn ich sie seitdem auch nicht täglich gesehen hatte, so war mir Joachims Mama in den vergangenen Jahren aber immer gegenwärtig. Wir hatten miteinander gelacht, und manchmal hatte sie Joachim und mir gezürnt. Sie hatte mit uns gespielt, ja herumgetollt, und viele tröstende und belehrende Gespräche mit uns geführt. Sanft und verstehend hatte sie uns in schwierigen Entwicklungsphasen unmerklich geführt und begleitet. Zweifellos war sie eine der wichtigsten und mir vertrautesten Persönlichkeiten meines Leben geworden. Dass sie auch älter geworden war, hatte ihrer Schönheit und dem Glanz, der von ihr ausging, nie geschadet.

Jetzt aber saß mir eine Frau gegenüber, die ich noch nicht kannte. Mit Frau Waigel musste über Nacht eine tief greifende Verwandlung geschehen sein. Anders war eine so umwerfende Veränderung nicht zu erklären. Dass sie ungewöhnlich blass und schmal wirkte, war nur zu verständlich. Aber das war es nicht. Aus ihrem sonst eher heiter nachdenklichen Antlitz strahlten maßlose Traurigkeit und tiefe Verlorenheit.

Dennoch wirkte sie nicht gebrochen. Vor mir saß ebenso eiserner Wille wie unverletzlicher Stolz. Einen Augenblick lang blickte sie mich aufmunternd an, sodass ich ihre unverfälschte Zuneigung mir gegenüber fast körperlich fühlte. „Herbert, setz dich zu uns an den Tisch. Wir werden diese Gelegenheit in unserem Hause nie wieder haben. – Ja doch, komm nur! Es ist, weiß Gott, viel passiert!“

„Ich verstehe das alles noch nicht ...“

„Kein Wunder, Herbert, wir auch nicht. Trotzdem müssen wir da durch. – Joachim, gib deinem Freund von der warmen Milch! Die wird ihm wohl tun nach dem Arbeitstag.“

„Was ich dir prophezeit habe, Herbert! Es ist geschehen! Sie haben uns alles genommen, stell dir vor, alles!“ Aufgeregt hatte Joachim seine Mama unterbrochen. Er konnte nicht mehr an sich halten. Die Worte sprudelten nur so aus ihm heraus. Frau Waigel ließ ihn gewähren. Nur ab und zu korrigierte oder milderte sie seinen Bericht.

Ich kam aus dem Erschrecken kaum heraus: Frau Waigel hatte sich einem entsetzlichen Verhör aussetzen müssen, bei dem es zu den widerwärtigsten Attacken auf ihre Intimsphäre gekommen war. Man hatte sie mit billigsten und schäbigsten Enthüllungen – eine wie die andere aus der Luft gegriffen – verunsichern wollen. Sie hätte als Künstlerin mit der Verantwortung, die sie als solche dem Deutschen Reich gegenüber gehabt habe, Schindluder getrieben. Seit Jahren habe sie sexuelle Beziehungen zu einem Juden, einem Undeutschen namens Waigel unterhalten. Hierfür *müsse* sie nun mit harter Bestrafung rechnen.

Auf die Frage, wie das Gesetz laute, dessen sie sich schuldig gemacht habe, hätte man ihr schamlos erklärt, dass es das Gesetz zwar noch nicht gäbe, aber man handele derzeit aus moralischer Verantwortung und auf Geheiß des Führers. Das entsprechende Gesetz sei in Vorbereitung und würde in allernächster Zeit rechtskräftig werden. Das Vergehen, dessen sie beschuldigt werde, würde dann amtlich *Rassenschande* lauten. Sie habe sich gewissenlos, sittenwidrig und widernatürlich verhalten. Jeder deutsche Künstler und jede deutsche Künstlerin seien verpflichtet, Vorbild für die Jugend zu sein, und hätten den arischen Grundkodex zu beachten. Das alles habe sie aber missachtet und mit Füßen getreten. Ihr Verhalten sei abstoßend und durch nichts zu rechtfertigen. Natürlich könne man sie als Künstlerin nicht weiterwirken lassen. Eine deutsche Bühne dürfe sie nicht mehr betreten und müsse sich wöchentlich bei der Polizei in der zuständigen Davidswache melden, bis das Gerichtsverfahren gegen sie eröffnet werde. Das Haus in der Elbchaussee sei konfisziert samt allem weiteren unbeweglichen und beweglichen Vermögen. Das Anwesen müsse noch heute geräumt werden.

Joachim schob mir ein vielfach abgestempeltes Papier zu und pochte aufgeregt mit dem Zeigefinger darauf. Auf meine Zwischenfrage, ob es keine Möglichkeit gegeben habe oder jetzt noch gäbe, zu widersprechen, sagte Frau Waigel: „Das zu fragen, Herbert, ist zwar logisch und konsequent, aber in unserem Staat nicht mehr durchführbar. Erstens würde ein jüdischer Anwalt nicht zugelassen werden, und ein deutscher Beistand, der jüdische Interessen vertritt, wäre nicht nur seine Zulassung los, auch sein Leben würde in Gefahr geraten."

„Und nun, Frau Waigel – wie soll es jetzt weitergehen?"

„Ach, Herbert, das ist noch längst nicht alles. Es kommt viel schlimmer. – Aber erzähl du bitte weiter, Joachim!"

In Joachims Gesicht spiegelten sich Trauer und Entschlossenheit. Ich erkannte, dass auch er sich über Nacht verändert hatte. Er war erwachsen geworden. – Bei dem Sturz ins Bodenlose war er nicht zerschmettert worden, sondern auf die Füße gefallen. Ich hatte sogar den Eindruck, dass er reifte, während er sprach. Dass er seiner Mama noch ähnlicher geworden war, wurde mir erst jetzt bewusst. Es waren nicht nur die gleichen Konturen der Gesichter, es waren die gleiche innere Festigkeit und dasselbe Motiv, aus denen er die Kraft zum Weiterleben gewann. In mir wuchsen Respekt und Hochachtung vor den beiden. Bevor er weitersprach, blickte Joachim seine Mama fest an.

„Sie haben Papa, Herbert!"

„Waas? Aber wieso denn? Wo? Er hat doch nichts getan!"

„Nein, außer dass er ins Ausland gefahren war und dort deutsches Eigentum ohne Erlaubnis des Staates veräußert hat. Das hätte er angeblich nicht tun dürfen. Bei der Rückkehr haben sie ihn auf dem Badischen Bahnhof in Basel verhaftet."

„Und jetzt – wo ist er jetzt?"

„Wir wissen es nicht. Die Polizei will es Mama nicht sagen. Sie sei ja keine Verwandte. Vielleicht nennen sie mir seinen Aufenthaltsort."

„Oh, mein Gott, Joachim, das ist ja furchtbar. – Wo werdet ihr denn bleiben? Wo werdet ihr wohnen?"

„Herbert, du wirst staunen – Ironie des Schicksals –, wir werden fast Nachbarn: Auf St. Pauli in der Silbersackstraße haben sie Mama und mir eine kleine Bleibe zugeteilt!"

Irgendwo im Haus schlug eine Tür krachend ins Schloss. Wir zuckten vor Schreck zusammen, denn es hatte wie ein aufpeitschender Schuss geklungen. Auch Frau Kaminski kam aufgeregt in die Küche gestürzt. Aber es war nur der Wind, der zur Abendzeit heftiger geworden war. Unten im Haus stand ein Fenster offen und hatte für Durchzug gesorgt.

„Ein paar Tage werden wir aber noch im Hotel verbringen – bis die Wohnung einigermaßen hergerichtet ist ..."

Frau Waigel unterbrach Joachim mit einer hastigen Handbewegung: „Wir haben sie heute Nachmittag besichtigt. Sie ist entsetzlich verwohnt. Glücklicherweise haben sie uns so viel Geld gelassen, dass wir die Räume durch einen Maler renovieren lassen können."

„Da wird's dann aber unruhig und laut sein, Frau Waigel, fürchte ich. Bei uns oben an der St.-Pauli-Kirche ist's wenigstens abends und in der Nacht ruhig, aber da unten ..."

„Sicher, Herbert, aber wir haben keine andere Wahl."

„Keine andere Wahl? Warum eigentlich nicht? Es gibt in Altona und Hamburg noch mehr leere Wohnungen!"

„Ja, aber nicht für Kriminelle. Die Wohnung ist uns *zugewiesen*, verstehst du, Herbert! Außerdem soll Mama da arbeiten."

„Wie bitte? Frau Waigel, ist das wahr? Sie können doch *da* nicht auftreten."

„Doch, mein Junge, ich muss! Ich muss mich fügen, um Joachims Papa zu schützen, und – so Gott will – ihn auch irgendwann einmal wieder zu sehen." Ihr stiegen Tränen in die Augen, und mir blieb nicht verborgen, wie sie innerlich zusammensackte. Auch Joachim hatte das bemerkt. Er rückte ganz nah an seine Mama, nahm sie zärtlich in die Arme und versuchte sie zu trösten.

„Mama, zusammen werden wir es schaffen. Und – irgendwie werden wir auch Papa befreien!"

„Natürlich, Joachim", antwortete sie gerührt, „wir werden es schaffen."

„Und wie sind Sie freigekommen, Frau Waigel?"

„Das ist schnell erzählt, aber mehr als bitter, Herbert. Irgendwann in den frühen Morgenstunden – hinter den Fenstern begann es heller zu werden – ja wirklich ... du blickst mich so ungläubig an ... so lange war ich unter Verhör! – da trat ein hochdekorierter Offizier in den Raum und übernahm die Gesprächsführung. Er stellte sich mit Namen und Rang vor. Den Rang habe ich vergessen, aber sein Name war Rode. Er war im Gegensatz zu den Beamten, die mich bis dahin verhört hatten, zunächst wohltuend höflich. Er drohte weder mit Einzel- noch mit Dunkelhaft, auch nicht mit Anketten und schmierigen Schikanen durch die Wärter. Er entschuldigte sich sogar für seine Mitarbeiter. Aber dann ließ er die Katze aus dem Sack: Für meine Vergehen hätte ich mit mindestens lebenslangem Arbeitslager oder sogar der Todesstrafe zu rechnen. Schlimmstenfalls würde ich Fuhlsbüttel nie mehr verlassen und auch meinen Sohn nicht wieder sehen. Mein Beischläfer – wie er sich auszudrücken pflegte –, der Herr Arens, sei ebenfalls kaum noch vor dem Tod durch Erhängen oder das Fallbeil zu retten. Dabei guckte er mich an, als liege der Schlüssel zur Rettung von Joachims Vater bei mir. Ich nehme jetzt an, dass er genau dieses Bewusstsein in mir wecken wollte. Ich bin natürlich prompt darauf hereingefallen und flehte ihn an, er möge mir sagen, was ich tun müsse, um Herrn Arens zu retten. Darauf schwieg er nervenzermürbend lange und sah mich mehrfach von unten nach oben und umgekehrt mit eindeutigem Blick an, als würde er mich mit den Augen entkleiden."

Sie hielt inne, blickte Joachim an, nahm seine ineinander verkrampften Hände und flüsterte: „Joachim, eben warst du der Tapfere, der mich trösten wollte: ‚*Wir schaffen es schon, Mama.*' – Junge, wir werden es *nur* schaffen, wenn wir nüchtern bleiben und den Tatsachen in die Augen schauen! Hast du verstanden, Bub, ja? Mit Wut im Bauch erreichen wir nichts!"

Er sah auf seine Mama wie jemand, der zusehen muss, wie der liebste Mensch auf dem Scheiterhaufen verbrennt, ohne dass es für ihn eine Chance rettenden Eingreifens gegeben hätte. Aber dann machte er sich gerade, befreite seine Hände und forderte sie auf: „Bitte, Mama, verzeih mir die Schwäche! Erzähl weiter! Wir brauchen Herbert nicht zu schonen. Es ist wichtig, dass er alles erfährt. – Und ich möchte das auch! Aber es klingt aus deinem Mund so – so – entlarvend, so bloßstellend!"

„Ja – willst du ...?"

„Nein, Mama, keine Rücksicht! Bitte, sprich du nur weiter!"

„Also, Herbert, nachdem der Herr Rode mich lange genug taxiert hatte, meinte er, dass es natürlich einen Ausweg gäbe. Ich müsste bereit sein, mit der Staatspolizei zusammenzuarbeiten. Auf meine Frage, was das hieße, erklärte er, ich müsse meine künstlerische Begabung – und vielleicht noch ein bisschen mehr – in den Dienst Deutschlands und des Führers stellen."

„Ein bisschen mehr – was meint er damit?"

„Das hat er nicht genauer beschrieben. Es gehört aber auch nicht viel Fantasie dazu, sich das vorzustellen."

„Und Sie? Haben Sie sich darauf eingelassen?"

„Herbert, mach mir einen besseren Vorschlag oder zeig mir einen Ausweg."

„Entschuldigen Sie meine dumme Frage, Frau Waigel. Es tut mir Leid!"

„Deine Reaktion ist verständlich, Herbert. Ich weiß bis jetzt nur so viel, dass ich in irgendeinem Etablissement auf St. Pauli singen, tanzen und wer weiß noch was tun werde. Wir haben einige Tage Zeit, uns darauf einzustellen. Zu gegebener Zeit, versicherte Herr Rode, werde ich weitere Instruktionen erhalten. Dann musste ich diverse Protokolle und Verpflichtungen unterschreiben – die Durchschriften wurden mir verweigert –, und ehe ich mich versah, saß ich wieder im Polizeiauto Richtung Elbchaussee. Der kleine Lastwagen parkte schon vor der Tür.

Auf dem Weg hierher habe ich ununterbrochen weinen müssen. Oh, war ich froh, dass Joachim und Frau Kaminski schon hier waren! Erst haben wir nur geheult, dann uns gegenseitig Mut zugesprochen, schließlich uns in das Unvermeidliche gefügt und angepackt. Der Wagen ist fast fertig beladen und wird in der Obhut der Staatspolizei verbleiben, bis die Wohnung einzugsbereit ist. Solange werden wir vor dem Altonaer Bahnhof im Kaiserhof wohnen."

Noch nie habe ich mich in meinem bisherigen Leben so erschöpft gefühlt wie nach diesem Report. Wie es an jenem Abend weitergegangen ist, hatte ich schon am nächsten Tag vergessen. In Erinnerung ist mir nur die imposante Halle des Kaiserhotels geblieben. Es war schließlich das erste Mal, dass ich ein Hotel betreten hatte.

14. Kapitel

Ich bin erst spät aus den Federn gekommen. Um ehrlich zu sein, hätten wir uns nicht verabredet, wäre ich im Bett geblieben. Dann hätte ich ganz allein von dem heißen Fliederbeergrog getrunken, den wir uns nu' teilen werden. Mein Kreislauf spielte heute Morgen auch verrückt. Der Südwind hat meistens Tiefdruck im Gepäck und dann komm' ich nich' so in die Gänge, wie ich das gewohnt bin. Und nu' guck man mal in 'n Himmel. Siehst du, lauter Wolkenfische da oben. Is' ganz typisch für diese Wetterlage!

Die beiden Bengels da achtern, die spielen so schön miteinander. Hoffentlich fallen sie nicht ins Wasser. Muss ich eben ab und zu mal hingucken! Da, jetzt machen sie es genau wie Joachim und ich vor rund siebzig Jahren. Sie spielen das Spiel mit den Wellen. Sie werfen Steine ins Wasser und beobachten, wie sich die Wellen vom Mittelpunkt her ausbreiten und wieder aufeinander treffen.

Weißt du eigentlich, dass das Gesetz der Wasserbewegungen von Strömen und Meeren dasselbe ist wie jenes, das da oben die Luft und die Wolken bewegt? Manchmal denke ich, dass die Gesetze des Lebens auch den Gesetzen der Wellen entsprechen. Irgendwo wirft einer einen Stein ins Meer des Lebens, und es entstehen allerlei Auswirkungen. Alles, was da so im und auf dem Wasser schwimmt, muss die Wirkungen mit vollziehen, ob es will oder nicht. Und das, was sich nicht behaupten kann, geht unter oder bleibt, wenn es Glück hat, ein Spielball der hin- und herwogenden Kräfte.

Ach, du meinst – dann müsste man eben rechtzeitig lernen, sowohl zu schwimmen als auch zu tauchen? Möglich. Aber wer rechnet schon damit, im Leben beides können zu müssen? Oft sind es Prinzipien oder ethische Normen, die nicht zulassen, beides einzuüben.

Für euch jüngeren Leute hoffe ich, dass nie wieder solche Kräfte entstehen und euch mit sich fortreißen. Die Wellenbewegungen werdet ihr nicht verhindern können, aber es liegt sehr wohl in eurer Hand, rechtzeitig Deiche zu bauen.

Joachim und ich mussten Tage ausharren, bis wir uns wieder sahen. Warum das so war, weiß ich nicht mehr. Jedenfalls hatten er und seine Mutter die Wohnung in der Silbersackstraße inzwischen bezogen. Wir wohnten also nur noch einen Steinwurf voneinander entfernt. Ich kannte St. Pauli und seine Menschen, deren Teil ich schließlich war, natürlich besser als Joachim. Er litt unter dem hier üblichen kumpelhaften Umgang, vermisste die abwartende Distanz.

Ich dagegen kannte jede Unebenheit im Straßenpflaster, jeden wackeligen Kantenstein an den Fußsteigen, jedes zerbrochene Kellerfenster unter Normalniveau sowie alle offenen und geheimen Durchgänge, die die engen Straßen und dunklen Blöcke des Quartiers miteinander verbanden. Mit St. Pauli war ich verwachsen. Es gehörte zu mir wie die Luft, die ich zum Atmen brauchte. Das ist heute noch so!

Sicher, der Anteil der Bewohner an Kriminellen, Alkoholikern, gescheiterten Träumern und solchen, die dem Leben gegenüber bis zu ihrem Tod Unkundige bleiben, mag prozentual höher sein als in Hamm oder Blankenese, dafür stellt sich das menschliche Leben hier aber ehrlicher dar.

Leider hatte Joachim nie Zeit und Muße, diesen Stadtteil in seiner lebendigen Unmittelbarkeit lieben zu lernen. Er kannte nur den Ausschnitt, den er auf dem direkten Weg von der Elbchaussee in die Antonistraße und zurück durchqueren musste. Zwar überspannten die Reviere unseres kindlichen Eiferns, Wagens und Wettstreitens weitaus großzügigere Räume, aber sie waren eben nur Bühne und Material unseres Spiels. So musste Joachim jetzt zwangsläufig nachvollziehen, worunter ich in besseren Zeiten oft gelitten hatte und womit ich stets allein fertig werden musste: das Gefühl der Unsicherheit, das einen befällt, wenn man sich in einem anderen sozialen Ghetto als dem eigenen behaupten muss. Dabei ist es – solange man noch lernfähig ist – im Grunde egal, ob du auf- oder absteigst.

Der Poller, Inbegriff unserer Freundschaft, war seit den jüngsten Ereignissen erst einmal verwaist. Joachim befürchtete, dass wir dort zu leicht beobachtet werden könnten. Das allein war aber nicht ausschlaggebend. Er hatte auch das Gefühl, von den vielen Menschen, die in den Hallen arbeiteten oder in der Nähe wohnten, mitleidig und in selbstgefälliger Schadenfreude angesehen zu werden. Da hatte er nicht ganz Unrecht.

Viele hatten uns schon als kleine Buben gekannt – zum Beispiel Vaters Kollegen. Selbstverständlich wusste man, wer wir waren, denn die Welt ist auch zwischen Elbchaussee, Övelgönne und der St.-Pauli-Kirche nicht größer als anderswo und ebenso überschaubar. Natürlich war jedem wachen Geist dieses Bezirks bekannt, mit wem *de lütte Herbert, was dem Willem Spalding sein Sohn is'*, spielte und Umgang hatte. Entsprechend schnell waren Gerüchte verbreitet, Spekulationen unter die Leute gebracht und Denunziationen an die passende Adresse gerichtet.

Deshalb zog es uns in diesen Tagen meistens in den neuen Park am Dammtor-Bahnhof, nach ‚*Planten und Blomen*'. Dort gab es stille Winkel und verschwiegene Ecken in den langen Promenaden, vor allem jedoch viel Ungewöhnliches zu sehen. Mich beeindruckten die durch weiße Mauern in einzelne Segmente abgeteilten üppigen Rosenlandschaften besonders. Ihr betörender Duft hatte es mir angetan. In den lauen Abendstunden lag er über den Beeten und erinnerte mich an meine verlorene Ruth.

Wir trafen uns dort, wenn es uns daheim zu eng wurde. Zwar war die Wohnung der Waigels in der Silbersackstraße großzügiger und weiträumiger als unsere, dafür machte der

Betrieb auf den engen Straßen und Plätzen, das Rufen, Zetern, Handeln und Lamentieren, die Behausung laut.

Wir hatten nicht nur viel zu bereden, wir mussten – was viel wichtiger war – eine andere, eine ganz *neue* Einstellung zum Leben finden. So probierten wir zunächst Bestandsaufnahmen, um die Gefahren, die wir jetzt überall lauern sahen, richtig einschätzen zu können. Abend für Abend verschworen wir uns aufs Neue, versuchten, zwischen Freund und Feind zu unterscheiden, schätzten unser geistiges und seelisches Widerstandspotenzial ein und schmiedeten Katastrophenpläne.

Irgendwann waren wir dann so weit, dass wir an uns selbst, unsere Kraft und an ein neues Deutschland glaubten, in dem kein Mensch mehr verfolgt wurde. Das war von jetzt an unsere Wahrheit – unsere Berufung! Wir hatten wieder ein Lebensziel, das uns ausfüllte. Gut, dass wir die tatsächliche Bedrohung, vor der wir standen, nicht erkannten.

Frau Waigel schien sich mit der neuen Situation abgefunden zu haben. Tagsüber schlief sie, nachts sang und tanzte sie in einem geheimnisvollen Club. Dort hatten nur handverlesene Gäste Zutritt. Über Besonderheiten des Clubs, sein Ambiente, die Menschen, die dort arbeiteten, und die Gäste verlor sie nie ein Wort. Aber wer wollte, konnte in ihrem Gesicht lesen. Sie hatte seit dem Umzug einen ausgesprochen bitteren Zug um die Mundwinkel.

Zum ersten Mal richtig aufgeräumt und fröhlich war sie, als nach Wochen endlich ein Lebenszeichen von Joachims Vater eingetroffen war. Ein Brief von ihm war ihr im Club auf mysteriöse Weise zugespielt worden. Danach befand sich Herr Arens in München, wo man ihn in Sicherheitshaft hielt, wie es hieß. Er teilte mit, dass er gesund und mit seiner Lage zufrieden sei. Anderen würde es schlechter gehen.

Joachim wirkte nach dieser Nachricht freier und entschlossener. Er hatte auch seinen Humor wieder gefunden. Als ich ihm seine Wandlung nach dem Brief des Vaters freudig erklärt hatte, meinte er heiter: „Herbert, dein Gott wird dir diese Schmeichelei ausnahmsweise nur als lässliche Bosheit anrechnen!“

Als ich spät am Abend heimgekehrt und Vater wie Mutter von dem Brief erzählt hatte, legte sich ein merkwürdig verklärter Ausdruck auf Mutters Gesicht. Milde lächelnd sagte sie: „Der Herr hat unsere Gebete erhört!“

Einen Augenblick lang war es ganz still, bis Vater meinte: „Ja, Gretchen, da magst du wohl Recht haben.“ Und zu meinen beiden Schwestern: „Dat ihr mi’ op eure Mutter ja hör’n tut!“

Als ich allein unter meiner Decke lag, fiel mir der Zuspruch ein, den der Vorbeter in der Trauerfeier für Oma Arens gesprochen hatte: „Ich will das Verlorene wieder suchen ...“

Endlich war der spannende Tag gekommen, an dem ich die Lehre zum Schlosser durch die Gesellenprüfung abschließen sollte. Ich hatte keine Angst vor dem Test. Dagegen war die Aufregung der anderen betroffenen Lehrlinge groß und kam mir kindisch vor. Ich befürchtete nur, dass Altgeselle Gevatterien und Meister Holsten mir im Fach *Deutsche Volkskunde* ein Bein stellen würden. Beide waren mir gegenüber seit langem distanziert. Meine *politische Grundhaltung* – ein Lieblingswort vom Altgesellen – war ihnen nicht eindeutig genug. Oft hatten sie mir vorgeworfen, dass ich mich für den Aufbau Deutschlands zu wenig einsetzen würde. Weder sei ich in der Hitlerjugend engagiert, noch hätte ich an betrieblichen Feiern für den Führer teilgenommen. Zu ihrer Entlastung muss ich gestehen, dass beide meine handwerklichen Leistungen immer hoch anerkannt haben. Wenn mich Gevatterien schikanierte, dann tat er das, indem er wochenlang nur mich beauftragte, die Halle zu fegen, auch dann, wenn die Sirene längst zum Feierabend geheult hatte.

Aber ich hatte Glück. Bei den Prüfungen und den handwerklichen Fertigkeiten, die wir vorzuführen hatten, waren beide merkwürdigerweise nicht anwesend. Später erfuhr ich, dass sie zu einer Montage außerhalb Hamburgs abgeordnet worden waren.

Aufgrund meines sehr guten Abschneidens bei der Prüfung erhielt ich eine Urkunde und einen Bildband über die aufblühende Hansestadt mit einer Widmung des Ersten Bürgermeisters Krogmann. Im Anschluss an den kleinen Festakt anlässlich der bestandenen Gesellenprüfung wurde mir ein Arbeitsvertrag der Firma Menck und Hambrock überreicht. Ich war Herbert im Glück, denn die Mehrzahl der Junggesellen ging leer aus.

Zunächst hatte ich einige Tage Urlaub. Meistens schlief ich bis in die Puppen und brütete den ganzen Nachmittag mit Joachim Revolutionspläne aus, bis mir eines Morgens unvermutet durch Boten eine dringende Vorladung zugestellt wurde. Den Erhalt musste ich sogar quittieren. Am folgenden Tag sollte ich mich vormittags um 11.00 Uhr im Altonaer Rathaus, Zimmer 102, einfinden. Unterschrieben war mit *Hochachtungsvoll* und *Heil Hitler! gezeichnet Meierbeer, Hauptmann*, darunter wiederum war geschrieben, *f. d. R.*, und endlich ein handgeschriebener Namenszug: *Janke*, *Obersekretär*.

In diesem Flur und vor der Tür hatte ich schon einmal gestanden. Geändert hatte sich fast nichts. Nur die Hinweise auf das, was sich hinter den schweren dunklen Türen verbarg, waren ausgetauscht. Provisorien aus handbeschriftetem Papier gab es nicht mehr. Die weißen Schilder waren sauber mit gut lesbaren schwarzen Lettern bedruckt. Oben die Zimmernummer: 102. Die zweite Zeile lautete: Staatspolizei, Unterabteilung A. Die dritte sagte es dann genauer:

Inspektionen 1 / 2 / 6. Und – endlich – die vierte und fünfte: – Fahndung – Überwachung R-Gruppen und Sem. Bevölkerung – Abwehr und Bekämpfung staatsgefährdender Parteien.

Zunächst war ich fest entschlossen gewesen, die Vorladung zu ignorieren, um abzuwarten, was dann passieren würde. Joachim und seine Mama hatten mich davon aber abgebracht. Es könne alles nur viel schlimmer werden. Außerdem müssten wir, wenn unser Kampf gelingen sollte, unseren Gegner genauestens kennen lernen. Wir müssten unbedingt wissen, was die Nazis von uns erwarteten und was sie mit uns vorhatten.

So war ich selbstbewusst in das Altonaer Rathaus marschiert. Aber beim Studium des Hinweisschildes neben der Tür wurde mir doch angst und bange. Hitze kroch in mir hoch, und ein leichter Schwindel überfiel mich. Endlich riss ich meinen ganzen Mut zusammen und pochte.

„Reinkommen!"

Erschreckt zuckte ich zusammen und öffnete die Tür. Ohne aufzusehen, hüstelte Janke sen. mir zu: „Kommen Sie herein, Herbert – äh, Herr Spalding. Aber passen Sie auf, dass die Tür wieder richtig schließen tut!"

Gustav Jankes Stimme klang nicht unfreundlich, nicht so überheblich, wie ich es aus anderen Begegnungen in Erinnerung hatte. Er schien erkältet zu sein, aber das war sicher nicht der Grund für den unerwartet moderaten Tonfall. Blitzschnell kam mir das Zusammentreffen mit seinem Sohn vor der Arens'schen Villa in den Sinn. Ob es das war? Hatte es etwa Anordnungen von höherer Stelle gegeben? Zumindest hatte Jankes milde Stimme bewirkt, dass meine Angst verflogen war.

„Sie können durchgehen und sich schon setzen. Der Herr Hauptmann wird gleich kommen."

Ein wenig verwundert blieb ich jedoch stehen.

Da erst hob der Herr Obersekretär den Kopf, blickte mich nun seinerseits verunsichert an und bestätigte hastig: „Doch,

doch, doch! Du da'fst da rein, Herbert. Soll dich soga' fragen, ob du statt Kaffee lieber 'ne Schokolade mögen tust." Er sah mich erwartungsvoll an und beantwortete dann selbst, was ich wohl bevorzugen würde: „Also, Schokolade nä, heb ick mi doch dacht."

Dann erhob er sich, öffnete die Tür zum Büro des Hauptmanns, schob mich einfach in den Raum hinein und ließ die Tür hinter mir ins Schloss fallen. Da stand ich nun und musste mich erst einmal orientieren. Hier hatte sich alles verändert! Die Wände des großen Dienstzimmers hatten einen hellen Anstrich bekommen. Vor den Fenstern hingen lange weiße Stores und noch längere Schals aus mattgrünem Samt.

Auch das Mobiliar war neu und modern. Trotz schlichter Sachlichkeit wirkten der wuchtige dunkle Schreibtisch und die davor platzierten Sessel gediegen und einladend. An der gegenüberliegenden Wand gab es eine bequeme Sitzecke in grünem Leder, und auf dem runden Tisch reckte sich in schönster Harmonie eine gläserne Tänzerin anmutig in die Höhe. Auf dem Parkettfußboden dämpfte ein roter Veloursteppich die Schritte.

Ich ging durch ein Wechselbad der Gefühle. Hilfe suchend schlich ich zum Fenster und versuchte, durch die Falten des Stores mit den Augen den Kontakt zur Außenwelt herzustellen, denn plötzlich empfand ich den Raum trotz seiner Großzügigkeit beklemmend eng. Mir war, als hätte man mich einer Welt ausgeliefert, deren Spielregeln ich nicht beherrschte. Krampfhaft bemühte ich mich, mir all die guten Ratschläge und Verhaltensregeln zu vergegenwärtigen, die ich stundenlang mit Joachim diskutiert und durchgespielt hatte. Es wollte nicht gelingen!

Warum erschien dieser Meierbeer nicht? Hatte sein Sekretär nicht beteuert, er käme gleich? Stand nicht in der Vorladung 11.00 Uhr? Warum ließ der Mann mich so lange warten? Die Zeit musste doch längst überschritten sein! Ich spürte einen Druck in der Magengegend und wusste, dass ich nervös war wie früher in der Schule, wenn ich die Bekanntgabe der Zensuren nach einer Klassenarbeit kaum erwarten konnte.

Wie groß dieser Raum wohl sein mochte? Bestimmt größer als unsere Wohnung in der Antonistraße. Schnell durchmaß ich mit schleichenden Schritten den Raum in seiner Längs- und Querrichtung: sechs mal acht Meter. Die Tür rührte sich immer noch nicht. Auf Zehenspitzen näherte ich mich ihr und legte mein Ohr gegen die Füllung. Da war nichts zu hören: kein Geräusch, keine Schritte, kein Atmen, kein Papiergeraschel, nichts! Der Druck im Bauch ließ nach und die Nervosität legte sich.

Sollte ich mich doch hinsetzen? Aber wohin? Vor den Schreibtisch? In das grüne Ledersofa? Der olle Janke hatte ja gesagt, dass ich mich schon setzen sollte. Ich schaute die Sessel vor dem Schreibtisch und dann das Sofa an, als würde mich eines der Sitzmöbel endlich aufklären. Da kreuzten meine Augen plötzlich den Blick des Führers, der von seinem Porträt aus den Raum zu beherrschen schien.

Tatsächlich hielt der mich sekundenlang gebannt. Sein graues Fotogesicht schien sich zu verwandeln und fleischern zu werden, sodass ich über die durchsichtige Blässe und die künstlich wirkende Pergamenthaut seines Gesichtes sehr erschrocken war. Seine Augen blickten mich tiefgründig an. Ich hatte den Eindruck, als wollten sie mich fixieren und meine Gefühle beherrschen. Mich schauderte. Um den Spuk loszuwerden, schüttelte ich kräftig den Kopf. – Endlich war Adolf Hitler wieder grau und leblos! Aber das gefiel mir auch nicht. Ich wollte ihn doch lieber wieder lebendig haben und begann, ihn zu provozieren.

Zunächst ahmte ich seinen gestrengen Blick nach und schnitt ihm allerböseste Grimassen, ja, ich streckte ihm sogar die Zunge heraus. Es rührte sich nichts! Also baute ich mich ganz nah vor ihm auf und hauchte meinen Atem so lange gegen das Glas in dem schmalen Holzrahmen, bis der Führer kaum noch zu sehen war. Dann befreite ich mit dem Finger zuerst seine Augen und malte ihm einen lachenden Mund. Er sollte ein Mondgesicht werden. Das gelang nicht, denn der feuchte Hauch meines Atems verflüchtigte sich zu schnell. Endlich aber hatte ich ihn besiegt. Wieder und wieder legte ich meinen Atem über sein Konterfei und zog dann – ohne es mir bewusst vorgenommen zu haben – meine gespreizten Finger von oben nach unten und von rechts nach links über das Bild. Adolf Hitler, der große Führer, saß hinter Gittern.

Ich freute mich wie ein Schneekönig und zog ihm lange Nasen. Schließlich erschien mir die Tändelei kindisch zu sein, und ich war froh, dass ich die gläserne Tänzerin auf dem runden Tisch wieder entdeckte. Du wirst es nicht für möglich halten, aber sie war es, die mich endlich in eine Sitzposition zwang. Augenblicklich hatte ich Obersekretär Janke, Hauptmann Meierbeer und den so streng blickenden Führer vergessen.

Erlöst setzte ich mich in das grüne Ledersofa und beobachtete, wie meine Fingerspitzen ganz sacht und vorsichtig ihren gläsernen Leib ertasteten, der eben aus dem Kelch einer weißen Lilie geboren war. Vor meinem geistigen Auge sah ich Joachims Mutter vor dem großen Spiegel in ihrem Übungszimmer trainieren. Plötzlich war ich wieder der kleine Herbert, der verstohlen und staunend zum ersten Mal einen Blick in die Welt der großen Kunst tat. Ich hörte zarte Musik und wurde Zeuge, wie elfengleiche Gestalten tanzend mit den Tönen verschmolzen und sie als unendliche Klänge wie aus weiten Sphären in ihren durchsichtigen Körpern widerhallen ließen. Die Welt um mich her, das große Zimmer mit seinen neuen, nach Beize riechenden Möbeln, dem roten Teppich und dem Bild Adolf Hitlers hatte sich aufgelöst. Die Welt der Träume und ihre Wahrheit zogen jetzt durch mich hindurch, liebkosten mich einen Augenblick lang und rissen mich spielerisch leicht mit sich fort.

Da mischte sich unbarmherzig eine barsche Männerstimme

ein. Ohne zu erschrecken, öffnete ich die Augen und konzentrierte mich auf die Tür, hinter der ich nun unverkennbar Meierbeers Stimme ausmachen konnte. Was er sagte, verstand ich nicht, aber die Erkenntnis, dass er gleich durch die Tür treten würde, genügte, um mich in die Höhe zu katapultieren und mich in die Zimmermitte zu befördern. Krampfhaft versuchte ich noch, gelangweilt auszusehen, als die Tür auch schon aufschlug und Meierbeer jovial lächelnd auf mich zutrat.

„Heil Hitler, Herbert! Hallo, wie geht's? Es tut mir Leid, dass ich dich warten lassen musste. Du hättest dich doch setzen können. Komm, setz dich da ins Sofa. – He, Janke, bringen Sie uns etwas zu trinken!"

Der Hauptmann machte eine weit ausladende Handbewegung, die so beeindruckend war, dass ich mich zum Sofa hingeschoben und in das Polster gedrückt fühlte. Erst als ich saß, kam ich dazu, seinen Gruß zu erwidern: „Ja, guten Tag, ist nich' so schlimm, dass ich warten musste."

„Leider gibt es hier noch nichts, womit sich einer wie du beschäftigen könnte. Wir sind eben noch nicht so weit. – Ah, gut, Janke, stellen Sie einfach ab!"

Obersekretär Janke hatte ein Tablett herbeigetragen und stellte es unbeholfen auf den Tisch. „Das da is' die Schokolade, Herbert, äh, Herr Spalding."

Janke tat mir fast Leid. Sein früher Eintritt in die Partei hatte ihm im Grunde nicht viel genützt. Er hatte sich gerade mal um einen Rang auf der Skala der Karriere verbessern können. Dafür war er vom königlich preußischen Streifenpolizisten über die Weimarer Republik zum Hanswurst des Hauptmanns Meierbeer abgestiegen. Sicher hatte er sich das auch einmal anders vorgestellt. Aber nun musste er wohl oder übel tanzen, wenn ihm gepfiffen wurde.

Er richtete sich auf, versuchte Figur zu machen und wartete auf weitere Befehle. Dabei ruhte sein Blick sekundenlang auf mir, um vielleicht in meinem Gesicht Reaktionen zu entdecken. Aber ich war ihm nicht böse, obwohl er vor kurzem für mich noch die Inkarnation des Gemeinen, ja Unmenschlichen war. Sein Anblick hatte mich angeekelt. Jetzt bemitleidete ich ihn nur noch. Er war letztendlich Knecht geworden, während ich wenigstens meinen freien Willen bewahrt hatte.

„Nun lassen Sie uns schon allein, Janke. Warum stehen Sie hier noch herum? Wenn ich Sie brauche, werde ich Sie rufen!"

Gustav Janke zuckte unter Meierbeers Worten zusammen, als habe er einen Schlag mit der Peitsche erhalten. Trotzdem drehte er sich militärisch korrekt, schlug die Hacken zusammen, verbeugte sich vor dem Hauptmann und grüßte verängstigt: „Heil Hitler!"

Seine Schritte wurden von dem weichen Teppich verschluckt, und die Tür fiel so sanft ins Schloss, als gelte es den Schlaf eines Kleinkindes im Zimmer nicht zu stören.

Meierbeer hatte das alles nicht gerührt. Gerade war es ihm gelungen, den obersten Knopf seines braunen Hemdes zu öffnen und die Krawatte wieder zurechtzuziehen. Dabei entdeckte ich schließlich doch, was sich an Meierbeer inzwischen verändert hatte, denn irgendetwas an ihm hatte mich schon beim ersten Anblick irritiert. – Er trug jetzt einen Oberlippenbart, ähnlich dem des Führers. Das war neu! Genauso sorgfältig wie er die wenigen Haare auf seinem runden Schädel gescheitelt hatte, so wirkte auch das neue Bärtchen ausgesprochen gepflegt. Es war braun wie sein Hemd. Ich verglich das Schmuckstück mit dem Hitlers auf dem Wandfoto: dessen Bärtchen war dichter und machte das Gesicht herrischer. Daraus schloss ich, dass Meierbeer seine äußerliche Erscheinung inszenierte. Sein Oberlippenbärtchen sollte nicht nur Imitation, sondern auch Bekenntnis bedeuten.

Lässig schlug Meierbeer die Beine übereinander und schien einen kurzen Moment lang seine wohl polierten

Schaftstiefel zu bewundern. Dann zog er die hohe Goldrandtasse bis zur Tischkante und nahm genüsslich einen tiefen Schluck.

Als ob es mich gar nicht gäbe, beobachtete er danach eine glitzernde Blase auf dem schwarzen Kaffee. Zuerst pustete er sie von einer Seite zur anderen – dann immer im Kreis herum. Endlich stellte er die Tasse ab, legte seine Hände wie zum Gebet zusammen und sah mich mit nichts sagenden und doch scharf beobachtenden Augen lange an.

Das währte Ewigkeiten, aber ich stellte erfreut fest, dass es mich nicht nervös machte und mich kaum beeindruckte. Sollte dieses lange Wartenlassen gewollt gewesen sein, hatte es jedenfalls sein Ziel verfehlt. – Joachim wird stolz auf mich sein, ging es mir durch den Sinn.

„Schön, dass du gekommen bist, Herbert."

Wie zynisch, dachte ich. Ich hatte doch keine andere Wahl.

„So können wir doch endlich unser Gespräch in Ruhe fortsetzen. Ich nehme an, dass du inzwischen nachgedacht hast und dir klar geworden ist, auf welcher Seite du als Deutscher zu stehen hast. Oder?" Er schaute mir herausfordernd in die Augen. Eine Chance, woanders hinzublicken, hatte ich nicht.

„Ja, ja – schon, Herr Meierbeer, natürlich habe ich nachgedacht."

„Prima, Herbert, sehr gut! Das wird uns manches erleichtern. Wichtig ist, dass du dir immer wieder klar machst, dass Deutschland dich braucht, Herbert! Für ganz besondere Aufgaben, Herbert! Du kannst stolz sein! – Und Deutschland soll bald stolz auf dich sein, Herbert! – Dir ist sicher nicht verborgen geblieben, dass wir die allgemeine Wehrpflicht wieder eingeführt haben. Auch du, Herbert, müsstest demnächst wohl eingezogen werden, aber ich – ich, Herbert! – ich habe dich bis auf weiteres freistellen lassen, denn wir brauchen dich, mein Junge! Deutschland braucht dich!"

Seine Stimme war mit jedem Wort, mit jedem Satz eindringlicher, einschmeichelnder geworden. Er sah mich erwartend an und hatte mich endlich doch in Verlegenheit gebracht. Was sollte ich in diesem Moment auch antworten? Ein Kloß saß mir im Hals, und die Aussicht, schon bald zu den Soldaten zu müssen, erschreckte mich. Nicht dass ich prinzipiell etwas gegen Soldaten gehabt hätte, aber seit jenem bösen Sonntag in Altona, der Marlene das Leben kostete, hatte ich ein gestörtes Verhältnis zu jedweder Uniform.

„Ja, wirklich, Herr Meierbeer, ich habe Sie schon verstanden. Aber was für eine Aufgabe haben Sie – äh, hat Deutschland denn für mich? Ich – äh, ich kann mir noch gar nicht vorstellen, dass es etwas gibt, das ich ..."

„Brauchst du dir auch nicht vorzustellen, Herbert. Das ist unsere Aufgabe. Du sollst lediglich gewissenhaft tun, was wir von dir verlangen!"

„Aber ich hab doch man g'rade Schlosser gelernt."

„Was du gelernt hast, Herbert, ist unwichtig. Wir möchten deine Beziehung zu jüdischen Kreisen nutzen."

„Wieso? Ich kenne nur meinen Freund Joachim Waigel und seine Mutter. Sonst niemanden aus *jüdischen Kreisen*. – Beide sind außerdem keine Juden!"

Meierbeer unterbrach mich gereizt: „Wer Jude ist und wer nicht, legt die Partei fest, Herbert!" Er fing sich aber sofort wieder und setzte sanfter hinzu: „Ich halte es nicht für unmöglich, Herrn Joachim Waigel zu nationalisieren. Aber das wird von ihm selbst abhängen und – natürlich von dir, von dir, Herbert!"

Sekundenlang hatte ich mich nicht im Griff und entgegnete äußerst unüberlegt: „Wieso Joachim nationalisieren? Der ist doch Deutscher wie Sie und ich!"

„Herbert, zügele dich! Du weißt nicht, was du sagst. Glück für dich, dass niemand zuhört. Ich werde es für mich behalten, weil ich es gut mit dir meine, Herbert! Aber merke dir endlich: Herr Arens ist ein jüdischer Schmarotzer, Frau Waigel hat schwere Rassenschande begangen, und dein Freund Joachim ist ein Bastard."

„Aber ..."

„Unterbrich mich nicht! Hierüber gibt es nichts zu diskutieren! Damit das klargestellt ist: ob Herrn Arens' Kopf gerettet wird, Frau Waigel ohne Bestrafung davonkommt und deren Bastard sich noch länger seiner Freiheit freuen kann, wird davon abhängen, wie gut *wir* beide, Herbert, miteinander zurechtkommen. – Alles klar?"

Obwohl ich das Gefühl hatte, schwindlig zu werden, rang ich mir doch ein „Natürlich, Herr Meierbeer, natürlich" ab.

„Na also, mein Junge, wir verstehen uns doch! Lass deine Schokolade nicht kalt werden. Schal geworden schmeckt sie vielleicht nicht mehr. – Nun hör mir genau zu, Herbert, und versuch mal so erwachsen zu sein, wie du es tatsächlich bist. – Unsere Aufgabe und damit auch die deine ist es, mit allen Mitteln dafür zu sorgen, dass die Entwicklung Deutschlands zur anerkannten Weltmacht durch nichts gehindert wird. Nicht durch Kommunisten und Sozialisten, nicht durch Juden und andere Undeutsche und nicht durch sonstige subversive Kraftakte fremder Mächte. Wir werden sie im Keim ersticken! Noch ehe sie ihre Gorgonenhäupter aufgerichtet haben, werden wir sie zerschlagen und vernichten. Hast du gehört, Herbert, vernichten werden wir sie! Und du darfst uns dabei helfen! Welch eine Auszeichnung für dich, mein Junge!"

Bei seinen letzten Worten wandte er sich dem Führerbildnis an der Wand zu, und sein Gesicht verklärte sich. Das Licht, das durch die Fenster in den Raum fiel, blendete so unglücklich, dass es das Gitter, hinter das ich den Führer verbannt hatte, ganz deutlich erkennen ließ; aber Meierbeer sah es nicht. Es schien mir auch, als sähe er durch den Führer hindurch in ferne glücklichere Welten.

Doch dann sammelte er sich und fuhr wieder sachlich, aber überzeugt fort: „Das ist die Front, an der wir beide – du,

Herbert Spalding, und ich – kämpfen werden! Wir gehen davon aus, dass Frau Waigel und ihr Sohn Joachim weiterhin Kontakt zur jüdischen Gemeinde, vor allem aber zum jüdischen Kulturbund im Conventgarten unterhalten werden. Wir wollen in Zukunft alles wissen, was da geschieht, gedacht und gesprochen wird. Deine Aufgabe wird es sein, so hautnah wie möglich an das Geschehen und die wichtigen Menschen heranzukommen. Diese Möglichkeit *hast* du, und solange du sie nutzt, wird deinem Freund und seinen kriminellen Eltern nichts passieren. Hast du mich verstanden, Herbert?"

„Ja – das sagte ich doch schon. Aber wie soll ich das machen? Außerdem bin ich nach der Arbeit bei Menck und Hambrock meistens so geschafft, dass ich früh schlafen gehen ..."

Ehe ich alle meine einschränkenden Erklärungen abgeben konnte, fuhr er mit hektischer Handbewegung dazwischen und würgte meine Antwort ab.

„Papperlapapp, das wissen wir alles, Herbert. Deswegen wirst du auch einen besonderen Status bei Menck und Hambrock haben. Du brauchst deinen Vorgesetzten über deine Arbeitszeit keine Rechenschaft mehr abzulegen. Du kannst kommen und gehen, wann du willst oder wie du es für richtig hältst. Niemand darf dich nach den Gründen fragen. Du wirst trotzdem deinen Lohn bekommen und noch ein bisschen mehr. Na, was sagst du?"

Nichts, ich konnte nichts sagen. Es hatte mir die Sprache verschlagen. Irgendwie ahnte ich Unheimliches auf mich zukommen. Ich fühlte mich ebenso verplant wie verraten und konnte ob solcher Perfektion nur noch staunen.

Wie von selbst wiederholte ich stotternd: „Aber wie soll ich das machen? Ich ..."

„Ganz einfach, Herbert. Es ist wirklich ganz einfach! So simpel, dass du es bei deiner Begabung sehr schnell lernen wirst."

„Ja, aber *was* soll ich denn lernen? Sie müssen mir das erst einmal genauer erklären!"

„Du musst lernen, das Unwichtige vom Wichtigen zu unterscheiden. *Das* ist alles!"

„Und – und wie lernt man so was?"

„Im Vollzug, mein Lieber. Im Vollzug!"

Herr Meierbeer wurde immer freundlicher, und ich hatte ein ungutes Gefühl, so als hätte ich mich längst auf die Verschwörung mit ihm eingelassen.

„Wie meinen Sie das?"

„Ich sagte doch schon, es ist ganz einfach, du wirst so weitermachen und weiterleben wie bisher. Im Klartext: Du wirst, sooft es geht, mit deinem Freund – Joachim heißt er wohl – zusammen sein und ihn begleiten – wie bisher! Nur eines wird hinzukommen: Du wirst ab sofort Tagebuch schreiben!"

„Wie bitte? – *Was* soll ich ab jetzt tun?"

„Tagebuch schreiben, Herbert! Keine Bange, du musst keine Romane schreiben. Nur an jedem Tag mit wenigen Stichworten festhalten, was du erlebt, gesehen oder gehört hast. Janke wird dir draußen ein paar Hefte mitgeben. In jedes Heft passen etwa die Tage eines Monats, wenn du pro Tag eine Seite nutzt. Oben auf jeder Seite setzt du das Datum ein und an den Rand die Uhrzeit des Ereignisses oder der Begegnung, über die du berichten willst. An jedem letzten Tag eines Monats bringst du das Heft mit den Aufzeichnungen her und gibst es im Vorzimmer ab. Sind alle voll geschrieben, lässt du dir neue geben. – Alles klar, Herbert?"

Obwohl es mich sehr überrascht und ich kaum verinnerlicht hatte, was da eben passiert war, bestätigte ich sofort: „Ja, selbstverständlich, Herr Meierbeer!"

„Ich wusste, dass du ein kluger Junge sein würdest und wir mit dir die richtige Wahl getroffen haben. Ich freue mich auf die Zusammenarbeit. Allerdings werden wir beide uns in nächster Zeit nicht sehen, aber die Aufgabe ist ja abgesteckt.

Gibt es Unklarheiten, sag es dem Janke oder wer auch immer da vorne sitzen wird. Wenn ich oder ein anderer Offizier dich zu sprechen wünsche, werden wir dich rufen lassen. – So, nun verrichte treu deine neue Aufgabe. Zeig, dass du ein pflichtbewusster Deutscher bist, aber rede mit niemandem über deinen Dienst für uns. – Auch nicht mit deinem Freund Joachim. Er darf nie etwas über die Tagebücher oder etwas aus ihnen erfahren. Du darfst ihm jedoch im Vertrauen mitteilen, dass du lose mit der Staatspolizei zusammenarbeitest, und ihn auch wissen lassen, dass es für ihn durchaus eine Chance gibt, Ähnliches zu tun, und er dafür sogar ein *ganzer* Deutscher werden könnte. – So, nun gib mir die Hand drauf, dass du dein Versprechen halten wirst."

Er erhob sich und streckte mir die Hand entgegen. Auch ich war aufgestanden und reichte ihm zögernd die Hand. Dabei wurde mir speiübel, aber ich wusste, dass es jetzt kein Zurück mehr geben konnte.

„Sag einfach, ich verspreche es!"

„Ich verspreche es!"

„Na, siehst du, Herbert, es geht doch. Herzlichen Glückwunsch!"

Mir wurde so schlecht, dass ich Angst hatte, mich hier übergeben zu müssen. Es war gut, dass Meierbeer mich jetzt mit freundlichen Worten irgendwie hinausbugsierte. Im Vorzimmer überreichte mir Janke einen akkurat zusammengebundenen Stapel Schreibhefte und entließ mich ohne ein weiteres Wort.

Nachdenken konnte ich nicht. Wie im Traum torkelte ich zum Altonaer Hauptbahnhof, stürzte in die Toilettenanlage für Männer und musste mich so heftig erbrechen, dass ich beinahe ohnmächtig geworden wäre. Anschließend hing ich über einem wackligen Waschbecken, sah minutenlang in den verschmutzten Spiegel und beriet mit mir, ob ich mich nun in einen genialen Agenten oder in ein mieses Schwein verwandelt hatte.

Wie in ähnlich schwierigen Situationen zog es mich hinunter zum Hafen. Erst als ich auf meinem Poller saß, wurde mir wohler. Nach und nach begriff ich, dass ich keine Fehler gemacht hatte, aber ich spürte, dass jetzt über mir etwas sehr Bedrohliches schwebte, etwas, das ich nicht zu durchschauen vermochte. Das war auch gut so.

Als ich meine Fassung wieder gefunden hatte und die Hefte genauer betrachten konnte, entdeckte ich, dass nicht nur die Hefte durchlaufend nummeriert und mit dem Stempel „Staatspolizei“ versehen waren, nein, auch die einzelnen Seiten hatte bereits jemand gezählt und Blatt für Blatt mit dem Hakenkreuz gestempelt. Ich war also nicht der Einzige, dem solche Zumutung zuteil wurde. Das Verfahren schien erfolgreich zu sein.

Immer wieder überlegte ich, was an der unseligen Allianz nicht stimmen konnte. Aber ich kam nicht dahinter. Es wollte mir nicht in den Kopf, dass Meierbeer mir so blindlings vertraute. Andererseits sträubte ich mich anzunehmen, dass es mir gelungen sein sollte, ihn meinerseits um den Finger gewickelt zu haben. Hatte das Leben ihm das tiefe Geheimnis echter Freundschaft bisher vorenthalten? Oder galten in diesem Spiel ganz andere, viel subtilere Gesetze?

Joachim und ich dachten noch bis tief in die Nacht hinein über all das nach, ohne jedoch überzeugende Lösungen gefunden zu haben. Wir verabredeten, so zu handeln, als sei Meierbeer tatsächlich von meiner Loyalität überzeugt.

Unser nächstes Ziel war, die Freiheit für Joachims Vater zu erreichen. Einen anderen als den eingeschlagenen Weg gab es nicht. Deshalb beschlossen wir, die Tagebücher zunächst sehr ernst zu nehmen. Schließlich überkam uns sogar diebisches Vergnügen, als wir uns vorstellten, wie wir die ersten Eintragungen formulieren würden.

15. Kapitel

Bin heute extra später aus dem Hause gegangen, weil ich gehofft hatte, dass sich der Dunst noch auflösen würde. Stattdessen hat er sich in weiße Nebelschleier verdichtet. Man ist versucht, sie mit der Hand zu greifen oder ein Stück des kalten Schleiers abzureißen und in die Tasche zu stecken. Aber in meinen Taschen steckt er schon. Deshalb fröstelt mich ja so! Das ist unverwechselbares Novemberwetter.

Über dem Strom zieht seit Tagen feuchtwarme Luft vom Meer her nach und verwandelt die kältere, die über Nacht auf den Kaianlagen entsteht, in weißen Dunst. Dass die Nebelschwaden so weiß aussehen, liegt am Kontrast zum ewig grau-trüben Himmel, von dem sie sich wohltuend abheben. Vom Poller aus kannst du das in den frühen Morgenstunden besonders gut beobachten. Wenn die Dämmerung sich gewaltsam Bahn bricht und die Konturen der Tageskulisse sich langsam aus der Dunkelheit abzuheben beginnen, siehst du auf dem Strom große und kleine Wolkenfetzen ziehen, die sich saugend vereinen oder sich beleidigt voneinander trennen.

Trübes Tageslicht, alles grau in grau, so habe ich auch die Wochen und Monate nach dem Gespräch mit Meierbeer in Erinnerung behalten. Sorgfältig machte ich täglich meine Tagebucheintragungen. Joachim war fast immer dabei, gab Anregungen oder half mir beim Formulieren. Anfangs hatten wir viel Spaß, aber nach und nach wurde es so langweilig wie die Tage, die wir in mäßiger Spannung zubrachten. Kaum etwas Ungewöhnliches oder Aufregendes geschah.

Die nationalsozialistische Propaganda war zwar überall gegenwärtig, aber wir hatten uns an das Getöse und

Getrommele gewöhnt. Die Zeitungen waren voll von angeblich großen und kleinen Weltwundern, die allein die Nazis zuwege gebracht hatten oder noch inszenieren wollten. Viele Hamburger liefen sich die Hacken ab, um all das Wunderbare – wenn das möglich war – mit eigenen Augen zu bestaunen. Schlimm war der Rummel am Hafen, als der Führer extra angereist war, um die *Horst Wessel*, das neue Segelschulschiff der Reichsmarine, vom Stapel laufen zu sehen.

Nur bei uns in der Antonistraße blieb man gelassen. Vater sorgte dafür, dass wir auf dem Teppich blieben. Auch als das Weltwunder *Reichsautobahn* Harburg endlich erreicht hatte und selbst die alten Sozis in Altona von einer neuen Welt zu träumen begannen, ernüchterte Vater uns wieder mit entlarvender Analyse: „De wullt da doch bloß op paradeern. Dat glöv man, dat is nich für unsereinen. Dat is, weil die Kriech spiel'n und mit ihr'n Säbel rasseln wollen."

Die Olympiade in Berlin hatte Joachim und mich jedoch nicht ganz kalt gelassen. Es waren die faszinierenden Leistungen aller teilnehmenden Nationen, die uns ohne Häme und Bitterkeit beeindruckten. Vater schüttelte zwar mit dem Kopf, wenn wir über Sekundenbruchteile diskutierten, aber er ließ uns unseren Spaß. Nur dass das Sportlerdasein auch eine brotlose Kunst sei, meinte er uns immer wieder einmal sagen zu müssen.

Joachim hielt sich meistens bei uns in der Antonistraße auf. In der Silbersackstraße fühlte er sich nicht wohl. Wie im Käfig sei es da, beteuerte er bei jeder passenden Gelegenheit, außerdem wollte er den Schlaf seiner Mutter nicht stören. In der Regel ging er erst in den späten Nachmittagsstunden nach Hause, um das Abendessen für seine Mama und sich vorzubereiten. Samstags, wenn ich etwas früher Feierabend hatte, ging ich oft mit ihm hinüber.

Interessiert durfte ich zusehen, wie Frau Waigel sich für die nächtlichen Auftritte schminkte, und ihr die ungehörigsten Fragen stellen. Mit sanftem Lächeln und nie nachlassender Geduld – manchmal mit ungläubigem Staunen – erklärte sie mir, warum sie welche Creme, welchen Lippenstift oder welches Rouge bevorzugte und wofür es jeweils gut sein würde. Hatte sie die Wohnung verlassen, schmiedeten wir Pläne und fühlten uns wie Revolutionäre, bis wir müde in unsere Nachtlager sanken.

Von der Unabhängigkeit im Hinblick auf die normalerweise zehnstündige Arbeitszeit hatte ich so gut wie nie Gebrauch gemacht. Ich will zwar nicht verhehlen, dass die Versuchung zu schwänzen dann und wann groß war, aber die anerzogene Arbeitsmoral ließ meinem Bedürfnis, einfach nur faul zu sein, keine Chance.

Wenn Mutter mich nötigte und darauf bestand, sie in den Gottesdienst zu begleiten, schloss Joachim sich uns manchmal an und ging mit uns hinüber in die St.-Pauli-Kirche. Vorausgegangen war fast immer eine Auseinandersetzung über Sinn und Unsinn von Religion. Mutter konnte sich darüber heftig ereifern, und Joachim liebte das rustikale Gespräch mit Mutter über den Glauben sehr. Manchmal beklagte er, dass seine Mama leider nur wenig Interesse an religiösen Fragen hätte, was mich wiederum provozierte, das Gegenteil zu behaupten. Denn wenn über Frau Waigel Negatives gesagt wurde, fühlte ich mich persönlich angegriffen.

Trotz meiner blinden Zuneigung beobachtete ich, wie sie nicht nur vorübergehend blasser wurde, sondern Tag um Tag kränklicher wirkte. Ich machte Joachim darauf aufmerksam, doch er zog lediglich die Schultern hoch und meinte, das könne eigentlich nicht von Bedeutung sein. Seiner Mama bereite lediglich die Ungewissheit über seinen Vater Sorgen.

Mich überzeugte das nicht. Die schnelle, unübersehbare Verwandlung seiner Mama war von anderer Art, als Krankheit oder Sorge sie hervorrufen. Ich hatte Eltern und Schwestern sehr oft krank, ja sogar schwer krank gesehen. Ihr kalter fiebriger Schweiß auf der Stirn und die Blässe waren stets eindeutig gewesen, man konnte einordnen, was los war. Blickte man sie an, wusste man eben, dass Viren oder sonst ein Ungemach in ihren Körpern tobten und sie außer Gefecht gesetzt hatten.

Joachims Mama war von einer anderen Blässe gezeichnet. Die scharfen Linien, die sich in ihrem ovalen Gesicht so kurzfristig gebildet hatten und sich von den Mundwinkeln herab messerscharf zum Kinn zogen, konnten nicht nur Hinweis auf das normale Älterwerden sein. Es musste mehr dahinter stecken! Joachim zuckte, auf Aussehen oder Befinden seiner Mama angesprochen – wie gesagt – die Schultern. Aber ich wusste, dass die Unwissenheit nur vorgespielt war.

Dir mag das seltsam – vielleicht auch unaufrichtig – vorkommen. Das war es aber nicht! Wir wussten wirklich nicht, was los war. Wir hatten keinen Durchblick. Vielleicht waren wir noch zu jung und unerfahren. Heute weiß ich, dass es so war! Aber ich ahnte immerhin – ohne es zu verstehen –, was Joachims Mama belastete!

Die soziale Situation Joachims war merkwürdiger als die meine: Ich war Geselle, er jedoch besuchte keine Schule mehr, war in keiner Lehre und ging auch sonst keiner Beschäftigung nach. Nur hier und da machte er sich nützlich und lernte den Kiez kennen, aber ohne sich auf eine verbindliche Tätigkeit für oder mit jemandem einzulassen. Das Einkommen, das seiner Mama zur Verfügung stand, reichte für beide.

Ich habe Jahre gebraucht, um zu verstehen, wie es möglich war, dass Joachim und Frau Waigel ihren sozialen und gesellschaftlichen Absturz so depressionslos, ohne Klage und ohne Jammer überstanden hatten. Das Geheimnis muss in ihrer Würde gelegen haben. Sie bezogen ihr Selbstbewusstsein nicht aus dem, was sie hatten, sondern aus dem, was sie waren. Darin hatten sie alles, was sie zum Leben und Überleben brauchten. Mutter Waigels und Joachims Antwort auf das Elend, die Erpressungen und die Nötigungen, die man ihnen zufügte, war ihre Bedürfnislosigkeit. Die anhaltende Blässe und die scharfen Linien im Gesicht Frau Waigels waren auch Ausdruck ihrer trotzigen Selbstachtung angesichts der widerwärtigen Demütigungen, denen man ihre Kunst und ihren Körper ausgesetzt hatte.

Der geheimnisvolle Nachtclub, in dem Frau Waigel tätig sein musste, lag in der Nähe der Davidstraße nur unweit der Wohnung Silbersackstraße und eher näher zur Antonistraße hin.

Joachim ließ es sich nur selten nehmen, seine Mutter nach ihrem letzten Auftritt von dort abzuholen. Es machte ihm nichts aus, dass das immer irgendwann zwischen zwei und fünf Uhr in der Nacht war. Punkt zwei Uhr stand er in der Nähe des unscheinbaren Torbogens, der zum Eingang des Clubs führte, und wartete geduldig, bis seine Mutter aus der geheimnisvollen Dunkelheit in das trübe Licht der Gaslaternen trat. In den Nächten zwischen Samstag und Sonntag habe ich ihn fast immer begleitet und miterlebt, wie Frau Waigel, wenn sie Joachims ansichtig wurde, auf ihn zustürmte, ihn umarmte und drückte, als kehre sie von einer Reise zurück oder als sei sie gerade eben einer großen Gefahr für Leib und Leben entronnen.

Der Heimweg vollzog sich meistens schweigend. Joachim hielt seine Mutter untergehakt, und sie neigte ihren Kopf gegen die Schulter ihres Sohnes. Ich durfte ihre kleine Tasche tragen und stolperte ein, zwei Schritte hinterher. Im Licht der Straßenlaternen beobachtete ich hin und wieder Tränen auf ihren Wangen. Doch in meiner Gegenwart hat sie nie geklagt und nie mitgeteilt, was sie bewegte oder ihr geschehen war. Davon erfuhr ich erst viel später.

Joachim war es endlich gelungen, Zutritt zum Club zu bekommen. Seine Mama hatte sich inzwischen so viel

Vertrauen erworben, dass er auf ihre Bitte hin des Nachts an der Garderobe auf sie warten durfte. Es wurde ihm allerdings ausdrücklich beschieden, dass weitere Räumlichkeiten der Clubanlage für ihn absolut tabu seien. Vor allem habe er über Besucher, deren Namen und Persönlichkeit Stillschweigen zu bewahren. Mir hat Joachim trotzdem alles, was er sah und entdecken konnte, überaus wortreich und minutiös berichtet.

Es hatte nur wenige Wochen gedauert, bis Joachim vom Personal auch die nötige Glaubwürdigkeit zugestanden bekam, um nach und nach doch einen umfassenderen Einblick in den geheimnisvollen Club zu erhalten.

Ein Unkundiger wäre nie auf den Gedanken gekommen, dass sich hinter der wenig attraktiven Fassade des Torbogens einer der geheimnisvollsten und exklusivsten Nachtclubs von St. Pauli verbarg. Da waren keinerlei Hinweise, kein Schriftzug, kein Lichtband, kein Mädchen aus Pappe und kein Türsteher im Eingangsbereich. Das einzig Auffällige war, dass unweit des Torbogens in der Regel ein Auto der Polizei parkte: also eher ein Grund dafür, hier keinen Nachtclub zu suchen.

Spaziergänger, Lustsuchende und solche, die einfach nur mal über die *Sündige Meile* und ihr Drumherum bummeln wollten, rückten bis hierher nur selten vor. Besucher kamen erst, wenn das Tageslicht vor der Dunkelheit der Nacht gewichen war. Das soll nicht heißen, dass sie alle das Licht des Tages scheuen mussten. Trotzdem hielten sie ihre Gesichter hinter hochgeschlagenen Kragen oder tief in die Stirn gezogenen Hüten verborgen. Bevor sie in den Torbogen einschwenkten, versicherten sie sich mit verstohlenen Blicken in beide Richtungen der Straße, dass sie unbeobachtet waren. Die Mehrzahl aber fuhr in schweren dunklen Limousinen mit Chauffeur vor und wurde, wenn sie sich genügend vergnügt hatte, ebenso wieder abgeholt. Das funktionierte, als ob ein System dahinter steckte.

Weder waren der schäbige Torbogen, der ursprünglich nur Zugang zum Hinterhof gewesen sein konnte, noch die braun gestrichene, schmucklose Eisentür, die in den Club führte, einladend. War es aber gelungen, durch diese Tür zu kommen, verschlug es einem den Atem. Ich erlebte das schon so, als Joachim mir die Räume und ihr Ambiente beschrieb. Als ich später selbst einmal hineindurfte, hätte es mich fast umgeworfen. Hinter der abweisenden Eisentür, ihrem winzigen Guckloch und dem unscheinbaren Türklopfer begann eine andere Welt: eine Welt aus Plüsch und Seide, aus mattem Gold und tiefen Perserteppichen, aus Glas und Kristall, aus Glamour und Chiffon sowie dem Duft von Whisky, Parfüm und edlen Zigarren!

Was sich jedoch hinter den Kulissen und Séparées abspielte, davon hat Joachim erst sehr viel später erfahren. Zunächst widerfuhren jedem von uns Ereignisse, die unseren Schwur und unsere Freundschaft in eine extreme Zerreißprobe führten.

Es begann damit, dass Joachim mich eines Samstags bat, ihn nicht mehr zu begleiten, wenn er seine Mutter vom Club abholen würde.

„Warum denn nicht, Joachim? Du weißt doch, dass es mir nichts ausmacht, in der Nacht aufzustehen!"

„Ja, schon, aber du tust genug für uns. Schlaf dich lieber aus! Mama wird heut' Nacht wahrscheinlich erst sehr viel später frei sein, und ich möchte nicht, dass du dir die halbe Nacht um die Ohren schlägst, um mit mir abwechselnd die Bernhard-Nocht-Straße oder die Davidstraße rauf- und runterzuflanieren."

„Aber es wäre doch nicht das erste Mal! Ich bin doch immer ..."

„Herbert", unterbrach er mich hastig, „ich kann das aber nicht immer annehmen."

Wir waren allein in unserer kleinen Küche. Joachim saß mir gegenüber. Aber er sah mich nicht an, sondern krampfhaft an mir vorbei. Das hatte er noch nie getan. Noch merkwürdiger war, dass er sich mit seinem Stuhl aus dem Licht drehte. Sicher war das unbewusst, aber er schien nicht zu wollen, dass ich in seinem Gesicht las. Das konnte nur bedeuten, dass er mir etwas vorenthalten wollte. Diese Erkenntnis brachte mich in Verlegenheit.

Ich wusste nicht, was ich sagen sollte oder ob ich beleidigt sein musste. Sollte ich ihm auf den Kopf zusagen, dass er etwas vor mir verheimlichte? Sollte ich an unsere Freundschaft appellieren, an unser Versprechen, dem anderen immer die Wahrheit zu sagen? Nur kurz ging mir die Frage durch den Sinn, ob es sich überhaupt um Wahrheit handelte. Hatte ich das Recht, Joachim zu nötigen, mir sein Geheimnis zu offenbaren? Ich war hin- und hergerissen zwischen grundsätzlicher Betroffenheit, blanker Neugier und schuldigem Respekt.

„Wenn du mir nicht sagen willst, was wirklich los ist, lass es eben!"

„Herbert, nu tu doch nich' in den Jungen drängen. So was gehört sich nich'! Joachim ward schon siene Grünne hebben, wenn er dich nich' allens auf'e Nase binden tut. Ihr habt heute nu' schon genuch gequasselt, packt man lieber 'n büschen mit an und deckt den Tisch!"

Unbemerkt von uns war Mutter in die Küche getreten. Da die Tür zum Flur offen stand, musste sie einen Teil unserer Unterhaltung mitbekommen haben. Im Grunde waren wir beide dankbar, dass sie durch ihre schnodderige Einmischung den Knoten unseres Gespräches zunächst gelöst hatte.

Das gemeinsame Abendessen blieb einsilbig. Weder Vater noch Mutter noch meine Schwestern waren zu einer Unterhaltung aufgelegt. Es lag Unerklärliches in der Luft, das auf uns allen lastete.

Gleich nach dem Essen verabschiedete Joachim sich.

„Tschüss, miteinander." Und mir zugewandt: „Du kannst oben bleiben, Herbert, ich geh schon allein!"

„Und was ist morgen? Werden wir uns sehen?"

„Ich weiß es noch nicht. Ich werde mich vielleicht melden. Eigentlich wollte ich morgen mal den ganzen Tag für Mama da sein. Also, mach's gut, Herbert!"

Er wandte sich auf dem Absatz um und stürmte die Treppe hinunter, während ich vor unserer Wohnungstür stehen geblieben war wie der sprichwörtlich begossene Pudel.

Bevor ich einschlafen konnte, kreisten meine Gedanken ausschließlich um den Bund unserer Freundschaft. Was war passiert? Joachim hatte mir nicht einmal bei den heutigen Tagebucheintragungen geholfen. Ich versuchte, mich angestrengt an unsere Treffen in den vergangenen Tagen zu erinnern, um wenigstens einen Anhaltspunkt für sein seltsames Verhalten zu finden. Hatte ich irgendwann irgendetwas falsch gemacht? Aber er war doch sonst nicht so empfindlich. Meistens war ich es doch, der zu schnell einen Flunsch zog und den Gekränkten spielte! Aber sein Verhalten war ja gar nicht das eines Beleidigten gewesen. Was war mit Joachim los?

Es war tiefe Nacht geworden, als ich endlich eingeschlafen war. Sogar die zwölf Schläge um Mitternacht vom Turm der St.-Pauli-Kirche hatte ich noch bewusst aufgenommen.

Die sonntägliche Frühstücksveranstaltung verlief so wortkarg wie das gemeinsame Essen am Abend zuvor. Martha maulte mal wieder, weil sie angeblich nichts Passendes anzuziehen hätte, dabei sei sie doch am Nachmittag zu einer Geburtstagsfeier geladen. Mit den Fummeln in ihrem Spind könne sie sich nirgendwo sehen lassen. Überall würde man sie mitleidig anschauen! Vater brummte dazu nur und zog, wenig Interesse zeigend, die Schultern hoch. Mutter aber meinte besänftigend – doch um Klarheit bemüht –, dass das karierte Wollkleid noch feierlich genug aussähe und schließlich seien wir ja keine Millionäre.

„Dann hättest du dich rechtzeitig annere Eltern aussuchen müssen."

Jetzt war es an mir, mich einzumischen. Irgendwie hatte Martha schon Recht. Zum ersten Mal war mir aufgefallen, dass meine kleine Schwester sich schon zu einem ansehnlichen Backfisch gemausert hatte. Natürlich, sie war im Sommer ja schon sechzehn Jahre alt geworden!

„Na, Mutter, nu' mach mal halblang! Mit dem ollen karierten Kleid kannst du 'ne Vogelscheuche auf'n Acker schicken ... aber Martha nun wirklich nicht mehr auf die Straße ... Schließlich ist sie kein puppenspielendes Kleinkind mehr, sondern ein richtiges lüttes Fräulein!"

Martha sah mich gerührt und stolz an. Sie richtete sich auf und provozierte die ganze Runde mit einem hohlen Kreuz, sodass ihre mädchenhaften Brüstchen wie reife Pfirsiche unter ihrem engen Baumwollhemd wirkten.

Da erschrak sogar Vater, schüttelte ärgerlich den Kopf und meinte, beschämt zur Seite blickend: „Na, Deern, set di o'ntlich hin. So was tut man als Mä'chen nich'!"

Damit war das sonntägliche Frühstück der Familie beendet. Martha stampfte zornig mit den Füßen auf, schluchzte und stürzte ungestüm aus der Küche, nicht ohne uns vorher noch zuzurufen: „Und verstehen tut ihr mich sowieso alle nich'!"

Wenn auch auf andere Weise, so hatte auch ich das Gefühl, dass mich keiner verstand, nicht einmal Joachim. Ziellos schlenderte ich bis Mittag durch die fast leeren Straßen, ohne in meinen Gedanken auch nur den kleinsten Fortschritt erzielt zu haben. Ich begriff die Welt nicht mehr.

Was war mit unserem Kampf gegen die Nazis? War die Luft da etwa schon raus? Im Grunde wussten wir immer noch nicht, wo wir ansetzen sollten. Bis jetzt hatte der geheime Widerstand gegen das braune Unrecht nur zwischen den Rosenbeeten von Planten un Blomen und der wohl temperierten Wohnung in der Silbersackstraße stattgefunden. Es hätte längst etwas geschehen müssen! Waren wir Feiglinge? Drückten wir uns vor Konsequenzen, oder waren wir bereits Gefangene eines Spiels, in dem über uns nach Belieben verfügt wurde? Rieb sich Meierbeer samt seinen Jankes und sonstigen Lakaien hinter den Kulissen vor Vergnügen bereits die Hände? Was wollten wir eigentlich erreichen? Was war unser Ziel? Joachims Vater vor dem Schlimmsten zu bewahren, ihn aus dem Gefängnis zu befreien! Und dann Deutschland retten! Geringer waren unsere Vorhaben nicht. Aber wir hatten keinen überzeugenden Plan. Wie sollten wir auch?

Mit einem Mal begriff ich, dass unser Kampf aussichtslos war. Welch eine Überheblichkeit! Joachim und ich gegen eine Macht, vor der die Welt inzwischen zu zittern begann. Beide wurden wir längst von den Nazis benutzt, ohne dass wir uns wehren konnten. Wir hatten uns monatelang etwas vorgemacht und nicht einmal gemerkt, dass wir nicht nur wehr- und waffenlos, sondern auch ohne Verbündete waren und auf verlorenem Posten standen.

Die ganze Dimension unseres aussichtslosen Unterfangens wollte sich mir aufdrängen, aber ich ahnte, dass mein Vermögen, es zu fassen, nicht ausreichte. Mir wurde, wie immer in solcher Verzweiflung, übel. Ich blickte mich um und orientierte mich. Da erst merkte ich, dass ich mich inzwischen bei meinem Poller befand. Ob du das nun glaubst oder nicht, hier wurde mir wieder wohler. Ich empfand sogar so etwas wie Trost.

Lange noch saß ich versunken am Wasser, folgte mit den Augen dem Flug der Möwen und genoss ihr Geschrei, als hörte ich dem Gezänk spielender Kinder zu. Um mich her war es ruhig. Der Sonntag hatte den Hafen und seinen Strom für Stunden von allem hektischen Getriebe, klirrendem Geschirr, ratternden Wagen, hastenden Menschen und übel riechenden Abdämpfen erlöst. Nur vom Fischmarkt tönte fernes Geräusch herüber.

Mein Blick verlor sich in den nur spärlich funkelnden Lichtpunkten auf dem ziehenden Fluss. Wir hatten auflaufendes Wasser. Obwohl vom Verstand her einsichtig, empfand ich es immer wieder als merkwürdige Paradoxie, dass Wasser auch bergauf fließen konnte. Die Vorstellung vom Gegeneinander unterschiedlicher Kräfte in diesem Geschehen faszinierte mich. Hier war die Gewalt des herabströmenden Wassers, das sich von weither über Jahrtausende seinen Weg über hohe Berge und weite Ebenen gesucht und den Landschaften aufgezwungen hatte. Weder Wehre von Menschenhand noch ihre Staustufen haben den unbeugsamen Willen des Elbstromes je brechen können. Dazu standen ihm die Macht der Erddrehung, ihre Gravitation und der unwiderstehliche Sog des Mondes entgegen. In immer wiederkehrendem Wettkampf stellten sie sich einander, obwohl der Sieg des Flusses feststand.

Das Gedankenspiel tröstete mich. Vielleicht war unser Kampf doch nicht so aussichtslos. Aber was war mit Joachim los?

Die Mittagszeit war lange überschritten. Mutter würde ärgerlich sein, weil ich wieder einmal versäumt hatte, sie rechtzeitig über meine Abwesenheit während der feierlichen Sonntagsmahlzeit zu informieren. Recht hatte sie, denn sie gab sich mit Liebe der Zubereitung des Essens hin und zauberte auch aus einfachsten Zutaten immer einen köstlichen Schmaus. Damit ihr Zorn sich inzwischen mäßigen und abkühlen konnte, machte ich Umwege kreuz und quer durch Altona.

Als ich den Vorplatz des Bahnhofs überqueren wollte, stockte mir plötzlich der Atem. Mein Herz schien stillstehen zu wollen. Unter einem der neugotischen Backsteinbögen der Eingangshalle stand Joachim! – Aber nicht allein! – In engster Umarmung hielt er eine junge blonde Frau, die mir irgendwie bekannt vorkam! Sie schienen die Welt um sich her vergessen zu haben, denn ich konnte mich ihnen bis auf wenige Meter nähern, ohne dass sie mich wahrnahmen. Sie küssten sich heftig und drückten sich leidenschaftlich aneinander. Ich war so überrascht, dass ich im ersten Moment nicht wusste, ob ich mich bemerkbar machen oder besser davonstehlen sollte. Ich entschloss mich zum Letzteren.

Schließlich stieg ich mit gemischten Gefühlen die knarrende Treppe zu unserer Wohnung hinauf und wedelte – eifersüchtig wie ich war – mit zornigen Armbewegungen den Toilettenmief, der wie erstarrt im ganzen Treppenhaus hing, vor meiner Nase weg.

16. Kapitel

Nach wie vor verbrachte Joachim die meisten Stunden des Tages bei uns in der Antonistraße. Seine Gespräche mit Vater und Mutter verliefen ebenso ungetrübt wie aufregend und sorgten dafür, dass die politische Grundhaltung in unserer Familie immer schärfer gegen Adolf Hitlers Nationalsozialismus tendierte. Nur zwischen Joachim und mir gab es eine unüberwindbare Mauer.

Unsere Gespräche hatten ihre Vertrautheit verloren. Über uns und unsere Freundschaft sprachen wir nicht, und die Situation, in der seine Mutter und er sich befanden, schien in den Stand der Normalität gerückt zu sein. Die Stunden, die er täglich bei uns verbrachte, und die, die wir – gemeinsam spazieren gehend – totschlugen, waren berechenbar geworden. Sie entsprachen exakt dem Rhythmus und den Intervallen der Arbeitsschichten seiner Geliebten aus dem Nachtclub, in dem auch seine Mama arbeitete. Dies jedenfalls hatte ich in mühsamer Spitzeltätigkeit, motiviert durch ein hohes Potenzial an Eifersucht, herausgefunden. Obwohl ich nicht einmal den Namen des Mädchens kannte, hatte ich ihren Zeitplan genau im Kopf.

Unsere Sprachlosigkeit blieb von Mutter und Vater unbemerkt. So gut konnten wir schauspielern und die unsichtbare Wand zwischen uns vor ihnen verbergen. Nur einmal kamen wir uns wieder ein wenig näher, ehe die Grade unserer Eiszeit in noch gewaltigere Tiefen absanken. Als ich die Einberufung zum halbjährigen Arbeitsdienst erhalten hatte, standen wir wie durch einen Zauber plötzlich wieder Seite an Seite und begriffen uns als verschworene Kämpfer gegen das nationalsozialistische Unrecht.

Zu allem Überfluss hatten wir uns in den letzten Monaten

manchmal an der neuen Iserbrookkaserne herumgetrieben und die dort exerzierenden jungen Arbeitsdienstler beobachtet. Wir waren beides, entsetzt und belustigt, denn die Knaben mussten sich einem gehörigen Drill und einer außergewöhnlich strengen Dressur unterziehen. Zu oft hatten wir nachgespielt, was wir vorher mit angesehen hatten, und uns vor Lachen gekringelt. Jetzt sollte ich da mitmachen und mich der Lächerlichkeit preisgeben? Niemals! Darin waren wir uns sofort einig.

„Womöglich darfst du da vor Gustav Janke jun. strammstehen."

„Das glaube ich zwar nicht, Joachim, aber es gibt dort sicher noch größere Dummköpfe. Aber selbst wenn ich aus strategischen Gründen mitmachen wollte, es geht nicht! Ich müsste ständig lachen oder würde unentwegt Ärger produzieren."

„Recht hast du, Herbert, aber was sollen wir tun, um deine Einberufung zu verhindern? – Ich verstehe sie sowieso nicht. Hatte Meierbeer dir nicht versprochen, dafür zu sorgen, dass du nicht eingezogen wirst?"

„Ja, schon, aber das Versprechen bezog sich auf die Wehrmacht. Der Arbeitsdienst ist eine andere Sache. Vielleicht sollte ich mich doch mal wieder bei Meierbeer sehen lassen und ihn fragen, ob es sich bei der Einberufung zum Arbeitsdienst nicht um ein Missverständnis handelt?"

„Genau das solltest du tun, Herbert! Schließlich ist Arbeitsdienst auch nichts anderes als eine Art Lehre zum Soldatsein. Geh hin und frag nach. Vielleicht erfährst du dann auch, wie Meierbeer unsere Tagebücher gefallen."

Leider konnte ich zu unseren Tagebüchern nichts in Erfahrung bringen, denn Hauptmann Meierbeer war nicht anwesend. Aber Janke sen. war da. Ihm legte ich die Einberufung vor und fragte, ob ich da tatsächlich hin müsse.

„Muss ich ma' in deine Akte gucken, Herbert, nä, Herr Spalding."

Ehe er aufstand, sah er mich prüfend an, schüttelte nach einer Weile den Kopf und meinte endlich: „Dat *du* ma' für uns arbeiten würdest, hätt' ik mi ok nich träumen lassen. Nä, na ja, schließlich kommen sie alle doch noch zu' Vernunft. – Nu nimm man ruhig 'n Au'nblick Platz. Das wird 'n büschen dauern, Herb... – Herr Spalding."

Obwohl er sich kerzengerade machte und mit seiner Wichtigkeit das ganze Büro auszufüllen suchte, schlurfte er doch wie ein alter Mann zur Tür hinaus. Der Besucherstuhl, den er mir angeboten hatte, schien aus einem Kaffeehaus zu stammen. Er wirkte nicht nur elegant, er war es auch. Nur bequem sitzen konnte ich darauf nicht, und bei jeder Bewegung knarrte das Sitzmöbel so beängstigend, dass ich fürchten musste, es könnte unter mir zusammenbrechen. Wider Erwarten fühlte ich mich frei, sogar beschwingt und war doch gefesselt. Zu gern hätte ich nämlich einen langen Hals gemacht und meine Neugier in Richtung auf die Aktenstücke, die unordentlich Jankes Schreibtisch bedeckten, befriedigt. Aber das schreckliche Knarren des Stuhls ließ kaum eine Regung aus der einen Position in die andere zu. Außerdem musste ich gewärtig sein, dass Gustav Janke jeden Moment den Raum wieder betreten würde.

Ich hielt mich, obwohl es mir schwer fiel, in Zaum und blieb ebenso artig wie unbeweglich sitzen. Dabei wurde mir zum ersten Mal bewusst, dass ich ein äußerst ungeduldiger Mensch war und dass Geduld tatsächlich eine Tugend ist, die man gegen sich erkämpfen muss. Joachim ist ein viel geduldigerer Mensch als ich, ging es mir durch den Sinn – oder konnte er seine Ungeduld nur besser verbergen? War es bei ihm vielleicht die oft gerühmte charakterliche Zucht, die in seinen Kreisen zur Erziehung der Kinder gehörte? In meinen Kreisen hieß der Zucht- und Lehrmeister Mangel und Entbehrung, aber der schien die Menschen weniger zu prägen als pädagogische Grundsätze, die nicht aus dem Bauch, sondern aus dem Kopf kamen.

Obersekretär Janke war wieder eingetreten. Auf seinen Armen trug er einen riesigen Stapel Akten. Als er vor mir stand und sich zum Schreibtisch beugte, um die Aktenberge abzulegen, bewegte er sich so unglücklich, dass der Stoß Papiere seinen Armen entglitt und diese sich im Nu auf dem Boden des Dienstzimmers ausgebreitet hatten.

Wie von selbst hatte ich mich von meinem knarrenden Stuhl befreit und kroch, noch ehe Janke Anstalten machte, sich zu bücken, auf dem Boden herum und raffte Papiere und Akten zusammen.

„Kanns denn auf'n Schreibtisch ablegen, Herr Spalding. Schönen Dank auch."

Erst jetzt beugte sich auch der Obersekretär zum Boden nieder, aber ohne – wie ich – auf die Knie zu gehen. Mir fiel auf, dass er zuerst Papierstücke aufhob, die mit dem Stempel „Geheim" oder „Vertraulich" versehen waren. Das reizte auch mich, solche Stücke vorrangig aufzulesen und schnell einen Blick draufzuwerfen. Aber es wollte nicht gelingen, weil der Obersekretär – wohin ich auch kroch – immer direkt neben mir stand und mir jedes so gekennzeichnete Schriftstück sofort aus den Fingern zog. Es kam mir vor, als spielten wir *Hasch mich und Pack mich*. Fast geriet ich in Gefahr, das spaßig zu finden.

Endlich hatte ich das letzte Blatt in der Hand und nur weil Janke sich seiner Blätter über dem Schreibtisch entledigte, blieben mir einige Sekunden Zeit, es genauer zu entziffern. Die Erregung, die mich dabei befiel, ließ ein systematisches Lesen nicht zu. Die Wörter entflohen immer wieder meinem Blick, oder die Buchstaben verschwammen vor meinen Augen. Mit maßlosem Erschrecken hatte ich Joachims Namen gelesen. Ja, es gab keinen Zweifel! Da stand sein Name. Vor meinen Augen tauchte sein Bild auf, als wäre es eine Fotografie.

Aber das war nicht alles. Hinter einem Schrägstrich stand ein zweiter Name mit abgenutzten und verschmutzten Schreibmaschinentypen getippt: *Erna Heydenreich*! und in Klammern, rot unterstrichen (Deckname: *Frettchen*). Ich muss mit dem Blatt in meinen zitternden Händen ziemlich entgeistert dagestanden haben. Trotzdem schien Gustav Janke mir die Konfusion nicht angemerkt zu haben. Umständlich und leise vor sich hin fluchend, suchte er das vollkommene Durcheinander auf seinem Schreibtisch zu ordnen und die zahllosen fliegenden Blätter wieder in die dazugehörenden Mappen einzulegen. Das dauerte! Aber ich war ihm jetzt überaus dankbar für die geschenkte Zeit, denn ich gewann Muße, mich zu fangen, meinen Gedanken freien Lauf zu lassen und die Macht meiner Fantasie ins Spiel zu bringen.

Es währte auch nicht lange, bis ich Erna Heydenreich lebendig vor meinem geistigen Auge hatte. Plötzlich war ich wieder der kleine, schüchterne Herbert, der bibbernd vor Angst unterhalb der Schlagbaumtwiete am Elbstrand stand und nicht wusste, wie er mit der Herausforderung, sich vor den Mädchen nackt ausziehen zu müssen, fertig werden sollte. Auch dieser die Sinne verwirrende Geruch ihrer warmen, eben aus den Kleidern geschälten Leiber stieg mir in die Nase. Sogar den entlarvenden Ruck spürte ich noch, als Marlene Stöver und Erna Heydenreich mir unerwartet die Hosen über die Knie gezogen hatten, bevor sie in den Fluss gestürzt und lachend im Elbwasser untergetaucht waren. Ich sah auch wieder vor mir, wie Erna zuvor, als wir noch am Lagerfeuer saßen, ihre Hand in die Joachims geschoben hatte. Oh, war das lange her!

Aber jetzt stand er da auf einmal wieder geschrieben – der Name dieses Mädchens, das ich längst vergessen hatte –, und zwar unmittelbar hinter dem Namen Joachim Waigel. Was hatte das zu bedeuten? Warum ich hierher gekommen war, hatte ich beinahe vergessen, so sehr hatte mich diese Entdeckung durcheinander gebracht.

„So wie ich das hier lesen tu, Herb... nä, Herr Spalding, sind Sie sowohl von der Wehrmacht wie vom A'beitsdienst befreit. Lass den Zettel mit die Einberufung man hier. Ich werde mich schon d'rum kümmern."

Mit seiner nüchternen Feststellung hatte Obersekretär Janke mich schnell in die Gegenwart zurückgebracht.

„Oh, das is' fein! Denn kann ich ja wieder geh'n. Oder?"

„Natürlich kanns' du gehen, äh, Herr Spalding. Wir sehen uns ja schon bald wieder. Nächste Woche is'n Tagebuch fällig. Vergeet dat nich, Jung!"

„Nee, Herr Janke, werd' ich nicht."

Schon war ich draußen und atmete tief durch. Das tat ich neuerdings immer, wenn ich die Abteilung Meierbeers verlassen hatte, denn die von Bohnerwachs schwangere Luft in dem Amtsgebäude roch erheblich muffiger als bei uns in der Antonistraße. Außerdem durchströmte mich bei jedem bewussten Atemzug das herrliche Gefühl wiedererlangter Freiheit.

Mit Riesenschritten stürmte ich, ohne weiter zu überlegen, zum Övelgönner Hafen hinunter, setzte mich auf unseren Poller und dachte angestrengt nach. – Erna Heydenreich, was hatte sie mit Joachim zu tun? Die kurze Freundschaft mit ihr und den anderen in der damaligen Clique lag schon lange zurück. Waren es vier oder sogar schon fünf Jahre? Es fiel mir schwer, das in Jahren nachzurechnen. Noch mehr Mühe allerdings machte es, mir vorzustellen, wie Erna heute wohl aussehen könnte. Damals hatte sie mittelblonde, streng an den Kopf gelegte Zöpfe. Doch – ja – sie war ein recht hübsches Mädchen gewesen, und richtige Brüste hatte sie auch schon gehabt, wenn auch nicht so üppig wie die Marlenes, aber immerhin! Dass sie Joachim genauso wenig gleichgültig gewesen war, wie mir zur selben Zeit Marlene, war historisch belegt. Ich lächelte still in mich hinein und spürte, wie ich mich genau dahin zurückzusehnen begann. Wie schön war jene Zeit doch gewesen!

Schließlich überließ ich meine Erinnerung dem Geschehen auf dem Elbstrom, über dessen träge fließenden Wassern kumulusähnliche Nebelschwaden spielten und ekelhafte Kälte signalisierten. Es war wirklich kalt, aber erst jetzt spürte ich, wie die im Eisen des Pollers gespeicherten Minusgrade in meinen Körper hineinstrahlten. Trotzdem blieb ich hocken und konzentrierte mich weiter auf den Fluss.

Von den Landungsbrücken ließ sich ein mächtiger, teerschwarzer Dampfer von zwei – wie halbe Nussschalen wirkenden – Schleppern in die Mitte des Stromes ziehen. Beeindruckend war dabei das Spiel der Nebelschwaden, die sich durch die Manöver der Schiffe entzweischneiden, wegdrücken, in die Höhe zwingen oder sich als Material eines geheimnisvollen Jongleurs missbrauchen ließen, dann aber schnell wieder trachteten, sich zu vereinen. Ich konnte, wenn auch mit angestrengtem Blick, erkennen, wie endlich die schweren Leinen gekappt und von den beiden Schleppern eingeholt wurden. Kurz darauf schoss ein gewaltiger grauschwarzer Dampf- und Rußstoß aus dem Schlot des dunklen Frachtschiffes, das jetzt mit unüberhörbarem Stampfen in der Mitte des kalten Flusses seinen eigenen Weg zum Meer hin gefunden hatte.

Obwohl mich zunehmend fröstelte, zwang ich mich, den Weg des elbabwärts schwebenden Kolosses weiter zu beobachten. Dabei sah ich, wie ein ähnlich großes Schiff aus dem horizontlosen Grau der kaum zu ahnenden Flussweiterung geheimnisvoll drohend Gestalt annahm und dem auslaufenden Dampfschiff frontal entgegenglitt. Ich schreckte auf. Eiskalter Dunst und der Blickwinkel vom Poller aus verhießen Gefahr, wo keine war. Trotzdem blieb ich aufmerksam, weil ich von den mächtigen Massen, die sich da aufeinander zu schoben, hingerissen war.

Noch ehe sie sich berühren konnten, sah und hörte ich in meiner Phantasie eine gewaltige Explosion, ein alle Geräusche des Hafens und der Flussszene bei weitem übertönendes Bersten, Knirschen und Krachen. Doch es geschah nichts, außer dass sich die gigantischen Schiffe für einen Augenblick geisterhaft vereinten. Genau in diesem Moment fiel es mir wie Schuppen von den Augen: Das blonde Mädchen, das ich am Altonaer Bahnhof in leidenschaftlicher Umarmung mit Joachim überrascht hatte, war Erna Heydenreich!

Nach dieser plötzlichen Erkenntnis entstand in mir sofort wieder Ernas Bild. Obwohl ich ihr Gesicht nur schemenhaft wahrgenommen hatte und ihre Figur im gelbtrüben Licht der Gaslaterne vor dem Club eher konturenlos geblieben war, hätte ich sie jetzt schon von weither erkannt, ja sogar gerochen. Du magst mich für einen Spinner halten, aber es ist wahr, ihr Geruch stand in meiner Nase und duftete stärker als Tang, Teer, Salz und tote Fische hier am Hafen zusammen.

Ich fühlte mich erleichtert. Endlich hatte ich das Rätsel um Joachim gelöst. Es hatte jetzt einen Namen, ein Gesicht, eine Gestalt und eine Herkunft. Trotzdem wollten sich Leichtigkeit und Glücksgefühl, die nach einem so erfolgreichen Erkenntnisvorgang hätten eintreten müssen, nicht einstellen. Nachsinnend erhob ich mich und schlenderte gemächlich in Richtung Hafenstraße.

Was nun? Wie sollte ich mit meinem neuen Wissen umgehen, mit wem darüber reden? – Ja, mit wem eigentlich? – Mit unerwarteter Wucht traf mich die Erkenntnis, dass ich keine Auswahl hatte! Alles Intime, alles Wesenhafte, alles Wichtige und alles Beschämende hatte ich ausschließlich mit Joachim besprochen, mit niemandem sonst. Ich spürte schmerzhaft, wie plötzlich das Bewusstsein grenzenloser Einsamkeit in mein Herz zog. Ich blieb stehen und schaute ins Nirgendwo. Ein Fußgänger rempelte mich an und fluchte: „Mensch, Dösbaddel, hast du denn keine Augen im Kopp?“

Eine alte Frau stupste mir ihren Zeigefinger in die Seite und fragte: „Junger Mann, ist Ihnen nicht gut? Kann ich Ihnen helfen?“

Ich muss sie blöd und verständnislos angesehen haben, denn schließlich schüttelte sie den Kopf, drehte sich ab und murmelte: „Na, dann eben nicht!“

Erst als ein struppiger Hund von der Größe eines ausgewachsenen Ebers bösartig knurrend an mir herumschnüffelte, setzte ich mich wieder in Bewegung. Aber das Fragespiel war noch lange nicht zu Ende. *Eine* Frage hatte *eine* Antwort gefunden, aber hundert neue provoziert.

Auch mit Vater oder Mutter konnte ich darüber nicht reden. Ich hörte schon Mutters entlarvende Antwort: „Ich weiß ga' nich', was du has', Herbert, das is' doch ganz normal in sein' Alter. Seh' bloß zu, dat du nun auch bald 'ne o'ntliche Deern anbringen tust. Um den Joachim brauchs' di nich to sorgen, de weet all, wat für ihn gut is'. – Du machs' di 'n dicken Kopp? Bruks du nich! Dat is nix anneres as Eifersucht, Herbert! Mach di man bloß nix vor!"

Schon bei der Vorstellung von Mutters belehrender Art wurde ich wütend und wusste doch, dass sie Recht hatte. Ich war eifersüchtig, und wie! Dass ich das begriff, machte alles noch viel schlimmer. Die herrlichen Momente gemeinsamen Staunens, die großen Augenblicke tiefen Verstehens, das vertraute einander Anlächeln, das miteinander Weinen, Lachen und zarte Berühren, das alles erlebte jetzt Erna mit Joachim. Mich gab es nicht mehr.

Als ich durchgefroren – ich war viel zu dünn angezogen – vor unserer Haustür stand, hatte sich meine Stimmungslage auf die höchste Stufe des Gereiztseins eingependelt. Mich ärgerte schon, dass die morsche Haustür schief in den Angeln hing. Beim Öffnen klemmte sie und quietschte entsetzlich. Den Geruch beim Aufstieg in unsere Wohnung empfand ich als unzumutbar, weil aus den Klos – jeweils auf halber Treppe – sterbenskrankes Würgen, Stöhnen und Furzen drang. Normalerweise machte mir das nichts aus – aber jetzt wurde ich fast wahnsinnig dabei. Auch die Ausdünstungen abgestandener Gemüsesuppen, öliger Gummistiefel, faulenden Fischsuds und durchdreckter Latzhosen, die heute besonders aufdringlich das Treppenhaus durchzogen, erregten meinen Unwillen. Ich hatte das

Gefühl, als müsste ich eine hohe bleierne Luftsäule auf meinen Schultern hinauf ins Dachgeschoss befördern.

Vor der Wohnungstür suchte ich den Schlüssel in den Taschen von Joppe und Hose vergeblich. Das war zwar nicht das erste Mal, aber in dieser Situation ärgerte es mich eben. Schließlich ballerte ich wütend gegen unsere Tür und wunderte mich, dass Mutter plötzlich fassungslos vor mir stand und erschreckt fragte: „O Gott, Herbert, is' was passiert? Du tus' ja ganz blass aussehen!"

Sie zog mich kraftvoll in den Flur und rief aufgeregt kreischend zur Küche hin: „Willem, komm gau, den Jung'n is' ga' nich' gut!"

Jetzt erst merkte ich, was ich angerichtet hatte, und versuchte, mich selbst und die Folgen meiner miesen Stimmung ins Lot zu bringen.

„Bleib, wo du bist, Vadder, is' ga' nix los. Es stinkt bloß so penetrant auf'n Flur. Muss einer wieder vergessen haben, nach seinem Geschäft das Fenster zu öffnen."

„Un desweg'n muss' du so anne Tür ballern? Dat is doch kein Grund nu auch noch unse Dör kaputtokloppen, Herbert!"

„Tschuldigung, wollte ich nicht."

„Na, denn is ja gut. Muss doch nich' immer gleich den Beleidigten spielen. In der letzten Zeit, Herbert, benimms' du dich wirklich manchma' komisch. Wenn di dat bi uns nich' mehr passen tut, muss du di eben woanners umkieken! – Nich', Willem?"

Vater blieb stumm, und das war gut so. Er schaute mich zwar kritisch an, machte sich aber gleich wieder über sein Funkradio her und stülpte sich die schwarzen Kopfhörer über die Ohren. Nur Mutter ließ nicht nach, mich zu nerven.

„Was is inne letzte Zeit bloß mit dich los, Herbert? Immer trägst du ne Flappe vor dich her, spiels' den Gekränkten oder has' schlechte Laune. Nu, man raus mit die Sprache, Herbert! So geit dat doch nich alle Tage! Wenn dich wat bedrücken tut, kanns das diene ole Modder ruhig sagen."

Ich stand schon wieder in der Gefahr aufzubrausen, bemerkte aber, dass mich Mutter wehmütig anblickte. Da wich alle Spannung von mir. Wenn ich auch nichts zu sagen vermochte, ich fühlte mich geliebt. Ganz so allein war ich also doch nicht!

„Mutter, es ist nichts mit mir los. Glaub es doch!"

„Dann musses wat ganz anneres sien, wat di bedrücken tut, nä, Willem!"

„Ja, so ist es! Aber ich kann und will darüber nicht reden. Vielleicht später einmal. Jetzt jedenfalls nicht! Lasst mich in Ruhe! Es hat mit euch nichts zu tun."

„Na hoffen'lich nich, Herbert", grantete Vater, ohne uns dabei seine Aufmerksamkeit zuzuwenden.

Die Lage war entspannt. Auch mir ging es besser. Die fressende Eifersucht war zur Ruhe gekommen. Aber mir ging jetzt doch noch die Frage durch den Sinn, warum die Gestapo Erna Heydenreich ausgerechnet den Decknamen *Frettchen* beigeordnet hatte. War das Zufall oder Programm, eine Laune des Führungsoffiziers oder eine Aussage über besonders hervorzuhebende Eigenschaften Ernas?

Das *Frettchen* ist – wenn ich mich recht erinnere – eine halbzahme Iltisart, die gern bei der Kaninchenjagd eingesetzt wird. In Kindheitstagen hatte ich einmal beobachtet, wie auf dem St. Pauli-Kirchhof versucht wurde, mit einem solchen Tier der Kaninchenplage Herr zu werden.

War die Zuordnung dieses Decknamens blanker Zynismus des nationalsozialistischen Judenprogramms? Erst vor ein paar Tagen hatte Vater mich auf einen Beitrag in einem seiner geliebten Tageszeitungsausrisse – die vom Bäcker – aufmerksam gemacht, in dem schwarz auf weiß die Formulierung „Programm zur Ausrottung der Juden in Deutschland" vorkam. Ich hatte mich zwar erschrocken, aber das Ganze mit einem ungläubigen Kopfschütteln als unbedachte Entgleisung eines dieser Schreiberlinge – wie Vater Redakteure gern bezeichnete – abgetan. Es steckte wohl mehr dahinter, und plötzlich fühlte ich einen Stich im Herzen, weil mir augenblicklich bewusst wurde, wie hochgradig gefährdet Joachim schon sein musste.

Ausrottung der Juden – aber nicht einfach durch freien offenen Abschuss, sondern hinterhältig, wie es nur einem kranken Hirn entspringen kann: mit dem Frettchen durch die Hintertür! Erst von innen zerstören und aufbeißen, um dann mit tödlichem Würgegriff das schändliche Spiel zu vollenden.

Spätestens jetzt war mir klar, dass Erna gezielt auf Joachim angesetzt worden war. Man wollte ihn demoralisieren, ihm seine Würde nehmen und ihn ganz bewusst in den Sumpf hinabziehen, um ihn irgendwann für irgendeine Untat zu missbrauchen. Mein Gott, so musste es sein! Aber wie sollte ich Joachim daraus befreien, wie ihn vor Erna Heydenreich warnen? Angesichts unserer Sprachlosigkeit sah ich keine Möglichkeit dazu, aber ich wusste, dass ich einen Weg finden musste.

Wieder war es Mutter, die mich aus meinen Gedanken riss. Sie stand gebeugt über die aus dem Küchentisch hervorgezogenen Emailleschüsseln und wusch schwitzend Strümpfe und Socken. Wie nebenbei fragte sie plötzlich: „Wat mach dat Frollein denn wohl von dir gewollt haben, de di hüt mo'gen beseuken wull?"

Ich sprang wie elektrisiert auf. „Was sagst du da? Ein Fräulein wollte mich besuchen? Wann? Wie sah sie aus? Hatte sie blonde Haare? Hat sie denn gar nichts gesa...?"

„Na, Jung, mach ma' halblang. So viele Fragens auf einma' kann ich nich' beantworten. Has' du de junge Deern denn erwartet?"

„Nein, Mutter! Hat sie ihren Namen nicht genannt – auch keine Nachricht hinterlassen?"

„Nee, hat se nich'!"

Jetzt mischte sich auch Vater ein: „Aber doch hat se ihr'n Namen gesach', Gretchen. Nu mach doch den Bengel nich noch ganz tüddelich! – Irmgard Holbein – jawoll, Irmgard Holbein hat sie gesach', tut sie heißen! Und sie wollte in die nächsten Tage noch ma' vorkommen – wenn sie da'f – hat sie gesach ..."

„Dat heb ick aber nich hört, Willem. Dat mut se di anne Dör seggt hebben."

„Ja, Gretchen, so wa' das auch. Und sie a'beitet inne Eckkneipe bei'e Seilerstraße, hat sie noch gesach."

„Und wie heißt die Eckkneipe, Vater?"

„Dat wet ick nich, heb ick mi nich ma'kt, mien Jung. Aber sie wär heut Abend da, hat sie gesach'. – Muss' eben ma' um die Ecke kucken! Vielleicht find's sie ja. Wa' ein bannich hübsches Mä'chen, nich Gretchen? Mit so dunkle aufgesteckte Haare. Und sah auch ga' nich' verkommen aus. Jung, du muss' sie doch kennen. So ne nette Deern kommt doch nich so ohne weiteres zu'n Bengel in't Hus. – Irmgard heißt sie! Erinners' di denn ga' nich', Herbert?"

Vater und Mutter sahen mich erwartungsvoll an. Trotzdem konnte ich nur den Kopf schütteln und verlegen die Schultern hochziehen. „Wenn ich wüsste, wer die Frau ist, würde ich es euch nicht verschweigen. Glaubt es mir! Erst recht nicht, nachdem sie hierher gekommen ist. Das würde doch auch keinen Sinn machen – oder?"

„Dat stimmt, Gretchen! Wo de Bengel Recht hett, hett he Recht. Muss dich nun wohl sülbens um kümmern, Herbert. Irgendwat wa'd dor schon achter steken."

Sprach's und vertiefte sich wieder in seine Empfängeranlage. Auch für Mutter war das Gespräch jetzt beendet. Nur ich war vor eine – zusätzliche – Herausforderung gestellt. Was sollte ich machen? Wo sollte ich mit meinen Recherchen beginnen? Ich beschloss, zunächst herauszufinden, um welche Kneipe an welcher Seilerstraßenecke es sich handeln könnte.

Im Nu war ich draußen. Nach anfänglichen Überlegungen bummelte ich bald durch die Davidstraße in Richtung auf die andere Seite der Reeperbahn und hatte in wenigen Minuten die Seilerstraße erreicht.

Zum zweiten Mal hatte ich sie durchquert und nirgendwo in den geöffneten Gastwirtschaften eine Bedienung gefunden, die ungefähr der knappen Schilderung Vaters entsprochen hätte. Außerdem sollte sie ja gesagt haben, dass sie erst abends arbeiten würde. Deshalb beschloss ich, dass ihr Arbeitsplatz in dem am Abend geöffneten Lokal sein müsse, über dessen Eingang als bescheidener Hinweis der Name *Speisegaststätte* leuchtete.

Um nicht wieder nach Hause gehen zu müssen, kehrte ich nahe der Talstraße in eine Kellerkneipe ein, die den dunklen Namen *Seemannsgrab* trug. Hopfenmief und Zigarrenqualm schienen mich umbringen zu wollen, aber nachdem ich am Ende der langen rustikalen Theke auf einem wackeligen Hocker Platz genommen hatte, gewöhnte ich mich an die dicke Kneipenluft.

Die Gäste saßen meist schweigend vor ihrem Bier, Köm oder Grog. Einer kaute mit Hingabe an seinen Fingernägeln, ein anderer bohrte mit dem kleinen Finger in seinen Ohren. In einer dunkleren Ecke saß eine Gruppe von fünf auffällig gut gekleideten Männern, die angeregt miteinander flüsterten. Jeder hatte eine Tasse Kaffee vor sich. In regelmäßigen Abständen strich einer von ihnen mit misstrauischem Blick durch das Lokal und musterte die Gäste, als ob er sichergehen wollte, dass ihnen auch niemand zuhörte.

Der Kellner, ein weißhaariger, intelligent aussehender Mann mit Schnurr- und Kinnbart, brachte mir den heißen Grog, den ich eingangs bestellt hatte, und musterte mich ohne jede Zurückhaltung ungeniert, streng und kritisch, aber nicht unfreundlich.

„Unangenehm kalt draußen, wie?“

„Es geht."

„Der Grog wird deine Gemüter wieder wecken!"

„Ja, danke! Ich hoffe es."

„Du bist wohl nicht von hier, oder?"

Nun allerdings musste ich doch herzhaft lachen.

„Wenn einer von hier ist, dann bin ich es. Seit Geburt stolzer Sankt-Paulianer, aber Hafenseite!"

„Ach ja? Du siehst noch sehr jung aus. Was is'n mit Arbeitsdienst und Wehrmacht?"

Oje, er hatte mich unvorbereitet erwischt. Zum ersten Mal seit ich sozusagen geheimer Mitarbeiter der Staatspolizei war, hatte mich jemand in Verlegenheit gebracht – mehr noch –, mich in die Enge getrieben. Fieberhaft suchte ich nach der richtigen Antwort, denn der Mann stand noch immer ungerührt vor mir und forschte weiter in meinem Gesicht.

„Ach so, nee – Gott sei Dank – noch nicht. Hab' zur Zeit Probleme mit der Gesundheit."

„Ah ja" meinte er mit leicht gehobener Stimme, „das klingt beinahe so, als wolltest du sagen, du hättest bis jetzt Glück gehabt, übersehen worden zu sein. Das sag man nicht überall so laut, sonst könnte es dir einer ganz plötzlich übel nehmen. – Es gibt doch nichts Größeres, als Deutschland und dem Führer zu dienen. Oder?"

Ich muss ihn entgeistert angesehen haben. Tausend Überlegungen schossen mir in Bruchteilen von Sekunden durch den Kopf: Sah der Kellner es mir etwa an, dass ich den Nazispitzel mimte? Dann war ich in dieser Rolle ja nicht sonderlich überzeugend. – Angenommen, ich würde überhaupt keine Rolle spielen und einfach nur Herbert Spalding sein, in Ruhe gelassen und nichts gefragt werden wollen, dann wäre ich ja nicht einmal in dem glaubwürdig, was ich bin!

Und was, wenn ich beobachtet worden bin – ständig –, im Haus, auf der Arbeit, beim Zusammensein mit Joachim oder wenn ich ihm hinterhergeschlichen war oder wir die verdammten Tagebücher manipulierten und nach Wegen suchten, den Nazis eins auszuwischen? – Vielleicht hatte man mich auch auf dem Weg zur *Speisegaststätte* und hierher verfolgt und wollte mich jetzt schlicht ins Messer laufen lassen? Mir wurde abwechselnd heiß und kalt. Ich spürte, wie sich Schweißperlen auf meiner Stirn bildeten und sich in der Magengegend Übelkeit ausbreitete. War ich hier etwa in die Höhle des Löwen gestolpert?

Da legte mir der Ober auch noch die Hand auf die Schulter, rüttelte mich – ich war wieder kurz davor, kotzen zu müssen – und sagte: „War nur Spaß, mein Junge, ich merk schon, der ideale Soldat scheinst du jedenfalls nicht werden zu wollen."

Dann wandte er sich um und eilte in die Ecke zu den flüsternden Männern. Mir fiel ein Stein vom Herzen. Mein Gott, hatte der Mann mich erschreckt! Eine Zeit lang konnte ich nicht denken, geschweige denn mich rühren. Ich muss erstarrt dagesessen und blöd vor mich hingeglotzt haben.

Der Grog war bereits lauwarm, als ich den ersten Schluck nahm. Aber nicht einmal das gelang mir problemlos. Ich hatte das Glas noch nicht wieder abgesetzt, als mich ein in seiner Gewalt und Lautstärke kaum zu übertreffender Hustenanfall erschütterte und die Blicke der Gäste auf mich zog. Sogar die Flüsterer richteten ihre Augen wie auf Kommando zu mir. Ich hätte im Boden versinken oder mich in Luft auflösen mögen, aber es half nichts. Allerdings musste ich mich an der verchromten Haltestange der Theke festkrallen, weil der Hocker unter mir gefährlich ins Wanken geraten war.

Aber der Anfall war bald vorbei. Schon nach einem Augenblick schien keiner der Anwesenden auch nur noch das geringste Interesse an mir zu haben. Die Flüsterer wisperten wieder, der Ohrbohrer fummelte unbeeindruckt in seinen übergroßen Ohren, und der Nägelkauer beschäftigte sich übergangslos mit seinen Fingern. Die Zeit rann dahin, und in meinem Kopf vollzogen sich Energie verschlingende Denkversuche. Die aber versandeten, ohne dass ich eine erhellende Erkenntnis gewonnen hätte.

Mehr verlegen als gewollt, zählte ich meine Barschaft und stellte fest, dass ich noch einen Grog bezahlen konnte. Ich bestellte ihn, obwohl ich wusste, dass mir das Geld in den nächsten Tagen schmerzlich fehlen würde, und sann weiter ziel- und zwecklos vor mich hin. Aber irgendwann strömten geflüsterte Gesprächsfetzen aus der besagten dunklen Ecke zu mir herüber. Ohne dass ich es mir sonderlich vorgenommen hatte, begann ich, Bruchstücke aufzunehmen, sie mühevoll zusammenzusetzen und langsam zu begreifen.

„... kannst du bei dieser Veranstaltung auf gar keinen Fall vortragen ... um Himmels willen, bloß nicht ... werden dich auf der Stelle verhaften! ... Manuskripte mitgeben nach Amsterdam ... traue dem Verleger nicht, der beginnt, sich anzupassen ... auf jeden Fall die Finger davon lassen ... der muss jetzt untertauchen ...“

Plötzlich wurde mir wieder heiß und kalt. Endlich hatte ich begriffen, wo ich hingeraten war. Ich hatte mich in eine Künstler- und Intellektuellenkneipe verirrt – in ein Oppositionellennest! Hier trafen sich die Aufmüpfigen, die sich nicht gleichschalten lassen wollten und wie Joachim und ich noch an den möglichen Erfolg einer Rebellion, eines Aufstandes oder vielleicht sogar an die Vernunft der Menschen glaubten.

Die Hitzeintervalle in mir legten sich, und trotz der Ereignisse dieses schrecklichen Tages zog eine Art Glücksgefühl in meine Seele ein – vielleicht war es auch Hoffnung.

Mutter und Vater wollte ich heute Abend nicht mehr sehen, deshalb machte ich mich noch einmal auf den Weg zur Hafenanlage hinunter nach Övelgönne. Es war eisig kalt, die Luft klar und rein. Hin und wieder blieb ich stehen und blickte in den strahlenden Sternenhimmel. Von den

Himmelskörpern konnte ich nur wenige mit Namen nennen. Aber genau *die* bemühte ich mich zu entdecken. So hatte ich bald den Großen und den Kleinen Wagen ausgemacht und über die gedachte Verlängerung der Hinterachse des Großen Wagens auch schnell den Polarstern gefunden. Bevor ich mich allerdings über meine mangelnde Kenntnis in der Himmelskunde ärgerte, begann ich selber, einzelne Sterne zu Bildern lebender Gestalten und Gesichter zusammenzusetzen. Und alle waren sie schön! Befriedigt konnte ich feststellen, dass über mir nichts Drohendes, nichts Grauenhaftes und nichts Gefährliches schwebte. Ich sah nur leichtfüßig springende Gazellen, rassige Pferde und zauberhafte Mädchen – ja, unfassbar viele und schöne Mädchen! Sie alle spielten und tanzten, lachten oder sangen. Einmal glaubte ich, auf dem unendlichen Parkett des Himmels meine Mutter und ein anderes Mal Joachims Mama dahinschreitend gesehen zu haben.

Auch als ich auf meinem Poller kauerte, spielte ich das paradiesische Puzzle weiter. Längst hatte sich die Glorie des Sternenhimmels in seinem Abbild mit dem Spiegel des Elbwassers vereint. So war ich mittendrin: über mir Himmel und unter mir Himmel, und ich war der Mittelpunkt im Kosmos! Jeder der mich umreigenden, silbernen Lichtpunkte strahlte mir zu und warf sich zurück in die Ewigkeit. Um mich her und in mir fühlte ich eine nie gekannte Größe. Was mich eben noch verärgert hatte, was mich problemschwer zu erdrücken drohte – ja selbst der Führer mit seinem globalen Anspruch –, war auf einmal klein und bedeutungslos geworden.

Bei meinen Betrachtungen hatte ich nicht bemerkt, dass mir die Kälte gehörig in die Kleider gedrungen war. Aber als meine Zähne aufeinander schlugen, erhob ich mich und lief, um das Frösteln loszuwerden, im Trab Richtung Reeperbahn zurück.

Seltsamerweise blieb ich während der ganzen Zeit von *Irmgard Holbein* und dem, was sie mir bringen würde, unberührt. Erst als ich schon in die Seilerstraße eingebogen war und die Uhr des Michels gerade neunmal geschlagen hatte, erwachten all die mysteriösen Fragen, die sich mit der Nennung ihres Namens aufgestaut hatten.

Das Lokal war inzwischen geöffnet, und das sanfte Licht, das von innen her auf die Straße floss, ließ es einladend auf mich wirken. Bevor ich eintrat, zog ich noch einmal an den Schößen meiner Joppe und entschloss mich, die wollene Pudelmütze vom Kopf zu ziehen.

Das Raumlicht und die flackernden Tischkerzen blendeten, sodass ich mich zunächst orientieren musste. Der enge Gastraum erstreckte sich lang in die Tiefe und endete vor einem Podest, das wohl als Kleinstbühne zu dienen hatte. Eine ihrer Schmalseiten stieß an die Längswand, die dem Ausschank und der Speiseausgabe gegenüberlag.

Im ersten Moment wirkte die penibel platzierte Tischreihe auf mich wie die eine Hälfte eines geöffneten Reißverschlusses. Eigentlich gab es nichts Bestaunenswertes. Stil und Ambiente waren weder aufregend noch abstoßend. Die Tische waren fast alle besetzt, aber nicht von Bewohnern dieses Stadtteils. Hier saßen nur Leute, die sich um die Mark nicht sorgen mussten, aber auch nicht zu den wirklich Wohlhabenden gehörten.

Auf der kleinen Bühne an der Stirnseite des Lokals hatte sich inzwischen ein als Matrose verkleideter Musiker in Szene gesetzt und gab mit gequältem Brustton aus schaurig klingender Stimme und mit Hilfe einer Quetschkommode das Lied vom *Hamborger Veermaster* zum Besten.

Ehe ich das alles verinnerlichen konnte, sprach mich der als Kapitän dekorierte und einen riesigen Bauch vor sich hertragende Geschäftsführer an: „Guten Abend! Hatten Sie einen Tisch vorbestellt?"

Der geringschätzige Blick, mit dem er mich von unten bis oben musterte, war mehr als beredt. Aber das hatte ich inzwischen zu oft erlebt, als dass es mich noch hätte beeindrucken können.

„Nein, habe ich nicht!"

Er hatte wohl einen Sermon erwartet. Deshalb war es nun an ihm, verblüfft zu sein. Seine Erwartung unbeachtet lassend, bewegte ich mich weiter auf den langen Tresen des Ausschanks zu. Er musste also hinter mir hertapsen. Das schien ihm zu missfallen, denn ich spürte, wie er erregt zu schnauben begann. Ich weiß nicht warum, aber dieser kleine Moment bereitete mir Vergnügen. Für den voluminösen Kapitän völlig überraschend, drehte ich mich plötzlich um, beugte mich ganz leicht, aber blitzschnell nach vorn, um einen festeren Stand einzunehmen – und ließ den massigen Mann ungerührt gegen mich auflaufen.

Was ich bezweckt hatte, war erreicht. Er wusste im ersten Augenblick nicht, ob er fluchen, sich empören oder sich entschuldigen sollte. Sekundenlang lehnte er sich an mich und musste wohl oder übel meinen Groggeruch einatmen. Dann aber zog ein Beben durch seinen Körper. Er stabilisierte sich und trat fauchend einen Schritt zurück. Zuckend suchten seine Lippen ein ernstes Wort an mich zu formen, aber schon hatte ich ihn frech unterbrochen: „Is' gar nicht so leicht, immer das Gleichgewicht zu wahren, nicht wahr, Herr Kapitän? – Entschuldigen Sie, aber ich hab' nur 'ne Frage. Arbeitet bei Ihnen ein Fräulein Holbein, Irmgard Holbein?"

Alles an dem Mann entspannte sich. Man sah ihm geradezu an, wie all die Befürchtungen, die er im Hinblick auf einen unerwünschten Gast hatte, von ihm abfielen. Die plötzlich nachlassende Anspannung entkrampfte auch seine in fleischernen Tiefen verborgene Bauchmuskulatur. Als sollte auf ein Handzeichen hin ein Denkmal enthüllt werden, so zeigte sich mit einem leisen Knacks der wahrhafte Umfang seines Leibes. Den heruntergefallenen Hosenknopf hat außer mir niemand gesehen, aber den mächtigen weißen Keil, der sich über der Bauchmitte so unvermittelt auftat, bestaunten viele. Verschämt bedeckte er die scheinbare Blöße mit seiner wabbligen Hand und beeilte sich zu versichern: „Oja, das

Fräulein Holbein ist da. Sie wird hinten sein. Einen Augenblick, ich schau mal nach! Nehmen Sie bitte an der Theke Platz.“

Es dauerte, und ich hatte Muße, mich weiter umzuschauen. Aber da war nichts, das zu merken sich gelohnt hätte, bis auf den Sänger. Mir schien er das Gegenbild von dem zu sein, was er darstellen wollte. Für mich war das kein Matrose. Wenn er mich überhaupt an irgendetwas erinnerte, dann an einen hageren, kränklichen Büroboten. Zu meiner Überraschung klatschten die Gäste begeistert Beifall, sodass ich schon fürchtete, dass bei mir die Welt nicht mehr in Ordnung sei.

Dafür bekam ich prompt die Bestätigung. Denn unbemerkt von mir hatte sich ein atemberaubend schönes Mädchen genähert, blinzelte mich an und sagte wie nebenbei: „So, Sie sind also Herr Spalding. Ich habe Sie mir ganz anders vorgestellt. – Nicht ... äh, nicht so interessant. Ich bin Irmgard Holbein. Meine Freunde nennen mich Irma.“

Während sie ihre brünetten Locken mit einer anmutig sinnlichen Bewegung des Kopfes in den Nacken warf, wusste ich, dass ich von diesem Moment an vor einer Herausforderung stand, die dem Spagat über einen unendlichen Ozean, der zwischen zwei Feuer speienden Vulkanen lag, gleichkam.

17. Kapitel

Irma lächelte mich an und hatte im selben Moment alle Widerstandsmechanismen in mir ausgeschaltet.

„Hast du noch Zeit?“

Ich nickte zustimmend, als sei ich eine aufgezogene Spieluhr.

„Schön, dann werde ich früher Schluss machen. Dicky, ich mach in ’ner halben Stunde Feierabend! Ja? Du, bring meinem Freund hier was zu trinken – aber auf Kosten des Hauses!“

Der dicke Kapitän – dessen fleischige Hand immer noch verschämt über seinem Bauch lag – nickte Irma, sein Einverständnis signalisierend, zu und wies wortlos auf einen Barhocker.

„Bitte nichts mit Alkohol drin, vielleicht nur ’n Kaffee.“

„Wie Sie wollen“, entgegnete er und verschwand. Heiterkeit, aber auch Stolz waren jetzt in mir. Heiter war ich, weil ich mich dem Käpt’n gegenüber behauptet hatte, und stolz war ich, weil das Mädchen, auf das ich wartete, wegen ihres Aussehens jedem Mann Zierde und Prestigegewinn bedeutete. Ohne zu wissen, was auf mich zukommen würde, sonnte ich mich bereits im Hochgefühl des Glücklichen. Doch spürte ich auch schon so etwas wie Verlustängste. So fürchtete ich, dass die Beziehung zu Irma im nächsten Moment wieder zu Ende sein könnte – noch ehe sie überhaupt ihren Anfang genommen hatte. Was, wenn Irma mir nur eine unwichtige Mitteilung zu machen hatte oder nichts Ungewöhnliches von mir wollte? Vielleicht suchte sie jemand anderen? Vielleicht war ich nur Mittel zum Zweck? Aber hatte sie nicht ganz deutlich zum Ausdruck gebracht, dass ich sie angenehm enttäuscht hätte? Hatte sie nicht betont, dass ich doch viel interessanter sei, als sie es sich vorgestellt hatte? Sie musste sich also mit mir schon recht intensiv beschäftigt haben! Viel mehr jedenfalls als mit jemandem, von dem man nicht mehr als eine Information erwartete. Wieso hatte sie gesagt: „nicht so interessant"? Deutete das etwa darauf hin, dass sie sich bereits damit abgefunden hatte, unabhängig von meiner Erscheinung, meines Alters und Charakters, eine längere Zeit mit mir zu tun haben zu müssen? Meine Überlegungen wurden jäh vom Käpt'n unterbrochen, der mit seinen schwitzigen Wurstfingern eine zierliche Kaffeetasse auf einem zerbrechlich wirkenden Unterteller von der Seite her vor mich hinzustellen versuchte.

Es gelang ihm nicht, weil sein Arm die Distanz über seinen Bauch bis zur Theke nicht überbrücken konnte. Nach mehrmaligem Versuch überwand er sich endlich doch und bat mich, die Tasse direkt anzunehmen: „Ihr Kaffee, bitte!" Dabei funkelten seine Augen bösartig, aber sein Mund wiederholte bescheiden: „Bitte schön!"

Einen Moment lang blieb er stehen und schien mir noch etwas Wichtiges sagen zu wollen, wurde aber – zu wessen Glück auch immer – zu einem der hinteren Tische gerufen.

Der Kaffee schmeckte abgestanden und konnte es nicht einmal mit Mutters Muckefuck aufnehmen. Ich nippte auch nur an der Tasse, um die in mir beginnende Unruhe aufzufangen. Gleich musste die halbe Stunde vorüber sein, gleich würde sie vor mir stehen, gleich mich ansprechen ...

„Hallo, Herbert, träumst du? Ich darf dich doch Herbert nennen, oder?"

Ich war so erschrocken, dass ich fast vom Hocker gefallen wäre. Irma war von hinten an mich herangetreten. Ich hatte sie aus der Küchentür kommend erwartet, hinter der der dicke Käpt'n schon des Öfteren entschwunden war.

Wie aufgezogen rutschte ich vom Hocker, wandte mich ihr zu und stand gebannt, verlegen und keines Wortes mächtig vor ihr. Ihr Anblick verzauberte mich so sehr, dass ich an mir selbst hinunterblickte. Man sah es mir zweifellos an, dass ich nicht gerade zu den Begüterten der Gesellschaft gehörte. Auch wenn ich meine derbe Joppe lässig aufgeschlagen hatte, musste ich ihr wie ein verirrter Sielarbeiter erscheinen. Zu meinem Schrecken erkannte ich erst in diesem Augenblick, dass ich nicht einmal die Arbeitsschuhe gewechselt hatte, bevor ich losgegangen war.

Irma wirkte auf mich wie eine der großen, unberührbaren Damen aus der glitzernden Welt des Films und der Gazetten. Sie war in einen langen, schwarzen Mantel gehüllt, dessen Kragen und Ärmel weicher, langhaariger Pelz zierte – vermutlich Silberfuchs. Ihre Hände verbargen sich in einem aus Fell gefertigten Muff, und um den Kopf trug sie, lose drapiert, einen dunkelroten Seidenschal. Ihre blitzenden Augen folgten belustigt meinen schüchternen Blicken.

„Na, zufrieden mit dem, was du siehst?“ Herausfordernd hob sie ihren Kopf und machte mich damit endgültig sprachlos. Sie schien das zu bemerken, verzichtete jedoch auf eine Antwort, drehte sich um und sagte: „Komm, gehen wir erst mal raus!“

Ich hatte das Gefühl, dass alle Gäste mir hämisch lächelnd nachblickten und der feiste Käpt'n sich feixend die Hände rieb. Von dem vorhin noch phantasierten beneideten Besitzerstolz war nichts mehr geblieben. Ich war froh, dass meine Unsicherheit draußen von der trüben Dunkelheit verdeckt wurde.

„Wenn du Lust hast, können wir zu mir gehen. Ich wohn' nicht weit von hier. Nur eben über die Reeperbahn rüber. Einverstanden?“

Ich nickte. Mein Herz schlug doppelt so schnell. Als sie die Haustür aufschloss und mich in den Flur zog, den ich längst kannte, war meine Konfusion vollkommen.

„Man los, komm rein, brauchs' die Tür nur ins Schloss fallen lassen! Wir sind schon da! – Nee, nich' die Treppe hoch. *Dies* ist meine Wohnungstür!“

Ich hatte mich schon der Treppe zugewandt, aber sie öffnete bereits die Tür zu einer der beiden Erdgeschosswohnungen, in die ich nie jemanden hatte hineingehen sehen.

„Nun komm doch, Herbert, brauchs' keine Angst zu haben! Ich wohn' allein!"

Sie hielt die Tür weit geöffnet, aber ich löste mich vom Treppenabsatz erst, als mit lautem Geräusch der Schaltautomatik das Hauslicht verlöschte.

Der Wohnungsflur war schmal und niedrig. Außer einem größeren Spiegel und einer gebrechlich wirkenden Garderobe hatte weiteres Mobiliar hier keinen Platz. Fröhlich summend, legte Irma den Mantel ab, stülpte ihn über einen Bügel, zog mit geschicktem Griff das rote Seidentuch von den wallenden Locken und ließ es wie eine Zauberin irgendwo in den inneren Tiefen des Mantels entschwinden.

Ich muss ihr verdattert zugeschaut haben, denn plötzlich hielt sie mir ihre schmalen Hände einladend entgegen und sagte spöttelnd: „Du fürchtest doch wohl nicht, bei mir erfrieren zu müssen? Also her mit dem Panzer!"

Zögernd schälte ich mich aus meiner Joppe, denn wohl war mir wirklich nicht. Ich hatte sogar das Gefühl, nicht mehr Herr meiner selbst zu sein.

Ehe ich mich versah, hatte Irma mich in ein großes, nach Blumen duftendes Zimmer bugsiert. Die Wände waren mit rosa leuchtender Seide überspannt, die wiederum von flachen Kristalllüstern angestrahlt wurde. Von der Stirnwand ragte ein großes Himmelbett in den Raum hinein. Um die verzierten Rundpfosten schlang sich zartweißes Vorhanggewebe, und vom samtbehangenen Baldachin baumelten goldene Kordeln herab. Zwischen den beiden Fenstern, die zur Straße zeigten, stand ein gewaltiger Spiegeltisch und hatte wohl der Schönheit zu dienen. Ein runder Tisch, um den herum drei Plüschsessel und eine barocke Ottomane gruppiert waren, bezeichnete die Raummitte, während neben der Eingangstür die Einrichtung durch ein zartes, mit wunderschönen Intarsienarbeiten geziertes Vertiko vollendet wurde.

„Gefällt es dir bei mir?“

Erschrocken, weil ich Irma sekundenlang vergessen hatte, beeilte ich mich sofort, ihr zu versichern: „Aber ja doch, Irma, es ist sehr gemütlich!“

Irma hatte zwei Gläser und eine Flasche Sekt in der Hand. Damit gestikulierte sie mir auffordernd zu, mich doch endlich zu setzen.

„Die Möbel sind zum Sitzen, nicht zum Angucken da, Herbert! – Nee, nich’ da auf den Sessel, komm hierher aufs Kanapee! Da bist du ja so weit weg. – Du trinkst doch’n Glas ...?“

Mit lautem Plop sprang der Korken aus dem Flaschenhals und verlor sich irgendwo im Zimmer. Gekonnt füllte Irma die Gläser, ohne dass auch nur ein Tropfen daneben ging. Da ich mich immer noch nicht gesetzt hatte, stellte sie die Flasche auf den Tisch, zog mich an der Hose zu sich auf das Sitzmöbel nieder und hielt mir eines der sprudelnden Gläser unter die Nase, sodass es mich kitzelte.

„Hier, nimm, und Prost denn – also noch mal, ich bin Irma! Auf gute Zusammenarbeit, Herbert – hm, eigentlich möchte ich dich Herby nennen. Wie findest du das – Herby?“

„Nanu, hat es dir die Sprache verschlagen?“

„Mu... musst schon entschuldigen, Ir... Irm... Irma! Ich bin wirklich überrascht. Ich versteh’ das alles nicht! Wer bist du? Bist du sicher, dass du mich nicht mit jemand anderem verwechselst? ... Ich ... ich ...“

„Keineswegs – aber dazu kommen wir gleich. Nun nimm erst einmal einen ordentlichen Schluck von diesem herrlichen Gesöff. Guck’ hier, auf das Etikett. Ist direkt aus Frankreich! Also Wohlsein!“

Nach dem ersten Schluck muss ich verdutzt dreingeschaut haben, denn Irma lachte, stieß mit ihrem Glas provozierend gegen meines und meinte: „Schmeckt nach mehr. Hab' doch Recht, oder?"

Genau wie sie leerte ich jetzt auch mein Glas in einem Zug. Eh ich mich versah, hatte sie es wieder nachgefüllt. Das Zeug schmeckte tatsächlich, zeigte aber auch Wirkung. Mich ergriff ein seliger Schwindel, eine angenehme Wärme stieg in mir auf – und mutiger wurde ich, jawohl, mutiger! Ich spürte, wie die Scheu von mir abfiel, und empfand es erregend, dass Irma noch näher an mich herangerückt war. Von ihrer Nähe ging eine mysteriös vibrierende Spannung aus, die anzog und auf seltsame Weise auch bange machte. Dazu duftete sie intensiv nach frischen Blüten, wie der ganze Raum.

Sie trug ein raffiniertes rotes Kleidchen, das ihren makellosen Körper voll zur Geltung brachte. Die Schultern waren bis auf die schmalen Träger frei und gaben sich dem funkelnden Licht hin, das von den Wänden her den Raum erhellte. Unter dem dünnen Stoff des Kleides zeichneten sich ihre Brüste ab, hoben und senkten sich mit ihrem Atem und zitterten aufreizend, wenn sie kicherte. Am meisten Aufmerksamkeit musste ich ihren Schenkeln und den Knien widmen. Das Kleid war wegen der tiefen Sitzposition zunehmend in die Höhe gerutscht und legte sogar die roten, rüschengezierten Bänder frei, die die ebenfalls roten Seidenstrümpfe hielten. Entweder bemerkte es Irma nicht oder sie wollte es nicht bemerken, mich aber brachte es so sehr durcheinander, dass ich Mühe hatte, mich auf das Gespräch zu konzentrieren.

Immer wieder musste ich mir einen inneren Ruck geben, um meine Augen von ihren Beinen abzuwenden. Ich konnte Irmas zwingendem Blick kaum standhalten.

„Irma, nun sag mir endlich, was du von mir willst!"

Sie stellte ihr Glas ab, sah mich eindringlich an, rückte ein wenig zur Seite und sagte lächelnd: „Ich wollte gar nichts von dir, Herby, aber ich *soll* etwas von dir wollen."

„Wie bitte? Das verstehe ich nicht ..."

„Glaub' ich dir glatt! War auch nicht besonders verständlich ausgedrückt. – Ganz einfach, ich soll mit dir zusammenarbeiten ..."

„Wer sagt das? Warum ...?"

„Wer das sagt? Das fragst du? Ist doch logisch, Meierbeer *sagt* das!"

„Meierbeer? Was hast du denn mit dem zu tun?"

„Na, hör' mal, genauso viel wie du, mein lieber Herby. Ich bin Mitarbeiterin der Geheimen Staatspolizei, der Ge-sta-po! Begriffen?"

Ich begann zu stottern und begriff, worauf ich mich eingelassen hatte, beziehungsweise einlassen musste. Das war ja wirklich kein Spiel, sondern allerbitterster Ernst. Erst jetzt wurde mir ernüchternd klar, dass die kindlich lapidaren Tagträumereien, denen ich mich mit Joachim bis zu diesem Moment hingegeben hatte, irgendwann natürlich Folgen haben mussten. Ich war tief und tiefer in den Sumpf gerutscht, ohne es zu merken, hatte gar geglaubt, die Gesetze des Handelns und Geschehens zusammen mit Joachim lenken zu können. Tatsächlich war er schon längst und ich spätestens jetzt dabei, Kopf und Kragen zu verlieren.

„Ja, ja, natürlich habe ich begriffen. Nur, was wir gemeinsam tun sollen, wie unsere Zusammenarbeit aussehen soll und wo, begreife ich noch nicht. Das musst du mir noch erklären."

„So viel, mein lieber Herby" – Irma rückte mir wieder näher – „gibt es nicht zu erklären. Was die wirklich mit uns vorhaben, weiß ich auch noch nicht. Meistens erfährt man es erst im letzten Augenblick, manchmal muss man es sich selbst zusammenreimen, oder man wird benutzt, ohne je zu erfahren, welchen Sinn das Ganze hatte. – Wir beide sollen uns zunächst nur kennen lernen und dein Tagebuch gemeinsam schreiben."

Sie lachte laut auf und fügte hinzu: „Heute ist ja wohl noch einiges zu ergänzen. Oder wollen wir warten, was heut'

Nacht geschieht und es morgen mit einbauen? – Du, wenn du noch mehr von mir wegrückst, fällst du gleich vom Kanapee, Herby! Hast du Angst vor mir? Nee, nich' doch, komm wieder näher, sonst gibt es tatsächlich noch ein Unglück. Und das wollen wir doch beide nicht."

Irma schob ihre Hand sanft über mein Knie zwischen die Oberschenkel und versuchte, mich nah an sich zu ziehen. Ich gab dem Druck ihrer Hand nach. Was sollte ich auch sonst tun? Den anderen Arm legte sie um mich und zog nun auch meinen Kopf so dicht an sich, dass ich ihren warmen Atem spürte. Immer noch hielt sie ihre Hand zwischen meinen Schenkeln und streichelte diese bis in den Schritt und trieb mich in die Nähe des Wahnsinns. Ohne es bewusst zu wollen, öffnete und schloss ich die Beine. Mein Herz begann zu rasen und pochte bis zum Hals. Am liebsten wäre ich geflohen, aber in mir war eine stärkere Kraft, die das nicht zuließ.

Unsere Wangen berührten sich, und Irma flüsterte in mein Ohr: „Ich mag dich. Ich mag, dass du so schüchtern bist, Herby. – Das macht dich so anziehend und törnt mich richtig an – wirklich, Herby! Fühl mal, wie mein Herz schlägt!"

Irgendwie hatte sie es geschafft, meine Hand durch das Kleid auf ihre nackte Brust zu führen, und ich fühlte ihr Herz heftig schlagen.

Was jetzt geschah, überforderte mich. Ich kann es dir auch nicht mehr schildern. Ich verfiel Irma in Sekunden. Es dauerte nicht lange, bis wir entkleidet in ihrem breiten Himmelbett lagen und uns heftigst liebten. Ich versichere dir, dass es so gewaltig war, wie ich es nie wieder erlebt habe. Was sich in jener Nacht und in den vielen, die noch folgen sollten, unter den Dielen von Joachims Zimmer abspielte, kam dem Versuch gleich, das Inferno höllischen Feuers mit dem Wasser sanft einherfließender Himmelsbäche zu löschen.

Als ich nach Stunden wieder auf der Straße stand, hatte sich ein so seliges Glücksgefühl meiner bemächtigt, dass ich außerstande war, auch nur einen halbwegs klaren Gedanken zu fassen. An mir vorbei zogen grölende Matrosen der Reichsmarine und schrien nationalsozialistische Parolen in die Nacht, aber es rührte mich nicht. Auch das sonst in solchen Situationen aufkeimende Hassgefühl blieb aus. Ich winkte den schwankenden Seeleuten sogar belustigt nach. Nur eines hatte ich glasklar erkannt: Ich musste Joachim noch in dieser Nacht treffen und ihm sagen, dass er mir beim Schreiben der Tagebücher bis auf weiteres nicht mehr helfen durfte.

Immer noch völlig aufgelöst und voll des Erlebten spazierte ich ein Stück die Reeperbahn hinauf und schwenkte bald in die Davidstraße ein.

Es war beinahe zwei Uhr. Ich würde Joachim also auf jeden Fall noch treffen können, entweder holte er gegen halb drei seine Mutter oder kurz vorher Erna vom Club ab.

Die Kälte hatte ihre beißende Strenge verloren. Es nieselte, und die feuchte Luft streifte spürbar meine Wangen. Das Wetter hatte sich ins Gegenteil gewendet – und scheinbar auch ich! Nichts von dem, was mich hätte bewegen müssen, beschäftigte meine Gedanken. Im Gegenteil, mir war, als hätte sich alles zu meinen Gunsten geändert. Des Lebens wunderbarste Seite schien sich mir huldvoll zugeneigt zu haben. Dabei hatte mich nur die begierliche Macht leidenschaftlichster Sinnlichkeit ergriffen – nichts weiter!

Ich weiß, was du jetzt denkst und fühlst! Ja, du hast Recht: Joachim und ich hatten uns gegenseitig verraten. Unsere Freundschaft schien allenfalls noch feuilletonistischen Wert zu haben. Wir lebten aus ihrer jungfräulich zarten Vergangenheit, aber nicht mehr aus der Kraft ihrer Gegenwart. Das Gefühl für ihre Größe hatten wir verloren, und ihre Würde war der Denunziation gewichen. Obwohl ich es weit von mir wies, ich war tief gesunken, bis an den Rand des Verderbens. Ehre und Anstand – wie Vater zu sagen pflegte

– schienen auf der Strecke geblieben zu sein. Die Würde lag im Lotterbett sittenloser Hurerei. Joachim und ich – beide – waren nicht nur uns selbst gegenüber unehrlich geworden, nein, auch der eigenen Wahrheitsfrage gegenüber. Sogar unsere Berufung schienen wir vergessen zu haben.

Trotzdem hätten all diese Argumente mich nicht im Geringsten treffen, geschweige denn zur Umkehr bewegen können. Irma war mein Schicksal, weil ich es so wollte, und Erna das Joachims! Es gab keinen Grund, dies zu ändern, im Gegenteil, unbewusst hatte ich mir schon während der wenigen Schritte die Reeperbahn hinauf vorgenommen, es mit allen Mitteln festzuhalten und zu verteidigen. Die vielerlei Abgründe unter und neben mir hatte ich erkannt, aber ich nahm sie nicht sonderlich ernst. Ich wiegte mich im Gefühl größter Sicherheit. Schließlich war ich allen um eine Nasenlänge voraus.

Irma wusste nicht, dass ich bei der Gestapo nur zum Schein mitspielte – von Verrat konnte also gar keine Rede sein –, vielleicht würde ich über Irma sogar Zusammenhänge erfahren, die Joachim noch nützlich sein könnten! Meierbeer war auch keine Gefahr, denn er hielt mich anscheinend für loyal – außerdem wussten er und Joachim ja nicht, dass ich Ernas Geheimnis und ihren Auftrag kannte. Was also sollte mir passieren? Ich musste nur alles in der Waage halten! Irgendwann – demnächst – würden sich die Dinge schon wieder zum Guten kehren!

Als ich mich in den Schatten eines Hauseingangs drückte, um die gegenüberliegende Einfahrt zum Nachtclub im Auge zu haben, war meine Welt wieder in Ordnung. Gelassen beobachtete ich, wer den Club verließ und wer Einlass begehrte. Von Angesicht kannte ich inzwischen fast alle. Ich konnte, ohne Kenntnis der Rangabzeichen und sonstiger Personenmerkmale, längst bestimmen, welcher Schicht der Gesellschaft oder welchen militärischen Ranges die Besucher zuzuordnen waren. Ich unterschied sie an ihrem Versteckspiel, ihrem Gehabe, ihren Gesten und an ihren Worten, soweit ich solche vernehmen konnte.

Da gab es die, die nur verkrampft oder unterdrückt lachten, und Damen, die ihnen vorgestellt wurden, natürlich immer bezaubernd fanden. Diese Herren kamen von ganz oben, egal ob Wehrmacht oder Wirtschaft. Ich spürte, dass sie gar nicht das Vergnügen suchten. Sie hätten geeignetere Möglichkeiten gehabt, ihrer Lust Freiheit zu geben.

Anders waren die Emporkömmlinge. Sie kamen nur selten aus Wirtschaft und Industrie, meistens aus Politik und Partei. Sie waren immer laut, meistens betrunken und taten sich unangenehm hervor. Am unangenehmsten aber waren die, die noch überhaupt nichts waren. Es amüsierte und ekelte mich zugleich, sie zu beobachten. Jedem, der nur einen Rang oder Dienstgrad mehr aufweisen konnte, waren sie übereifrig und unterwürfig zu Diensten. Wehe aber denen, die auch nur eine Stufe unter ihnen lagen! Die wurden angeraunzt, verächtlich angeredet und nicht selten getreten.

Schließlich gab es da noch die Erhabenen, die Vornehmen. Ihnen sah ich sofort an, dass sie nicht kommen mussten. Sie kamen, weil sie es wollten und mit dem Besuch dieses Etablissements etwas bezweckten. Sie hatten Autorität, schienen honorig und waren bar aller Ängste. Man sah ihnen an, dass sie ohne Scham jede Lokalität betreten konnten, sei es die große Oper oder ein Bordell auf St. Pauli. Es würde ihrem Ruf nie schaden. Warum das so war, weiß ich nicht!

Ja, und dann gab es natürlich noch das Personal. Auch das ließ sich nicht über einen Kamm scheren. Da gab es Frauen, die irgendwie Ähnlichkeit mit Mutter aufwiesen, Stundenfrauen für Küche und Reinigung. Schon die Schwere ihres Gangs verriet ihren Alltag und ihr Los. Die Garderobenfrauen dagegen hatten ihr Leben hinter sich, waren innerlich und äußerlich gezeichnet und bereits gescheitert. Man erkannte das leicht, weil sie nicht in der Lage waren, über jemand anderen als sich selbst etwas Gutes zu sagen. Sie fanden mit absoluter Sicherheit das Haar in der Suppe – und war es auch noch so dünn.

Kurz bevor das Bühnenprogramm beginnt, trafen die Künstler und Spaßmacher ein. Den meisten sah man an, wie sehr sie darunter litten, dass die Welt ihr wahres Genie und Können immer noch nicht erkannt hatte. Ganz verschämt strichen sie mit ihren abgewetzten Utensilienköfferchen um die Straßenecke, als wollten sie verhindern, erkannt zu werden; aber nichts Lieberes als genau das ersehnten sie. Einige unter ihnen allerdings wussten, dass sie gut waren und die große Karriere noch vor sich hatten. Sie hatten das Engagement in diesem Club nur angenommen, weil sie sich die Chance ausrechneten, entdeckt zu werden.

Eine besondere Kategorie bildeten ein paar junge athletische Männer. Ich habe lange nachgedacht, ehe ich sie endlich in mein Menschenbild einordnen konnte. Sie waren die Saalordner – so wurden sie damals wie heute genannt. Die wenigen, die in diesem geheimnisvollen Club tätig waren, hatte man handverlesen. Alle verfügten über ein Modellgesicht und eine Modellfigur. Es waren aber Burschen, die über keine inneren Werte verfügten, keine Ordnung kannten und vor nichts Ehrfurcht hatten – auch vor dem Leben nicht. Ihnen war nichts heilig. Sie funktionierten, wenn sie entsprechend eingesetzt waren, problemlos. Einmal habe ich zusehen müssen, wie sie einen älteren Herrn ungerührt zusammenschlugen und in die Gosse warfen.

Endlich waren da ja auch noch die *besonderen* Damen, die sich in den öffentlichen Räumen des Clubs nur selten blicken ließen. Sie wirkten ungeheuer selbstbewusst und klug. Unbändige Energie strömte von ihnen aus. Diese Art von Frauen, die jede für sich ein Kunstwerk war, habe ich nie ganz begreifen können. Schon ihr Schreiten und Gehen war ungewöhnlich kraftvoll und zielorientiert, aber definierte Ziele oder einsichtige Motivationen habe ich trotzdem in ihrem Tun und Lassen nie erkennen können. Nur dass sie um ihre erstaunlich erotische Wirkung wussten und sie virtuos einsetzen konnten, habe ich schnell gelernt. – Schließlich gehörten ja auch Irma und Erna dieser Klasse an. Denk über sie, wie und was du willst, aber Prostituierte waren sie nicht, auch wenn alles, was sie taten und ließen, dafür zu sprechen schien! Ich – für meinen Teil – glaube, dass sie über eine nur begrenzte Lebensweisheit verfügten, in der Schönheit und Liebe nur Ahnungen waren, sonst hätten sie sich dem exzessiven Lebensstil verweigern müssen. Vielleicht täusche ich mich aber auch!

Irgendwie passten alle diese Menschenarten zusammen wie ein Puzzle, das wiederum nur Teil eben dieses besonderen Milieus sein konnte. Aber ein Teilchen dieses Puzzles ließ sich nirgendwo einpassen. Das war Joachims Mama.

Viele Male habe ich beobachtet, wie sie litt, wenn sie sich der Hofeinfahrt zum Nachtclub näherte. Ich fühlte mit ihr, wie die Füße schwerer und der Gang langsamer wurden und vermochte die Gefühle unaussprechlichen Hasses mitzuempfinden, die sie hinter ihren versteinerten Gesichtszügen nur mühevoll verbarg. Kam sie, trug sie ihr Haupt stets hoch und erhaben, ging sie, schien es gebeugt und gedemütigt.

So war das auch in dieser Nacht. Ich hatte noch nicht lange gewartet, da bewegte sie sich schon mit müden, schleichenden Schritten aus der dunklen Tiefe des Hofes in das gelbe Licht vor der Einfahrt. Unschlüssig blieb sie zunächst stehen, schaute sich mehrmals um, machte ein paar Schritte in Richtung Silbersackstraße, stoppte aber ganz plötzlich und kehrte bis unter die Straßenlaterne vor dem Hof zurück, um sich erneut umzublicken. Sicher hatte sie gehofft, dass Joachim sie abholen würde. Mich wunderte, dass sie nicht längst durchschaut hatte, dass Joachims Interesse und Augenmerk im Moment nicht ihr oder mir, sondern vornehmlich Erna Heydenreich galten.

Joachims Mama sah entsetzlich blass und krank aus. Am liebsten wäre ich aus meinem Versteck hervorgestürmt, um sie in die Arme zu nehmen. Leider war gerade das nicht möglich. Ich hätte Joachim – aber auch mich – verraten und ihr damit eine weitere Enttäuschung zufügen müssen.

Aus dem Club taumelte vor sich hinlallend ein mit Orden und Kordel dekorierter Offizier heraus, der krampfhaft eine silberlaubbesetzte Uniformmütze über dem dicken Bauch hielt, anstatt mit ihr seine glänzende Glatze zu bedecken. Es hätte nicht viel gefehlt und er wäre neben Frau Waigel zu Fall gekommen, aber es gelang ihm gerade noch, sich mit den Händen auf dem Gehweg abzufedern und danach eine – wenn auch wackelige – Standposition einzunehmen.

Kaum wieder aufrecht, begann er sofort, trotz schwerer Zunge, in übelsten Kasernenhoftiraden über das Hindernis herzufallen. Doch plötzlich erkannte er, wen er vor sich hatte, schwieg, knallte ungelenk die Hacken zusammen, versuchte so etwas wie eine Verbeugung und sagte stotternd: „Oh, oh, Madame, 'tschuldigung! Madame, ich bin enchantiert! Wohin darf – darf – darf – ich Sie – Sie – be – be – gleiten?"

Ich ahnte Frau Waigels Abscheu und Verlegenheit. Glücklicherweise fuhr in diesem Moment eine schwarze Limousine vor. Zwei junge Soldaten packten den Dicken ehrfurchtslos und verfrachteten ihn geschickt in den Fond des Wagens. Darin schienen sie geübt zu sein. Aber bevor sie wieder einstiegen, um abzufahren, verbeugten sie sich äußerst korrekt vor Joachims Mama, die dem Fahrzeug noch einen Augenblick nachblickte und dann entschlossenen Schrittes davoneilte.

Eben war sie meinen Blicken entschwunden, da schlich Joachim auch schon um die Ecke. Ich löste mich sofort aus dem Hauseingang und wollte ihn ansprechen, aber er war schneller hinter dem Torbogen verschwunden, als ich die Straße überqueren konnte. Ich hörte nur noch das metallene Klacken, das durch heftiges Zuschlagen der braunen Eisentür, die in den Club führte, entstand.

„Verdammt!“ Ich erreichte die andere Straßenseite, beschloss, heute nicht zur Arbeit zu gehen, setzte mich auf die kalten Stufen und stützte meinen Kopf in die Hände.

Es dauerte Ewigkeiten, bis Joachim aus dem Club zurückkehrte. Das Drei-Uhr-Schlagen des Michels war schon lange verhallt. – Joachim hatte ein Mädchen im Arm. Das konnte nur Erna sein! Blitzartig ging mir durch den Sinn, dass er ja keine Ahnung davon hatte, dass ich über seine Beziehung zu Erna bestens informiert war, sie aber nicht wusste, dass mir bekannt war, in wessen Auftrag sie Joachim umgarnte. Für den Bruchteil einer Sekunde wallte Zorn in mir auf, aber sofort schob sich Irmas Bild in den Vordergrund und ließ weitere Gefühlsregungen, die an Vergangenes anknüpften, nicht zu.

Mein Gehirn arbeitete fieberhaft. Sollte ich hervorspringen und mich den beiden in den Weg stellen? Sollte ich versuchen, Joachim durch ein Zeichen herüberzulocken oder seinen Namen zu rufen? War es sinnvoll, dass Erna mich sah und erkannte? Was würde das für Folgen haben: für Joachim, für mich, für Erna selbst? Trotz oder wegen der tausend Fragen in meinem Kopf beschloss ich, im Dunkeln zu bleiben und Joachim lauthals zu rufen.

„He, Joachim! – Hallo, Joachim! Ich bin’s, Herbert! Hier, hier drüben bin ich! Komm bitte mal!“

Joachim blieb sofort stehen, flüsterte mit Erna und kam zögernd über die Straße.

„Du bist’s tatsächlich, Herbert. Is’ was? – Ich sagte doch, dass du mich hier nicht mehr zu treffen brauchst. Du siehst ja“, er machte eine entschuldigende Geste zur anderen Straßenseite hinüber, „dass ich schon verabredet bin!“

„Ja, ja, weiß ich – aber ich muss dir unbedingt etwas erklären ...“

„Aber doch nicht mitten in der Nacht, Herbert!“

„Eben doch, Joachim, es duldet keinen Aufschub!“

„Mach’s nicht so spannend – ich muss wieder rüber. Also gut, was gibt es?“

„Deine Mama, Joachim, war ganz traurig, als ..."

„Herbert, bitte, über Mama musst du mir keine Instruktionen geben, da weiß ich besser Bescheid. Wenn du nichts Wichtigeres zu sagen hast ..."

„Doch, doch! Bleib bitte stehen. Wir müssen unbedingt über deine Mama reden – bald! Aber hör zu ..."

„Nun mach schon, Herbert, das Mädchen da drüben kriegt kalte Füße."

„Joachim, du darfst mir nicht mehr bei den Tagebuchaufzeichnungen helfen – nicht einmal mehr dabei sein. Sprich mich in Gegenwart dir unbekannter Leute *(ich dachte an Irma!)* nie darauf an! Hast du mich verstanden?"

„Nein, natürlich nicht. Und was soll das Ganze?"

„Kann ich dir nicht erklären. – Jetzt jedenfalls nicht! Du hast ja keine Zeit! – Also, halt dich dran!"

„Sag' mal, soll das heißen, dass ich nicht mehr in die Antonistraße kommen darf?"

„Natürlich soll es das nicht heißen, Joachim! Du kannst selbstverständlich kommen, wie immer, aber halte dich im Hinblick auf das Tagebuch und überhaupt in Dingen, die wir verabredet haben, in Gegenwart Fremder zurück. – Begriffen?"

„Nein, immer noch nicht! Aber ich halte mich dran, bis du dich herablässt, mich genauer zu informieren. Also, auf bald!"

„Ja, tschüss, Joachim!"

Er machte auf dem Absatz kehrt, huschte über die Straße, und im selben Moment, als er Erna unterhaken wollte, erschienen zwei Männer unter dem Torbogen zum Hinterhof. Es waren ein junger, großer Mann und ein kleiner, dicker in mittleren Jahren. Ich wollte meinen Augen zuerst nicht trauen, aber der kleine Dicke kam mir trotz der schlechten Lichtverhältnisse bekannt vor. – In mir sträubte sich alles, die wahre Identität dieses kleinen Dicken ins Bewusstsein zu nehmen. Ein Beben durchschüttelte mich, und plötzlich hatte ich die entsetzlichen Bilder jenes blutigen Sonntags von Altona wieder vor Augen. Das war doch jener wendige, dicke SA-Mann! Der, der vergeblich versucht hatte, im Chaos aufgebrachter Arbeiter auf dem engen Platz in Mottenburg eine Ansprache zu halten!

Es kam aber noch schlimmer. Der Mann musste Joachim kennen, denn er winkte ihm und Erna Heydenreich jovial zu. – Da wurde mir plötzlich dunkel vor Augen, und als ich wieder zu mir gekommen war, hatte sich der schreckliche Spuk aufgelöst. Ich sah niemanden mehr.

Eher wankte ich nach Hause, denn dass ich ging. Ich fühlte mich schlapp, aber nicht müde. In Kopf und Seele funktionierte nichts mehr. Die Bilder und Gedanken überschlugen sich.

Ich wollte in die Antonistraße einbiegen, aber meine Füße lenkten mich woanders hin. Schließlich saß ich im *Seemannsgrab*, nippte an einem Grog und hatte das Gefühl, nun überhaupt nicht mehr zu wissen, was ich wirklich wollte.

18. Kapitel

Heute habe ich mich nicht getraut, die Wohnung zu verlassen. Eisregen hat die Bürgersteige unbegehbar gemacht. Ich habe stundenlang vor dem Küchenfenster geharrt und hinausgesehen. Ältere Menschen waren nicht unterwegs. Das war gut so, denn es hatte Schadenfreude von mir Besitz ergriffen, weil es spaßig war, die mehr auf vier denn auf zwei ihrer Gliedmaßen sich vorwärts bewegenden jüngeren Menschen zu beobachten. Immer wieder stürzte einer hin, nicht ohne wild mit den Armen gerudert zu haben, um die Balance dann doch zu verlieren. Wären es ältere Menschen gewesen, hätte ich mich geschämt, denn ich konnte ihnen ja nicht zur Hilfe eilen. Glücklicherweise waren diese ebenso klug wie ich und mieden das Wagnis, aufs Glatteis zu gehen.

Plötzlicher Eisregen hat schon manch einem Unglück und Schmerz bereitet, Joachim und mir aber auch schon einmal den Kopf gerettet.

Tschuldige, ich wollte ja nicht wieder abschweifen, sondern die Geschehnisse der Reihe nach erzählen. Jedenfalls so, wie die Erinnerung sie in mir aufbewahrt hat. Die entspricht nämlich nicht immer dem historischen Ablauf. Erinnerung bedient sich gern legendenhafter Formen, die wiederum *wahrer als die Wahrheit* sein können, wie Nikos Kozanzakis im Vorwort von „Mein Franz von Assisi“ schreibt. – Du schmunzelst, mein Lieber? – Macht nichts, irgendwann wirst du begreifen, dass die Dinge des Lebens ihre Geheimnisse nicht in Klassenzimmern mittels weißer Kreide an der Tafel preisgeben.

Die innere wie die äußere Beziehung zwischen Joachim und mir war schlichtweg schizophren. Wir sahen uns in den

Stunden des späten Nachmittags täglich in der Antonistraße, als ob nichts unsere Freundschaft getrübt hätte. Joachim unterhielt sich angeregt mit Vater und Mutter, während ich schweigend zuhörte.

Nur einmal fragte mich Mutter: „Wat is bloß mit di los, Herbert, du sachs ja ga' nix mehr. Hat dich etwa einer den Mund verboten?"

Obwohl ihre Frage mich in Joachims Gegenwart ins Mark traf und mir die Schamröte ins Gesicht trieb, blieb ich ruhig und meinte: „Quatsch, mir hat niemand den Mund verboten. Aber nach der Wurackerei bei Menck und Hambrock darf ich doch auch mal 'n büschen müde sein, oder?"

Schon mischte Vater sich ein und meckerte spitzfindig: „Na, Herbert, wenn deine Müdigkeit man nich' wo anners herrühr'n tut. Schließlich schlägs' du dir die halben Nächte um die Ohrens und nich' selten komms' du ga' nich' nach Haus! – Nä, Gretchen?"

Mutter nickte zustimmend. Am liebsten wäre ich aufgestanden, rausgelaufen und hätte die Türen krachend hinter mir zugeschlagen. Aber ich riss mich zusammen, weil ich das Gefühl hatte, dass Joachim heute anders war – nicht so stur und nicht so trotzig wie in den letzten Wochen. Ich fühlte greifbar, dass er etwas mit sich herumtrug, was ihn bedrückte. Manchmal wirkte er Augenblicke lang verstört und blickte Hilfe suchend um sich. Aber es kam kein Zeichen von ihm, kein Wink, kein Hinweis.

Wenn ich auch mehr wusste als er, ging es mir trotzdem nicht viel besser. Denn dieses Mehr an Wissen löste weder meine Sprachlosigkeit, noch bedeutete es Erlösung aus der Erstarrung der Gefühle. Eher lag es auf mir wie ein Gewicht, das sich nicht abschütteln ließ.

Zudem hatten wir uns auch durch unser Äußeres voneinander abgesetzt. Noch bis ins letzte Jahr hinein hatte Mutter grundsätzlich bestimmt, was und wie ich mich zu kleiden hatte. Das war jetzt anders geworden. Spätestens seit ich mit

Irma zusammen war, legte ich größten Wert auf meine äußere Erscheinung. Hatte ich mich früher, wenn ich von Menck und Hambrock heimgekommen war, abgearbeitet auf die Küchenbank plumpsen lassen, war meine erste Tätigkeit neuerdings, mich gründlichst zu waschen und umgehend saubere Unterwäsche, ein reines Hemd und eine gebügelte Hose anzuziehen. Mutter hatte bereits mehrfach protestiert und gefragt, ob ich sie mit einer Dienstmagd verwechseln würde.

Joachim, der immer wie aus dem Ei gepellt ausgesehen hatte, lief nur noch in schmuddeligen Latzhosen und derben Wollpullovern herum, und auf seinen schwarzen Locken saß neuerdings eine abgegriffene, viel zu kleine Schippermütze.

Irgendwie war die Art, sich zu kleiden, für uns beide eine Form des Protestes gegeneinander, gegen die Situation, in die wir hineingezwungen waren, und gegen die Welt, in der wir leben mussten. Heute würde ich sagen, dass die Weise der persönlichen Bekleidung den Zweck hatte, unsere innere Zerrissenheit zu übertünchen.

Joachim und ich hatten zwar die zarte Sprache intimer Freundschaft verloren, das hieß aber nicht, dass wir nicht kämpften. Wir kämpften gegeneinander und gleichzeitig umeinander. Wir emanzipierten uns voneinander und pflegten die Sehnsucht, uns in kraftvoller Herzensfreundschaft wieder zu finden. Jedenfalls tobten in mir äußerst entgegengesetzte Züge, die ständig wechselten: Mal hasste ich Joachim, dann wieder verzehrte ich mich in tiefem Schmerz nach ihm. Es gab Augenblicke, in denen ich so gegen die Nationalsozialisten wütete, dass mir das Blut in den Adern zu kochen begann. Fühlte ich aber Irmas weiches Fleisch auf meiner Haut, versuchte ich, mich mit ihnen zu versöhnen und begann gar Entschuldigungen für ihre Politik zu konstruieren.

Mal mochte ich niemanden mehr sehen, nicht Irma oder Joachim, noch meine Eltern und verbrachte ungezählte Stunden allein auf meinem Poller am Övelgönner Hafen.

Mal überkam mich ein merkwürdiger Edelmut, der mich jede Nacht vor den Club trieb, um Frau Waigel nach Hause zu begleiten und sie mit ungelenken Worten zu trösten. Manchmal packte mich eine unsägliche Faulheit. Dann gelang es weder Vater noch Mutter, mich morgens so zu motivieren, dass ich mich vom nächtlichen Mief meiner Strohmatratze erhoben hätte.

Doch es gab auch Phasen, die mich ausgesprochen froh und ausgelassen sahen. Entweder hockte ich stundenlang in Irmas *Speisegaststätte* und plauderte mit dem Käpt'n, der mir inzwischen eine Art Kumpel geworden war, oder ich begab mich ins *Seemannsgrab* und probte mit großen Worten den Aufstand für eine neue Welt. Bisweilen war ich zu jedem, der mich ansprach, rotzfrech, zuweilen aber überkam mich seltsame Schwermut, gepaart mit nie gekannter Schüchternheit.

Du, heute glaube ich, dass ich damals nicht wusste, wer ich war und was ich in dieser Welt sollte. Ich liebte und hasste mich. Ich liebte – ja, ich verehrte – Joachim, gleichzeitig aber wütete ich gegen ihn. Von Vater und Mutter will ich gar nicht erst reden. Ihnen habe ich das Leben – weiß Gott – nicht leichter gemacht und tue ihnen deshalb noch heute Abbitte. Ich befand mich in einem dionysischen Taumel, der seinesgleichen suchte. Rausch, Müdigkeit, Glaube und Gottlosigkeit beherrschten mich ebenso wie der immer wiederkehrende Traum, mit Joachim – losgelöst von allen Zwängen und Unruhen – die wirkliche Schönheit des Lebens zu entdecken und zu bestaunen.

Vielleicht war diese schmerzliche Phase zwischen Joachim und mir mit ihrem Versteckspiel und ihrer Heimlichkeit notwendig, um uns selbst und vor allem unsere Berufung wieder zu finden. Möglicherweise war da auch noch eine verdrängte Weltangst, die uns in der mal lachenden und mal deprimierend dumpfen Vielfalt unseres jungen Lebens nach etwas ungeahnt Höherem streben ließ – etwas himmlisch Hohem, wunderhaft anderem –, in dem wir beide tatsächlich eins werden konnten und unsere Sehnsucht ihr göttliches Ziel wirklich erreichte.

Zunächst traf mich allerdings ein ganz deprimierendes Erlebnis und machte meine allgemeine Konfusion fast vollkommen. Ich war fest davon überzeugt, dass es nichts und niemanden gab, das oder der mich daraus wieder hervorheben oder trösten könnte.

An einem frostigen Tag suchte ich Irma – ohne dass wir verabredet gewesen waren – in ihrer Wohnung auf. Aus Mutters kleiner Kristallvase, die wie ein bunter Gruß aus einer anderen Welt stets auf dem Nähtischchen platziert war, hatte ich drei rosarote Alpenveilchen für Irma entwendet und freute mich nun wie ein Schneekönig auf die Überraschung, die ich ihr bereiten würde. Ich wusste, dass sie in ihrer Wohnung war, da sie erst gegen Abend in der Gaststätte kellnern musste.

Bevor ich die Haustür über den Stufen, die zur Straße hinabführten, aufzog, warf ich einen Blick hinauf zu den höher gelegenen Fenstern, die zu Waigels Wohnung gehörten. Ich wollte vermeiden, dass Frau Waigel oder Joachim mich in Irmas Wohnung gehen sah und in einen – wie auch immer gearteten – Zusammenhang mit ihr bringen könnte. Bisher war es mir noch gelungen, den beiden mein Verhältnis zu ihrer Hausbewohnerin Irmgard Holbein zu verheimlichen.

Wäre Joachim in der Wohnung gewesen, hätte oben Licht brennen müssen, denn diese Jahreszeit verlangte schon ab sechzehn Uhr künstliches Licht in bewohnten Räumen. Glücklicherweise drang aus keinem der Waigelschen Fenster auch nur ein Schimmer nach außen. Das bedeutete, dass Frau Waigel noch schlief und Joachim nicht im Hause sein konnte.

So pochte ich heftig an Irmas Wohnungstür. Da sich dahinter nichts rührte, versuchte ich es noch einmal kraftvoller.

Das hatte Erfolg. Jedenfalls hörte ich Geräusche, die zwar nicht zu identifizieren waren, aber ich wusste jetzt, dass Irma in ihrer Wohnung war.

Doch unvermutet war es wieder still. Nichts rührte sich mehr. Verwundert legte ich mein Ohr an die Wohnungstür. Auf der anderen Seite blieb es geräuschlos. – Sollte ich mich verhört haben? Na ja, schließlich war Irma ein freier Mensch! Warum sollte sie nicht tun und lassen, was sie wollte? Die Gedanken fuhren mir wie Blitze kreuz und quer durch den Sinn. – Aber sie hatte mir *nicht* gesagt, dass sie *heute* etwas Besonderes vorhatte. Im Gegenteil, *wenn man sich liebt,* hatte sie mir vor ein paar Tagen ins Ohr geflüstert, *hat man keine Geheimnisse voreinander, Herby, oder?* Selbstverständlich hatte ich ihr das bestätigt und war überzeugt, dass sie es ebenso ernst gemeint wie ich es ihr abgenommen hatte.

Ich versuchte, durch das Schlüsselloch zu blicken. Ja, da war Licht. Das musste der Schein einer Kerze sein, denn er wanderte hin und her. Erregt pochte ich mit den Fäusten gegen das Türblatt und rief, ohne mich um die anderen Hausbewohner zu scheren: „Irma!"

Da hörte ich schlurfende Schritte. Trotzdem dauerte es, bis ich Irmas verschlafene Stimme hörte. Die kam von weit her und klang äußerst unwillig: „Ja, doch! Ist da jemand?"

„Ja, Irmi, ich bin es, Herbert! Mach auf, Irmi!"

Ich kann es nicht beschwören, aber ich meinte, Irma ganz deutlich sagen gehört zu haben: „Auch das noch! So 'ne Scheiße! – Hier, nimm deine Klamot..."

Da kratzte es auch schon an der Tür. Die Kettensperre wurde zurückgeschoben, der Schlüssel quietschte im Schloss, und ehe ich mich von einem nochmaligen Versuch, durch das Schlüsselloch zu spähen, aufgerichtet hatte, schlug die Tür auf. – Gott sei Dank, nach innen! Andernfalls hätte sie meinen Kopf getroffen.

Ich sehe, du amüsierst dich. Mir war aber nicht zum

Spaßen. Irritiert, nein, völlig durcheinander war ich! Denn urplötzlich stand ein blonder Hüne vor mir, die Haare zerzaust und nur halb bekleidet.

„Ach, Herby – welch eine Überraschung! Du bist es!"

Irma flötete von irgendwoher und kam – dabei ihren Unterrock zurechtzupfend – in den Wohnungsflur getrippelt.

„Darf ich vorstellen, das ist Hermann-Heinrich – mein Cousin – hat mich ganz überraschend aufgesucht – er kommt aus – aus – äh – aus Herne und muss sofort weiter nach Berlin – nicht wahr, Hermann-Heinrich?"

„Ja sicher, Irmgard – oh, guten Tag, Herr ...?"

„Das ist Herby, mein Freund!"

„Oh – wie schön – äh – wie nett, dass ich Sie noch kennen lernen konnte. Leider muss ich schon aufbrechen. Hab' nur 'n kleines Nickerchen bei der Base gemacht. Na ja, Irmchen, erzähl ihm von mir. – Auf bald denn!"

Hermann-Heinrich stopfte sein Hemd in die Hose, fuhr sich nervös durch die Haare, packte sein schwarzes Uniformjackett und stürzte durch die angelehnte Haustür davon.

Ich muss ziemlich verdattert ausgesehen haben, denn schließlich zerrte Irma an meinem Arm und zog mich in die Wohnung.

„Zieh bitte die Tür ins Schloss, Herby! Wieso bist du überhaupt hier? Wir waren doch erst für heute Abend ganz spät verabredet."

Irmas Stimme klang gereizt, aber sie versuchte sichtlich, sich im Zaum zu halten.

„Aber du hattest mir auch nicht erzählt, dass dein Cousin dich heute besuchen würde!"

„Wer hat mich besucht?"

„Na, dein Cousin Hermann-Heinrich! Du hast ihn mir doch eben noch als solchen vorgestellt. Oder war er gar nicht dein Cousin?"

„Sag mal, Herby, was ist mit dir los! Willst du mich ärgern?“

„Ich kann ja wieder gehen.“

„Oje, Mann o Mann, jetzt spielt er auch noch den Beleidigten. Entschuldige bitte! Ich bin heute eben nicht gut drauf. Hatte mich gerade hingelegt, um mich zu entspannen, da steht doch Hermann-Heinrich vor der Tür. Wir haben ein bisschen gequatscht, dann hab' ich ihm gesagt, dass ich sehr müde sei – er könne sich ja aufs Kanapee legen und auch versuchen, zu ruhen. Na ja, und gerade als mich der Schlaf übermannt, da stehst du vor der Tür. – Kapierst du's jetzt? – So, nun los, komm endlich rein und mach es dir gemütlich. Ich werde mich erst einmal frisch machen.“

Nachdem sie das Zimmer verlassen hatte, schaute ich mich um. Seltsam, Irmas Bett sah aus, als hätte ein Ringkampf darin stattgefunden, und das Kanapee schien unberührt. Jedenfalls waren die diversen Seidenkissen darauf ordentlich drapiert und schauten unberührt aus. Mir war klar, was sich hier vor wenigen Augenblicken abgespielt hatte, aber mein Herz sträubte sich gegen diese Erkenntnis.

Es dauerte lange, bis Irma endlich wieder erschien. Anscheinend hatte sie ein Vollbad genommen, denn der Duft, den sie jetzt hinter sich herzog, war ein anderer als der, der sie vorhin in Gegenwart ihres Cousins umgeben hatte. Da hatte sie eindeutig nach Schweiß und Liebhaber gerochen.

Da ich mich immer noch nicht gesetzt hatte, nötigte mich Irma mit weit geöffneten Armen zu sich aufs Kanapee und versuchte, mich an ihr offenherziges Dekolleté zu drücken. In mir regte sich Widerstand, aber ich ließ es doch geschehen. Erst als sie begann, mich heftig zu küssen, und meine Hose öffnen wollte, zierte ich mich und wehrte sie entschieden ab.

„Was ist los mit dir, Herby? So genierlich kenne ich dich ja gar nicht!“

„Nichts ist mit mir los, Irma! Nur, ich habe jetzt eben keine Lust!“

„Keine Lust? Ach, Herbylein, die mache ich dir schon. Pass mal auf ..."

Da jedoch entzog ich mich ihr, erhob mich und wiederholte trotzig: „Du musst zur Kenntnis nehmen, dass ich manchmal *keine* Lust habe. – Schließlich gibt es wichtigere Dinge. Lass uns einen Kaffee trinken, wenn du welchen da hast. – Tee wäre mir auch recht."

Irma machte ein ernstes Gesicht, schmollte aber nicht. Mit zwei, drei Griffen hatte sie ihre Bluse zugeknöpft, zog ihren Rock zurecht, erhob sich und sagte kühl: „Wie du willst, trinken wir also Kaffee!"

Während sie sich in der Küche zu schaffen machte, blickte ich aus dem Fenster. Unter dem Licht der Gaslaternen war reger Betrieb. Eine Fregatte oder ein größeres Kriegsschiff musste Hamburg angelaufen haben, denn unzählige Gruppen junger Matrosen defilierten draußen vorbei. Die jungen Männer hatten alle den gleichen gierigen Blick nach lachendem Leben.

Auf dem Spiegelschrank zwischen den beiden Fenstern lagen neben einer Vielzahl bunter Puder- und Cremedosen ein paar hingeworfene Fotos, die meine Aufmerksamkeit auf sich zogen. Ich nahm die postkartengroßen Bilder in die Hand und hielt sie einzeln in das Licht einer Kerze. Die Fotos zeigten Irma mit anderen Mädchen bei Spiel, Tanz und Sport. Nichts Besonderes, denn ich kannte die Mädels ohnehin nicht, außerdem waren ihre Gesichter so klein, dass sie für einen Unkundigen sowieso nicht zu identifizieren gewesen wären. Ich wollte die Bilder schon wieder an ihren Platz zurücklegen, da stockte ich. Unter meinem Haaransatz begann es zu kribbeln. Das letzte Foto zeigte in Großaufnahme eine Gruppe von vier Personen, die nur mit Badehosen oder Badeanzug bekleidet waren in mehr als eindeutigen Posen: Irma an Hauptmann Meierbeer geschmiegt und Erna Heydenreich auf dem Schoß von Hermann-Heinrich. Teile ihrer Uniformen lagen unmilitärisch verstreut im Gras herum.

Ich erschrak, weil ich hörte, dass Irma ins Zimmer getrippelt kam. Während sie das Tablett mit den Tassen und dem Kaffee überhastet auf dem runden Tischchen abstellte, verbarg ich das Foto blitzschnell in meiner Hosentasche. Anscheinend hatte auch sie etwas im Zimmer entdeckt, was sie mir lieber vorenthalten wollte. So tat ich, als schaute ich noch einmal auf die Straße, aber durch die Augenwinkel konnte ich beobachten, wie sie ein Paar hautfarbener Seidenstrümpfe und eine dunkle Krawatte, die nur zu einer Uniform gehören konnte und vom Baldachin ihres Himmelbettes herabbaumelte, wegzog und hastig unter das Bett warf. Ebenso schnell hatte sie sich züchtig in einen der Sessel gesetzt und sah mich nun erwartungsvoll an.

„Mit Milch – oder heute mal pur, Herby?"

„Pur, Irma!"

Sie schenkte ein, ließ sich dabei merklich Zeit und pustete, nachdem sie mir eine Tasse gereicht hatte, unentwegt in ihren Kaffee. Ich tat einfach das Gleiche, denn die Verlegenheit, die uns beide, wenn auch aus unterschiedlichen Gründen, ergriffen hatte, zwang uns zum Schweigen. Hin und wieder blickten wir uns von der Seite an. Jeder hoffte, dem anderen würde ein erlösendes Gesprächsthema einfallen.

Endlich brach Irma die unangenehme Stille: „Das mit dem Tagebuch, Herby, entwickelt sich langsam zum Flop. Außer dass du bei Menck und Hambrock brav deine Schichten schiebst, am frühen Abend mit deinem jüdischen Freund Joachim und deinen sozialistisch verbogenen Eltern über die allgemeine wirtschaftliche Lage diskutierst, steht da bis jetzt nichts Aufregendes drin. Das geht nicht so weiter! Meierbeer will endlich mehr, sonst wird er sauer! – Du musst mich – verdammt noch mal – endlich mit deinem jüdischen Fehltritt Joachim bekannt machen und mich in seine Kreise einführen ..."

„Bist du verrückt, Irma? Was hast du da eben gesagt? – Jüdischer Fehltritt? – Das nimmst du auf der Stelle zurück, oder wir haben uns das letzte Mal gesehen!"

Wutentbrannt war ich hochgestürzt und schon im Begriff, das Zimmer zu verlassen, doch Irma sprang mir ebenso schnell nach, hielt mich fest und schrie mir ins Gesicht: „Hör endlich auf mit deinem blöden, beleidigten Getue. – Ich dachte bisher, dass wir für die gleiche Firma arbeiten? Oder sollte ich mich täuschen? – Los, setz dich wieder hin! Jetzt reden wir Tacheles!"

Schreck fuhr mir in die Glieder. (Die Ironie des Augenblicks, dass sich Irma unbewusst der jiddischen Sprache bediente, habe ich erst Jahre später wahrgenommen.) Willig ließ ich mich von Irma auf das Kanapee zurückstoßen. Sie drückte mir die Kaffeetasse wieder in die Hand, und ich stellte fest, dass meine Hände zitterten. Irma hatte Recht. Natürlich – wir arbeiteten für dieselbe Firma: mitgegangen, mitgefangen, mitgehangen. Irgendwann musste es ja auch ernst werden! Aber wie oft war mir dieser Gedanke schon durch den Sinn gefahren, ohne dass ich ihn wirklich ernst genommen hatte.

„Herby, wir wissen ..."

„Wer ist wir, Irma?"

Irma blickte mich entgeistert an, schüttelte ungläubig den Kopf, als wolle sie damit ausdrücken, dass ich in meinem Oberstübchen nicht mehr alles beieinander hätte, und sagte patzig: „Wir? Natürlich du und ich und Meierbeer und Adolf Hitler – wir alle, die wir an den großdeutschen Aufbruch glauben!" Sie sah mich schweigend an. Auf ihrer Stirn entstanden tiefe Sorgenfalten.

Plötzlich fragte sie sanft: „Du, Herby – antworte mir bitte ehrlich! Andernfalls ist nämlich mein oder dein Leben – welches von beiden, weiß ich noch nicht – keinen Pfifferling mehr wert! Bevor ich aber hops gehe, mein lieber Herby – das verspreche ich dir –, landest auch du in der Hölle! Also bitte – sag mir, wo ich mit dir dran bin!"

Ich verkrampfte mit jedem ihrer Worte mehr. Trotzdem versuchte ich, äußerlich ruhig zu erscheinen und das Spiel weiterzuspielen, aus dem ich nun nicht mehr aussteigen konnte. Zum ersten Mal ahnte auch ich, dass die Lüge in gewissen Situationen und tödlichen Zwängen urplötzlich zum Werkzeug der Wahrheit werden kann.

„Wieso, Irmi, ich weiß gar nicht, was du hast ... *Du* warst es doch, die sich an mich gehängt hat, und nicht umgekehrt. Ich war bloß so naiv zu glauben, dass du mich wirklich lieb hast – trotz unserer von anderen befohlenen Zusammenarbeit. Heute Abend bin ich endlich eines Besseren belehrt worden.

Lassen wir endlich das verdammte Tagebuch! Was ist dein wirklicher Auftrag? Sag mir, wie weit du wirklich über Joachim Waigel und seine Mutter informiert bist. Ich weiß längst, dass dir Erna Heydenreich nicht unbekannt ist und dass sie auf Joachim angesetzt ist wie du auf mich. Nur *dein* Spiel, Irma, durchschaue ich noch nicht so ganz. *Entweder* bist du auf mich angesetzt, weil Meierbeer mir nicht traut? *Oder* wir sollen tatsächlich gemeinsam arbeiten? *Oder* beides zusammen ist richtig? *Oder* der Meierbeer traut dir ebenso wenig wie mir und will zwei offene Fragen in einem Zug beantwortet haben? *Oder* alle Überlegungen gehen in die falsche Richtung, weil die Kraft des Misstrauens seine Wirkung auch auf uns nicht verfehlt hat und letztlich doch alles gar nicht so schlimm ist! Aber daran glaube ich nicht mehr!"

Während meiner langen barschen Antwort war ich aufgestanden und hatte mich drohend vor Irma aufgebaut. Irgendwie wunderte ich mich über mich selbst. Woher war mir plötzlich diese Kühnheit und Beherztheit zugeflossen?

Irma blickte wie ein ängstliches Tierchen, das gleich gefressen werden sollte, zu mir auf und erwiderte mit zitternder Stimme: „Es ist schon richtig, ich soll feststellen, ob du wirklich sauber bist, Herby. Aber unabhängig davon kannst du mir abnehmen, dass ich dich *sehr* anziehend finde und dich nach wie vor – ohne Wenn und Aber – gern habe. So leichtfertig, wie du es darstellst, hüpfe ich mit anderen Männern nun auch wieder nicht ins Bett."

„Ist schon gut, Irmi, war nicht so gemeint! Nun komm zu deinem – meinetwegen auch *unserem* – eigentlichen Auftrag. Worum geht es?"

„Also, Herby ..."

„Fang nicht wieder an zu schmeicheln. Sag endlich die Wahrheit ...!"

„Nun unterbrich mich nicht immer! Ich *sage* die Wahrheit! Hast du mich verstanden?"

„Ja, jetzt werde ich dir glauben, 'tschuldige!"

„Also, Meierbeer ist davon überzeugt, dass der Herr Arens, der Vater von dem Joachim Waigel, irgendwo noch – wahrscheinlich in der Schweiz – ein riesiges Vermögen versteckt hält. Da will er ran und benutzt zu diesem Zweck auch Frau Waigel, von der er annimmt, dass sie über den Verbleib eben dieses Vermögens Bescheid weiß. Über den Druck, dass das Leben ihres undeutschen Liebhabers – denn mehr war er nun mal nicht – von ihrem Wohlverhalten der Gestapo gegenüber abhängt, versucht man, sie durch Demoralisierung weich zu kochen. Man zwingt sie, in den tieferen Etagen des Nachtclubs mit allen möglichen Leuten – na, eben rumzumachen. Dabei wird sie beobachtet und abgehört – natürlich auch die Männer! Ganz viel weiß ich darüber aber nicht. Ist alles streng geheim.

Erna, mit der ich erst zusammen beim BDM und nachher in der Ausbildung bei der Gestapo war, ist auf Joachim Waigel angesetzt, weil sie den von früher gut kennt. Aber auch, um über den Verbleib der Millionen etwas zu erfahren. Darüber hinaus soll sie Hinweisen nachgehen, die nahe legen, dass er eine verbrecherische Vereinigung unterstützt, die Juden und andere Staatsfeinde versteckt ..."

„Wie bitte? – *Was* macht Joachim?"

Mir gefror das Blut in den Adern. So sehr hatte ich mich erschrocken. Die Selbstsicherheit fiel wie ein Fremdkörper von mir ab. Ich war nur noch ein Häufchen Elend. Es hätte nicht viel gefehlt und ich hätte heulen müssen. Glücklicherweise hatte Irma meine innere Schwäche nicht bemerkt. Es war im Zimmer inzwischen schummerig geworden.

„... na, der organisiert Verstecke für Juden und Staatsfeinde! Unsere Aufgabe ist es, das aufzudecken. Wir – du, Erna und ich – sind zu dritt auf *einen* Gegner angesetzt, wenn wir die Frau Waigel, die ja einer besonderen Behandlung unterzogen wird, nicht mitrechnen. Jetzt müssen endlich Ergebnisse erzielt werden, sonst glauben Meierbeer und seine Abteilung bald, dass wir uns einen guten Lenz machen und sie auf die Schippe nehmen. Hast du verstanden, Herby? Jetzt muss gearbeitet werden! Wir müssen ran an den Feind! Also finde heraus, wann und wo dein Halbblut sich mit seinen Kumpanen trifft, und sieh zu, dass wir da reinkommen. Außerdem musst du ihm deine Beziehung zu mir irgendwie plausibel machen ...“

Schnell hatte ich mich wieder unter Kontrolle und unterbrach sie mit einer Sachlichkeit, die mich selbst in Erstaunen versetzte: „Ja, ja, schon gut, Irma! Ich habe verstanden und werde darüber nachdenken, wie wir das hinkriegen. Aber du darfst in Zukunft kein falsches Spiel mehr mit mir ausprobieren ...“

„... werde ich bestimmt nicht, Herby. Versprech ich dir! Aber ich muss bald handfeste Erfolge vorzeigen, sonst erreiche ich mein Ziel nie.“

„Wieso? Was für ein Ziel meinst du? Wovon sprichst du?“

„Von Berlin, Herby! Von Berlin spreche ich. Da will ich hin, und zwar schon bald – die Erna übrigens auch! Leider geht das zur Zeit nicht ohne den Meierbeer.“

Irma erhob sich. „Kann dich fast nicht mehr sehen, Herby. Werde mal Licht machen.“

Die plötzliche Flut des Lichtes, das die im Dämmern verschwommenen Konturen der Zimmermöbel in die

Gegenwärtigkeit zurückholte und mir die tatsächliche Härte des Augenblicks bewusst machte, tat weh. Mir stand der Sinn sofort nach Flucht. Ich musste hier schnell hinaus! Noch ehe Irma sich setzen konnte, hatte ich mich erhoben und strebte dem Flur zu.

„Wo willst du hin, Herby? Doch nicht etwa schon fort? Wir müssen unbedingt noch planen, wie die nächsten Schritte konkret aussehen sollen!"

„Du hast Recht, Irma, aber ich habe leider vergessen, dass ich meinen Eltern versprochen habe, sie bei einem längst überfälligen Besuch in unserer Nachbarschaft zu begleiten. Falls ich es noch schaffe, schau ich – wie verabredet – beim Dicken rein. Wenn das nicht mehr klappt, sei morgen Nachmittag gegen fünf bei uns in der Antonistraße."

Ich bemerkte, dass mein unerwarteter Aufbruch Irma misstrauisch machte. Ihr Gesicht wurde lang, und auf ihrer Stirn bildeten sich Sorgenfalten. Ich wunderte mich über die mir plötzlich zugewachsene Fähigkeit des Lügens, ohne rot zu werden. Es machte mich sogar sicherer und mein Auftreten ausgesprochen glaubwürdig.

„Ist das auch wahr, Herbert?" Schon die Tatsache, dass sie mich jetzt Herbert und nicht Herby nannte, zeigte ihren Unmut. „Du, ich hab' noch viel Zeit, ehe meine Arbeit im Lokal beginnt. Deine Eltern werden sicher schon unterwegs sein. Was macht es, wenn du später nachkommst? Bleib noch, bitte!"

„Das kann ich wirklich nicht. Zu Hause würde es eine mittlere Katastrophe geben. Meine Eltern haben in der letzten Zeit ohnehin Grund genug, sich über mich zu beklagen. Ich möchte die Situation nicht überreizen. Das würde unseren Auftrag erschweren. Lass uns keine unnötigen Fronten aufbauen. Berlin könnte für dich in noch weitere Ferne rücken. Komm, lass mich gehen. Sei vernünftig!"

Irmas Gesicht schien sich zu entspannen. Es war mir wohl gelungen, sie zu überzeugen.

„Na gut, dann geh! Wir sehen uns morgen bei dir."

Sie drückte mir einen flüchtigen Kuss auf die Wange und hielt mir, ehe ich mich versah, meine schwere Joppe entgegen.

Draußen war es bitterkalt. Trotzdem boten sich aufreizend leicht bekleidete Mädchen fröhlich grölenden Matrosen an. Während ich die Richtung zum Hafen einschlug, strömten die Dünste süßlichen Parfüms und billigen Fusels an mir vorbei. Mich ekelte. Meine Schritte wurden länger und schneller. Erst als ich die Palmaille bewältigt hatte und der Elbstrom mir die Lichter des immer noch geschäftig lebendigen Hafens entgegenwarf, wagte ich, wieder tief durchzuatmen. Ich spürte die eiskalte Feuchte der über den Fluss schwebenden und bis hier herauf dampfenden salzigen Seeluft bis tief in die Lungenspitzen.

Ohne bemerkt zu haben, wohin meine Schritte mich gelenkt hatten, stand ich plötzlich vor dem eisernen Tor der ehemaligen Arens'schen Villa. Es stand weit offen. Im gelben Licht einer Gaslaterne erkannte ich, dass die handgeschmiedeten Flügel immer noch verbogen waren. Erschrocken nahm ich wahr, dass man nur wenige Meter in den Park hinein eine Schranke installiert hatte – gleich einem Bahnübergang rot-weiß gestrichen. Daneben erhob sich ein schmales hölzernes Wachhäuschen, das jedoch nicht besetzt war.

In der Villa waren alle Fenster erleuchtet, sogar die Dachfenster. Bis da oben war ich nie gekommen. Mich erfasste ein Gefühl der Wut, als ich mich erinnerte, dass früher immer eine Art feierlicher Ruhe in mich eingezogen war; schon wenn ich mich nur ein paar Schritte auf das große weiße Haus zubewegt hatte. Jetzt aber stand ich vor einem Balken, der mir erschreckend bewusst machte, dass mir nicht nur der Eintritt in den Park und das Haus verwehrt, sondern ein wesenhaftes Stück meines jungen Lebens in perverser Weise geraubt, vergewaltigt und zerstört worden war.

Ich begriff in diesem Moment, dass ich das niemals nur in fatalistischer Weise unter die Wechselfälle des Lebens buchen durfte. Dies alles hatten die Geister des Teufels angerichtet.

Urplötzlich fühlte ich mich wie entrückt. Augenblicke lachenden Glücks, die ich ohne Ausnahme hier erfahren hatte, rauschten an mir vorüber. Vor meinem geistigen Auge erstanden der sattgrüne Rasen und die leuchtend bunten Blumenrabatten in den wohltuend warmen Strahlen sommerlicher Mittagssonne. Joachim und ich spielten miteinander und balgten uns auf kindliche Weise, bis Oma Arens zu den erfrischenden Getränken rief. Ich sah Joachims Mama mit glücklichen Augen unter den Säulen der Vorhalle sich von seinem Papa verabschieden und beobachtete neidvoll, wie sich beide liebevoll zuwinkten. Hinter dem mächtigen violetten Pilz eines Rhododendrons traten Tabea und Ruth hervor, um sich unserem heiteren Spiel anzuschließen. Schon wollte ich ihnen entgegeneilen, da hörte ich Stimmen hinter mir und war ohne Übergang wieder in die eisige Gegenwart zurückgeworfen.

Eine Gruppe Männer näherte sich von der Straße und hatte ausgerechnet das Arens'sche Anwesen zum Ziel. Ich war bereits zu weit in den Park hineingeraten, sodass mir der Rückzug versperrt war, wollte ich nicht Gefahr laufen, gesehen zu werden. Schnell huschte ich hinter einen der uralten Buchenstämme und versuchte dort regungslos zu verharren. Selbst das Atmen beschränkte ich auf das allernotwendigste Maß.

Fünf oder sechs Männer schwenkten – wie selbstverständlich – in das geöffnete Tor ein, als sei das alles hier ihr Eigentum. Genau konnte ich es nicht ausmachen, aber sie schienen noch sehr jung zu sein. Zwei von ihnen trugen

Uniformen, die anderen hatten sich in dicke, schwere Ledermäntel gehüllt. Mehr konnte ich nicht erkennen. Statt um den geschlossenen Balken herumzugehen, blieben sie plötzlich stehen und lachten, einer lauter als der andere. Gelegentlich warf einer eine unverständliche Erklärung in das vergnügliche Konzert und löste prustendes Gelächter aus. Ich konnte mir nur so viel zusammenreimen, dass sie von einem Einsatz zurückgekommen waren, der sie immer noch nachhaltig erheiterte.

Endlich meinte einer: „Ich muss pissen! Geht mal zur Seite!“

Die anderen traten willig ein paar Schritte von der Schranke weg, gnickerten aber weiter.

„Eh, muss sonst keiner von euch 'ne Stange Wasser lassen? Los, jetzt wird gemeinsam geschifft! Wir spielen Juden waschen. Also kommt her! Nebeneinander gestellt! Jeder rote Bereich auf der Schranke ist eine verlauste Judensau, die sauber werden muss.“

Unter Gegröle und Gejuchze stellten sie sich tatsächlich in Reih und Glied vor den Balken und begannen zu pinkeln, was ihre Blasen hergaben. Die Kommentare zu ihren Leistungen will ich dir nicht zumuten. Wahrscheinlich würdest du mir ohnehin nicht glauben, dass erwachsene Menschen zu solchen Geschmacklosigkeiten fähig sind, wie ich sie mir anhören musste.

Am liebsten wäre ich dazwischengesprungen. Meine Wut stieg ins Unermessliche, aber ich wusste, dass ich gegen so viele Gegner keine Chance hätte. Einen Augenblick fühlte ich mich wie der erbärmlichste Feigling und spürte, dass meine Augen feucht wurden.

Begeistert über sich selbst schlenderten die Männer schließlich auf die Villa zu, während ich immer noch erstarrt dastand. Erst als mich fröstelte und meine Zähne aufeinander klapperten, kam ich wieder zu mir und löste mich aus dem Schatten des Baumes. Irgendwo hörte ich eine Kirchturmuhr siebenmal schlagen. Der Park hatte seine Stille wieder gefunden, als sei nichts geschehen.

Die Villa erhob sich übermächtig fremd und kalt vor mir. Irgendetwas hatte mich näher an sie herangetrieben. Einer der großen Flügel des Portals war trotz der Kälte nicht vollständig geschlossen, sodass es mir möglich war, einen Blick in die Halle zu werfen. Der Kronleuchter, der den großen Raum einst durch die Prismen und Facetten seiner geschliffenen Kristalle in so unendlich farbenfrohe Heiterkeit tauchen konnte, schien seine Strahlkraft unter einer dicken Staubschicht verborgen zu haben. Aus einem der Räume strömte konzertante Musik nach draußen, aber der Klang der Violinen strich quälend über mein Gemüt, und die Akkorde des Klaviers hämmerten schmerzhaft in mein Herz. Hier hatte sich alles verwandelt, alles schien verhext wie in einem Schauermärchen. Aber es war kein Märchen!

Ich suchte Schilder, einen Hinweis oder Schriften an der Wand, die etwas über die neuen Bewohner aussagen würden. Doch ich fand nichts! Traurig wandte ich mich ab und hatte das Gefühl, in *einem* Augenblick eine ganze Welt verloren zu haben.

Mit hängendem Kopf und schlotternd vor Kälte schlurfte ich hinunter zum Hafen. In einer kleinen Kneipe, in der die von der anderen Elbseite nach Arbeitsschluss mit der Fähre zurückkehrenden Hafenarbeiter einen Teil ihres Wochenlohns versoffen, kehrte ich ein und ließ – um wieder warm zu werden – starke Rumgrogs in mich hineinlaufen. Der Geräuschpegel im Gastraum war trotz drangvoller Enge erheblich niedriger als früher, wenn ich hier mit Vater mal eingekehrt war.

Die Atmosphäre war verkrampft. Es fehlte das vulgäre Selbstdarstellungsgehabe angetrunkener Arbeiter ebenso wie die feuchtfröhliche Heiterkeit zufriedener Familienväter, die hier nur ihr öffentliches Ansehen erprobten, bevor sie sich wieder den engen Wohnquartieren und ihren von harter Arbeit gezeichneten Ehefrauen überließen. Früher wogte die fröhliche Runde der Zecher durcheinander, heute standen sie in kleinen Gruppen eng beieinander, unterhielten sich gedämpft und kümmerten sich nicht um die anderen Gäste. Nur dass ab und zu einer von ihnen einen misstrauischen Blick durch den Gastraum schweifen ließ, war unübersehbar.

Den exzessiven Wirkungen zu vieler Biere oder würziger Kümmel gab sich anscheinend keiner mehr hin. Hier demonstrierte keiner mehr seine individuelle Kneipenfreiheit, und auch keiner verkündete mehr lauthals ein utopisches Manifest, das die Gesellschaft erneuern und in nahe Paradiese verwandeln würde. Es war nur noch langweilig in dieser Kneipe. Das irritierte mich zwar einen Moment, aber ich versuchte auch nicht, diese neue Erfahrung zu verallgemeinern oder zu reflektieren.

Mein Denkvermögen hatte jetzt andere, wichtigere Herausforderungen zu bestehen. Es galt, Klartext mit Joachim zu reden. Mir war bewusst, dass das nicht leicht sein würde. Beide würden wir uns zurücknehmen müssen. Den Beleidigten zu spielen ließ die gefährliche Situation, in der wir verfangen waren, nicht zu. Wir hatten uns darüber hinweggetäuscht, dass nicht wir das Gesetz des Handelns bestimmten, sondern Meierbeer und seine Abteilung.

Mein Gott – fuhr es mir schmerzlich durch den Sinn –, wie geschickt der Hauptmann Joachim und mich auf *seinen* Weg gebracht hatte! Er hatte uns an unserer schwächsten Stelle gepackt; da, wo wir am empfindlichsten und am leichtesten zu betäuben waren. Er wusste, wie anfällig unser junges männliches Fleisch war, wenn es von weicher, zarter Mädchenhaut gereizt wird. Ich fühlte mich plötzlich niedergeschlagen, gedemütigt und benutzt wie noch nie. Dabei hatte ich doch an die Wahrheit der Liebe geglaubt – nicht nur damals, als ich ihre ersten Wunder zusammen mit Ruth entdeckte. Auch in der Beziehung zu Irmgard

Holbein hatte ich immer geglaubt, dass sich in dem, was wir gemeinsam erlebten, die Liebe selbst offenbart hatte.

Jetzt war das alles nicht wahr? War alles nur Lüge? Inszeniert von der ruchlosen Macht des Bösen? Hatte die Liebe in dieser Welt überhaupt keine Streitmacht mehr, die sie schützen konnte? War der Glaube an die Schönheit der Liebe nur Einbildung, die die erfahrene Ohnmacht zu verdrängen hatte? Wie konnte es sonst angehen, dass die Liebe unserer Freundschaft so schwach werden konnte, dass sie anscheinend zur Treulosigkeit korrumpiert war? Du glaubst nicht, wie sehr ich mich plötzlich schämte. Vor mir selbst, vor Joachim, Vater, Mutter und Frau Waigel. In diesem Moment hätte ich mich anspeien können.

Hastig zahlte ich die Rumgrogs und eilte zum Poller. Als ich mich dem eisernen Trostort näherte, sah ich, dass der Poller bereits besetzt war. Joachim!

Obwohl er mir den Rücken zukehrte und trotz der trüben Beleuchtung erkannte ich ihn sofort. Seine Haltung – auch wenn er nur so dahockte – war unverwechselbar, jedenfalls für mich! Ich konnte von ihr sogar auf Joachims jeweilige innere Verfassung schließen, und die schien nicht die allerbeste zu sein! Mein Schritt verlangsamte sich wie von selbst. Die letzten Meter legte ich auf Zehenspitzen zurück.

„Du brauchst nicht zu schleichen, Herbert! Ich habe deine Schritte schon erkannt, als du die Kneipe da drüben verlassen hast. Um diese Zeit und bei dieser Witterung kannst du hier am Kai jedes Geräusch auf große Entfernung identifizieren. Außerdem kann deinen Antistechschritt sowieso niemand nachahmen. Komm, setz dich!“

Während ich mich niederhockte und neben Joachim auf dem Poller Platz suchte, musste ich still in mich hineinlächeln. Da war endlich wieder dieser unverwechselbar gewinnende Ton in seiner Stimme. Das war die Stimme des Freundes! Ich kann dir nicht beschreiben, was in den nächsten Sekunden mit mir passierte. Zwar war mir äußerlich nichts anzumerken, dafür entströmten meinem Gemüt Kaskaden inniger Freude. Ich spürte, wie sich die erstarrte Verzweiflung in meinem Herzen löste und sich ein Gefühl wohliger Sicherheit in mir ausbreitete. Auf einmal war die Gewissheit da, dass doch alles gut werden würde.

Ich blickte Joachim verstohlen an und spürte, wie sich gleichzeitig die Haut meines Gesichts entspannte. Die schweren, enttäuschenden Gedanken, die ich eben noch über die Ohnmacht der Liebe hatte, waren wie weggeblasen. Alles in mir – alles, was ich war – *liebte* in diesem wunderbaren Augenblick, ja schien mit dem letzten Sinn des Lebens verschmolzen. Ich behaupte, dass ich das oder Ähnliches nie wieder so intensiv erlebt habe, dieses: *Es ist gut, dass du da bist!*

Die besonderen Lichtverhältnisse am Kai von Övelgönne breiteten einen Zauber über Joachims Antlitz. Das gelbe Licht der Gaslaternen schimmerte auf seinen Wangen und verlieh seinem Gesicht eine gläserne Blässe, als sei es von Alabaster geformt. Zweifellos waren seine Gesichtszüge schärfer und kantiger geworden. Das war mir in den vergangenen Wochen bereits aufgefallen, aber erst dieses Licht ließ mich ahnen, welche Kräfte sein Antlitz tatsächlich mitgestaltet hatten.

Wir hockten schweigend nebeneinander. Dabei gab ich einem Bedürfnis meines Körpers nach, mich eng an Joachim zu schmiegen. Ihm schien es nicht anders zu gehen. Auch von seiner Seite her spürte ich, dass er meine Nähe suchte. Oh, tat das gut!

Ich sah Joachim an, aber sein Blick verharrte unbeweglich in gleicher Richtung. Irgendwo in der Mitte des großen Stroms verschmolz er mit den wiegenden Lichtpunkten.

Ich spürte einen Regentropfen auf meinen Lippen zerplatzen und sofort gefrieren. Mit der Zunge zog ich das Eis in den Mund, während weitere Tröpfchen in meinen

Wimpern hängen blieben. Ich streckte die Hand aus und war sicher, dass eine plötzlich einströmende Warmluft Sprühregen auszulösen begann. In wenigen Minuten würde er den tiefgefrorenen Boden in gefährliches Glatteis verwandeln.

„Was denkst du, Joachim?"

„Noch gar nichts, Herbert! Ich bin nur froh, dass du da bist!"

Seine Worte lösten in mir innigste Bewegung aus.

„Herbert, ich brauche dich – heute Abend!"

„Natürlich, Joachim. Worum geht es?"

Joachim legte seinen Arm um mich, sah mir in die Augen und sagte: „Nicht nur, weil ich heute nun mal in der Scheiße sitze. Ich habe dich immer gebraucht, nicht nur heute Abend. Aber ich glaubte, dass ich dich nicht mit reinziehen durfte, Herbert!"

„Wo durftest du mich nicht mit reinziehen?"

„Mensch, Herbert, das ist eine lange Geschichte. Ich weiß gar nicht, wo und wie ich mit dem Erzählen beginnen soll ..."

Hastig unterbrach ich Joachim: „Also, den Anfang kannst du schon mal weglassen. Den kenn' ich nämlich ..."

„Welchen Anfang meinst du?"

„Na, den mit Erna Heydenreich. Mit der fing doch deine merkwürdige Sprachlosigkeit an. Ich hab' euch einmal am Bahnhof Altona zusammen erwischt. Da wusste ich, warum du plötzlich so anders geworden warst ..."

„*O si tacuisses!*"

„Wie bitte?"

„*Ach, wenn du doch geschwiegen hättest!* Hat einer meiner Lateinlehrer immer den Schülern gesagt, die schnell eine Antwort parat hatten, sich dann aber belehren lassen mussten, dass diese ebenso falsch wie unüberlegt war."

„Willst du damit sagen, dass ich mich irre, Joachim? Ich habe Erna und dich doch eng umschlungen gesehen ..."

„Ja, ja, ist schon gut. Das mag ja auch so sein, Herbert, aber das war nicht – wie du eben meintest – der Anfang!"

„Nicht?"

„Nein! Der Anfang liegt im *Seemannsgrab!*"

Es war gut, dass es dunkel war und Joachim mein Gesicht nicht sehen konnte. Mir wurde heiß und kalt. Ich spürte wie die Farbe in meinem Gesicht vom blassesten Blass zum rotesten Rot und wieder zurück wechselte.

„Joachim, jetzt verstehe ich gar nichts mehr!"

„Ich habe dir doch gesagt, dass es nicht leicht ist, das Ganze vom Anfang her zu erzählen. Ich werde dir jetzt das Wichtigste sagen. Alles andere später. Wir haben nämlich nicht viel Zeit. Ich warte nämlich schon länger auf dich!"

„Woher wusstest du ...?"

„Weil ich bei euch war, du den ganzen Nachmittag nicht auftauchtest und ich deshalb annehmen musste, dass bei dir auch irgendetwas quer läuft. In solchen Fällen bist du immer irgendwann hier gelandet. Du siehst, Herbert, meine Kombination war nicht falsch. Also: Bei meinen ersten Streifzügen über und durch den Kiez mit dem Ziel, St. Pauli besser kennen zu lernen, hat mich der Zufall auch ins *Seemannsgrab* geführt. Und da habe ich alte Bekannte meines Papas getroffen, die teilweise von den Nazis ebenso kaputtgemacht worden waren wie wir, aber auch kritische Künstler und Journalisten, die Mama sehr gut kannten. Langer Rede kurzer Sinn: Schon nach kürzester Zeit gehörte ich zu ihnen, nahm an ihren Aktionen ..."

„Aktionen? Was heißt das?"

„Will ich dir doch gerade erklären, Herbert! Hör erst einmal zu. Danach können wir Einzelheiten immer noch klären! Also, sie versuchen, Leute, deren Leben durch die Nazis gefährdet ist, auf verschiedensten Wegen rechtzeitig außer Landes zu bringen. Das hat bis jetzt auch ganz gut geklappt. Natürlich weiß die Staatspolizei längst von uns und observiert inzwischen fast jeden unserer Schritte. Auf mich haben sie Erna Heydenreich direkt angesetzt ..."

„Waas – du wusstest von Anfang an, was mit Erna los war?"

„Natürlich! Und ich *musste* dieses Spiel mitspielen, mit allen Konsequenzen, andernfalls hätte ich viele Menschen ins Verderben gestürzt. Wir haben Hinweise, dass bald die letzte große Hatz auf Juden und Undeutsche im ganzen Reich erfolgen soll. Wir versuchen, in der jüdischen Gemeinde vorzuwarnen, so gut es geht. Aber da sind viele, die uns immer noch nicht glauben, obwohl täglich Juden enteignet und verhaftet werden. Die hängen natürlich an dem, was sie sich erarbeitet haben, und sie beschwören Jahwe, ihnen einen neuen Moses zu senden, der sie unbeschadet durch das tödliche braune Meer führen soll ..."

„Warum hast du mir nichts – absolut nichts – gesagt, Joachim? Mir ist das unbegreiflich! Wir hatten doch nie Geheimnisse voreinander!"

„Du hast Recht, Herbert, aber ich glaubte, dieses Doppelspiel spielen zu müssen, weil ich andernfalls auch deine Familie gefährdet hätte. Du weißt doch, dass dein Vater als eingefleischter Sozi den Nazis ein Dorn im Auge ist und längst auf der Abschussliste stehen würde, wenn wir der Gestapo nicht zu Willen wären. Deshalb wollte ich dich auf der einen Seite so wenig wie möglich in die Sache hineinziehen. Andererseits musste ich dir und deiner Familie nach außen hin so nah wie immer bleiben, um keinen Verdacht aufkommen zu lassen. Leider sind Meierbeer und seine Abteilung inzwischen äußerst misstrauisch geworden und haben dir die Irmgard Holbein in den Pelz gesetzt."

„Du wusstest von Irmgard und mir?"

„Aber sicher, Herbert, habe deinem Liebeskonzert unter mir ja oft genug und ungewollt zuhören müssen. Im Haus in der Silbersackstraße haben die Wände Ohren. Außerdem werde ich das Gefühl nicht los, dass die Gespräche in den Wohnungen manchmal abgehört werden."

„Mein Gott, Joachim, dann könnte es ja auch möglich sein, dass meine Auseinandersetzung mit Irma – heute Nachmittag – abgehört wurde."

„Wieso? Hast du dich etwa enttarnt?"

„Nein, glücklicherweise nicht, aber ich habe *sie* entlarvt!"

„Gütiger Gott, dir sei Dank! Sonst wäre nämlich schon alles vorbei gewesen, Herbert! Was hast du ihr denn gesagt?"

„Ich habe ihr auf den Kopf zugesagt, dass ihre Liebe zu mir nur vorgespielt und dass sie von Meierbeers Abteilung auf mich angesetzt worden sei. Das hat sie dann auch bestätigt, aber gleichzeitig beteuert, dass sie mich trotzdem sehr gern habe. Außerdem bestätigte sie, was du eben schon sagtest, dass Meierbeer mit den bisherigen Ergebnissen unzufrieden sei und langsam misstrauisch werden würde, wenn wir nicht schnellstens Erfolge vorzeigen könnten. Die Abteilung hegt nämlich den Verdacht, dass du Mitglied einer kriminellen Vereinigung seist, die Staatsfeinde versteckt hält oder außer Landes bringt. Ich habe erstaunt getan und ihr versprochen, zu überlegen, wie wir die Wahrheit herausfinden könnten. – Seitdem versuche ich verzweifelt, darüber nachzudenken, wie ich dich wieder zum vertrauensvollen Gespräch – so wie früher – mit mir bringen könnte. Außerdem wollte ich dich warnen."

„Dann steckst du ja auch ganz schön in der Schlinge! Manchmal denke ich, dass wir uns beide übernommen haben. Aber wir müssen da jetzt irgendwie durch, Herbert. Du musst dein Spiel auf jeden Fall noch eine Weile fortsetzen."

„Du, wir sollen auch herausfinden, wo euer anderes Vermögen – das, was die Nazis noch nicht in die Finger bekommen haben – abgeblieben ist."

„Davon hat mir Mama auch schon erzählt. Aber sie weiß tatsächlich nichts davon. Wenn es irgendwo noch ein Arens'sches Vermögen gibt, dann weiß nur Papa, wo es verborgen ist. Mama ist aber fest davon überzeugt, dass sie – solange es ihr gelingt, so zu tun, als wisse sie doch etwas – Papas Leben retten kann. Natürlich auch durch den Club, aber ich glaube, dass sie die Tätigkeit dort nicht mehr lange durchhalten wird. Ich mache mir die größten Sorgen um sie. Seit Wochen versuche ich, sie zur Flucht zu bewegen, aber sie meint immer noch, dass Papa dann sofort an die Wand gestellt wird. – Herbert, ich brauche heute Nacht deine Hilfe, um einen Freund – Simon Grynspan, einen Kabarettisten – vor der Verhaftung zu bewahren. Wir wissen aus zuverlässiger Quelle, dass man ihn morgen früh abholen will. Wir haben einen Transport für ihn jedoch erst für übermorgen arrangieren können. So lange müssen wir ihn sicher unterbringen."

„Und wo soll er so lange versteckt werden?"

„Bei euch, Herbert! Ich sehe keine andere Möglichkeit. Du musst deine Eltern jetzt gleich überreden, mitzumachen. Lass uns sofort aufbrechen. Die Zeit rennt uns davon. Alles muss bis kurz nach Ernas Dienstschluss gelaufen sein, weil ich mich dann mit Erna treffen muss, um sie glauben zu lassen, dass ich mit der Sache nichts zu tun habe. Verstehst du?"

„Ja, sicher, Joachim!"

„Gegen zehn werde ich bei euch sein. Bis dahin musst du's geschafft haben. – Bitte, Herbert!"

Mich überkam ein Gefühl, das ich kaum beschreiben kann. Mir wurde bange. Ich war verunsichert und gleichzeitig voller Stolz. Irgendetwas in mir wollte noch zaudern, aber ein höheres Gefühl von Ehre und Freundschaft verlieh mir ungeahnte Kühnheit.

„Ja, Joachim, ich werde versuchen, Mutter und Vater für den Plan zu gewinnen. Also, bis nachher!"

„Prima, Herbert, jetzt weiß ich, dass es gelingen wird!"

Als wir uns gleichzeitig vom Poller erheben wollten, entstand ein leise knirschendes Geräusch in unserer Kleidung, so als würde dicke Pappe geknickt, und ein seltsames Reißen, als ob ein langes Pflaster von verwundeter Haut abgezogen würde.

Der leichte Sprühregen war auf unserer Kleidung gefroren und hatte unsere Hosenböden durch eine dünne Eisbrücke mit dem Eisen vereinigt. Unwillkürlich tasteten wir uns gleichzeitig hinten ab, weil es sich so anhörte, als hätten wir ein Loch in die Hosen bekommen.

Joachim ruderte mit den Armen in der Luft. Hätte ich ihn nicht festgehalten, wäre er über die Kante des Kais in die Elbe gerutscht.

„Oje, danke, Herbert! Wir müssen höllisch aufpassen und ganz vorsichtig gehen. Überall Glatteis, aber wir packen's. Tschüss, bis nachher!"

19. Kapitel

Der Weg bis in die Antonistraße kam mir heute unendlich weit vor. Ich kam kaum vom Fleck, über alle Straßen und Plätze hatte sich eine Eisschicht gelegt. Manchmal konnte ich mich an einem Geländer festhalten und daran entlanghangeln, aber streckenweise blieb mir nichts anderes übrig, als auf allen Vieren vorwärts zu kriechen. Fluchend und schimpfend erreichte ich endlich unsere Wohnung.

Vater und Mutter waren zwar noch nicht schlafen gegangen, aber bereits mit den umfangreichen Vorbereitungen dafür beschäftigt. Mutter löste ihren zum Dutt aufgedrehten Zopf und bürstete die weit über ihre Schultern fließenden Haare. Vater vollzog – wie er es nannte – seine Katzenwäsche, putzte mit Hingabe sein Gebiss und legte es für die Dauer der Nacht in ein Glas Wasser. Während Mutter sich mit einem langen linnenen Hemd bekleidete, behielt Vater sein weißes, verwaschenes Unterhemd und seine filzig grauen langen Unterhosen an. Die Unterwäsche wechselte er nur einmal in der Woche, samstags nach dem allgemeinen Baden der Familie. Dann mussten nämlich alle nacheinander in die Zinkwanne steigen, die mitten in der Küche aufgebaut wurde. Jedes Mal wenn einer seinen Waschgang beendet hatte, wurde ein Eimer voll vom Badesud entnommen und durch heißes Frischwasser ersetzt. Ein Ritual, wie es in allen Familien rund um die Paulikirche annähernd zeitgleich stattfand. Wer eine empfindliche Nase hatte, konnte den intensiven Geruch harter Kernseife im ganzen Stadtteil wahrnehmen.

„Na, Herbert, willst du dich heute auch ma' zu eine Zeit in die Puch legen, zu die anstännige Menschen ins Bett gehen?"

„Leider nich', Mutter, aber ich muss etwas mit euch besprechen. Etwas sehr Wichtiges!"

„Maakwürdig, wenn ihr euch was in 'n Kopf setzen tut, is das immer wichtig. Auch zu nachtschlafene Zeit noch! Dat könt wi doch morgen besprechen. Nä, Willem?"

Vater balancierte das Emaillegefäß, das sein Gebiss enthielt, vorsichtig auf die Ablage über dem Ausguss, sah mich durchdringend an und meinte: „Gretchen, ick glöv, de Jung' het wirklich wat Wichtiges op 'n Hart. Lot uns man noch tohörn."

Umständlich zog er dicke wollene Nachtstrümpfe über seine ausgetretenen mächtigen Füße und setzte sich gespannt und interessiert an den Tisch. Mutter brummelte irgendetwas von *müde* und *schließlich den ganzen Tag gewurackt*, ließ sich dann aber auch nieder. Beide blickten mich erwartungsvoll an.

„Also, wir werden heute noch Besuch bekommen!"

Mutter erhob sich entsetzt, und Vater zog die Augenbrauen zusammen: beides Zeichen äußersten Unmutes.

„Aber, Junge, du weißt doch, dass wir schon Schwierigkeiten haben tun, wenn Oma uns besöken deit un bi uns övernachtet. Un nu ok noch 'n Frem'n. Ne, dat geit nich. Auf ga' kein' Fall! De Deerns tun auch schon schlafen. Wo wullt du dien Besök denn hinleggen?" Mutter war wirklich erregt.

Vater ergriff ihre Hand und zog sie auf die Bank zurück. „De Jung het secht, es wäre wichtich! Hör'n wir ihn doch ers' ma' an. – Wat is denn dat för een, de uns besöken will, Herbert?"

„Einer, der von der Gestapo verhaftet werden soll!"

„Um Himmels willen, Jung, wenn du so ein'n bei uns beibringen tust, bringst du die ganze Familie noch in 't Loch. Dat kommt mi nich' inne Tüte! Nä, Willem?"

„Weet ick noch nich', Gretchen. Lot den Jung doch bloß ma' to Enn vertelln!" Er machte eine barsche Geste, pochte mit der Faust auf den Tisch, und Mutter wusste, dass sie jetzt zu schweigen hatte.

„Also los, die Reihe nach, Herbert."

„Vater, es ist ganz einfach! Joachim bemüht sich seit einiger Zeit, politisch gefährdete Mitglieder der jüdischen

Gemeinde vor der Verhaftung zu bewahren. Du weißt ja, wie es seinem Papa ergangen ist. Davor will er sie schützen, denn es wird gemunkelt, dass von den verhafteten Juden keiner mehr lebend zurückkehren wird. Irgendwie haben sie Transportwege organisiert, über die die Betroffenen ins Ausland geschafft werden. Heute handelt es sich um einen jungen Dichter und Kabarettisten, der übermorgen weggeschafft werden soll. Nun hat Joachim aber erfahren, dass die Polizei den Mann schon in den frühen Morgenstunden verhaften will. Er heißt übrigens Simon, Simon Grynspan. Wir möchten ihn gleich abholen und hierher bringen, wenn ihr es erlaubt. – Bitte, Vater!"

Mutter sah Vater erwartungsvoll an, aber er schwieg. Plötzlich lag eine ungeheure Spannung über uns, die durch die Schläge der Kirchturmuhr gegenüber noch verstärkt wurde. Schließlich legte Vater seine schwielige Hand auf die Mutters, erhob sich und sagte feierlich: „Gretchen, wir dürfen die Bitte des Jung'n nu nich' ausschlagen. Die Nazis sind Verbrechers – deit mi leid, dat ick dat öber Dütsche seggen mut – de Verbrechers könt wi nix entgegensetten, aber den Dichter, den könt wi wol noch retten. – Bring den Dichter man her. He kann op diene Matratze slopen un du leggs di inne Kök op de Bank. Den ein'n Dag ward wi den Kerl wol satt kriegen."

„Wenn du das so meinen tust, Willem, sall dat eben sien. Is gut, Herbert, ick bin inverstannen. Soll uns kein ein nachsagen, wi häbt een op'n Gewissen!"

„Gretchen, leech die Jungs noch'n paar dicke Wollsocken von de olen rut! Ok för den Dichter! Die zieht ihr euch über die Stiefels, damit ihr bi dat schreckliche Glattis dor buten nich auf die Nase fliegen tut. Gode Nacht!"

Sprach's und erhob sich. – Ja, so war Vater! Mir fiel ein Stein vom Herzen. Die erste Hürde war genommen! Ich blickte Vater und Mutter nach, wie sie sich in ihre Kammer zurückzogen, und empfand wieder einmal ein starkes, tiefes Gefühl von Liebe, Zuneigung und Stolz.

Es dauerte nicht mehr lange, bis Joachim erschien und wir uns mit den alten Wollsocken in der Hand auf den Weg machten. Schon nach ein paar Metern Rutschen und Stolpern hielt ich Joachim zurück.

„Warte, lass uns erst die Socken überziehen, wie Vater es vorgeschlagen hat."

Wortlos setzten wir uns auf die Stufen eines Hauseingangs, zogen die dicken Wollstrümpfe über das Schuhwerk und konnten uns danach trotz des Glatteises erstaunlich leichtfüßig fortbewegen. Joachim glitschte voraus, ich immer eine oder eine halbe Schrittlänge hinterher. Ich hatte nicht einmal gefragt, wo Simon Grynspan wohnte. Jedenfalls waren wir bald an den Landungsbrücken vorbei, bogen in die Ditmar-Koel-Straße ein und überquerten den Schaarmarkt in Richtung Schaartor. Bis hierher waren uns erst zwei Menschen – anscheinend ein zusammengehörendes Paar – entgegengekommen, die über das Glatteis nur mühsam vorankamen und sich gegenseitig und an den Hauswänden festhielten. Sonst wirkte alles wie ausgestorben.

Der Mond, der in dieser Nacht einen ausgeprägten Hof wie einen Heiligenschein um sich herum gelegt hatte, lieferte silbrigfahles Licht. Die vereisten Plätze, Straßen und Trottoirs wirkten wie Spiegel, verstärkten es und warfen es gespenstisch gegen die Hauswände.

Der Sprühregen hatte aufgehört. Vom Wasser zog sanfter, aber kalter Wind herauf. Es war so still, dass ich die Töne, die entstanden, wenn er durch die schmalen Gassen hauchte, sich verwirbelte, auseinander driftete und wieder zusammenströmte, wie das Spiel einer Glasharfe aufnahm. Plötzlich schien die ganze Stadt aus klingendem Glas gebaut zu sein. Ich ertappte mich, wie ich mich hin und wieder verwundert umschaute, als bewegten wir uns in einer unbekannten Märchenwelt.

Vor der *Herrlichkeit*, jener schmalen Gasse, die das Fleet

parallel begleitet, stoppte Joachim, hinderte mich weiterzugehen und gebot mir mit auf den Mund gelegtem Zeigefinger zu schweigen.

An der Mauer zum Alsterfleet blickte er angestrengt die Straße hinauf. Das große Gebäude uns gegenüber war dunkel. Aus keinem der Fenster drang Licht. Ganz anders bei den kleinen gedrungenen Häusern, die nur über zwei Stockwerke reichten. Neben und über den Eingängen fiel aus fast allen Fenstern noch gelblich warmes Licht in die klare Dunkelheit.

Joachim flüsterte mir zu, als befürchtete er, belauscht zu werden: „Simon wohnt da hinten in der *Herrlichkeit*. Aber wir können nicht einfach hingehen. Siehst du das dunkle Auto dort – ganz am Ende auf der Fleetseite?"

„Ja", flüsterte ich ebenfalls, „seh' ich! Was ist damit?"

„Das ist ein Wagen der Gestapo! Die observieren ihn bereits rund um die Uhr."

„Wie willst du das aus dieser Entfernung so sicher erkennen?"

„Ich kenne fast alle Fahrzeuge der Hamburger Gestapo. Die rieche ich inzwischen schon auf tausend Meter Entfernung!"

Ich schüttelte ungläubig den Kopf. Das konnte Joachim jedoch nicht erkennen.

„Da, guck genau hin. Da raucht einer im Wagen. Mindestens zwei Mann sitzen im Auto, und ein dritter lungert irgendwo hier draußen rum, oder er schleicht hinter der Häuserzeile hin und her. Wir müssen herausfinden, wo der sich aufhält, oder warten, bis er wieder auftaucht!"

„Tatsächlich, jetzt sehe ich auch, dass im Auto einer raucht. Wie wollen wir es anstellen, den dritten Mann zu finden?"

Mich überfiel Angst. Mein Herz pochte so schnell und heftig, als wollte es mich zerreißen. Meine Hände zitterten.

„Lass uns umkehren, Joachim! Das kann nicht gut gehen! Ich habe entsetzliche Angst!"

„Ich auch, Herbert, aber abbrechen können wir nicht. Das Zittern lässt gleich nach. Ich kenn' das, Herbert! Die Angst spürst du spätestens dann nicht mehr, wenn wir wissen, wo der Gestapomann sich gerade aufhält!“

„Aber wie um alles in der Welt willst du das herausfinden?“

„Ganz einfach, Herbert, wir werden versuchen, näher heranzukommen, und dann warten. Es ist doch lausig kalt. Die werden sich relativ kurzfristig ablösen, um sich im Fahrzeug wieder aufzuwärmen.“

„Wir können aber doch nicht einfach in die *Herrlichkeit* einmaschieren. Die sehen uns sofort!“

„Werden wir auch nicht. Wir klettern hier zum Fleet hinunter und werden versuchen, über die Schuten einen Weg zu finden. Aber zuerst entfernen wir das Eis aus den Socken. Komm, setz dich dabei hin!“

Joachim machte es mir vor. Er ließ sich auf den Boden nieder, löste die Strümpfe von den Schuhen und rubbelte die Sohlen – wie Mutter beim Sockenwaschen – so lange gegeneinander, bis sie ganz weich waren und zog sie wieder über. Ich folgte seinem Beispiel und spürte sogleich, wie mich die Angst verließ. Die Spannung in mir wuchs dagegen bis zum Zerreißen.

„Ein kleines Stück müssen wir allerdings in die *Herrlichkeit* hinein. Die paar Meter kriechen wir. Dann sehen die uns bestimmt nicht. Neben den ersten Dalben sind Eisen in der Kaimauer. Da können wir runter auf die Schute. Hast du verstanden, Herbert?“

„Ja!“

„Dann los! Bloß nicht aufrichten!“

Joachim kroch voran, während ich – mich auf seine Fußsohlen konzentrierend – hinterherrobbte. Wir waren vielleicht vier oder fünf Meter vorangekommen, als in unmittelbarer Nähe ein Motor angelassen wurde und uns das grelle Licht eines Autoscheinwerfers traf. Joachim streckte sofort alle Viere von sich und rührte sich nicht mehr. Ich machte es ihm nach. Wir blieben unentdeckt. Die Kälte war es wohl, die unsere möglichen Entdecker bannte.

Das Auto parkte gleich an den Kais. Eine Fahrzeugtür wurde aufgestoßen, ein Mann schälte sich mühsam aus dem Fond und begann gedämpft zu fluchen. Wegen der Glätte konnte er sich nicht fest auf den Beinen halten.

„Los, schieb an!", rief jemand aus dem Wagen. Dann heulte der Motor auf. Die Räder drehten durch, das Fahrzeug rührte sich nicht von der Stelle.

Joachim robbte Zentimeter um Zentimeter zurück, bis er an meiner Seite lag, und flüsterte: „Das sind auch Polizisten! Die haben also gar keinen Mann draußen. – Und weg kommen die da bis morgen früh auch nicht, wenn ihnen niemand zu Hilfe eilt. Die werden's noch einige Male versuchen und dann aufgeben müssen. Aber solange die mit sich selbst beschäftigt sind, rutschen wir ganz langsam weiter. Sei bloß vorsichtig, wenn wir an der Kaimauer hinabsteigen!"

Wie Schlangen schoben wir uns über die vereisten Basaltsteine an der Fleetmauer entlang. Ehe ich es richtig begriffen hatte, war Joachim nicht mehr zu sehen. Er hatte sich bereits über die Kante gleiten lassen. Es dauerte nicht lange, bis Joachim hinter vorgehaltener Hand leise nach mir rief: „Herbert, taste zuerst nach dem oberen Eisen!"

Ich war nicht zum ersten Mal an einer Kaimauer hinauf- oder hinuntergeklettert. Alle Handgriffe saßen. Fast geräuschlos war ich neben Joachim auf dem Schutenrand angelangt. Auch hier war alles vereist. Ohne Vaters Rat mit den Socken wären wir aufgeschmissen gewesen.

Mein Herz pochte heftig. Aus Mund und Nase entlud sich der Atem stoßend, in weiß kondensierten Wölkchen. Joachim ging es nicht anders. Trotz der Dunkelheit konnte ich sehen, wie sich sein Brustkorb mit den Dampfwolken, die er ausstieß, hob und senkte. Er war nicht weniger erregt als ich.

Wortlos schlichen wir von Schute zu Schute. Einige Male mussten wir springen. Nach wenigen Minuten hatten wir das Ende des Fleets erreicht. Auch da gab es Eisen in der

Kaimauer, sodass wir schnell wieder festen Boden unter dem Bauch hatten. Jetzt lagen wir weit hinter der dunklen Limousine.

„Siehst du die beiden erleuchteten Fenster links und rechts der Eingangstür – etwa in der Höhe des Wagens?"

„Ja, sehe ich!"

„Gut, da wohnt Simon Grynspan. Er weiß noch nichts Genaues. Deshalb wird er auch nicht vorbereitet sein. Ich versuche jetzt, ins Haus zu kommen. Du wartest hier. Sollte irgendetwas schief gehen, mach ordentlich Lärm und lenk die Polizisten vom Haus ab. Wenn sie auf dich aufmerksam geworden sind, rennst du ihnen in Richtung Michaelis-Brücke davon. Kümmere dich nicht um mich und Grynspan. Wir treffen dich in der Antonistraße. Lass dich nicht fassen! Alles klar, Herbert?"

Mir war nichts klar, trotzdem hauchte ich zurück: „Ja, natürlich!"

Joachim war so plötzlich von der Dunkelheit verschluckt, dass es mir geisterhaft vorkam. Es war ungewöhnlich still. Das Glatteis hatte die ganze Stadt lahm gelegt. Niemand traute sich aus seinen vier Wänden hinaus auf die Straße. Dieses Schweigen war anders als die Nachtruhe sonst und steigerte in mir das Gefühl, bedroht zu sein.

Ich weiß nicht, wie lange ich gelegen hatte, als plötzlich die Türen der Limousine aufgingen. Drei in dicke Ledermäntel gehüllte Männer sprangen hastig heraus – um sogleich auf dem Pflaster auszurutschen. Ich konnte deutlich sehen, wie sie bemüht waren, sich an dem Fahrzeug hochzuziehen, und dass sie sogar Pistolen in den Händen hielten.

Das musste mein Zeichen sein! Ich erhob mich, packte, ohne lange zu überlegen, eine der verzinkten Aschtonnen, die abholbereit vor den Hauseingängen standen, kippte sie um und rollte sie mit einem mächtigen Schubs auf die Straße.

Als ihr Scheppern zu hören war, lenkten die drei Männer umgehend ihre Aufmerksamkeit auf mich. Ich wandte mich um und stolperte – wie mit Joachim vereinbart – auf die Michaelisbrücke zu. Nur einmal blieb ich stehen. Ein Schuss peitschte auf, und ich nahm irgendwo neben mir ein hartes Klatschen wahr. Dann war es wieder still.

Ich rannte weiter, ohne Umwege zu machen und ohne Angst. Obwohl die Straßen und Gassen, die ich durchqueren musste, leicht anstiegen, ließen meine Kräfte nicht nach. In mir war eine Spannung, die alle notwendige Energie freisetzte.

Außer Atem saß ich endlich auf unserer Küchenbank und nuckelte – was ich bis jetzt noch nie gewagt hatte – an Vaters angebrochener Bierflasche, die wie immer auf der Fensterbank hinter der Gardine stand. Erst als ich mich nach über einer Stunde zu wundern begann, dass Joachim und Grynspan noch nicht angekommen waren, riss ich mich zusammen und versuchte, mich auf das Nächstliegende zu konzentrieren.

Die Uhr der St.-Pauli-Kirche schlug zwölf. Ich war also wieder so weit beieinander, dass ich mitzählen konnte, und begann, das eben Erlebte noch einmal an meinem geistigen Auge vorbeiziehen zu lassen.

Am meisten bewunderte ich Joachim, mit welcher Klugheit und Raffinesse er die jeweilige Situation und den richtigen Augenblick, in dem gehandelt werden musste, eingeschätzt hatte! Obwohl er beteuert hatte, sehr wohl Angst zu haben, hatte er ungeheuer starke Nerven bewiesen. Ob er durch das Leid seiner Familie und die gegenwärtige Diskriminierung seiner Mutter so geworden war? Fürchtete er denn überhaupt nicht um sein Leben?

Bei diesem Gedanken durchzuckte es mich plötzlich. Ich hörte wieder das Aufpeitschen des Pistolenschusses und das klatschende Einschlagen des Projektils. Mein ganzer Körper begann zu zittern, so stark, dass ich Vaters Bierflasche absetzen musste. Unvermittelt war mir bewusst geworden, dass mein Leben nur um Haaresbreite und letztlich zufällig bewahrt worden war. Die Kugel hätte mich treffen können!

Zum ersten Mal spürte ich den Hauch des Todes unmittelbar an mir vorbeiziehen, und sofort war mir auch das Bild Marlenes wieder gegenwärtig. Ich sah sie in ihrem Blut röchelnd auf dem Pflaster der Straße liegen und fühlte wieder jenen Schrecken, der mich überkommen hatte, als ihre schon vollzogene Beerdigung in der St.-Pauli-Kirche abgekündigt wurde. Aber damals war es nicht mein Leben gewesen. Ich hatte Mitleid, war zornig über das, was mir mit Marlene geraubt worden war und hatte einen unbändigen Hass auf alles, was Uniform und Schaftstiefel trug. Auf den Gedanken, dass es an jenem blutigen Sonntag von Altona statt Marlene auch mich hätte treffen können, war ich bis jetzt noch nicht gekommen.

Der Tod hatte mich nicht direkt bedroht. Aber ich hatte ihm in die Augen geschaut! Nicht da draußen vor der Michaelis-Brücke, sondern hier in der Antonistraße – in unserer Wohnküche!

Mir wurde bewusst, wie gefährlich das Leben ist. Der natürliche Tod, der irgendwann im fernen Alter kommen würde, war längst auf kindliche Weise angenommen und bejaht. Der machte mir keine Angst! Aber dieses Wissen, dass er täglich – unabhängig von den Lebensjahren – sekundenschnell da sein kann, dass er mir Vater und Mutter, meine Schwestern und Joachim – aber mich auch ihnen – nehmen konnte, war neu.

Was ist das eigentlich für ein geheimnisvoller Zustand, wenn man tot ist? Oder ist das vielleicht gar kein Zustand? Nur ein Nichts? Mutter hatte mich nach Marlenes Tod immer und immer wieder mit dem Himmel, mit einem ganz anderen Leben in Gottes schöner Ewigkeit getröstet. Dort würden alle, die sich auf Erden schon gern gehabt hatten, in vollkommener Liebe wieder vereint und ohne Ende zusammenleben.

Vor Jahren hatten mich solche Aussichten getröstet, aber nach dem heute Erlebten verwirrten sie mich. Wenn alles so schön sein würde, warum hatte ich dann Angst vor dem unmittelbaren Tod, vor dem Raub meines Lebens, sogar vor der Trennung von diesem perversen Dasein unter dem Regime der Nazis?

Wieder schlug die Turmuhr und befreite mich aus meinen konfusen Gedanken. *Einmal!* Es war also bereits eine Stunde nach Mitternacht. Gerade wollte in mir dieses Kribbeln überraschender Angst aufsteigen, da hörte ich, dass die Wohnungstür leise geöffnet wurde. Ich wollte mich erheben und nachsehen, aber da stand Joachim schon in der Tür und schob einen völlig verängstigten Mann mittleren Alters an sich vorbei in die Küche.

„So, da wären wir! Ich hoffe, bei dir ist auch alles gut gegangen? – Du hast dir hoffentlich keine Sorgen gemacht, Herbert?“

Ich schüttelte den Kopf, obwohl mir längst bange geworden war, weil ich inzwischen – weiß Gott – hatte befürchten müssen, dass irgendetwas nicht nach Plan gelaufen war.

„Simon, setz dich, hier bist du erst einmal sicher!“

Joachim musste den Mann zum Stuhl führen und ihn zum Sitzen hinunterdrücken. So verstört war der noch. Ihm schien die fremde Umgebung nicht geheuer. Joachim klopfte ihm aufmunternd auf die Schultern, und schließlich fragte Grynspan mich mit angenehm sonorer Stimme: „Hast du ein Glas Wasser für mich? Vom Fliehen habe ich einen trockenen Mund bekommen. – Ich heiße übrigens Simon! Nenn mich bitte so, einfach Simon!“

„Es hat leider ein bisschen länger gedauert als beabsichtigt. Ich hielt es dann doch für besser, zunächst in Richtung Hamburger Innenstadt zu fliehen und dann im Bogen über den Pferdemarkt hierher zurückzukehren. Ich nehme allerdings an, dass von den Aufpassern wegen des Glatteises keiner in der Lage war, uns zu folgen. – Als ich den Schuss hörte, habe ich mich furchtbar erschrocken. Da es still blieb, nahm ich an, dass dir nichts geschehen war. Simon muss morgen den ganzen Tag über in der Wohnung bleiben, Herbert! Er darf auf keinen Fall von irgendjemandem gesehen werden. Wenn er zur Toilette will, muss immer erst einer prüfen, ob die Luft rein ist. – Seid mir nicht böse, aber ich muss wieder los, um Erna zu treffen. Morgen wird ihre Abteilung sie wegen des Verschwindens von Simon mit Sicherheit ansprechen und sie fragen, ob ich meine Hände im Spiel gehabt habe. Ich muss Vorsorge treffen ..."

„Soll ich deine Mama abholen?"

„Nein, bitte, bloß nicht. Es ist besser, wenn auch du heute Nacht von niemandem mehr gesehen wirst. Aber du kannst mir deine Überzugsocken geben, die werde ich Mama noch zustecken, damit sie nicht nach Hause kriechen muss. – Also, bis heute Abend!"

Joachim war so schnell und leise wieder draußen, wie er hereingeschlichen war.

Nun allein mit Simon, fühlte ich mich ihm gegenüber verlegen. Ich wusste nicht, was jetzt zu sagen oder zu tun war. Sollte ich ihn schon auf mein Strohlager schicken oder nicht? Aber glücklicherweise war er es dann, der das anfänglich verlegene Schweigen brach.

„Du möchtest sicher schlafen gehen, Herbert, ich darf dich doch bei deinem Vornamen nennen?"

Nachdem ich zustimmend genickt hatte, fuhr er fort: „Du müsstest mir nur zeigen, wo ich bleiben soll. Joachim hat mir erzählt, dass du mit deinen Eltern und Schwestern zusammenlebst. Ich möchte euch nicht mehr als notwendig stören! Es tut mir wirklich Leid!"

Seine Stimme hatte mich endgültig für ihn eingenommen, auch wenn er im Augenblick wie ein Häufchen Elend auf der Stuhlkante saß.

Simon Grynspan war nicht klein und auch nicht groß, wirkte aber in seinem zerbeulten grauen Anzug, dem für die Statur seines Trägers sicher eine ganze Kleidernummer fehlte, sehr drahtig. Erst jetzt fiel mir auf, dass er trotz des eisigen

Wetters weder einen Mantel noch einen wärmenden Umhang übergezogen hatte. Nur auf dem Kopf trug er noch einen arg ramponierten Hut mit dazu passendem, breitem Seidenband.

Als er bemerkte, dass ich ihn fixierte, nahm er mit hastiger Bewegung den Hut ab und sagte entschuldigend: „Oh, Tschuldigung!"

Jetzt hatte er in der einen Hand seinen Hut und die schmale schwarzlederne Aktentasche, in der anderen das Wasserglas, das ich ihm vorhin gereicht hatte. Er dauerte mich wirklich.

„Simon, gib mir deinen Hut, für den finden wir einen Platz im Flur. Wenn du willst, auch deine Tasche ..."

„Oh, nein, die möchte ich bitte bei mir behalten dürfen. Versteh, bitte ..."

„Schon gut, Simon, aber du darfst dich wirklich wie zu Hause fühlen. Wir werden dir helfen, so gut wir können!"

„Ihr habt mir schon geholfen. – Sogar mit dem Einsatz eures Lebens. Ich habe euch alle in Lebensgefahr gebracht!"

Er blickte immer noch ängstlich. Sein Gesicht war wachsbleich; seine blauen Augen strahlten unter buschigen Brauen tiefe Melancholie aus. Mir war unbegreiflich, warum man diesen Mann verfolgte und ihm Böses antun wollte. Ich nahm noch einen großen Schluck aus Vaters Bierflasche und wischte mir – weil ich nicht recht wusste, wie es weitergehen sollte – verlegen über die feuchten Lippen. Wieder war es Simon, der zu sprechen anfing und schüchtern fragte:

„Seid ihr – ich meine Joachim Waigel und du – verwandt oder nur befreundet? Er konnte mir auf dem Weg hierher kaum etwas erklären. Er beteuerte aber, dass ich dir hundertprozentig vertrauen könnte, hat mir jedoch nicht erklärt, in welchem Verhältnis ihr zueinander steht."

„Ja, Joachim hatte Recht! Du kannst mir hundertprozentig vertrauen! Das hängt aber doch nicht vom Verwandtschaftsgrad ab, oder?“

„Entschuldige, Herbert! Ich habe mich falsch ausgedrückt. Ich wollte damit nur zum Ausdruck bringen, dass das, was du und deine Familie, was ihr alle für mich tut, wirklich nicht selbstverständlich ist und deshalb nach einer plausiblen Erklärung verlangt.“

„Du kannst beruhigt sein, Simon! Du hast uns nicht in Gefahr gebracht. Das hatten wir vorher schon selbst fertig gebracht! Und dazu stehen wir auch! Mein Vater – wir alle – haben die Nazis bereits abgelehnt, als die noch gar nicht an der Macht waren. Joachim und ich kennen uns schon seit Kindertagen, sind da schon unzertrennliche Freunde gewesen. Da wussten wir noch nichts von dem Unterschied zwischen Männlein und Weiblein, erst recht kannten wir keinen zwischen Juden und Ariern! Inzwischen habe ich den Unterschied zwischen den Geschlechtern am eigenen Leibe erfahren. Dieser Unterschied gefällt mir, ist eine wunderbare Erfindung ... Aber den Unterschied zwischen Juden und Deutschen habe ich leider immer noch nicht herausgefunden, und bisher hat niemand mir einen solchen einleuchtend nachweisen können. Auch die Propaganda und das Gewäsch über die germanische Herrenrasse haben mir da nicht weitergeholfen. Im Gegenteil, mich kotzt das alles an.“

Simon Grynspan legte beschwichtigend einen Finger auf den Mund, blickte mich aufmerksam an und flüsterte: „Sprich bloß nicht so laut! Die Wände könnten Ohren haben.“

Er war im Recht. Mich hatte wieder einmal der Zorn übermannt. Vater, Mutter und die Schwestern hatten einen gesegneten Schlaf, die würden bestimmt nicht aufwachen. Aber wir hatten hier schon manchen Streit von oben oder von nebenan unfreiwillig mit anhören und über uns ergehen lassen müssen: manchmal so intim, dass mir der Appetit vergangen war. Aber außer dem üblichen Treppenhausklatsch war die Nachbarschaft in diesem Haus noch intakt. Bis jetzt waren wir oder andere Mieter noch nicht denunziert worden.

„Bist du Jude, Simon?“

„Ja, sicher! Der Name verrät mich doch! Ursprünglich stamme ich wohl von polnischen Juden ab, aber mein Großvater mütterlicherseits lebte schon in Preußen.“

„Dann bist du also polnischer Abstammung. Jüdischer Abstammung kann man doch gar nicht sein. Ich könnte als Deutscher immerhin auch Jude werden!“

Während mich Grynspan entsetzt anblickte, fuhr ich fort: „Jude kann schließlich jeder werden. Jude zu sein ist Religion und hat nicht unbedingt etwas mit der Abstammung zu tun. Außerdem denke ich: Für meine Abstammung kann ich nichts. Die ist weder gut noch schlecht. Ob eine Religion gut oder schlecht ist, ist eine ganz andere Frage! Oder siehst du das anders, Simon?“

„Um ganz ehrlich zu sein, Herbert, ich habe darüber so intensiv noch nicht nachgedacht. Meine Eltern haben mich in die jüdische Religion und die Riten, so wie sie die verstanden, hineinerzogen. Ich habe nie gefragt, was daran gut oder schlecht sein könnte. Die Eltern sind früh gestorben, und der jüdische Ritus verblasste schnell. Zur jüdischen Gemeinde hatte ich wenig Kontakt.

Erst als die SA-Leute zu marschieren begannen und antijüdische Hetzparolen ins Volk brachten, war ich gezwungen, über mich selbst nachzudenken und Geschichte wie Herkunft schließlich bewusst anzunehmen. Damals war ich vierundzwanzig Jahre alt, studierte Bewegung und Schauspiel und arbeitete nebenbei als freier Mitarbeiter für die Presse. Die Kommilitonen, ebenso die Freunde bei der Zeitung standen dem aufkommenden Nationalsozialismus sehr kritisch gegenüber. Wir sahen schon 1929, wohin Hitlers Politik führen könnte, und wollten mit unseren Möglichkeiten dazu beitragen, diesen Mann und seine Ideen zu verhindern. Ich habe Satiren geschrieben und mich schließlich einem politischen Kabarett angeschlossen. – Nun siehst du, Herbert, wie weit Deutschland gekommen ist und wie wenig Erfolg wir hatten."

Simon atmete tief durch. Seine letzten Worte klangen sarkastisch. Er hatte leise, fast im Flüsterton gesprochen. Aber es hatte ihn sichtlich mitgenommen.

Ich bemerkte, wie sich über seine Augen ein zarter Tränenschleier legte und dass seine geschmeidig wirkenden Hände leicht zitterten, bevor er weitersprach: „Nun muss ich aus dem Land, in dem ich geboren wurde, fliehen, weil ich nicht arischer Abstammung bin. Da hilft es mir auch nicht, wenn ich jetzt noch versuche, zwischen Abstammung und Religion nationalsozialistische Denkfehler einzuklagen. – Ich darf kein Deutscher mehr sein."

Simon konnte seine Tränen nicht zurückhalten, aber er schluchzte nicht, und ich fühlte mich leer. Trotz des Zorns und Abscheus gegen die Machenschaften der Nazis war es mir nicht möglich, ihn zu trösten oder etwas Wegweisendes zu sagen. Aber er, nachdem er sich die Augen getrocknet hatte, blickte mich gequält, jedoch lächelnd an und versuchte, *mir* Mut zu machen: „Ich weiß nicht viel über Joachim, und dich kannte ich bis heute Nacht noch nicht, aber niemand hat mich in den Jahren seit Hitlers Machtergreifung mehr beeindruckt als ihr beide. Gott segne euch!"

Wieder folgten Minuten des Schweigens. Ich fühlte mich geschmeichelt, aber auch entwaffnet. Irgendwie dämmerte mir, dass man zwischen subjektivem und objektivem Antrieb für sein Handeln unterscheiden muss. Mich plagte mein Gewissen, weil ich das Gefühl hatte, dass mir das Kompliment Simon Grynspans nicht zustand.

Wäre da nicht der in seiner politischen Grundhaltung sture Vater gewesen, wären Joachim und ich als kleine Bengel nicht aneinander geraten und in die Elbe gefallen, hätte aus mir möglicherweise auch ein glühender Nationalsozialist werden können. Mir graute zwar bei der Vorstellung, aber schließlich waren doch fast alle für Hitler. Die wenigen, die sich öffentlich gegen die Politik der Nazis gestellt hatten, waren längst mundtot gemacht worden, jedenfalls hörte man nichts mehr von ihnen, nicht hier im Stadtteil und in der Nachbarschaft, auch las man nichts in den Zeitungen. Nur im *Seemannsgrab* schienen sich noch ein paar versprengte Gegner des Regimes zusammenzurotten.

Im Grunde, das war mir inzwischen klar geworden, hatte ich die politischen Strukturen immer noch nicht durchschaut. Ich war gegen Adolf Hitler, weil der Zufall es so wollte ... weil ich naiv geblieben war ... weil ich meinen Freund Joachim liebte ... und weil ...

Was hatte Simon da eben gesagt? ‚Gott segne euch.' – Sollte der Zufall vielleicht *Gott* gewesen sein?

„Simon, glaubst du wirklich an einen Gott?"

Er sah mich zuerst erstaunt, dannn nachdenklich an. Schließlich antwortete er eindeutig – es klang wie ein Bekenntnis: „Ja, ich glaube an Gott! Ich sagte ja, dass der Ritus verblasst ist, aber meinen Glauben an den Gott Abrahams, Isaaks und Jakobs musste ich nie in Zweifel ziehen. – Und wie ist es bei dir, Herbert? Glaubst du auch?"

Ich zögerte die Antwort hinaus und versuchte, sie zunächst auf banale Weise zu umgehen: „Daran glaubt ja sogar Adolf Hitler. Gott, die Vorsehung, habe ihn zum Führer der deutschen Nation bestellt, hörte ich ihn kürzlich im Radio lamentieren und seinen Anspruch rechtfertigen."

„Du glaubst also an Gott", unterbrach Simon mich, „weil Adolf Hitler an ihn glaubt?"

Mir war sofort die Dummheit meiner Ausflucht bewusst, deshalb entschuldigte ich mich: „Tut mir Leid, ich wollte dich nicht verletzen und keinen Spaß machen. Ich weiß nicht genau, ob ich an Gott glaube. Im tiefsten Herzen möchte ich wohl, dass es Gott gibt, aber ich habe noch so unendlich viele Fragen und – Zweifel."

„Zweifel, Herbert, hatte und habe ich auch immer wieder. Aber in diesem Moment, jetzt, wo ich dir gegenübersitze und weiß, dass ich gerade eben den tödlichen Fängen der Schergen Hitlers entkommen bin – durch dich und Joachim –, jetzt weiß ich, dass es Gott gibt!"

Darauf wusste ich nichts zu sagen. Ich war verlegen. Natürlich hatte auch ich den Wunsch nach dem göttlichen Weltenlenker, aber lenkten nicht andere die Welt: die Nazis? Bei dem Gedanken an Gott hatte ich immer dieses Gefühl, das ich nie richtig auszudrücken vermochte: das Gefühl, durch ihn die Freiheit zu verlieren.

„Wir sollten uns jetzt hinlegen. Komm, Simon, ich zeig' dir, wo du schläfst."

Wenig später hatte ich mich auf der harten Küchenbank ausgestreckt und war übergangslos und erschöpft eingeschlafen.

20. Kapitel

Bis nach Övelgönne durch den hohen Schnee zu stapfen wagte ich nicht. Aber hinaus in die klare Winterluft wollte ich unbedingt; und so sitze ich nun hier unter dem Schutz der Galerie auf einem der Pontons, die zusammengekoppelt die Landungsbrücken bilden. Der Eisgang hat die Elbfähren immer noch lahm gelegt. Nur ein mittelgroßer Eisbrecher bemüht sich, einen schmalen Teil der Fahrrinne eisfrei zu halten.

Der Himmel ist blau und klar. Das Licht der Sonne, das vom weißen Schnee um ein Vielfaches verstärkt wird, blendet meine Augen schmerzhaft. Deshalb nutze ich den Schattenwurf der Galerie über mir aus. So kann ich die durch den Schnee entstandene Verwandlung des Hafens betrachten und genießen: Ohne Eis und Schnee wirkt der Hafen mit dem Gewirr seiner Kräne, Dalben, Schiffsmasten, Ladebäume, Anleger und der unterschiedlich großen Schiffsleiber unübersichtlich, aber scharf konturiert. Heute hat der Schnee die Konturen aufgehoben. Die Vertikalen haben sich zugunsten der Horizontalen zurückgenommen. Selbst die Möwen fliegen irritiert umher, als müssten sie sich in neuer Umgebung orientieren.

Der Blick, den ich vom Standort des Pontons aus habe, hätte Caspar David Friedrich vielleicht zu einem großen Gemälde inspiriert. Die Bewegungslosigkeit auf dem Strom und die gleißende Weite zum anderen Ufer hinüber, die sich nach Westen hin ins Unendliche zu verlängern scheinen, rufen geradezu nach einer ordnenden Hand.

Leider gibt es auf diesen Pontons immer noch keinen Fliederbeergrog. Wir müssen uns mit heißem Kaffee begnügen. Aber zum nächsten Treffen bring ick denn wedder 'ne Buddel mit. Kanns di op verloten!

Damals, nachdem Simon Grynspan in Sicherheit war, saßen Joachim und ich inmitten einer ähnlichen Schneelandschaft, nur eben am Övelgönner Hafen auf unserem Poller.

Ich erinnere mich noch an den fast übergangslosen Wechsel von gleißend grellem Licht zu makabrer, violettschwarzer Düsternis, als ob Tag und Nacht in unversöhnlichem Streit miteinander lagen. Eben noch mussten wir die Hand über die Augen legen, um die Blendwirkung des Lichts ertragen zu können, da schwebten auch schon wieder tief hängende Wolken von der Unterelbe über die Stadt und ließen die eben noch leichte Luft fühlbar schwerer werden. Die Natur schien sich ins Bodenlose fallen lassen zu wollen – als sei sie leblos. Doch dann dauerte es wieder nur eine Weile, bis die ersten Schneeflocken auf uns niedertanzten, sich vom leichten Wind spielerisch aufwirbeln ließen und sich endlich gleichmäßig überall da verteilten, wo sie Halt fanden und ebene Flächen mit kalter Weiße überziehen konnten.

Weder Joachim noch ich hatten das Bedürfnis zu reden. Wir saßen – wie so oft – schweigend beieinander. Mir machte es Freude, dem Flug der Möwe mit den Augen zu folgen. Vor allem hatte es mir ihre Flugkunst angetan. Ich bewunderte, wie sie die leichten Böen des Windes ausnutzte oder sich von der Thermik in schwindelnde Höhen hinauftragen ließ. Faszinierend, wie sie mit leichtesten Bewegungen ihrer Flügel auskam, um Verwirbelungen und Luftwiderstände auszugleichen, oder wie sie die Strömungen so zu nutzen verstand, dass sie in scheinbarer Schwerelosigkeit in der Luft verharren konnte.

Doch jetzt setzte sie zum Landeanflug an! Ein kleiner Schneehügel, der sich auf übereinander geschobenen Eisschollen gebildet hatte, musste es ihr angetan haben. Gekonnt landete sie auf der Spitze des Hügels, plusterte ihr Gefieder auf und verharrte regungslos wie eine Königin auf dem Thron. Plötzlich aber rutschte unter ihr der Schnee weg. Sie schien zu stürzen, doch ein instinkthafter Reflex der

Flügel rettete sie vor dem Fall. Im Bruchteil einer Sekunde schwebte sie wieder über unseren Köpfen.

Ich fühlte mich auf rutschigem Grund wie diese Möwe, denn ich musste Vertrauen heucheln – Meierbeer, Janke, Irmgard und der ganzen Gestapoabteilung gegenüber. Sie schienen mir immer noch zu vertrauen. Ob das Joachims geschickte Formulierungen in meinem Tagebuch waren? Falls ich jedoch einmal ihr Misstrauen hervorrief, so würde *ich* im Gegensatz zur Möwe ins Unglück stürzen. – Ich konnte nur hoffen, dass es noch eine Weile gut ginge.

„Was meinst du, Joachim, wie lange wird mir Meierbeer den Schmu im Tagebuch noch abnehmen?"

„Wie kommst du jetzt darauf?"

„Weiß nicht! Nur so. – Vielleicht der Schnee."

„Darüber kann ich auch nur spekulieren. Vielleicht solange er mit Wichtigerem als uns beiden beschäftigt ist oder er den Eindruck hat, durch dich doch noch die erhofften Informationen zu bekommen! Auf jeden Fall scheint sein Vertrauen dir gegenüber größer zu sein als sein Misstrauen."

„Ich hätte nie geglaubt, dass ich jemals so unverfroren lügen würde, ohne dabei rot zu werden, und so geschickt Vertrauen heucheln kann, ohne Gewissensbisse zu haben."

„Entscheidend ist, Herbert, dass aus geheucheltem Vertrauen kein wirklich echtes Vertrauen wird; denn auf eine solche Entwicklung hat Meierbeer zusätzlich gesetzt, als er uns die Mädels ins Bett legte. – So Unrecht scheint er damit nicht gehabt zu haben."

„Wieso?"

„Immerhin hast du mir gebeichtet, dass du dich um ein Haar unheilbar in Irmgard verliebt hättest."

„Stimmt ... Aber die Gefahr bestand doch nur, weil *wir* so blöd waren, *uns* unnötig aus dem Weg zu gehen!"

„Aus meiner Sicht war das vernünftig! Die Gefahr, dich mit ins Verderben zu ziehen, schien mir zu groß. Ich bin auf Distanz gegangen, weil ich dich liebe, Herbert! Ich habe bestimmt nicht weniger gelitten als du!"

„Du glaubtest, ich sei zu schwach?"

„Nein, begreif endlich, Herbert, ich hatte und habe dich lieb, aber ich hatte mich doch schon mit dem Teufel eingelassen."

„Ich auch, Joachim!"

„Klar, aber du hattest nur mit seinen Beelzebuben in der Vorhölle gespielt. – Lassen wir das Geplänkel, Herbert, jetzt müssen wir beide dem Satan in den Rachen springen und hoffen, dass er sich dabei verschluckt."

„Ja, du hast Recht. – Was meinst du? Ob Gott *das* wollte?"

Joachim zuckte erschrocken zusammen, wandte sich mir so hastig zu, dass der auf ihm liegende Schnee in alle Richtungen flog: „Sag mal, wie kommst du denn jetzt auf *den?*"

„Simon Grynspan glaubt an Gott und ist davon überzeugt, dass er seine Rettung uns *und* Gott zu verdanken hat. Sagte er *mir* jedenfalls. Ich bin davon überzeugt, dass er weiß, was er sagt."

„Simon ist kein Heuchler, andernfalls hätte ich mich nicht mit ihm eingelassen!"

„Aber er ist Jude!"

Joachim zuckte betroffen zusammen. Er stampfte mit den Füßen auf und wandte sich von mir weg dem Fluss zu.

„Habe ich etwas Böses gesagt, Joachim?"

„Nein, hast du nicht! Aber du hast mich da getroffen, wo ich jetzt am empfindlichsten bin, wo ich die meisten Fragen habe und entsprechend dünnhäutig reagiere. Das ist zum einen die Juden- und zum andern die Gottesfrage! – Ich weiß immer noch nicht, wohin ich gehöre! Bin ich Jude oder Deutscher? Bin ich beides, aber mehr Jude als Deutscher? Oder mehr Deutscher als Jude? Gäbe es ein Judenland – es sind unter den Juden zwar welche, die von einem neuen Israel träumen ... es gibt aber kein Judenland! –, könnte ich eine Antwort von der Nationalitätenfrage her suchen, aber das ist irgendwie beknackt. Der Nationalismus in fest umzeichneten Landesgrenzen – so meinte es mein letzter Geschichtslehrer – sei eine überflüssige Erfindung neuerer Geschichte. – Fand ich gut, aber für diese und einige andere Bemerkungen hat man ihn leider vom Dienst suspendiert. Meine Situation ist so beschissen! Ich gehöre nirgendwohin ..."

„Doch, Joachim, *wir* gehören zusammen!"

„Du bist sehr lieb, Herbert. Würdest du das aber heute laut sagen, hätte dich morgen deine verdammte deutsche Volksgemeinschaft schon ausgeschlossen – *ausgemerzt* nennen sie das!"

„Wenn es aber nun egal wäre, ob ich Deutscher und du – was weiß ich für einer bist? Wenn Simon Grynspan Recht hätte und es Gott gibt, gehörten wir beide doch zuerst Gott, und sowohl die Nationalitäten- als auch die dumme Frage nach arischem Blut wären zweitrangig, oder?"

„Das wäre zu schön, um wahr zu sein, Herbert", unterbrach Joachim mich erregt und schlug seine Hände gegen die Schläfen. „Der Kampf um Leben und Tod würde zwar bleiben, aber wir wüssten, wohin wir gehören, wofür wir kämpfen. – Herbert! Ich würde ja gerne an Gott glauben, aber ich werde meine Zweifel nicht los. – Oma hat an Gott geglaubt. Hat er sie vor ihren Mördern bewahrt? Nein! – Mama wird geschändet und seelisch zerstört! Schützt Gott sie? Nein! Papa sitzt im Gefängnis und wird gefoltert! Verhindert Gott das? Nein! – Ich frage dich, Herbert, wie willst du mir die Zweifel nehmen?"

Ich sah Joachim den Tränen nahe. Gerne hätte ich ihm jetzt ein erlösendes Wort gesagt! Aber ich hatte keines!

Die Möwe segelte wieder und wieder mit bewundernswerter Leichtigkeit über Schnee, Eis und vor uns hin, ließ sich von den Verwirbelungen des Windes emportragen und aus größter Höhe in hinhaltenden Spiralen, ohne einen Flügelschlag getan zu haben, wieder abwärts gleiten. Einige

Male schwebte sie kaum einen Meter von unseren Augen entfernt in aufreizender Langsamkeit vorüber. Ich konnte ihre schwarzen Augen sehen und hatte den Eindruck, dass sie uns mit gespielter Untröstlichkeit bemitleidete, weil wir nicht fähig waren, wie sie königlich frei in die Lüfte aufzusteigen.

Ich begann den Vogel zu beneiden. Mir ging durch den Sinn, dass er nicht nur fliegen, auf festem Grund hüpfen und laufen konnte, sondern auch schwimmfähig war. Aber das Tier hatte sich seine Fähigkeiten nicht auswählen können. Die Natur – meinetwegen auch Gott – hatte sie ihm mitgegeben. Seine Freiheit war also zugleich seine Grenze, sein Ghetto, ohne die Möglichkeit zu besitzen, es jemals aufsprengen zu können! Mir, dem Menschen, aber ist es möglich, durch meine Entscheidung Schwimmen zu lernen oder Flugzeuge zu bauen, die mich sehr wohl in die Lüfte tragen würden. Ich kann mein soziales Ghetto aufbrechen, kann mich Forderungen und Ansprüchen gegenüber widersetzen, kann kämpfen – ja, ich kann über mein Leben und in bestimmten Situationen über meinen Tod bestimmen.

Plötzlich zuckte ein Gedanke in mir auf. Ich wandte mich dem unverwandt auf das Eis starrenden Joachim zu und stieß ihm den Ellenbogen in die Seite: „Joachim, nehmen wir einmal an, du wärest tatsächlich ein überzeugter Jude – ich meine von der Religion her – und ich ein überzeugter Christ."

„Ja, und – was dann?"

„Dann würden wir an denselben Gott glauben – oder?"

Joachim entspannte sich, dachte einen Augenblick nach und meinte: „Hm, ich glaube ja, Herbert, aber da ist euer Messias, den wir angeblich ans Kreuz geschlagen haben, doch noch im Wege."

„Lassen wir den mal beiseite."

„Geht nicht, glaube ich!"

„Versuchen wir es doch wenigstens! Bitte! Du hast doch einmal behauptet, dass das Alte Testament die Heilige Schrift der Juden sei."

„Sicher!“

„Das Gleiche gilt auch für die Christen! Es muss sich also in der jüdischen wie in der christlichen Religion um denselben Gott handeln?“

„Ja!“

„Dann erklär’ mir, mit welchem Ziel Gott die Menschen erschaffen hat!“

Wieder hüllte Joachim sich in nachdenkliches Schweigen, bis er antwortete: „Oma hat mir das so erklärt: der Mensch sei das Ebenbild des Schöpfers. Auf meine Frage, was ein Ebenbild sei, hat sie behauptet, wir Menschen seien wie Gott, hätten seine Freiheit und könnten Gutes und Böses nicht nur unterscheiden, sondern wie Jahwe auch tun – nur mit dem Unterschied, dass Jahwe sich ausschließlich für das Gute entschieden hat.

Ich wollte daraufhin wissen, ob das bedeutet, dass Gott wie ein Mensch sei – dann müsse er ja schließlich auch sterben oder sei vielleicht sogar längst tot! Aber sie erwiderte mit Nachdruck, Jahwe könne nicht sterben, denn er sei ewig und jenseits aller Vergänglichkeit. – Was den Menschen Gott gleich macht, sei ausschließlich die Freiheit!“

„Siehst du, die Freiheit!“

„Unterbrich mich bitte nicht, sonst reißt mir der Gedankengang! – Ja, die Freiheit! – Der Mensch hat die Freiheit, in dieser Welt wie Gott Böses und Gutes voneinander zu unterscheiden *und* es auch zu tun ...“

Hier unterbrach ich Joachim nun doch energisch. Ich wollte sicher sein, ihn nicht missverstanden zu haben: „Das hieße ja, dass der Mensch auch das Böse aus eigener freier Entscheidung tut! Oder?“

„Das scheint die logische Folgerung zu sein. – Ah ... jetzt weiß ich, worauf du hinauswillst! Du willst mir sagen, dass das Böse, das Oma widerfuhr, das Mama und Papa erleiden müssen, nicht in der Verantwortung Gottes, sondern in der Freiheit des Menschen begründet ist.“

„Genau das, Joachim! Es fiel mir plötzlich so ein. Es würde dann ja auch einen Sinn gehabt haben, dass wir uns auf den aussichtslosen Kampf gegen den – wie du es nennst – Teufel eingelassen haben. Es wären dann eben nicht die zufällig widrigen Umstände, die uns in den Schlamassel geritten haben, sondern es wäre unsere ureigenste freie Entscheidung gewesen! Von uns selbst ausgegangen! Also könnte Gott die Schuld an all dem nicht in die Schuhe geschoben werden."

„Und du meinst, so würden sich sowohl meine Zweifel als auch die gegenwärtig perverse Situation, von der ich als Bastard nun mal besonders betroffen bin, von selbst klären und lösen?"

„Quatsch, dass das nicht so einfach ist, weiß ich auch! Meinst du, ich hätte weniger Zweifel als du? Mir ist sehr wohl bewusst, dass ich das, was in Deutschland zur Zeit geschieht, genauso wenig begreife wie du."

„Weiß ich! Weiß ich! Hab' das auch nicht so gemeint, Herbert! Nur: mit Logik allein kann ich – können wir – Gott sicher nicht finden!"

„Nee! Da hast du wohl Recht! – Lass uns lieber überlegen, wie es weitergehen soll. Morgen bin ich nämlich wieder von Meierbeer vorgeladen."

„Ja, wir frieren hier ohnehin langsam fest!"

Jetzt merkte ich auch, wie durchkühlt ich war. Wir klopften uns den Schnee von der Kleidung und mit ihm die Belastungen, die schwer auf unseren jungen Schultern lagen.

Joachim lächelte hinterhältig, aber schelmisch, und ehe ich mich versah, schleuderte er mir einen Schneeball entgegen. In Sekunden waren wir wieder kleine Buben. Wir balgten, rauften und versuchten, uns gegenseitig mit Schnee einzureiben.

Über uns kreisten und kreischten Hunderte weißer Möwen. Es klang, als lachten sie uns aus.

21. Kapitel

Meine Stimmung war so mies wie das Wetter. Die Temperaturen waren angestiegen und hatten die Schneedecke auf Straßen und Gehwegen in grauen, glitschigen Matsch verwandelt. Unter dem Himmel hing eine schwere dunkle Wolkendecke. Seltsam war, dass sich kein Lüftchen regte. Es schien, als habe die Natur aufgehört zu atmen.

Nur mühsam war es mir gelungen, vor Eintritt in Meierbeers Heiligtum den gröbsten Schneematsch von meinen Schuhen zu entfernen. Als ich in seinem Büro saß, hatte ich innerlich einen Tiefpunkt erreicht. Der einzige Lichtblick in meinen dunklen Ahnungen war die unerwartet freundliche Begrüßung durch den Sekretär Janke. Schon bei den letzten Vorladungen, aber auch bei den Abgabeterminen für das Tagebuch war mir die zunehmend joviale Art aufgefallen, mit der Janke mir begegnete. Erst wenn Meierbeer auf der Bildfläche erschien, wurde er wieder der kriechende Büttel.

Sobald ich das Dienstzimmer des Hauptmanns betreten hatte, galt mein erster Blick dem Porträt des Führers. Inzwischen wusste ich, wie ich mich platzieren musste, damit das einfallende Licht das Gitter, das ich einmal mit feuchten Fingern über sein Konterfei gezogen hatte, sichtbar machte. Auch jenen trüben Tag musste Adolf Hitler noch hinter meinen Gittern verbringen.

Wie meistens ließ Hauptmann Meierbeer mich auch heute warten. In dieser Stimmungslage bedeutete das eine besondere Probe für die Reißfestigkeit meines Geduldsfadens. Gewöhnlich ließ durch das Wartenmüssen meine Konzentrationsfähigkeit schnell nach. Ich ärgerte mich über alles, jeden und die besagte Fliege an der Wand.

Doch heute konnte ich das nun wirklich nicht gebrauchen, zumal Joachim mir eingeschärft hatte, Meierbeer intensiv und genau zuzuhören. Wir müssten heraushören, was er mit mir vorhabe. Dabei kribbelte es in mir so vor Ungeduld, dass ich zusammenzuckte, als sich die Tür auftat. Aber es war nicht Meierbeer, sondern sein Vorzimmerlakai Janke.

„Deit mi Leid, dat du nu wieder wa'ten muss', Herbert. Mann, de Hauptmann is sehr beschäftigt – steht sogar 'ne Beförderung an – ward hier munkelt. Aber Genaues nich' tut man noch nich' wissen. Sachs nichs davon, nä, Herbert? Kiek, ik häv di 'n Kaffee brocht. Hei tut wohl bald kommen."

Janke drückte mir einen Kaffeebecher in die Hand, und ich sah, dass seine Augen nervös hin- und herflackerten. Unsicherheit und Angst waren darin zu lesen.

„Danke, Herr Janke, das ist nett von Ihnen! Wie geht es Ihrem Gustav?"

„Gustav? – Gut, sehr gut! Er is' nu' bei eine' Spezialeinheit für Nachrichtenübermittlung."

„Und wozu ist das gut?"

„Ja, dat is das ja! So welche tut man eign'lich in'n Kriech gebrauchen! Ick häv richtich 'n büschen Angs' um den Jung'n. Melders sind ja meistens direkt anne Front – in vörderster Linie. Hoffen'lich is dat nu nich' schon 'n Anzeichen für 'n Kriech! Wird ja soviel geschrieb'n über Raum im Osten, den das Deusche Volk nu unbeding' brauchen tut."

„Ich trau den Naz..." Beinahe hätte ich mich verplappert, konnte mich aber im letzten Moment noch korrigieren: „Ich trau den Nationen, die Deutschland den Aufstieg nicht gönnen, alles zu, Herr Janke! Auf den Ernstfall muss sich das Reich wohl oder übel auch einstellen."

„So? – Na, ick hoff denn, dat de Bengel nich gliek as ein'n von de Ersten ran mut ..."

Die Tür, die nur eine Handbreit offen gestanden hatte, flog auf. Aufgeräumt, als habe er gerade ein erfrischendes

Bad genommen oder gar in der Lotterie gewonnen, trat Hauptmann Meierbeer in den Raum. Obwohl er uns mit zackigem Stechschritt entgegentrat, verschluckte der dicke Teppich jedes Geräusch.

„Heil Hitler, Herbert, – ja, du hast nicht Unrecht. Die deutsche Nation muss auf alles gefasst sein!"

Ich winkelte meinen rechten Arm nur wenig an und hielt Meierbeer die Hand zum Gruß entgegen. Immer wenn mich jemand mit dem in diesen Kreisen vorgeschriebenen *Heil Hitler* begrüßte, fuhr mir der Schrecken durch Mark und Bein, während sich gleichzeitig auf meiner Stirn kalter Schweiß bildete. Das machte mich sonst immer nervös, aber heute hatte ich mich schnell unter Kontrolle.

Janke schlug die Hacken zusammen, verließ – ohne ein Wort zu sagen – den Raum und drückte sanft, fast unhörbar, die Tür hinter sich ins Schloss.

„Nimm Platz, Herbert!"

Meierbeer wies mit der Rechten auf das Ledersofa. Erst in diesem Moment sah ich, dass er unter dem linken Arm einen dicken Packen Papier geklemmt hielt. Es waren meine Tagebücher! Schon fuhr mir der nächste Schrecken in die Glieder. Dafür war ich aber von meiner zornigen Ungeduld geheilt. Dem Erschrecken folgte ein ungutes Gefühl von Bangigkeit, das sich jedoch schnell in Argwohn wandelte. Inzwischen war ich eben doch routinierter geworden.

Der Hauptmann schmiss den Packen Hefte so lässig auf den Tisch, dass die gläserne Ballettdame ins Wanken geriet, setzte sich mir gegenüber und schlug seine – in blank gewienerte schwarze Stiefelschäfte gezwängten – Beine herausfordernd übereinander. Dann zog er sein Jackett zurecht und kehrte seine Brust heraus wie ein in Bronze gegossener General.

Das alles war so perfekt inszeniert, dass ich gar nicht anders konnte, als eine zweite – neue – Ordensspange mit reichlich daran befestigtem klimperndem Metall wahrzunehmen. Meierbeer wagte sogar selbst aus den Augenwinkeln einen

Blick auf sein Herz, und ich bemerkte, dass sich ein zufriedenes Lächeln über sein Gesicht breitete.

„Ich habe deine Tagebücher auswerten lassen, Herbert. Ergebnis: Sie sind sorgfältig geführt – aber ohne jeden Wert für uns. Wie kommt das, Herbert?"

Einen solchen Überfall hatte ich nicht erwartet. Er raubte mir sekundenlang die Sprache. Ich wusste nicht, was oder wie ich antworten sollte. Also stotterte ich nur: „Ich hab' doch alles so gemacht, wie *Sie* es wollten, Herr Hauptmann!"

„Ja, ja, ja!"

Worte wie eine Maschinengewehrsalve, die ohne Vorwarnung abgefeuert wurde.

„Ich weiß, ich weiß! – Ich habe dich intensiv beobachten lassen – durch Fräulein Holbein! Sie hat sich dir gegenüber zwar schon enttarnt – sollte das aber eigentlich noch nicht! – Sie hat mir bestätigt, dass du in Ordnung bist und wir dir trauen können. – Das heißt aber nicht, dass wir ihr da unbedingt folgen werden. – Nun, die Aktion hat leider nichts gebracht. Das ist schade! Ich werde dich deshalb bis auf weiteres aus dem Verkehr ziehen. Dann hast du reichlich Zeit, dich beruflich fortzubilden. – Alles klar? – Ich habe das schon arrangiert!"

Während Hauptmann Meierbeer auf mich einredete, als stünde er unter massivem Zeitdruck, war ich um einige Zentimeter kleiner geworden. Jedenfalls fühlte ich mich so.

Er erhob sich, holte eine Akte von seinem Schreibtisch und schien es zu genießen, wie ich jede seiner Bewegungen eingeschüchtert verfolgte. Interessiert blätterte er in Papieren, die lose in gefalzte Pappdeckel gelegt waren. Plötzlich hatte er Zeit. Jedenfalls spürte ich, wie er meine Abhängigkeit von seinen scheinbaren Gnaden genoss.

Endlich reichte er mir ein Blatt über den Tisch zu. „Hier, Herbert, ist deine Meldung zur Maschinistenausbildung: Theorie am Berliner Tor, Praxis auf dem Hochseeschlepper *Este III*. Steht alles genau drin. – Enttäusch' mich nicht."

Er erhob sich und schien unser Treffen damit beenden zu wollen. Auch ich schnellte vom Sofa hoch, obwohl ich nicht ein einziges Mal zu Wort gekommen war. Immer noch betroffen, weil ich mir den Verlauf dieser Vorladung ganz anders vorgestellt hatte, fragte ich betreten, aber Klärung einfordernd: „Muss ich also jetzt keine Tagebücher mehr schreiben?"

„Ach so, nein, musst du vorläufig nicht mehr. Ich sagte doch, wir haben dich bis auf weiteres aus dem Verkehr gezogen! Natürlich wirst du dich uns wie bisher zur Verfügung halten. Wenn wir deine Mitarbeit benötigen, werden wir uns auf bekanntem Weg melden."

„Dann bin ich also nicht frei ..."

Meierbeer unterbrach mich empört: „Was heißt hier frei? Das klingt ja wie ein Vorwurf! Hast du dich bei uns etwa als Sklave gefühlt?"

„Nein, nein, Herr Hauptmann, überhaupt nicht, durchaus nicht", erwiderte ich besänftigend, „ich meinte nur, ob ich ..."

„Du hast nichts zu meinen, Herbert, ein guter Deutscher gehorcht! Im November 1933 hat sich das deutsche Volk feierlich zur Politik der Reichsregierung und zum Führer bekannt. Diesem Vermächtnis hat sich jeder, der deutschen Blutes ist, gehorsamst verpflichtet zu fühlen! Ist das klar, Herbert?"

Meierbeers Stimme hatte eine höhere Tonlage angenommen, und ich ahnte, dass es jetzt gefährlich sein würde, etwas Falsches zu sagen, aber er unterbrach meine hastigen Gedanken.

„Dass ich von dem Ergebnis unserer bisherigen Zusammenarbeit ausgesprochen enttäuscht bin, Herbert, hatte ich eingangs deutlich genug gesagt. Aber ich unterstelle, dass ich dich mit der Aufgabe überfordert habe. Es wird sich irgendwann ein Aufgabenbereich finden, der dir besser liegt. Unter normalen Umständen hätten wir dich jetzt zur

Wehrmacht eingezogen, aber dummerweise habe ich einen Narren an dir gefressen. Hier, nimm die Unterlagen, melde dich morgen auf der *Este III* und in der Schule. Um deinen Freund Joachim werden wir uns in Zukunft selbst kümmern."

Meierbeer streckte mir die Hand entgegen. Mir blieb nichts übrig, als einzuschlagen.

„Sag deinem Vater, Herbert, dass er sich jedweder öffentlicher Äußerungen enthalten möchte. Es sind in eurer Wohngegend polizeiliche Einsätze notwendig geworden. Wenn er sich nicht raushält, kann ich für nichts garantieren. Heil Hitler! – He, Janke, geleiten Sie Herrn Spalding zur Tür!" Ohne mich weiter zu beachten, setzte er sich hinter seinen Schreibtisch und vertiefte sich übergangslos in die Akten.

Janke stürzte aus dem Vorzimmer herein, packte mich am Ärmel und zog mich schweigend hinaus. Auf dem Flur räusperte er sich und meinte: „Hab' ja nu allens mitanhörn müssen. Da has' du aber wirklich großes Glück, dat di de Herr Hauptmann so gewogen is. Annere, die nie nichs gebracht haben, waren schneller inne Wehrmacht, as sie denken konnten. Na, also denn seh man too, dat ut di noch wat O'ntliches ward. Heil Hitler, Herbert!"

Gustav Janke sah mich gerührt an. Es schien, als beneide er mich. Ich ahnte, dass er mit sich selbst nicht im Reinen war und seine jüngere Geschichte vielleicht zurückgedreht hätte, wenn das möglich gewesen wäre. Ihm blieb aber keine andere Wahl, als – jetzt ernüchtert – mit den Wölfen zu heulen, denen er sich zugesellt hatte. Ein Zurück würde es für ihn nie mehr geben.

Gedankenversunken schlurfte ich ins Freie, faltete dabei die Papiere, die mir Meierbeer mitgegeben hatte, zusammen und schob sie in die Innentasche meiner Joppe.

Ich wusste nicht recht, ob ich mit der neuen Situation zufrieden sein sollte. Eigentlich hatte ich ja heraushören sollen, was die Meierbeerabteilung gegen Joachim und seine Mutter demnächst zu tun beabsichtigte und inwieweit ihnen bereits bekannt war, dass Joachim seine Finger beim Verstecken von Juden und Staatsfeinden im Spiel hatte.

Tatsächlich wusste ich weniger als vorher. Es war mir unmöglich, die verschiedenen Aspekte meiner und der gemeinsamen Situation auf einen verstehbaren Nenner zu bringen. Warum ließ Meierbeer mich laufen? Wieso ließ er mich ungeschoren? Das passte weder zur ideologischen Überzeugung des Hauptmanns noch zu seiner Stellung im Apparat der Staatspolizei. Oder sollte sich der Mann wirklich so etwas wie einen Rest von Menschlichkeit bewahrt haben? Wenn ja, wie und nach welchen Kriterien ließ er den wirksam werden? – Vielleicht war es aber auch etwas ganz anderes. Vielleicht war das eine Art göttlicher Größenwahn, der hin und wieder gegen alle nationalsozialistische Vernunft das Irrationale als Gnade walten ließ. Ich wusste es nicht, und das machte mich nicht ruhiger.

Was hatte Meierbeer so nebenbei gesagt? *‚Um deinen Freund Joachim werden wir uns in Zukunft selbst kümmern.'* Ich spürte wieder dieses heiße Kribbeln in mir aufsteigen. Sollte Joachim sich jetzt in erhöhter Gefahr befinden?

Wieder beschleunigte ich meine Schritte. Ich achtete weder auf Pfützen noch auf den spritzenden Schneematsch. Die Unruhe in meiner Brust trieb mich gehetzt vorwärts. Über die Große Bergstraße, das Nobistor und die Reeperbahn war ich in kürzester Zeit zurück in der Silbersackstraße.

Vor dem Haus, in dem die Waigels, aber auch Irmgard Holbein lebten, war hektischer Betrieb. Direkt vor der Haustür parkte ein Pferdefuhrwerk. Packer in derber Kleidung trugen Möbelstücke aus dem Haus und beluden die unter einer hohen Plane verborgene Ladefläche. Zu meinem Erstaunen erkannte ich, dass es sich um Irmgards Möbel handelte.

Ich sprach einen der trotz der Kälte schwitzenden Arbeiter

an: „Entschuldigen Sie, sind das nicht die Möbel von Fräulein Holbein? Wo wollen Sie damit hin?"

Der Mann sah mich erst verärgert, dann aber belustigt an.

„Geiht di gor nichs an. Aber du kenns' wohl dat Flittchen? Doch wie ihrn Zuhälter siehst du man ok nich ut."

Ich muss belämmert dreingeschaut haben. Inzwischen standen zwei weitere Packer vor mir, grinsten mich unverschämt an, bis einer fragte: „Bist du vielleicht ihrn Verlobten? Er meint wohl, er sei ihr'n Macker. Junge, wech de Deern! De het di man all lange Hörners opsteken!"

Er schlug sich vor Vergnügen auf die Schenkel, und ich stand wieder da wie der begossene Pudel, der nichts begriffen hatte.

„Ist Fräulein Holbein in ihrer Wohnung?"

Ich machte Anstalten, die Stufen, die in den Hausflur führten, hinaufzusteigen. Da trat der Mann, der bis jetzt geschwiegen hatte, auf mich zu, musterte mich abschätzend und legte, bevor er sprach, seine schwere Hand väterlich auf meine Schulter.

„Mien Jung, dat Mädel häv 't de afholt. Warum, dat weet wi ok nich. Mit ein Polizeiwagen is se jedenfalls weg. Het sik nich mol ümdreiht. Wi hävt nu de Pflicht, dat Inventar aus die Wohnung zu holen und ins Polizeilager zu bringen. Wir ham den Kram hier vor Monaten auch reingeschafft. Dat is unser einen sein Job, mien Jung. Mok di man nix dorut. Dat is so 'n Gelichter nich wert."

Er schlug mir leicht auf die Schulter, bevor er sich wieder seinen Kumpeln zuwandte: „Spoß vorbi. Los, Männers, wiedermoken!"

Ich spürte, dass mir die Packer kopfschüttelnd nachblickten als ich dennoch ins Haus hastete.

Es schienen Ewigkeiten zu vergehen, bis auf mein heftiges Pochen die Wohnungstür der Waigels geöffnet wurde. Schlaftrunken steckte Joachims Mama ihren Kopf aus dem Türspalt: „Ach, du bist's, Herbert, komm bitte rein! Joachim ist leider nicht da."

Sie überließ es mir, die Wohnungstür selbst ganz aufzustoßen, einzutreten und ihr zu folgen. Wortlos wies sie auf einen Stuhl am schmucklosen Küchentisch.

„Hier ist noch kalter Tee! Möchtest du?"

„Ja, bitte! Hat Joachim gesagt, wann er wiederkommt?"

„Hat er nicht, Herbert! Aber du wirkst aufgeregt. Ist etwas passiert?"

„Wenn ich das wüsste, wäre mir wohler, Frau Waigel. Ich war beim Hauptmann Meierbeer – der von der Staatspolizei. Bis auf weiteres bin ich aus seinen Diensten beurlaubt. – Es war alles so merkwürdig, so undurchschaubar. Auf der einen Seite bin ich ganz froh, dass ich diesem Laden vorläufig keine Rechenschaft mehr ablegen muss, auf der anderen Seite werde ich das Gefühl neuer Bedrohung nicht los – vor allem für Joachim ..."

„Moment, Herbert", unterbrach mich Frau Waigel und knipste den auf einem Sideboard stehenden Volksempfänger an, der nach wenigen Sekunden reagierte und wie durch einen Zauber die kleine Küche mit sanften Walzerklängen füllte. Sie lächelte mich an und meinte: „So ist's besser. Du weißt ja, Feind hört mit. Wie kommst du darauf, dass die Gefahr für Joachim größer geworden sein könnte? Hat man dir Genaueres gesagt?"

„Nein, eben nicht! Das ist es ja, aber Meierbeer sagte so nebenbei, dass seine Abteilung sich jetzt selbst um Joachim kümmern würde. Ich weiß nicht, wie er das gemeint haben könnte und ob sich eine gezielte Aktion dahinter verbirgt. Immerhin ist der Angriff mit Erna Heydenreich auf Joachim ja ins Leere gelaufen, war'n Reinfall für die!"

Frau Waigel griff nach meinen Händen und streichelte sie. Ich hörte trotz der Musik, dass sie leise stöhnte. Endlich sah sie mich an. In ihren dunklen Augen standen Tränen, aber ihre Miene spiegelte deutlichen Widerspruch. Ihre körperliche Kraft schien gebrochen, aber aus der Tiefe der Augen leuchtete eine ungebrochene Energie, die nicht von dieser Welt sein konnte. Ihre Seele war noch nicht zerstört, und sie zwang mich, ihrem Blick standzuhalten.

„Herbert, ich möchte, dass Joachim ins Ausland flieht. Wahrscheinlich hat er dazu bald keine Möglichkeit mehr. Auf mich zu hören ist er nicht bereit. Er glaubt immer noch, dass er seinen Vater nur von hier aus retten kann. Außerdem fühlt er sich der Gemeinde gegenüber verpflichtet – und natürlich den Leuten im *Seemannsgrab.* Ich flehe dich an – Herbert –, mach deinen Einfluss auf Joachim geltend und sorge dafür, dass er dieses Land so schnell wie möglich verlässt. Wie er's jetzt treibt, kann das nicht mehr lange gut gehen."

„Obwohl die Vorstellung mich schmerzt, dass Joachim vielleicht bald nicht mehr in meiner Nähe lebt, will ich versuchen, ihn in Ihrem Sinne zu überreden. Ich vermute allerdings, dass die Aussicht auf Erfolg äußerst gering ist. Aber nehmen wir an, Joachim würde sich überzeugen lassen, was wird dann aus Ihnen?"

Frau Waigel blickte selbstvergessen in das mäßige Licht, das durch das Fenster in die Küche fiel. Dann nahm sie meine Hände, schaute mir tief in die Augen und erwiderte zögernd: „Aus mir wird nichts mehr, Herbert! Der Club hat meine letzten Kräfte genommen. Außerdem habe ich das Gefühl, dass die Staatspolizei nur noch wenig Interesse an mir hat. Gerade deshalb ist es so wichtig, dass Joachim sich schnell in Sicherheit bringt."

„Gut, ich will sehen, ob ich ihn irgendwo finde. Vielleicht ist er in der Antonistraße. Sollte es mir nicht gelingen, ihn aufzutreiben, werde ich heute Nacht zur üblichen Zeit am Club sein."

Joachims Mama geleitete mich ins Treppenhaus und blieb am Geländer stehen, bis ich das Haus verlassen hatte.

Die Packer waren noch immer mit dem Ausräumen von Irmgards Wohnung beschäftigt. Sie nahmen keine Notiz mehr von mir.

22. Kapitel

Nachdem ich den Hein-Köllisch-Platz überquert hatte und in die Antonistraße eingebogen war, staunte ich nicht schlecht über die dunklen Limousinen, die unserem Block gegenüber am Sankt-Pauli-Kirchhof geparkt waren: insgesamt sieben. In Ledermäntel gekleidete Männer – mit Sicherheit Polizisten – lümmelten sich um und gegen die Fahrzeuge oder rieben sich ihre kalten Hände an den hölzernen Karabinerschäften warm.

Verhalten näherte ich mich unserem Mietshaus und ging zögernd auf den Eingang zu. Die misstrauischen Blicke der Polizisten spürte ich wie Nadelstiche im Nacken. Gerade wollte ich ins Haus gehen, als einer rief: „Halt, wohin wollen Sie?"

„Da rein! Ich wohne hier."

„Wie heißen Sie?"

„Spalding, Herbert Spalding!"

„Können Sie sich ausweisen?"

„Also, wenn Sie wissen wollen, ob ich meine Kennkarte dabeihabe, muss ich Sie enttäuschen. Aber ich kann sie aus der Wohnung holen. Sind Sie von der Polizei? – Was ist denn überhaupt los?"

„Junger Mann, wir *sind* von der Polizei! Und deshalb stellen nur wir die Fragen! Verstanden?"

Zwei Polizisten standen mit drohend auf mich gerichteten Karabinern vor mir. Schließlich packte einer mein Kinn und drehte meinen Kopf zum Zweck genauerer Begut-achtung hin und her. Mir wurde zwar angst und bange, aber es flammte ebenso Wut in mir auf. Mit einer Bewegung des Angewidertseins stieß ich die Hand des Polizisten aus meinem Gesicht. Die Antwort spürte ich sofort: den Lauf seines Karabiners auf meinem Bauch.

„Lass ihn reingehen. Wenn er Dreck am Stecken hat, werden die Kollegen im Haus das feststellen. – Los, geh'n Sie schon!"

Langsam wandte ich mich um. Der Polizist drückte mir das Gewehr in den Rücken und schob mich damit bis zum Hauseingang vor sich her. Als die Tür hinter mir zuschlug, hörte ich beide lachen.

Auf jedem Treppenabsatz standen, von Polizisten bewacht, Frauen und Kinder in schweigenden Gruppen vor den Wohnungen. Einige blickten mich Hilfe suchend an, aber ich wusste nichts zu sagen – geschweige denn etwas zu tun. Peinlich berührt schlich ich Stufe um Stufe nach oben. Argwöhnische Blicke der Polizisten begleiteten mich.

Die Wohnungstüren standen weit offen. Ich sah, wie Uniformierte damit beschäftigt waren, Schränke auszuräumen und Möbel zu rücken. Da erinnerte ich mich wieder an Meierbeers Worte, dass in unserem Wohnquartier polizeiliche Aktionen geplant seien.

Die letzten Stufen hechtete ich hinauf. Unsere Wohnungstür war geschlossen, nur die der Etagennachbarn standen weit offen. Anscheinend war niemand da. Die Türen schienen aufgebrochen worden zu sein. Aus dem Inneren drangen Flüche. Ich versuchte sie zu überhören und pochte heftig an unsere Wohnungstür, die auch sofort geöffnet wurde, aber nur einen Spalt weit und ohne die Sperrkette zu lösen.

„Ich bin's. Nun mach schon auf!"

„Es ist Herbert, Mutter!"

„Denn lass ihn doch rein, Ma'tha!"

Ich hörte, wie meine Schwester die Kette umständlich aus der Verriegelung schob, aber statt die Tür nun weit und einladend zu öffnen, vergewisserte sie sich mit sicherndem Blick durch den Türspalt, dass es tatsächlich ihr Bruder Herbert war, der Einlass begehrte. Auch als darüber kein Zweifel mehr bestehen konnte, ließ sie die Tür nur zentimeterweise in den Wohnungsflur gleiten und eben nur so weit, dass ich mich schlank machen musste, um in den Flur zu schlüpfen. Kaum hatte ich den zweiten Fuß über die Schwelle gesetzt, da schlug sie die Tür aufgeregt zu und legte die Kette so überstürzt vor, als habe sie etwas sehr Schreckliches tun müssen.

Sie fasste sich an die Brust und atmete mehrmals tief – wie befreit – durch und meinte verängstigt: „Gut, dass du da bist, Herbert! Was haben die da draußen bloß vor?"

Mutter kam herbeigestürzt und schimpfte sofort los: „Zwei Männer in' Hus, aber wenn du einen brauchen tust, glänzen sie durch Abwesenheit! Wo hast du denn bloß so lange gesteckt, Jung? Bi den Meierbeer het dat doch nie so lang duert."

„Mutter, nun beruhige dich und erzähle der Reihe nach."

„Dor gift dat nich veel to vertellen. Ers' war ich Einkaufen bei'n Bäcker Heinze. Ich wollte g'rade Tschüss sagen, da stürmten plötzlich Polizisten in den Laden – stell di vor – mit Revolvers in ihre Hände! *‚Los, an die Wand stellen'*, tut mich der eine anschreien und schubst mich wie ein Ferkel vor sich her, dass ich mit mein' Kopp auch noch an das Brotregal stoßen tu. – Kiek hier, is 'ne richtige Beule draus gewor'n."

„Ja, und dann, Mutter, was geschah weiter?"

„Na, Jung, nu lot mi man die Reihe nach erzähl'n. Also, die haben den Heinze so richtig brutal bei sein Kragen gepackt und schrien ihn an, er soll dat Mädchen rausrücken."

„Welches Mädchen?"

„Welches Mädchen? Na, die lütte Stern, die ihn inne Backstube helfen tut. Un' is ja wohl auch mit Heinze sein Sohn liiert."

„Meinst du etwa die Maria?"

„Genau die, Herbert. Dat die 'ne Jüdin is, wussten wi all lang, aber nich, dat de achter ihr her sind. Was hat die lütte

Deern denen getan? Die tut doch keine Fliege was zuleide, nee, deit se nich! – In wat für ne Welt tun wir eig'nlich leben, Herbert?"

„Und was geschah weiter?"

„Na, die ha'm den Heinze nach hinten inne Backstube geschleppt. Ich hab' nur noch Kreischen gehört – un' Poltern. Un' denn kamen se mit de Deern, die ganz schlimm ausse Nase bluten tat, wieder in' Laden zurück – und denn mit ihr raus. Und den Bäckermeister Heinze ham se auch noch mitgenomm'! Den Heinze seine Frau is' vor Schreck mitten in 'n Laden zwischen all die Brotkörbe in Ohnmacht gefall'n. Musste sogar ein Doktor komm'. – Ick bin denn raus und nach Haus. Hatte man g'rade mein'n Kram ausgepackt, da pocht dat anne Tür. Steht so ne ganze Korona von die mit die Ledermantels davor. Einer fracht: ‚Sind Sie Frau Spalding?' Ich sach: ‚Ja, sicher, dat bin ick' – ‚Aha', sacht der, kiekt mi so komisch an und erklärt, ‚also, wir machen hier eine Hausdurchsuchung. Verhalten Sie sich bis auf weiteres ruhig, Ihnen wird nichts geschehen. Wir schnappen uns nur die Kommunistenschweine. Schließen Sie ihre Wohnungstür. Bis wir fertig sind, bleibt eine Bewachung im Treppenhaus.' Seitdem ham wir nur den Krach un dat Gezetere vonne Nachba'n mitgekriecht. – Wat schall dat bloß allens, Herbert? Un wenn dat hüt obend dien Vadder erfah'n tut, denn dreiht he womöchlich noch dörch. He reiht sik ja jümmers gliek op, kenns' dat ja, Herbert."

„Da hast du leider Recht. Aber trotzdem kann er sehr wohl unterscheiden, ob ein Protest sinnvoll ist oder nicht. Zu dem, was hier heute abläuft, können wir ohnehin nur den Mund halten und unseren Zorn in uns reinfressen. Das ist blanker Terror! Jeder, der anders denkt als die Nazis ist Staatsfeind und muss ausgerottet werden ... Mutter, war Joachim heute schon hier?"

„Nö, het sick noch nich blicken loten."

„Haben wir noch Kaffee, Mutter?"

„Klor, de Muckefuck von hüt mo'gn steit noch op'n Herd."

„Ne, ich mein' richtigen Bohnenkaffee, Mutter."

„Richtigen Bohnenkaffee, Herbert? Bis' du denn noch bei Trost? Is doch ga' kein Sonntag!"

„Is' kein Sonntag, Mutter, hast ja Recht! Lass uns trotzdem 'ne Tasse richtigen Kaffee aufbrühen, wenn du noch 'n paar Bohnen hast. Der wird uns jetzt wirklich gut tun."

„Meinst du denn, dat dien Vadder dormit inverstaan weer?"

„Aber sicher, Mutter!"

„Na, mientwegen. Ma'tha, denn dreih man de Möhl. Kaffee is dor noch genuch in."

Ob es wirklich an der Wirkung des Kaffees lag, weiß ich nicht. Mutter, Martha und ich beruhigten uns jedenfalls. Das Gepolter im Treppenhaus und manch wütend ausgestoßene Flüche hörten wir wie Feldgeschrei aus der Ferne. Mutter und Martha begannen Strümpfe zu stopfen, während ich meinen Gedanken über Joachim nachhing.

Ich hatte das Gefühl, langsam den Boden unter den Füßen zu verlieren. Ein normales Leben hat ein Ziel: Beruf und sichere Arbeit, Frau und Kinder, eine zufriedene Familie und Vertrauen in eine Zukunft, in der alles besser würde. Aber für Joachim und mich gab es das alles nicht. Es gab kein Ziel, auf das hin zu leben sich noch gelohnt hätte.

Niemals würde ich mich in der nationalsozialistischen Gesellschaft einrichten und ihr ein nützliches Glied sein können. Jedenfalls war das zu diesem Zeitpunkt unvorstellbar für mich. Meine Geschichte mit Joachim würde unwahr werden. Aber hatte ich mich nicht selbst in diese Situation gebracht? Irgendwie hing ich zwischen Vergangenheit und Zukunft an einem Faden, ohne zu wissen, wer oder was diesen Faden festhielt. Würde er reißen, müsste ich ins Nichts stürzen und wüsste nicht einmal, ob das, was war, einen Sinn gehabt hatte. Es sei denn, dass lieben und geliebt zu werden den Sinn in sich selbst trägt. Nichts anderes als Joachims Freundschaft und meine Liebe zu Mutter, Vater und den Schwestern hatten mich bis jetzt bestimmt und bewegt. Das bedeutete aber auch, dass mir nichts bleiben würde, wenn ich Joachim oder sie verlöre.

Mir wurde heiß. Ich öffnete den obersten Knopf meines Hemdes. Das beklemmende Gefühl, nicht richtig atmen zu können, überkam mich. Etwas Undefinierbares, gespenstisch Drohendes wälzte auf mich zu. Wie in einem Schattenspiel streckte ich dem zwar unbewusst, aber abwehrend die Hände entgegen.

„Nanu, Herbert, is di der Kaffee nu doch nich bekomm'? Ha's man leever Muckefuck drinken solln ...!"

„Ne, ne, Mutter, ist schon in Ordnung so!"

Sie schüttelte verständnislos den Kopf und konzentrierte sich auf den grauen Wollfaden, den sie wieder und wieder durch das viel zu kleine Öhr einer Stopfnadel zu ziehen versuchte.

Wo sollte ich Joachim suchen? In die Kreise um die jüdische Gemeinde hatte er mich nie mitgenommen. Das wäre zu gefährlich für mich, behauptete er jedes Mal, wenn ich gebeten hatte, ihn begleiten zu dürfen. Er war konsequent geblieben, und schließlich hatte ich das akzeptiert.

Unschlüssig machte ich mich auf den Weg, nachdem die Polizisten aus unserem Haus abgezogen worden waren. Im Treppenhaus schlug mir allerdings eine äußerst feindliche Stimmung entgegen. Die Nachbarn standen immer noch auf den halben Treppen beieinander und unterhielten sich flüsternd, schwiegen aber und sahen zur Seite, als ich vorbeiging. Nur Frau Hartmann blickte mich etwas freundlicher an und sprach aus, was die anderen dachten: „Na, Herbert, euch ham sie heute verschont, nä? Wie kommt das wohl? Dein Vater is doch auch 'n Sozi, oder hat er plötzlich die Seitens gewechselt? Das finden wir aber ga' nich nett!"

Ich blieb irritiert stehen und versicherte: „Frau Hartmann, es ist wirklich wahr, weder meine Eltern noch ich haben irgendetwas mit dieser Aktion zu tun. Ob Sie es nun glauben oder nicht, wir stehen schon viel länger unter Beobachtung der Staatspolizei als Sie und hatten bereits genug Probleme. – Unterlassen Sie bitte die versteckten Beschuldigungen. Vielleicht werden wir einander noch einmal als gute Nachbarn nötig haben."

Die anderen Hausbewohnerinnen hatten uns genau beobachtet, während Frau Hartmann mich lange fragend anblickte. Doch endlich entspannten sich ihre Züge, und versöhnlich meinte sie: „Wenn du das so sagst, Herbert, muss ich dir wohl glauben. Es ist mir auch schwer nachzuvollziehen, dass dein Vater ein Denunziant sein soll. Also, nichts für ungut. Aber wir ham eben nich verstanden, warum die ausgerechnet *eure* Wohnung verschont ham."

„Jedenfalls nicht, weil wir die Denunzianten waren, sondern weil die längst bei uns waren und uns schon seit Monaten im Visier haben."

„Tschuldigung, Herbert! Das wussten wir nicht. Heute war eben einfach alles zu aufregend. Und denn haben sie obendrein noch den ollen Fritz Paulsen geprügelt und mitgenommen. Der war so wütend, dass er die Polizisten angeschrien und sie Mörder geschimpft hat. Recht hat er ja, aber jetzt sitzt die a'me Henriette Paulsen mit ihre sieben Gör'n alleine da. – Mein Gott, wat schall dat bloß noch wer'n?"

„Es tut mir Leid, Frau Hartmann."

„Schon gut, Herbert, du kanns' denn ja auch nichts dafür!"

Sie gab mir einen freundschaftlichen Stoß und wandte sich wieder den anderen Frauen zu. Ich hatte aber durchaus nicht das Gefühl, dass jetzt alle Nachbarn von unserer Unschuld überzeugt waren. Das Verhältnis zu ihnen blieb auch in den nächsten Monaten unterkühlt.

Dass sich Joachim am Övelgönner Hafen aufhalten würde,

glaubte ich nicht. Es war da unten bei diesem Wetter viel zu ungemütlich, und der graue Matsch trug dazu bei, die Stimmung ins Depressive abgleiten zu lassen. Solchen Gefühlen würde er sich heute sicherlich nicht aussetzen wollen. So blieb nur noch eine Möglichkeit, wenn ich von der jüdischen Gemeinde absah: Er musste im *Seemannsgrab* sein!

Während ich über die Reeperbahn und durch die Große Freiheit auf die Simon-von-Utrecht-Straße zuschlenderte, blickte ich mich ständig um und versuchte herauszufinden, ob mir jemand folgte oder mich beobachtete. Ich war noch zu weit entfernt vom *Seemannsgrab*, um den dunklen Wagen, der dort parkte, zu identifizieren. War es etwa die Staatspolizei?

Ich hörte, dass die Kneipentür heftig aufgeschlagen wurde, und blieb stehen. Vier Polizisten stiegen die Stufen, die vom Gastraum zur Straße hinaufführten, hoch. Sie hielten einen Mann, dessen Gesicht ich nicht erkennen konnte, fest im Griff. Gewaltsam zogen sie ihn mit sich und schubsten ihn mit harten Püffen in das wartende Auto. Der Motor heulte auf. Mit kreischenden Reifen jagte die Limousine in Richtung Paul-Rosen-Straße davon.

Einen Augenblick lang war ich wie benommen. Meine dunklen Ahnungen hatten sich unmittelbar bestätigt. Nazifreie Zonen gab es nicht mehr. In jeden Winkel hinein hatten sie ihre sichtbaren und unsichtbaren Greifarme gestreckt. Mich widerten diese Gedanken so an, dass mir schlecht wurde. Aber ich gab mir einen Ruck und stieg pochenden Herzens, aber erhobenen Hauptes die ausgetretenen Zementstufen ins *Seemannsgrab* hinab.

An der Theke standen ein paar Männer, die gestikulierten und sich laut Vorwürfe machten. Als sie mich sahen, schwiegen sie auffällig und blickten betreten zu Boden.

Zuerst war ich nicht sicher, ob ich mich an einen Tisch setzen oder mich an die Theke stellen sollte. Die Entscheidung nahm mir der Kleine ab, den sie alle Alfons nannten und der sich zu jeder Tages- und Nachtzeit hier aufzuhalten pflegte. Er kam auf mich zu und zog mich zu den anderen an die Bar. Nachdem ich auf einem der wackligen Hocker Platz genommen hatte, musterte er mich, als wollte er in meinem Gesicht lesen. Dann fragte er mich: „Hast du erkannt, wer es war?"

Ich schüttelte verneinend den Kopf.

„Dann sag es ihm doch, Alfons!"

Alfons nahm meine Hand. Sein Gesicht war aschfahl, als er mich anblickte und schließlich flüsterte: „Es war dein Freund – dein Freund Joachim ... Sie haben ihn vorläufig festgenommen. Ja, nur vorläufig. Sie haben das extra betont!"

Ich war sprachlos. Jeder Versuch, ein Wort zu sagen oder etwas zu fragen, blieb mir im Hals stecken, und als alle – wie auf ein Zeichen hin – auf mich einredeten, verstand ich gar nichts mehr.

Die Nachricht von der Verhaftung Joachims hatte mich zwar tief getroffen, aber nicht über die Maßen erschreckt. Ich hatte das Gefühl, es tief in meinem Innern schon gewusst zu haben, als ich mich entschieden hatte, ihn hier zu suchen. Es hatte immer schon wie das Schwert des Damokles über uns gehangen. Ich wusste es, und Joachim wusste es auch.

Der wie immer schwarz gekleidete Wirt mit der glänzenden Glatze und dem langen silbernen Rauschebart schob mir ein Tablett zu: ein doppelter Köm und ein süffig schäumendes Bier. Dankbar stürzte ich den Schnaps in mich hinein. Ich brauchte mich nicht einmal zu schütteln, geschweige denn zu husten. Auch das Bier floss mir durch die Kehle, als hätte ich seit Kindertagen meinen Durst nie anders gelöscht.

„Was wirst du jetzt tun, Herbert?"

„Erzählt *mir* doch bitte erst einmal, was hier los war und wie alles passiert ist."

Der Wirt räusperte sich einige Male, forderte dann Alfons auf, Report zu geben. „Du warst näher dran, Alfons, erzähl du!"

„Alles vollzog sich sehr schnell. Joachim war um die Mittagszeit ins Lokal gekommen, hat freundlich gelächelt, sich an den Tisch da gesetzt und einen Kaffee verlangt. Nur wenig später – ich wollte mich ihm gerade zugesellen – erschien eine blonde junge Frau und platzierte sich neben ihn. Sie hat unaufhörlich auf ihn eingeredet, aber so leise, dass ich kein Wort verstehen konnte. Er hat immer nur stur mit dem Kopf geschüttelt. Anscheinend konnte sie ihn nicht überzeugen. Plötzlich schnellte sie hoch, schimpfte ihn einen dummen Affen und rauschte beleidigt hinaus.

‚Was wollte die von dir?‘, habe ich Joachim gefragt. Er hat mir aber nicht geantwortet und mich nur angeknurrt: ‚Ach, nichts, Alfons.‘ Trotzdem habe ich mich neben ihn gesetzt, um ein wenig mit ihm zu quatschen. War ja sonst kaum noch wer im Lokal. Aber es ist mir nicht gelungen, ihn ins Gespräch zu ziehen. Joachim hat außer ‚Ach so‘ oder ‚Hm‘ und ‚Tatsächlich?‘ kein Wort von sich gegeben, bis die Polizisten den Laden stürmten. Die hatten sogar Pistolen dabei. Einer schrie in den Raum: ‚Staatspolizei! Wer ist Joachim Waigel – weisen Sie sich aus!‘ – Dann standen uns auch schon zwei gegenüber, fuchtelten mit ihren Waffen vor unseren Gesichtern herum und forderten die Kennkarten. Glücklicherweise hatte ich meine dabei, aber dein Freund sagte sofort: ‚Ich bin Joachim Waigel. Was wollen Sie von mir?‘ – ‚Sie sind vorläufig festgenommen. Legen Sie Ihre Hände auf den Tisch!‘ Er tat, wie ihm befohlen wurde. Ehe ich auch nur einen klaren Gedanken fassen konnte, hatten sie ihm Handschellen angelegt und zogen ihn – ziemlich brutal – hinaus auf die Straße. Den Rest hast du wohl gesehen.“

Alfons atmete tief durch, als habe er gerade eine sportliche Übung vollbracht. Ich ahnte nur, dass ich genauso schlau war wie vorher, denn ich wusste zwar, in wessen Obhut Joachim sich befand, aber nicht, wo man ihn festhielt. Der Wirt brachte Alfons und mir einen weiteren Köm. Wir prosteten uns und ihm traurig zu und hockten noch lange, aber schweigend beieinander.

„Wir werden uns umhören, Herbert, und herausfinden, wo sie deinen Freund eingelocht haben. Komm heute Abend vorbei. Dann weiß ich's vielleicht schon."

Der Wirt erhob sich und widmete sich neuen Gästen, die den Gastraum eben betreten hatten.

„Danke, Alfons! Ich schau später wieder rein", sagte ich.

Stundenlang streunte ich durch die matschigen Straßen. Schließlich war ich oberhalb des Nobistors vor dem Eingang zum Jüdischen Friedhof angelangt. Zunächst stand ich unschlüssig davor, aber dann ging ich doch hinein.

Einige Male war ich schon mit Joachim hier gewesen. Da hatte er mir erklärt, dass Juden ihre Gräber nie wieder antasten dürfen, bis in die Ewigkeit nicht – bis auch die Gestorbenen durch ihren Gott Jahwe in die immer lebendige Gemeinschaft des Himmels zurückberufen seien. Hier hatte er mir mit viel Geduld auch einigermaßen die hebräischen Schriftzeichen beigebracht.

Lange aufhalten konnte ich mich auf dem alten Friedhof an jenem Tag nicht. Auf dem Boden stand das Schneewasser knöcheltief, und eine Möglichkeit, sich irgendwo niederzusetzen, gab es nicht. So watete ich einige Male unschlüssig hin und her, versuchte mich zu konzentrieren und überlegte, welche nächsten Schritte ich tun musste.

Die zerbrechlich wirkenden Grabmäler schienen mir heute – trotz des Anspruchs ewiger Dauer – einen Trauerreigen tanzen zu wollen. Die exotisch wirkenden eingemeißelten Schriftzeichen verwandelten sich vor meinen feuchten Augen in lebendige Wesen, und die tauenden Schneehauben auf den Steinen erzeugten den Eindruck, als hätten sie zu weinen begonnen. Ich lehnte mich gegen einen knorrigen Baumstamm und sah ihnen mit halbgeschlossenen Augen, gemischten Gefühlen, wirren Gedanken – und doch hellwach – zu.

Sollte die Festnahme Joachims wirklich schon das Ende sein? Im Grunde hatte unser Kampf noch nicht einmal richtig begonnen. So schien es mir jedenfalls. Ob es nun das Tagebuch oder unsere vermeintliche Schutzfunktion für Frau Waigel war, gelang es uns nie, eine überzeugende Strategie zu entwickeln. Spektakulär glaubwürdiger Widerstand war für mich nur die Grynspan-Aktion gewesen. Immer wieder hatte ich gehofft, dass der große Kampf endlich beginnen werde. Joachim mochte ja eine Strategie haben, ich jedoch hatte keine.

Stattdessen stand ich plötzlich vor der Tatsache, dass man mir den Freund gestohlen hatte, wie vor den Scherben kostbaren Porzellans, das zum Zweck eines großen Festes die feierliche Tafel hatte zieren sollen. – Nun aber lag es zerbrochen im Schmutz.

Was war jetzt zu tun? Mir wurde bewusst, dass wir diesen Augenblick, diese Situation nie durchgesprochen, nie durchgespielt hatten! In keiner Schublade gab es einen Plan oder eine Checkliste für diese Katastrophe. Dabei hätten wir wissen müssen, dass wir jeden Tag an den Punkt X kommen konnten. Ich spürte, wie sich wieder einmal das Gefühl von Verlassenheit und Einsamkeit in mir ausbreitete. Mein Körper begann zu zittern, und meine Zähne schlugen im Takt der tanzenden Steine aufeinander. Ich schloss die Augen vollends und überließ mich einer grauen Dunkelheit.

„Polizeikontrolle! Dürfen wir Ihre Ausweispapiere sehen? – He, hallo, Sie! – Ist Ihnen nicht gut? – Ihre Kennkarte!"

Die metallisch klingende Stimme hatte ich sehr wohl gehört, aber ich hielt sie für den Ausfluss meiner Phantasie, die ich schon so manches Mal nicht unter Kontrolle hatte bringen können. Ich dachte überhaupt nicht daran, meine Augen zu öffnen.

„Vielleicht ist der Kerl betrunken. – Ja, könnte sein, er riecht jedenfalls nach Alkohol!"

Plötzlich spürte ich einen heftigen Schlag gegen meine Rippen und riss nun doch die Augen auf. Da standen wirklich zwei zornige Polizisten vor mir und starrten mich giftig an.

„Ist also doch noch bei Sinnen! – Mensch, Kerl, warum antworten Sie nicht? Wollen Sie sich über die Polizei lustig machen? Beamtenbeleidigung wird Ihnen schlecht bekommen! – Los, kommen Sie mit! Auf der Wache wird man Sie schon zum Sprechen bringen. – Das wäre ja gelacht!"

Ich blieb stumm und überließ mich willenlos den Beamten, die mich durch den tiefen Matsch über den Friedhof trieben, mich endlich in den Fond ihres Polizeiautos zwängten und dann – wie ich beim Aussteigen erkannte – zur Davidswache brachten.

Ich erlebte alles wie in Trance mit, hörte die beiden erklären, ich hätte mich auf dem Judenfriedhof an der Königstraße auffällig verhalten und sei nicht bereit gewesen, Auskunft über meine Identität zu geben.

Einer sagte: „Hinten rein mit ihm!"

Ich wurde weitergestoßen und befand mich schließlich in einer schmalen, kahlen Zelle, auf einer harten Holzbank sitzend. Trotzdem genoss ich, dass es da angenehm warm war.

„So, hier können Sie in Ruhe überlegen, ob Sie Ihr Maul nicht doch noch aufmachen wollen!"

Ein Schlüssel drehte sich von außen im Schloss; dann war ich allein. Mich umgab eine seltsam beredte Stille. Kein Mensch war zu sehen, aber von den Fluren und fernen Räumen hallte das Knallen und Schlagen von Türen und Gittern und brach sich an den schmucklosen Wänden in metallischen Echos, die mich bis ins Mark hinein schmerzten.

Ich weiß nicht, wie lange ich so teilnahmslos die Zellenbank gedrückt hatte. Irgendwann muss mich ein barmherziger Halbschlaf übermannt und in das Reich der Träume entführt haben ...

Ich fand mich in Joachims riesigem Spielzimmer der Arens'schen Villa an der Elbchaussee wieder. Wir waren noch ganz klein. Ich saß auf dem Boden und schaute zu, wie er mich mit Hunderten von kleinen bunten Holzklötzchen einmauerte und mir dabei erzählte, dies sei der Turm zu Babel, den er hoch bis in den Himmel bauen würde. Um mich her wurde es immer dunkler. Ich hatte das Gefühl, in einem mächtigen Fabrikschornstein gefangen zu sein. Ab und zu schaute Joachim mit blitzenden Augen über den hohen Rand und lachte. Manchmal fiel ein Klötzchen nach innen und traf mich an der Schulter. Die runde Wand wuchs und wuchs, bis es völlig finster geworden war und nur von ganz oben her spärliches Licht in den Schacht drang. Ich versuchte, mich dem zarten Schein entgegenzustrecken, doch da verlor er auch seine letzte Helligkeit. Mich überkam entsetzliche Angst, und ich fing bitterlich an zu weinen.

Erst das Geräusch eines klickenden Riegels weckte mich. Als ich meine Augen öffnete, schaute ich direkt in das grelle Licht einer baumelnden Glühbirne. Es mussten seit meiner Einlieferung wohl Stunden vergangen sein. Der Tag war längst dem Abenddunkel gewichen.

„Kommen Sie! Stehen Sie endlich auf und folgen Sie mir! Los, los, nicht so lahmarschig!"

Der Polizist hatte einen Gummiknüppel in der Hand und schlug damit gegen die Gittertür, was mich zwar nicht beeindruckte, aber das Scheppern der Gitterstäbe erschreckte mich.

Ich stand auf, streckte die Glieder und ließ mich willig in ein Büro schieben. Vor einem vorsintflutlichen Schreibtisch durfte ich mich setzen.

„Warten Sie hier!"

Das Zeitgefühl hatte ich inzwischen verloren und merkte nicht, dass es lange dauerte, bis ein Beamter eintrat und sich mit wichtiger Miene hinter den gewaltigen Schreibtisch setzte.

„So, so, Sie wollen also Ihre Identität nicht preisgeben?“

Seine Stimme klang nicht unangenehm, auch nicht bedrohlich. Der Mann hatte die Vierzig sicher überschritten, wirkte aber jünger. Über seine rechte Wange zog sich ein langer Schmiss, der nicht abstoßend wirkte, sondern seinem Gesicht eher ein energisches Aussehen verlieh. Auf mich machte er anfangs einen vertrauenerweckenden Eindruck. Deshalb bemühte ich mich auch, ihm zu zeigen, dass ich sehr wohl bereit war, die gewünschten Auskünfte zu geben.

„Doch, doch, selbstverständlich werde ich reden! Mein Name ist Herbert Spalding. Ich bin in der Antonistraße – nur ein paar Schritte von hier – zu Hause.“

„Na also, es geht doch, junger Mann“, meinte mein Gegenüber und lächelte. „Ich heiße – äh – Wichtelmann, Inspektor! – Herr Spalding, warum haben Sie den Beamten die geforderten Auskünfte verweigert?“

„Ich wollte den Männern nichts verweigern. Es ging nur alles so schnell. Ich war mit meinen Gedanken ganz woanders, und ehe ich mich versah, saß ich schon im Gewahrsam des Polizeiautos.“

„Was wollten Sie auf dem Judenfriedhof? Mal abgesehen davon, dass das Gräberfeld im Augenblick ein einziges Sumpfloch ist ... für einen deutschen Jungen ist das doch ein mehr als ungewöhnlicher Aufenthaltsort, oder nicht?“

„Ich wollte den Friedhof eigentlich nur überqueren, um den Weg zum Hafen abzukürzen. Da wurde mir plötzlich schwindelig, sodass ich mich an einen Baum lehnen musste. Weiter war nichts.“

„Hm, das klingt fast glaubwürdig. Hast du keinen Beruf? Bist du bei der Wehrmacht?“

„Natürlich habe ich einen Beruf. Ich bin gelernter Schlosser!“

„Warum bist du dann nicht wie andere junge Leute in deinem Alter am helllichten Tag bei der Arbeit?“

„Weil ich in den nächsten Tagen eine Weiterbildung zum Schlepperführer beginnen werde und außerdem ...“

„Aha – was *und außerdem*? Sprechen Sie sich aus, junger Mann!“

Seine Stimme klang gleich bleibend freundlich, aber ich ahnte, dass dieser Inspektor sehr wohl auch schärfere Töne anschlagen konnte. Deshalb beschloss ich, die Flucht nach vorn anzutreten: „Außerdem arbeite ich für die Staatspolizei!“

Wie von einer Tarantel gestochen, schnellte Herr Wichtelmann auf, machte sich gerade und schrie mich an: „Wollen Sie mich zum Besten halten, Mann?“

„Wieso? – Nein, natürlich nicht“, beeilte ich mich, schleunigst zu versichern.“

„So, so – also dann heraus mit der Sprache: welche Abteilung, wo ist Ihre Einsatzstelle? Keine Ausflüchte! Wenn Sie mir hier Märchen aufbinden, haben Sie heute Ihren letzten freien Tag genossen! Verlassen Sie sich drauf! – Welche Abteilung!?“

Er ließ sich wieder niedersinken und unterstrich die Bedeutung seiner Fragen, indem er wild mit seinem gekrümmten Zeigefinger auf die Schreibplatte hämmerte.

„Ich gehöre zur Abteilung des Herrn Hauptmann Meierbeer.“

Herrn Wichtelmann klappte plötzlich vor Schreck die Kinnlade nach unten. Es dauerte einige Sekunden, bis er sich gefasst hatte.

„Waas? Habe ich mich wirklich nicht verhört? Sie arbeiten für Hauptmann Meierbeer?“

„Ja, noch heute Morgen war ich bei ihm!“

„Warten Sie! Ich bin gleich wieder da.“

Inspektor Wichtelmann verließ eilenden Schrittes den Raum und schlug die Tür so heftig hinter sich zu, dass Wände und Fußboden des Amtszimmers vibrierten. Auch mir fuhr – ob dieses Ausbruchs – ein nicht gelinder Schrecken durch die Glieder.

Inspektor Wichtelmann war nicht gleich wieder da. Ich hatte

keine Uhr, aber von meinem Gefühl her habe ich mindestens eine Stunde lang warten müssen, bis er das Zimmer wieder betrat. Er lächelte, trat jovial – wie bei einem alten Freund – auf mich zu und meinte äußerst verbindlich: „Ihre Angaben, Herr Spalding, sind korrekt. Sie können gehen! Es tut mir Leid, dass wir Sie so lange festgehalten haben. Wären Sie etwas beweglicher gewesen – nicht so wortkarg –, hätten Sie mehr von diesem Tag haben können. Also, nichts für ungut! Heil Hitler!"

Er streckte mir seine Hand entgegen, ich schlug ein und versicherte ihm: „Ist nicht schlimm, Herr Inspektor Wichtelmann. War eben ein Missverständnis."

Ich bemerkte, dass sich sein Gesicht entspannte. Er schien jetzt sicher zu sein, dass er von mir keine Meldung über sich an höherer Stelle zu befürchten hatte. Damit hatte er zweifellos Recht.

Draußen schlug mir feuchter, kalter Wind entgegen. Hamburg hatte sich wieder sein berühmtes Schmuddelwetter zugelegt. Ich schlenderte nachdenklich nach Hause.

Mutter und Vater sahen mich zwar auffordernd an, aber ich zog es vor, ihnen meine letzten Erlebnisse vorzuenthalten, um sie nicht weiter zu beunruhigen. Auch über die Festnahme Joachims schwieg ich zunächst.

Mutter war deutlich anzusehen, dass ihr die Ereignisse vom Vormittag erheblich zugesetzt hatten, und Vater schien noch nicht recht zu wissen, wie er sie trösten sollte.

„Ich muss nachher noch mal weg. Leg mich aber erst noch'n büschen hin."

„Das mach man, Junge. Aber mach nich wieder so 'n Krach, wenn du ausse Wohnung geh'n tust. Die Mä'chen haben ihr'n Schlaf man auch bitter nötig, Herbert!"

„Ja, Mutter, ich werde leise sein!"

„Na, hoffen'lich."

23. Kapitel

Je mehr wir uns dem Ende der Geschichte mit Joachim nähern, desto mehr bewegt sie mich. Heute kommt es mir vor, als sei alles erst gestern geschehen und die sechzig Jahre, die die Ereignisse inzwischen zudecken, nie wirklich Zeit gewesen.

Das, wovon ich nun reden muss, macht mich beinahe schwermütig. Ich hab' all' die schrecklichen Bilder noch so lebendig vor Augen, als wäre ich wieder mittendrin in perfidestem Verrat, Menschenverachtung, Überheblichkeit und Todesdrohung. Eigentlich wollte ich dir davon erst morgen erzählen, aber es ist so merkwürdig unruhig in mir, und entspannender Schlaf wollte und wollte sich nicht einstellen. Also habe ich mich schon in der Nacht hierher aufgemacht. Vielleicht gelingt es mir ja jetzt – wenn das überhaupt möglich ist –, mich für Augenblicke so von der Bürde meiner Geschichte zu befreien, dass ich dir nicht nur mein Herz ausschütte, sondern berichte, wie es damals wirklich weiterging.

Während ich ziellos durch das Quartier stolperte, versuchte ich, Klarheit in meine Gedanken zu bringen und die Ereignisse des Tages zu ordnen. Dieser Tag sollte Einsicht in die Pläne unseres Feindes bringen, aber das Blatt hatte sich unvermutet gegen uns gewendet.

Ich war verzweifelt, aber nicht so, dass ich das Bedürfnis gehabt hätte, meine Not jemandem vorzujammern. Nein, meine Verzweiflung war von ungleich schwererer Art. Jeder Widerstand in mir war erlahmt. Ich hatte nicht nur in der Sache aufgegeben, sondern auch mich selbst. Die Sehnsucht, unterzugehen, war um vieles mächtiger als der Wille, mich um des Lebens willen aufzubäumen.

Joachim war festgenommen und damit unsere schlimmste Befürchtung eingetreten! Welch ein Hohn, wenn ich daran dachte, dass genau dies vor ein paar Stunden noch Thema zwischen Joachims Mama und mir gewesen war! Meine Ohnmacht gab mir das Gefühl, Feinden gegenüberzustehen, die in der Lage waren, übernatürliche Kräfte einzusetzen. Von überall her spürte ich Hass, Machtgier und totale Verblendung auf mich zustürzen.

Unwillkürlich begann ich, die Münzen in meiner Hosentasche zu zählen, und schlug die Richtung zurück nach St. Pauli ein. Im *Seemannsgrab* glaubte ich Trost, vielleicht auch ein wenig Hoffnung finden zu können. Hatte Alfons nicht gesagt, dass er möglicherweise schon heute Abend mehr über Joachims Verbleib wisse?

Je näher ich dem *Seemannsgrab* kam, umso intensiver vergewisserte ich mich an jeder Straßenecke, dass mir niemand folgte. Doch das war um diese Zeit fast unmöglich, zu viele Menschen drängten sich durch die engen Gassen. Für mich war jeder ein potenzieller Gestapomann. Erleichtert fühlte ich mich erst, als ich die Stufen zum *Seemannsgrab* hinuntereilen konnte.

Der Gastraum war gut besetzt. An kaum einem der schweren Tische war noch ein Stuhl frei. Überall – sogar auf den wackligen Barhockern – saßen dunkel gekleidete Männer. Unter der tiefen Decke hingen dichte Schwaden blauen Zigarrenqualms. Atmen war kaum möglich, und der Geräuschpegel stand in keinem Verhältnis zur großen Zahl der Besucher, denn im Gastraum war es fast leise. An meine Ohren drang nur stilles Raunen und dieses unverkennbare Zischeln flüsternder Menschen.

Ich zwängte mich an die Theke, hinter der der Wirt mit schweißperlender Glatze und seine Serviererin den Getränkewünschen der Gäste nachzukommen versuchten. Er hatte alle Hände voll zu tun. Aufblicken konnte er nicht. Das Jonglieren mit Flaschen, Gläsern und Zapfhahn verlangte ungeteilte Aufmerksamkeit. Aber es gelang mir wenigstens, bei seiner Gehilfin ein Bier durch Fingerzeichen zu bestellen.

Immer wieder ließ ich meine Augen über die Gäste streifen. Ihre Gesichter waren mir durchweg bekannt. Dann und wann musste ich sie hier alle schon einmal gesehen haben. Von einigen wusste ich, dass sie Kontakt zu Joachim unterhielten.

Aber heute Abend suchte ich den kleinen Alfons. Wegen seiner geringen Körpergröße hätte er leicht auch in einer kleineren Menschengruppe unsichtbar geworden sein können. Darum schaute ich alle und jeden genau an, bis plötzlich der Geruch von Zwiebeln und Köm in meine Nase zog. Irritiert wandte ich mich zur Theke. Der Wirt war hautnah an mich herangetreten. Sein Rauschebart streichelte meinen Hals, als er mir ins Ohr flüsterte: „Warte noch etwas, Alfons kommt gleich!"

Ich nickte und fühlte mich wesentlich besser. Außerdem konnte ich mir einen frei gewordenen Barhocker unter mein Hinterteil ziehen. Mit zunehmender Gelassenheit gelang es mir auch, die im Raum hängenden Gesprächsfetzen aufzunehmen und zu entschlüsseln.

Es wurde von unmittelbar bevorstehenden Aktionen der SA getuschelt. Als Vorwand gelte nach wie vor das Attentat gegen den Legationssekretär Ernst vom Rath in Paris vor einigen Wochen – dem, wie du weißt, zwei Tage später der schreckliche Mittwoch mit der so genannten *Kristallnacht* folgte.

Mein Gott, wie hatten sich Hamburg und Altona seitdem verändert! Joachim war in jener Nacht nicht zu sehen gewesen. Aschfahl und an den Schläfen silberne Strähnen, war er erst Tage später wieder aufgetaucht und hat mir erschütternde Ereignisse geschildert: wie sie versucht hatten, den einen oder anderen aus der Gemeinde zu retten, aber kaum Erfolg gehabt hätten. Der Coup der Nazis war zu überraschend gekommen. Seitdem gibt es weder die Thoraschule am Grindelhof noch die Synagoge am Bornplatz. Namen, die jedem Hamburger geläufig waren, wie Robinsohn, Hirschfeld oder Campbell waren ausgelöscht worden. Einundneunzig Menschen – meist Juden – hatten ihr Leben lassen müssen. Der Attentäter von Paris sollte ein polnischer Jude gewesen sein.

Beim Zuhören fiel mir Simon Grynspan ein, und ich überlegte, ob ihm eine solche oder ähnliche Tat zuzutrauen gewesen wäre. Aber nein, das konnte nicht sein! Er war nicht der Typ für todbringende Aktionen. Im Geist sah ich seine zarten Hände vor mir. Nein, die konnten wohl einen spitzen Bleistift führen, aber keine Waffe. Ausgeschlossen! Grynspan war ein sensibler Künstler, aber kein bewaffneter Widerstandskämpfer.

Während meine Gedanken sich immer noch mit Grynspan und seiner gelungenen Wegführung beschäftigten, ich an meinem Bier nippte und mit dem Hocker wippte, zupfte jemand an meiner Joppe.

„Alfons! – Wie bist du hereingekommen? Ich halte schon lange Ausschau nach dir und habe den Eingang immer im Blick gehabt ...“

„Pst, nicht so laut, Herbert! Inzwischen sind sie auch hinter mir her!“

„Hinter dir, aber wieso denn, du hast doch nichts Unrechtes getan? Oder?“

Über das Alfons’ Gesicht huschte ein mitleidiges Lächeln. Erst als er versuchte, ein Hüsteln zu unterdrücken, bemerkte ich, dass er völlig außer Atem war. Er musste eine längere Strecke gelaufen sein.

„Das, Herbert, kann man so oder so sehen. Es kommt auf den politischen Blickwinkel an. Leider haben wir jetzt keine Zeit, das auszudiskutieren. Ich bin ganz sicher, eben noch beobachtet – wahrscheinlich sogar verfolgt worden zu sein. Deshalb bin ich durch die Küche rein. – Also, dein Freund Joachim ist direkt nach Berlin transportiert worden und wird vermutlich bald ins Lager Neuengamme verbracht werden. Mehr konnte ich nicht herausfinden.“

Da knallte ein Schuss. Mörtel fiel von der Decke, und irgendwo verlöschte eine Wandlampe. Die meisten Gäste ließen sich auf den Boden fallen. Auch Alfons. Die Eingangstür, aber auch die Pendeltür zur Küche schlugen mit Getöse auf, und die Scheiben der beiden hoch gelegenen Fenster zerbarsten. Durch ihre nachtdunklen Öffnungen schoben sich dunkle, aber blanke Gewehrläufe. Ehe ich überhaupt begriff, was passierte, quollen aus allen Zugängen unzählige Tschako tragende Polizisten und in dunkle Ledermäntel gehüllte Beamte in den Raum. Alle hielten Gewehre oder Pistolen im Anschlag.

Im Lokal wurde es totenstill. Niemand regte sich, niemand sprach – ja es schien, als hätten alle gleichzeitig zu atmen aufgehört. Erst ein in dieser Stille schmerzliches Knarren von der Eingangstür her sorgte dafür, dass sich die Köpfe der erschrockenen Gäste wie auf einen Befehl hin zum Ausgang wendeten. Ich funktionierte nicht anders.

Durch die Tür trat – in schweren Schaftstiefeln, aber leichtfüßig wirkend – ein kleiner, dicker Mann in den verqualmten Raum. Er hatte eine auffallend lange, rote Nase. Sein Gesicht war rund und weiß wie das eines Schneemanns, nur unangenehm feist und ölig. Ich erkannte ihn sofort. Es war wieder der mit der roten Flüstertüte. – Der blutige Sonntag von Altona! Dieser Mann trug meinem Verständnis nach die Verantwortung für Marlenes schreckliches Sterben.

Die auf mir lastende Lethargie war wie weggeblasen. Die Geister jenes makabren Sonntags waren im Moment des Erkennens auferstanden und erzeugten in mir eine unbändige Wut. Aber ich wusste, dass ich mich zusammenreißen, dass ich schweigen musste.

„Niemand kann fliehen. Alle Ausgänge sind besetzt. Wer trotzdem einen Fluchtversuch unternimmt, wird erschossen! Dies ist ein Einsatz der Staatspolizei. Wir wollen von jedem die Kennkarte sehen und die Identität kontrollieren. Wer keinen Dreck am Stecken hat, muss nichts befürchten. Also, erheben

Sie sich und legen Sie die Hände hinter den Kopf. – Kremer, fangen Sie an!"

Aufmerksam beobachteten seine Augen alle Bewegungen im Raum. Erst dann schob er seinen dicken Bauch, der unter einem bis zu den Knöcheln reichenden Mantel den Eindruck einer Schwangerschaft machte, auf die Theke zu.

Der Wirt, der wohl noch den Versuch gewagt hatte, durch die Küche ins Freie zu gelangen, wurde von zwei Beamten mit auf den Rücken gedrehten Armen festgehalten. Lange betrachtete ihn der Dicke und entledigte sich dabei mit offensichtlichem Wohlbehagen seiner hellen Lederhandschuhe, indem er – einem Ritual gleich – viele Male nacheinander an den Fingerspitzen zupfte. Erst den rechten, dann den linken! Zum Schluss legte er beide übereinander, faltete sie aufreizend langsam der Länge nach, glitt mit dem Zeigefinger noch einmal genüsslich über das Leder und knallte sie urplötzlich auf die Theke, als wolle er eine Fliege erschlagen. Während der ganzen Zeit hatte er den Wirt aus den Augenwinkeln heraus beobachtet, ging jetzt wie ein schleichender Kater auf ihn zu und strich – wie bei den Handschuhen – über dessen weißen Rauschebart.

„Na, Hubert, tut's weh? – Du, wir wollten gar nichts von dir. Bis jetzt warst du ja artig, und ich hoffe doch, dass du das auch bleiben willst – Hubert?"

Die Schmerzen standen Hubert, dem Wirt – dessen Namen ich trotz meiner häufigen Aufenthalte hier nie gehört hatte –, im Gesicht geschrieben, und mir entging auch nicht, dass er am liebsten laut aufgeschrien hätte. Aber er riss sich zusammen. Die Kraft dazu gab ihm anscheinend der wilde Zorn, den ich in seinen Augen lesen konnte.

„Na, Hubertchen, es hat dir doch nicht die Sprache verschlagen? Bisher hast du dich immer aus dem Verdacht, ein Staatsfeind zu sein, sehr geschickt herausreden können. Und wir wollen weiterhin annehmen, dass du stets die Wahrheit gesprochen hast."

Es machte dem Dicken – für jeden sichtbar – wollüstigen

Spaß, den Wirt mit Ironie zu überschütten und ihn in die Falle zu locken.

„Beim letzten Verhör hast du ja überzeugend herausgekehrt, dass du ein guter Deutscher bist. Jetzt kannst du, mein lieber Hubert *von* Oheimb, endlich beweisen, wie loyal du deinem Führer und Deutschland gegenüber wirklich zu sein gedenkst. – Lasst ihn los!"

Die Polizisten lockerten ihren Griff, und ich bemerkte, wie die Erleichterung und der nachlassende Schmerz den Leib des Wirts regelrecht durchzitterten.

„Jetzt haben wir uns beide einen guten Schluck verdient, nicht wahr, *von* Oheimb? Komm, schenk' uns einen ein – aber was Gutes, mein Lieber. Wie wäre es zum Beispiel mit französischem Cognac? Den hast du doch? Oder nicht?"

Hubert, der Wirt von Adel, trat zwei Schritte vor und wollte sich unter die Theke beugen, aber der Dicke packte ihn blitzschnell wieder in den Bart und hielt ihn fest.

„Aha, *da* bewahrst du also die feineren Sachen auf. Komm, brauchst dich nicht selbst zu bücken. Wir machen das schon!"

Er zog den Wirt am Bart hoch und versetzte ihm einen harmlosen, aber demütigenden Streich auf die Wange.

„Schauen Sie nach, Mann", befahl er einem Polizisten, „aber genau hingucken! Der hat da wahrscheinlich auch eine Waffe deponiert – oder etwa nicht, Hubertchen?"

Der Polizist zog ein paar Flaschen unter der Theke hervor, kramte noch einen Augenblick in gebückter Haltung tief unter der Theke herum und erhob sich mit dem Jubelschrei eines Siegers. In der Hand hielt er tatsächlich eine schwere schwarze Handfeuerwaffe.

Der eben noch zornige Blick des Wirtes wich dem Ausdruck blanken Entsetzens. Abwehrend hob er die Hände, und ich sah, dass sie zitterten. Nur schwer wollten sich Worte in seinem Mund formen: „Die ... die gehört mir nicht, von Örtzen ... ihr ... ihr habt das Ding eben erst da unten reingelegt. ... Es kann gar nicht anders sein! Ich habe noch nie eine Waffe besessen – nie!“

Er schien sich auf den Dicken stürzen zu wollen, bebte am ganzen Körper und riss die Waffe, die der Polizist auf dem Tresen liegen gelassen hatte, mit beiden Händen an sich. Nach kurzem, zögerndem Überlegen ließ er die Pistole jedoch auf den Tresen zurückgleiten. Anscheinend hatte er die Falle erkannt, in die er hineintappen sollte, und versuchte sich schnellstens zurückzunehmen.

Der Dicke, der, wie ich eben erfahren hatte, von Örtzen hieß – also auch von Adel war –, schob sich dicht an den Wirt und zischte zynisch, während der Polizist die Waffe in ein Taschentuch wickelte und an einen anderen Uniformierten weiterreichte: „Das, mein liebes Hubertchen, werden wir bald festgestellt haben. Es ist übrigens nicht verboten, eine Waffe zu besitzen. Es gehört leider nur ein Erlaubnisschein dazu. Aber vielleicht kommen wir ins Geschäft, mein Lieber. So ein Scheinchen lässt sich schließlich ausstellen. Du brauchst mir nur zu sagen, wer von deinen Gästen auf den Namen Alfonso Schomerus hört – und schon hast du den Erlaubnisschein sicher. Wenn du uns allerdings nicht helfen willst, werden wir dich wohl für längere Zeit mitnehmen müssen. – Im Übrigen, nenn’ mich nicht einfach von Örtzen. Es interessiert sich hier niemand dafür, dass wir als Kinder zusammen gespielt haben. Ja, da warst *du* immer der Wortführer, aber jetzt ...“, er machte eine lange Pause, bevor er scharf akzentuiert weitersprach, „jetzt bin *ich* es, der das Wort führt. Hubertchen, also in Zukunft bin ich für dich Hauptmann von Örtzen. Klar?“

Wirt Hubert schwieg. Der Dicke blickte sich um und rief seinen Mannen auffordernd zu:

„Wie weit seid ihr? He, Kremer, habt ihr ihn?“

Kremer, einer von denen im Ledermantel, beeilte sich wie beim Rapport zu verkünden:

„Neununddreißig Personen, Herr Hauptmann, aber nur

sieben Kennkarten, gegen die nichts vorliegt, und den" – er zeigte auf mich – „haben wir nicht angerührt."

„Was? Warum nicht ...?"

Kremer trat auf ihn zu und flüsterte ihm etwas ins Ohr. Dabei erinnerte auch ich mich wieder an ihn. Er war einer der Beamten, die ich bei Wichtelmann in der Davidswache erlebt hatte. Er musste mich und den Vorgang dort ziemlich gut in Erinnerung behalten haben. Der Dicke blickte mich argwöhnisch an, winkte dann aber lässig ab und widmete sich wieder dem Wirt.

„Also, mein lieber Hubert, ich gebe dir noch *eine* Chance. Wir nehmen sowieso alle, die keine Kennkarte dabeihaben, mit. Für dich hätten wir auch noch Platz. Nun, wer von deinen Gästen ist Alfonso Schomerus? Ich könnte es auch aus dir herausprügeln lassen. Meine Männer verstehen sich darauf, aber mit Rücksicht auf unsere unvergesslichen Kindheitserinnerungen wollte ich das eigentlich vermeiden."

Er sah Wirt Hubert auffordernd an und griff, als wollte er gehen, nach seinen Lederhandschuhen.

„Ich kenne niemanden, der den Namen Alfonso Schomerus trägt. Es ist die Wahrheit!"

Der Dicke drehte sich auf den Hacken und befahl seinen Leuten: „Allen Handfesseln anlegen, in Reihe hintereinander aufstellen lassen und in den Wagen schaffen. – Auch den Wirt!"

Da löste sich unerwartet der kleine Alfons aus einer Gruppe von Festgenommenen, trat festen Schrittes dem feisten Hauptmann entgegen und sagte laut und für jeden vernehmlich: „*Ich*, ich bin Alfonso Schomerus, stolzes Gewächs des Volkes Gottes. Der Wirt hat Recht. Er kennt meinen Namen nicht. Niemand hier kennt ihn. Man nennt mich allgemein Alfons, weil ich ein bisschen spanisch aussehe – sagt man so. Herr Hubert von Oheimb hat meinen vollen Namen noch nie gehört. Lassen Sie ihn bitte frei. – Sie haben jetzt doch, was Sie wollten. Oder?"

Alfons blickte – trotz des eben offen bekannten Stolzes – besorgt auf den Dicken. Der schien einen Moment irritiert, hatte sich jedoch schnell gefasst, entspannte sich und meinte anerkennend: „Aha, da haben wir dich also. Mutig scheinst du ja zu sein. Jedenfalls lässt du deine Freunde nicht im Stich. – Also gut, Kremer, nehmt Hubert die Fesseln ab. Er, die Kennkartenleute und der hier" – er deutete auf mich – „können bleiben. Übrigens, Hubertchen, die Rechnung für die Fensterreparatur kannst du gern der Staatspolizei zusenden."

Ohne ein weiteres Wort wandte er sich dem Ausgang zu, gab dem, den er Kremer nannte, weitere Anweisungen – und war unseren Blicken entschwunden.

Wie auf ein Zeichen hin wich die gespannte Stille einem lauten Chaos. Erst jetzt sah ich, wie viele Beamte wirklich an dieser Razzia beteiligt waren. Es wimmelte nur so von Uniformen.

Die Verhafteten schimpften und fluchten. Aber es half nichts. Einer nach dem anderen wurde nach oben geführt und in die wartenden Transportwagen verfrachtet.

Ich habe vergessen, was wir taten, nachdem der letzte Mann abgeführt worden war. Ich erinnere mich nur noch an eine lähmende Stille, die uns, die wir davongekommen waren, erfasste. Wie lange dieses unwirkliche Schweigen anhielt, weiß ich nicht mehr, aber irgendwann saßen wir fassungslos und eng beieinander an der Theke.

Der adlige Wirt, Hubert von Oheimb, stellte jedem ein Schnapsglas hin und schenkte unaufgefordert ein und nach.

Endlich begann er zu sprechen und schimpfte: „Es war doch klar, dass es so kommen musste. Einige haben sich schon zu lange viel zu auffällig verhalten. Ich glaube allerdings nicht, dass sie außer Alfons viele dabehalten werden. – Lasst mich sofort wissen, wenn ihr hier unbekannte Gesichter reinkommen seht. – Mensch, wat för'n Schiet! Ich fürchte, den Alfons werden wir nicht wieder sehen. Ausgerechnet ihn muss es erwischen! Für mich – *für mich!* – hat er sich geopfert!"

Ihm traten Tränen in die Augen, als er weitersinnierte: „Der dumme Kerl! Hatte doch 'n gut gemachten Pass! Mich hätten sie schon wieder laufen lassen. – Aber ihn doch nicht! Na, dem können sie die Augen mit 'm glühenden Feuerhaken ausbrennen. Sie werden kein Sterbenswörtchen aus ihm rausholen. – Muss verraten worden sein! Wahrscheinlich von einem seiner Informanten. Hab' ihm immer gesagt, dass man mit so wenig Geld solche Leute nicht bei der Stange halten kann ..."

„Wer sind diese Leute?", fragte ich verständnislos.

Er schüttelte seinen zerzauselten Rauschebart und meinte freundlich, aber bestimmt: „Herbert, du bist für die Dinge, die hier um uns herum ablaufen, noch zu jung – *zu schade*, wie dein Freund Joachim oft zu sagen pflegte. Obwohl er selbst wohl auch nicht viel älter ist als du."

„Ich muss aber doch wissen, ob es einen Weg gibt, meinen Freund freizubekommen! Alfons konnte mir nur noch zuflüstern, man habe ihn nach Berlin gebracht. Er befürchtete allerdings, dass man Joachim bald in Neuengamme einsperren wird."

„Glaub' ich nicht, Herbert. Joachim wird man nicht nach Neuengamme bringen, dafür ist er viel zu wichtig für die. Warte man ein paar Tage ab. Der wird schon wieder auftauchen. – Aber für Alfons seh' ich wirklich schwarz."

Trotzdem wunderte ich mich, wie schnell Hubert sich gefangen hatte. Vielleicht hatte er schon Schlimmeres erlebt. Er wirkte irgendwie schon wieder zuversichtlich und schenkte großzügig vom Kutscherschluck nach. Inzwischen spürte ich die Wirkung des Alkohols. Mir wurde heiß, die anderen stattdessen merklich gesprächiger. Alle schienen mich beruhigen zu wollen. Sie redeten heftig und hitzig auf mich ein, aber neue Informationen waren nicht dabei.

Bereits zwei Uhr! Es wurde Zeit, meine Verpflichtung Joachims Mutter gegenüber einzulösen. Ich hatte ihr versprochen, sie am Club zu erwarten, falls ich Joachim nicht finden würde.

Während ich durch die engen Straßen St. Paulis ging, überlegte ich immer wieder, wie ich die Nachricht von Joachims Verhaftung seiner Mama beibringen sollte. Nicht minder bewegte mich die Frage, wie ich ihm doch noch helfen könnte. Nach *Berlin* hatte man ihn geschafft! Wie sollte ich jemals nach Berlin kommen? Mein Gott, dachte ich anklagend, warum nur, *warum* hast *du* das alles geschehen lassen?

Wie oft war ich schon – selbst in tiefer Nacht – durch diese engen Gassen gelaufen? Niemals hatte ich mich bedroht gefühlt. Aber in dieser Nacht war das anders. Straßen und Plätze waren menschenleer, sodass die Schwärze hinter den wenigen Gaslaternen, die nicht um Mitternacht ausgeschaltet wurden, mir Angst machte. Selbst der Hall meiner Schritte über dem Straßenpflaster versetzte mich in Furcht. Mich beschlich ein Gefühl, als sei die Serie der Ereignisse dieser Nacht noch lange nicht zu Ende gekommen.

Ich saß nun schon lange im Dunkel eines Hauseingangs gegenüber vom Club und beobachtete mit gemischten Gefühlen das Kommen und Gehen der Besucher. Mich fröstelte, und die Unruhe in mir nahm zu. Normalerweise hätte Frau Waigel längst erscheinen müssen.

Ich erhob mich und schlenderte über die Straße, durch die Einfahrt bis in den Hof. Vielleicht – ging es mir durch den Sinn – war sie schon weggegangen. Weil sie mich nicht gesehen hatte, würde sie angenommen haben, dass Joachim wieder aufgetaucht sei. Sollte ich vielleicht doch gleich in die Silbersackstraße gehen?

Als ich sah, dass die Eingangstür des Clubs vorsichtig geöffnet wurde, huschte ich zurück in den Schutz der Dunkelheit. Drei angetrunkene, laut lachende Männer in

Wehrmachtsuniformen verließen das Etablissement, hakten sich beschwingt unter und verschwanden hinter dem Torbogen. Doch die Clubtür schloss sich nicht sofort wieder. Welch eine Gelegenheit!

Den Eingangsbereich, die Garderobe, den großen Saal mit Bühne und Séparées kannte ich. Joachim hatte mich schon einmal mitgenommen. Vorsichtig drückte ich die Tür weiter auf. In der Empfangshalle war niemand zu sehen, nur hinter dem Garderobentresen saß eine ältere Dame, die mich glücklicherweise als Freund Joachims erkannte.

„Um Himmels willen, wie sind Sie hereingekommen?"

„Die Tür stand offen. Ist sie jetzt immer noch!"

„Herrjemine" jammerte die Alte und sah mich mitleidig an, „aber in *dem* Aufzug wird man Ihnen gleich die Tür weisen. Sie können unmöglich *so* da hineingehen."

Sie schien mir gewogen zu sein. Das war gut!

„Will ich auch nicht. Ich möchte nur wissen, ob Frau Waigel noch im Haus ist."

„Ach je, die arme Frau hat viel auszustehen. – Ja, die muss noch da sein. Wahrscheinlich ist sie unten in den *Katakomben*. Aber *wir* dürfen nicht nach unten – für Mitarbeiter streng verboten! Entlassung *und* Bestrafung folgen auf dem Fuß. Eine Kollegin war mal zu neugierig und hat es getan. – Man hat sie nie wieder gesehen!"

Ich wunderte mich über meinen Mut und fragte: „Wie kommt man denn in die *Katakomben*?"

„Normalerweise werden die Gäste ausschließlich vom Geschäftsführer, dem Herrn Karstens, vom Saal aus hinuntergeführt. – Aber da kommt nicht jeder hin. Nur handverlesene Gäste!"

„Aha, gibt es noch eine andere Möglichkeit hinunterzukommen?"

Sie schaute mich staunend an, schüttelte verständnislos ihr graues Haupt, zeigte dann aber auf einen spärlich beleuchteten Gang, der an einem tiefroten Samtvorhang endete.

„Ja, da hinten, hinter dem Vorhang, ist noch ein Zugang. Der Durchgang ist nur zwei hohen Herren von der Wehrmacht gestattet. Die sind aber vor 'ner guten halben Stunde schon gegangen. – Mensch, Junge, geh da nich' rein. Du machst dich unglücklich!"

„Danke, schon gut, ich hab' wirklich nichts mehr zu verlieren."

Die Eisentür hinter dem Vorhang war tatsächlich nicht verschlossen. Sie ließ sich geräuschlos öffnen. Gleich hinter der Tür führte eine schmale Treppe in die Tiefe, notdürftig von einigen wenigen Wandlampen beleuchtet.

Zögernd stieg ich Stufe um Stufe hinunter und folgte deren mäßigem Rechtsschwung ins Ungewisse. Schließlich gelangte ich in einen kleinen Raum, der als Garderobe diente. An den Längswänden hingen an schlichten Haken weiße und graue Kittel, wie man sie in Labors und Krankenhäusern zu tragen pflegt.

Meine Angst war wie weggeblasen. Eine innere Spannung und schlichte Neugier trieben mich weiter, bis ich vor einer weiteren mächtigen Metalltür stand.

Mühsam drehte ich die riesigen Rändel der schweren Stahlschleuse, die oben, unten und in der Mitte gesichert war, ähnlich den Zugängen zu den Gasschleusen, in die wir als Kinder gern zum Zweck einer Mutprobe hinabgestiegen waren.

Die Tür war gut geölt. Sie gab beim Aufziehen keinen Laut von sich. Aber dann folgte mein ratloses Staunen: Ich stand auf der Schwelle zu einem mittelgroßen Raum, der – wie ich erkannte – mit Radio- und Filmtechnik voll gestopft war. So etwas hatte ich schon einmal in einem Wochenschaufilm gesehen, aber dies hier war Wirklichkeit.

An den Wänden entlang standen Arbeitstische, darüber waren Borde angebracht, die über und über mit Funkgeräten voll gestellt waren. Ein Chaos von Kabeln verband die Geräte miteinander. Das alles machte tiefen Eindruck auf mich, weil ich mit dieser neuen Technik bisher noch nie etwas zu tun gehabt hatte.

Das *Labor* – vielleicht auch Studio? – war nur spärlich beleuchtet, was wohl so sein sollte, denn ich entdeckte keine weiteren Lichtquellen außer den glimmenden Lampen, die zwischen dem Kabelgewirr an der Wand befestigt waren.

Meine Augen gewöhnten sich an die künstliche Dämmerung. Kühn, als sei ich hier der Hausherr, wagte ich mich bis in die Mitte des Raumes und stand plötzlich vor einem hohen Rohrgestell, auf dem – wie ich beim Aufblicken erkannte – eine von diesen riesigen Kameras montiert war, mit denen man bewegte Bilder – Filme – produzieren konnte. Die eindrucksvoll große Linse war wie ein Kanonenrohr auf einen schwarzen Vorhang gerichtet, der in Augenhöhe über dem Arbeitsplatz den gleichen Teil Wandfläche bedeckte.

Zu meiner Neugier gesellte sich eine ungeheure Spannung. Wie von fremder Kraft geführt, packte ich den schwarzen Vorhangstoff und schob ihn mit einem schnellen Ruck zur Seite. Doch im selben Moment wurde ich von grellem Licht so schmerzlich geblendet, dass ich mich instinktiv zu Boden fallen ließ.

Durch das Fenster floss die Helligkeit des Nachbarraums ungehindert in dieses Studio. Auf dem Boden hockend, strich mein Blick ein zweites Mal über die Welt der mir unbekannten Technik und versetzte mich in nachdenkliches Staunen. Langsam erhob ich mich, indem ich mich an dem Kameragestell hochzog. Inzwischen an die neuen Lichtverhältnisse gewöhnt, konnte ich jetzt problemlos durch das geheimnisvolle Fenster blicken.

Ich wollte meinen Augen nicht trauen. Durch die mattgelbe Scheibe öffnete sich der Blick in die Intimität eines fürstlichen Schlafgemachs. Ich weiß nicht, was mich im ersten Augenblick mehr faszinierte: das Ambiente des Zimmers mit seinen roten Seidentapeten, die Galerie von goldgerahmten Gemälden – die übrigens ausnahmslos delikate

Liebesszenen darstellten –, das elfenbeinweiße Rokokomobiliar mit dem imposanten Rundbett in der Mitte oder die beiden sich in scheinbarer Leidenschaft verzehrenden Menschen, die sich darauf tummelten.

Nachdem ich eine Weile zugesehen hatte, spürte ich, wie mir die Schamröte ins Gesicht stieg. Schon wollte ich den Vorhang wieder zuziehen, da erkannte ich voller Entsetzen, dass die in zerrissene Dessous gekleidete Frau auf dem Rundbett Joachims Mama und der Mann, der sie bedrängte – ihr jetzt sogar die Faust ins Gesicht schlug –, der dicke Hauptmann von Örtzen war!

Wie gelähmt blieb ich stehen. Selbst das Bild vor meinen Augen blieb stehen, als klemme der Filmgeber. Ewigkeiten vergingen, bis ich mich wieder bewegen konnte. Aber nun hatte ich mich nicht mehr unter Kontrolle. Der lähmenden Starre folgten Wut und Bestürzung.

Wie von Sinnen trommelte ich mit den Fäusten gegen die Scheibe und schrie: „Aufhören! – Mörder! – Fieses Schwein!“ Ich weiß nicht mehr, was im Augenblick dieses Horrors sonst noch an Unworten aus mir herausbrach.

Ich hörte erst auf zu schreien und zu trommeln, als ich einen stechenden Schmerz in der linken Hand spürte, der mir in Sekundenschnelle bis in die Schulter zog. Jetzt endlich hatte ich begriffen, dass das Studio, in dem ich mich aufhielt, absolut schalldicht von den Nachbarräumen abgeschirmt war. Ich musste tatenlos zusehen, wie der Dicke Joachims Mama vergewaltigte. Ich musste auch mit ansehen, wie die Gegenwehr Frau Waigels unter ihrem Peiniger erlahmte, bis sie schließlich ohnmächtig wurde. Ihr blutender Kopf fiel zur Seite, und ihr weißer Leib schien wie tot in sich zusammenzufallen.

Du wirst es nicht glauben, aber ich blieb handlungsunfähig. Zwar versuchte ich – viel zu nervös – den einen oder anderen Knopf und Schalthebel zu bedienen, aber es passierte nichts. Deshalb schlich ich zurück in den dunklen Aufgang, hörte aber von oben her aufgeregtes Stimmengewirr. Wenn ich hinaufstürmen und um Hilfe riefe – das war mir durchaus schon wieder bewusst –, würde man mich sofort festnehmen. Ich war festgenagelt und zur Untätigkeit verurteilt.

Wie ein geprügelter Hund schlich ich in das Studio zurück. Hauptmann von Örtzen kleidete sich gerade wieder an und knöpfte mit zittrigen Fingern seine Hose zu. Es war wie im Stummfilm. Er schien zu fluchen und ballte hin und wieder seine Faust gegen die Ohnmächtige, die schrecklich zugerichtet dalag. Zuletzt warf er sich eine mit unzähligen Ordensspangen und Kordeln verzierte Jacke über, rückte seine Krawatte noch einmal zurecht und verließ verbittert das Gemach – nicht ohne seine Wut per Fußtritt an der Tür auszulassen.

Wie immer in solchen Situationen wurde mir speiübel. Diesmal gelang es mir nicht, mich zurückzuhalten. Ich musste mich übergeben und kotzte einfach in eine Ecke auf übereinander gestapelte Schaltkästen. Danach war mir wohler. Nachdem ich mir die Tränen aus den Augen und die Reste des übel riechenden Mageninhalts aus den Mundwinkeln gewischt hatte, wagte ich wieder durch das Fenster zu schauen.

Frau Waigel war inzwischen aus ihrer Ohnmacht erwacht und hatte sich angekleidet. Immer noch waren ihre Wangen blutverschmiert. Einen Augenblick blieb sie still auf der Bettkante sitzen, bis sie sich erschrocken umdrehte, weil die Tür ruckartig aufsprang.

Mehrere Polizisten mit Pistolen und Schlagstöcken in den Händen drängten jeweils zu zweit ins Zimmer und hatten in wenigen Sekunden Joachims Mama umstellt. Einer der Männer trat dicht an sie heran, redete auf sie ein, riss sie – als sie den Kopf schüttelte – grob in die Höhe und schleuderte die geschundene Frau den umstehenden Polizisten entgegen. Zwei packten sie, drehten ihr die Arme auf den Rücken und schleiften sie durch die Tür hinaus.

Mir erschien die Aktion wie ein Spuk. Das Licht auf der

anderen Seite der Glasscheibe war angeschaltet geblieben, und der Raum wirkte so jungfräulich unberührt, als habe es das Horrorszenario der letzten halben Stunde nie gegeben.

Ich zog den Vorhang vor die Scheibe und wartete tief atmend und unschlüssig noch eine Weile ab. Dann schlich ich die Stufen hinauf, öffnete die Eisentür eine Handbreit und schob den Samtvorhang zur Seite, bis ich überblicken konnte, was sich vor der Garderobe und in der Vorhalle abspielte. Gerade wollte ich hinausschleichen, da sah ich im letzten Moment Herrn Karstens, den Geschäftsführer, auf den Garderobentresen zueilen.

„Damit das klar ist, Trudchen, Sie haben nichts gesehen. Also zu niemandem ein Wort, sonst kann ich nie wieder etwas für Sie tun. Sie wissen ja, Ihren Platz sollte eigentlich eine jüngere Mitarbeiterin einnehmen. Versprechen Sie mir, dass Sie nichts gesehen haben?"

„Aber sicher, Herr Karstens, Sie wissen doch, wie viel mir die Arbeit hier bedeutet."

„Na also, Trudchen, wir verstehen uns. Geben Sie meinen Hut rüber. – Gute Nacht! Heil Hitler!" Seine Armbewegung glich eher einem lässigen Wink denn einem strammen nationalsozialistischen Gruß.

Ich verharrte noch einige Sekunden auf der Stelle und wusste jetzt, dass die freundliche Garderobenfrau Trudchen hieß. Wieselflink huschte ich an ihre Garderobe.

„Mein Gott, Herbert, hast du mich erschreckt! Bist du es wirklich? Du – du bist ja immer noch lebendig?"

Es dauerte ein Weilchen, bis sie sich gefasst hatte. Bevor sie sprach, schaute sie ängstlich in jede Richtung, kam geheimnisvoll nahe an mein Ohr und flüsterte: „Die haben Frau Waigel, die Mutter von deinem Freund, verhaftet und weggeschleppt. Wohin, weiß ich nicht. – Mir tut die arme Frau ja so Leid! Aber was soll'n wir kleinen Leute schon gegen die tun. Ich darf eigentlich gar nichts sagen. Sieh man bloß zu, dass du hier schnell rauskommst. Sind kaum noch Gäste da, und der

Herr Karstens ist bereits gegangen. Hier wird gleich alles dichtgemacht. – Nur so'n ganz Hoher is' noch da – bei den Mädchen! – Verschwinde bloß, Herbert!"

„Ja, ist schon gut. Vielen Dank, Trudchen, dass du mich nicht verraten hast. Tschüss!"

Irgendwann lag ich endlich auf meiner warmen Strohmatratze und weinte wie noch nie in meinem ganzen Leben ...

24. Kapitel

Du wirst dir denken können, dass ich in der Nacht, die jenen Ereignissen folgte, keinen Schlaf finden konnte. Ich fühlte mich wie einer, der nicht selbst lebte, sondern gelebt wurde. Wieder einmal war ich in tiefste Lethargie versunken und ausgebrannt wie ein seekranker Schiffspassagier, der sehnlichst darauf wartet, dass ihn endlich kräftige Hände packen und über Bord werfen, weil er nur im schäumenden Meer noch Erlösung zu finden glaubt.

Ich hatte mich in der Schiffsführerschule umgesehen und auf der *Este III* vorgestellt. In der Lehranstalt, die mich schon als aktiven Studierenden eingetragen hatte, erhielt ich den Stundenplan. Auf dem Schlepper wurde ich freundlich empfangen, bekam eine Koje zugewiesen und wurde mit dem Schleppgeschirr vertraut gemacht. Außer dem Kapitän lernte ich von den anderen sieben Decksleuten nur zwei Matrosen und den Festmacher kennen. Die wunderten sich, dass ich schon mit allem, was da auf mich zukommen würde, vertraut war. Sie konnten ja nicht wissen, dass Joachim und ich als Kinder schon so manchen Schlepperkapitän überredet hatten, uns mitzunehmen und über seine Schultern gucken zu lassen.

In der Schule sagte man mir, dass ich kommen und gehen könne, wie ich wolle. Der Lehrplan sei bereits so weit fortgeschritten, dass ich keine Chance mehr hätte, noch einzusteigen. In einigen Wochen würde das Schuljahr von vorn beginnen. Dann allerdings müsste ich zu allen Unterrichtseinheiten erscheinen und bei den Übungen anwesend sein.

Der Kapitän der *Este III* gab mir einen Kajütenschlüssel und meinte: „Bist ja doch mehr in der Schule as op ’n

Schlepper. Töben kön't wi natürlich nich op di! Musst schon selbst sehn, wat geiht und wat nich."

Das alles zog wie die Stunden des Tages an mir vorüber, als wäre ich nicht beteiligt gewesen. Jetzt saß ich – wo sollte ich auch sonst sein – auf meinem vertrauten Poller und blickte abwesend über die vor mir dümpelnden Schuten, Ewer und Schlepper auf dem zäh fließenden Elbstrom.

Ordnung wollte ich in meine Gedanken bringen, aber es gelang mir nicht. Ich war leer. Im wahrsten Sinne des Wortes: Alle Felle waren mir davongeschwommen! Obwohl ich an diesem Tag nicht viel gelaufen war, empfand ich meine Beine wie bleischwere Anhängsel.

Wenigstens war das Wetter etwas freundlicher als in den vergangenen Tagen, von Schnee und Matsch keine Spuren mehr. Es war überall trocken. Stundenweise hatte sogar die Sonne geschienen und dem kalten Dunst den Kampf angesagt. Über dem Horizont der Unterelbe lagerten rotviolette Wolkenstreifen und kündeten die Dämmerung des beginnenden Abends an.

So abwesend von der Wirklichkeit wie meine Seele war auch mein Blick. Es bedurfte erst der schrillen Schreie unmittelbar vor mir auf- und niederfliegender Möwen, mich innerlich so weit aufzurütteln, dass ich die Schiffermütze überhaupt wahrnahm. Nur wenige Meter vor mir trieb sie mit der Flut flussaufwärts.

Erschrecken packte mich, denn ich dachte, dass zu einer Schiffermütze auch ein Schiffer gehören müsse. Suchend schaute ich umher – bis ich endlich begriffen hatte, dass oft schon eine kleine Böe genügte, Menschen sekundenschnell die Kopfbedeckung fortzureißen.

Bei diesen Gedanken regten sich meine Lebensgeister wieder. Ganz bewusst beobachtete ich nun, wie die Möwen mit der Mütze spielten und versuchten, das nasse Stück mit den Schnäbeln aus dem Wasser zu fischen.

Irgendwie fühlte ich mich den kreischenden Vögeln

verwandt, die zwar nicht über die Kräfte verfügten, die wasserschwere Schiffermütze zu bergen, aber das Unmögliche trotzdem vollbringen wollten. Warum sollte nicht auch ich etwas Unmögliches versuchen? – Warum nicht bei Meierbeers Sekretär Janke anklopfen und nach neuen Informationen fragen? Der war mir gegenüber doch beim letzten Mal schon so seltsam verändert – so gewogen – erschienen!

Mit neuer Zuversicht verbrachte ich den Abend mit Mutter und Vater. Beide versuchten mich zu trösten und mir gehörig Mut zuzusprechen. Mutter ermahnte mich, die mir angebotene Fortbildung ja ernst zu nehmen. Man könne in diesen unruhigen Zeiten schließlich nie wissen, ob sich das nicht doch irgendwann einmal auszahlen würde. Auch Vater war ihrer Meinung, aber an seinen Sorgenfalten und der Art, wie er mit mir sprach, spürte ich deutlich, dass ihn viel mehr bewegte als meine berufliche Fortbildung. Er hatte ein feines Gespür für politische Entwicklungen und drohende Gefahren. So machte er auch keinen Hehl daraus, dass ihm selbst noch Ungemach bevorstehen könne.

Als Mutter die Küche verließ, sagte er: „Ik weit, Herbert, dat du di nich dorvon afbringen lotst, dien Fründ to söken. Ich tu dich verstehen, weil mi ook keinen dorvon afbring'n ward, ein Sozi zu bleiben. Aber wir dürfen beide nich vergeten, dat wir uns in äußerster Lebensgefahr befinden tun. Wer die Wahrheit zu laut sagt, geiht af no Fuhlsbüttel. Man bloß dat ik noch de Verantwortung häv för de Deerns un dien Modder. Muss' ok mol mit an denken, Herbert!"

„Ich weiß, Vater, aber ich kann nicht mehr zurück. Danke für dein Verständnis."

Ich sah, dass Vater feuchte Augen bekam und wie peinlich ihm das war. Trotzdem schämte er sich nicht vor mir. Bevor Mutter zurückkam, fuhr er umständlich mit beiden

– von der schweren Arbeit sehnig gewordenen – Handrücken über die Augen und meinte: „'N Grog haben wir uns wohl verdient, nä, Herbert? Gretchen, set man 'n Kessel op't Füer."

Wir saßen fast bis Mitternacht beieinander. So lange waren Mutter und Vater noch nie aufgeblieben, und so lange hatten wir noch nie so wohltuend zusammen geklönt.

Mulmig war mir schon, als ich vor der Tür stand, hinter der Gustav Janke sitzen musste, zumal es noch nicht lange her war, dass Hauptmann Meierbeer mich von meinen Diensten beurlaubt hatte. Der Gedanke, diesem scharfzüngigen Mann jetzt über den Weg zu laufen, trieb mir Hitze in die Wangen. Aber es musste sein! Also nahm ich meinen ganzen Mut zusammen und klopfte – für meine Verhältnisse sehr zaghaft – an die Tür.

„Reinkomm'n!", dröhnte es von der anderen Seite. Unverkennbar, es war die Stimme des Hauptsekretärs Janke. Ich fühlte mich wie ein Duckmäuser, als ich die schwere Holztür öffnete und hinter mir ebenso leise wie demütig wieder zugedrückt hatte. So devot war ich noch nie gewesen – aber jetzt war ich ja Bittsteller!

„Nanu, Herbert? Wat wills' du denn? Du bis' hier doch eigen'lich ers' ma' raus, nä? – Na, komm trotzdem rein. Der Hauptmann is' man sowieso nich' mehr da. Is' befördert und auf'n Butz nach Berlin. – Kanns di hinsetten, nä, un reden."

„Haben die Wände hier Ohren, Herr Janke?"

Einen Augenblick lang sah er mich misstrauisch an, ließ seinen Blick durch den Raum gleiten und antwortete: „Nö, Herbert, nich' dass ich wüsste. Müsste ich sons' ja wohl schon gemerk' ham, nä?"

„Herr Janke – äh, mein Freund Joachim wurde festgenommen und ist angeblich nach Berlin gebracht worden. Gestern hat man auch seine Mutter in Gewahrsam genommen. – Wissen Sie schon davon? – Gibt es vielleicht eine

Möglichkeit, dass man ihn und Frau Waigel wieder freilässt? – Können Sie mir helfen? – Bitte?“

Gustav Janke machte seinen gebeugten Rücken gerade und schien einige Zentimeter zu wachsen. Dann trommelte er mit den Fingern – wie sein Meister Meierbeer es ihm vorgemacht hatte – auf die Schreibtischplatte und setzte sekundenlang eine wichtige Miene auf.

Endlich ließ er sich doch herab; aber nur, um mich zunächst nach allen Regeln überlieferter Erziehung – moralisch und empört tuend – zurechtzuweisen.

„Mien leeven Herbert, was tust du und dein Freund Joachim euch eigentlich denken? Dat die hohe Politik nur ’n Spiel für halbwüchsige Bengels sein tut? Die Judens sind nu mal Undeutsche und unreinen Bluts. Warum has’ nich’ wenigstens du das rechtzeitig begreifen können? Den Joachim sein Vadder war sowieso nich zu retten, sien Modder ook nich. War ja schließlich Blutschande, was sie getrieben hat. – Kann dien Fründ natürlich nix für. Is’ eben ’n Bastard. Muss er mit leben. Hatte schließlich Chancen genug, sich von seine’ Familie loszusagen, sich von de Wehrmacht umerziehen zu lassen und ’n o’dentlichen Deutschen zu werden. Aber ihr Bengels meint ja, die Zukunft Großdeutschlands aufhalten zu können. Das ha’m die hier sehr wohl gewusst, und ich hab’ nie begriffen, dat ihr *beide* bis jetzt so davongekommen seid. Aber nu is das Maß voll, Herbert, voll!“

Er hatte sich in Rage geredet, blickte mich zornig an und schüttelte verständnislos sein Haupt, bis er zu meinem Erstaunen dann aber völlig unerwartet in sich zusammensackte. Seine eben noch straffe Haltung war wie weggeblasen. Wollte er mir jetzt etwa seine tatsächliche Ohnmacht eingestehen? Was er mir zornig an den Kopf geworfen hatte, musste er mir bei dieser für ihn passenden Gelegenheit wohl endlich einmal sagen. So oder so schien er aus seinem Herzen mir gegenüber keine Mördergrube machen zu wollen. Seine

Stimme klang danach versöhnlicher. Heute glaube ich, dass er Joachim und mich insgeheim sogar bewundert hatte.

„Mensch, Herbert, wat schall ik nu bloß mit di moken, nä? – Is mir ja auch nich mehr allens recht, was die nu tun in unsern Land. Da sind einige, die ham den Führer und den Nationalsozialismus eben nich richtig verstannen, nä!"

Unruhig rutschte er auf dem Bürostuhl hin und her, während sein Blick hilflos und unsicher umherirrte. Er schien vermeiden zu wollen, mich ansehen zu müssen.

„Können Sie wirklich *nichts* für mich tun, Herr Janke? Wir waren doch schließlich Nachbarn ..."

„Ja, ja" unterbrach er mich heftig, „aber meinen Gustav, den habt ihr nie nich richtig ernst genommen, nä, stimmt's?"

„Oh, das weiß ich nicht mehr. Wir waren noch Kinder – haben doch oft miteinander gespielt!"

„Jowoll, dat wa't ihr, aber meinen Gustav, den mochtet ihr nich – habt euch man immer für wat Besseres gehalten, nä, dat hät mi de Jung oft genuch vertellt, nä, Herbert! – Na ja, lassen wir die ollen Kamellens ruh'n. Mensch, ich tu auch nich wissen, wie ich dir nu helfen soll. Aber eins tu ich doch wissen, aus Berlin is dien Fründ glieks wedder trüch nach Hamburg verbracht wor'n!"

Siegessicher wagte er, mich nun doch direkt anzublicken, und ich wäre beinahe aufgesprungen, um ihn freudig in den Arm zu nehmen. Aber ich konnte mich zurückhalten.

Einen Augenblick überlegte Janke. Dann fuhr er mit mahnend erhobenem Zeigefinger fort: „Wo sie ihn nu' festhalten tun, Herbert, das weiß ich auch nich. Aber kanns mo'gen noch ma' reingucken. Nä! Vielleicht tu ich dann mehr wissen ..."

In diesem Moment flog die Tür zu Meierbeers ehemaligem Dienstzimmer auf, und erschrocken – wenn nicht entsetzt – sprangen Janke und ich von den Stühlen hoch.

Sicheren Schrittes trat – du wirst es kaum glauben – Erna Heydenreich, *das Frettchen,* ohne von mir Notiz zu nehmen, auf Janke zu. Vor sich her trug sie ein Aktenpaket, das sie mit selbstbewusstem Lächeln in Jankes aufgeregt zitternde Hände drückte.

Erna war wirklich eine schöne Frau geworden! Das hatte ich bereits festgestellt, als ich sie – meist in der Dunkelheit oder in gebührendem Abstand – an der Seite Joachims beobachtet hatte.

An jenem Tag hatte sie ihre langen blonden Haare züchtig und streng aufgesteckt und den schlanken Körper mit einem knielangen, schlicht grauen Kostüm bekleidet. Die langen – in Seidenstrümpfe gehüllten – Beine steckten in hohen beigefarbenen Pumps. Zweifellos, Erna war auch zur Persönlichkeit herangereift. Weder Greta Garbo noch Marlene Dietrich hätten in dieser Situation mehr Fluidum ausstrahlen können.

Janke machte einen tiefen Bückling vor Erna Heydenreich und dann Anstalten, mich ihr vorzustellen. Dabei dürfte ihm doch nicht unbekannt geblieben sein, dass ich Erna schon von Kindesbeinen an kannte. So winkte sie ihn denn auch lässig zurück, ohne dass man ihr einen Überraschungsmoment über die plötzliche Begegnung mit mir anmerken konnte. Jedenfalls schien es, als sei dieses Zusammentreffen für sie die selbstverständlichste Sache der Welt.

Mir hatte es die Sprache verschlagen. Ich stand da wie ein dummer Junge, während Erna die delikate Situation souverän im Griff hatte.

„Hallo, Herbert, wie geht es dir? Wir haben uns als erwachsene Menschen bisher ja nur von weitem gesehen. – Ich bin seit ein paar Tagen in den Innendienst dieser Abteilung versetzt und arbeite die liegen gebliebenen Vorgänge vom Major Meierbeer auf, der leider schon nach Berlin abkommandiert wurde. Komm mit nach nebenan, Herbert, vielleicht kann ich dir helfen. Wir können aber auch einfach nur plaudern. Wie du willst! Ist ja viel geschehen – seit damals –, oder?“

Sie machte eine einladende Geste, ihr zu folgen, nickte

Janke, der mit offenem Mund dastand, freundlich zu und stolzierte in Meierbeers Zimmer, als sei sie seit Ewigkeiten mit den Gepflogenheiten in diesem geheimnisumwitterten Raum vertraut.

Ich wandte mich achselzuckend noch einmal Gustav Janke zu, während er mir kaum noch hörbar zuraunte: „Hab' dir doch gesacht, dat de befördert is!"

Verlegen schlurfte ich dem Frettchen in das ehemalige Dienstzimmer Meierbeers hinterher.

„Schließ bitte die Tür, Herbert! – Fest zu! Ja, so ist's gut. Bitte, setz dich!"

Hier war alles noch so, wie ich es von meinen Besuchen her in Erinnerung hatte: der Führer hinter Gittern und die gläserne Tänzerin auf dem Besuchertisch. Ich steuerte beflissen auf das Sofa zu und ließ mich in das weiche Leder sinken. Erna setzte sich aber nicht – wie ich es von Meierbeer gewohnt war – mir gegenüber, sondern mit dem Rücken zum Fenster, gegen das einfallende Licht. Mir war das sehr recht. Ich fühlte mich dadurch weniger fixiert.

Langsam ließ die Erregung in mir nach, und Erna gab mir Zeit, mich wieder zu fassen. Sie musste eine – auch psychologisch – hervorragende Schulung absolviert haben.

Mich überkamen Erinnerungen aus Kindertagen. Ich sah uns am Lagerfeuer am Elbstrand beieinander hocken und hörte Erna beschwörend sagen: ‚Joachim, wir halten zu dir. Wir können nichts dafür, dass wir Deutsche sind, und du kannst nichts dafür, dass du ein Jud' bist.'

Jetzt erst fiel mir die Unterscheidung in ihren Worten auf: Wieso war Joachim kein Deutscher? Er war doch in Deutschland geboren wie Erna und ich, hatte nie eine andere Staatsbürgerschaft besessen als die deutsche! Natürlich war mir bewusst, dass er nach nationalsozialistischer Auffassung, die für mich schlicht pervers war, kein Arier, also nicht deutschen Blutes war. Aber ich hatte sein Blut gesehen. Es war ebenso rot wie meines! Und sein Vater war wie meiner in diesem Land und in dieser Stadt geboren und seine Großmutter und ... und ... Mir wurde wieder einmal übel.

Sie unterbrach meine Gedanken. „Ich hoffe, Herbert, du denkst nicht zu negativ über mich. Als wir in der Altonaer Clique zusammen die Welt zu entdecken begannen, war ich Joachim wirklich *sehr* zugetan, wahrscheinlich sogar verliebt in ihn. Aber nachdem meine Familie umgezogen war, gab es andere Einflüsse, und ich habe mich nach und nach aus gereifter Überzeugung den Nationalsozialisten angenähert. Schließlich hat mich die Politik des Führers überzeugt. An seiner Seite kämpfe ich nun dafür, dass das Deutsche Reich seinen berechtigten Platz als führende Nation der Welt bald einnehmen kann. Inzwischen haben wir viel erreicht und werden unsere Erfolge weder von den Juden noch von anderen antinational gesinnten Kräften vernichten lassen. – Übrigens, Joachim brauchte kein Jude zu sein, er hätte alle Chancen gehabt, eingedeutscht zu werden, wenn er mit uns zusammengearbeitet hätte."

„Du, du warst doch bis vor kurzem mit ihm intim – äh, auf ihn angesetzt."

„Richtig, Herbert, und ich gebe zu, dass wir aufregend schöne Stunden miteinander verbracht haben. – Leider hat er das Spiel nie begriffen und ist stur geblieben. Ich war sogar so blöd, mich noch unmittelbar vor seiner Festnahme für ihn einzusetzen. Bin tatsächlich noch runter in diese Spelunke – wie heißt sie doch ... ach ja, *Seemannsgrab* – gestiegen, um ihn zu überreden, sich eindeutschen und damit retten zu lassen, aber es war vergeblich! Er habe allgemeine Grundsätze über die Würde, Gleichheit und Religion aller Menschen, die weit über den beschränkten Horizont der Nazis hinausgingen! Niemand könne von ihm verlangen, die Wahrheit über das Leben zu verraten. So ein Arsch! Mein Versuch, ihn zur Vernunft zu bringen, hätte mich beinahe meine Zukunft gekostet."

„Erna, *was* habt ihr mit ihm gemacht?"

„Reg dich bloß nicht auf! Die Nationalsozialisten haben zwar Ziele, sind aber keine Unmenschen, wie das Deutschland nicht wohlgesonnene Ausland immer öfter und lauter behauptet. Joachim musste kurzfristig aus dem Verkehr gezogen werden und muss es auch noch eine Weile bleiben. Er bekommt einen Denkzettel und eine letzte Chance."

„Wo ist er, Erna? Wo?"

„Du wirst ihn wieder sehen!"

„Dann sag mir doch, wo er sich aufhält."

Um ihre Mundwinkel bemerkte ich ein leichtes Zucken, als wolle sie nachgeben. Sie blickte mich irritiert und unsicher an, machte dann aber eine abwehrende Handbewegung und sagte kalt: „Darf ich dir nicht sagen, Herbert! Verschlusssache!"

„Aber du könntest es mir sagen, Erna. Du verrätst es doch keinem Feind – sondern ..."

„*Sondern*, Herbert?"

„Einem Mitarbeiter! Ich werde hier doch als Mitarbeiter geführt, Erna! Den darfst du bestimmt informieren."

„Ach du liebe Zeit, jetzt kommst du mit der Masche. Du und Mitarbeiter. Ich kenne deine Akten und weiß, wie wir mit dir dran sind. Major Meierbeer im Grunde auch. Der hat sich nur zu sehr darin verbissen, über dich, Joachim und seine blutschänderische Mutter das Arens'sche Vermögen konfiszieren zu können. Natürlich weiß er, dass du die Staatspolizei vergackeiern wolltest, aber aus einem mir noch unerfindlichen Grund hat er für dich persönlich was übrig und glaubt immer noch, dich umdrehen zu können. Für deinen sozialistischen Vater war das – bis jetzt jedenfalls – ein wirksamer Schutz. Verspiel den nicht unnötig."

Obwohl ich spürte, wie bei dem drohenden Hinweis auf meinen Vater Schweiß auf meine Stirn trat, blieb der Trotz in mir ungebrochen.

„Hast du denn wirklich ganz vergessen, was für eine eingeschworene Gemeinschaft wir früher einmal waren?"

„Es reicht! Hör auf, mich moralisch zu erpressen,

Herbert. Damit kannst du bei mir nicht landen. Ihr seid eurer Wege gegangen – aus Überzeugung, wie Joachim mir mehrfach versichert hat. Aus nicht geringerer Überzeugung, mein Lieber, bin ich konsequent meiner Wege gegangen und stehe jetzt da, wo ich bin. Also lass den romantisch blöden Appell an gemeinsame Jugenderinnerungen. Natürlich hat es die Kinder- und Jugendzeit gegeben, aber sie hat keine ideologische und keine politische Bedeutung! – Dürfen sie auch nicht! Aber immerhin haben jene Erinnerungen in diesem Moment noch so viel Wirkung, dass ich dich bis jetzt nicht habe festnehmen lassen, obwohl deine Vorstellung hier dafür ausgereicht hätte! Gib dich endlich zufrieden, Herbert. Versau dir die Chance nicht, die Major Meierbeer dir gegeben hat! Er steht zu seinem deutschen Ehrenwort! – Ich habe das am *eigenen Leib* erfahren dürfen."

Mir fiel das Foto ein, das ich bei Irmgard Holbein entdeckt hatte und das ich noch immer besaß. Die von Erna sicher nicht beabsichtigte Zweideutigkeit der Worte verleitete mich zur unmittelbar entsprechenden Assoziation. Schon rumorte es in meinem Bauch, aber gleichzeitig kroch ohnmächtige Wut in mir hoch und bewahrte mich vor schlimmerer Übelkeit.

Ich erhob mich und sagte enttäuscht: „Schade, Erna, ich begreife. Es hat keinen Zweck, weiter ..."

„Gut, dass du endlich begreifst! – Du wirst deinen Freund Joachim wieder sehen! Irgendwann! – Vergiss nicht, es ist wirklich seine letzte Chance! Vielleicht wird es auch mit an dir liegen, ob er sie nutzen wird, Herbert. – Heil Hitler!"

„Tschüss, Erna."

Schon bald nach dem denkwürdigen Zusammentreffen mit *Frettchen* Erna hatte ich begonnen, regelmäßig die Tageszeitungen in den Fenstern der Redaktionen zu lesen. Nicht weil ich glaubte, dadurch politisch besser informiert zu sein oder gar einen Hinweis auf den Verbleib Joachims und seiner

Mama zu bekommen, nein, beides nicht! Dem zu trauen, was *schwarz auf weiß* geschrieben steht, hatte Vater mir schon in meinen Jahren jugendlich naiver Offenheit gründlich abgewöhnt. Nein, ich versuchte, die Strukturen gezielter Desinformation zu verstehen und die Menschen zu begreifen, die mit lockerer, aber nicht unintelligenter Feder Lügen und Halbwahrheiten unter die Leute brachten. Dieses Interesse hatten die Begegnung mit Simon Grynspan und die Stammgäste im *Seemannsgrab* in mir geweckt.

Dort war ich inzwischen nicht nur Gast, sondern gleichberechtigter Gesprächspartner. Nicht selten wurde ich in die politischen Diskussionen einbezogen, in Aktionen eingeweiht und um meine Meinung gebeten. Obwohl ich nie aufgefordert worden war, mich aktiv zu beteiligen, durfte ich dennoch im Kreis der Stammgäste bleiben, wenn die Tür verschlossen wurde, um Untergrundautoren, nicht geduldeten Lyrikern und mit Arbeitsverbot belegten Journalisten Gelegenheit zu geben, einander ihre neuesten Werke vorzutragen und sich kritisch damit auseinander zu setzen. Jenem Kreis habe ich es zu verdanken, dass ich Namen wie Machiavelli, Bismarck, Marx und von Ossietzki bis heute mit Inhalten verbinden kann.

Nur noch selten gelang es mir, unbeschwert vor mich hinzuträumen. Wenn überhaupt, dann saß ich auf diesem Poller und ließ mich vom farbig schillernden Spiel der Sonnenstrahlen auf der leicht bewegten Wasserfläche traumtrunken machen. Nur dieser unbeschwerten Revue des Lichts mit ihren funkelnden Facetten glückte es hin und wieder, mich für selige Augenblicke von der drückenden Wirklichkeit und der Angst um den gefangenen Joachim wegzureißen.

Dann war es – ohne dass ich es bewusst wahrgenommen hatte – Frühling geworden. Der Aufbruch in der Natur, die Neugeburt des Lichts und das kraftvolle Aufplatzen von

Blatt- und Blütenknospen hatten sich von mir unbemerkt vollzogen.

1939 wurden die Kursteilnehmer meiner Ausbildungsabteilung häufiger als bisher – und mit bisher unbekannt kriegerischem Ernst – zu Luftschutz- und Feuerlöschübungen befohlen. Unvorbereitet natürlich!

Irgendwann stand Hamburg auch mal wieder Kopf, weil Adolf Hitler zu Besuch gekommen war, um dem Stapellauf des Schlachtschiffes *Bismarck* beizuwohnen. Im März wurde die Wiederherstellung der Synagoge am Bornplatz verboten und das letzte jüdische Kaufhaus am Neuen Wall in staatlichen Besitz überführt. Es ging Schlag auf Schlag.

Vater war der Erste, dessen Kommentar schon bald nach Neujahr beim Abendessen lautete: „Dat givt noch Kriech in dieses Jahr! So wahr ik Wilhelm Spalding heiße! Gretchen, wir möt uns bald wa'm antrecken!"

Mutter schlug sich empört an die Brust und tadelte: „Mensch, Willem, so was da'f man nich ma' denken! Is *ein* Kriech nich genug? Tu doch den Düvel nich anne Wand mal'n. De Kinner glövt dat schließlich noch. Nee, de Politikers könnt doch nich so dusselig sien, dat se von ersten Ma' ga' nichs gelernt ham!"

Vater atmete tief durch und meinte wie zu sich selbst und in bestem Hochdeutsch: „Ihr werdet euch noch umsehen – schon sehr bald!"

Martha blickte Vater irritiert und ungläubig an, während ich fest davon überzeugt war, dass er Recht behalten würde. Aber meine Einsicht war eher moralischer Natur. Existenziell konnte ich Mutters Empörung kaum nachvollziehen. Die wirklichen Schrecken eines Krieges kannte ich ja nicht. Außerdem gab es in meinem Umfeld genug junge Männer meines Alters, die begeistert und brennend darauf warteten, endlich für Reich, Volk und Führer in den bewaffneten Kampf zu ziehen.

Im *Seemannsgrab* war man der gleichen Meinung wie

Vater. Abend für Abend wurden die Köpfe zusammengesteckt, neueste Informationen ausgetauscht und von Tag zu Tag mehr Hektik entwickelt. Mir fiel auf, dass einige von den mich mehr interessierenden Personen ausblieben und die Gelassenheit in den Gesprächsrunden merkbar verloren ging. Viele mussten sich versteckt halten. Andere waren guter Hoffnung, mit der *St. Louis* in Richtung Kuba ausreisen zu können. Die Vorbereitungen dafür machten ihr vorzeitiges Untertauchen notwendig.

Mit den Untergetauchten, Geflohenen und Verhafteten ließ der Wille zum Widerstand auch im *Seemannsgrab* nach. Resignation lag auf allen wie Raureif auf winterlichen Baumkronen. Die großen Visionen verrosteten langsam und ließen den Traum vom Widerstand erstarren. Zu brutal schlug das Naziregime zurück. Konspiration und arglistige Verräter in den eigenen Reihen halfen dabei. Folter und Mord waren an der Tagesordnung. Dagegen halfen weder Dispute noch Pamphlete – waren sie auch noch so mühsam erstellt.

Wenn es meine Zeit erlaubte, machte ich mich auf den Weg nach Fuhlsbüttel. Fast alle in Hamburg aus politischen Gründen Festgenommenen wurden – wie wir erfahren hatten – zunächst dort untergebracht und verhört.

Ich weiß nicht mehr, wie oft ich schon um die hohen Mauern des Gefängnisses geschlichen war und versucht hatte, auf irgendeine Weise einen Blick in die geheimnisvollen Höfe dahinter zu erhaschen, vielleicht sogar Joachim zu entdecken. Lange musste ich mich mit dem begnügen, was meine Ohren aufnahmen: barsche Befehle, zackiges Marschieren und Exerzieren, das Geräusch von Faust- und Stockhieben und das entsetzliche Schreien, Wimmern und Jaulen von Misshandelten. Manchmal peitschten Schüsse auf, denen sekundenlang ein gespenstisches Schweigen folgte.

Davon ist mir eine denkwürdige Erinnerung geblieben: Der Augenblick des Schweigens nach den Schüssen war entsetzlich beklemmend, aber jedes Mal brach lautes Vogelgezwitscher die scheinbar so plötzlich erstarrte Zeit wieder auf. Erst danach überschlugen sich von neuem Befehle und Weisungen.

Irgendwann hatte ich zwischen einer Torangel und einem Mauerpfeiler einen Spalt entdeckt. Wenn ich einen bestimmten Winkel und einen gewissen Abstand zur Wand hin einnahm, konnte ich einen kleinen Ausschnitt des hinter der hohen Mauer verborgenen Gefängnishofs überblicken.

Mein Gott, wie oft habe ich da gestanden und gewartet? Leider immer nur wenige Minuten, denn die Wachen wurden schnell argwöhnisch und jagten mich meistens bald wieder fort. Einmal musste ich sogar meine Kennkarte vorzeigen, wurde glücklicherweise aber nicht notiert.

Der Spalt gab mir auch die Möglichkeit, die im Innenhof vorbeischlurfenden Personen und im Marschschritt daherkommende Polizisten zu beobachten – aber jedes Mal nur für die Dauer von etwa drei Schritten. Manchmal rumpelte auch ein mit Menschen beladener Lastwagen durch das schmale Blickfeld.

Bei den hier angeordneten Erschießungen – so viel hatte ich inzwischen mitbekommen – marschierte eine Gruppe Uniformierter mit geschulterten Gewehren voran. Ihr folgten in ziviler Kleidung und mit gefesselten Händen die zu liquidierenden Gefangenen – sorgfältig eingekreist von Bewachern und absurd drohend auf sie gerichteten Gewehrläufen. Dahinter bewegte sich eine dritte Mannschaft, die die Karabiner wieder geschultert hatte, und zum Schluss der für die Aktion verantwortliche Offizier. Der ging meist zwanglos – ohne Schritt – hinterher, dafür aber mit versteinertem Gesicht. Mir war aufgefallen, dass der jeweils zuständige Offizier stets weiße Handschuhe trug und seine rechte Hand beim Gehen fest um den Griff des blanken Ziersäbels hielt.

Es muss im Mai gewesen sein, denn auf dem Weg nach

Fuhlsbüttel prangten an Mauern und Litfaßsäulen noch immer Plakate, die auf die erst vor Tagen zu Ende gegangene 750. Jahrfeier des Hamburger Hafens hinwiesen.

Ich hatte mich gerade entsprechend postiert, als das dumpf knallende Schlagen schwerer Stiefel einer militärisch geordneten Formation zu mir herüberdröhnte. Schon zog die bewaffnete Vorhut durch mein begrenztes Blickfeld. Die Hinzurichtenden stolperten hinterher. Es waren diesmal Frauen dabei. Als ich sie sah, erfasste mich ein solcher Schrecken, dass ich für Sekunden die Augen schließen musste. – In mir verweigerte sich etwas.

Trotzdem, oder erst recht, ich blieb im Bild. Sogar Einzelheiten nahm ich wahr: Die zusammengeketteten Verurteilten hielten sich krampfhaft an den Händen. Die Ketten klirrten. Ihre Füße schoben sich nur schwer über das Pflaster, und im Licht der Sonne glänzten Tränenspuren auf ihren Wangen.

Einem Stromschlag gleich hatte es mich getroffen. Ich spürte das Kribbeln einer plötzlichen Ohnmacht. Um meine Augen wurde es dunkel, und mein ganzer Leib schien gelähmt. Erst die aufpeitschenden Schüsse rissen mich wieder in die Wirklichkeit zurück. Unter den Todgeweihten hatte ich Joachims Mama und den kleinen Alfons erkannt!

Erst Tage später wurde mir bewusst, dass ich noch jemanden identifiziert hatte: den kommandierenden Offizier mit den weißen Handschuhen! Es war kein anderer gewesen als Irmgard Holbeins so genannter Cousin Hermann-Heinrich!

25. Kapitel

Aus meiner Sicht hatte sich wieder einmal alles verändert. Was mich umgab, war nicht mehr meine Welt. Ich hatte den Punkt verloren, auf den hin sich die pulsierende Vielfalt des Lebens zuordnen ließ. Das überzogen jubelnde Ariertum und das neue deutsche Selbstbewusstsein kotzten mich an. Ich gehörte nicht mehr dazu. Fragen überhörte ich oder antwortete nur knapp, wenn ich genötigt wurde. Im Quartier rund um die St.-Pauli-Kirche hielt man mich inzwischen für einen eingebildeten Fatzke. Es störte mich aber nicht. Ich war froh, wenn man mich unbehelligt ließ.

Zufrieden war ich, wenn ich mit der *Este III* unterwegs war oder allein auf meinem Poller sitzen konnte. Da versuchte ich dann auch, wenigstens *die* Tagesereignisse einzuordnen und zu überdenken, die selbst mir nicht entgehen konnten oder sich einfach nicht überhören ließen: Da wurde Tag für Tag im Volksempfänger über die Friedenspolitik des Führers geschwafelt, aber warum wurde dann der Flughafen Fuhlsbüttel für die zivile Luftfahrt gesperrt? Warum mussten Mutter und Vater zusammen mit den Hausnachbarn Sand in alte Fischkisten stampfen und damit die Kellerfenster verbarrikadieren? Warum musste Mutter aufs Amt, um Bezugsscheine für Lebensmittel abzuholen? Warum wurden Merkblätter über das Verhalten bei Luftalarm verteilt?

In den Schaufenstern der Warengeschäfte wurden fast nur noch Feuerpatschen, Kleinstspritzen, Verdunkelungspapier, grobes Fork- und Schaufelgerät sowie Hausapotheken feilgeboten. Warum?

Auf der *Este III* stand ich am liebsten freihändig gegen den Wind geneigt auf der Back hinter der Reling des Bugs und setzte mich, wenn die Elbe unruhig war, nur zu gern der über die Schandeckel sturmschäumenden Gischt aus. Rollte der Schlepper in ein Wellental, konnte ich manchmal sogar vor Vergnügen jauchzen wie ein Kleinkind, das auf dem Spielplatz ganz allein die Rutsche hinuntergleiten durfte. – Sekunden des Schwebens und Vergessens!

Saß ich auf unserem Poller, traten mir – ob ich es wollte oder nicht – Tränen in die Augen. Joachim fehlte mir mit dem Druck seiner Schulter, mit seinem ruhigen Atem, seinem Schmunzeln und seiner liebevollen Umarmung. Mir fehlten seine Antworten, seine Feinfühligkeit, wenn ich Schwierigkeiten hatte, mich auszudrücken, mir fehlten die Berührung seiner Hände und der liebevolle Blick aus seinen Augen. Ich litt unter dem Fehlen seiner freundschaftlichen Zurechtweisung und seiner entscheidenden Worte, die fast immer nach langen kontroversen Gesprächen einen Lösungsweg sichtbar gemacht hatten.

Das Bitterste aber war, dass ich nicht mit ihm gemeinsam um seine Mama trauern konnte. Vielleicht hatte ihn die Nachricht vom Tod seiner Mama ja erreicht. Ob er sich – wie ich – vorstellte, dass sie jetzt mit Oma Arens in seines Jahwes oder meines Gottes himmlischen Frieden vereint weiterdiskutierte, ob die Trauzeremonie mit ihrem Gabriel nach christlichem oder jüdischem Ritus vollzogen werden müsse? Oder wusste er gar nicht, dass sie dieser Erde schon hatte adieu sagen müssen?

Wüsste ich doch wenigstens, wo Joachim sich zur Zeit aufhielt – aufhalten musste! Was, wenn er vom Tod seiner Mama erführe und ich ihm nicht zur Seite stände? Wer würde ihn auffangen? Ob er überhaupt je zu weinen aufhören könnte, wenn er von der unmenschlichen Liquidation seiner geliebten Mama erfuhr? – Meine Gedanken machten Sprünge!

Musst mir das schon nachsehen, dass mir bei diesen Erinnerungen schnell die Augen feucht werden ... Hinter meinen Tränen wohnte damals Angst, nackte erbärmliche

Angst; denn bisher hatte ich niemandem von dem erzählt, was ich durch den Schlitz zwischen Eisentor und Gefängnismauer gesehen hatte, auch Vater und Mutter nicht! Sobald die Bilder, die sich mir vor dem Gefängnistor eingeprägt hatten, zu leben begannen, wurde es vor und in mir für Sekunden dunkel, und dann peitschten sie wieder auf – wieder und wieder –, diese bellenden Schüsse! Das dauerte jedes Mal so lange, bis sich endlich eine Möwe erbarmte und einen Schrei ausstieß oder bis irgendwo im Geäst einer Buchenhecke ein Sperling sein zwitscherndes Stimmchen zur Geltung brachte.

Ich konnte mich nicht damit abfinden, dass Menschen in bestimmten Positionen das Recht hatten, über Tod oder Leben anderer zu entscheiden, nur weil diese über staatliche oder politische Dinge anders dachten als sie selbst. Was war das für eine Welt, in der man unter politischer Doktrin Menschen umbringen durfte, ohne dadurch zum Mörder zu werden?

Joachim fehlte mir. Er wollte – nachdem er seine kulturelle Zerrissenheit angenommen hatte – ein ganzer Jude sein und litt unsäglich, weil er nur ein halber war. Ich wollte nur *ich* sein, Herbert Spalding. Ich weiß, es hört sich komisch an, aber ich war nur noch ein halber Herbert; vielleicht ein ganzer Deutscher, aber das war mir mehr als scheißegal! Ich würde erst ein ganzer Herbert werden, wenn Joachim endlich wieder hier auf diesem kalten Eisenpoller neben mir säße. Es waren inzwischen schon Monate – wirklich Monate! – ins Land gegangen, ohne dass ich eine Nachricht, einen Wink oder Hinweis über Joachims Verbleib erhalten hatte.

Der Krieg war entbrannt. Die Erfolgsmeldungen der deutschen Soldaten an allen Fronten überschlugen sich. Nur Joachim war nicht wieder aufgetaucht. Meine Nachfragen bei Janke blieben ohne Erfolg. Außerdem hatten sie auch ihn kürzlich an die Front geholt, und Erna Heydenreich war ihrem Major Meierbeer nach Berlin gefolgt.

Die Kurse in der Maschinistenschule wurden auf ein Minimum zusammengestrichen, sodass ich schon nach kurzer Zeit das Patent zum Führen eines Hochseeschleppers in der Hand hielt. Doch freuen konnte ich mich nicht darüber, denn zusammen mit dem Patent erhielt ich von der Noteinsatzstelle für Frontbefreite Order, mich auf dem Schlepper *Wilhelm Zwo (II)* zu melden, mich in den nächsten zwei Wochen einweisen zu lassen und dann das Kommando über das Schiff zu übernehmen.

Allein die Ereignisse der nächsten vier, fünf Wochen zu erzählen, ergäbe einen Roman für sich. Den will ich dir, lieber geduldiger Freund, nun aber nicht auch noch zumuten. Nur eine Quintessenz aus dieser Zeit möchte ich dir nicht vorenthalten: In diesen Wochen bin ich erwachsen geworden und habe lernen müssen, Verantwortung zu übernehmen.

Das Patent in meinen Händen löste trotz der düsteren Gedanken um Joachim doch ein kleines Glücksgefühl aus. Deshalb kaufte ich ein paar Flaschen Bier und 'ne Buddel Kutscherschluck für Vater und mich. Für Mutter und die Schwestern konnte ich, zwar zu einem horrenden Preis, aber immerhin eine Dose Kakaopulver auftreiben. Schwer beladen und im Herzen beschwingt, schlich ich die Treppe im Haus Antonistraße hoch.

Ach, was wollte ich ihnen nicht alles vortütern und die Familie auf die Folter spannen! Ich hatte mir alles, was und wie ich es sagen wollte, genau zurechtgelegt.

Statt selbst aufzuschließen, pochte ich heftig an die Tür. Es rührte sich nichts. Ich versuchte es lauter, aber wieder rührte sich nichts. Nun wurde es mir doch zu bunt. Ich zog den Schlüssel hervor und schloss auf. Trotzdem kam ich nicht hinein. Die Kette war vorgelegt!

„He, ihr – wo seid ihr denn? Warum macht keiner auf?"

Da kam Martha mit verweintem Gesicht aus der Küche herangeschlurft, öffnete die Tür und fiel mir schweigend um den Hals.

„Martha, is' was? Sag es mir, bitte!"

„Geh man erst in die Küche. Mutter kann gar nicht mehr sprechen. Sie haben Vater vorhin abgeholt ..."

„Waas? – Wer?"

„Die Gestapo! Nur zur Überprüfung, ham se gesacht. Aber zwei Mann haben ihm die Arme auf den Rücken gedreht."

Mutter erhob sich, als ich eintrat. Ihre Augen waren trüb. Sie hatte so viel geweint, dass sie keine Tränen mehr hatte.

„Herbert, mien Jung, man goot, dat du dor büst. Du muss' nu auch in' Hus bleiben, bis se ihn wiederbring'n tun. – Ma'tha hät di wol all vertellt, wat los weer. Er war man eben ers' vonne Fischfabrik wieder da, ha sick noch nich mol umtrecken können. – Aber da ham die nu eben selbens Schuld an, dat he nu nich gerade riechen tut wie 'ne Meerjungfrau!"

Ach ja, so war Mutter! Selbst wenn es sie so schwer getroffen hatte, blieb immer noch ein Rest von Humor zurück. Ich nahm sie still in die Arme, drückte sie an mich und küsste ihre hageren Wangen. – Meine Mutter!

„Wenn sie gesagt haben, sie nähmen ihn nur zur Überprüfung mit, wird er morgen oder übermorgen wieder zu Hause sein, Mutter."

„Na, Herbert, da bin ick wat skeptischer. Dien Fründ, Joachim, wollten se doch auch wieder laufen lassen, näch? Un de is siet Monaten nich optofin'n. Beter is, wenn wi nüchtern bleevt un uns ers' gornix wat vörmaken tun!"

„Wirst wohl Recht haben, Mutter. Wir können nur abwarten. Wenn sich bis morgen nichts tut, müssen wir uns einen Anwalt nehmen."

„Ein' Anwalt, meins' wirklich so'n Advokaten, Jung? So een könt wi doch nie nich betohl'n. Wenn wir den ers' bruken tun, ist allens längs' vorbi."

Mit meiner Bemerkung hatte ich Mutter mehr aufgeregt als beruhigt. Deshalb versuchte ich es andersherum: „Mutter, ich bin fest davon überzeugt, dass Vater morgen Vormittag wieder hier inne Kök steiht. Und darauf trinken wir nu. Du darfst sogar auswählen: Schokolade oder Bier oder – wie wär's denn mit so'n zünftigen *Lütt un Lütt*?"

„Schokola..."

„Ma' tha, du schwieg still! Wenn ick nu schon die Wahl haben tu, denn – mien Jung, wie un's Vadder – 'n *Lütt un Lütt!* – Die Deerns kriegen natürlich die Schokolade!"

Die unmittelbare Angst war wie weggeblasen. Nach dem zweiten *Lütt un Lütt* war selbst ich bereits davon überzeugt, dass Vater morgen früh wieder zu Hause sein würde.

Du hättest deine Freude daran gehabt, zuzusehen, wie Mutter trotz der *Lütt un Lütt* ihren Pflichten vor dem Schlafengehen nachging. Zwar stolperte sie hin und wieder, verrichtete aber trotzdem ihre umständliche Waschprozedur, und auch ihr Haar bürstete sie noch – die Turmuhr von St. Pauli schlug bereits *eins* – mit derselben Hingabe wie an jedem anderen Tag.

Die Kömflasche war fast zur Neige gekommen, als auch ich mich endlich auf mein Lager legte. Bevor ich einschlief, bemerkte ich noch, dass der neue Tag bereits zu dämmern begonnen hatte.

Nur mühsam gelang es mir, die Augen zu öffnen, als mich jemand heftig an der Schulter rüttelte. Es war Mutter.

„Junge, nu aber hoch, dat kloppt anne Dör. Ich kann nich aufmachen, vielleicht sind dat all weer diese Geheim'n. – Nu los, n' Büx has' ja noch an!"

Sie zog mich mit – wie mir schien – Urgewalt hoch, schob mich – zerzaust wie ich war – auf den Flur und schloss sorgfältig die Küchentür. Es pochte wieder, nicht heftig – eher müde. Da wusste ich's sofort: es ist Vater! Im Nu war alle Schlaffheit von mir abgefallen.

Ich stürzte bis zur Flurtür, riss sie mit gewaltigem Schwung auf und zog Vater – er war es wirklich – überschwänglich in meine Arme. Als ich ihm vor Freude die stoppelbärtigen Wangen küssen wollte, merkte ich, wie er in meinen Armen schwerer wurde und ohnmächtig zusammensackte.

„Mutter, Mutter, komm schnell! Es ist Vater! Es geht ihm nicht gut. – Nun komm doch, stütz ihn auf der anderen Seite!"

So schleppten wir Vater bis auf die Küchenbank. Mutter öffnete seine Kragenknöpfe und hielt ihm ihr Riechsalzfläschchen unter die Nase.

Ich versuchte mit sanften Backenstreichen – mehr unbeholfen als gekonnt – Wiederbelebungsversuche. Endlich durchzog ein leichtes Zittern Vaters schweren Körper, und als Mutter ihm zusätzlich eine kalte Kompresse auf die Stirn gelegt hatte, öffnete er tatsächlich die Augen.

Er schüttelte sich wie ein Walross, zog sich an der Tischkante hoch und fragte unwirsch: „Gretchen, wat sall de Unsinn mit dien Riechsalz, mi geiht dat doch nich schlecht!"

„Na, Willem, dor bin ick aber annerer Meinung. Oder bis' du von de Dör bis inne Kök as wie ein Spatz geflogen? – Warum möt ji Männers immer so tun, as könnte nix euch wat anhaben? Wir haben uns nu wirklich genug Sorgen gemacht, Willem! Tu man nich so, as ob das normal is, dat dich die Geheim'n affhol'n tun un du die ganze Nacht woannners tobring'n must."

„Beruhige dich man, Gre'chen, is man all goot. Nu sind wi ja wedder tosomen. – Aber de häbt mi doch bannig piesackt ... die ganze Nacht durch ... immer op'n Stohl ... un denn von achtern anschrein, wenn du einschlafen tust: ‚Lassen Sie sich doch nicht so gehen, Herr Spalding, die verbotenen Flugblätter verteilen Sie sonst doch auch außerhalb Ihrer Arbeitszeit ...' – Un so gung dat ohne Unterbrechung.

Ick hev immer nur seggt: ‚Dat is nich wohr, dor hät een lücht, nie nich hab ich Zettels verteilt.' – ‚Aber Feindsender haben Sie abgehört! Geben Sie wenigstens das zu, Herr Spalding? Es liegt eine Anzeige in dieser Sache gegen Sie vor.'

Da bin ich denn auch böse geworden. ‚Womit soll ick wohl Feindsenders afhör'n. Mit mein' lächerlichen Kopphörer? Zeigen Sie mal her, die Anzeige, Herr, Herr – wie heißen Sie überhaupt?' –

‚Die Anzeige darf ich Ihnen nicht zeigen, aber ich heiße Lüdemann, Hermann-Heinrich Lüdemann ...'"

„Sag mal, Vater, war das so'n großer mit blonden Haaren? Sehr schneidig auftretend?"

„Ja, Herbert, genau so einen war dat! Un denn wull he allens von di weten. Ob du immer noch Kontakt zu den Volksfeinden halten tust – dor ünnen in die Spelunke anne Eck – wie heet se doch ...?"

„*Seemannsgrab*, Vater!"

„Ja, genau, un so gung dat de ganze Nacht lang. Is doch wohl klar, dat man dorvon ramdösig werden tut. – Wenn wir doch wenigstens noch 'n Köm in't Hus har'n."

„Ham wir, Papi", mischte Martha sich ein. „Herbert hat gestern welchen mitgebracht und sogar Schokolade! Soll ich den holen?"

„Dat lot man, Deern, dat mok ick all", fuhr Mutter dazwischen.

Nachdem Vater den Rest aus der Kömflasche getrunken hatte, kehrten seine Lebensgeister zurück. Was er erlebt hatte, war ärgerlich und verabscheuungswürdig, aber ich war fest davon überzeugt, dass es im Grunde nicht um ihn, sondern um mich ging. Das Ganze sollte anscheinend ein deftiger Warnschuss vor meinen Bug sein, mir Angst machen und mich bei der Stange halten.

Vater erholte sich schnell wieder, und auch Mutter hatte sich bald beruhigt. Beide versicherten sich gegenseitig, treue

Sozialdemokraten bleiben zu wollen, aber von nun an mit niemandem mehr darüber zu reden – auch nicht in Gegenwart der Mädchen.

Sie hielten sich daran, waren sich aber auch im Klaren, dass ich weiter nach Joachim suchen würde, bis entweder ich in eine Falle tappte oder Joachim eindeutig nicht mehr unter den Lebenden weilte. Beiden war ich unaussprechbar dankbar und wusste, dass sie mich nie im Stich lassen würden. Am tiefsten hatte mich beeindruckt, als Vater mir in einem unbeobachteten Augenblick zuflüsterte: „Junge, ick würd' dat nich anners moken!"

Immerhin hatte der eine Nacht lang währende Schrecken eine wichtige Information zutage gebracht. Hermann-Heinrich war noch in Fuhlsbüttel tätig. Er musste über den Verbleib der Leichen und möglicherweise auch etwas über Joachim wissen. Ich stieg in den Keller, suchte meine alte Joppe und tastete nach dem Foto, das ich Irmgard seinerzeit entwendet hatte. Es war zwar unansehnlich und zerknickt, aber noch alles erkennbar.

Ich glättete das Bild, zeigte es Vater und ließ mir versichern, dass der Gestapomann, der ihn verhört hatte, identisch mit dem Hermann-Heinrich auf dem Foto war. Mich beruhigte das. Ich empfand sogar ein Triumphgefühl und bildete mir ein, ein Faustpfand zu besitzen.

Schon wenige Tage darauf suchte ich einen Kunstfotografen in Altona auf. Auf meine Frage, ob das Foto noch zu vervielfältigen, vielleicht sogar zu vergrößern sei, bemerkte er – mich mitleidig von unten nach oben betrachtend und offensichtlich in seiner Berufsehre gekränkt – zickig und mit Fistelstimme: „Sie befinden sich hier bei einem Fachmann für Kinematographie und nicht beim Rossschlachter! Natürlich kann diese Kleinigkeit erledigt werden. Wünschen Sie Postkartenformat oder lieber einen ovalen Zuschnitt als Wandschmuck? Wir könnten auch eine Kolorierung vornehmen. Also, was soll's denn sein?"

„Entschuldigen Sie bitte, aber es ist wirklich das erste Mal in meinem Leben, dass ich das Atelier eines Kunstfotografen betrete. Ich bin schon auf Ihren Rat angewiesen. – Nein, an die Wand hängen möchte ich das Foto nicht, auch koloriert muss es nicht sein. Ich möchte lediglich den darauf abgebildeten Freunden bei unserem nächsten Treffen eine Überraschung bereiten und jedem ein Exemplar schenken."

Er war plötzlich wie umgewandelt, sprach freundlich und zuvorkommend, als er zusammenfasste: „Dann also fünfmal im Postkartenformat – wenn ich Sie richtig verstanden habe. Wünschen Sie einen Grau- oder lieber einen Braunton?"

Ich konnte mir ein bisschen Ironie nicht verkneifen und antwortete: „Oh, äh, – lieber einen Braunton, dann sind die Konturen vielleicht etwas weicher."

„Aha, der Herr versteht also doch mehr von der Sache, als er zugeben möchte. Den werten Namen bitte und die Adresse?"

Zehn Tage musste ich warten, bis die Bilder fertig waren. Eine hervorragende Arbeit, wie ich dem Herrn Knickrehm aus Altona ausdrücklich versicherte. Er bedankte sich mit einer bewundernswerten Verbeugung, bei der man – wenn man sie wirklich beherrschte – sich auch als Mannsbild nichts vergab.

Die Fotos waren erstaunlich scharf und die Knickkanten wegretuschiert. Was ich vor allem erzielen wollte, war ebenfalls erreicht: Die wirklich delikaten Details, die auf dem kleinen Foto nur vermutet werden konnten, waren jetzt unübersehbar hervorgehoben.

Ich selbst durfte nicht genau hingucken, um im Nachhinein nicht noch eifersüchtig zu werden. Zwar saß nicht Irmgard Holbein, sondern Erna Heydenreich züchtig – wie es sich für ein solches Foto gehörte – nur auf dem Knie von Hermann-Heinrich. Aber tatsächlich lag ihre Hand eindeutig ... mitten auf Hermann-Heinrichs Badehose. Dabei war sie zu diesem Zeitpunkt noch mit Meierbeer liiert. Das war mein Pfand! Das war mein Trumpf!

So machte ich mich also wieder nach Fuhlsbüttel auf. Diesmal leistete ich mir sogar ein Ticket der Hochbahn für den längsten Teil der Strecke. Ich konnte ja leider nicht mehr so freizügig über meine Zeit verfügen wie bisher. Fuhlsbüttel und zurück kam damals fast einer Halbtagesfahrt gleich.

Ich war aufgeregt, aber nicht über mein Vorhaben – ich war mir meiner Sache sicher und glaubte, dass mein Unternehmen Erfolg haben könnte. Meine Hauptsorge bestand darin, Irmas „Cousin" Hermann-Heinrich Lüdemann überhaupt anzutreffen und in Verlegenheit bringen zu können. Daran hing der Erfolg meiner Mission.

Kennkartenkontrollen und immer neue Nachfragen nach dem, was ich denn wirklich wolle, ließen fast zwei Stunden vergehen, bis ich endlich dem „Cousin" Hermann-Heinrich gegenübersaß. Ja, er war es, der damals in gebotener und tatsächlicher Verlegenheit das Feld räumen musste, als ich unangemeldet vor Irmgard Holbeins Tür erschienen war.

„Heil Hitler, Herr Spalding! Welch seltener Besuch – welch seltsames Wiedertreffen! Ich fühle mich geehrt – kann aber durchaus nicht erkennen, was wir an diesem Ort miteinander zu besprechen haben."

Ich nahm auf einem Stuhl Platz, dessen Sitzkante bereits mehr als abgeschabt bezeichnet werden konnte. Es fiel mir im ersten Augenblick noch schwer, mich auf das zu konzentrieren, was ich hier wollte.

Das Warten auf wackeligen, abgestoßenen Holzbänken in hallenden Fluren, das metallische Schlagen von schweren Eisentüren, die ich nie sah, das wichtigtuerische Geklimpere der Beamten, die mit ihren umfangreichen Schlüsselbunden an mir vorbeigehen mussten, das von scheinbar unendlichen Fernen herüberdringende Wehgeschrei von Menschen, die ich nicht sah – das alles hielt mich anfangs befangen, als ich Hermann-Heinrich Lüdemann gegenübersaß.

Er war Offizier, aber welchen Dienstgrad er für sich beanspruchen durfte, wusste ich nicht. Ich riss mich zusammen. Schließlich wollte ich diese Weltreise nicht ohne Ergebnis gemacht haben.

„Herr Lüdemann, entschuldigen Sie bitte, dass ich Ihre kostbare Zeit in Anspruch nehme, aber vor Tagen hatten Sie ja auch Zeit, meinen Vater zu verhören – Sie erinnern sich?"

„Aber sicher, ja – das war aber nicht auf meine Veranlassung hin geschehen ... Herbert ... ich darf Sie doch beim Vornamen nennen, schließlich haben wir ja eine gemeinsame Bekannte."

„Ja, das ist mir schon recht, äh, Hermann-Heinrich, äh ... ja, ja deine nette Cousine Irmi! War wirklich eine schöne Zeit mit ihr – doch ja –, aber das ist nicht der Grund, warum ich dich heute so unangemeldet aufsuche ..."

„Nein? Nicht? Warum denn dann, Herbert? Ob du es nun glaubst oder nicht, ich bin sehr beschäftigt ..."

„Brauchen wir nicht weiter zu erörtern, Hermann-Heinrich, glaub' ich dir aufs Wort – ohne Zweifel! Mir geht es um jemand ganz anderen – um meinen Freund Joachim Waigel."

„Da bist du aber an der falschen Adresse, Herbert. Hab' den Namen noch nie gehört."

„An deiner Stelle würde ich wahrscheinlich genauso reagieren, Hermann-Heinrich. Aber ich unterstelle dir – warum, weiß ich nicht einmal zu sagen – doch noch einen Rest menschlichen Gefühls für das Schicksal anderer – auch wenn es sich hier um einen Bastard handelt!"

Hermann-Heinrich war hinter seinem Schreibtisch aufgesprungen, wirkte nervös und schien nach einer Lösung zu suchen, mich so schnell wie möglich wieder loszuwerden.

„Herbert, ich habe von dir noch kein einziges Wort darüber gehört, was du wirklich von mir erwartest – außer diesen Namen, den ich noch nie gehört habe. Du bringst mich im Augenblick tatsächlich in die Verlegenheit, zu entscheiden, ob ich vielleicht doch noch einen Kollegen hinzuziehen muss."

„Lass das Leugnen und Herummanövrieren sein, Hermann-

Heinrich. Du hast den Namen Joachim Waigel nicht nur zufällig gehört, du weißt, wer er ist, und du weißt auch, dass Erna Heydenreich auf ihn angesetzt war wie Irmgard – deine „Cousine“ – auf mich. Lass uns auf das Herumschleichen umeinander verzichten. Dir ist mit Sicherheit bewusst, dass ich mich nicht in diese – entschuldige die ungebührliche Bemerkung – Höhle des Löwen begeben hätte, ohne irgendetwas in der Hand zu haben. – Verstehen wir uns, Hermann-Heinrich?“

Er hatte aufgehört, im Zimmer hin- und herzulaufen, und sich gespielt lässig auf die Schreibtischplatte platziert. Wäre ich an seiner Stelle gewesen, hätte ich mein Gegenüber längst festnehmen lassen. Hermann-Heinrich musste also noch anderen Dreck am Stecken haben. Wie gut für mich, obwohl mich das nun wirklich nicht interessierte.

„Herbert, komm, rück endlich raus mit dem, was du von mir willst! – Mir fällt zwar nichts ein, was du gegen mich ausspielen könntest. Ist da was?“

„Ich will gar nichts gegen dich ausspielen! Was sollte ich schon gegen dich haben? Nicht einmal den nächsthöheren Posten könnte ich dir streitig machen. – Aber immerhin, Hermann-Heinrich, haben wir inzwischen die Sprache gefunden, in der wir uns vielleicht verständigen können. Wie mir seinerzeit Irmi erklärt hat, seid ihr beide ja eng miteinander verwandt. Ihr seid Cousin und Cousine, nicht wahr?“

Er sah mich erschrocken an, kehrte jedoch in seinen bewussten Gebärden immer noch den Mann heraus, der über jedwede Befehlsgewalt verfügte. Trotzdem begannen seine Finger zu zittern.

Als er sah, dass ich seine Hände im Visier hatte, schob er sowohl die rechte als auch die linke unter die kräftigen Oberschenkel. Seine Nervosität wurde von Minute zu Minute offensichtlicher und ich entsprechend dreister. Irmgards „Cousin“ musste wirklich ein schlechtes Gewissen haben. Aber ich wollte ja nicht wissen, was ihn tatsächlich beschwerte, nur nutzen wollte ich die Situation schon.

„Ja sicher, wenn Irmi das so gesagt hat. Wir sind schon äh, irgend ... äh, irgendwie doch schon wirklich verwandt!“

„Siehst du, Hermann-Heinrich, nun hast du dich in Widersprüche verwickelt. Ihr seid eben nicht verwandt, aber ihr habt etwas miteinander gehabt – als *Cousin* und *Cousine* ... Und das ist nun schon seit ein paar Jahren in unserem Großdeutschen Reich verboten. Und dann hast du's abwechselnd auch mit Erna Heydenreich getrieben, obwohl sie ein intimes Verhältnis mit Meierbeer hatte ... Aber man sinnig, er weiß ja nichts davon – noch nicht ... Sie sind übrigens immer noch intim, jetzt in Berlin ... Weißt du doch auch, oder etwa nicht, Hermann-Heinrich?“

„Moment mal, wieso ... Woher weißt du überhaupt?“

„Spielt jetzt keine Rolle, aber damit du sicher sein kannst, dass ich dir nichts vormache, habe ich dir zum Zwecke der Erinnerung eine hübsche Fotografie mitgebracht. Hab' übrigens noch mehr davon, lieber Hermann-Heinrich.“

„Wie kommst du an diese Bilder?“

„Ist doch egal, Hermann-Heinrich – du hast mir damals Hörner aufgesetzt! Herzlichen Glückwunsch, ehrlich! Aber auch deinem Vorgesetzten Meierbeer! Der läuft noch jetzt in Berlin mit einem imposanten Geweih herum, ohne dass es ihn drückt – bis jetzt. Damit du auch ganz sicher sein kannst, dass ich dir nichts vorgemacht habe, darfst du die hübsche Fotografie behalten, gestochen scharf und großformatig! Guck mal ... was ich da extra eingekreist habe!? – Sag mal, was sucht Ernas Hand da eigentlich auf *deiner* Badehose? Mensch, Hermann-Heinrich? Der Meierbeer ist übrigens jetzt 'n ganz hohes Tier geworden – aber darüber bist du sicher besser informiert als ich.“

„Was willst du von mir, Herbert? Ich gehe davon aus, dass du über weitere Fotos verfügst und wirst die so untergebracht haben, dass du mich unter Druck setzen kannst – möglicherweise bist du sogar so besessen, dass es dir scheißegal ist, dich *und* mich wegen eines dreckigen Juden in Lebensgefahr zu bringen. – Seh' ich das richtig, Herbert?"

„Oja, du siehst das richtig, Hermann-Heinrich – ganz richtig! Hier, nimm dieses schöne Foto. Es gehört dir! – Und lass mich wissen, wo ihr Frau Waigel und den Alfonso Schomerus eingekuhlt habt. Und dann – lasst ihn *endlich* frei, den Joachim Waigel! Erna hat mir übrigens vor langer Zeit schon versprochen, dass man ihn alsbald freilassen würde. – Ihr könnt euch ja noch mal verständigen, nicht wahr? Von den Bildern weiß sie natürlich nichts – noch nicht! Kanns' es ihr aber zeigen, falls du in den nächsten Tagen nach Berlin reisen solltest. Wichtig ist mir nur eines, dass Joachim Waigel innerhalb einer Woche freikommt. – Sollte mir in derselben Zeit etwas zustoßen, gehen die Fotos an Meierbeer und noch anderswohin! – Das war's, Hermann-Heinrich, mehr wollte ich wirklich nicht von dir."

26. Kapitel

Wenn du nun glaubst, dass mein Versuch, Hermann-Heinrich Lüdemann mit der Fotografie unter Druck zu setzen, mir den gewünschten Erfolg beschert hätte, muss ich dich leider enttäuschen. Es geschah nichts. Weder eine postalische noch eine sonstige Nachricht erreichten mich von der Gestapo.

Inzwischen war ich Käpt'n auf der *Wilhelm Zwo (II)*, erledigte mit meiner Mannschaft die täglichen Aufträge, die fast ausschließlich darin bestanden, halb fertige U-Boote und Fregatten, denen der Aufbau noch fehlte, in die entsprechenden Ausrüstungsdocks und an die Versorgungskais zu manövrieren. Wir sorgten im weitesten Sinn für die Vermehrung von Kriegsgerät. Das machte mich alles andere als glücklich, war mir aber lieber, als selbst irgendwo im Feld zu liegen.

Der Krieg war voll entbrannt, auch wenn die Hamburger immer noch daherstolzierten, als seien nur ein paar Arier ausgeschwärmt, um der Welt die richtigen politischen Ordnungsstrukturen und die einzig wahre Lebensweise zu bringen.

Ach, was meinst du, was los war, als die Heimkehrer des so genannten Westfeldzugs aus Frankreich, Belgien, Luxemburg und den Niederlanden empfangen wurden: Überall an den Hauptstraßen jubelnde, begeisterte Hakenkreuzfähnchen schwenkende Hamburger, die fest davon überzeugt waren, dass diese Rückkehrer ihren Dienst getan und den Weltfrieden dauerhaft gesichert hatten. Dieselben Jubler hatten kurz vorher auch applaudiert, als in Hamburg die letzten Zigeuner, die in dieser Stadt noch lebten, wie schlachtreifes Vieh zusammengetrieben wurden, um in den Osten abtransportiert zu werden.

Alles war merkwürdig: Britische Bomben hatten einen Teil des Krankenhauses *Sankt Georg* zerstört, aber auf dem Jungfernstieg flanierten Männer und Frauen im Duft verführerischer Parfums und tranken im *Alsterpavillon* Schokolade mit Sahnehäubchen, ohne zur Kenntnis zu nehmen, dass das Alstergewässer bis hin zur Lombardsbrücke mit Pappattrappen überzogen worden war, als handele es sich um ein dichtes Wohngebiet. Alle – auch ich – lebten in trügerischer Normalität und verdrängten das tatsächliche Geschehen.

Eine Ausnahme machte Vater. Er versuchte uns jeden Tag von neuem zu ernüchtern, indem er die Nachrichten aus den Zeitungsausrissen vom Bäcker Heinze oder die über seine Kopfhöreranlage empfangenen Informationen für uns interpretierte.

„Kinners, Gretchen, stellt euch man da auf ein, dat düsses Deutsche Reich und de ganze Welt to Grunnen geiht. Inne Fischfabrik ward allens, wat noch ankommt, to Ölsardinens verarbeitet, de Ools genau so wie de Heilbutts. – För de Front, heit dat! – Kanns di nur noch an' Kopp foten. Mit den groten Frieden – dat ward nichs! De, de hier dat Sagen haben tun, sünd un blift Oarsläker."

„Na, Willem, lot dat! Du vergisst, dass da noch die Ohrens von unsere Deerns sind."

„Gretchen, genau deshalb! Willst du das über dich ergehen lassen, dass Ma'tha eines Tages zu dir kommt und dich fragt, warum du geschwiegen hast, as se de Zigeuners neben dem Kirchhof weggeprügelt ha'm? Willst du sie etwa vertelln, dat auch unsere Pastorens ihre Dörens in 'n selben Moment tosloten häbt – un dat se nich ingriepen kunn', weil se mit ihre Predigt för'n Sünndag beschäftigt weer'n? – Ne, Gretchen, dat schall mi nich passeern. Buten holt wi all dat Mul. Dat is man schon feige genug, aber hier in meine vier Wänne werd' ick mien'n Döchtern schon sagen, wat die Wahrheit sein tut!"

„Nu reg' di man bloß nich wieder so auf. Ich hab' das ja auch nur gut gemeint, damit dat de Deerns draußen nix Falsches sagen tun. – Man bloß de Herbert, de macht mi mehr Angst as de Deerns. De hätt – wie schall he anners – den Joachim jümmers noch nich afschreben – gläuvt, dat de noch leven deit!"

„Ick ha' ok nich anners hannelt as de Bengel. Lot em man, Gretchen!"

Ich hatte nebenan auf meinem Strohlager gelegen und alles mit angehört. Ja, Mutter hatte Recht: Ich war nach wie vor davon überzeugt, dass Joachim noch lebte. Ich wagte schon lange nicht mehr, die Monate zu zählen, die er verschwunden war. Mehrfach hatte ich Erna Heydenreich nach Berlin geschrieben und sie an ihr Versprechen erinnert, aber nie eine Antwort erhalten. Auch um Fuhlsbüttel war ich weiterhin herumgeschlichen; aber inzwischen konnte ich weder die Schüsse, die Stille, noch das Zwitschern der Vögel danach ertragen.

Zunehmend spürte ich den Druck einer Dramatik, die ich selbst ausgelöst hatte, und versuchte – du wirst es mir kaum abnehmen – einen weiten Bogen um unseren Poller unten am Hafen von Övelgönne zu machen. Dennoch musste ich mich ihm seit geraumer Zeit vom Wasser her nähern.

Viele Male hatte ich dem Festmacher Befehl gegeben, die Vorleine oder die Spring über das vertraute Eisen zu werfen. Und jedes Mal sah ich – ob ich es wollte oder nicht – irgendwie Joachim dabei im Wege. Er schien – eingehüllt in blau gestreifter Sträflingskleidung – mit dem braunrostigen Eisen des Pollers verwachsen. Ich sah, wie sein dunkler, gebrochener Blick in meinen Augen Hilfe suchte, und spürte schmerzlich das Unvermögen, nichts für meinen Freund tun zu können.

Jedes Mal, wenn wir in Övelgönne festmachen mussten, wurden mir – ob ich es wollte oder nicht – die Augen feucht. In mir schrie es: ‚Joachim, mein Freund – mein geliebter Freund', aber ich hörte meine eigene Stimme laute Weisungen erteilen: „Treck fast, Maschine langsam rückwärts, Ruder steuerbord! Maschine stop! Und verget' de Fenders nich!"

Ich mochte nach Feierabend weder nach Hause in die Antonistraße zu Vatern und Mutter noch ebenso wenig irgendwo an Land gehen. Ich hätte ja den Poller berühren können! Selbst wenn ich keine Wache hatte, schickte ich deshalb die Jungs (die waren alle älter als ich) an Land – nur der kleine Pole, der war immer da; still und unsichtbar. Aber wenn ich seinen Vornamen rief – *Kaspar* – oder ihn auch nur heraushauchte, stand er mir schon gegenüber. Immer war er ängstlich, aber dennoch voller Vertrauen. Er bildete sich ein, dass er nur in meiner unmittelbaren Gegenwart überleben konnte.

Ich wusste, dass er Schweres erlebt hatte, dass seine gesamte Familie beim glorreichen Einmarsch der Deutschen Wehrmacht in sein Heimatland 1939 erschossen worden war, weil sie sich dem Aufbrechen des Grenzbalkens entgegenstemmen wollte. Damals lebte er selbst – warum, habe ich nie erfahren – schon seit Jahren in Hamburg und hoffte, irgendwann einmal nach Amerika auswandern zu können.

Die paar Juden, die es in unserem Quartier noch gab, mussten sich nun auch noch als solche kenntlich machen und sich einen gelben Davidstern an die Kleidung heften. Den jüdischen Männern wurde vorgeschrieben, sich zu ihrem Geburtsnamen Israel und den Frauen den schönen Namen Sarah zuzulegen.

Ja, ja, ich gebe es zu, der Name Sarah war für mich Inbegriff weiblicher Schönheit – weiß Gott, weshalb – mit etwas Heiligem, Außergewöhnlichem verbunden! Im Kindergottesdienst der St.-Pauli-Kirche hatte man uns Sarah als die übernatürlich schöne Frau Abrahams vermittelt, die später als uraltes, zahnloses Weiblein einen Sohn gebar, der die Verheißung Gottes, dass Abraham zu einem großen Volk – zahlreich wie die strahlenden Sterne am Himmel oder der Sand an den Gestaden des Meeres – werden würde, weitergetragen hatte. Halt mich ruhig für ein büschen verrückt, aber mit Sarah und dem Verheißungsträger, den sie noch im Alter gebar, verbinde ich nach wie vor meinen Freund Joachim und seine Mama.

Wieder einmal hatte ich Kaspar losgeschickt, uns zum Trost des Abends noch ein Bier von *Trine*, einer Kneipe am Fischmarkt, zu holen.

Die Spring von *Wilhelm Zwo (II)* war über *unseren* Poller geworfen. Ich wollte heute unbedingt gegen mich selbst ankämpfen – wenigstens nicht vor dem, was mich bedrückte fortlaufen. Mit einem kühnen Sprung auf den Kai landete ich unmittelbar neben dem Poller, setzte mich so darauf, dass ich die Spring zwischen den Beinen hielt und ihr zerrendes Stöhnen bis in meinen Leib hinein spürte.

Ich war immer noch damit beschäftigt, meine Gedanken unter Kontrolle zu bekommen, da stand Kaspar auch schon vor mir und streckte mir die weiße Milchkanne hin – als habe er einen Sieg errungen. Ich zog den emaillierten Deckel auf und hielt Kaspar die Kanne an den Mund. Das Bier roch verführerisch! Zuerst traute er sich nicht, suchte in meinen Augen, griff dann aber beherzt zu, setzte die Kanne an die Lippen und ließ das Bier in sich hineinlaufen, bis er in Atemnot geriet.

Ein Strahlen überflog sein Gesicht, er blickte in den unfreundlichen Himmel, schüttelte enttäuscht seinen Kopf und streckte mir dann mit unbeschreiblicher Inbrunst die Kanne entgegen. Und jetzt war ich es, der das Bier einfach in sich hineinlaufen ließ. Ich weiß, dass du kaum verstehen kannst, welch ein Genuss, welch eine Wonne es bereitet, schäumendes Bier in sich hineinfließen zu lassen und gleichermaßen alles unmittelbar Bedrängende mit hinunterzuspülen.

Ja, ja, ich weiß das längst: Beim Biertrinken kann man nur für den Augenblick vergessen – aber mir war's egal! Das Bier tat mir gut; und dass Kaspar das Gefäß fest in Position hielt, war besonders einladend. Endlich gebot ich Kaspar, sich neben mich auf den Poller zu setzen, was er schüchtern auch tat.

Ich sprach mit ihm wie mit einem Eingeweihten: „Kaspar, heute ist ein besonderer Tag für mich – ich kann dir kaum erklären warum –, aber es ist so! Nimm mir mein seltsames Verhalten bitte nicht übel. Ich gestehe dir jetzt etwas ganz Außergewöhnliches: Ich habe einen Freund ... er ist mein Herz ... ja! Aber er ist verschollen und hat ausgerechnet heute Geburtstag! – Ich weiß, dass er lebt! ... Verdammt noch mal, er lebt! ... Deshalb trinken wir auf ihn – auf Joachim, so heißt er! – Kaspar, hast du schon einmal einen Freund gehabt, den du mehr als alle anderen Menschen, ja, mehr als Gold und Silber, mehr als die Strahlen der Sonne und den Glanz des Mondlichts lieb gehabt hast?“

Kaspar sah mich erschrocken, aber auch verständnisvoll an, bevor er vorsichtig meinte: „Käpt'n, ich glaube, dass ich dich verstehe, aber ich kann das so nicht nachvollziehen. Ich hatte nie einen Freund, um den ich hätte weinen müssen. Ich wollte immer nur nach Amerika. Bevor ich in das Deutsche Reich übersiedelte, war ich bei der Madonna – der Schwarzen –, du weißt schon. Sie hat mir zugeblinkt mit ihren himmlischen Augen. Deshalb wird der Tag auch kommen, an dem ich Amerika sehen werde. Und – vielleicht wartet dort ein Freund auf mich. Wie der, den du liebst und um den dir so bange ist.“

Kaspar hatte Recht! Mir war bange um meinen Freund Joachim. Angst, ihn vielleicht schon verloren zu haben, und die Hoffnung, ihn doch bald wieder zu sehen, rangen in meinem Herzen gegeneinander.

Manchmal, wenn ich versuchte, mir vorzustellen, wo sich Joachim wohl in diesem Moment befand, was er gerade machte und dachte, spürte ich eine nie gekannte Kälte in meiner Brust. War das Todesahnung? War das schon das berüchtigte Mitsterben? Denn Freundschaft bedeutete doch wohl, dass da nicht nur zwei sind, die sich gern haben, sondern zwei, die sich in Wahrheit wesensverwandt wissen, die sich deshalb lieben und darin in geheimnisvoller, aber wirklichster Weise *eins* sind.

Lebte Joachim nicht mehr, wäre auch ein Stück von mir gestorben. – Aber in mir war trotzdem noch Hoffnung! Ich begriff auf einmal, dass Hoffnung kraftvoll sein und durch tiefste Täler des Schmerzes hindurchtragen kann. Ja, ich glaubte, verstanden zu haben, dass Hoffnung mehr ist als eine Idee.

Kaspar und ich reichten uns abwechselnd die Kanne, um genussvoll daraus zu trinken, aber wir sprachen nicht mehr. Jeder hing seinen Gedanken nach. Er träumte von der Fackel in der ausgestreckten Hand der Freiheitsstatue Amerikas, und ich bildete mir ein, Joachim säße an meiner Seite.

Der Himmel war grau und verhangen, aber je nach Lust und Laune sprühte er uns kleinste Wassertröpfchen ins Gesicht und auf die Kleidung. Wieder behaupte ich: Du, das tut gut! – Ist das Leben letztendlich nicht auch wie so'n Hamburger Schmuddelwetter? Man muss nur bereit sein, es anzunehmen, dann hat es auch seine guten Seiten. Du spürst die Haut in deinem Gesicht kühl werden, wenn ein seichter Windhauch darüber streicht, und weißt plötzlich, dass du lebendig bist.

Wie aus heiterem Himmel kam mir die Frage, ob Joachims Mama, Helene Waigel, sein Papa, Gabriel Arens, mein Vater, Wilhelm, und meine Mutter, Gretchen Spalding, jemals ähnliche Überlegungen über das Leben angestellt, gefühlt oder gespürt hatten. Wie mögen sie über das Leben, über das Glück, über Notwendigkeit und Eigengesetzlichkeit gedacht haben oder denken? Hatten Helene Waigel und Gabriel Arens in ihrem herrlichen Palast an der Elbchaussee tatsächlich nur Großes, Hehres und sensibles Empfinden in Kunst, Literatur und Religion als Symbole glücklichen Lebens akzeptiert?

Oder kannten auch sie diese wunderbaren schlichten Augenblicke im Leben, wo es nur eines Regentropfens auf der Haut bedarf, um sich mit der Schönheit des Daseins *eins* zu wissen?

Und wie mag es da Vater und Mutter wohl ergangen sein, nein, auch ergehen? Sicher, das Leben war von Anfang an hart und derb gewesen, hatte ihnen nie die Chance einer Begegnung mit den schönen Künsten der Kultur eingeräumt. Der Himmel hatte über ihnen nie voller Geigen gehangen. Würde ich sie über das Leben und das Glück befragen, würden sie in all ihrer herzlichen Bescheidenheit wahrscheinlich darauf verweisen, dass es im Leben vor allem darauf ankomme, seine Pflichten zu tun und mit dem, was man hat, zufrieden zu sein. Trotzdem bin ich sicher, dass auch sie das Wissen über wahres Glück tief in ihrem Innersten bewegt und es auch in herausragenden Lebensmomenten erfahren haben. Vater bestimmt, als sein Gretchen seine Werbung angenommen hatte – und Mutter, als sie uns Kinder geboren und zum ersten Mal an die Brust gelegt hatte.

Das Leben ist nur schwer zu begreifen. Oft ist es kompliziert und dann wieder einfach wie der Regentropfen, der aus jenen grauen Wolken da oben auf meine Haut fallen muss. ‚*Glück und Leid liegen jümmers nah bi'nanner*' war Mutters Lebensphilosophie. Vater träumte von einer gerechteren Erde und einer ausgeglicheneren Verteilung ihrer guten Gaben unter allen Menschen.

Aber die, die uns jetzt mit Machtansprüchen umgaben und uns jeden Tag irgendetwas Neues und Perverseres abverlangten, waren die Störenfriede unserer Träume von Glück, Wahrheit und Leben. Sie hatten die Welt in Brand gesetzt, ohne uns zu fragen, ob wir stattdessen nicht lieber weitergeträumt, weiter nach dem Wesen der Dinge, der Menschen und Kreaturen gesucht hätten.

Die Freundschaft zwischen Joachim und mir war längst

wie eine Brücke zwischen Religion und Kultur geworden. Sie war Ausdruck für glücklichstes Mensch- *und* Anderssein. Sie hatte sich in tiefstem Leid – sogar angesichts des Todes – bewährt.

Aber, wo war er – Joachim?

Da kein weiterer Auftrag für die Nacht vorlag, machte ich mich doch zu später Stunde noch auf und wankte bierlaunig in die Antonistraße.

„Na, hast doch wohl 'n büschen tief ins Glas geguckt, mien Jung. Fang mi bloß nich noch dat Supen an. Das hat dein Vater auch nie nich getan. Sein eines Bier ja – und ook mol 'n lütten Köm – mehr nie, nee, hat er nich getan. Du solltest di an dein Vader 'n Beispiel neh'm."

„Mutter, du hast's erkannt. Aber es war nicht nur ein Glas, nein, es war eine ganze Milchkanne voll süffigem Gerstengebräu!"

„Nu is aber gut, Jung. Willem, dien Söhn Herbert will mi nu ook noch op 'n A'm neh'm. Dabei is das 'n ganz ernstes Thema, näch, Willem?"

Vater hatte belustigt zugehört und natürlich bemerkt, dass ich schon ordentlich einen im Kahn hatte, aber er enthielt sich der von Mutter geforderten Stellungnahme.

„Komm, set di hier an 'n Disch. Dor is 'n Brief ankomen, hüt, 'n amtlichen glaub' ich, för di."

Umständlich drehte er sich dem Fenster zu und zog den Brief unter seiner Bierflasche, die da immer stand, hervor. – Tatsächlich: ein amtlicher Brief vom Rathaus Altona. Der Text war kurz. Es handelte sich um eine Vorladung, bei der ich um eine persönliche Stellungnahme zum RStGB gebeten wurde. Ich wusste nicht, worum es sich bei dem Paragraphen handeln konnte, aber der Absender machte mich mehr als stutzig: „Reichszentrale zur Bekämpfung der Homosexualität und Abtreibung".

Ich reichte Vater das Schreiben und sagte: „Lies mal und erklär mir, was der Unsinn soll."

Vater las, runzelte die Stirn, gab mir die Vorladung zurück und sagte nur: „Dat is mi to hoch. Gutes kann das jedenfalls nie nich bedeuten. Vielleicht wollen sie dir was wegen Joachim anhängen, oder sie suchen 'n plausiblen Grund, Joachim endgültig fatig to moken. Pass bloß auf, dass du da nichs Falsches sagen tust."

So beschwingt und trunken, wie mich das Bier aus der Milchkanne gemacht hatte, so ernüchterte mich diese Vorladung augenblicklich wieder. Ich legte mich ohne ein weiteres Wort an Mutter und Vater auf meine Strohmatratze und war unfähig, einzuschlafen.

Den Rest der Nacht wälzte ich mich auf dem Lager hin und her, kämpfte mit Ängsten und Schweißausbrüchen, wurde wütend, zornig und klagte schließlich sogar Gott im Himmel an. Ich bekam keine Ordnung in meine Gedanken: Weder kam ich dahinter, was *die* nun wieder von mir wollten, noch gelang es mir, zusammenzubringen, dass um uns ein mörderischer Krieg ganze Völker in Tod und Schrecken trieb und ich auf meinem Strohsack nur noch Angst um Joachim hatte. Die Welt auf der einen Seite in lodernden Flammen und ich auf der anderen. Wie passte das nur alles zusammen?

Irgendwann muss ich dann eingeschlafen sein. Schreckliche Träume jagten mich durch Straßen und Gassen und ließen mich immer wieder gegen graue Wände laufen. Ich fühlte mich erst befreit, als Mutter mich aufrüttelte und empört fragte, ob ich dem Herrgott seinen Tag stehlen wollte.

Tja, dann stand ich wie ein Häuflein Elend vor einer Tür, die mit einem kleinen Schild versehen war: „Ermittlung in Fällen von Rassenschande und Abnormität". Auf mein zaghaftes Klopfen wurde mir beschieden, dass ich mich noch einen Augenblick gedulden möchte.

Der Augenblick dauerte weit über eine Stunde und war erst beendet, als die Tür polternd aufschlug und zwei Polizisten einen anscheinend ohnmächtigen Mann rabiat herausschleiften.

„Herr Spalding, Sie können jetzt eintreten“, rief einer mir zu.

Die marineblaue Wollmütze, von der ich mich auch nicht trennen konnte, nachdem ich Käpt’n auf der *Wilhelm Zwo (II)* geworden war, drehte ich verlegen in der Hand, als ich mich zögernden Schrittes in das Dienstzimmer wagte.

Das Büro war schmal und schmucklos. Außer einem einfachen Tisch, auf dem einige Bündel Akten lagen, und mehreren Stühlen an der Längswand gab es nichts Betrachtenswertes. Als ich eingetreten war, erhob sich ein junger, zivil gekleideter Mann, der vorher tief gebeugt über ein Papierstück vor dem Tisch gesessen hatte und mir im ersten Moment gar nicht aufgefallen war. Während er seine Nickelbrille zurechtrückte, bat er freundlich, mich doch setzen zu wollen. Er schnarrte mir auch kein ‚Heil Hitler‘ entgegen, wie ich das sonst gewohnt war.

Ich kramte die Vorladung aus der Hosentasche und wollte sie ihm übergeben, aber er kam mir zuvor: „Danke, Herr Spalding, die Vorladung – ach, nennen wir sie doch einfach Gesprächseinladung – ist mir bekannt und auch von mir unterschrieben worden. Sie können sich gern entspannen und beruhigen. Es geht im Grunde auch nicht um Sie, auch nicht darum, eine neue Akte anzulegen, sondern eher darum, eine alte endlich zu schließen. Ich habe hier ein Protokoll vorbereitet, das Sie mir eigentlich nur unterschreiben müssten, und schon wäre die ganze Angelegenheit erledigt. Nun, was sagen Sie? Mein Name ist übrigens Blank – ganz einfach *blank* wie *rein.* – War nur’n kleiner Scherz, ha, ha!“

Ich wusste immer noch nicht mehr als vorher. Was für eine Akte war das, die er mit dieser Vorladung schließen wollte? Immerhin hatte seine umfangreiche Einleitung meine Ängstlichkeit merklich beseitigt.

„Vielleicht erklären Sie mir zunächst, um was für einen Vorgang es sich handelt. Wenn ich mich nicht verlesen habe, bin ich hier ja wohl bei einer Behörde, die sich mit Homosexualität und Abtreibung beschäftigt."

„Ha, ha, ha", es prustete förmlich aus ihm heraus, „ha, ha, ha, aber Spalding, Mensch, was machen Sie für Späße, ha, ha, ha."

Da hatte auch ich meinen Versprecher bemerkt und sagte schnell: „Entschuldigen Sie, Herr Blank, ich wollte Ihnen nicht zu nahe treten, aber ich habe mit solchen Angelegenheiten noch nie etwas zu tun gehabt. Da kann es doch wohl schon mal passieren, dass man die Worte nicht so wählt, wie sie sein müssen."

„Nein, nein, ist schon gut. Ich nehm's Ihnen auch nicht übel. Kommen wir auf Ihre Akte zurück. Es hat hier der Verdacht bestanden, dass Sie homosexuelle Beziehungen zu einem Mosaischen, einem gewissen – na, wie hieß er doch gleich?" Er schob seine Brille zurecht, öffnete die abgegriffene graue Akte, die er vor sich liegen hatte, und fuhr im Zickzackkurs mit dem rechten Zeigefinger über die Seiten, während ich ihm zusah und nervös wurde.

„Aha, hier, ja hier steht's: ‚... ist zu vermuten, dass der mosaische Israel Joachim Waigel homosexuelle Beziehungen zu dem derzeitigen Schlepperführer Herbert Spalding unterhalten hat ... usw. usw.' – Also, die Sache ist vom Tisch! Der mosaische hat glaubhaft machen können, dass Sie eine solche Beziehung mit ihm nie hatten. Außerdem hat er Sie auch im Fall einer schon Jahre zurückliegenden Anzeige wegen Rassenschande, die Sie mit einer – nanu, wie war doch deren Name wieder? – ach, hier: ja – die Sie mit einer ebenfalls mosaischen Sarah Ruth Warburg gehabt hätten, voll entlastet. So, Sie müssen hier nur noch unterschreiben, dann sind die Dinge endgültig erledigt!"

Ich verstand gar nichts mehr, konnte aber auch nichts sagen, erkannte keinen Sinn in dieser Aktion, muss bedeppert dagesessen und den *reinen* Herrn Blank wie einen Außerirdischen angestarrt haben.

„Herr Spalding, warum starren Sie mich so entsetzt an? Es ist für Sie doch alles gut gelaufen. Ich wollte, ich könnte jeden Tag solche Nachrichten weitergeben. Meistens sieht es leider anders aus, und ich werde gezwungen, unangenehme Anordnungen zu treffen. – Hier ... hier bitte unterschreiben."

Er schob mir die umfangreiche Akte zu und zeigte mit dem Finger auf die Zeile, über die ich meinen Namen setzen sollte, und drückte mir einen Federhalter in die Hand.

Ja, ich schrieb meinen Namen dahin, wo es vorgesehen war, aber ich selbst war nicht dabei. Ich war es nicht, der da schwer und zittrig *Herbert Spalding* hinkleckste. Mir war, als schaute ich von ferne einer mir unverständlichen und meiner Würde nicht mehr entsprechenden amtlichen Handlung zu. Aber als er mir die Akte wieder wegzog, schlugen einige Blätter um, und ich erkannte eines anderen Unterschrift – gestochen scharf: *Hermann-Heinrich Lüdemann*.

Schon stand ich an der Tür, durch die ich dieses Dienstzimmer verlassen konnte. Blank lächelte mich an, und weil ich keine Anstalten machte, die Tür zu öffnen, fragte er: „Ist noch etwas, Herr Spalding? Kann ich Ihnen noch behilflich sein?"

„Äh, ja, vielleicht? – Können Sie mir sagen, was aus jenem Joachim Waigel geworden ist?"

„Äh, Sie meinen *Israel* Joachim Waigel!"

Er verzog nachdenklich den Mund, sah mich scharf beobachtend an und sagte: „So genau habe ich mich mit dem Fall dieses mosaischen Subjektes nicht befasst. Aber ich meine, gelesen zu haben, dass er sich freiwillig zu medizinischen Versuchen bereit erkärt und sich wegen seiner Homosexualität ebenso freiwillig hat kastrieren lassen. Normalerweise wird man ihn freigelassen haben, und wie immer in den Fällen, bei denen es sich um Bastarde handelt, wird man ihm nahe gelegt haben, sich schnellstens bei der Wehrmacht zu melden."

Ich glaube, dass ich mich nicht einmal höflich verabschiedet habe. Ich weiß nur noch, dass ich die Tür zum Flur aufriss und das Gebäude im Laufschritt verließ.

Wie ich den restlichen Tag überstanden habe, daran erinnere ich mich nicht mehr. Wahrscheinlich werde ich meine Arbeiten erledigt und die *Wilhelm Zwo (II)* an ihren Liegeplatz manövriert haben. Ein einziger Gedanke schlug mir dabei ununterbrochen von innen gegen meine Stirn: Kastriert! ... wegen Homosexualität! ... Mein Gott, und das jemandem, der ein ganzer Jude sein möchte! – Mein armer Joachim!

Ein Gesicht wie aus Stein hätte ich den ganzen Tag über aufgesetzt, und ansprechen hätte man mich auch nicht dürfen, erzählte mir am Abend Kaspar, bevor ich mich in die Antonistraße aufmachte.

Nie mehr in meinem Leben habe ich mich so mies gefühlt wie an jenem Tag!

27. Kapitel

Der Sprühregen war stärker geworden. Der Wind verdichtete und wandelte sich mehr und mehr in wechselnde Böen, die mir ihre kalte Nässe rücksichtslos um die Ohren schlugen. Aber statt mich abzuwenden oder mich in meinen Wollkragen zu verstecken, machte ich mich gerade und setzte mich den Schlägen der ungemütlich wilden Windstöße bewusst aus. Ich spürte dabei wieder zweierlei: dieses *Ich lebe* und gleichermaßen die Nähe des Todes!

Just als ich den alten Fischmarkt überquert hatte und meine Gedanken sich aufmachten, davonzuträumen, hielt mich jemand am Arm fest. Es war eine schüchterne junge Frau, die völlig durchnässt war.

„Entschuldigen Sie bitte, darf ich Sie etwas fragen?", sprach sie mich an.

Mir kam die Situation merkwürdig vor, aber das junge Fräulein sah mich so lieb und erbarmungswürdig an, dass ich stehen blieb und sagte: „Aber ja, bitte, worum geht's denn?"

„Eigentlich habe ich nur diese Blätter hier zu verteilen. Darin werden alle arbeitsfähigen und arbeitsfreien Frauen und Mädchen aufgefordert, sich zum Dienst an der Heimatfront zu melden. – Aber wenn Sie vielleicht gar keine Frau haben – ja dann, dann wäre es doch sinnlos, Ihnen dieses Blatt zuzumuten, oder?"

„Nee, habe ich nicht – eine Frau –, aber Schwestern habe ich, und die möchte ich lieber vor diesem Unsinn schützen!"

„Oh, mein Gott, hören Sie auf! Sprechen Sie leiser – man könnte Sie hören!" Das Mädchen drängte sich ganz dicht an mich, um mir die letzten Worte direkt ins Ohr zu flüstern. Dabei spürte ich, dass sie vor Kälte zitterte wie Espenlaub.

„Mensch, Deern“ – ich sprach schon wie Vater – „büst ja total tofror'n un natt bit an de Knokens. Kommen Sie, wir trinken einen heißen Grog zusammen!“

Sie löste sich abrupt von mir, sah mich fragend an und sackte merklich – wie willenlos – in sich zusammen.

„Ich kenne Sie ja gar nicht?!“

„Dat lot sich ännern. Ich heiße Herbert Spalding, bin kriegsdienstbefreit und Kapitän auf dem Schlepper *Wilhelm Zwo (II)*. Mein Zuhause ist die Antonistraße – glieks dor boben bi'n Pinnasberg. So, Deern, nu kanns di ünnerhaken und mi vertelln, wer du nu' bist!“ Ich zog ihren Arm einfach unter meinen Ellenbogen und schlug die Richtung zum *Seemannsgrab* ein.

Sie ließ es geschehen, flüsterte aber artig: „Na gut, wenn du meinst, Herbert!? Ich höre auf den Namen Hildegard – Hildegard Buse – und wohn' gleich hinter'm Hein-Köllisch-Platz.“

Das *Seemannsgrab* war wie immer in den letzten Monaten gähnend leer. Wir zogen uns in die dunkelste Ecke zurück. Der Wirt war nirgendwo zu sehen. An seiner Stelle tat heute ein Kellner Dienst, den ich nicht kannte. War mir auch recht so.

Zunächst schwiegen Hildegard und ich uns an, rührten mit den Glasstäbchen im heißen Rumgrog und blickten uns hin und wieder verlegen an. Schließlich fragte ich sie: „Sag mal, Hildegard, warum machst du das eigentlich – diese Zettel verteilen?“

„Meine Mutter besteht darauf! Sie meint, wir dürften uns nicht mit der Obrigkeit anlegen, sonst würden *die* meinen Bruder abholen.“

„Deinen Bruder abholen? Warum? Wofür?“

„Mein Bruder – der heißt übrigens Herbert, wie du – hatte als Zweijähriger einen Unfall. Er ist einem Pferd, das vor einen Brauereiwagen gespannt war, zu nahe gekommen – vielleicht hat er es geärgert, wir wissen es nicht –, jedenfalls hat es ausgetreten und ihn am Kopf getroffen. Seitdem ist Herbert in seiner Entwicklung zurückgeblieben. War oft im Krankenhaus und zuletzt in den Alsterdorfer Anstalten. Von da haben *die* ihn nach Langenhorn verlegt", über ihre Augen zog ein feuchtseidiger Glanz, „aber von da werden doch alle evakuiert – wie *die* das nennen –, ich glaub' nach Tiegendorf bei Gnesen ... und ... und dann Opfer der Euthanasie."

Hildegard weinte, konnte lange nicht weitersprechen. Ich streichelte ihr übers Haar, die Wangen und hielt ihr, als sie sich wieder beruhigt hatte, den Grog an die vollen, schön gezeichneten Lippen.

„Mutter hat unser'n Herbert einfach weggeholt von Langenhorn – nach Hause! Und nun hat sie Angst vor *denen* und sagt, wir müssen alles tun, damit *die* uns den Jungen nicht wieder wegnehmen. – Siehst du, deshalb bin ich nun auch mit diesen Aufrufen unterwegs."

„Weißt', was wir jetzt machen, Hildegard? Wir gehen zu mir in die Antonistraße. Da haben wir nämlich einen schönen weißen Küchenherd. Dem werden wir deine Blätter übergeben und uns obendrein noch dran wärmen!"

Hildegard ließ sich willig auf meinen Vorschlag ein und hakte sich draußen sogar ohne Aufforderung unter.

In der Antonistraße war es finster, die Straßenlaternen abgeschaltet und die Fenster der Wohnungen verdunkelt. Als besonders ungewöhnlich fiel mir auf, dass die Haustür abgeschlossen war. Das hatte es um diese Zeit noch nie gegeben. Normalerweise schloss Frau Hartmann die Haustür erst gegen 23.30 Uhr ab. Diese Aufgabe hatte sie sich nie nehmen lassen. Sie war richtig stolz auf dieses Stückchen Verantwortung für die Hausgemeinschaft.

Umständlich suchte ich meinen Schlüsselbund. Als ich aufgeschlossen hatte und mit Hildegard in den Flur geschlüpft war, rief es schon von der halben Treppe herab: „Herbert, glieks wedder afschlieten un zweima' den Schlüssel drehen!"

„Was is 'n los, Frau Hartmann?"

„Pst, Herbert, bei euch da oben is' man Besuch. Da'f kein ein merken! Und sach auch nixs. Kenns' mi ja, nä, Herbert?"

„Mein Gott, jetzt machen Sie mich aber neugierig. Ja, ich schließe zweimal um. Gut so?"

„Ja fein, Herbert, denn lot di man überraschen."

Frau Hartmann war hinter ihrer Wohnungstür verschwunden, mir pochte das Herz vor Aufregung zum Halse raus, und ich wusste nicht einmal mehr, was ich mit Hildegard Buse anfangen sollte. Ich zog sie einfach Stufe um Stufe mit hoch.

Stand gewöhnlich der strenge Geruch der Toiletten und der nach Persil riechenden, eingeweichten Wäsche im Treppenhaus, so duftete es heute merkwürdig nach Kamille und Kampfer – jedenfalls je höher wir stiegen und je näher wir unserer Wohnungstür kamen.

Übernervös pochte ich gegen das Türblatt, obwohl ich den Schlüsselbund in der Hand hielt. Schnelle, leichte Schritte kamen aus Richtung Küche – es konnten nur die Marthas sein:

„Oh, Herbert, endlich – wir haben schon so lange auf dich gewartet. Vater war sogar an 'n Kai gelaufen ... zu dein'n Schlepper, um dich zu holen ... Joachim ist nämlich da, er ..."

Ich ließ Martha nicht weiterreden, Hildegard in der Tür stehen und stürzte in die Küche – aber statt Joachim um den Hals zu fallen, blieb ich angewurzelt, entsetzt und sprachlos stehen. –

Auf der Küchenbank, dem Tisch gegenüber, der ausgezogen war und aus dessen beiden sonst zum Abwasch benötigten Schüsseln es weiß und heiß dampfte, blickten mich nur Augen an! – Dunkle, schwarze Augen ... so groß, wie ich die Augen eines Menschen noch nie gesehen hatte.

– Nur Augen! – Voller Schmerz, Gram, Trauer, Qual und Marter und – mir stockte der Atem – einer sehnsuchtsvollen, anmutigen Liebe.

Ganz langsam, ganz schmerzhaft erhoben sich plötzlich diese Augen, bis sie die Höhe meines Blickes erreicht hatten. Unter ihnen streckten sich mir, aus warmen, feuchten Tüchern hervorkriechend, zitternde weiße Finger entgegen; an Händen und Armen, die denen eines Skeletts glichen.

Es war unmöglich, uns in die Arme zu fallen. Der Abstand, der durch den ausgezogenen Tisch gegeben war, ließ das nicht zu; und auch die Kräfte, die Joachims Augen in die Höhe gehoben hatten, waren plötzlich aufgebraucht. Seine Augen senkten sich wieder, bis sie kaum noch über den Tisch blicken konnten. Nur seine weißen Knochenarme blieben vor mir liegen, mit den Handrücken auf der Tischplatte, sodass nur die langen, bleichen Finger voller Verzweiflung und Sehnsucht mir entgegenbebten.

Ich hörte mich hilflos sagen: „Joachim, wo warst du? Ich habe dich überall gesucht!"

Mein verloren geglaubter Freund machte mehrere Versuche, seine Stimme unter Kontrolle zu bekommen. Es gelang ihm erst beim dritten oder vierten Mal. Aber das war nicht mehr die wohlklingende Stimme Joachims, die ich so gut in Erinnerung hatte. Das war die Stimme eines an Leib und Seele gebrochenen Mannes, der das Greisenalter beinahe überschritten hatte.

Jetzt bemerkte ich auch, dass seine Haare sich verwandelt hatten: Sie waren kurz und fast weiß. Sein Gesicht, das nur aus Augen bestand und den Ausdruck eines Menschen vermittelte, der diese Welt längst hinter sich gelassen hatte, war keines mehr!

Er saß und ich stand. Wir blickten uns an und weinten, bis Mutter mich beiseite schob, um aus dem Kamille- und Kampfersud in den Abwaschschüsseln Tücher hervorzuziehen. Sie streifte das heiße Wasser ab und gab sie an Vater weiter, der sie gegen die Tücher austauschte, die Joachim über seinem Rücken liegen hatte.

Inzwischen war auch Hildegard in die Küche gekommen. Martha hatte sie hereingeführt. Als seien die drei Frauen ein seit langem eingespieltes Team, machten sie sich damit zu schaffen, Joachims Wunden zu verarzten. Ich konnte nichts sagen, setzte mich an Joachims Seite und schaute den Frauen – wie Vater – bei ihrem geschäftigen Tun schweigend zu. Aber die nach oben geöffneten Hände Joachims mit den langen, bleichen Fingern ließen mich nicht los. Ich begriff nicht, dass Hände, die einmal kräftig zugepackt hatten, sich so verwandeln konnten. Nur eines hatten sie trotz ihrer Wandlung nicht verloren: ihre harmonische Schönheit!

Das Wechseln der heißen Tücher tat Joachim anscheinend wohl. Er sagte kein Wort, aber seine Hände schienen sprechen und sich bedanken zu wollen. Am liebsten hätte ich sein abgemagertes Gesicht genommen und ihn geküsst, aber ich traute mich nicht. Ich hatte Angst, ihn zu zerbrechen.

Martha zwängte sich ohne Scheu zwischen Vater und Joachim. In den Händen hielt sie eine Schale heißer fetter Markbrühe und begann, meinen Freund mit einer Hingabe zu füttern, die ich ihr nie zugetraut hätte.

Mutter und Hildegard hatten eine Zinkwanne herangeschleppt. Darin duftete es auffallend nach Milch und Honig. Beide krochen – als kannten sie sich schon seit Jahren – unter den Tisch und stülpten Joachims nackte Füße in die Wanne.

Es dauerte Stunden, bis Joachim fähig war, selbst ein wenig zu erzählen. Aber er hatte Schwierigkeiten, seine Gedanken zu ordnen. Das Sprechen musste ihm unsägliche Pein bereiten. Die Zähne hatte man ihm gezogen – alle – und die Zunge fast bis zur Mitte gespalten. Sein Körper, der scheinbar nur aus wunder, eitriger Haut und Knochen zu bestehen schien, konnte sicher nicht mehr Gewicht als ein zehnjähriges Kind auf die Waage bringen.

Er sei lange in Fuhlsbüttel gewesen – erzählte er mühsam –, dann habe man ihn in das so genannte Schutzhaftlager nach Eutin verlegt, und die letzte Zeit sei er irgendwo in einem geheimen süddeutschen Konzentrationslager gewesen, wo er perverse medizinische Versuche über sich habe ergehen lassen müssen. So sei er unter anderem mit Gefangenen des Lagers Dachau immer und immer wieder in ein Flugzeug gesetzt und darin festgeschnallt worden, damit festgestellt werden könne, wie sich die Druckverhältnisse in verschiedenen Höhen auf den menschlichen Organismus auswirken. Fast alle Versuchspersonen seien dabei ums Leben gekommen.

Er selbst habe so oft zu Jahwe gebetet, ihn auch endlich sterben zu lassen. Aber Jahwe habe ihn nicht erhören wollen; nicht einmal, als man ihm ohne Betäubung Hautstreifen aus dem Rücken geschnitten und monatelang die Wirkungen verschiedener Chemikalien in den offenen Stellen beobachtet habe, sei Gott bereit gewesen, ihn zu erlösen. Dabei hätte er sehr wohl Möglichkeiten genug gehabt, sich selbst zum Tode zu befreien, aber Oma hätte ihn ja seit frühester Kindheit gelehrt, dass der Suizid eine nicht lässliche Sünde sei. Schließlich habe man ihn zu den Homosexuellen getrieben, denen man für die Bereitschaft, sich entmannen zu lassen, Freiheit und eine Aufgabe in der Wehrmacht zugesagt hatte. Einmal sei er wohl zu frech gewesen, da habe man ihm rücksichtslos die Zunge aus dem Mund gezogen und durchtrennt.

Auch die Kastration sei ohne Betäubung vorgenommen worden, aber gerade dieses Erlebnis habe ihn dann endlich vom Jahwe seiner Oma befreit. Nicht, dass er an Gott jetzt zweifeln würde, nein, das wirklich nicht! Aber er habe nunmehr die Freiheit, seinem Schöpfer gegenüberzutreten und ins Antlitz zu schauen.

Geheimnisvoll fügte er mit schwacher, krächzender Stimme hinzu: „Nur dich, Herbert, wollte ich noch einmal sehen – fühlen – und dann den Allmächtigen. Mehr als nur den Saum seines Kleides! Er – Jahwe – soll mir von Angesicht zu Angesicht bestätigen, dass ich ein ganzer – und nicht nur ein halber Jude bin! Und eine zweite Bitte habe ich an dich, Herbert: Bring mich noch einmal zu unserem Poller – ja?"

Ich hatte keine Worte, fühlte nur die zarte Kraft meiner Freundesliebe und die Verzweiflung des Nichtverstehenden in meinem Herzen. Ich nickte zustimmend.

„So geiht dat man noch nicht, Herbert. De Jung mut ers' we'er wat op'n Liev krieg'n, nä, Willem?"

Vater, der auch Tränen in seinem wetterharten Gesicht hatte und sich ihrer nicht schämte, lächelte Mutter zu und meinte: „So schall dat sien, Gretchen!"

Es hat noch Wochen gedauert, bis Joachim so weit war, die Wohnung Antonistraße zum ersten Mal mit mir zu verlassen. Das war nicht nur wegen des schwächlichen Zustandes seines Körpers schwierig, sondern auch deshalb, weil Joachim das Haus nur im Schutze der Dunkelheit verlassen wollte.

Seit dem 1. September 1941 hatten die Behörden für alle Juden zusätzlich zur Kennzeichnungspflicht ab 21.00 Uhr eine absolute Ausgangssperre verhängt.

Aus meiner Sicht war Joachim weder ein ganzer noch ein halber Jude, auch kein Bastard oder sonst irgendetwas, sondern mein Freund! Und der war ein Hamburger, wie ich auch – verdammt noch mal!

Aber Joachim blieb stur. Er ließ sich nicht mehr davon abbringen, ein ganzer Jude sein zu wollen, bestand also auch darauf, dass auf Joppe und Mantel der gelbe Davidstern prangte – *sein* Davidstern, wie er stets nachdrücklich betonte.

Obwohl wir und die Nachbarn so taten, als existiere Joachim in unserem Haus nicht, war dem Ordnungsamt sehr wohl bekannt, wo Joachim sich aufhielt, denn der Postbote brachte ein amtliches Einschreiben für *Israel* Joachim Waigel, in dem er aufgefordert wurde, sich unverzüglich bei der Rekrutierungsstelle der Wehrmacht zu melden.

Inzwischen war der letzte Oktobertag des Jahres 1941 angebrochen, beherrscht – wie sollte es auch anders sein – vom typischen Hamburger Schmuddelwetter. Es war nicht kalt, es war nicht warm, aber angenehm feucht auf der Haut, im Gesicht und den Händen. Hin und wieder versuchte eine Böe, die dicke Arbeitskleidung zu durchdringen.

Es ging Joachim sehr viel besser. Fast alle Wunden waren verheilt, wenngleich die Narben bei einem Uneingeweihten das blanke Entsetzen ausgelöst hätten. Joachim hatte zugenommen – nicht viel –, aber die hundert Pfund dürfte er wohl erreicht gehabt haben.

Da ich oft noch spätabends und in der Nacht raus musste, beschränkten sich seine Gesprächspartner auf Vater, Mutter und Hildegard, die jeden Tag gekommen war und Mutter bei der schweren Pflege Joachims geholfen und beigestanden hatte.

Wenn Joachim und ich einmal Muße hatten, miteinander zu plaudern, waren wir schnell in religiöse Fragen verstrickt. Immer und immer wieder war sein Thema: ‚Wer bin ich, warum bin ich ein Bastard, warum kein ganzer Jude oder Arier?' Mir waren längst die Argumente ausgegangen, aber dieses besondere, fast besessen scheinende Funkeln in seinen dunklen, sanften Augen entging mir nicht. Ich war stutzig geworden, und mir war klar, dass Joachim irgendetwas im Schilde führte, wovor ich ihn bewahren sollte – aber ich kam nicht hinter seine Pläne.

Am Abend des 25. Oktobers war mir dieses fanatische Funkeln in seinem Blick zum ersten Mal aufgefallen. Das war der Tag, an dem man – wie wir heute wissen – 1034 so genannte *Mosaische* am Dammtor zusammengetrieben, in Viehwagen verfrachtet und nach Litzmannstadt (*Lodz*) abtransportiert hatte. Mit Unterstützung von Hildegard und

Martha hatte er sich da irgendwo am Bahndamm versteckt gehalten und sich das makabre Schauspiel angesehen. Später stellte ich Hildegard und Martha zur Rede wegen ihrer Verantwortungslosigkeit. Aber selbst Vater gab mir ein so deutliches Zeichen, das mich endlich auch zu der Einsicht brachte, dass es wirklich das Beste sei, Joachim gewähren zu lassen.

Mein Freund wollte an diesem Oktobertag unbedingt hinaus und bat mich nachdrücklich, ihn zu begleiten. Er wollte runter nach Övelgönne und auf unserem Poller sitzen. Ein Auftrag für den Abend oder die Nacht lag nicht vor, wie hätte ich ihm diesen Wunsch abschlagen können?

Er stützte sich auf mich und schlurfte neben mir her wie ein uralter Mann, während ich mich um sein Befinden sorgte und immer wieder fragte: „Joachim, schaffst du das wirklich? Es geht gleich bergab!"

„Nein, Herbert", antwortete er, „du irrst dich! Jetzt geht es nur noch bergauf!"

Mir war nicht wohl! Es war auch zu dunkel, um in seine Augen zu sehen. Vielleicht hätte ihr Funkeln mich gewarnt oder sein tatsächliches Vorhaben begreifen lassen. Eine merkwürdige Angst kroch in mir hoch, aber es gelang mir nicht, sie zu deuten.

Schließlich hatten wir den Poller erreicht. Ich musste ihm helfen, sich vorsichtig darauf niederzulassen.

„Ja, Herbert, so ist es gut! Danke! Setz dich nun zu mir, ganz nah, damit ich dich spüre."

Ich tat, wie er mir geheißen. Vorsichtig hatte ich meinen Arm um ihn gelegt und drückte ihn sanft an mich. Wir schwiegen und blickten auf den trägen Strom. Die Tide schien gerade zu wechseln, denn das Wasser bewegte sich kaum. Wo sonst die gelben Lichter der Werften, Kräne und Fähren Leben signalisierten, war heute alles dunkel, fast finster.

Es mochte eine Stunde des Schweigens vergangen sein, als sich dann doch die Wolken unter dem Himmel einen schmalen

Spalt weit öffneten und einen silbernen Glanz wie ein zartes Gewebe über das Wasser zauberten. Joachim stieß mich in die Seite und zeigte mit zittrig ausgestrecktem Arm auf das seltsam mystische Licht inmitten des Stromes.

„Herbert, sieh nur“, sagte er leise, „da ... da legt Jahwe die Brücke!“

„Die Brücke – welche Brücke meinst du, Joachim ...?“

„Den Steg, der zu Mama, zu Oma und zu Jahwe führt – den Papa auch eines Tages beschreiten wird!“

Über dem gegenüberliegenden Elbufer schossen urplötzlich grelle Lichtkegel in die Unendlichkeit des Himmels, und eine ferne Sirene begleitete ihre aufgeregten Tänze.

Joachim stieß mich wieder in die Seite: „Und jetzt hat er ihn angezündet!“

„Wen? – Wer hat was angezündet?“

„Sieh nur, Herbert, der Leuchter Salomos ... da drüben ... Er soll mir den Weg zu Jahwe weisen!“

„Joachim, was ist dir bloß? Das sind Scheinwerfer der Flak, die suchen nach feindlichen Flugzeugen!“

„Nein, keine feindlichen Flugzeuge! Hörst du ihn nicht – den Gesang der selig taumelnden Väter unseres Volkes?“

Ich verstand in diesem Moment überhaupt nichts mehr, hatte jedoch das Gefühl – oder war es nur Ahnung –, dass der Zauber einer unerklärlichen Verwandlung Joachims begonnen hatte. Obwohl er neben mir saß, spürte ich meinen geliebten Freund Joachim nicht mehr. Nein, neben mir saß einer, der sich aufgemacht hatte, in ein neues – anderes – Sein hinüberzuwechseln.

Mich fröstelte längst, als Joachim mich erneut anstieß und bat: „Herbert, jetzt lass mich allein, bitte! Du findest den Weg – trotz der Dunkelheit – heute auch ohne mich. – Liebster Freund, komm, reich mir deine Hand ... Auch wenn es nicht mehr lange dauert, bis wir uns wieder sehen ... Ewigkeiten sind wie Nächte, kurz – sehr kurz! – Spürst du es? So fühlt sich ein ganzer Jude an!“

„Aber, Joachim?“

„Nein, mach dir keine Sorgen! Alles ist gut! Geh nur!“

Seine Stimme war so zwingend ... ich musste ihm gehorchen! Als ich vor ihm stand, zog ich noch einmal seine beiden Hände an meinen Mund und küsste sie. Dann machte ich mich schweigend auf den Heimweg – wie Joachim es gewünscht hatte.

Zuerst waren alle besorgt darüber, dass ich ohne Joachim zurückkehrte, aber es gelang mir, Mutter, Vater, Martha und Hildegard zu beruhigen. Nach einem mühsamen Gespräch und einem Köm, den Vater irgendwoher zauberte, begleitete ich Hildegard nach Haus.

Es war nicht weit bis zum Hein-Köllisch-Platz, aber es gab kein Licht mehr um diese Zeit. Es war Krieg.

Hinter ihrer Haustür nahm ich Hildegard zum ersten Mal fest in meine Arme und küsste sie wie ein Trunkener. Sie entzog sich auch nicht, sondern drängte sich wild an mich und flüsterte mir ins Ohr: „Herbert, ich liebe dich!“

Statt ihr zu antworten, drückte ich sie noch kräftiger an mich und saugte ihre Küsse in mich hinein wie ein Verdurstender. Wir wechselten kein Wort miteinander, aber meine Hände ertasteten ihre Haut, ihre weichen Brüste und ihren warmen Schoß – bis plötzlich jemand das Flurlicht anknipste und wir erschreckt voneinander abließen.

„Ist da jemand im Treppenhaus?“, gellte eine gewöhnlich klingende, schrille Stimme zu uns herunter.

„Pst, du musst sofort gehen, Herbert, das ist die Röhmsche, ’ne Hundertfünfzigprozentige, die mag uns nicht!“

„Hildegard, heiratest du mich?“

Die Frage brach unvorbereitet aus mir heraus. Ich erschreckte mich sogar selbst. Aber Hildegard biss mir ins Ohr und antwortete schlicht: „Ja, aber hau jetzt so schnell wie möglich ab von hier!“

Schließlich lag ich auf meiner Strohmatratze, raufte mir die Haare, verstand weder Joachim noch mich, weder Hildegard noch die ganze Welt – wartete aber ungeduldig auf meinen Freund, denn so bilütten musste er sich doch wieder hier einfinden.

Das waren einfach zu viele Ereignisse gewesen an diesem einen Tag, die alle irgendwie eingeordnet werden wollten. Aber letztlich versagte mein Inneres – oder was immer es auch sein mochte – und überließ mich merkwürdigen Wachträumen.

Bevor ich mich zum Schlafen niedergelegt hatte, sperrte ich das Fenster weit auf und klemmte die Flügel mit hölzernen Keilen fest, denn jetzt würde niemand mehr im Hause ein Licht anzünden und dem Verdunkelungsgebot zuwider handeln.

Ich war mir nicht im Klaren darüber gewesen, ob ich nun glücklich oder sorgenvoll einschlafen sollte. Glücklich, weil ich mich Hildegard offenbart hatte, oder unglücklich, weil Joachim so lange ausblieb.

Ob er noch im *Seemannsgrab* eingekehrt war? Möglich war das schon, denn er hatte oft nach dem einen oder anderen Bekannten gefragt, deutete aber auch mal an, dass man dem adligen Wirt gegenüber mit Informationen doch wohl zurückhaltender sein müsse als bisher. Irgendwie hatte ich Joachim immer zugehört, aber manches auch überhört.

Der tiefe Schlag der Uhr der St.-Pauli-Kirche mit dem unverkennbar lange nachschwingenden Hall riss mich aus meinen wirren Traumgedanken und dem mich immer wieder niederzwingenden Halbschlaf. Joachim war nicht zurückgekehrt!

Eine undefinierbare Angst durchzog mich, und während ich mich hastig von meinem Lager erhob, hatte ich wie durch einen Zauber alle seine geheimnisvollen Worte begriffen: Heute Nacht wollte er über die Brücke – das war die Leiter Jakobs – in den Himmel aufsteigen. Genau ... das war es! Ich schlug, wütend über mich, die Fäuste gegen die Stirn, blieb in meinen Nachthosen und schmiss mir fahrig Vaters alten Wollmantel über die Schultern.

„Wo willst du denn hin, Junge, is doch erst halbig veer. Wat is'n bloß los?"

„Schon gut, Mutter ... bin bald wieder da ... muss noch mal runter zur *Wilhelm Zwo (II)*. Leech' di wedder hen. Bin bald trüch!"

Die Haustür schlug so heftig hinter mir zu, dass ich manchen Nachbarn aus seinen Träumen geweckt haben musste. Aber mich hielt nichts mehr. Ich rannte wie ein Olympionike hinunter zum Hafen. Ein Nachtpolizist schrie mir nach und drohte gar zu schießen, aber auch er gab es auf, mir zu folgen.

Die dunkle Wolkendecke hatte sich weit geöffnet. Der Hafen mit seinem spielerisch funkelnden Elbstrom lag im mild-silbernen Glanz des noch fast runden Mondes.

Etwas in mir bremste den Lauf. Zur Rechten lag Vaters Fischfabrik, und zur Linken ragte – als sei nichts geschehen – *unser* dunkler Poller als Silhouette gegen den zarten Lichtschleier, der über dem Fluss lag. Nur Joachim war nicht da – saß nicht mehr darauf. Eine böse Ahnung schien mich auf der Stelle festhalten zu wollen, und eine andere – stärkere – zog mich Schritt um Schritt hinunter an den Kai.

Der Poller schien verlassen. Ich strich über sein kühles, feuchtes Eisen – es nützte nichts! Joachim war nicht da. Keine Eingebung, keine Idee, wo er geblieben sein könnte. Den Gedanken der himmlischen Brücke, die eigentlich eine Leiter war, wollte ich nicht mehr zulassen.

Schließlich setzte ich mich verängstigt, zornig über mich selbst, tief verzweifelt und zum ersten Mal mit dem Rücken zum Wasser auf den Poller. Böen fegten Papier und Unrat an mir vorüber. Meine Blicke folgten dem Zeug in die Dunkelheit, aber ohne Ziel. Nichts fügte sich irgendwo ein.

Alles verwirbelte oder blieb an Hauskanten und Sträuchern hängen. Mir war schlecht, ich wurde müde, meine inneren Kräfte ließen nach.

Ich schloss die Augen und ertappte mich bei dem Versuch, unwirklich auf dem Steg, der keiner war, sondern eine Leiter, die schaukelnden Stufen zu erklimmen. Die hingen jedoch immer tiefer durch, sodass ich keinen Zentimeter hinaufgelangte. Schließlich nahm ich meine Hände zur Hilfe und tastete unter meinen Füßen nach dem Seil, das Jakobs Leiter sein musste. Und dann fühlte ich es auch. Aber es war stramm – nicht nachgiebig, wie ich vermutet hatte ... Und plötzlich war ich aufgewacht! Weg von Jakobs Leiter und anderen Fantasien!

Ich hatte wirklich eine Leine erspürt und erhob mich, um ihren geschlungenen Weg um den Poller nachzuvollziehen. Ich musste den eisernen Poller einmal umrunden und einen kurzen Schritt hin zur Wasserkante der Pier tun, um ihn schließlich zu entdecken: Joachim!

Er hatte sich mit einer Schlinge um den Hals, deren Seilende er vorher sorgfältig um den Poller gelegt und verknotet hatte, über die Kaikante zum Wasser hinuntergleiten lassen.

Joachim war tot! – Oder war er doch die Leiter Jakobs hinaufgestiegen? Ich weiß es nicht!

In mir erstarben alle Gefühle, und ich benahm mich wie ein objektiv untersuchender Kriminalist: Joachim hatte den Davidstern, den er sich, bevor wir losgezogen waren, an die Brust geheftet hatte, in den Mund genommen. Da, wo der Stern vorher befestigt war, steckte jetzt ein Papier oder eine Art Brief. Ein Bein kniend, das andere über die Kaimauer gehängt, nahm ich das Papier von seiner Brust.

Vielleicht erwartest du, dass ich wenigstens hysterisch reagieren und lauthals hätte schreien müssen. Nein, ich muss dich enttäuschen: Ich habe mich auf den Poller gesetzt, den Brief entfaltet und versucht, ihn im Mondlicht zu entziffern.

„Mein liebster Herbert“, las ich, „ich habe die Brücke, Jakobs Leiter, gefunden – wirklich gefunden! Jetzt weißt du’s, Jahwe will mich! Er wird mir ins Angesicht schauen! Aber du – du bleibst noch zurück. Traurig, ich weiß! Denk nicht, dass ich nicht erfahren hätte, wie du – dein eigenes Leben in Gefahr bringend – nach mir geforscht hast. Sie haben mich alle irgendwann noch einmal aufgesucht oder aus der Ferne beobachtet: Meierbeer ... Hermann-Heinrich ... Erna ... und sogar deine Irmi. Ich habe auch erfahren, dass Mama in Fuhlsbüttel zusammen mit unserem treuen Alfons liquidiert wurde. Es war so gut für sie! Denn beiden haben sie ihre Würde nicht rauben können! Ob Papa noch lebt, weiß ich nicht. Aber ich werde es bald wissen.

Lass dir noch einmal – auch wenn es dir peinlich ist – sagen, dass ich dich immer geliebt habe. Im Himmel – glaub es mir – werden wir den Turm von Babel zu Ende bauen. Aber nur bis zu den Füßen von Jahwes Thron! Dort werden wir auch den wahren Sieg davongetragen haben.

Mein liebster Freund, lass dir einen wichtigen Rat geben, einen, den ich in der Zeit unserer erzwungenen Trennung immer beherzigt habe – ich kann dir nicht einmal sagen, warum, aber es war so, und es war gut so: Lass dir den Glauben an deinen Gott nicht nehmen! Alles können sie dir stehlen, sogar deinen Geist können sie zerstören, aber deinen Glauben an Gott – den da oben, über den wir beide so oft gestritten haben, der da ist, wo die Leiter Jakobs hinführt, den du manchmal Jesus nennst –, den kann dir und mir niemand rauben!

Wenn du meinst, du wärest nicht religiös genug für den Glauben an einen Gott, glaub an ihn einfach nur aus Trotz. Dieser Trotz war es, der mich stärker gemacht hat als alle, die mir nach dem Leben und sonst wonach trachteten.

Trotz ist der Wille zum Leben, aber nicht nur auf der Erde – auch im Himmel.

Und noch ein Letztes: Trotz ist der Weg zur Freiheit – ja, zur Freiheit der Kinder Gottes. Die habe ich mir heute endlich genommen!

Tschüss, mein liebster Herbert. Ich glaube, Hildegard und du – ihr werdet gute Freunde. Grüß deinen Vater und deine Mutter, deine ganze Familie! Ich hatte alle sehr, sehr lieb. Aber tu mir noch einen Gefallen: Du weißt ja, wie sehr mir daran lag, ein ganzer Jude zu sein. Nimm den Stern Davids wieder aus meinem Mund und hefte ihn dahin, wo dieser Brief befestigt war.

Mein Freund, mein irdisches Leben hat sich gelohnt – weil es dich gab! Dein Joachim."

Wie lange ich noch auf dem Poller gesessen habe, weiß ich nicht. Erspar mir, dir von den nachfolgenden wasserschutzpolizeilichen Ermittlungen und der damit in Gang gekommenen amtlichen Eigengesetzlichkeit zu berichten.

28. Kapitel

Ich glaube, es war im Jahr 1947. Hätte es nicht immer noch die vielen Trümmerberge, Armut, Flüchtlingselend und Hunger gegeben, hätten viele Hamburger den großen Weltenbrand längst vergessen gehabt. Auch ich habe mich mit dem, was danach kam und möglich wurde, arrangiert. Denn – wie heißt die schöne Volksweisheit: Das Leben geht weiter ...

Auch für mich ist es weitergegangen – ohne Joachim, ohne Hildegard, ohne Reni und Monika und inzwischen auch ohne Vater.

Es war an einem Samstag. Tief eingehüllt in den Kragen meines Pullovers, trotzte ich, auf dem Poller sitzend, dem Hamburger Schmuddelwetter. Ich glaube, ich hatte gerade so etwas wie ein stilles Zwiegespräch mit Joachim geführt, als ich hinter mir das knirschende Heranrollen einer schweren Limousine wahrnahm. Ich wandte mich um und beobachtete, wie ein weißhaariger, hagerer Mann mit dunkler Brille den Fond des Wagens verließ und schnurstracks auf meinen Poller zustrebte.

Im ersten Augenblick dachte ich, dass es sich um einen Geist handeln müsse, denn der Mann sah aus wie Joachim, kurz bevor er die Leiter Jakobs hinaufgeklettert war. Aber dann erkannte ich ihn: Es war Gabriel Arens, Joachims Vater! Ich erhob mich.

Sprachlos fielen wir uns in die Arme.

Das Erzählen und Berichten begann zögernd, wurde aber bald vertrauter. Am Ende versuchte Herr Arens, mich zu überreden, ihm nach Amerika zu folgen. Aber ich wollte nicht.

Als wir uns nach Stunden verabschiedeten und die Adressen ausgetauscht hatten, meinte er: „Ich werde in den nächsten

Tagen den Versuch machen, etwas über den Verbleib der sterblichen Überreste Helenes und Joachims herauszufinden. Der Suchdienst einer karitativen Organisation hat zugesagt, mir behilflich zu sein. Sieh her! Hier ist der Brief!"

Er reichte mir ein abgegriffenes amtliches Schreiben.

In der Tat, da wurde rührend zugesagt, man wolle Herrn Arens während seines Deutschlandaufenthaltes mit allen zur Verfügung stehenden Mitteln weiterhelfen. Der Brief schloss mit der Grußformel:

Hochachtungsvoll
Hermann-Heinrich Lüdemann
- Abteilungsleiter -

Aus der Ferne hörte ich, vom Wind hierher getragen, das majestätische Geläut der St.-Michaeliskirche.

Zu diesem Buch

„Aus der Ferne hörte ich, vom Wind hierher getragen, das majestätische Geläut der St.-Michaeliskirche."

Mit diesem Satz endet der Roman „Jakobs Leiter" von Hans Tönjes Redenius. Aus der Ferne der Zeiten hat mich die Dramatik der Ereignisse damals, die Schilderung einer ungewöhnlichen – fast heilig zu nennenden Freundschaft zwischen Herbert, dem deutschen Jungen, und Joachim, dem deutschen Halbjuden unmittelbar erreicht.

Erreicht? Gefangen genommen, gefesselt, zum Lesen getrieben. Mich, der ich seit über zehn Jahren am und im Hamburger Michel lebe. Mich, der ich täglich die Glocken des Hamburger Michels höre. Mich, der ich da lebe, wo das schrecklich-schaurige und unheimlich-unverständliche Spiel damals seinen Lauf nahm.

Ich bin auf den Turm des Michels gestiegen und habe von oben auf fast alles geschaut, was Herbert und Joachim sahen: die Bernhard-Nocht-Straße und die Palmaille, die Elbchaussee und das Haus von Joachim – ja, da müsste es gewesen sein! Ich habe die Elbe gesehen und wie sich ihr Wasser kräuselt. Ich habe es hoch auf dem Berg gehört, das Glucksen des Elbwassers und wie es an die Kaimauer schlägt. Mich hat es gefroren.

Und da hinten, ganz unten, muss der Poller gewesen sein, auf dem die beiden so oft saßen, das Mal, das Denk-Mal ihrer Freundschaft. Der Zufluchtsort, an dem Joachim den Tod suchte und die Brücke zu seinem Gott Jahwe sah, und zu seiner Mutter und zu seiner Oma, beide von den Nazis hingerichtet.

Hans Tönjes Redenius lässt aufleben, was für einige wenige noch schreckliche Erinnerung ist. Für viele abgehakt und vergessen. Ins Dunkel der Geschichte, über das für viele zu viel, allzu viel gesprochen wurde und wird. Dieses Dunkel, das nicht und niemals sich dem Analysieren, Berichten, dem Sammeln von Daten, Protokollen und Briefen erschließt. Weil es nicht zu fassen ist. Weil unsere Sprache nicht ausreicht, die Ereignisse, die Mächte und Verführungen, den Geist und Ungeist einzufangen.

Es sei denn, einer erzählt von sich selbst. Aus dem Abstand, aber als Zeitzeuge. Ganz subjektiv und aus der Erinnerung heraus. Oder einer wie Hans Tönjes Redenius versucht, mit seiner Fantasie und seinem Einfühlungsvermögen sich gleichzeitig zu machen mit den Menschen von damals. Und mit der Kreativität, sich ungleichzeitig-gleichzeitig zu machen. Ohne Anspruch auf historische Genauigkeit nach der Pflicht der Chronisten und Historiker, aber mit der Sensibilität dessen, der sich in Menschen und Umstände hineinversetzt. Auf der Suche nach dem bleibend Menschlichen in konkreten Unmenschlichkeiten. Einer wie er, der versucht, trotz aller Widersprüchlichkeit und Sprachlosigkeit die unheimliche Dämonie der Menschenverachtung zu verfolgen und zu deuten, ohne sie erklären zu können. Der das Mittel des dramatischen Erzählers wählt, um Brücken des Nachempfindens, der inneren Beteiligung und einer aufrüttelnden Nachdenklichkeit zu bauen.

Mich hat „Jakobs Leiter“ gepackt, gefesselt, zutiefst berührt.

Helge Adolphsen, Pfarrer am Hamburger Michel

Eine Frau wagt ihr Leben

Ursula Koch

Rosen im Schnee

Katharina Luther, geborene von Bora

Roman

200 Seiten. Fester Einband.
Bestell-Nr. 3-7655-1860-3

Das katholische Europa höhnt über den Reformator, als er 1525 eine „entlaufene Nonne" heiratete. Dass ein Mönch und eine Nonne sich in Liebe miteinander verbinden könnten, schien so unmöglich wie – Rosen, die im Schnee blühen. Und doch erzählt schon eine alte Legende von solch einem Wunder.
Katharina von Bora musste einen weiten Weg gehen, ehe sie Martin Luthers Frau wurde. Und was er ihr versprach, war kein Rosengarten. Aber mit Tatkraft und Liebe gestaltete sie das Leben der von Verleumdungen, Krankheiten und Geldsorgen geplagten Familie, kämpferisch bis zuletzt und im festen Glauben an die große Sache der Reformation.